Ingrid Melzer

Mondscheinfieber

Ingrid Melzer

Mond-schein-fieber

Kronberg - Krimi

Burg Verlag Rehau

Die Deutsche Bibliothek verzeichnet diese Publikation in der
Deutschen Nationalbibliografie.
Detaillierte bibliografische Daten sind im Internet über
http://ddb.de abrufbar

Burg Verlag, Rehau
Burgstr. 12, D-95111 Rehau
Tel.: +49 (0) 9283 / 81095
Fax: +49 (0) 9283 / 81096
mailto: Burg-Verlag@t-online.de
www.Burg-Verlag.com

Layout und Gestaltung: Stefan Lingl
Lingl & Friends, Werbeagentur, Marktredwitz
Titelbild: hef
Druck und Bindung: EuroPB s.r.o., Pribram

ISBN 978-3-937344-46-1 - 1. Auflage November 2007

Kapitel 1

Lautstarke, fetzige Rockmusik tönte aus dem Kellerraum der alten Grundschule. Einige Jugendliche hatten sich darin eine Disco eingerichtet. Sie feierten im Alkoholrausch eine wilde Fete. Zigarettenqualm und Biergestank benebelten das Kellergewölbe. Der Wortführer dieser Runde war Moritz von Hohenstein. Mit seiner Trompete lärmte er dazwischen und schaffte sich Gehör. „Ich bin zwar hier zur Schule gegangen, aber ich finde es saublöd, dass dieses Gebäude jetzt abgerissen werden soll. Warum kann es nicht saniert werden oder umgestaltet, wie einst die Stadthalle und das Postamt?" Moritz griff erneut zur Bierflasche - leerte sie in einem Zug. Der junge Mann hat schon schwer gebechert und einen in der Krone. Er lallte und taumelte gefährlich hin und her.

„Mensch, Moritz, dein Alter, ich mein dein Vater ist doch hier der große Boss als Architekt", sagte Rudi kopfschüttelnd und qualmte. „Dein Vater hat es doch mit diesen Rathauspolitikern vereinbart. Bei uns in Kronberg, wird sich demnächst so einiges ändern. Habt ihr nicht bei der Bürgerversammlung in der Stadthalle die Entwürfe gesehn? Da stand das Projektmodell", erinnerte Rudi.

„Leute, wir haben lange Zeit unsre Bude hier im Kellerraum gehabt. Wir konnten uns hier treffen und feiern. Das war doch geil. Oder nicht?" Rudi schaute auf die nun finster werdenden Mienen.

„Ja! Stimmt schon irgendwie", gab Olaf zu und kratzte sich nachdenklich hinterm Ohr. „Aber Leute, bei all den Bauplänen, hat man an uns nicht gedacht. Wo sollen wir dann hin, um uns treffen und Feten feiern? Das ist es doch!"

„Los, Herrschaften, heute haun wir nochmals auf den Putz!" rief Moritz überschwänglich seinen Kumpels zu. „Bald ist der Traum hier vorbei. Bier her! Jetzt wird gesoffen, die Sau rausgelassen", brüllte er lautstark und spielte sich auf.

Moritz griff nach der Hand eines Mädchens. „Heute feiern wir Abschied! Abschied von unsrer alten Grundschule." Moritz von Hohenstein, der mit seinen hochgekämmten, steifen und grün gefärbten Haaren wie ein Punker wirkte, swingte jetzt mit Roswitha im Kreis. Die Jugendlichen grölten dazu. Leere Bier- und Colaflaschen lagen auf dem Boden.

Moritz ahmte nun sein Idol, Elvis Presley, nach. Er machte einen Satz auf den alten Holztisch. Unter seinem wilden Gehopse krachte der Tisch in sich zusammen. Unsanft landete Moritz auf seinem Allerwertesten, zur Belustigung der grölenden Meute.

Die burschikose Roswitha, Anfang Zwanzig, verknallt in Moritz, packte ihn am Hemdsärmel. „Du bis ja total verrückt geworden! Hör auf mit deiner Biersauferei! Mensch, Moritz, wie willst du nachher noch Auto fahren?" Das Mädchen trank nur Cola und versuchte immer wieder Moritz zu besänftigen, was aber misslang. Sie widmete sich einem anderen Boy und legte mit ihm eine kesse Sohle auf den morschen Holzfußboden.

„Herrschaften, ich habe einen idealen Einfall“, gab Moritz mit fuchtelnden Armen kund.

„Und das wäre, du großer Sprücheklopfer?“ fragte Rudi und unterbrach seinen feurigen Tanz mit einer kessen Biene. „Ja, wir hören! So red` schon, Moritz!“ riefen einige.

„Leute, wir sammeln Unterschriften“, schlug Moritz vor. „Wir veranstalten einen Feldzug durch die Innenstadt mit Plakaten. Wir Jugendliche wollen eine neue Bleibe, wo wir uns aufhalten können, wenn die Schule nicht mehr da ist. Unser Schulpark, der große Berliner Platz muss frei von Bauten bleiben. Wo sollen demnächst die Feste abgehalten werden?“ Moritz sah gespannt auf seine Kameraden, was sie dazu sagen.

„Moritz seine Idee find ich ganz gut“, überlegte Rudi. „Aber, was wird dein Vater davon halten?“ „Geplant, ist geplant!“

„Ja, mein Alter wird da protestieren“, gab der Bursche zu, „aber ich werde mit etwas einfallen lassen“, versprach er großspurig. „Jetzt rocken wir aber weiter!“.

Beatklänge und eine johlende Bande, dazwischen ohrenbetäubendes Trompetengeblase von Moritz, drangen über das Gelände. Die Eingangstür vom Kellerraum öffnete sich. Ein in grünlicher Uniform gekleideter Mann trat in den Innenraum. Es war Ordnungshüter, Herr Köhler. „Hallo, Herrschaften!“ begrüßte er die lärmende Meute. „Also hört mal, so einen Krach, laute Rockmusik und Gekreische, könnt ihr aber nicht hier machen. Es geht bald auf Mitternacht. Einige Anwohner der Nachbarschaft riefen an und beschwerten sich. Geht das nicht etwas leiser, rücksichtsvoller?“

Herr Köhler war den jungen Leuten bekannt und auch beliebt. Aber jetzt schmollten doch einige von ihnen und protestierten. „Herr Köhler, wir sind heute zum letzten Mal in unserem Raum hier“, entschuldigte sich Rudi Bender für seine Freunde. „Wir nehmen doch Abschied von der Schule, weil sie bald verschwindet wenn hier gebaut wird“, meinte ein älterer Junge.

„Ich versteh´ euch ja, ihr Jungs und Mädels, es gibt eine Veränderung für euch, aber es wird bestimmt eine neue Lösung gefunden“, versuchte Herr Köhler die jungen Leute zu besänftigen.

„Rudi, Moritz, bitte beseitigt die leeren Flaschen hier, sorgt hinterher im Kellerraum für absolute Ordnung. Besen, Schaufel, habt ihr ja. Ist das klar? Haben wir uns verstanden, Herrschaften? Die Musik leiser. Ja!“

„Ist ja gut, Herr Köhler“, brummelte Moritz kleinlaut vor sich hin. Sogleich stellte er leere Flaschen vom Boden auf den Tisch. „Blöd!“ schimpfte er. „Jetzt ist mir die Lust am Feiern vergangen.“

Er machte eine düstere Miene. Herr Köhler verabschiedete sich. „Macht’s gut, Herrschaften! Seid nicht sauer. Tschüs!“

„Manno, der kann gut reden“, hatte Moritz Einwände. Er sah auf seine Armbanduhr. „Es ist bald Zwölf! Kommt, lasst uns aufräumen, bevor´s weiteren Zoff gibt. Roswitha, nimm den Besen. Feg durch“, kommandierte er herum. Einige Wasserflaschen bugsierte er unsanft in die entsprechenden Kisten. Zigarettenkippen und anderer Abfall wurden entsorgt. Decken und Kissen packten die jungen Leute zusammen. Rudi Bender schaute sich nochmals im Kellerraum um. „Ja, das war´s dann wohl hier“, meinte er zerknirscht. „Immer, wenn´s am schönsten ist, muss man aufhören“, registrierte Ulla, Rudis jüngere Schwester, und stellte Hocker und Klappstühle zur Seite.

„Perfekt! Alles OK!“, meinte Rudi. „Also, gehn wir!“ Moritz gab zum letzten Mal einen lauten Blaston aus seiner Trompete. „Bist du närrisch!“ schimpfe Rudi. „Soll Köhler nochmals erscheinen?“ Taschenlampen wurden verstaut, das Licht der alten Deckenfunzel ausgeschaltet. Die bunt bemalte Tür vom Kellerraum schloss sich für immer. Die Meute Jugendlicher stürmte ins Freie. Sie blickten mit Wehmut auf die Schule. „Das ist´s gewesen mit unsrer Disco“, sagte Rudi.

„Ulla, komm, wir gehn heim“, schlug er der Schwester vor. „Adios, Leute!“

Die jungen Leute schwangen sich teils auf Mofas, einige Fahrräder, strömten in alle Richtungen davon.

Moritz von Hohenstein hielt seine Trompete an sich gepresst. Er schwankte gefährlich hin und her, war besäuselt. Das junge Mädchen im kessen Jeansanzug legte die Hand auf Moritz Schulter. „Wir nehmen eine Taxe, du kannst nicht mehr mit deinem Auto fahren. Du hast soviel Bier gesoffen. Ich versteh´dich nicht.“ Sie hielt ihn am Arm fest. „Roswitha, bist du balla, balla“, protestierte er heftig. „Das kostet Kohle. Außerdem steht hier keine Taxe.“

Der junge Mann trottete schwankend in Richtung Rathausplatz, wo er seinen Wagen geparkt hatte. Aus seiner Jackentasche kramte er umständlich den Autoschlüssel. Er öffnete die Wagentür von seinem alten, weißen Suzuki. Er gab dem Mädchen einen leichten Stoß in die Seite. „Los, steig´ ein, Roswitha! Mach´ nicht so ne Schau hier.“ Nochmals mahnte das Mädchen den jungen Mann eindringlich. „Nimm dein Handy, lass´ uns mit der Taxe zurückfahren! Bitte! Das geht niemals gut, Moritz!“ Der junge Mann reagierte nicht, machte eine Handbewegung, setzte sich ans Lenkrad. „Kannst ja heimlaufen, wenn dir das lieber ist. Vielleicht findest du unterwegs noch einen Begleiter“, stichelte Moritz. „Also, was ist jetzt? Fährst du nun mit, oder willste hier Wurzeln schlagen?“

„Moritz, du hast getrunken, wenn du erwischt wirst bist du deinen Führerschein los“, mahnte Roswitha nochmals. Wenn auch widerwillig, stieg sie doch in den Suzuki und saß neben Moritz.

Das junge Mädchen sandte im Stillen ein Stoßgebet gen Himmel, dass auf der Heimfahrt nichts passiert. Mit etwas zittrigen Händen umfasste der junge Mann das Lenkrad und brauste davon. Statt auf kürzestem Weg nach Hause zu fahren, raste der junge Mann mit seinem Suzuki in Richtung Waldschwimmbad. Unentwegt sprach er auf das verängstigte Mädchen ein, schmetterte zwischendurch Elvis Songs. „Moritz, wie fährst du denn zurück?" Roswitha war verwundert. „Das ist doch total verkehrt. Ras´ doch nicht so! Nein, ich will hier aussteigen. Hörst du!" Das junge Mädchen griff energisch nach Moritz Arm. Mühsam hielt sie sich am Sitz fest. Der betrunkene Bursche lachte hämisch. Dann schaltete er das Autoradio auf volle Lautstärke. Eine wilde, riskante Raserei in Richtung Königstein begann. „Ich bin viel schneller als der Lastwagen da vorne", grölte er und gab mächtig Gas. Der junge Mann amüsierte sich über seine ängstliche Begleiterin. „Mensch, Roswitha, sei nicht so eine Memme, sonst bist du doch auch nicht so zimperlich", lallte Moritz. „Schau, wir beide machen eine nächtliche Spritztour durch den Taunus. Ist doch geil! Oder? Du bist doch so gern mit mir zusammen." Oberhalb vom Königsteiner Kreisel, musste der Flitzer zwangsmäßig doch anhalten. „Lass mich hier aussteigen, ich fahr mit dem Taxi zurück", bat das Mädchen nochmals eindringlich. Sie wollte soeben die Wagentür öffnen, befreite sich aus dem Gurt. „Biste blöd", schimpfte Moritz sogleich. „Bleib sitzen und sei nicht so hysterisch. Weiber! Weiber! Was meinst du, was eine Taxifahrt kostet."

Die Ampel am Kreisel schaltete um. „Wir können fahren, Roswitha", grölte der junge Mann und trat heftig auf die Pedale. In einem Affentempo umkreiste er den großen Springbrunnen, um auf die Landstraße in Richtung Bad Soden zu kommen. Wie ein Besessener fuhr er nun im Zickzack-Kurs die Landstraße entlang. „Moritz, bitte, fahr doch vernünftig! Mein Gott! Du bist ja wahnsinnig. Das geht nicht gut! Halt an! Ich will aussteigen. Moritz!"

Umso mehr das Mädchen klagte, setzte der Bursche sein teuflisches Spiel fort. Kurz vor einer Kreuzung näherte sich ein Fahrzeug. Moritz im Rausch achtete nicht auf den Verkehr. Mit voller Wucht krachte er seitlich in den entgegenkommenden Audi. Die Windschutzscheibe ging beiderseitig in Bruch. Glassplitter fielen herab. Die Wagentür vom Audi war eingeklemmt.

Roswitha schluchzte erbärmlich und griff nach ihrer Wange. Sie war blutverschmiert. Es schmerzte. „Moritz, was hast du getan. Ich wusste doch, es geht nicht gut. Au, mein Knie tut weh, ich bin angestoßen. Schau mal, der Audi, wie der verbeult ist. Da sitzt eine Frau am Lenkrad. Mensch, Moritz!" Der junge Mann stand zwar im Moment auch etwas unter Schock, aber er versuchte sich krampfhaft in Gewalt zu halten. „Verdammt!" schimpfte Moritz. „Das hat noch gefehlt." Auch er wischte Blutspuren von seinem Gesicht und Arm, die er an seinem Rolli abwischte. Roswitha öffnete umständlich die Tür des verbeulten Suzukis. Sie schaute nur fassungslos auf den Audi, der am Kotflügel total verbeult war. „Moritz, schau mal die Frau, die ist am Kopf blutüberströmt und hängt über dem Lenkrad. Die braucht Hilfe. Nimm dein Handy und ruf die Polizei." Das Mädchen humpelte um den Wagen. „Lass den Audi sein und die Frau" brüllte Moritz erregt. „Los, wir müssen hier weg, bevor wir erwischt werden." Der junge Mann begutachtete seinen demolierten Suzuki kritisch. Kein Blick galt der verletzten Frau am

Steuer des Audis. „Wie mein Wagen aussieht. Mist! Die Scheibe ist zerdebbert, der Kotflügel eingedrückt. Das darf nicht wahr sein!“ Er schimpfte wie ein Rohrspatz und wischte sich erneut Blutspuren von der Wange.

„Moritz, dein Auto ist nicht so wichtig“, wehrte Roswitha ab. „Es war ein Unfall! Wir müssen uns um die Frau kümmern.“ Der Unfallverursacher, der jetzt sehr gereizt und nervös war, packte wütend das Mädchen am Arm. „Jetzt komm endlich hier weg, bevor die Bullen kommen. Steig wieder ein!“ zischte er energisch und begutachtete nochmals kritisch sein demoliertes Fahrzeug. Es kam zu einer lebhaften Debatte zwischen den Beiden mit lautstarkem Wortgefecht.

„Moritz, du hast einen Unfall verursacht“, klagte Roswitha aufgebracht und fasste an ihr Knie, das schmerzte. Etliche Blessuren hatte das Mädchen im Gesicht und den Armen. „Wenn wir jetzt abhauen ist das Fahrerflucht, Moritz. Wenn das raus kommt, kannst du ins Gefängnis wandern. Deinen Führerschein bist du auf jeden Fall los. Willst du das etwa?“

Moritz zog seine Lederjacke aus, die zwischenzeitlich auch Blutspuren aufwies. Sein Handgelenkt blutete, aber er kümmerte sich nicht um diese Verletzung. Er war schon einiges gewohnt. Sirenengeheul eines nahenden Krankenwagens war vernehmbar. „Roswitha, los weg!“ stieß Moritz entsetzt hervor und packte sie am Handgelenk. „Steig endlich ein, wir fahren weiter!“. „Moritz! Moritz, die verletzte Frau am Lenkrad, sie bewegt sich nicht mehr“, stammelte das Mädchen unter Tränen. „Wenn sie nun tot ist. Du hast Schuld!“ Der Bursche der nicht mehr klar danken konnte, fauchte das Mädchen aggressiv an: „Halt endlich die Klappe! Ihr hysterischen Weiber, um die Person wird sich schon jemand kümmern. Das müssen wir nicht sein.“ Der junge Mann setzte die Fahrt mit seinem beschädigten Suzuki fort. Schweißperlen liefen zwischen den Blessuren des Gesichts herab. Mit zittrigen Händen umfasste er das Lenkrad. „Ist meine Trompete auf dem Rücksitz?“ fragte er nun. Das war wichtiger für ihn.

Im Sodener Wald bog Moritz in einen Seitenweg ein. „Warum hältst du denn jetzt hier an? Was willste denn jetzt wieder machen“, klagte Roswitha. „Ich will heim! Au, ich hab Schmerzen, das brennt so im Gesicht.“ Moritz hielt an und stieg aus seinem Fahrzeug. „Komm auch mit, ich brauch dich jetzt“ sagte er befehlerisch. „Ich möcht hier sitzen bleiben, Moritz. Mein Knie tut so weh.“ Das verzweifelte Mädchen stieg doch aus. Es folgte dem Burschen humpelnd nach. Moritz hantierte am Kofferraum, der sich nur schwer öffnen ließ. „Verdammt! Geh schon auf“, schimpfte er ungeduldig.

„Was hast du vor?“ wollte das Mädchen wissen, was sich an einen Baum gestützt hatte.

„Das siehste gleicht“, zischte der Bursche unfreundlich zurück. Der Kofferraum ging auf. Der junge Mann holte einen Handwerkskasten hervor. Er griff nach Schraubenzieher und Zange. „Da, nimm mal die Taschenlampe und leuchte auf das Nummernschild, damit ich sehen kann“, feixte er

Roswitha zu. „Was soll denn das?“ wunderte sich das Mädchen. „Das wirste gleich sehen.“

Moritz, der mit Autos auseinandernehmen und montieren Übung hatte, entfernte beide Kennzeichenschilder. „Halt die Funzel doch mal richtig“, fauchte er. „Ich kann mich nicht richtig bücken. Mein Knie schmerzt so. Du bist ja total übergeschnappt! Was soll das denn?“

Der Bursche verstaute die Schilder in eine große alte Reisetasche, dazu das Werkzeug und die anderen Utensilien die sich noch im Suzuki befanden. „Mein Vater darf von dem Unfall nicht die Bohne mitbekommen. Nimm mal die Tasche hier und halt sie fest. Den Wagen lassen wir hier stehen. Ich kümmere mich morgen darum. Vielleicht kann ihn Alfons wieder herrichten.“

„Wenn der Suzuki aber gestohlen wird’“, meinte Roswitha. „Ach, Unsinn!“ wehrte der Mann ab. „Wer soll den jetzt klaun?“

Seine Trompete hielt er an sich gedrückt. Das Instrument war sein Heiligtum, wenn er auch nur schräge Töne damit von sich gab. Sein Großvater hatte es ihm vererbt. „Wir laufen jetzt vor zur Straße“, schlug Moritz vor. „Ich bestell dir ne Taxe“, schlug er einsichtig vor.

„Ach, sieh mal an, Moritz“ bemerkte das Mädchen erstaunt. „Warum sind wir nicht sofort von der Schule nach Hause gefahren? Mensch, Moritz, du hast Alkohol gesoffen, einen Unfall gebaut und Fahrerflucht begangen. Das gibt ein böses Nachspiel! Wenn uns jemand gesehen hat und das den Bullen sagt.“ Das Mädchen hinkte schwankend neben dem Mann her und trug mit ihm die volle Tasche. „Ich kann nicht mehr!“

„Du Schlappschwanz, reiß dich doch zusammen. Ich bin auch verletzt, aber mach nicht so ein Affentheater. Setz dich da auf die Bank, ich bestell ne Taxe, dass de heim kommst.“

Moritz suchte in seiner Jackentasche nach dem Handy. „Verflixt, wo ist das verdammte Ding nur? Ich habs doch rein getan.“ In allen Schlupfwinkel seiner Kleidung, sowie der Tasche, suchte er nach dem Gerät. „Ich kanns nicht finden. Das darf nicht wahr sein. Ich hatte es noch im Auto.“

„Moritz, hoffentlich ist es nicht rausgefallen? Du hast die Jacke beim Unfall hinterher ausgezogen. Mein Gott! Ich hab Angst!“ Das Mädchen saß auf der Bank und hielt ihr schmerzendes Knie.

„Was machen wir jetzt? Weißt du wie spät es ist? Halb zwei um Mitternacht. Ich bin müde.“ „Bleib da hocken“, zischte Moritz erregt. „Ich geh da vor in die Telefonzelle. Hier, nimm meine Trompete und die Tasche und pass drauf auf.“ Er kramte seine Geldbörse aus der Hosentasche und eilte in Richtung Telefonhäuschen.

Kurze Zeit später kam er wieder zurück. „Alles erledigt!“ sagte er knapp. Eine Polizeistreife mit Martinshorn eilte vorbei. „Moritz!“ schrie das Mädchen entsetzt auf. „Sieh mal dort.“

„Halt die Klappe! Bleib sitzen und schau nicht hin.“ Das Fahrzeug bog um die Ecke, zur Erleichterung der Beiden. Das Taxi kam und hielt an. Der

Fahrer stieg aus, kam auf beide zu. „Sie hatten ein Taxi bestellt?“ Verdutzt blickte er auf die beiden Personen auf der Bank sitzen. „Wie sehen Sie denn aus? Sie sind ja im Gesicht verletzt und bluten. Eben brauste die Polizei und dann ein Krankenwagen an mir vorüber. Ist was passiert?“ Moritz machte ein düsteres Gesicht. „Fragen Sie nicht so, wir haben uns halt verletzt. Was solls. Halb so schlimm.“

„Da drüben ist das Krankenhaus“, deutete der Mann auf das im Wald liegende große Gebäude. „Da sollten Sie beide hin.“

„Quatsch!“ wehrte Moritz unwirsch ab, griff sich an die Stirn, die jetzt schmerzte. Er nahm die Trompete und Tasche. „Fahren Sie uns zum Johannishof. Das ist in Kronberg Süd“, erklärte er. „Wissen Sie denn wo das ist?“

„Ich bin doch nicht blöd“, gab der Mann schlagfertig zurück. Er half der hinkenden Roswitha ins Taxi. Moritz mit Trompete und Tasche nahm auf dem Rücksitz Platz. „So fahren Sie doch schon!“ befahl Moritz energisch. „Na, Sie haben wohl Alkohol getrunken, sind ganz schön daneben, mein Lieber“ bemerkte der Taxifahrer kopfschüttelnd. Er musste schniefen, denn der üble, scharfe Geruch in seinem Taxi missfiel ihm. Mit dem Mädchen hatte er Mitleid, es passte eigentlich gar nicht zu diesem Burschen. „Sie wollen zum Johannishof“ vergewisserte er sich nochmals. Dann fuhr er davon, die Sodener Landstraße entlang, in Richtung Kronberg Süd, zum Johannishof.

Kapitel 2

Eingebettet in eine idyllische Naturlandschaft lag der Johannishof. Die einzelnen Fachwerkbauten boten ein besonderes Flair im Süden der Burgstadt. Das große imposante Herrenhaus mit seinen Giebeltürmchen und blumenverzierten Fenstern wurde von Johannes von Hohenstein mit seinem Sohn Moritz bewohnt. Der Endsechziger, Immobilienmakler und Architekt war von früh bis spät mit Arbeit ausgefüllt. Einige tüchtige Helfer standen ihm als Bedienstete treu zur Seite.

Es war in der Früh, zehn Uhr. Johannes von Hohenstein saß beim morgendlichen Frühstück. Er genoss den Mocca mit Milch und Kandiszucker, studierte nebenbei die Tageszeitung mit den neuesten Schlagzeilen. Vom reichhaltigen Buffet, das Dörthe, die gute langjährige Fee des Hofes, aufgetischt hatte, nahm er seinen Imbiss. Das Salamibrötchen fiel ihm aus der Hand, als er jetzt eine Schlagzeile in der Zeitung las. „Das kann doch nicht wahr sein! Wieder einer, der Fahrerflucht begangen hat. Oh, mein Gott, die Apothekerin aus Königstein, das Julchen ist tot“, murmelte er entsetzt. Der Bissen blieb ihm im Hals stecken. Mit der Frau verband ihn ein geschäftlicher Kontakt, denn sie wollte sich in Kronberg demnächst niederlassen. Immer wieder las er den Bericht.

„Guten Morgen, Herr von Hohenstein", sagte der Bedienstete freundlich, der nun mit Moritz und Roswitha den Raum betrat. „Ob das ein guter Morgen oder guter Tag wird, ist fraglich", meinte Herr von Hohenstein betroffen. „Hallo, Vater", begrüßte Moritz ihn knapp, schubste Roswitha vorwärts und nahm am Tisch Platz. „Wie schaut ihr denn aus? Moritz, was ist mit deinem Kopf? Warum bist du im Gesicht verpflastert? Ist das eine Maskerade?" Sein Sohn erblasste und vermied, seinen Vater anzusehen.

„Ja, ich bin...ich bin...", stockte er herum, schaute auf Roswitha, die humpelnd zum Tisch ging. Ihr Handgelenk und das linke Knie waren verbunden.

„Was ist hier eigentlich los?" fragte Herr von Hohenstein nochmals. „Gregor, können Sie mir eine Erklärung geben, warum die Beiden wie Schwerverletzte aussehn?"

„Ich hab mich auch schon gewundert", antwortete der Mann, der als Butler langjährig auf dem Hof in Stellung war. Er bediente sich am Büffet und setzte sich an den gedeckten Frühstückstisch.

„Es gibt frischen Kaffee"! rief Dörthe, die ältere Wirtschafterin in die schweigende Runde. „Was ist denn das für eine Atmosphäre hier", fragte sie irritiert und stellte die Thermoskanne mit dem duftenden Mocca ab. „Haben Sie schon Ihren Sohn und Roswitha begutachtet, wie sie zugerichtet sind?"

„Ja, Dörthe" entgegnete Herr von Hohenstein. „Ich warte schon seit einiger Zeit auf eine klärende Antwort. Aber ich bekomm´ sie nicht. Tiefes Schweigen. Das ist so ungewohnt."

„Vater, ich bin … ich bin gestern", stotterte Moritz mühsam herum und trat unterm Tisch Roswitha leicht gegen das Bein. „Aua!" klagte Roswitha, denn der Fußtritt schmerzte.

„Was ist denn, Roswitha?" fragte Dörthe das Mädchen, die ein Praktikum auf dem Hof absolvierte. „Mein Bein, ich mein, das Knie schmerzt so. Ich bin die Treppenstufen heruntergestürzt, da hab ich mir die Verletzungen geholt." Sie schaute beschwörend auf Moritz, der für sie wie ein Bruder war, obwohl das Mädchen in ihn sehr verknallt war. „Bist du auch eine Treppe runter gefallen, Moritz?" bohrte sein Vater weiter und schüttelte den Kopf. „Nein, Vater!" stockte sein Sohn herum. „Ich wollt was aus dem Hängeschrank holen, da stürzte ich von der Leiter."

„Sehr seltsam, dass ihr beide gestern gestürzt seid und euch solche gravierenden Verletzungen dabei geholt habt", meinte Herr von Hohenstein verwundert. „Na ja, ihr lebt ja noch", bemerkte er knapp.

Dörthe saß am runden Tisch und hielt auch eine Pause. Mit Gregor hatte sie guten Kontakt, beide waren schon fast 50 Jahre auf dem Johannishof tätig und fühlten sich heimisch. Herr von Hohenstein griff wieder nach der Zeitung. „Haben Sie das schon gelesen?", fragte er seine Bediensteten und hielt ihnen das Blatt hin. Gregor studierte zuerst die Schlagzeile. Fahrerflucht!

Nächtlicher tödlicher Unfall auf der Sodener Landstraße. Die Königsteiner Apothekerin, Julia Köhnmeier, wurde bei einem schweren Autounfall tödlich verletzt. Der unbekannte Fahrer machte sich aus dem Staub und ließ die Frau schwer verletzt zurück. Nach ihm wird polizeilich gefahndet.

„Das ist ja grauenvoll“, entfuhr es Gregor entsetzt. „Wer macht denn so was?“, war Dörthes Reaktion. „Fahrerflucht, das ist so niederträchtig. Die arme Frau“, zeigte sie Mitgefühl.

„Herr von Hohenstein, wollte Frau Köhnmeier nicht bei Ihrem Bauprojekt am Berliner Platz, eine Filiale, eröffnen?“

„Ja, Dörthe, das war in Planung“, sagte er seufzend. „Vor Tagen hatten wir uns noch mit dem Bauherrn Schumann im „Grünen Wald“ getroffen. Es ist unfassbar. Ich kanns nicht glauben. Der Verursacher gehört hinter Schloss und Riegel.“

Moritz saß steif und kreidebleich am Tisch. Seine Hand zitterte und der Kaffee schwappte auf die Tischdecke. „Du bist so nervös“, wunderte sich Dörthe. „Was ist denn?“ Roswitha legte das Brötchen auf den Teller. Der Appetit war ihr nach dieser Mitteilung gänzlich vergangen. Sie schwieg.

Johannes von Hohenstein räusperte sich. Sein Frühstück war beendet. Er griff zu seiner Mappe, in der die wichtigsten Informationen notiert waren. Das war seine allmorgendliche Routine.

„Meine Herrschaften“, sagte er jetzt mit etwas bewegter Stimme, „so tragisch der Unfalltod Frau Köhnmeiers ist“, er machte eine kleine Atempause und wischte sich über die Augen, „so wollen wir dennoch zum Tagesprogramm übergehn. Nur noch kurz nebenbei: „Ich werde, natürlich auch in Ihrem Namen, ein Kondolenzschreiben schicken.“ Er überlegte und machte eine Handbewegung. „Nein! Ich geh persönlich vorbei“, verbesserte er sich. „Schließlich ist Frau Köhnmeiers Mann aktives und förderndes Mitglied bei all unseren Bauprojekten.“

„Ja, das ist richtig“, erwiderte Gregor bejahend. „Hat er nicht auch jetzt einen Geldbetrag gesponsert?

„Sie haben recht“, entgegnete der Hofverwalter kopfnickend. „Er ist oft sehr spendabel gewesen, der Martin. Es tut mir sehr leid und bewegt mich, mit Julchen. Ich meine seiner Frau.“

Moritz und Roswitha saßen schweigend am noch gedeckten Frühstückstisch. Roswitha unterdrückte krampfhaft die Tränen vor Ergriffenheit über den Tod der Frau. Moritz ansonsten mit roten Wangen, wirkte jetzt kreidebleich und blickte düster zu Boden. Herr von Hohenstein legte die Hand auf die Schulter seines langjährigen Butlers: „Gregor, mein Guter“, sagte er freundlich, „der Rasen müsste gemäht werden. Ach ja, die größeren und langen Äste der Birken beim Rosenhaus sollten auch geschnitten werden. Wenn Frau Wallenberg nächste Woche kommt und das Rosenhaus bezieht, soll sie doch eine gute, freie Sicht vom Balkon haben. Nicht wahr?“ Herr von Hohenstein machte ein verklärtes Gesicht. Lange Jahre verehrte er diese Frau schon. „Wie weit waren eigentlich die Handwerker im Rosenhaus?“

„Herr von Hohenstein, alle Räume sind tapeziert und gestrichen“, gab der

Butler genauestens Auskunft. „Das Rosenmuster wirkt zwar romantisch“, meinte er kritisch dazu. „Na ja, wem das gefällt - mir persönlich ist eine Raufasertapete sympathischer.“

„Da bin ich auch deiner Meinung, Gregor“, gab Dörthe offen ihren Senf dazu. Sie leerte ihre Tasse mit dem jetzt lauwarmen Mocca. „Herrschaften, die Hauptsache ist doch, Frau Wallenberg fühlt sich im Haus und dem neu gestalteten Zimmer wohl“, entgegnete der Hausherr verklärt, denn er verehrte diese Frau seit Jahren sehr. Bald würde sie auf dem Johannishof Einzug halten. Gregor meldete sich wieder zu Wort. „Ach ja, Herr von Hohenstein, der Malermeister, ich glaub, Heider war sein Name, wollte heute noch die restlichen Türen im Rosenhaus streichen.“ Gregor stand auf und war Dörthe behilflich beim Abräumen. Fast majestätisch kutschierte er den großen silberumrandeten Servierwagen über den Parkettboden. Dörthe, die gute ältere Wirtschafterin schmunzelte. „Das ist aber nett, meinst du, ich schaff' das nicht allein?“

Herr von Hohenstein wandte sich seinem Hausmädchen zu. „Roswitha, du hast es ja vernommen, die Handwerker sind mit ihren Arbeiten im Rosenhaus fertig. Du putzt dann dort alle Fenster, übrigens, auch hier im blauen Raum ist es notwendig.“

„Ja, Herr von Hohenstein“, stammelte das Mädchen bedrückt. Ihr Gewissen plagte sie doch sehr. Sie dachte an den gestrigen Unfall mit Moritz, und an Frau Köhnmeier, die nun tot war.

Herr von Hohenstein setzte seine Anweisungen fort. „Nun zu dir, mein Sohn, damit du dich nicht auf deinen Lorbeeren ausruhst“, äußerte er sich energisch und mit scharfen Tonfall. „Du gehst zum Quellenpark Kronthal und holst bei Herrn Wagner die Getränke. Zwanzig Kisten Mineralwasser fährst du zum Sonnenhof. Klar?“

„Vater, ich bin doch mit Kai verabredet“, erinnerte der Sohn. „Ich wollte ihm beim Packen helfen. Er wartet auf mich.“ Moritz machte ein finsteres Gesicht, denn es passte ihm nicht in den Kram. Beschwörend schaute er auf Roswitha, die kreidebleich und mit versteinerter Miene am Frühstückstisch saß. Welche Anordnungen Herr von Hohenstein auch gab- sie mussten immer genauestens ausgeführt werden. Da galt kein Widerspruch bei dem Hofchef. So befahl er energisch auch jetzt seinem Sohn:“ Was du willst, interessiert mich nicht. Ich habe dir einen Auftrag gegeben. Du fährst gleich die Getränke zum Sonnenhof, mein Sohn. Basta! Haben wir uns verstanden?“

Moritz brummelte vor sich hin. „Ist schon gut, Vater“, knirschte er kleinlaut. „Dein Wille geschehe, wie immer.“

„Diesen Ton kannst du dir sparen“, verbat sich der Vater. Das Herrenhaus, von Herrn Hohenstein und Moritz bewohnt, hatte einige Räumlichkeiten, sowie den „Blauen Salon“, in dem allmorgendlich das gemeinsame Frühstück stattfand.

Es klopfte an die Tür. „Wer ist denn das schon wieder am frühen Vormittag?“, beklagte sich der Hausherr und sagte ein lautes „Herein!“. Ein älterer Herr, in Polizeiuniform, betrat den Raum. „Einen guten Tag, die Herrschaften“, grüßte er freundlich. „Entschuldigung, wenn ich beim Frühstück störe, aber ich habe ein Anliegen und möchte etwas vorbei bringen und klären.“

„Ach je, Herr Bechthold, wenn ich Sie sehe, ahne ich nichts Gutes Geht's um meinen Sohn? Was hat er dieses Mal verbockt?“

„Wir gehen mal und machen uns an die Arbeit“, verabschiedeten sich Gregor und Dörthe. Kopfschüttelnd mit Blick auf Moritz, verließen beide den Raum.

„Herr Bechthold, Guten Morgen, setzen Sie sich zu mir an den Tisch“, forderte der Gutsverwalter den Beamten auf. „Moritz, Roswitha, ihr könnt auch gehn und euch an die Arbeit machen“, fügte Herr von Hohenstein mit einer Handbewegung dazu.

Moritz und das junge Mädchen wollten soeben den Raum verlassen und atmeten beide erleichtert auf.

„Halt, ihr Beiden!“ sagte der Polizeibeamte. „Bleibt mal da, ich habe mit euch und Herrn von Hohenstein zu reden.“ Die reuigen jungen Sünder kamen zurück. Roswitha zitterte am ganzen Körper und unterdrückte krampfhaft die Tränen. Sie hatte Bammel, was jetzt kommen würde. Herr Bechthold legte ein Handy auf den länglichen Tisch.

„Was soll das?“ wunderte sich Herr von Hohenstein. „Ja, dieses Handy gehört doch Ihrem Sohn? Nicht wahr, Moritz?“ wandte er sich an den jetzt verunsicherten Burschen. „Ja! Ja“, stammelte er und versuchte, nicht die Fassung zu verlieren. „Ich muss es verloren haben“, meinte er kleinlaut und schielte verbissen auf Roswitha. „So, Sie haben es verloren?“ äußerte sich der Polizist erstaunt. „Wissen Sie denn auch wo?“

„Ich weiß es nicht genau“ stotterte der Bursche herum.

„Junger Mann, ich will es Ihnen sagen“, antwortete er im barschen Ton. „Gestern um Mitternacht, ereignete sich auf der Sodener Landstraße ein schwerer Autounfall. Der Fahrer oder die Fahrerin machten sich aber aus dem Staub. Die schwer verletzte Frau Köhnmeier aus Königstein verstarb später an ihren schweren Kopfverletzungen. Hätte man sofort Hilfe geholt, könnte die Frau vielleicht noch leben. Seltsam ist es nur, dass wir später an der Unfallstelle ihr Handy fanden.“ Moritz schluckte und blieb stumm.

Herr von Hohenstein wurde hellhörig. Er schlug mit der Hand fest auf die Tischplatte, dass es wie ein Donnerschlag klang. „Moritz, Roswitha, was habt ihr dazu zu sagen? Ich erwarte eine Erklärung von euch.“

„Ach ja, ich bitte auch“, fügte Herr Bechthold höhnisch dazu. „Ihr habt doch gestern in eurer Disco eine sogenannte Abschiedsfete gehalten, Moritz“, erinnerte der Vater den Sohn. „Was war los? Habt ihr Alkohol getrunken? Roswitha, was ist? Moritz, bist du im alkoholisiert noch Auto gefahren und hast den Unfall verursacht? Frau Köhnmeier ist tot.“ Schweigende Stille. Ein böses Geheimnis lag im Raum, worüber nur Moritz und Roswitha Bescheid wussten. „Vater, nach unserer Fete bin ich noch etwas mit Roswitha um die Ecken gelaufen“, röchelte Moritz herum. „Ein Taxi kam beim Park vorüber“, berichtete das Mädchen mit belegter Stimme weiter. „Ja, Herr Bechthold, wir sind beide mit diesem Taxi zurückgefahren. Es war aber ein fremder Fahrer, der kannte sich überhaupt nicht aus“, fügte Roswitha hinzu. „Vater, dieser Taxifahrer machte einen Umweg, fuhr am Schwimmbad vorbei, dann am Opel Zoo und weiter Richtung Königstein. Über Bad Soden sind wir heim gekommen. Er hat aber das dann nicht berechnet.“

„Ja, Ja, Herr Bechthold“, stammelte das Mädchen verwirrt, „es war schon so, wie Moritz gesagt hat.“ Sie überlegte nun genau, um Moritz zu helfen. „Da fällt mir ein, Moritz musste pinkeln und ist bei der Kreuzung im Wald ausgestiegen. Ich glaube, er hatte auch die Lederjacke ausgezogen.“

Sie schaute auf Moritz. „Eine sehr interessante Story, die Sie mir da berichten, junge Dame“, meinte Herr Bechthold kopfschüttelnd. „Aber ich glaube es nicht. Das passt alles so schön zu dem Unfall. Seltsam!“

„Was Roswitha gesagt hat, stimmt“, erwiderte Moritz. „Sieh mal an, beim Pinkeln ist Ihnen das Handy aus der Jacke gefallen? Das war ausgerechnet am Tatort, wo der Autounfall passierte, mein lieber Moritz von Hohenstein?“

„Warum nicht? So wird’s wohl gewesen sein. Ich weiß auch nicht.“ Johannes von Hohenstein stand auf. Er packte seinen Sohn am Arm. „Schau mir in die Augen, Sohn“, brüllte er lautstark durch den Raum. „Bist du noch Auto gefahren und hast den Unfall verschuldet? Gib mir Antwort, Moritz!“ Der Sohn versuchte sich krampfhaft in Gewalt zu halten. Mit eisernem Gesichtsausdruck schaute er dem Vater ins Gesicht und leugnete die Tat. „Vater, Herr Bechthold, ich habe nichts mit dem Autounfall zu tun. Roswitha und auch ich, sagen die Wahrheit. Das können Sie uns ruhig abnehmen. Gell, Rosi?“

„Es stimmt alles, was Moritz erzählt hat“, ergänzte das Mädchen. Herr Bechthold erhob sich. Er legte die Hand auf Moritz Schulter. „Junger Mann, Moritz, Sie sind für uns kein unbeschriebenes Blatt. Sie sind schon vorbestraft. Wir werden den Tatvorgang noch genau prüfen. Sollte sich herausstellen dass Sie doch Auto gefahren sind und den Unfall verschuldet haben - dann gnade Ihnen Gott, junger Mann!“, sagte er im scharfen Ton. „Alkohol am Steuer! Unfall mit Todesfolge!. Fahrerflucht! Das gibt Anzeige! Strafe: Führerscheinentzug und Gefängnis, mein Freund.“ Herr Bechthold schaute ihn eindringlich an. Doch Moritz von Hohenstein blieb standhaft, hatte sich in Gewalt. Unbemerkt fasste er nach Roswithas Hand, drückte sie. „Passen Sie aufs Handy auf, damit es beim Pinkeln nicht erneut an andrer Stelle verloren geht. Nichts für ungut! Das wars! Guten Tag, Herr von Hohenstein. Adios, Moritz, Roswitha!“ Der Polizeibeamte verließ den Raum.

Herr von Hohenstein war mit seinem Sohn und Roswitha allein im Raum. „Ich bin fassungslos“, sagte er schockiert. „Moritz, habt ihr bestimmt nichts mit dem Unfall zu tun? Eure beiderseitigen Verletzungen gestern, finde ich schon sehr seltsam.“ Er hielt Roswitha am Handgelenk fest und schaute sie kopfschüttelnd an. „Da werde ich nicht ganz schlau, irgend etwas stimmt ja nicht“, bemerkte er kritisch. „Na, ja, Herr Bechthold wird den Fall schon prüfen und klären.“

„Vater, wir sind wirklich unschuldig, haben nichts mit dem Unglück nichts zu tun. Das darfste glauben“beteuerte der Sohn, ohne Schamesröte. „Ja, ist gut“, sagte der Vater knapp. „Geht an eure Arbeit, ich fahre in die Stadt zu meinem Termin.“ Roswitha griff nach Moritz Hand und hielt sie fest. „Komm leise mit auf mein Zimmer“, flüsterte der junge Mann.

Beide schlichen auf Zehenspitzen die Treppenstufen zum obersten Stockwerk hoch. Moritz öffnete die Tür seiner „Männerbude“, wie er sich ausdrückte. Es stank nach Bier und Zigarettenqualm. Erschöpft ließ er sich aufs alte verschlissene Ledersofa fallen. „Mann, Rosi, das war gefährlich, ich hab die Luft angehalten.“

„Du kannst ganz schön lügen“, meinte das Mädchen und setzte sich neben ihn. „Was willst du jetzt machen? Herr Bechthold glaubt uns die Story nicht. Das hab ich gemerkt. Du kannst ins Gefängnis kommen. Weißt du das?“ Moritz wehrte ab. „Quatsch! Wir müssen nur zusammenhalten, Rosi, immer das Gleiche schildern. Dann glaubt man uns schon.“

„Wo ist denn dein Suzuki jetzt? Wenn den einer findet“, äußerte das Mädchen nachdenklich mit Herzklopfen. „Ich habe sofort Carlos in Eschborn angerufen. Er kam mit dem Abschlepper, hat den Wagen noch in der Nacht in seine Werkstatt gefahren.“

„Das ist gut“, meinte Roswitha triumphierend. „Das ist sogar sehr gut. Wird Carlos dicht halten, dich nicht verraten?“

„Ich glaub nicht, Rosi. Er ist ein Schulkamerad, auf ihn kann man sich schon verlassen. Er versucht alles, um den Suzuki wieder herzurichten. Neue Scheiben setzt er auch gleich ein und lackiert ihn. So sagte er es wenigstens.“ Beide pafften nun eine Zigarette, denn in Anwesenheit von Herrn Hohenstein durfte das nicht sein. Er war strickt gegen den blauen Dunst.

„Moritz, das kostet bestimmt eine schöne Stange Kohle. Das hast du doch nicht. Du bist doch arbeitslos und hast kaum Geld“, meinte das Mädchen mitfühlend. „Hast schon recht, Rosi, billig wird’s nicht. Da muss ich mir schon was einfallen lasse. Aber ich brauch bald mein Auto, sonst merkt Vater was. Seine Pingeligkeit und ständige Befehle gehn mir schon auf den Keks.“

Roswitha hatte ihren Glimmstängel im Aschenbecher ausgedrückt. Sie tat einen tiefen Seufzer. „Ja, dann geh ich mal die Fenster polieren, sonst gibt’s noch mehr Zoff mit deinem Vater. Also bis später!“ Das Mädchen rauschte davon.

Mit mürrischem Gesicht machte Moritz erneut Morgentoilette. Er frisierte seine hochgekämmten Haare jetzt manierlich, zog ein frisches Hemd zu seiner Jeans an. Geldbörse, Handy und andere notwendigen Utensilien verstaute der Bursche in den Hosen- und Jackentaschen. Dann verließ er sein Zimmer. „Ich fahr jetzt nach Königstein, die Getränke liefern“ sagte Moritz zum Butler, der auf der Etage nach den Pflanzen schaute. „Ja, tu das mal, Moritz. Bau nicht wieder einen Unfall!“

„Was ihr immer habt und nörgelt“, brummelte der Bursche.

Mit lautem Türenschlag verließ er pfeifend das Haus. Er überquerte das Hofgelände, winkte dem Stallknecht zu, der zwei Pferde aus den Boxen ins Freie, führte. Moritz trottete gemütlich zum Quellenpark Kronthal. Vor dem großen Getränkegebäude stand ein kleinerer Lieferwagen. „Da kommt ja schon der junge Hohensteiner. Hallo, Moritz!“ wurde er mit einem Handschlag auf die Schulter begrüßt. „Mor`n, Herr Wagner“, sagte der Bursche knapp. „Ich soll die Kisten holen für den Sonnenhof.“

„Hier stehen zwanzig Kisten mit Mineralwasser, Moritz. Stell sie in den Wagen. Der Lieferschein ist in der Mappe. Lass es dir bitte richtig quittieren. Hörst du?“

„Ist schon recht, Herr Wagner“, antwortete der junge Mann etwas grimmig, denn auf diese Tour hatte er keinen Bock. Die Kisten waren aufgeladen. Moritz setzte sich ans Steuer und gab Gas. Im Schneckentempo fuhr er durch Bad Soden, in Richtung Königsteiner Sonnenhof. Nach einer Weile hielt er vor dem stattlichen Gebäude an und hupte mehrmals. Der Küchenchef in weißer Bekleidung kam ihm entgegen. „Hallo! Da wären ja unsere Getränke, das gute Kronberger Wässerchen“, meinte er verschmitzt. Sogleich verfrachtete er alles in Richtung Kellerraum. Er quittierte die Rechnung und gab Moritz das Geld. „Wir haben heute eine große Feier am Nachmittag“, verkündete der Küchenchef verheißungsvoll. „Goldene Hochzeit, reiche vornehme Herrschaften aus Wiesbaden. Ach, junger Mann, haben Sie Appetit auf ein Stück Schwarzwälder Kirschtorte? Die gibt es reichlich. Kommen Sie mal unauffällig mit mir.“ Moritz schmunzelte. „Das hört sich ja geil an“, meinte er entzückt und folgte dem Mann ins Küchengefilde des vornehmen Hotels. „Hallo, ich bin Moritz“, grüßte er in den Raum. Moritz nahm am Ecktisch Platz und schaute sich interessiert um. „Lassen Sie sich mal die Torte gut schmecken, junger Mann“, sagte der Küchenchef schmunzelnd. „Vielleicht noch ein Getränk dazu? Versuchen Sie doch mal unseren guten Kaffee vom Sonnenhof.“ Dann gesellte er sich kurz zu Moritz an den Tisch. „Na, ist der Kaffee gut? Schmeckt Ihnen die Torte? Die noblen Herrschaften haben einige Torten spendiert, obwohl wir im Café auch Gebäck und Kuchen anbieten.“ Moritz mampfte gierig drauf los. „Köstlich! Das hab ich lang nicht mehr gegessen. Wissen Sie, unsre Wirtschafterin Dörthe, backt meist Käsetorte, oder jetzt Erdbeerkuchen“. Moritz schluckte und trank vom köstlichen Kaffee. „Die langweiligen Kuchen bei uns auf dem Hof kommen mir bald zum Hals heraus“, klagte er nicht gerade erfreulich über Dörthes Backkünste. Der Bursche stand auf. „Ich muss wieder fahren, mein strenger Vater liebt keine Unpünktlichkeit. Das ist leider so“, stöhnte Moritz. „Danke, für die

stiegen wieder in den Transporter und fuhren im Schneckentempo, einen Seitenweg entlang, zum Stallungsgebäude. Versteckt hinter hohen Sträuchern, hielten die Kumpels an. Sie stiegen aus. Aus verschiedenen Kartons und Taschen, kramten sie einige Utensilien und verstauten es in eine größere Reisetasche. „Jetzt gehn wir beim Hintereingang die Treppe hoch, Kai." Die große schwere Tasche schleppend, schlichen die beiden Freunde ins Haus. Sie gingen die etwas knarrende Holztreppe hoch, in Richtung Moritz Domizil. „Du, ich muss mal pinkeln", sagte Kai leise und verschwand im Klo, nebenan. Moritz verschwand in seinem Zimmer und bugsierte Kais Tasche in die Zimmerecke. Sein Sakko schleuderte er unsanft aufs Bett. Nun kam auch Kai ins Zimmer. Mit einem Schnaufer ließ er sich aufs Ledersofa plumpsen. „So, jetzt hocken wir hier blöd auf deiner Bude und beklotzen die Wände. Mensch, Moritz, ich brauch ein neues Quartier und Moneten, verstehste das?" Kai streifte seine fast schulterlangen klebrigen Haare zur Seite und wirkte dadurch nicht besonders ansprechend.

Der junge Mann, Anfang Dreißig, waschechter Berliner, mit kesser Schnauze, hatte sich mit seinen Eltern total verworfen, den Kontakt abgebrochen. Kai Blessing, mit großem schauspielerischen Talent, zog es in die Nähe seines Freundes Moritz. Wegen einigen Delikten verlor er seine Tätigkeit bei der Opernbühne. So war er wie sein Freund schon länger arbeitslos. Moritz war sein Freund und Kumpel, mit dem er schon manch kriminalistisches Delikt ausübte, vorbestraft war. „Du kannst die Nacht bei mir pennen, das braucht mein Oller gar nicht mitbekommen", bot der Freund an. „Vielleicht noch in deinem Bett? Biste balla, balla, Moritz. Ich bin doch nicht schwul."

„Quatsch! Vorm Fenster kannste pennen" Er öffnete den Bettkasten von seiner Koje, holte Decken heraus und Kissen. „Na, das wird doch was. Da kannste dich ausstrecken. Klo, Dusche, ist nebenan. Was Essbares kriegste auch. Das mach` ich schon." „Manno, Manno, Moritz, das kann was werden. Aber dein Vater..." Die beiden Männer lümmelten sich aufs Sofa und pafften. „Ach Moritz, so eine schnuckelige kleine Wohnung müsste man haben, wo einem keiner dazwischen funkt", wünschte Kai und blies kleine Rauchwölkchen in den Raum.

„Mir stinkts auch hier bei meinem Alten. Ewig diese Nörgelei, alles muss nur nach seiner Nase tanzen. Er ist der Boss vom Hof. Als Mutter noch lebte, war es ganz anders", klagte der Bursche und öffnete den Kühlschrank, der sich in seinem Zimmer befand. „Da ist keine Pulle Bier mehr drinnen. Ich brauch was Feuchtes. Bier! Schnaps wäre mir noch lieber. Magst ein Salamibrötchen, Kai? Das hab ich mir aus der Küche geangelt, als Dörthe nicht da war. Bei ihr muss ich jetzt auch aufpassen. Die wird so herrschsüchtig, behandelt mich, als ob ich noch ein Baby wäre. Moritz, das ist nicht gut für dich! Das gehört sich nicht! So geht das immer. Ich kanns bald nicht mehr hörn."

„Manno, Moritz, erzähle jetzt keine Storys hier. Das weiß ich doch alles. Das erzählst du mir fast ständig“, klagte der Freund und streckte die Beine in die Höh. „Hol endlich was Alkoholisches. Ja, paar Pullen Bier. Hörst Du? Auf Salami hab ich keinen Bammel. Da ist mir ein echter „Hamburger“ lieber.“

„Schalt dir den Fernseher ein, Kai. Da gibt's die Sportschau jetzt mit den Fußballergebnissen aus Frankfurt und Offenbach. Ich guck, ob ich uns Bier angeln kann.“ Der Bursche verlies seine Bude, stampfte die Treppenstufen herab, in Richtung Küchengefilde, was im ersten Stockwerk lag. Er rauschte in die Küche. Doch leider war die Wirtschafterin dort beim Zubereiten der Abendmahlzeit, beschäftigt. „Was willst du denn hier, Moritz? Hast du keine Arbeit?“ Moritz ging zum großen Kühlregal. „Ich brauch zwei Pullen Bier!“ Die ältere resolute Frau, wehrte ab und nahm ihm die Flaschen aus der Hand. „Moritz, du sollst nicht soviel Bier trinken! Es ist Alkohol. Das ist nicht gut für dich. Dein Vater wird ganz böse, wenn er das sieht. Nimm dir eine Flasche Mineralwasser mit aufs Zimmer davon ist reichlich da. Das ist auch gesünder.“ Eine lebhafte Debatte gab es nun. Aber Moritz verstand es schon, sich einzuschleimen, die Frau um den Finger zu wickeln. Schließlich kannte er sie schon seit sechsundzwanzig Jahren. So schlang er jetzt seine tätowierten Arme um die korpulente Frau und säuselte ganz freundlich: „Ach, allerliebstes Dörthchen, ich hab so Migräne und will auf meinem Zimmer bleiben. Gib mir die Pullen Bier und ich zieh Leine. Bitte!“ Der Bursche sah sie grinsend an. „Zwei Flaschen nur“, wiederholte er schmeichelnd. „Wenn du wieder deine Migräne hast und Tabletten einnimmst, mach ich dir einen Kamillentee. Wasser ist auch besser.“ Der junge Mann wurde nun energisch. „Dörthchen, dann eine einzige Pulle Bier. Ja? Ich bin dann fort.“

Die genervte und gestresste Wirtschafterin drückte ihm eine Bierflasche in die Hand. „Nimm sie und zisch ab! Um neunzehn Uhr gibt es Abendessen. Kartoffelsalat mit Frankfurter Würstchen. Da kommt dein Vater aus Homburg zurück. Jetzt mach dich hier fort und halt mich nicht von der Arbeit ab.“ Sie gab ihm einen liebevollen Stoß. „Fort mit dir aus meiner Küche, Moritz!“

Der Bursche küsste die Frau auf die Wange. „Dörthe, du bis ein Schatz. Das wusste ich schon immer.“ Er drückte die Bierflasche an sich und trottete die Treppe hoch in seine Bude. „Manno, wo bleibst du denn, Moritz? Haste das Bier aus dem Brauhaus erst geholt? Ich hab Kohldampf.“

„Es gab wieder Trabbel mit Dörthe. Kamillentee soll ich saufen. Wasser. O je! Eine Pulle hab ich ergattert. Die müssen wir uns nun leider teilen, Kai. Na, besser wie gar nichts. Prosit, Kai!“

Die Freunde süffelten das Bier. „Moritz, allen Ernstes, ich brauch eine Unterkunft und dringend aus reichend Kohle. Meine wenige Sozialhilfe im Moment, langt vorn und hinten nicht.“ Der Mann kratzte sich nachdenklich am Kopf. „Ja, ne Arbeit wär ja schon ideal. Aber es muss was Vernünftiges sein. Lust hab ich nicht viel. Ein sorgloses und freies Leben. Das ist doch toll!“

Beide pafften vor sich hin. „Ich hab ne Idee, Moritz. Wir brauchen doch beide Kohle. Oder nicht? Wie wärs, wenn wir nachher zur Spielbank nach Homburg düsen? Vielleicht haben wir Glück und gewinnen einige Scheine.“ Moritz stöhnte. „Kai, du Optimist. Ich bin fast blanko. Aber das wäre zu überlegen. Nicht schlecht!“ Er holte seine Geldbörse und zählte nach. „Das sind noch 64 Euro und paar Cent. Nicht viel. Von was soll ich weiter leben? Heh?“

„Manno Moritz, wir legen zusammen! Ich hab noch 85 Euro. Was meinst du? Was solln wir machen?“ Moritz überlegte. „Ich hab Dörthe gesagt, ich hätte wieder meine Migräne und käm nicht zum Abendessen. Wir könnten gegen 21 Uhr nach Homburg tingeln. Dann ist hier Zapfenduster, Dörthe und Gregor sind drüben im Pförtnerhaus. Mein Alter zieht sich da auch immer zurück und will seine Ruhe haben. OK! Abgemacht! Aber, was ziehn wir an? So wie wir eben ausschaun, kommen wir niemals da hinein. Da wird doch auf Etikette geschaut, Kai.“ Er ging sogleich zum Kleiderschrank und kramte einige Hemden, Hosen, Pullis, hervor. „Schwierig! Was ziehst du an?“

„Sollten wir nicht erst mal unter die Dusche, damit wir manierlich wirken und nicht müffeln?“ fragte Kai und grinste. „Hast recht. Also, zischen wir ab zum Bad“, meinte Moritz. Beide entkleideten sich, bedeckten sich mit einem Badetuch und verließen den Raum, in Richtung Badezimmer, neben dem Klo.

Der kleine Baderaum im oberen Stockwerk, war nun von einer Dunstglocke eingehüllt. Die beiden Burschen duschten und die Haarpracht wurde eingeseift. „Das tut gut“, jubelte Kai. „Und wie ich dufte.“ Er schnüffelte mit der Nase. Mit dem Badetuch bedeckt gings zurück ins Zimmer. Moritz zog frische Wäsche an. In dunkler Hose, hellem Hemd und Blouson, wirkte er ganz ordentlich. Er beäugte sich kritisch. „Das bin ich gar nicht mehr gewohnt, so vornehme Kleidung.“ Kai griff jetzt zu einer braunen Hose mit Jackett, einem gelblichen Hemd. Es war alles von seinem Freund. Er musterte sich auch und machte zufriedene Miene. Etwas knapp zwar, aber na ja, besser wie gar nichts. „Was ist mit unseren Frisuren? Das passt ja nun überhaupt nicht zusammen“, meinte Kai kopfschüttelnd und griff nach seiner langen Haarpracht. „Die steckste hinten am Kopf zusammen“, schlug Moritz vor. „Ganz einfach, Kai.“ Er selber kämmte und kämmte seine spärlichen Haare, die ansonsten wie ein Hahnenkamm nach oben standen, manierlich glatt zur Seite. Er begutachtete sich im Schrankspiegel. „Ach ja, ich glaub, so können wir zur Spielbank gehn.“ Die passenden dunklen Schuhe fand er auch dazu. „Deine alten Latschen kannste aber nicht anziehen, Kai. Nimm die braunen Schuhe von mir und zieh paar dicke Socken dazu an. Dann kannste damit laufen.“

Die beiden Freunde sahen sich amüsiert an. Nichts erinnerte mehr an schräge Burschen, die so manchen Delikt ausgeheckt hatten.

Es klopfte an die Tür. Es war Herr von Hohenstein. „Moritz, bist du da? Wir wollen Abendbrot essen. Kommst du dann runter?“ Der Vater drückte auf die Türklinke, es war verschlossen.

„Ich hab Kopfschmerzen und möcht meine Ruh haben", antwortete der Sohn lautstark. „Esst allein, ohne mich. Guten Appetit!"

„Ja, ist gut", war des Vaters Antwort. „Dann gute Besserung. Gute Nacht, bis morgen!" Stille. Kai grinste. „Du kannst schwindeln. Toll, das imponiert mir." Moritz grübelte. „Manno, Kai, wir können ja nicht mit meinem Suzuki fahren. Der ist doch bei Carlos in der Werkstatt. Dann nehmen wir den Transporter einfach. Was solls."

„Haste schon wieder ein Unfall gebaut?" fragte der Freund. „Ja!" entgegnete Moritz, verschwieg aber den genauen Tathergang. „Was machen wir aber mit dem ganzen Gepäck im Transporter, Moritz? Sollen wir so nach Homburg kutschieren, alles mitnehmen? Das ist doch absurd. Wenn das geklaut wird?"

„Ach, Unsinn", wehrte Moritz ab. „In der Seitenstraße beim Kurpark, kannste das Auto parken. Wer soll das klauen? Dort stehen ganz andere und tollere Schlitten, wie unsrer." Der Freund schnaufte. „Also, trollen wir mit dem Transporter nach Homburg. Schalt` mal die Glotze an. Da gibt's ein Film von der Julia Roberts. Tolles Weib! Die ist geil", schwärmte Kai, der im Gegensatz zu seinem Freund schon mal auf sexy Weiber schielte. „Interessiert mich ne Bohne", äußerte sich Moritz und schaltete das Gerät ein. Er griff zu einem Schmöker von Durbridge, „Halstuchmörder" und vertiefte sich darin nen. Nebenbei schielte er mal zur Glotze. Für harte Krimis galt stets sein Interesse.

Im Herrenhaus war es still geworden. Eine Tür schlug zu. Sicher war es Herr von Hohenstein, der sein Reich aufsuchte. Es dämmerte und ging auf 21 Uhr. Moritz schaltete die Glotze aus. „Kai, tigern wir los? Sonst wird's zu spät und auch zu voll." Er steckte die Geldbörse in die Jackentasche und verließ mit seinem Kumpel seine Bude. Er legte den Finger an den Mund. „Trotzdem leise, damit mein Vater nichts merkt." Beide schlichen die Treppe herunter, zum Seitenausgang hinaus.

Die beiden Männer gingen zum Auto. Kai setzte sich ans Steuer und fuhr gemächlich über das Hofgelände. Dann gab er Gas und brauste in Richtung Bad Homburg.

„Hallo Moritz, träumst du etwa? Wir sind in Homburg. Na, das ging doch ganz reibungslos mit unserem komischen Fahrgestell", meinte Kai und stieg aus. „Was haste denn? Du bist so sonderbar die ganze Zeit schon." Moritz war nachdenklich. „Jetzt verspiele ich hier vielleicht meine letzten Kröten, die ich noch habe."

„Quatsch! Seh es positiv, Moritz", meinte der Freund zuversichtlich und grinste verheißungsvoll. „Vielleicht gewinnen wir ja paar Scheine. Wär doch obergeil. Oder nicht? Manno, zieh nicht so eine Schnute, Moritz. Lass und zur Spielbank zwitschern." Die Zwei ließen den Transportwagen beim Kurpark stehen. Sie überquerten die Straße. „Was ist denn da im Kaiser Wilhelm Bad heut wieder los?", wunderte sich Kai. „Das ist ja Festtagsbeleuchtung da.

Dort sind sicher wieder viele Vornehme und Reiche, nicht so arme Schweine wie wir es sind, Moritz. Die haben wenigstens Kohle.“ Die beiden Männer stolzierten mit Elan ins Innere der Spielbank. Sie zeigten ihre Ausweise vor. „Mann, Kai, hier ist ja wieder schwer was los“, entfuhr es Moritz überrascht. „Schau` mal, was da für tolle Leute, auch zwei Weiber, sind. Donnerwetter!“

An Ti, der Bar, wurde Sekt und Wein gesüffelt. Es war lautes Stimmengewirr vernehmbar. Die beiden Männer betraten die Spielhalle. Elegant gekleidete Damen und Herren versuchten dort ihr Glück. Moritz und Kai sahen dem Treiben erst mal gebannt zu. „Na, du, wie ist es jetzt?“, fragte Kai seinen Freund und holte die Geldbörse hervor. „Spielen wir?“ Beide erstanden sich die nötigen Jetons. Dann setzten sie sich wie zwei Profis an den Spieltisch bei Roulette. Sogleich vernahmen sie vom Croupier: „Ich bitte die Herrschaften das Spiel zu machen“.

„Ich setze auf die Dreizehn, das ist meine Glückszahl“, äußerte sich Kai und war sehr nervös. „Nichts geht mehr!“, sagte der Croupier. Die Kugel rollte und rollte. Zig Augenpaare waren auf sie gerichtet. Moritz, nervös vor Aufregung, ballte die Faust. „Dreizehn, Dreizehn!“, rief er aufgebracht. Die Kugel fiel ins Zahlenfeld. Der Tischchef nannte nun die Gewinnzahl. „Es gewinnt die Sechs“, sagte er und schaute in enttäuschte Gesichter. „So´n Mist“, protestierte Moritz. „Das ist meine Zahl, mein Geburtstag“. Er war enttäuscht. Kai machte ein weiteres Spiel, mit der Acht. Er hatte Pech. Es war nun die Dreizehn. „Das gibt es doch nicht! Das darf nicht wahr sein! Das ist verhext!“

Gegenüber am Tisch saß eine ältere, sehr vornehme Dame mit grauen Kringellöckchen. Zig Klunker hatte sie an den Fingern und eine tolle Perlenkette, samt goldener Armbanduhr. Sie schmunzelte höhnisch zu Kai und Moritz hin, denn sie gewann fast ständig. Die Moneten ließ sie in ihrem weißen Perlentäschchen, das neben ihr lag, verschwinden. „Meine Herren, Sie scheinen kein Glück zu haben“, amüsierte sie sich über die angeblichen Profis, Kai und Moritz. Moritz schmiedete im Geheimen einen Plan. „Ich setze auf die Neun“, sagte Moritz und hielt die Luft an. „Es gewinnt die Dreiundzwanzig“, war des Croupiers Stimme zu hören. Ein junger Herr kassierte nun einige Scheine. Dann hatte die seltsame ältere Dame wieder Glück, mit der Dreizehn. Moritz und Kai machten düstere Mienen. „Das wird nichts“, sagte Moritz. „Ich habe doch gleich gewusst.“ Sie spielten und spielten alle ihre Jetons, ihr ganzes Geld. „Ich bin pleite, Kai“, flüsterte Moritz dem Freund zu. „Ich hab noch sieben Euro und paar Gequetschte“, murmelte Kai und war fassungslos.

„Sie Armen, haben aber gar kein Erfolg“, amüsierte sich die Dame mit den Kringellocken und gewann wieder. Die Spielhalle hatte sich zur späten Stunde sehr gefüllt. Dicht gedrängt hinter einander standen die Personen. Moritz schritt langsam von seinem Platz um den Spieltisch. Er stand jetzt hinter der sitzenden stets gewinnenden Dame. Das Perlentäschchen lag nun neben ihr auf dem Stuhl. Gedankenlos hatte sie es dort abgelegt. Moritz griff ruckartig danach, ließ es in seinem Jackett verschwinden. Dann verließ er langsam die Spielhalle und suchte das WC, auf. Kai überkam die Spielleidenschaft und setzte nochmals auf die Dreizehn. Frustriert, mit griesgrämigen Gesicht musste er mit ansehen, es gewann die Zwölf und wieder diese Dame, in Weiß. Moritz war im Klo. Er verriegelte die Tür und öffnete das Perlentäschchen. Er staunte. Einige verknitterte Geldscheine und Kupfergeld, nebst Taschentuch, kamen zum Vorschein. Er zählte laut: „Manno, das sind ja fast fünfhundert Euro“, murmelte er und hatte Schweißperlen auf seiner Stirn vor Erregung. Das Geld ließ er in seiner Geldbörse verschwinden. Er öffnete das Klofenster, schleuderte die Perlentasche im hohen Bogen hinaus ins Gestrüpp. Mit einem Grinsen trottete Moritz seelenruhig in die Spielhalle zurück und suchte die Nähe seines Freundes. „Wo warst du denn, Moritz? Hier ist schwer was los.“

„Ich war auf dem Klo. Komm` mal zur Seite, ich muss dir was sagen. Da wirste staunen.“ Die beiden Männer gingen zu einem runden Tisch in der Ecke. „Was gibt’s denn so Wichtiges?“

„Wir haben wieder Moneten, Kai“, verkündete der Freund freudig. „Wie bitte? Woher denn? Wir waren doch pleite.“

„Pst! Leise! Ich hab das Perlentäschchen von der Frau an mich genommen. Manno, das Weib hat doch ständig nur gewonnen und die Kohle kassiert. Fast 700 Euro waren darin. Ich habs in meine Geldtasche gesteckt. Das Perlentäschchen liegt da draußen irgendwo im Rosengestrüpp.“

„Mensch, Moritz, du bist ja ne Wucht. Das imponiert mir. Das Weib hats noch nicht bemerkt. Die hat aber auch nicht mehr gewonnen“, berichtete Kai triumphierend. Er hatte den Satz noch nicht zu Ende gesprochen, da passierte es, was geschehen musste. Die Dame mit den Klunkern und Kringellocken, gewann erneut. Sie wollte das Geld in ihr Perlentäschchen tun, das sie nun suchte. „Wo ist meine Perlentasche?“ rief sie entsetzt und bückte sich, um unter den Stuhl und Tisch zu sehen. „Meine Tasche ist fort. Das gibt es doch nicht. Die muss jemand geklaut haben.“ Die Dame bekam einen hysterischen Anfall. „Herr Croupier, Sie müssen mir helfen, meine Geldtasche ist fort. Hier neben mir lag sie doch ganze Zeit. Das weiß ich bestimmt. Holen Sie die Polizei!“

Der Croupier versuchte die Dame zu beruhigen. „Wir schauen überall nach, gnädige Frau. Meine Herrschaften, wer hat die Tasche der Frau gesehen? Keiner verlässt die Spielhalle jetzt.“ Er stellte sich vor die Tür und rief mit dem Handy die Kripo. „Kai, wir müssen hier raus“, flüstere Moritz dem Freund zu. „Jetzt wird’s brenzlig, wenn die Bullen kommen.“

„Ruhe bewahren, Moritz. Hier kommen wir jetzt nicht raus.“ Aufregung, lautes Stimmengewirr herrschte jetzt in der Spielhalle. Die Kugel rollte nicht mehr, keiner dachte an Roulette.

„Du, da ist die Kripo. Was machen wir?“ Moritz Herz klopfte vor Aufregung. Er drehte sich zur Seite, als ob das alles ihn nicht berührte und schaute sich eine daliegende Zeitschrift an.

„Meine Damen und Herren, hier gibt's einen Vorfall!", äußerte sich der Kripobeamte. „Dieser Dame, ist die Geld oder Perlentasche abhanden gekommen. Hat einer von Ihnen was gesehen, bemerkt? Ich bitte um Entschuldigung, aber ich muss Sie alle prüfen." Er fühlte einige Personen ab, ließ sie Kleidungsstücke ausziehen, fasste in die Jacken und Hosentaschen. Er schaute kritisch auf die beiden Männer am Tisch in der Ecke. Moritz bemerkte diese Situation. Er tat nun etwas, was schon in seiner Schulzeit bei Prüfungen große Wirkung hatte. Mit einem Aufschrei ließ er sich zu Boden fallen und blieb regungslos liegen. Kai ahnte genau, was sein Freund für eine Show abzog und ging drauf ein. „Moritz, um Himmels Willen, was ist denn?"

„Der junge Mann ist zusammengebrochen!" war nun aufgebracht zu hören. Die Aufmerksamkeit galt nun dem scheinbar bewusstlosen Moritz und nicht der klagenden bestohlenen Dame. „Ein Arzt muss her", sagte eine Frau. „Der Mann braucht Hilfe." Der Kripobeamte ging zu Kai. „Was ist mit dem jungen Mann?" Kai bemühte sich ruhig zu bleiben. Er stocherte herum: "Ich, ich kenn den Mann. Das ist sicher eine Unterzuckerung. Der hat doch Diabetes. Ich bin zufällig Krankenpfleger und kümmere mich um den Mann, ich ruf den Krankenwagen. Er braucht Insulin!"

Moritz von Hohenstein spielte seine Rolle perfekt. Mit geschlossenen Augen blieb er weiter auf dem Fußboden liegen. Der Bursche amüsierte sich im Geheimen über dieses Affentheater um seine Person und sein Freund Kai grinste vor sich hin.

Zwei Sanitäter, in Begleitung eines Arztes, betraten die Spielhalle und gingen auf Moritz zu.

„Dieser Mann ist plötzlich ohnmächtig geworden", berichtete der Kripobeamte achselzuckend.

„Der hat Diabetes", sagte Kai zu dem Arzt. „Ich kenn den Mann, wir haben oft Kontakt miteinander."

Der Arzt beugte sich über Moritz, fühlte seinen Pulsschlag, hörte sein Herz ab. „Das ist so alles in Ordnung. Wir geben ihm eine Spritze und bringen ihn ins Kreiskrankenhaus zur gründlichen Untersuchung. Das ist das Beste."

„Ja, machen Sie das, Herr Doktor Wendermuth", hielt es auch der Kripobeamte für angebracht. „Ich fahre mit zum Krankenhaus und verständige die Angehörigen", schlug Kai vor. Dieses Schauspiel amüsierte ihn doch sehr. Moritz ließ sich jetzt von den beiden Sanitätern auf eine Bahre transportieren. Dann wurde die Liege mit ihm heraus getragen. „Der arme junge Mann", meinte eine ältere Dame voll Mitgefühl. „Erst hat er kein Glück beim Roulette, dann jetzt das. Ja, so geht's halt im Leben", meinte sie und seufzte.

Kai wich nicht von Moritz Seite und fuhr mit im Krankenwagen zum Homburger Kreiskrankenhaus. Die Spritze hatte seine Wirkung getan. Moritz war auf der Station. „Mir geht es wieder gut", meinte er und musste sich jetzt

Blut abnehmen lassen. „Schwester, lassen Sie mich wieder gehn. Ich brauch nicht hier zu bleiben. Ich kippe öfters mal um, das ist nicht so tragisch. Ich leb immer weiter. Ich will hier fort!". Moritz nervte die Nachtschwester mit seiner Nörgelei so sehr, dass sie doch nach dem Arzt rief. Kai thronte ungeduldig auf einer Bank der Station und ließ sich eine Tasse Pfefferminztee munden. „Herr Doktor, ich kümmere mich um Herrn von Hohenstein", bot er an. „Ich fahr ihn mit meinem Wagen nach Hause. Es ist doch wieder alles in Ordnung?"

„Das meinen auch nur Sie, junger Mann. Herr von Hohenstein ist ohnmächtig geworden. Das müssen wir aufklären. Es ist Ärztepflicht. Hören Sie!" Moritz war putzmunter und es stank ihm gewaltig. „Herr Doktor, ich fühl mich sauwohl. Alles ist wieder OK. Bitte, lassen Sie mich gehn! Ich geh morgen gleich zu meinem Hausarzt", versprach er und schaute den Arzt im weißen Kittel herausfordernd an. Der Doktor ging in einen Raum und kam mit einem Formular zurück. „Bitte unterzeichnen Sie das Formular, dass Sie auf eigene Verantwortung die Station verlassen". Er wandte sich an Kai. „Sie junger Mann, tun es bitte auch, als seine Begleitperson." Moritz schmunzelte wie Espenlaub und gab die Unterschrift. Sein Freund Kai tat das Gleiche. „Sie können dann gehen", meinte der Arzt kopfschüttelnd. „Sie sind entlassen, junger Mann! Es ist schließlich Ihre Gesundheit und Ihr Leben, was Sie riskieren. Auf Wiedersehen! Kommen Sie, Schwester Theresia, das geht dann klar."

„Adieu!" sagte Moritz knapp. „Vielen Dank für die Hilfe." Beide Männer lachten jetzt. „Komm, Kai, nichts wie hier fort, sonst wird ich noch hier eingelocht", äußerte sich Moritz barsch. Die Freunde verließen das Krankenhaus und standen lachend vor dem Gebäude. „O je! Moritz, unser Fahrmonster steht noch am Kurpark", fiel es Kai noch rechtzeitig ein. „Los, nichts wie hin!" sagte er. „Mensch Moritz, du hast ja eine Show abgezogen", begeisterte sich der Freund beeindruckt. „So ein Schauspieltalent hätte ich dir gar nicht zugestanden. Das muss ich mir mal merken. Das war schon sehr brenzlig in der Spielhalle geworden. Du, wir müssen das Auto beim Kurpark holen, sonst wird's noch abgeschleppt."

„Nichts wie hin, Kai. Da kommt ein Taxi. Wir haben doch jetzt Kohle von dem Weibsbild. Wir fahren zum Kurpark, damit uns keiner sieht". Er winkte dem ankommenden Taxi zu.

Der Fahrer öffnete das Seitenfenster. „Wollen Sie mitfahren?"

„Ja! Fahren Sie uns zur Spielbank und halten beim Kurpark in der Seitenstraße. Haben Sie das verstanden?" fragte Kai befehlerisch. „Ich glaube schon, junger Mann", entgegnete er spöttisch. „Dumm bin ich nicht. Ich fahr schon 30 Jahre Leute mit dem Taxi. Also, steigen Sie ein und wir können starten, meine Herren." Moritz und Kai ließen sich dann zum Kurpark fahren, um ihren Transporter zu holen.

Kapitel 4

Es war noch sehr früh am Morgen, halber Sechs. Kai Blessing hatte die Nacht bei seinem Freund auf der Bude gepennt. Im kurzen Pyjama hockte er auf der Matratze, die auf dem Fußboden lag. „Hallo, Moritz, komm mal zu dir!“ sagte er lachend und zog ihm die Decke weg. „Ei, Morchen Kai“, lautete die verschlafene Antwort. Er schaute sich kritisch in seinem Zimmer um. „Na, hier siehts ja wie im Kriegslager aus, so ein Wirrwarr, mit deinem Gepäck.“ Er griff schon am frühen Morgen zur Zigarette und paffte. „Willste auch eine?“

„Gib her, den Glimmstängel, Moritz“, lautete die Antwort. Dann verqualmten die Freunde den Raum.

„Moritz, das ist kein Zustand“, klagte Kai. „Wo soll ich hin?“ Moritz zog am Glimmstängel und grübelte. „Also, der Transporter steht neben dem Feld. Deine ganzen Utensilien bringen wir später in die alte Gartenhütte und stellen sie da unter. Die Hütte ist nur mir. Weißt du, mein Großvater hat sie mal für mich gebaut aus alten Brettern und Latten. Da kommt keiner außer mir rein, ein Schloss hängt dran“. Er lachte. „Den Schlüssel dazu hab nur ich. Mein Krempel ist auch da gelagert.“

„Das ist gut“, begeisterte sich der Freund. „Das ist prima. Das Zeugs stellen wir nachher dort unter. Dann bring ich den Transporter zurück, damit es kein Ärger gibt.“ Moritz schaltete sein Kofferradio ein. Flotte Oldies waren zu hören und kesse Sprüche zweier Rundfunksprecher. Kai wippte mit dem Gesäß im Rhythmus, schnippte mit den Fingern. „Leise, damit man uns nicht hört. Mein Alter hat unter uns sein Schlafzimmer.“

„Ist ja gut, Moritz“, entgegnete Kai und zeigte sich verständlich. „Du, ich bekomm langsam Kohldampf. Ich mein, Hunger. Hast du nichts Essbares in deinem Kühlschrank da?“ Er stand auf und schaute hinein. „Saure Gurken, Salami, Schmierkäs, vertrocknete Semmeln. Kein Bier mehr. Sehr arm, Moritz“, seufzte er. „Ich hab eine Idee, Kai, mein Vater und die ganze Belegschaft vom Hof frühstücken ja im Blauen Salon um Neun. Dörthe ist noch nicht da, die pennt noch und Gregor. Du, ich latsch mal runter zur Küche und hol was Essbares.“

„Ja, cool! Tu das. Ich geh schon nebenan duschen.“

Moritz noch im Pyjama schlich die Holztreppe herab und öffnete die Tür zur Küche, was sonst Dörthes Reich war. Er griff nach dem großen Korb auf dem Regal. Moritz stellte Geschirr, Besteck hinein. Aus dem großen Kühlschrank nahm er reichlich Aufschnitt, paar Tomaten, ein gekochtes kaltes Ei und zwei Flaschen Bier. Von der Obstschale nahm der Bursche eine Banane und Weintrauben. Die ganzen Utensilien wurden im Korb verstaut. Auf Zehenspitzen schritt er die Treppe hoch und ging in sein Zimmer. „Kai, ich habe soviel Gutes geangelt“, sagte er triumphierend und stellte den Korb ab. Sein Freund war noch nicht anwesend. Moritz schaffte etwas Ordnung im Raum, was er allerdings sonst ungern tat. Er öffnete das Fenster und sah hinaus. Einige Fenster vom Pförtnerhaus waren jetzt erleuchtet. Es ging auf halb Sieben. Da regte sich etwas, es kam Leben auf den Johannishof. Auch im untersten Stockwerk vom Herrenhaus war ein Türgeräusch zu hören. Kai verhüllt im Badetuch rauschte ins Zimmer. Er reckte sich, als ob er die Decke umarmen wollte. „Ah! Das hat jetzt gut getan, so eine kalte morgendliche Dusche. Was steht denn da auf dem Tisch?“ Er schaute in den Korb. „Das ist ja super.“ Er rieb sich die Hände und kleidete sich an. Moritz griff zur Bierflasche und nahm einen kräftigen Schluck. „Hm. Das tut gut. Kaffee gibt’s ja erst von Dörthe nachher.“ Kai band die noch nassen Haare am Hinterkopf zusammen. Er setzte sich aufs Ledersofa, die Beine von sich gestreckt und ließ sich von seinem Freund bewirten. „Na, Herr Kellner, dann bedienen Sie mich mal“, höhnte er spaßeshalber. „Was haben wir denn da alles?“

Moritz bugsierte aus dem Korb das Geschirr und die Lebensmittel, breitete alles auf dem länglichen, wackeligen Holztisch aus. „Schau halt selber, was de verzehren willst. Oder soll ich dich noch füttern? Ich geh auch duschen“, sagte er und verschwand.

Mit nicht gerade guten Manieren lümmelte sich Kai am Tisch herum und verschlang gierig alle essbaren Lebensmittel. Er trank nochmals aus der Pulle, zwischendurch noch eine Zigarette. So gefiel ihm das, so war das Leben für ihn super.

Moritz hatte die Morgentoilette beendet und kam wieder ins Zimmer gerauscht. Lachend schaute er auf seinen Freund. „Na, dir scheint es ja zu schmecken. Haste nichts mehr übrig gelassen? Mein lieber Schwan.“ Er schnüffelte mit der Nase. „Manno, hier stinkts in der Bude, nach Bier und Qualm.

Jetzt muss ich mir erst mal was Vernünftiges anziehen.“ Er ging zum Schrank, kramte einige Kleidungsteile hervor. Moritz stülpte sich eine Jeans-hose, Hemd und Weste, über. Er zog die alten Latschen an, die vorne ein Loch hatten. Aber das störte den Burschen nicht. Vor dem Spiegel widmete er sich seiner spärlichen blonden Haarpracht. Schließlich frisierte er sie wie ein Hahnenkamm, nach oben. Er schaute auf die Uhr. „Bald wird’s rege im Haus. Dörthe kommt, bereitet das Frühstück für die Meute und meinen Alten. Kai, ich muss dann auch runter, mein Vater darf nichts merken, dass du hier gepennt hast.“

„Ist doch okay“, antwortete der Freund und grinste. „Ich verschwinde dann durch den Hinterausgang unauffällig und zieh Leine. Ich fahr den Wagen zurück, dann muss ich mal hören wo ich vorerst unterkommen kann. Hier bei dir, das wird ja nichts.“ Moritz schnaufte und schimpfte. „Mein starrköpfiger Vater, der hat solche Beziehungen und hier wäre doch auch Platz. Nein, du kannst auf dem Hof kein Zimmer bekommen! Mist! Balla, balla!“ Moritz holte seine Geldbörse hervor. „Du, Kai, ich hab doch gestern diesem Weib die Perlentasche genommen. Da waren doch fast 700 Euro drinnen.“

Er drückte dem Freund nun einige Scheine in die Hand. „Hier sind 350 Euro, redlich geteilt. Nimm das mal. Versuch ein Zimmer im Hotel zu bekommen. Geh mal in die Stadt, meld dich beim Portier vom Posthotel. Die vermieten Zimmer, Kai. Vielleicht haste Glück. Versuchs halt."

Der Freund strahlte und steckte das Geld fort. „Cool. Danke!" Die beiden Freunde schafften Ordnung im Zimmer, verstauten Kais Bettzeug im Schrank, beseitigten das Geschirr vom Tisch. „Kai, nimm die Tasche mit. Vielleicht kannst du sie irgendwo in der Stadt im Gasthof, abstellen. Sieh mal zu. Geh doch in die Stadtwache tagsüber", schlug der Freund vor. „Da kannste Bier saufen und auch Pizza essen. Was de willst. Ich muss mich jetzt unten bei meinem Vater sehen lassen. Dann gibt's wieder Arbeit. Vielleicht muss ich auch Getränke ausfahren, mit der Rosi hab ich auch ein Wörtchen zu reden." Moritz quatschte und laberte auf den Freund ein. Kai griff nach Moritz Hand. „Ist ja gut, ich habe alles kapiert. Wenn ich kein Zimmer, Schlafmöglichkeit habe, melde ich mich am Abend bei dir. Okay!"

„Das wird schon irgendwie klappen, Kai. Jetzt nimm die Tasche und dann ab hier."

Die beiden Männer gingen vorsichtig die Treppenstufen hinunter. Als ein Geräusch vernehmbar war, stellten sie sich hinter einen großen Wandschrank im Stockwerk. „Die Luft ist rein, Kai", flüsterte Moritz. „Komm mit." Beide gingen zum Hinterausgang. Moritz deutete zum Gestrüpp hin, in Nähe des Bachlaufs. „Siehste die grüne Gartenhütte? Da sind deine Sachen drin. Alles klaro, Kai?"

„Ja, Moritz. Kapiert. Da können sie auch erst bleiben." Moritz begleitete den Freund zum Seitenweg beim Feld, wo der Transporter stand. „Zum Glück, der ist noch da", sagte Kai. Er schlug kameradschaftlich dem Freund auf die Schulter. „Machs gut. Servus! Ich meld mich mit dem Handy". Er stieg ein, winkte nochmals und fuhr den Feldweg entlang, in Richtung Innenstadt Kronbergs. Moritz schlenderte gemütlich pfeifend zurück ins Haus.

Kapitel 5

Johannes von Hohenstein kam in schwarzer Trauerkleidung, gefolgt von Butler Gregor aus dem Haus. „Gregor, bitte nehmen Sie das Blumengebinde an sich und bringen es zu meinem Wagen. Ich will schnell noch mal zur Stallung und meinem Sohn und Roswitha paar Anweisungen geben. Ich komm dann zum Wagen. Alles klar, Gregor?"

„Ja, Herr von Hohenstein", lautete die Antwort des Butlers. „Ich leg das Gesteck auf dem Sitz ab. Bis gleich!" Er schritt davon zur Toreinfahrt.

Herr von Hohenstein überquerte das Hofgelände und näherte sich den Stallungen. Der Gärtner Sebastian fuhr eine Karre, die mit Heu beladen war, über den schmalen Seitenweg. „Sebastian, sind Sie so freundlich, füllen später bei der Birkenallee den Weg mit dem hellen Kies auf. Wenns stark regnet, bilden sich immer große Wasserlachen. Das ist nicht so gut. Ach ja, das ich es nicht vergesse, die Markise von unserem Herrenhaus klemmt, das muss gerichtet werden. Sorgen Sie dafür?

„Herr von Hohenstein, ich richte erst die Markise, dann kümmere ich mich um die Wegbekiesung. Haben Sie noch eine Bitte an mich, oder sind das alle Anweisungen für heute?“ Er lachte dabei.

Seine Arbeit auf dem Johannishof erfüllte ihn und machte Freude. „Sebastian, das wärs für den heutigen Tag“, entgegnete der Hofchef und ging auf das Stallgebäude zu. Wegen seinem guten dunklen Anzug wollte er das Gebäude nicht betreten. Er vernahm ein lautes Wiehern und Stimmengewirr von innen.

„Moritz! Roswitha! Kommt mal heraus. Ich hab einiges zu sagen.“ Das junge Mädchen, in alter knielanger Hose und kurzem Hemd kam aus dem Stall und trug einen Eimer mit Wasser in der Hand.

„Herr von Hohenstein, ich wollte den Pferden frisches Wasser in die Tränke geben. Hasober und Mozart sind auf der Weide.“ Moritz kam und führte eine Stute aus dem Stall. Er grinste vor sich hin und tätschelte den Rücken des Tieres. „Vater, was gibt es denn noch so Wichtiges? Ich dachte, ihr seid schon in Königstein. Evita ist so unruhig heut. Ich wollt sie zur Weide bringen. Etwas Auslauf wird ihr gut tun.“ Herr von Hohenstein strich sachte mit der Hand über die Mähne des Pferdes. „Evita, was ist mit dir?“ Er war nachdenklich und bückte sich kurz, um die Hufe zu begutachten.

„Der Tierarzt kommt morgen Vormittag, Moritz. Die Hufe müssen neu beschlagen werden. Vielleicht liegts daran.“ Er schaute auf seine Armbanduhr. „Mein Gott, ich muss zu Gregor. Der wartet im Wagen. Um 12 Uhr ist die Trauerfeier. Ja, da ist tragisch. Wenn ich den Schurken erwische, der den Unfall verursachte, dann...“ Er sprach nicht zu Ende. Sein Sohn machte ein finsteres Gesicht und sah beschwörend auf Roswitha, die erblasste. „Moritz, jetzt nur knapp, ich muss fort. Ihr bringt frisches Heu in die Stallungen, da wird alles gereinigt. Salvador soll nicht ins Freie heut, er hatte etwas Durchfall, das soll Doktor Haudmorgen entscheiden.“ Herr von Hohenstein griff nach Roswithas Hand. „Vergiss nicht deinen Termin heut Mittag. Um 15 Uhr fährst du mit dem Bus nach Homburg zum Präsidium. Herr Köhler will mit dir noch sprechen, wegen dem Unfall. Das weißt du ja, hast das Schreiben mit der Vorladung bekommen.“ Herr von Hohenstein wurde nun nervös.

„Der arme Gregor wartet auf mich. Also, ihr Beiden, ihr wisst Bescheid. Dann bis zum Abend, da werd ich zurück sein. Machts gut.“ Er strich über die grauen Haare und schritt eiligst davon, in Richtung Toreinfahrt, zu seinem Wagen.

Moritz von Hohenstein stand immer noch fassungslos mit dem Tier vor dem Stallgebäude. Er packte sehr energisch nach der Hand des jungen Mädchens.

„Was hat mein Vater da eben gestammelt? Du sollst heut nach Homburg aufs Präsidium. Was musste da machen, Rosi? Was wollen die von dir? Manno, so red schon!“ Das Pferd wurde unruhig und schlug immer mit dem Huf auf den steinernen Boden. „Lass uns Evita zur Wiese bringen, der misshagt das Warten hier. Das siehste doch, Moritz.“ Auch sie war gereizt und nervös. Die Beiden schritten gemütlich des Weges zur Wiese hin und Moritz führte Evita. „Jetzt erzähl endlich, was los ist“, bohrte Moritz nach und trat etwas ärgerlich mit seinem hohen Stiefel gegen eine im Weg stehende Mülltonne. „Rosi, ich höre“, sagte er nochmals herausfordernd. Beide waren nun hinter den Gebäuden, wo zwei Pferde grasten. Moritz ließ Evita nun freien Lauf, die sogleich davon trabte. Roswitha schüttete das Wasser aus dem Eimer in die Tränke. „Komm, Moritz, wir setzen uns dort ins Gras“, forderte das Mädchen des jetzt so griesgrämigen Burschen auf. Moritz zog die Weste aus, schleuderte sie von sich und ließ sich auf die Rasenfläche plumpsen, die Beine in die Höh gestreckt. „Krieg ich jetzt endlich Antwort, was die von dir wollen. Das ist doch erledigt. Die Frau ist tot.“

„Moritz, so einfach ist das nicht“, meinte Roswitha. „Wir waren beide verdächtigt. Du hast den Unfall doch verschuldet, weil du Alkohol gesoffen hast und noch Auto gefahren bist“, sagte das Mädchen und hob einen kleinen Stein auf, um ihn wütend in die Luft zu werfen. „Ja, Moritz, ich bekam eine Vorladung vom Polizeipräsidium aus Homburg. Die haben Fragen an mich. Da muss ich heute um 15 Uhr hin. Verstehste das? Da ist nicht zu ändern, Moritz. Dein Vater sollte eigentlich mitkommen, aber wegen der Trauerfeier von dieser Frau geht das ja nun nicht.“ Moritz stand ruckartig auf, stand gemeingefährlich vor Roswitha. „Du wirst da heut nicht hingehn!“ zischte er böse. „Haste das verstanden? Du rufst an und sagst, du hättest so sehr den Durchfall und Migräne.“

„Moritz, du bist ja verrückt! Das geht doch nicht. Mensch, das ist bei der Polizei. Was du immer für Vorstellungen hast. Ich werde schon nichts sagen. Kannst dich darauf verlassen.“ Der Bursche sank mit einem tiefen Seufzer ins hohe Gras und üble Gedanken bildeten sich hinter seiner gerunzelten Stirn. Er schmiedete einen Plan. Moritz wusste nur zu genau, die Sache mit dem Autounfall wurde jetzt brenzlig für ihn. Die Polizei würde bestimmt Roswitha so in die Enge treiben, dass sie vielleicht doch aus Versehen etwas vom Tathergang schilderte. Das durfte in keinem Fall geschehen.

„Was ist nun mit deinem Suzuki, Moritz? Ist er noch in der Werkstatt? Sei nur froh, dass dein Vater noch nichts bemerkt hat. Du hast ja immer passende Ausreden parat.“ Roswitha stand auf und ging zum Zaun, wo ein Bachlauf war. Moritz folgte ihr. Er riss vom Haselnussstrauch einen Zweig ab und schlug damit gegen den Zaun. „Rosi, geh nicht hin, oder ich komm mit. Dann sagen wir nochmals das Gleiche aus, wie vorher.“

„Lass den Zaun in Ruh, Moritz. Der kann nichts dafür, wenn du Mist baust. Ich hab halt den Termin, werd auch um 15 Uhr nach Homburg fahren. Jetzt reichts mir. Ich hab noch zu tun. Sieh mal, wie die Pferde da rumspringen. Evita ist ganz übermütig geworden. Auf, komm wieder mit ins Haus." Roswitha griff nach Moritz Hemdsärmel und zog ihn fort.

Es war mittlerweile Mittagszeit nach zwölf Uhr. Moritz war auf seinem Zimmer. Er ging die Fäuste geballt verwegen im Zimmer hin und her. Er dachte an Roswithas Termin beim Polizeipräsidium. Er musste das verhindern. Aber wie? Moritz holte seine alte Trompete hervor, um sich abzureagieren. In den höchsten Tönen blies er nun den Song „America" aus der „West Side Story". Aber, es wurden nur nervtötende Oktaven. Der Bursche legte das Blasinstrument ab und hatte eine Idee. Er schlich die Treppenstufen herunter ins Badezimmer vom unteren Stockwerk. Er öffnete die Tür und sah auf der Konsole die kleine Flasche mit den Schlaftropfen seines Vaters. Moritz griff danach und ließ es in der Hosentasche verschwinden. Er schmunzelte hämisch, fing zu pfeifen an und ging zur Küche. Dörthe war am Herd am Wirken. Es duftete nach Linsensuppe. „Moritz, ich denk, du bist bei den Pferden, den Stall ausmisten. Hat dein Vater das nicht gesagt? Ist Roswitha noch da?"

„Dörthe, ich bin schon längst fertig und die Tiere sind auf der Koppel. Gib mir schnell zwei Cola. Mehr will ich nicht. Dann zisch ich sofort davon."

„Gleich zwei Flaschen?" wunderte sich die Wirtschafterin. „Na, bitte. Hier sind zwei Cola. Ist sonst noch was, Moritz? Ich muss die Linsensuppe kochen. Wir essen dann gegen 13 Uhr heute. Dein Vater und Gregor sind ja nicht da, kommen erst am Abend zurück." Die ältere korpulente Frau im langen beigen Rock, wischte sich die Hände ab und rührte im großen Kochtopf.

Moritz drückte die Colaflaschen an sich und zog von dannen. In seinem Zimmer stellte er die Getränke ab. In die eine Colaflasche träufelte er jetzt das Schlafmittel. Er rieb sich die Hände und murmelte: „Ja, Rosi, das wird ein feiner Trunk für dich werden." Moritz machte mit einem Rotstift einen Strich auf die Flasche, damit es nur keine Verwechslung geben sollte.

Moritz überquerte das Hofgelände und steuerte auf das Pförtnerhaus beim Eingang zu, denn dort befanden sich die Personalwohnungen vom Johannishof. In der Hand zwei Colaflaschen, öffnete er die schwarze Holztür und trottete den Gang vom Erdgeschoss entlang. An der letzten Wohnungstür klingelte er und klopfte zugleich. „Rosi, mach auf, ich bins, der Moritz!" Er grinste vor sich hin.

Es waren klappernde Schritte zu hören, als ob einer mit Holzlatschen einher ging. Roswitha erschien und staunte nicht schlecht. „Moritz, was willst du denn? Ich hab keine Zeit, muss doch um 14 Uhr 12 mit dem Bus fahren. Na, dann komm halt nochmals rein." Moritz begutachtete das junge Mädchen.

„Donnerwetter und Kanonenschlag, Rosi, du siehst ja supergeil aus. Blauer Roch, Bluse und Stöckelschuh, das ist man ja bei dir gar nicht gewohnt. Du trägst doch immer Jeans, oder Schlapperhosen, mit weiten Shirts."

„Nachher bei der Polizei muss ich schon manierlich aussehen, nicht wie ne

Vogelscheuche. Verstehst? Setz dich da auf den Stuhl, ich muss schnell die Haare richten.“ Sie ging ins Bad, ließ aber die Tür offen, um Moritz zu sehen. „Du, Rosi, ich hab zwei Cola für uns. Die könnten wir noch trinken. Flüssigkeit braucht der Mensch und wenn’s nur Cola ist“, meinte der Bursche und amüsierte sich. Roswitha kam ins kleine möblierte Zimmer zurück und kramte in einer Handtasche.

„Moritz, eigentlich hab ich jetzt kein` Bock auf Cola.“ Moritz machte die Kappe von der Flasche und tat den ersten Schluck. Er rieb sich über den Mund. „Super! Du auch, Rosi. Nimm die andre Flasche. Das tut gut, dann kannste nachher gut denken bei den Bullen.“ Er lachte hämisch über seine Heldentat. „Rosi, sei nicht so nervöse Biene. Setz dich auf dein Bett, soviel Zeit haste noch. Lass dir mal die Cola schmecken, ich hab sie dir extra spendiert. Ist das nicht toll von mir?“

„Ja, einfach supercool“, höhnte das Mädchen und lachte. Sie kauerte nun auf der Bettkante und führte die Flasche zum Mund. Dann nahm sie einen kräftigen Schluck von dem braunen und prickelnden Gesöff. Sie fuhr mit der Hand über die dicken und rot gefärbten Lippen. „Hm, schmeckt heut ein bisschen komisch. Was solls. Also Danke für das Getränk.“ Roswitha leerte die Flasche in einem Zug. Moritz saß breitbeinig auf dem Stuhl und ließ keinen Blick von dem Mädchen. Was würde nun geschehen? Würde Vaters Schlafmittel nun wirken? Roswitha zuckte mit den Augen, die immer kleiner wurden. Sie rieb sich über die Stirn, fuhr mit der jetzt feuchten Hand über die Schläfen. „Mir wird so seltsam, Moritz. Ich bin so müd auf einmal. Mensch, was ist denn das? Ich muss gleich zum Bus gehen und nach Homburg fahren.“ Das Mädchen schwankte auf dem Bett hin und her. Roswithas Kopf nickte herab bis zu ihrem üppigen Busen, schnellte nach oben, dann wieder nach unten. Sie lallte nur noch. „Ich bin ..., ich bin so mü ...“. Weiter kam sie nicht mit ihrem Satz. Roswitha schlief fest, als ob sie tot sei. Moritz stand ruckartig vom Stuhl auf. Er rieb sich schadenfroh die Hände. „Na, dann halte mal deinen hundertjährigen Dornröschenschlaf, Rosi. Jetzt können die Bullen lang auf dich warten.“ Der gewiefte Bursche legte Roswithas Beine hoch aufs Bett. Er nahm die beiden jetzt leeren Colaflaschen an sich. „Schlaf gut“, sagte er grinsend. „Guts Nächtle, liebe Rosi.“ Dann verließ er das Zimmer.

Kapitel 6

Auf dem Johannishof ging es heute lebhaft zu, denn am Nachmittag wurde Isabella Wallenberg, mit Bruder, aus Wien, erwartet. Der Hofchef rauschte in die Küche vom Herrenhaus, wo die eifrige Wirtschafterin am Wirken war. „Na, Dörthchen, was machen die Backkünste? Klappts mit unsrer Wiener Sachertorte? Frau Wallenberg soll doch gebührend empfangen werden.“ Er nippte mit dem Zeigefinger in eine große Schüssel, die auf dem Tisch stand.

„Mhm! Lecker! Dörthe, du machst das schon“, sagte er verschmitzt und gönnte sich eine weitere Kostprobe. „Aber Herr von Hohenstein, Sie sind doch kein kleiner Junge“, rügte die Frau den Naschenden. „Sehen Sie mal, hier ist mein dickes Backbuch. Unzählige Jahre habe ich hier auf dem Gut herrliche Torten und Kuchen bereitet. Es hat doch immer allen geschmeckt. Oder nicht?“ Sie schmunzelte verschmitzt und rührte eine Quarkmasse in einem Behälter an. „Herr von Hohenstein, wir leben in Hessen und nicht in Österreich, ich meine Wien. Nö, ne Sachertorte brauchte ich noch nie zu machen. Aber, wenn es gewünscht wird, die feinen Herrschaften das wollen, na, dann bitte schön. Die liebe Dörthe macht ja alles.“ Die etwas rundliche Frau, von kleiner Gestalt, mit weißer Schürze, die Schokoladenspuren hatte, schubste den Mann zur Seite. „Sie stören nur hier. Ich brauch Platz und Ruhe. Ich muss mich konzentrieren. Sonst wird das nichts hier. Die Schnitzel muss ich auch vorbereiten.“ Etwas höhnisch meinte sie nun: „Es muss ja auch am Abend unbedingt Wiener Schnitzel geben, weil die Dame das gerne mag. Früher habe ich Spätzle mit Gulasch gekocht, oder Sauerbraten mit Klößen. Na ja, die Zeiten ändern sich halt.“ Herr von Hohenstein lachte und umarmte die schimpfende Frau. „Dörthe, nörgle nicht so rum. Sie machen das schon goldrichtig. So, jetzt verschwind ich und muss nach meinem Sohn sehn.“

Moritz hatte sich in seinem Zimmer barrikadiert, kauerte auf dem Fußboden und beschriftete Plakate. Er wollte mit einigen Freunden und jungen Leuten, einen Feldzug durch die Burgstadt veranstalten. Als es an die Tür klopfte, zuckte er zusammen und rollte schnell die großen weißen Papierrollen zusammen. Er ließ es unter seinem Bett verschwinden. „Vater, einen Augenblick, ich bin grad an meiner Mailbox. Hab ein wichtiges Gespräch“, schwindelte er drauf los. Er trat zur Tür, drehte den Schlüssel herum und öffnete. „Was gibt’s denn so Wichtiges? Ich bin beschäftigt.“

Herr von Hohenstein schaute sich im unaufgeräumten Zimmer des Sohnes um. „Wieso schließt du dich ein? Wie riechts überhaupt hier im Raum? Das ist so ein scharfer Geruch, wie bei den Anstreichern.“ Er trat ans Fenster, um es zu öffnen. „Frischluft kann in diesem Mief wohl nicht schaden, mein Sohn.“ Moritz setzte sich auf die Bettkante und schob mit dem Fuß die Papierbögen weiter unters Bett. Sein Vater sollte das nicht sehen. Herr von Hohenstein ließ sich auf dem Sofa nieder, obwohl dort alte Zeitschriften und übelriechende Socken lagen. Er machte eine Handbewegung, um sich Platz zu schaffen und räusperte sich. „Moritz, du weißt ja, am Nachmittag wird Isabella und Tassilo kommen. Dörthe hat alle Hände voll zu tun mit dem Backen und Kochen. Gregor wollte mit Roswitha im Rosenhaus noch Vorhänge aufhängen“. Er nahm eine Zeitschrift zur Hand, auf der sich ein super Weibsbild mit nacktem Oberkörper präsentierte, schüttelte den Kopf, um es dann wieder zur Seite zu legen. „Also hör, mein Sohn“, sagte er im befehlenden Ton: „Du gehst rüber zum Quellenpark und holst eine Kiste Mineralwasser. Nimm dir den Wagen mit zum Fahren, damit es nicht zu schwer wird. Die Getränke bringst du ins Rosenhaus rüber und stellst sie im Flur ab. Isabella und Tassilo sollen genug Wasser vorfinden. Klaro?"

„Mein lieber Scholli, was da für ein Aufstand wegen dieser Isabella gemacht wird. Ist sie vielleicht die Madonna? O je!" Moritz holte mal tief Luft und schnaufte wie ein Wallross, dann versprach er hochheilig: „Alles okay, ich geh gleich rüber zu Herrn Wagner und hol die Kiste mit dem Wasser. Die arme Isabella soll ja nicht verdursten." Moritz lachte höhnisch. „Wir haben zum Notfall auch Leitungswasser. Ich putz meine Beißerchen damit und gurgele, wie ich es als Kind schon tat."

„Du, sei nicht so vorlaut", rügte der Vater den erwachsenen Sohn. Schließlich war der Bursche 26 Jahre, wenn man das auch oft nicht merkte. „Moritz, ich geh rüber ins Rosenhaus, nach dem Rechten sehn, wie weit Gregor und Roswitha mit der Dekoration sind. Denk dran, gegen 16 Uhr gibt's Kaffee und Kuchen auf der Terrasse. Ich hoffe, die weite Fahrt geht reibungslos vonstatten, Isabella und Tassilo sind dann hier. Also dann, bis später, mein Sohn. Tschüs". Herr von Hohenstein ging aus dem Zimmer.

Moritz tauschte schnell seine Cordhose in eine alte Trägerhose um. Die Zigarettenschachtel ließ er in der Westentasche verschwinden. Pfeifend verließ der Bursche das Zimmer. Da Moritz an der Küche vorbei kam, warf er einen Blick hinein, da von dort ein aromatischer Duft nach Gebackenem, kam. Dörthe war im Moment nicht am Wirken, so ging Moritz ins heilige Küchengefilde. Auf dem Tisch und der Anrichte standen einige Gefäße, die teils abgedeckt waren. Der Teig für die begehrte Sachertorte war in der Schüssel, daneben stand ein Glas mit Erdbeermarmelade. Moritz konnte sich nicht beherrschen, wieder einen üblen Streich auszudisteln. Er sah das große Salzfass auf dem Regal und griff danach. Er nahm sich einen Löffel und ließ eine große Portion des Salzes auf die Schokoladenmasse, Erdbeermarmelade, rieseln. Nach seiner Heldentat rieb er sich vergnüglich die Hände. Nach der Salzberieselung rührte Moritz in den Zutaten kräftig herum. Er kostete sogar da von, rümpfte aber sogleich die Nase. „Igitt, das schmeckt ja höllisch", meinte er im Selbstgespräch.

„Na, liebe Isabella Wallenberg, dieser Genuss von Sachertorte wird dir nun vergehn. Ich wünsche einen guten Appetit!" Er lachte mal laut. Moritz dachte jetzt an die arme Dörthe, die sich soviel Mühe damit gab. Aber der Kuchenanschlag galt ja nicht ihr, sondern in erster Linie dieser Isabella.

Ein Türgeklapper war jetzt zu hören. Moritz erschrak. Würde Dörthe ihn am Ende bei seiner Tat noch erwischen? Schnell stellte Moritz den Salzkrug zurück. Er deckte die Gefäße wieder mit dem Tuch ab. Dann schlich sich der Übeltäter hinaus. Es blieb still. Die Luft war rein. Moritz verließ unbemerkt das Haus. Er machte jetzt aber einen kleinen Umweg und ging am Rosenhaus vorbei. „Hallo Sebastian", grüßte er kurz den Hofgärtner, der den Fußweg vorm Haus mit Kies bedeckte. Das Fenster vom oberen Stockwerk war geöffnet. „Du Rosi, fall` bloß nicht von der Leiter!" rief er dem Mädchen zu. Zusammen mit Gregor, der nun winkte, hing sie die neuen rosa geblümten Vorhänge auf. „Mir tut mein Kreuz schon weh, vom Strecken", klagte Roswitha, die auf der Leiter stand.

„Wir Zwei schaffen das schon, Moritz!", versprach der Butler. „Ich halt die Leiter gut fest und fang Rosi in meinen Armen auf, wenn sie fallen sollte. Das wird schon, für unsre Wienerin."

„Tschüs, ich muss zum Quellenhof und Wasser holen", sagte Moritz. „Ich komm dann zurück und stell die Kiste hier im Flur ab. Das hat Vater so gesagt. Die sollen ja kein` Wassernotstand haben. Servus, bis dann!" Moritz trottete davon.

Es war Nachmittag geworden. Auf der großen Terrasse vom Herrenhaus war ein festliches Buffet aufgebaut, ein Teppich ausgelegt. „Sie kommen! Sie kommen", rief Herr von Hohenstein erregt, als ein schneeweißer Mercedes, gefolgt von einem Umzugswagen, jetzt einfuhr. Ein lautes, heftiges Gehupe tönte über den Hof. Herr von Hohenstein, sichtlich nervös, machte eine Handbewegung zum Personal. „Dörthchen, bereit` schon den Kaffee vor und schneid die Torten an. Isabella und Tassilo sind da und haben bestimmt großen Appetit von der langen Fahrt. Und Sie, Gregor, holen die große Likörflasche, damit wir gleich zur Begrüßung anstoßen können. Roswitha, geh` bitte mit Dörthe und hilf ihr ein wenig. Ja, so geht schon. Hurtig!" Er lachte und klatschte in die Hände, als ob es sich um Kinder handle. Die drei Hofbediensteten zeigten aber großes Verständnis und verließen unter Schmunzeln die Terrasse.

Herr von Hohenstein ging aus dem Haus, um die Grinzinger Gäste zu empfangen. „Isabella!

Bella!", frohlockte er recht überschwänglich. Dann ging er auf die aparte Dame, im kirschroten Trachtenkostüm, zu. Er umarmte die wie eine Diva wirkende Frau. „Isabella, seid mir willkommen auf dem Johannishof. Wie toll du wieder aussiehst in deiner schicken Kleidung", schwärmte er wie ein verliebter Primaner. Herr von Hohenstein, jetzt der große Gentleman, beugte sich über Isabellas Hand, um sie mit den Lippen zu berühren. „Küss` die Hand, gnä` Frau", säuselte er ganz galant. Dabei versuchte er den wienerischen Akzent zu betonen. „So sagt man doch bei euch in Wien. Oder nicht?" Die sympathische Lady mit den langen pechschwarzen Haaren lachte herzhaft und schmiegte sich an seine Brust. „Hannes, du alter Schmeichler, du machst wieder Komplimente", säuselte sie und küsste ihn auf die Wange. „Ja, da wären wir nun", meinte sie und deutete auf den Umzugswagen, wo der Fahrer jetzt ausstieg. „Tassilo, altes Haus, ich grüße dich", sagte der Hofchef und schlug ihn kameradschaftlich auf die Schulter. „In deinem beige grünen Anzug schaust du wie der Oberförster aus. Sag mal, habt ihr etwa den ganzen Hausstand mitgebracht?" Herr von Hohenstein begutachtete schmunzelnd den gelben Umzugswagen und lachte.

„Nein, nein", erwiderte der Mann und begrüßte jetzt mit einem kräftigen

Handschlag den Hofchef. „Hannes, ich grüß dich. Weißt du, Bella bestand darauf, einige Möbelteile mitzubringen. Dann die große Garderobe meiner lieben holden Schwester. Da braucht man schon allein einen extra Anhänger.“ Er sah sich um. „Schön ist es hier. Die Fachwerkbauten imponieren mir, dazu die prächtigen Grünanlagen.“ Isabella ging zu ihrem Wagen und holte eine Reisetasche. Sie hing sich bei Herrn von Hohenstein ein. „Wie geht es dir so? Was machen deine Bauprojekte? Ich bin sehr neugierig auf alles.“

„Tassilo, nehmt jetzt nur das Notwendige mit“, meinte Herr von Hohenstein und nahm Isabellas Tasche. „Den Umzugswagen und Isabellas Auto lassen wir erst mal hier stehn. Das könnt ihr später machen, oder Gregor kümmert sich darum. Kommt, wir gehn ins Haus, da könnt ihr euch erst mal frisch machen. Dann gibt es einen guten Mocca von unsrer lieben Dörthe.“ Er schaute auf Isabella und drückte sie an sich. „Du, für dich habe ich eine besondere Überraschung gleich.“

„Da bin ich aber gespannt“, erwiderte die tolle Lady und stolzierte auf ihren roten Pumps neben dem Hofchef her. „Das ist unser Herrenhaus“, erklärte Herr von Hohenstein. „Hier spielt sich unser Leben ab. Ich meine, es ist mein Reich.“

„Ich kann dir schon geistig folgen, Hannes“, erwiderte die Frau und ging aufs Bad zu, als die Drei das Erdgeschoss betraten. „Ich bin so klebrig an den Händen, die muss ich mir erst mal waschen, Hannes. Sonst fühl ich mich nicht wohl. Kann ich da rein gehen?“ vergewisserte sie sich nochmals.

Herr von Hohenstein stellte die Tasche ab und gab Isabella einen liebevollen Stoß. „Dann mach dich mal schnell frisch, nachher in deiner neuen Wohnung kannst du das Übrige nachholen.“ Herr von Hohenstein legte den Arm um Tassilo. „Hier sind meine Wohnräume. Im obersten Stockwerk ist der Blaue Salon, da halten wir allmorgendlich unser gemeinsames Frühstück, ich gebe dann meine Anweisungen an alle für den Tag.“ Er lachte und zeigte auf eine Tür, woher ein köstlicher Duft von Kaffee kam. „Darinnen waltet unsre gute Wirtschafterin. Aber Dörthe wollen wir nicht stören. Du lernst gleich meine eifrigen Helfer vom Hof kennen.“

„Da bin ich sehr gespannt, lieber Hannes und besonders auf deinen Sohn, den Moritz. Ich kenn ihn ja überhaupt noch nicht.“ Johannes von Hohenstein holte mal tief Luft. „Ja, mit meinem Herrn Sohn gibt es im Moment Probleme. Na, du wirst es ja dann selbst feststellen.“ Jetzt war ein Türklappern zu hören. „Ah! Da ist ja unsre Isabella wieder“, frohlockte Herr von Hohenstein und legte gleich den Arm um sie. „Jetzt fühle ich mich ein wenig wohler“, meinte die attraktive Diva und schnupperte mit der Nase. „Was ein herrlicher Kaffeeduft, wie bei Sacher in Wien.“ Sie begutachtete einige in Goldumrandung gefasste Porträts. „Das sind wohl die Ahnen von hier“, lachte sie und folgte dem Hausherrn nach in einen großen Raum.

Der helle Parkettboden mit blauem Teppich belegt und den in gleichem Farbton Vorhängen, gab dem Raum seine Bezeichnung. Die Drei schritten auf die Terrasse zu, die mit Efeuranken umgeben war. Die Tische waren feierlich gedeckt und luden ein. Isabella ließ sich in einem Sessel nieder.

„Das tut gut jetzt.“ Dabei schnaufte sie wie eine Lokomotive und ließ ihre Blicke über das Hofgelände schweifen. Ein lautes Wiehern war zu hören. „Da kommt Tillmann und bringt Windsor in den Stall zurück“, erklärte der Hausherr und winkte dem jungen Burschen zu. Stimmen waren zu hören.

Ein Mann im dunklen Anzug und weißem Hemd, gefolgt von einem jungen Mädchen, kam auf die Terrasse zu. „Da kommen Gregor und Roswitha. Ihr könnt sie gleich begrüßen.“

„Ja, hallo“, sagte der Butler freundlich. „Guten Tag, oder Grüß Gott, wie man wohl in Wien sagt.“ Er stellte eine Flasche auf dem Beistelltisch ab. „Herr von Hohenstein, das ist unser guter Kirschlikör. Hausmarke.“ Er lachte dabei und schaute kritisch auf die elegante Frau im blauen Sessel.

„Gregor, das sind unsre Wiener. Das ist Frau Wallenberg und ihr Bruder Tassilo. Ich meine natürlich, die schöne Isabella aus Grinzing in Wien.“

Man begrüßte sich mit einem Händedruck und Roswitha schaute nur hingebungsvoll auf den dunkelhaarigen feschen jungen Mann. Der gefiel ihr schon, sah nicht so ungepflegt wie Moritz aus.

„Guten Tag, Frau Wallenberg, Herr Wallenberg“, sagte das Hausmädchen etwas verlegen und widmete sich dem Buffet. „Unsre Roswitha macht hier auf dem Hof ein Praktikum“, erklärte Herr von Hohenstein den Sachverhalt. „Sie ist schon sehr tüchtig. Mein Sohn und Roswitha verstehen sich gut. Worüber grübelst du denn so nach, Bella?“, fragte jetzt Herr von Hohenstein und legte seine Hand auf ihre Schulter. „Ich grüble nicht, ich werde nur schläfrig“, erwiderte Isabella.

„Gleich gibt es Kaffee“, verkündete der Hausherr strahlend. „Somit werden deine müden Geister wieder wach werden. Sieh mal, da kommt ja schon die liebe Dörthe. Ah! Ich rieche den Mocca“, jubelte der Hausherr und stellte die Küchenfee vor. „Isabella, Tassilo, diese nette Person im flotten braunen Rock, ist also unser liebes Dörthchen, die langjährige Wirtschafterin vom Johannishof“, stellte Herr von Hohenstein seinen guten Geist vor. Dabei tätschelte er Dörthes Wange. „Stellt euch vor, sie hat extra für euch eine Sachertorte zubereitet und eifrig das Kochbuch studiert für die Wiener Küche.“ Es schmunzelte jetzt und nahm neben Isabella Platz.

„Ja, das sind ja die Wiener Leut endlich da“, meinte Dörthe und stellte die Kaffeekanne ab. Sie schaute auf die sympathisch wirkende Isabella, die sich an den Hofherrn schmiegte. „Kruzifix, Sie sind aber auch eine schöne Frau“, entfuhr es der Küchenperle schwärmerisch. Und sie meinte es auch so. Alle mussten mal herzhaft lachen über diese spontane Äußerung.

Herr von Hohenstein nahm sein gutes Stück jetzt in den Arm und meinte dann: „Ja, ja, unser liebes Dörthchen hat schon ihr Herz auf dem richtigen Fleck.“ Er wandte sich der Praktikantin zu. „Roswitha, geh` bitte mit Dörthe in die Küche und holt den Kuchen. Wir haben Kaffeedurst. Gregor, füllen Sie uns mal einige Gläschen mit Kirschlikör. Den gönnen wir uns nun vorher, oder mögt ihr das nicht?“ wandte sich der Hausherr an seine beiden Gäste. „Es ist eigenes Erzeugnis, von unsren Obstwiesen hier.“ Isabella lachte und schaute auf ihren Bruder, der es sich im Korbstuhl gemütlich machte, die Beine vor sich streckte. „Na, so ein kleines Likörchen tut doch immer gut. Dann mal her, mit dem guten Tropfen. Übrigens hat Tassilo euch einige Flaschen von unsrem Grinzinger Wein mitgebracht. Den müsst ihr versuchen, ein hervorragendes Stöffchen.“

„Das ist ja famos“, erwiderte Herr von Hohenstein, „aber jetzt trinken wir erst mal auf deinen Einzug hier, von unserem Likör.“

Dörthe und Roswitha kamen mit Kuchenplatten zurück, die sie nun auf dem Buffet abstellten, dann zu den gefüllten Likörgläsern griffen. Johannes von Hohenstein stand auf, hielt sein Glas und prostete allen zu. „Nochmals, herzlich willkommen, auf dem Johannishof“, sagte er feierlich. „Ich hoffe, du liebe Isabella wirst dich hier wohl fühlen und wir haben alle guten Kontakt zueinander. Zum Wohl, meine Herrschaften! Dann Prost.“ Er leerte sein Glas in einem Zug.

„Oh! Köstlich“, schwärmte Isabella und ihr Bruder nickte anerkennend mit dem Kopf.

„Es gibt Kaffee“, meldete sich die Küchenfee zu Wort und füllte die erste Tasse. „Für Sie, Frau Wallenberg“, sagte Dörthe und war sehr aufgeregt. „Ich bin aber für alle hier nur die Isabella“, betonte die tolle Lady und tat sofort den ersten Schluck vom duftenden Mocca.

„Einzigartig! Ich mein, ich bin in Wien, im Kaffeehaus“, echote sie mit ihrer hellen hohen Stimme.

„So, nun gibt’s das Beste vom Nachmittag“, verkündete Gregor und lächelte verheißungsvoll. Er war Dörthe behilflich und gab Isabella das erste Tortenstück auf den goldumrandeten Teller. Dörthe trippelte von einem Fuß auf den anderen und war so aufgeregt. Wurde ihre Backkunst nun gelobt. Sie ließ keinen Blick von Isabella, die mit der Kuchengabel hantierte, das erste Stück nun zum Mund führte. Isabella verzog das Gesicht, schnitt eine Grimasse, als ob sie eine Opernszene bieten wollte. Dörthe bemerkte es entsetzt. „Frau Wallenberg, Isabella, meine ich natürlich, ist was mit der Torte? Schmeckt sie nicht? Sie machen so ein merk...“, sie stockte und sprach dann vorsichtig den Satz zu Ende. „Sie verziehen so das Gesicht.“

Isabella war es peinlich. Sie stand auf und legte den Arm um die Wirtschafterin. „Liebe Dörthe, ich darf Sie doch auch so nennen?“ stammelte sie verlegen. „Bitte sind Sie nicht böse, aber irgendetwas stimmt mit der Sachertorte nicht. Entschuldigung, aber ich kann sie leider nicht fertig kosten. Versuchen Sie mal selbst davon.“ Auch die anderen schluckten und verzogen die Münder.

„Ja, Dörtchen, was ist denn mit deiner Torte passiert?“ wunderte sich Herr von Hohenstein und sah entsetzt auf die Frau. Roswitha ließ die Gabel sinken und griff zu einem Tuch, um sich von der klebrigen, salzigen Kaumasse zu befreien. Dörthe hellhörig geworden, war fassungslos und sah mit Tränen in den Augen in die entsetzten Gesichter. „Was ist mit meiner Sachertorte? Ich hab mir so viel Müh` gegeben". Sie wandte sich nun an den Hausherrn. „Herr von Hohenstein, Sie haben doch noch von der Schokoladencreme genascht", meinte sie kopfschüttelnd und kostete nun selbst von dem Gebäck. „Brr! Igitt! Das gibt's doch nicht. Ja, was ist denn das? Das darf nicht wahr sein! Oh, Entschuldigung. Den Kuchen kann man wirklich nicht essen." Dörthe ließ sich auf einen Stuhl sinken und schluchzte erbarmungslos. „Meine schöne Sachertorte."

Der Hofherr verkniff sich ein Schmunzeln, stand vom Tisch auf und nahm die verstörte Wirtschafterin in den Arm. „Aber liebstes Dörthchen, das kann doch mal vorkommen. In deinem Eifer hast du Zucker mit Salz verwechselt. Komm beruhig dich", meinte er sanftmütig und gab ihr ein Tempotuch für die Tränen. „So, jetzt lassen wir uns deine Käsetorte schmecken, die wird wohl nicht versalzen sein."

Dörthe nickte mit dem Kopf, schnäuzte nochmals und füllte die Kaffeetassen und verteilte von der neuen Torte. „Super, die schmeckt köstlich, ist dir voll gelungen", zeigte Herr von Hohenstein nun sein Lob und seine Küchenfee war wieder zufrieden.

Es wurde geplaudert und ging lebhaft auf der Terrasse zu. „Herr von Hohenstein, wo ist Moritz? Warum ist er nicht hier?" wunderte sich jetzt der Butler und wandte sich an das Hausmädchen. „Roswitha, ihr habt doch vorhin miteinander gesprochen, hat er kein Interesse dabei zu sein?"

Die Praktikantin zuckte mit der Schulter und fuhr sich nervös über die kurzen Haare. „Moritz hat, Moritz hat die Wasserkiste im Rosenhaus abgestellt, dann ist er gegangen. Ich weiß es nicht, wo er steckt", meinte sie verlegen. Diese elegante Isabella und ihr fescher Bruder Tassilo brachte sie ein wenig aus der Fassung. Ihr Herz klopfte in den höchsten Schlägen, den sie saß ja neben diesem tollen Mann aus Wien. Ein lautes Pfeifen war zu hören.

„Herr von Hohenstein, sehn Sie mal da runter", deutete Gregor mit der Hand. „Da kommt ja der verlorene Sohn." Dörthe beugte sich vor, um den Burschen zu sehen. „Mein Gott, wie schaut denn Moritz wieder aus", flüsterte sie Gregor zu. Johannes von Hohenstein machte ein finsteres Gesicht, als sein Sohn nun auf der Terrasse erschien. „Da bist du ja endlich, wir sind schon bald fertig mit der Kaffeerunde. Ist diese Maskerade notwendig, Moritz? Diese befleckte Trägerhose und deine schreckliche Frisur dazu. Man muss sich ja schämen. Isabella und Tassilo sind da. Vielleicht begrüßt du sie mal."

„Ja, hallo", lautete die knappe Begrüßung und er übersah Isabellas Hand, die sich ihm zustreckte.

Tassilo schmunzelte und berührte Moritz Arm. „Na junger Freund, wie geht's denn so? Schön, dass du zu uns kommt." Moritz ließ sich auf einen

Stuhl plumpsen und saß breitbeinig in der Terrassenecke. Griesgrämig schielte er auf die Sachertorte und dann auf die tolle Lady neben seinem Vater. „Ist kein Bier hier draußen?“, fragte er in nicht freundlichem Ton und schaute sich kritisch um.

„Moritz, es gibt Kaffee und Käsetorte“, verkündete Roswitha ihm. „Dörthes Sachertorte ist so salzig, die kannste nicht essen.“ Moritz grinste vor sich hin, obwohl Dörthe ihm schon etwas leid tat. Er mochte die gutmütige Frau sehr, die oft eine Mutter ersetzte. „Also, ich krieg kein Bier hier“, bohrte er weiter und wollte aufstehen. Seinem Vater riss der Geduldsfaden und er fauchte seinen Sohn an: „Wenn du schon nicht pünktlich erscheinen kannst, manierlich aussiehst, dann halt dich wenigstens an die Regeln. Es gibt kein Bier, mein Sohn“, sagte der Vater barsch. „Nimm dir eine Tasse vom Kaffee, da steht die Käsetorte. Wir möchten uns die gute Stimmung nicht durch deine Nörgelei verderben lassen.“ Moritz brummelte was Unverständliches vor sich hin. Er griff zur gefüllten Kaffeetasse, die ihm Roswitha nun reichte. „Halt endlich deine Klappe und benimm dich mal“, rügte ihn das Mädchen leise. „Das wird ja peinlich langsam, auch wie du gekleidet bist.“

„Du bist ja balla, balla“, äußerte sich Moritz leise und dann schlürfte er den Kaffee besonders laut in sich rein. Isabella amüsierte sich über den Burschen, der hier seine Show abzog. Da würde es noch Probleme geben. Sie legte die Hand auf seine Schulter und schmunzelnd meinte sie dann: „Na Moritz, wir beide werden uns schon zusammenraufen, schließlich wohn ich ja ab heute bei euch. Irgendwie gehör ich wohl dann zur Familie.“ Sie schaute etwas unsicher auf den Hofherrn, wie er wohl auf ihre Äußerung reagieren würde.

Herr von Hohenstein stand auf und meinte in die Runde: „Isabella gehört jetzt zu unserer großen Hoffamilie hier. Ich möchte schon bitten, dass ihre Wünsche und Befehle auch beachtet werden. So, ich hab gesprochen. Ist alles klar? Gregor, komm und füll uns noch mal die Gläser mit dem guten Likör. Mein Sohn Moritz bekommt auch eines davon. Bier gibt’s nicht“, betonte er extra.

Alle hielten ihr Gläschen in der Hand. „Trinken wir nochmals auf Isabellas Einzug hier auf unserem Johannishof. Herzlich Willkommen! Fühl dich wohl bei uns.“

„Danke, danke“, flötete die Diva etwas ergriffen. „Ich bin gerührt über die liebe Begrüßung und Aufnahme und werde mir Mühe geben, mich anzupassen, nicht anzuecken.“ Sie wandte sich an Dörthe und streichelte liebevoll über ihre raue Hand.

„Sie haben es so lieb mit uns gemeint. Danke, liebe Dörthe, so möchte ich Sie auch nun anreden. Nicht mehr traurig sein, über die leider misslungene Sachertorte. So war es schon in Ordnung. „

Herr von Hohenstein legte den Arm um Isabella und küsste sie zart auf die Wange. „Das hast du aber eben sehr nett formuliert. Herrschaften, die Kuchentafel wird aufgehoben. Gehen wir zum gemütlichen Teil über und plaudern ein wenig. Roswitha, bring mit Dörthe das Kaffeegeschirr in die Küche. Dann kommt ihr zu uns zurück. Ja? Die Arbeit könnt ihr später fortsetzen. Bringt noch zwei Sprudelflaschen mit und von dem Käsegebäck."

Gregor tauschte den Platz mit Tassilo und ließ sich gemütlich im Korbsessel nieder. Diese Gemütlichkeit gefiel ihm, natürlich auch die aparte Isabella im todschicken roten Kostüm. Moritz kauerte mit finsterer Miene schweigend in der Ecke und kaute auf paar Salzstangen herum. Unbemerkt füllte er sich hastig nochmals das Glas mit Likör. Dann leerte er es in einem Zug und stellte es auf den Servierwagen. Er griff zur Zigarette. Sein Vater protestierte sogleich. „Muss das wieder sein, Moritz? Kannst du nicht mal fragen, ob wir dein Gequalme auf der Terrasse in Kauf nehmen wollen?" Moritz stand ruckartig vom Stuhl auf und seine Stirn zeigte Zornesfalten. „Jetzt reicht es mir aber, Vater! Sitzt hier der König von China? Oder die Madonna? Was darf ich denn noch? Bier soll ich nicht saufen. Jetzt kann ich nicht mal eine Zigarette rauchen. Es sind ja so vornehme Herrschaften aus Wien da, da gehört sich das nicht. Meine Güte, das Affentheater hier ödet mich an. Weißte das, Vater? Ich geh auf mein Zimmer, da kann ich rauchen und machen was mir gefällt, ohne Rücksicht zu nehmen." Moritz Gesicht war rot angelaufen, so hatte der Bursche sich erregt. Isabella legte die Hand auf seine Schulter. „Komm Moritz, bleib bei uns sitzen, du gehörst doch dazu." Sie wandte sich an Herrn von Hohenstein. „Hannes, lass` gut sein. Junge Leute sind nun mal so. Mich stört ein wenig Zigarettenrauch nicht, Tassilo hat da auch nicht einzuwenden. Hab ich recht, Bruderherz?" Sie tätschelte liebevoll, schwesterlich seine dunklen, lockigen Haare.

„Ich möchte jetzt dazu keinen Kommentar abgeben", lautete seine Antwort. Er musterte den Sohn des Hofchefs kritisch und dachte sich sein Teil. Einfach würde es seine Schwester nicht mit dem rüpelhaften Gesellen haben. Er legte kameradschaftlich die Hand auf Moritz Schulter, denn er saß neben ihm. „Sag mal, Moritz, was machst du denn so? Ich meine beruflich? Hast du denn eine nette Freundin, mit der du was unternehmen kannst? Vielleicht mal eine Disco, oder Kinobesuch? Das macht doch ihr jungen Leute." Moritz wollte nun die entsprechende Antwort geben, aber sein Vater kam ihm zuvor. „Mein Herr Sohn ist seit einem Jahr arbeitslos und liegt auf Vaters Geldbeutel im Moment. So sieht es aus, Tassilo."

Ein vernichtender Blick traf jetzt den Vater und Moritz frotzelte: „Vater, warum musst du das erwähnen? Außerdem bin ich kein Baby und kann selbst Antwort geben, wenn ich es will", fügte er noch dazu und schaute grimmig vor sich hin.

„Hier auf dem Hof gibt es doch viel zu tun, Landwirtschaft wie ich feststellte, da kann Moritz doch sich sicher nützlich machen. Nicht wahr, Moritz?" meinte Isabella und versuchte etwas Verständnis zu zeigen für den Nörgelnden.

„Sie singen an der Oper und sind noch Anwältin dazu, wie ich von Herrn von Hohenstein hörte?“ wandte sich der Butler an Isabella. „Gregor, ich darf Sie doch auch so anreden, wo ich nun hier meine Zelte aufschlage“, meinte die temperamentvolle Frau und berichtete ausführlich. „Ich habe am Sonntag mein langjähriges Arrangement an der Wiener Oper beendet.“

Tassilo ergänzte nun mit strahlenden Augen und Stolz: „mein liebes Schwesterlein war ein so reizendes „Sopherl“ im „Rosenkavalier“ das hättet ihr sehen sollen“, schwärmte der Bruder.

Isabella kramte in ihrer großen roten Lacktasche und holte eine silberne Rose hervor. „Seht mal, die hab ich als die Sophie von meinem Rosenkavalier bekommen. Ich hab sie extra mitgenommen.“ Sie lächelte verschmitzt, so dass man ihre prächtigen weißen Zähne sehen konnte. „Diese Rose ist mein Heiligtum. Genau dreißig Mal bekam ich sie überreicht“, frohlockte sie. Isabella gab nun eine Kostprobe ihrer Sangeskunst mit einer Arie aus dem „Rosenkavalier“. Schmachtend sah sie auf Herrn von Hohenstein und bot eine schauspielerische Szene dar. Auch Dörthe und Roswitha waren wieder anwesend und die singende Diva bekam ihren Beifall.

„Sie haben aber eine tolle Stimme“, schwärmte Dörthe. „Sicher haben Sie viel Erfolg gehabt. Ich mag klassische Musik sehr.“ Roswitha sah schwärmerisch auf Tassilo, kritisch auf Moritz.

„Frau Wallenberg, Sie sind eine tolle Frau und haben eine coole Stimme“, begeisterte sich Roswitha. „Ich brumme leider wie ein Bär“, meinte sie reserviert und schielte zu Moritz, der griesgrämig vor sich hin starte. Das Mädchen schubste ihn an. „Heh du, mach nicht so eine Begräbnismiene. Das ist doch geil hier.“ Isabella lächelte und ein warmer Blick traf das junge Mädchen im olivengrünen Hosenanzug. „Danke, Roswitha, das haben Sie lieb gesagt. Ihnen gefällt mein Gesang?“

„Ja, schon“, lautete die verlegene Antwort, denn Moritz gab ihr einen leichten Fußtritt. So schwieg sie jetzt. Isabella bot gesanglich noch eine Opernarie. Es gefiel ihr, auch jetzt im Mittelpunkt zu stehen.

Bei den ersten Tönen der Sängerin stand Moritz doch auf. „Also, es reicht mit jetzt“, protestierte der Bursche wieder. „Das muss und will ich mir nicht anhören.“ Er schob sich unsanft an der trällernden Diva vorbei und wollte die muntere Gesellschaft verlassen. Herr von Hohenstein machte ein finsteres Gesicht und schlug mit der Hand auf die Tischplatte, dass ein Likörglas umfiel, sich über die schöne Decke ergoss. „Moritz! Moritz, kannst du dich nicht mal benehmen?“ fauchte er den Sohn an. „Bist du 26 oder 12 Jahre? So benimmst du dich. Ja, verschwind, damit wir unsre Ruhe haben. Das ist ja unmöglich.“ Er wandte sich an Isabella und Tassilo. „Entschuldigung für diese Szene meines Sohnes. Ach, es ist furchtbar im Moment mit ihm.“ Er setzte sich mit einem tiefen Seufzer neben Tassilo.

Isabella schwieg dazu, aber sie war eitel und Moritz Verhalten kränkte sie etwas. Nur wollte die Diva das nicht zeigen. Moritz verließ die Terrasse, den „Blauen Salon“, polterte die Stufen hoch zu seinem Reich.

Moritz ließ sich in seinem Zimmer aufs Bett fallen. Die alten Latschen schleuderte er in die Zimmerecke. Dann griff er zur Zigarettenschachtel und qualmte vor sich hin. Da sein Fenster geöffnet war, unter der Terrasse sich befand, vernahm er erneut Isabellas Gesang. „Das ist ja nicht auszuhalten!" schimpfte er. Moritz nahm seine Trompete, stellte sich ans geöffnete Fenster und blies in voller Lautstärke schrille Töne heraus. So wollte er seinen Frust über diese Frau preisgeben.

„Ruhe! Ruhe da oben", ertönte seines Vaters Stimme zu ihm hinauf.

Der Bursche forderte alle heraus und trompetete seelenruhig weiter, in den Gesang Isabellas.

Da seine Tür nicht verschlossen war, wurde sie nun ruckartig geöffnet. Dörthe erschien und machte ein böses Gesicht. Die resolute Frau ging auf ihn zu, nahm ihm das Instrument ab. „Moritz, bist du jetzt total übergeschnappt? Was soll denn der Aufstand. Es ist wirklich unangenehm. Was sollen denn Isabella und dieser Bruder von dir nur denken? Ich versteh dich nicht."

„Dörthe, gib mir sofort mein Instrument wieder", klagte der Bursche empört und es kam zu einem kleinen Gerangel. „Nein, Moritz, diese Trompete nehm ich jetzt mit", sagte sie energisch.

„Du kannst beim Transport, ich meine natürlich beim Auspacken der Sachen von Isabella, helfen. Da gibt's zu tun. Ich geh jetzt wieder runter. Benimm dich wie ein Mann, nicht wie ein Flegel."

„Das Gejohle dieser Frau nervt mich halt, Dörthe", entschuldigte sich der Bursche mit resigniertem Gesicht. Seine Trompete war er fürs Erste los. Dörthe nahm sie mit und verschwand. Moritz schloss das Fenster. Er setzte sich Kopfhörer auf, breitete sich auf seinem Bett wieder aus und hörte Beatmusik. Das waren Klänge, die dem Burschen gefielen, keine Opernarien.

Tassilo fuhr den Transporter in Richtung Rosenhaus. Dann stieg er aus, gesellte sich zu seiner Schwester und Johannes von Hohenstein. „Ja, hallo!" rief er heiter und sah sich um. „Ihr seid ja schon eifrig am Wirken hier." Er lachte jetzt, stellte die große Reisetasche von Isabella ab.

Seine Schwester, jetzt mit Hose und Bluse gekleidet, wirbelte aufgeregt hin und her. Sie begutachtete alles und gab ihre Anweisungen, wie sie alles gestalten wollte. „Tassilo, sieh dir nur mal die herrlichen Rosenranken am Fachwerkhaus an", flötete sie begeistert. „Siehst es nicht wie das „Dornröschenschloss" aus? Was meinst du, Tassilo?" Die Diva lachte herzhaft und legte ihren Arm um den Hofherrn. „Du, ich danke dir so sehr, dass ich jetzt hier bei euch wohnen darf. Es ist so zauberhaft hier, da muss man sich doch einfach sehr wohl fühlen." Tassilo Wallenberg lächelte jetzt und legte den Arm um seine Schwester, die einige Jährchen jünger war als er. „Ja, mein Schwesterlein, jetzt muss nur noch der Prinz kommen, der das darinnen wohnende Dornröschen wach küsst." Er schmunzelte schelmenhaft und sah auf Johannes. Diesen Mann, der schon lange seine Schwester verehrte, konnte Tassilo sich als seinen Schwager sehr gut vorstellen. Gemeinsam mit

Johannes trug er nun einen Schreibtisch zum leeren Raum vom Erdgeschoss.
„Bella“, sagte Herr von Hohenstein, wie er sie am liebsten ansprach, die Möbel stellst du im leeren Zimmer hier ab. Ich habe überlegt, es könnte dein Arbeitsbereich werden. Hier ist es sehr hell, es kommt viel Tageslicht hinein. Roswitha und Gregor haben die gemusterten Vorhänge angebracht. Ich hoffe, dir gefällt es so? Oben im Stockwerk sind dann zum Teil noch Möbel. Schau′ es dir halt an. Gehen wir nach oben?“ fragte der Hofchef. Die Drei schritten die Treppe empor, zur obersten Etage.

Isabella blieb vor einem großen Fenster stehen und rief ganz begeistert: „Tassilo, sieh doch nur mal diesen bezaubernden Ausblick hier! Sogar eine Burg ist zu sehen. Johannes, ich bin fasziniert von allem“, frohlockte sie und schmiegte sich an ihn. „Bella, was sich zwischen dem grünen Hang da präsentiert, ist doch unsre Kronberger Burg. Der Sodener Wald liegt auch zu deinen Füßen. Du wirst alles genau kennen lernen. Unser schönes Kronberger Städtchen wird ab heute deine neue Heimat. So, jetzt begutachte mal dein neues Reich hier oben, Isabella“, sagte Herr von Hohenstein und schmunzelte verklärt. „Es ist dein Schlafraum, dachte ich.“

Die attraktive Lady stürzte sofort auf einen weißen großen Wandschrank zu. „Ja, Hannes, das ist doch echtes Elfenbein. Prachtvoll!“ Sie öffnete die Türen. „Da ist viel Platz für meine ganze Garderobe und Wäsche“, meinte sie. „Weißt du, Bella, dieser Schrank gehörte Anna Maria. Er stand sonst immer im Herrenhaus drüben.“ Herr von Hohenstein seufzte nachdenklich und dachte kurz an seine tödlich verunglückte Frau. „Ich brauch das Möbelstück nicht, du hast Verwendung dafür“, ergänzte der Hofchef und machte eine Handbewegung in Richtung Fenster. „Dort ist noch viel Platz für dein Bett. Ich weiß ja nicht, ob du ein Himmelbett, Wasserbett oder Luftmatratze bevorzugst?“ Er schmunzelte wie ein Lausbub jetzt bei dieser Äußerung und herzte die Frau sogleich. „Ich würde sagen, Bella, du machst dich hier mal heimisch, Küche und Badezimmer sind nebenan. Ich zeig deinem Bruder mal, wo er sich die Tage niederlassen kann. Schließlich haben wir im oberen Stockwerk zwei Gästezimmer.“ Er legte den Arm und Tassilo. „Komm, wir gehn mal und lassen dein liebes Schwesterlein hier wirtschaften. Sie braucht mal Ruhe jetzt vor uns Männer. Servus, bis nachher, Bella!“

Kapitel 7

Isabella Wallenberg, jetzt im feschen Jogginganzug, die langen Haare zum Zopf geflochten, eilte japsend über das Hofgelände. Die erste Nacht lag hinter ihr, so hatte sie sich in aller Früh aufgerappelt, einen Dauerlauf durch die Natur zu machen. Schließlich war sie das gewohnt und wollte auch auf ihre stolze schlanke Linie achten. Eitel war sie schon. „Hallo, grüß Gott!“ rief sie dem Stallburschen zu, der eine Stute aus dem Stall führte. Isabella ging auf das Pferd zu. Sie tätschelte seine Mähne und das prächtige Tier schnaufte und ließ seinen langen Schweif hin und her wedeln.

„Ich würde schon gern auch mal ausreiten“, wünschte die tierfreundliche Diva. „Das ist doch möglich hier, oder?“

„Natürlich, klar gnädige Frau“, stockte der junge Mann herum. Dieses schwarzhaarige Superweib im knallroten Anzug brachte den 25-jährigen schon arg in Verlegenheit. Er kratzte sich am Hinterkopf und schaute fasziniert auf die tolle Frau. „Das ist die Stute Evita“, erklärte er mit Handbewegung. „Ich bring sie zur Weide rüber. Salvador und Hasober sind auch schon dort. Ich muss weiter, hab Arbeit, sonst schimpft der Chef. Ich meine Herr von Hohenstein.“ Er lächelte zaghaft und führte die Stute davon. „Servus!“ rief ihm Isabella hinterher. „Trotzdem, einen guten Tag!“ Sie ging jetzt langsamen Schrittes auf das Rosenhaus zu, um erst einmal nach dem Joggen Morgentoilette zu halten.

Der längliche Tisch im „Blauen Salon“ war zur Frühstückstafel gerichtet. Es duftete nach Kaffee. Semmeln, Brotschnitten und reichlich Aufschnitt, Obst und Gemüsesorten, luden auf dem Bufett zum Schmaus ein. Johannes von Hohenstein saß mit Tassilo am Tisch und Gregor der Butler bediente sie. Moritz saß am obersten Ende vom Tisch, war schweigsam und kaute auf einem Salamibrötchen schmatzend herum. Moritz wurde bei der Unterhaltung zwischen seinem Vater und Tassilo jetzt doch hellhörig. Behutsam stellte er nochmals die Frage, dachte an seinen Freund Kai.

„Vater, wenn Tassilo am Montag wieder abreist, wäre doch das Gästezimmer im Rosenhaus frei.

Kai ist im Moment im Posthaus untergebracht“, bemerkte der Sohn frustriert. „Das ist doch kein Zustand für ihn. Das Zimmer dort ist auch zu teuer.“ Der Bursche blickte nun beschwörend auf den so strengen Vater mit seinen eisernen Prinzipien. „Vater, Kai könnte doch das Zimmer nehmen, es ist ja auch möbliert.“ Moritz fügte noch extra dazu, obwohl er es nicht so meinte, aber vielleicht jetzt seinen Zweck erfüllte. „Vater, Kai muss natürlich dafür ein Mietgeld zahlen. Das ist klar. Er ist so begabt und könnte sich doch auf den Hof nebenbei nützlich machen. Ich meine im Stall oder handwerkliche Arbeiten“. Er schaute griesgrämig auf den im flotten Cordanzug gekleideten Tassilo, der ihn schmunzelnd beliebäugelte.

Johannes von Hohenstein stellte ruckartig die geblümte Kaffeetasse auf den Unterteller ab, das es klirrte, der Mocca überschwappte. Dann polterte er mit seiner tiefen Bassstimme auf den Sohn los: „Mein lieber Herr Sohn, dieses Thema Kai hatten wir doch eingehend besprochen und abgehakt. Nein, mein Sohn!“ meinte er energisch und Wutfalten bildeten sich auf seiner Stirn. „Moritz, deinen so feinen Freund Kai möcht ich hier auf unsrem Hof nicht haben. Basta! Haben wir uns verstanden? Ist das klar? So, und jetzt will ich mit Tassilo in Ruhe mein Frühstück fortsetzen. Guten Appetit, mein Sohn!“

Moritz, an diesem Vormittag in brauner alter Trägerhose, die spärlich blonden Haare nach oben frisiert, blickte finster vor sich hin. Absichtlich laut schlürfte er seinen Kaffee, störte sich nicht daran, dass sein Vater ihn vorwurfsvoll anschaute.

Isabella rauschte ins Zimmer vom Blauen Salon und staunte erst. „Ja, guten Morgen, zusammen!“, jauchzte sie froh gelaunt. „Ihr seid ja schon eifrig beim Frühstück. Guten Appetit! Was gibt’s denn Gutes?“ fragte sie schelmisch und steuerte aufs Buffet zu. „Du Langschläferin, wir haben auf unsre Nachtigall gewartet“, begrüßte Herr von Hohenstein sie mit ganz verklärten Augen.

Die Diva, im giftgrünen Jackettkleid, im Haar eine gleichfarbene Stoffrose, säuselte grinsend: „Von wegen Langschläferin, um sechs Uhr bin ich schon aufgestanden und habe den herrlichen Sonnenaufgang über dem Taunushügel genossen. Ich habe gejoggt“, schwärmte Isabella. Sie bereitete sich einen Teller mit Vollkornbrot, Aufschnitt und Weintrauben. „Gell, da staunt ihr nun über mich?“, fragte sie spitzbübisch und schaute triumphierend in die staunenden Gesichter am Frühstückstisch.

„Donnerwetter, Bella!“, entfuhr es Herrn von Hohenstein erstaunt. „Da hast du in aller Herrgottsfrühe unsre idyllische Landschaft genossen. Alle Achtung! Was sagst du dazu, Tassilo?“

„So ist sie halt, mein geliebtes Schwesterherz“, meinte er verschmitzt und küsste Isabella auf die Wange. „Grüß dich, meine Liebe! Wie ich seh`, geht’s dir blendend und du hast die Nacht gut verbracht. Oder?“ Er lachte mal.

Die aparte Lady streckte die Hände in die Höhe, als ob sie alle umarmen wollte. „Ja, mir geht es gut!“ frohlockte sie und wandte sich sofort Moritz zu, neben dem sie nun Platz nahm. Sie berührte ihn sanft am Arm. „Na, wie geht es dir, Moritz?“ Ein vernichtender Blick traf die Diva. „Beschissen! Saumäßig!“ entgegnete der Bursche und kaute an der Semmel mit Salami.

Isabella schaute Moritz mit einem Schmunzeln an. „Na, das hört sich ja nicht erfreulich an. Ich wünsche dir trotzdem einen guten Tag, Moritz“, sagte Isabella freundlich und lachte dazu.

„Isabella, mein lieber Herr Sohn ist heute Morgen schlecht gelaunt“, meinte Johannes von Hohenstein. „Lass es dir mal in Ruhe schmecken, meine Liebe“. Er wandte sich seinem finster dreinblickenden Sohn zu. „Moritz, wie ich seh, bist du mit dem Frühstück fertig. Du hast ja einen Termin um 11 Uhr 30 beim Arbeitsamt. Deine S-Bahn fährt gegen 10 Uhr 09. Tu` mir und anderen Menschen den Gefallen, ziehe ordentliche Kleidung an, deine aufgetakelten Haare kannst du auch mal vernünftig kämmen. Mein Gott, man muss sich schämen, wenn man dich sieht, wie du herum läufst.“

Der Vater schüttelte den Kopf und schaute auf Isabella, die ihre Hand auf seine Schulter legte.

„Johannes, ich mache einen Vorschlag“, sagte sie lächelnd. „Wie wärs denn, wenn wir mit dem Wagen Moritz gleich zum Arbeitsamt fahren? Wir könnten uns Höchst ansehen, einen Bummel dort machen. Das wäre schon interessant. Tassilo, was meinst du dazu?“ wandte sie sich an den Bruder und genoss ihren Mocca. Der junge Mann zuckte mit der Schulter und schaute mit fragendem Blick auf Johannes. „Das kommt überhaupt nicht in Frage“, wehrte Johannes von Hohenstein entsetzt den Vorschlag Isabellas ab. „Mit euch habe ich heute was Anderes vor. Und mein lieber Sohn geht jetzt und nimmt die S Bahn. Da bedarf es keiner weiteren Diskussion. Er hat sich die Suppe eingebrockt, so soll er sie auch allein auslöffeln. Adieu, mein Sohn! Es wird Zeit.“ Er machte eine Handbewegung in Richtung Tür. Moritz erhob sich ruckartig und ein vernichtender Blick traf seinen Vater. „Du kannst auch nur immer kommandieren, Vater und meckern“, brauste Moritz auf und seine Augen funkelten böse. „Dein missratener Sohn geht jetzt. Guten Tag, allerseits!“ Mit laut em Türenschlag verließ er den Raum.

„Bella, Tassilo, ich dachte, wir fahren nach Kronberg rein, machen einen Stadtbummel dort. Tassilo muss doch unsre schöne Burgstadt kennen lernen. Am Mittag gehen wir in eines unserer feinen Restaurants hier zum Schmaus.“ Johannes von Hohenstein lächelte verschmitzt, so dass man seinen einzigen Goldzahn sah. „Also, meine Lieben, am Nachmittag wollte ich mit euch zum Tierheim nach Oberursel fahren. Ich möchte von dort einen Vierbeiner, einen Hund wieder holen. Unser Arkor verstarb doch vor einigen Wochen plötzlich an einer Vergiftung.“ Er legte den Arm um die aparte Lady neben ihm sitzen und sah grinsend wie ein Lausbub auf sie herab. „Jetzt wo Isabella hier ist, brauchen wir doch erst recht einen Hofbewacher. Hab ich nicht recht?“ Er lachte.

„Auch ohne Hund kann ich gut selbst auf mich aufpassen“, lautete die kesse Antwort Isabellas. Sie streichelte seine graue Haarpracht mit ihren langen gepflegten Fingern. „Du Hannes, ich find es großartig, einem solchen Tier wieder ein Zuhause zu geben. Ich freu mich drauf“, flötete sie und nahm den letzten Bissen vom mit Streichkäse bedeckten Knäckebrot.

Der Butler Gregor kam in den Blauen Salon. „Guten Morgen, zusammen. Ich hoffe, die gnädige Frau und der Herr haben gut geschlafen? Sind Sie fertig mit dem Frühstück, Herr von Hohenstein? Dann kann ich abräumen.“ Er stellte das Geschirr zusammen und ein verklärter Blick traf die attraktive Diva. Isabella streifte den Butler an der dunkelblauen Jacke. „Ich bin keine gnädige Frau“, meinte sie schmunzelnd. „Isabella ist mein Name. Sie lieber Gregor, dürfen mich auch so anreden. Alles klar?“

„Wenn Sie das meinen, gnäd...“, stockte der Butler an seinem Satz herum. „Also, ich sage Isabella. Abgemacht? Darf ich nun abräumen? Oder wollten Sie noch etwas essen?“.

„Mein lieber Gregor, wir haben die morgendliche Mahlzeit beendet. Ja, Sie können hier wieder Ordnung schaffen“, antwortete der Hausherr und lachte dabei. „Gregor, ich fahre nachher mit den Beiden in die Stadt. Dann noch was Schönes. Wir fahren beim Orscheler Tierheim vorbei. Ich will nach einem neuen Hund mal sehen für uns hier auf dem Hof.“

Gregor stellte das Tablett ab und staunte. „Herr von Hohenstein, das ist eine famose Idee. Dann haben wir nicht nur Gewieher und Blöcken hier, sondern wieder Gebell. Das freut mich. Suchen Sie uns nur einen wachsamen Vierbeiner aus. Ein Schäferhund wäre nicht übel. Aber das überlass` ich Ihnen. Sie machen das schon richtig. Ich wünsche einen guten erfolgreichen Tag. Moritz ist ja nach Höchst zum Arbeitsamt gefahren. Hoffentlich bekommt er jetzt eine passende Stellung. Das wäre sehr gut und nützlich für ihn. Moritz wirkt so niedergeschlagen und er ist auch sehr aggressiv geworden.

Ich mach mir so meine Gedanken um ihn.“ Er stellte das Geschirr auf den Servierwagen und kutschierte durch den Raum. „Wegen meinem Sohn wollen wir uns nicht den Tag und die Laune verderben lassen“, äußerte sich Johannes von Hohenstein und erhob sich. Er legte die Arme um Isabella und Tassilo, „Kommt ihr Beiden, wir verlassen den Frühstückssalon. Servus, Gregor, bis zum Abend dann.“

„Tschüschen, lieber Gregor“, säuselte Isabella verschmitzt und folgte Johannes und ihrem Bruder zur Tür hinaus.

Es ging bald auf Mittag zu. Johannes von Hohenstein hielt mit seinem Opel im Zentrum der Stadt. „So, ihr Zwei“, sagte er heiter und öffnete die Wagentür: „Wir wären da. Bella, Tassilo, dann steigt mal aus.“ Er war der eleganten Lady, im grünlichen Jackenkleid, behilflich. „Stolpere nicht, auf dem Asphalt“, meinte Johannes von Hohenstein besorgt und bot ihr den Arm.

Die Drei überquerten den „Berliner Platz“. Einige Gärtner waren am Hantieren und legten Zweige und Sträucher auf einen Anhänger vom Lastwagen. Isabella wunderte sich und sprach sie sofort entsetzt an. „Was macht Ihr denn mit den schönen Sträuchern? Die blühen ja noch. Schade! Die würde ich am liebsten mitnehmen.“

„Schöne Frau, hier wird bald gebaut“, entgegnete ein Arbeiter und pfiff bewundernd über diese aparte Diva. Herr von Hohenstein legte den Arm um Isabella. „Kommt mal weiter. Ich erkläre euch alles genau.“

„Hier ist ja alles umzäunt und ein Bagger steht da“, stellte die Wienerin wieder fest. Sie blieb neben Johannes von Hohenstein stehen, der nun Auskunft gab.

„Wisst ihr, das ist unsre „Alte Grundschule“. Wir konnten sie nicht mehr sanieren. Wie ihr seht, sind die Fenster schon entfernt worden. In zehn Tagen wird das Gebäude abgerissen. Ich habe mit einem em Kollegen den Bauplan entworfen. Hier entsteht ein Einkaufswohnzentrum in ein bis zwei Jahren. Auf dem großen Platz hier soll eine Art Markthalle entstehen. Ja, Kronberg wird sich vom Stadtbild her etwas ändern. So ist das, meine Lieben. Aber wir gehn mal weiter“, sagte Johannes von Hohenstein. Er legte den Arm um Isabella.

Die Drei schritten gemütlich durch den Schulgarten. Isabella bewunderte gleich den mächtigen großen Baum in der Mitte. Sie lachte herzhaft und berührte den Baumstamm. „Na, du bist bestimmt schon tausend Jahre alt“, schmunzelte sie. „Das ist eine Blutbuche“ klärte sie der Kronberger nun auf.

„Aber, so alt ist unser Prachtexemplar doch noch nicht.“ Isabella setzte sich kurz auf eine Bank.

Sie blickte über die Straße. „Dort stehen ja völlig neue Häuser, Hannes! Wo ist denn der „Frankfurter Hof“? Das muss doch an der Straße sein. Da hab ich doch mal ein Mansardenzimmer gehabt vor zehn Jahren bei meinem Frankfurter Gastspiel.“

„Ja, meine liebe Bella, dieses alte feine Restaurant gibt's nicht mehr. Dafür bauten wir dieses tolle Geschäftshaus an dieser Stelle“, berichtete Herr von Hohenstein und winkte einem Passanten zu.

„Ja, ja, Bella, in diesem Frankfurter Hof lernte ich dich kennen“, erinnerte er sich und sah sie verliebt an. Isabella lachte jetzt herzhaft. „Tassilo, denk nur, ich habe dort in der Gaststube zum ersten Mal „Handkäs mit Musik“ gegessen. Zwiebelringe, Pfeffer, etwas Knoblauch. Ich hab gestunken. Am Abend musste ich auf der Bühne meinen Kollegen Harald küssen. Das war ne Show. Mein Gott, war mir das peinlich. Das werde ich nie vergessen. Ach je, jetzt gibt's das schöne Restaurant nicht mehr. Schade! Sehr schade“, meinte sie enttäuscht und stand von der Bank auf.

„Bella, wir haben einige neue Gaststätten“, vermittelte Johannes von Hohenstein ihr. „Eine passende werden wir nachher schon finden zum Speisen. Pizzerias könnt ihr auch finden.“ Isabella winkte ab.

„No! No“, entgegnete sie schmunzelnd. Die Drei schlenderten in Richtung Innenstadt.

Ein neuer Jubelschrei Isabellas ließ einige Passanten aufblicken. Die Lady blieb jetzt vor einem großen Laden mit Geschenkartikeln stehen. „Das ist ja allerliebst. Seht mal, die roten Lämpchen, wie kleine Glockenblumen sieht das aus. Die Püppchen und die Teddys, das Geschirr, oh, das gefällt mir aber“. Sie fasste nach Johannes Hand. „Tassilo, Hannes, lasst uns da reingehen“, echote sie laut. Sie betrat sofort den Innenraum des flotten Geschäfts.

„Hallo, grützi miteinand`“, flötete Isabella heiter und wandte sich sofort an die netten Verkäufer innen. „Ihr habt aber tolle Artikel hier“, schwärmte sie beeindruckt. „Ich bin ja ganz überrascht. Wie schön das hier alles aussieht!“

„Ja, unser „Stövchen“ in Kronberg ist bekannt und beliebt“, ergänzte Johannes von Hohenstein. „Da findet man meist das passende Geschenk, Bella. Die Damen hier gaben sich aber auch stets große Mühe mit Allem.“

„Das merkt man sofort“, lautete die Antwort Isabellas und sie steuerte sofort auf ein Regal zu. „Hannes, Tassilo, seht doch mal diese schmucke große Bodenvase mit dem Rosenmuster!“ Sie schlang überschwänglich die Arme um Johannes. „Diese herrliche Vase muss ich unbedingt haben. Die kommt in mein Arbeitszimmer jetzt.“ Sie berührte sie sanft und nahm sie dann vorsichtig vom weißen Schrankregal herunter. Alles schmunzelte über die attraktive Lady, die sich jetzt so erfreuen konnte. „Also, meine Liebe, wenn du dieses Schmuckstück unbedingt haben musst, so kaufen wir es halt“, erwiderte Johannes von Hohenstein lächelnd. Er wandte sich an die Verkäuferin. „Sie haben es vernommen, diese tolle Dame hier wünscht diese Rosenvase. Also bitte gut verpacken, damit das gute Stück nicht zerbricht."

„Ich sang doch gerade im „Rosenkavalier"", erinnerte Isabella. „Das passt doch gut dazu." Sie fing an, zu summen. „Sind Sie eine Sängerin?", fragte eine der Verkäuferinnen mit verklärtem Blick.

„Sie ist sogar Opernsängerin", ergänzte Herr von Hohenstein voll Stolz und seine Augen strahlten dabei. „Sie würde ich gern mal singen hören. Ich mag Opern", sagte die eine Verkäuferin und schaute hingebungsvoll auf Isabella.

Die flotte Diva trat jetzt auf die Verkäuferin zu, legte den Arm um sie und äußerte sich verschmitzt: „Wenn Sie Opern so mögen, ei, dann bring ich Ihnen hier ein kleines Ständchen. Es ist ja grad niemand hier." Sie lachte jetzt. Isabella fing tatsächlich im Laden des Stövchens an mit kräftiger Sopranstimme zu schmettern: „Wien, Wien, nur du allein, sollst die Stadt meiner Träume sein"... Sie unterbrach kurz und säuselte lächelnd: „Jetzt aber Kronberg". Dann setzte sie ihren Gesang fort, breitete die Arme aus, als ob sie alle umarmen wollte. Da die Eingangstür geöffnet war, lockte der Gesang einige Passanten an. So war das Stövchen bald überfüllt mit begeisterten Zuhörern. Die aktive Diva war in ihrem Element und bot mit dem Lied von „Heidenröslein" noch eine Zugabe.

Dann brach aber ein Jubel los: „Bravo! Das war ja einmalig." Die eine Verkäuferin nahm nun Isabella spontan in den Arm. Ihre Augen glänzten voll Tränen. „Danke! Danke", sagte sie leise. „Das werden wir so schnell nicht vergessen. Ein Konzert in unserm Stövchen. Sie sind eine super Frau. Hoffentlich werden Sie in unsrer Stadt nun auch Konzerte geben. Sie haben eine so coole Stimme."

Isabella war gerührt und bekam viel Lob. Wieder stand sie mal im Mittelpunkt und strahlte vor Stolz. Sie wandte sich an Johannes mit einem spitzbübischen Grinsen. „So, ich hab gesungen, die Vase haben wir auch. Ja, dann können wir abzwitschern. Ihr Leute, es gibt keinen Gesang mehr! Jetzt könnt Ihr hier dafür toll einkaufen. Adios! Bis zum nächsten Mal." Isabella winkte und folgte Johannes nach, der das große Paket mit der Vase trug. „Bella, das war ja eine Show jetzt", meinte Johannes. „Du bist schon unverbesserlich, ein rassiges super Weibsbild. Tassilo, was sagst du zu deiner Schwester und ihrem Auftritt in unserem Stövchen?"

„Johannes, solche spontanen Szenen bin ich gewöhnt, von meinem lieben Schwesterlein. Was meinst du wohl, was sich da so alles abspielte. Meine Isabella ist schon in Ordnung."

„Hört mal ihr Beiden", sagte Johannes und zeigte auf sein Gepäckteil. „Das wird zu schwer. Ich bring es schnell zum Wagen, der steht ja in der Nähe. Geht doch mal weiter, in Richtung Schirnplatz. Da führt am Buchladen eine schmale Gasse herunter. Dort ist das romantische Gasthaus „Zum Feldberg". Es gehört zu der Altstadt. Dort können wir dann gemütlich eine Mittagspause ein legen und was zu uns nehmen. Es gibt super Gerichte dort. Also, bis nachher! Verlauft euch nicht!“ Er ging davon.

Isabella hielt sich am Arm des Bruders, dann schlenderten beide durch die Innenstadt auf den Schirnplatz zu. Johannes, Isabella und Tassilo hatten sich in der gemütlichen Bauernstube „Zum Feldberg“ eingefunden. Isabella griff zum Feuerzeug und zündete die auf dem Tisch stehende Kerze an. „So, das ist doch viel schöner und romantischer. Meint ihr nicht auch?“ Sie schmunzelte und ließ ihre Blicke schweifen. „Ja, Hannes, was führen wir uns denn nun zu Gemüte?“ säuselte sie und winkte dem Kellner. „Ich nehme mal einen guten und süffigen Wein“, meinte sie und sah auf den feschen Kellner im todschicken schwarzen Anzug. „Ich muss nachher noch Auto fahren“, äußerte sich Johannes von Hohenstein nachdenklich. „Nichts Alkoholisches. Ich möchte einen Süßgespritzten, dazu Lasagne von unserm Taunuswild. Das kann ich euch nur empfehlen. Nehmt dazu Federweißer, wenn ihr wollt“, schlug Johannes genießerisch den Beiden jetzt vor.

Der freundliche Wirt servierte die Getränke und Speisen. „Bitte schön, die Herrschaften. Ich hoffe, es ist recht so? Lassen Sie es sich mal gut schmecken.“ Er warf einen besonderen Blick auf diese charmante und aparte Lady am Tisch. „Ja, dann mal, Guten Appetit“, flötete Isabella mit ihrer hellen Stimme. Sie nahm einen Schluck vom süffigen Getränk und prostete den Beiden zu. „Mhm, wie lecker!“ frohlockte sie gleich und machte eine entsprechende Handbewegung in Richtung Tresen, zum Kellner. „Johannes, du hast das richtige Lokal gewählt“, äußerte sich Tassilo anerkennend und ließ es sich munden. Johannes von Hohenstein machte ein zufriedenes Gesicht. „Wie ich sehe, fühlt ihr euch hier wohl und es schmeckt euch auch. Ei, wie mich das freut.“ Er lächelte und winkte nochmals nach der Bedienung. „Bitte nochmals das Gleiche für uns. Süßgespritzten und Federweißer. Recht so, ihr Beiden?“ wandte er sich an Isabella und Tassilo. Diese nickten nur bejahend mit dem Kopf.

Ein elegant gekleideter Herr, mittleren Alters, kam auf ihren Tisch zu. „Hallo, Herr von Hohenstein“ grüßte er überschwänglich und musterte die attraktive Diva an seiner Seite. „Sie speisen auch hier? Es ist mein Stammlokal. Übrigens, guten Appetit.“

„Guten Tag, Herr Eigner“, erwiderte Johannes von Hohenstein den Gruß zurück. Er wandte sich gleich an Isabella und Tassilo. „Das ist unser eifriger Bauherr, der die großen Bauprojekte nun hier vollzieht. Nicht wahr, Herr Eigner?“ Er lächelte und berührte kameradschaftlich seine gelbfarbene Lederjacke. „Ich mach grad Mittagspause, Herr von Hohenstein“, klärte der Bauherr sein Erscheinen auf. „Nächstes Wochenende wollen wir doch ein Abschiedsfest von der Schule im Schulpark halten. Dann wird es also ernst, mit dem alten Gebäude. Aber ich möchte Sie nicht weiter beim Essen stören. Ich such mir ein Plätzchen. Tschüs!“

„Herr Eigner, ich wünsch eine gute Mahlzeit. Lasagne, kann ich empfehlen“, sagte Herr von Hohenstein und machte eine Handbewegung. „Mhm!

Ein Gedicht. Stimmts, ihr Beiden?“ wandte er sich an seine Begleiter am Tisch. Isabella schielte zum Tisch am Fenster, wo jetzt dieser Bauunternehmer Platz genommen hatte. Sie beugte sich vor, hielt etwas die Hand vor den Mund und fragte leise: „Sag Hannes, was ist das für ein Fest nächste Woche, was stattfinden soll? Vielleicht kann ich dabei etwas zum Besten geben?“ Sie lachte. „Ich mein, singen?“ Johannes von Hohenstein legte seinen Arm um die holde Schönheit am Tisch und sah sie verschmitzt an. „Meine liebe Bella, du wirst es nicht glauben, aber daran dachte ich auch schon. Wir werden das noch zu Hause besprechen. Ja, Senorita?“ Er tätschelte liebevoll ihre geröteten Wangen. „Habt ihr noch einen Wunsch? Ein kleines Dessert hinterher? Eis vielleicht? Bella, du magst doch gern Süßes?“

Isabella hielt die Hand auf ihren schmalen Leib. „Ich will doch auf meine Linie achten, lieber Hannes“ entgegnete sie schelmisch. „Danke, nein! Lieber nicht. Ich bin zufrieden.“ Sie erhob sich jetzt, begutachtete eine prächtige Landschaftsaufnahme an der Wand, die Kronberg im Winterzauber präsentierte. „Sehr schön! Eindrucksvoll“ schwärmte sie. „Das muss doch eure Burg hier sein. Oder lieg ich da falsch, Hannes?“

„Du hast richtig formuliert, meine Liebe“, erwiderte Johannes von Hohenstein grinsend. „Daneben ist unser Schloss Friedrichshof. Bella, das lernst du nun alles kennen. Jetzt wohnst du ja hier in unsrer idyllischen Burgstadt.“ Er warf einen Blick auf seine Armbanduhr. „Oh! Es geht auf halb Drei. Ich schlage vor, wir zahlen dann und starten nach Oberursel zum Tierheim. Sonst wird's ja zu spät nachher. Die Tiere brauchen auch Ruhe und ihre Ordnung.“

Tassilo holte seine Brieftasche hervor, wollte zahlen. Johannes schob seine Hand lächelnd beiseite. „Du, das geht auf meine Rechnung“, äußerte er sich unter einem Schmunzeln. „Ich hatte euch doch eingeladen, Tassilo. Alles OK, damit?“

Er rief nach dem Kellner, zückte seine Brieftasche und zahlte. Johannes von Hohenstein ging kurz an den Tisch zu Herrn Eigner. „Guten Appetit, bei der Schweinshaxe. Wir reden dann später über die Feierlichkeit und Pläne. Stärken Sie sich nur. Eine gute Mittagspause noch. Servus!“

Er ging zurück, legte den Arm um Isabella. „Kommt, wir ziehen mal los. Tschüschen, bis zum nächsten Mal. Wir kommen wieder“, rief Johannes von Hohenstein dem Gastwirt zu. Dann verließ er schnellen Schrittes mit Isabella und Tassilo das Lokal.

Es war Nachmittag geworden. Johannes von Hohenstein fuhr mit dem Opel einen Waldweg entlang. „Dort das große längliche Gebäude ist unser Tierheim“, erklärte er seinen beiden Mitfahrern. „Wir sind da. Dann wollen wir mal nach einem Vierbeiner Ausschau halten.“ Er öffnete die Wagentür und hielt Isabella bei der Hand. „Pass auf, damit du nicht auf dem Waldboden ausrutschst. Es ist etwas glitschig hier, weil es erst geregnet hatte. So, dann kommt mal mit, ihr Zwei.“ Er öffnete das große Tor vom Tierheim und schritt voran auf einen Hauseingang zu.

Ein älterer Mann mit Kinnbart, im grauen Kittel, kam ihm sogleich entgegen und begrüßte ihn. „Ja, da ist ja unser lieber Herr von Hohenstein wieder. Was beschafft mit diese Ehre?“ Er schaute bewundernd auf die flotte Dame im grünfarbenen Jackenkleid. „Sie haben ja Besuch mitgebracht, Herr von Hohenstein. Guten Tag, die Herrschaften.“ Er drückte besonders lang und herzlich Isabel las Hand. „Wollten Sie sich unser Tierheim mal ansehen?“

„Herr Argnermold, wir wollten eigentlich nach einem Hund Ausschau halten. Wissen Sie, jetzt wo unsre liebe Frau Wallenberg auf dem Hof ist, brauchen wir besonders einen Beschützer.“ Er lachte dabei und legte die Hand auf Isabellas Schulter. „Ich verstehe, ich verstehe“, erwiderte der Mann und lächelte. „Dann gehen wir mal zu dem Zwinger hin, Herr von Hohenstein.“ Die Drei schritten hinter Herrn Argnermold her. Lautes Kläffen war zu hören. „Einige Tiere verweilen schon sehr lange bei uns“, äußerte sich der Tierheimchef nachdenklich. „Zur Ferienzeit werden leider oft Tiere ausgesetzt, besonders die Hunde. Das ist sehr tragisch. Wir versuchen, die Tiere an verantwortungsvolle neue Besitzer zu vermitteln. Aber, in die Seele der angeblichen Tierfreunde, sieht man leider nicht hinein, Herr von Hohenstein.“

„Ja, da haben Sie schon recht, Herr Argnermold. Wir haben zwar Pferde und anderes Getier auf dem Hof, aber ein Wachhund fehlt uns doch sehr“. Er sah jetzt in die Hundezwinger. Einige Tiere kauerten in der Ecke und dösten vor sich hin. Es waren auch zutrauliche Hunde, die bellend, ihre Pfoten gegen den Zaun streckten. Ein junges Mädchen im Jeansanzug führte einen Hund den Weg entlang. Dieser bräunlich weiße Mischling, der einem Sennhund ähnelte, riss sich los und stürmte mit lautem Gekläffe auf Isabella zu. „Harikon, komm her! Was soll denn das?“ rief das junge Mädchen und entschuldigte sich. „Ich weiß auch nicht, was er hat.“ Das Tier streckte seine Pfote Isabella entgegen, war gleich sehr zutraulich. Es war wohl Liebe auf den ersten Blick.

Isabella liebkoste den Vierbeiner. „Hannes, Tassilo, seht euch das nur mal an. Der weicht nicht von meiner Seite.“ Sie lachte jetzt. „Herr von Hohenstein, das ist Harikon. Er war lange auf einem Gestüt. Die Herrschaften sind verzogen, brachten das Tier vor drei Monaten zu uns ins Tierheim.“

„Harikon ist temperamentvoll.“

„Hannes, diesen außergewöhnlichen Vierbeiner müssen wir mitnehmen“, bat Isabella und kraulte sein Fell. „Schaut euch das mal an, er weicht nicht von mir. Das gibt’s ja nicht.“ Sie amüsierte sich an dem Tier und lachte herzhaft. „Ich glaube fast, Bella, er sieht in dir seine Herrin bereits“, wunderte sich auch Johannes von Hohenstein über das Tier. „Herr Argnermold, wir nehmen Harikon mit zum Johannishof, das bedarf keinen weiteren Kommentar. Sonst kann Frau Wallenberg nicht in Ruhe schlafen und denkt nur an dieses Tier.“ Jetzt lachte auch er und legte den Arm um die Tiernärrin. „Ist es nicht so, Isabella?“

„Das könnte leicht möglich sein, Hannes“, entgegnete sie verschmitzt. Der Hund kläffte jetzt Johannes von Hohenstein kräftig an, als er die Diva umarmen wollte. „Das wird ja immer schöner, ich glaub, der Hund ist schon eifersüchtig“, äußerte sich Johannes von Hohenstein schmunzelnd. „Das sind ja Aussichten.“

Ein Schäferhund sprang übermütig am Zwinger hoch und machte auf sich aufmerksam. Johannes von Hohenstein blieb vor dem Hundezwinger stehen. „Das ist der richtige Hofwachhund für uns. Herr Argnermold, das Tier kommt auch mit zu uns“, meinte er ganz spontan und wandte sich Isabella zu, „Du hast jetzt dein Hündchen, meine Liebe und ich unseren Hofbewacher. Tassilo, du schweigst ja. Was meinst du denn zu den neuen vierbeinigen Hofbewohnern?“

„Ja Johannes, es sind beides prächtige Tiere. Ich finde diese Idee einfach famos. Da kommt Leben auf euren Hof. Au weia!“ Tassilo amüsierte sich, er liebte Tiere sehr.

„Herr von Hohenstein, dann erledigen wir jetzt die nötigen Formalitäten. Das ist ja wichtig. Kommen Sie mit mir zum Haus.“ Die Vier gingen mit den Hunden zum Eingang vom Tierheim.

„Isabella, Tassilo, nehmt die Tiere schon, ich geh kurz mit Herrn Argnermold ins Büro alles erledigen. Bis gleich.“ Das Geschwisterpaar sprach auf die Hunde ein, die laut kläfften, an ihnen hochsprangen.

„Gleich könnt ihr mit dem Auto fahren und auf unsrem Hof, da habt ihr genügend Auslauf“, meinte Isabella und tätschelte beide Tiere. „Schaut mal, da kommt euer Herrchen schon wieder. Na, habt ihr alles erledigt?“ Herr Argnermold liebkoste seine Tiere nochmals und nahm Abschied von den Vierbeinern. „Beim Herrn von Hohenstein und der netten Dame habt ihr es bestimmt sehr gut.“ Er gab allen die Hand. “Viel Freude an beiden Hunden. Ich freu´ mich, dass sie bei Ihnen ein neues Zuhause finden. Leben Sie wohl, Herr von Hohenstein. Melden Sie sich mal bei uns, wie es den Tieren geht.“ Johannes von Hohenstein öffnete die Wagentür. Er gab den Hunden einen liebevollen Klaps. „Da, rein mit euch!“ Isabella nahm vorne Platz und Tassilo zwängte sich daneben.

„Es wird ein wenig eng, aber bis Kronberg schaffen wir das wohl schon“, meinte Herr von Hohenstein verschmitzt. „Anschnallen!“. Er setzte sich ans Steuer, winkte nochmals und gab Gas. Es war spät am Nachmittag als Herr von Hohenstein in den Hof einfuhr. „Alles aussteigen“, sagte er heiter. Er sah nach den Hunden, die ganz manierlich die Fahrt überstanden hatten.

„Raus mit euch Beiden“, sagte der Hofchef nochmals und klatschte in die Hände. „Harikon, komm zu mir!“ rief Isabella und das Tier stürmte auf sie zu, gefolgt vom Schäferhund. Beide Tiere tobten nun über das Hofgelände und machten sich kläffend bemerkbar. Dann kamen sie zurück. Die Hauswirtschafterin und der Butler stürzten aus dem Haus und kamen auf die Drei jetzt zu. „Ja, du liebe Güte, Herr von Hohenstein, was ist denn das?“ entfuhr es der sprachlosen Dörthe. „Gleich zwei neue Tiere?“

„Dörthchen, Gregor, das sind jetzt unsre neuen Hofbewohner“, stellte Herr von Hohenstein die bellenden Tiere vor. „Der Schäferhund ist Astor. Er wird aufpassen, damit hier nichts geschieht. Keine Angst, Dörthe, er tut dir nichts“, sagte der Hofchef schmunzelnd, als das Tier an Dörthes Hand schnupperte. „Ich habe gerade Wurst geschnitten“, äußerte sich die Frau erklärend. „Sicher riecht er das.“ Harikon sprang an Gregor hoch und leckte sogleich seine Hand. „Er findet Sie sympathisch, lieber Gregor“, meinte Herr von Hohenstein. „Diesen prächtigen Vierbeiner hat sich Isabella ausgesucht. Unser Harikon wird hoffentlich gut auf unser Superweibchen aufpassen.“

Isabella drohte ihm mit dem Finger. „Was du alles sagst, Hannes. Wollen wir nun hier draußen verweilen, oder doch mal ins Haus gehen?“ meint die tierbegeisterte Lady. „Ja, hast recht, Bella“, erwiderte Herr von Hohenstein und wandte sich sogleich an seinen Butler. „Ist mein Sohn schon aus Höchst zurück, Gregor?“

Der Butler ging aufs Haus zu und schaute Dörthe nachdenklich an. Er fuhr sich verlegen über die Haare. „Herr von Hohenstein, wir müssen Ihnen etwas sagen“, stammelte er. Und man merkte, es war ihm unangenehm. „Es kam vorhin ein Anruf vom Arbeitsamt. Ein Herr Schneider sprach mit mir. Moritz ist nicht zum Termin erschienen. Herr Schneider war etwas erzürnt, hatte ich den Eindruck. Er sagte dann, Moritz bekäme ein Schreiben und die Arbeitslosenhilfe würde vorerst gestrichen. Unangenehm. Was?“

Johannes von Hohensteins Gesicht lief jetzt krebsrot an, so sehr erregte er sich im Zorn. „Das darf und kann doch nicht wahr sein! Das glaub ich nicht“, erboste er sich mit lauter Stimme, so dass die beiden Hunde erschreckt zur Seite sprangen. Herr von Hohenstein blickte mit finsterem Gesichtsausdruck vor sich hin. Er wandte sich seinem Butler zu. „Gregor, das ist nun der zweite Termin, den der Faulpelz nicht einhält. Wo steckt er denn jetzt eigentlich? Ich versteh das nicht mehr.“

Isabella legte sanft ihren Arm um den so erregten Mann. „Hannes, bitte bleib ruhig, sonst kriegst du noch einen Herzinfarkt.“ Sie wirkte nachdenklich. „Könnte Moritz etwas passiert sein? Vielleicht war ein Zugunfall, oder eine Pannc mit der Straßenbahn. Das kann doch alles möglich sein.“

Johannes von Hohenstein lachte mal höhnisch auf. „Ach wo! So ein Unsinn, Isabella. Das glaubst du doch selber nicht! Wie ich meinen Herrn Sohn einschätze, hatte er mal wieder keinen Bock. Das kennen wir doch schon. Nicht wahr, Gregor, Dörthe?“ Er schüttelte den Kopf und atmete schwer. “Vielleicht sitzt er wieder bei diesem Kai Blessing herum. Der soll nur mal Heim kommen, dann funkt`s aber, das kann ich euch sagen.“ Mit scharfem Tonfall rief er nach den beiden Hunden, die umher sprangen. „Astor! Harikon, kommt mal schnell zum Herrchen.“ Er pfiff laut und schrill. Dörthe warf einen kritischen Blick auf Isabella, die nun schweigend neben dem wütenden Hofherrn her schritt. Dann zwinkerte sie vielsagend Gregor zu, der aber eine abweisende Handbewegung zu ihr hin machte. Alle verschwanden jetzt im Herrenhaus. Astor und Harikon sausten mit freudigem Gebell hinterher, in ihr neues Quartier.

Es ging auf 22 Uhr. Johannes von Hohenstein saß mit Isabella und Tassilo gemütlich im Blauen Salon. Jetzt zuckte er zusammen, stellte ruckartig das Weinglas auf den Cocktailtisch ab. „Was war das? Habt ihr das auch gehört?“ fragte er verwundert. Wieder fiel eine Tür krachend ins Schloss. Auf der Treppe waren polternde Schritte zu hören, dazu ein lautes Gejohle. Johannes von Hohenstein ahnte nichts Gutes und schaute mit einem Achselzucken auf Isabella und Tassilo.

„Ole!“ hallte es laut durch das Herrenhaus. Moritz wankte auf den Treppenstufen hin und her. Er war sturzbetrunken. Ein durchdringender Alkoholgeruch stieg auf. Er hielt sich mühsam am Geländer fest und wäre bald die vielen Treppenstufen heruntergestürzt. „Ole!“ rief er erneut. „Ist niemand im Haus? Juchhu! Hallo!“

„Jetzt reicht´s aber“, stieß Johannes von Hohenstein erbost hervor. Er stürzte aus dem Zimmer, gefolgt von Isabella und Tassilo. Sogar Astor und Harikon sprangen kläffend hinaus ins oberste Stockwerk.

Johannes von Hohenstein ging auf seinen angetrunkenen Sohn zu. Er packte ihn am Arm, um Ihn zu stützen. „Bist du verrückt, Moritz?“ Sei endlich still und veranstalte nicht so ein Geschrei. Du bist unmöglich, mein Sohn.“

Moritz machte eine abweisende Handbewegung und rief lauthals: „Ole! Hallo! Ist die Welt so geil!“

„Pst! Ruhe, Moritz“, äußerte sich nun auch Isabella. Zusammen mit Johannes und Tassilo schleppte sie Moritz mühsam die Treppe hoch zu seinem Zimmer. Der Vater zog ihm die braune Lederjacke aus und rümpfte die Nase. Er öffnete sogleich das Fenster: „Du verbreitest hier eine Duftwolke von Alkohol und Zigarettenqualm. Fürchterlich.“ Isabella und Tassilo standen kopfschüttelnd im Zimmer.

Moritz ließ sich schwer auf sein Bett fallen. Er erledigte sich seiner Schuhe, schleuderte sie in die Zimmerecke. Sein Gesicht war jetzt krebsrot, Schweißperlen standen auf seiner Stirn. Seine blonden Haare klebten am Kopf. „Hier bei uns bellt´s ja. Wo sind denn hier Hunde? Ich bin doch nicht verrückt.“ Er sah sich um. Johannes von Hohenstein stellte die übelriechenden Schuhe seines Sohnes vor die Tür. „Musst du alles so herumwerfen, Moritz? Kannst du nicht mal guten Abend sagen, wenn du kommst? Nur Gebrülle“, rügte ihn der Vater mit Stirn runzelnd.

„Hör` endlich mal mit deinem ewigen Gemecker auf, Vater! Ich kann es nicht mehr hören!“, protestierte Moritz heftig. „Weißt du, es nervt mich langsam. Ja, es nervt“, wiederholte er nochmals im barschen Ton. Er hielt sich die Ohren zu, als nun Tassilo und auch Isabella noch ihren Kommentar abgaben. „Mein lieber Sohn, der große Lebemann, uns hier nervt es sehr, wenn du um diese Uhrzeit volltrunken nur herumbrüllst. Wir wollten uns einen ungestörten Abend machen.“ Moritz stand auf und ging zu seinem Kühlschrank. „Kein Bier drin.“ Er wollte zur Tür hinaus, aber der Vater versperrte ihm den Weg. „Du bleibst jetzt hier in deinem Zimmer! Du hast genug Alkohol gebechert. Das reicht für heute, Moritz. Nimm dir ein Glas vom Mineralwasser, das ist besser und noch gesünder. Du hast genug Schaden angerichtet durch deine verdammte Trinkerei. Durch den Autounfall hast du deine Arbeitsstelle bei Opel verloren. Moritz, du bist 26 Jahre, sei endlich vernünftig. So geht´s nicht mehr weiter." Der Vater strich über seine verschwitzten Haare. „Was ist mit dir? Bist du krank? Dann sag´ es uns. Wir wollen dir doch helfen. Nicht wahr, Bella?"

„Dein Vater hat recht, Moritz", äußerte sie sich behutsam. Der Bursche zeigte mit dem Finger auf sie. „Von dir, von dir lass ich mir überhaupt nichts sagen. Halt den Mund. Weißte!"

„Bella, Tassilo, bitte geht zurück, ich möchte allein mit meinem Sohn jetzt reden. Habt also Verständnis. Ja?" Er lächelte mühsam. Isabella legte den Arm um den Bruder. „Johannes, wir gehen rüber in unser Reich", erwiderte sie mit belegter Stimme. Man merkte ihr an, sie war etwas gekränkt über das Verhalten. „Gute Nacht! Bis morgen dann. Adios, Moritz!" Sie rauschte mit Tassilo aus dem Zimmer.

„Endlich sind sie fort", grölte Moritz. „Vater, ich will ein Bier jetzt! Hast du das nicht gehört?" fauchte der Sohn. „Nein, du bekommst keinen Alkohol mehr! Setz` dich hin und gib Ruhe. Ich will mit dir reden, Moritz."

„Ich aber nicht mir dir, Vater", keifte der Sohn. „Moritz, warst du heute um 12 Uhr auf dem Arbeitsamt? Du hattest einen Termin, ein Gespräch bei Herrn Schneider. Er wollte dir eine Arbeitsstelle vermitteln. Mein Gott, Junge, du brauchst eine Tätigkeit und ausreichend Geld zum Leben. Sieh das doch mal endlich ein, Moritz."

Der Sohn starrte düster vor sich hin und lallte mit heiserer Stimme: „Hör auf, Vater! Nein! Ich bin nicht bei diesem Schneider in Höchst gewesen. Was soll ich da? Fünf Stunden auf der Bank im Flur blöd herumsitzen? Der kann auch nicht zaubern, mir was verschaffen. Das ist doch Stuss, Vater!" Moritz stellte sein Fernsehgerät ein. „Ich will jetzt den Film „Superweib" sehen. Stör´ mich nicht!" Der Vater schaltete den Apparat aus. „Moritz, ich möchte jetzt in aller Ruhe vernünftig mit dir reden. Von Mann, zu Mann."

„Ich aber nicht, Vater! Ich habe keinen Bammel drauf", zischte er wütend zurück, stellte das Gerät erneut ein. Moritz Vater zog demonstrativ den Netzanschlussstecker heraus. Er nahm auf dem Bett Platz. „Mein Junge, wie soll das weiter gehen? Wir müssen jetzt miteinander reden, klar kommen."

Moritz reagierte nicht. Er taumelte herum, lallte vor sich hin. Moritz griff zu seiner Zigarettenschachtel und paffte vor sich hin, ohne sich an seinem Vater zu stören.

„Muss das jetzt sein?" protestierte der Vater sofort. "In diesem Gestank willst du dann schlafen?"

„Mich störts nicht. Du kannst ja gehen, wenn es dir nicht passt. Schließlich ist es mein Zimmer, da kann ich tun was ich will."

„Mit deinen 26 Jahren kannst du dich mal an unsre Hausregeln halten, mein lieber Herr Sohn. Ach was, das hat ja doch keinen Sinn. Was ärgere ich mich zu später Nacht mit dir herum. So mach doch was du willst! Zieh aus, wenn´s dir behagt. Aber lieg` nicht weiter auf meinem Geldbeutel. Von mir hast du keine müde Mark jetzt zu erwarten. Dass das klar ist, Sohnemann. Gute Nacht, in deinem Mief hier.“ Johannes von Hohenstein riss doch der Geduldsfaden. Verärgert ging er aus dem Zimmer.

Kapitel 8

Johannes von Hohenstein sattelte die Stute Salvador. Er war Isabella behilflich, die nun mit dem hohen Stiefel in den Steigbügel stieg, sich in den Sattel schwang. Die sportliche Lady, jetzt in flotter Reitkleidung, mit Helm, tätschelte die weiße Stute Mozart. „Hannes, das ist ja ein ausgefallener Name für ein Pferd“, meinte sie schmunzelnd. „Ob sie nachher einen „Wiener Walzer“ mit mir veranstaltet?“

„Das wirst du gleich merken, Bella, bei unsrem Ausritt. Mozart galoppiert nicht, sie tänzelte immer beim Schritt. Sie macht ihrem Namen schon alle Ehre. Tassilo wirkt wie ein Profireiter, der eine Olympiade gewinnen will. Fesch! Super, deine Kleidung heute. Du hast heute Hasober. Er ist sehr gutmütig, ein guter Springer. Ach, seht mal, da fährt Moritz grad mit dem Traktor und Anhänger. Herr Wagner will keltern auf dem Quellenhof, da braucht er die Äpfel. Dort ist unser Getränkemarkt des bekannten, beliebten Kronberger Mineralwassers. Bella, Tassilo, ich hatte sowieso vor, mit euch in Richtung Kronthal, zum Sodener Wald auszureiten. Dort ist einfach besseres und vor allem ebenes Reitgelände“. Er wandte sich seinem Sohn zu. „Moritz, habt ihr die Leiter auf dem Anhänger? Die braucht ihr ja. Sei vorsichtig, dass du nicht von der Leiter stürzt. Ah, da ist ja Roswitha! Ihr Beide fahrt nun zu den Obstwiesen und pflückt die Äpfel. Wenn ihr damit fertig seid, bringt die Früchte in die Kelterei. Herr Wagner braucht die Äpfel. Ist alles klar? Moritz, mach nicht so eine Schnute“, frotzelte der Vater. „Wir wollen jetzt ausreiten. Tassilo ist ja nur noch einen Tag hier, da soll er etwas von der Landschaft sehen.“

„Vater, ich hatte ja was anderes vor“, äußerte sich Moritz etwas frustriert. „Ihr habt euer Vergnügen, wir können mal wieder schuften. Wie immer“, protestierte der Sohn und wandte sich sehr unliebsam an Roswitha. „Los, kletter´ auf den Wagen, damit wir Leine ziehen können. Viel Vergnügen beim Ausritt“, sagte Moritz. Aber das war mehr höhnisch gemeint. Astor und Harikon flitzten nun über das Hofareal, dass die Stuten wieherten. „Seid mal nicht so stürmisch, ihr Beiden“, meinte Johannes von Hohenstein lachend. „Wollt ihr mitkommen? Wir machen ja keine Galopprennen. Also dann, ab mit euch“. Isabella amüsierte sich. „Das kann ja heiter werden. Die Karawane zieht von dannen“, sagte Isabella und trabte im Schritt hinter Johannes her, gefolgt von Tassilo. Die drei Reiter galoppierten auf ihren Stuten den Feldweg entlang, vorbei an grünen Weiden, zum Sodener Stadtwald. „Die Luft ist hier so würzig“, begeisterte sich Isabella und zog den Duft der Taunusluft in sich ein. Isabella pflückte einen Buchenzweig der sie streifte, steckte ihn in ihre flotte Reitweste. „Hier sind ja stachelige Früchte, Hannes“, meinte sie, als es an der Hand piekste.

Johannes von Hohenstein erheiterte sich und gab eine Erklärung ab. „Diese gelblich grünen Stachelaner sind Maronen. Ich meine, Esskastanien. Hier gibt es ganze Haine davon. Die Früchte sind sehr bekannt und beliebt hier. Du kannst sie aufpulen. Ihr müsst mal unsre „Kästesupp“ kosten. Dörthe kann das prima. Das ist hier in der Burgstadt eine Delikatesse, kann ich euch sagen. Jetzt zweigen wir an der Straße ab, denn dort geht es weiter nach Bad Soden oder Königstein. Wir reiten zum Kronthal runter. Astor, Harikon, kommt mal zurück!“ rief er mit lauter Stimme, denn die beiden Hunde sausten kläffend einem Eichhörnchen hinter her. Die Truppe aus Vier- und Zweibeinern zog weiter zum Quellenpark.

„Hier kommt aber ein süßlicher Duft her“, äußerte sich Tassilo verwundert und hielt die Zügel fest. „Was ist das, Hannes?“

„Das kommt drüben vom Getränkemarkt Wagner, im Quellenpark. Seht ihr das große helle Gebäude dort? Da wird das Sprudelwasser ausgeliefert. Jetzt zur Apfelernte wird dort gekeltert. Es gibt süßer Apfelwein. Ein Gedicht, kann ich euch sagen. Na, ihr werdet es ja später selbst feststellen. Moritz bringt nach dem Keltern von Herrn Wagner einige Kanister mit.“ Die Drei ritten auf das Kronthalgelände zu. „Oh! Hannes, das ist ja traumhaft hier“, jubelte die Lady beeindruckt. „Tassilo, schau dir das mal an. Diese schönen, blühenden Anlagen und Bäume. Das bunte Herbstlaub dazu.“ Sie stieg vom Pferd. „Lasst und hier Rast machen“, schlug sie vor. „Harikon, mach Platz“, sagte sie im strengen Tonfall. Auch Tassilo und Johannes von Hohenstein hielten jetzt eine Verschnaufpause. Die beiden Hunde kauerten neben einer Bank, wo die drei Reiter jetzt Platz nahmen. Die Stuten knabberten an herabhängenden Zweigen, schnauften, schienen sich auch wohl zu fühlen.

Isabella befreite sich nun ihrer hohen Reitstiefel und dicken Socken. „Seht mal, da ist eine Wasser-Tretanlage. Das ist ja famos. Da muss ich jetzt hin.“ Sie steuerte gleich drauf zu, um dann wie ein Storch durch das kühle Wasser zu waten. Harikon lief seinem Frauchen hinterdrein und stürzte sich mit lautem Gebell in das Tretbecken. „Raus da““, schimpfte Isabella lachend, „das ist nur etwas für Zweibeiner. Hast du das nicht gehört?“ Sie klatschte in die Hand und amüsierte sich weiter im Wasser. „Das tut gut!“

Johannes von Hohenstein schaute ihr mit einem Schmunzeln zu. „Schade, dass wir nun kein Fotogerät dabei haben. Das gäbe eine tolle Aufnahme. Bella im Reiteranzug durchwatet das Wasserbecken. Im Hintergrund grüne Wiesen und die Stuten dazu. Tassilo, was sagst du zu deiner sportlichen Schwester?“

„Das gefällt ihr hier, Johannes. Sie ist nicht zu bremsen, mein Schwesterherz.“ Er streckte die Füße von sich, schloss die Augen und döste in dieser Stille vor sich hin.

„Huh huh! Hallo! Ihr seid so still“, flötete die Wassernixe und kam prustend hervor. Sie machte einen kleinen Lauf über die Wiese. Dann bückte und streckte sie sich, ging zurück zu der Bank. „Ihr Langweiligen, sitzt nur da. Das war super.“ Sie frottierte mit einem Tempo ihre lackierten Füße, streifte die Socken über. Dann schlüpfte sie in die Stiefel. Isabella liebkoste Harikon, der zu ihren Füßen vor sich hin döste. Sie drehte sich um, sah nach den grasenden Pferden. „Meine Lieben, es ist hier so friedlich und bezaubernd“, äußerte sich Johannes von Hohenstein schwärmerisch. Er legte seinen Arm um Isabella. „Na du, Holde! Wie ist es so? Tassilo, wie ich feststellte, fühlt ihr euch beide hier im Kronthal sehr wohl. Aber leider habe ich zu Hause noch allerlei Arbeit. Ich schlag vor, wir reiten mal zurück. Was meint ihr?“ Er schaute beide ganz versonnen und nachdenklich an.

Tassilo legte die Hand auf seine Schulter. „Johannes, es war für mich sehr beeindruckend und ein Erlebnis. Zu Hause schreite ich durch unsren Wiener Wald, hier reite ich mit euch durch die Taunuslandschaft. Das bleibt für mich eine nette Erinnerung. Ich danke dir, Hannes, für diese schönen Stunden und den Ausritt jetzt. Aber, wenn du noch so viel zu tun hast, müssen wir schon leider umkehren.“ Tassilo griff nach Isabellas Hand. Dann zog er sie verschmitzt von der weißen Holzbank hoch. „Es geht heimwärts, liebes Schwesterherz! Astor! Harikon! Ihr dürft wieder davon flitzen“, rief Tassilo den Hunden zu. Er bestieg sogleich seine Stute.

Isabella liebkoste noch schnell ihre Stute Mozart und flüsterte ihr etwas ins Ohr. „Auf Mozart! Trapp, trapp! Dann lauf mal zu im Walzertakt“, fügte sie verschmitzt hinzu. Isabella fing doch tatsächlich an, einen Wiener Walzer zu summen. Johannes von Hohenstein lächelte amüsiert über die trällernde Reiterin und schwang sich selbst auf Salvador. „Na, dann mal los, ihr Drei“, meinte er heiter und gab seiner Stute einen liebevollen Klaps. Die munteren Reiter galoppierten im Schritttempo ihres Weges, gefolgt von Astor und Harikon.

Moritz kraxelte in luftiger Höhe die lange Leiter auf und nieder. Der Bursche reckte und streckte sich, um die unzähligen roten und gelblichen Äpfel zu pflücken.

„Ich leiste hier eine Schwerstarbeit“, protestierte der Bursche und rieb sich über die feuchte Stirn. Ein großer Korb baumelte an einem dicken Ast, der mit Früchten halb gefüllt war.

Die Praktikantin Roswitha schaute immer wieder nach oben. „Halt dich gut fest, damit du nicht von der Leiter stürztst, Moritz.“ Das Mädchen nahm denn den Korb von Moritz, schüttelte die Früchte auf den Anhänger beim Traktor. Sie bückte sich immer wieder, um die brauchbaren Äpfel im Gras aufzuheben.

„Viel Geld müsste man haben, Rosi, dann würd` ich mir ein herrliches Leben machen und keine wurmstichigen Äpfel hier ernten“, frotzelte der Bursche und stieg eine Sprosse höher.

„Nörgle hier nicht rum, konzentriere dich lieber auf die Leiter, das ist eine wackelige Angelegenheit“. Sie stellte den Fuß auf die unterste Sprosse, um der Leiter Halt zu geben. „Du hättest den Termin beim Arbeitsamt einhalten sollen, Moritz“, äußerte sich das Mädchen nachdenklich. „Dann bekommst du auch deine Arbeitslosenhilfe, brauchst deinen Vater nicht zu bitten. Ich muss ja auch bei euch auf dem Hof meine Arbeit verrichten und mach mein Praktikum hier. Dafür werde ich bezahlt.

So ist das halt, Moritz.“ Roswitha rieb einen dicken, pausbäckigen roten Apfel an ihrem Shirt ab, dann biss sie herzhaft herein. Moritz stieg die Leiter herab. Er rüttelte fest an den Ästen, so dass die obersten Früchte ins hohe Gras fielen. „Gib mir mal den Korb, dann kann ich die Äpfel aufsammeln!“

Die Beiden schritten nun teils sich bückend, ein Stück die Obststreuwiese entlang, ließen die Früchte in den Korb plumpsen. Zum großen Areal des Johannishofes gehörten etliche Weiden, Felder und Obstplantagen, besonders Apfelbäume. Moritz warf einen raschen Blick auf seine Armbanduhr.

„Mensch, verdammt“, schimpfte Moritz schon wieder und wirkte jetzt sehr nervös. „Rosi, es ist bald 14 Uhr! Herrje, ich bin doch um Drei mit Kai verabredet. Wir wollen doch heut die Demo durch die Innenstadt machen. Kommst du mit nachher zum Berliner Platz?“

„Moritz, das ist doch verrückt, was ihr da vor habt“, währte das junge Mädchen ab. „Du lehnst dich damit gegen deinen Vater auf. Das wird Ärger geben. Überleg das doch mal!“

„Du bist zimperlich, Rosi“, entgegnete der Bursche und ging zurück zum Traktor, der auf einem Feldweg stand. „Du, mein Vater fährt später mit dieser Isabella nach Königstein. Er wollte ihr und Tassilo die Burg dort zeigen. Ins Kurhaus müssen die auch noch gehen, zum Kaffeeschmaus. Da können wir unbesorgt den „Feldzug“ starten. Mach mit, sei kein Frosch! Jetzt eil` dich mal, dass wir hier fort kommen.“ Moritz boxierte mit Roswitha die Leiter auf den mit Äpfel gefüllten Anhänger. Er kletterte auf den Traktor und Roswitha fand auch ihren Platz. Das Fahrzeug kutschierte langsam den Weg entlang, in Richtung Quellenhof.

„Hier kommt ein toller Duft her“, meinte Roswitha und atmete tief. „Das kommt vom Keltern“, erwiderte Moritz und lenkte seinen Traktor auf den Getränkemarkt zu. Er stieg ab, ging mit Roswitha auf ein großes Gebäude zu. „Hallo! Herr Wagner! Wir sind da. Wir bringen die Äpfel“, rief Moritz laut.

Dann ging er in den Raum hinein, wo es stark nach Most roch. „Moritz, Roswitha, da seid ihr ja“, begrüßte Herr Wagner die Beiden. „Habt ihr reichlich Äpfel bekommen? Ich habe hier alle Hände voll zu tun beim

Keltern.“ Er lachte jetzt verschmitzt, rieb sich die Hände an seinem Kittel ab, um Beide zu begrüßen. „Das Obst ist auf dem Anhänger draußen“, sagte Moritz und beugte sich über den Trog, um neugierig die Obstmasse zu begutachten. Dann fachsimpelte er mit Herrn Wagner interessiert über seine Tätigkeit hier. „Moritz, ich habe jetzt verschiedene Apfelsorten genommen“, erklärte er und holte mit dem Sieb das Obst heraus. „Wisst ihr, das gibt einen guten Geschmack, ein super Stöffchen. Dort warten die leeren Fässer für den Süßmost und unsren Kronberger „Eppelwoi.“

„Sagt mal, ihr ward ja nun so fleißig. Wollt ihr einen Becher Süßmost?“ Roswitha machte ein freudiges Gesicht. „Oh! Ja, gerne, Herr Wagner!“ Sie schaute auf Moritz, der jede Handlung genau beobachtete. Dann griff er zum Becher, den Herr Wagner ihm nun reichte. „Dann kosten wir mal von dem köstlichen Most. Wohl bekommt`s, ihr Beiden“, lachte er verschmitzt. „Moritz, ich danke natürlich für eure Hilfe, ich meine das viele Obst. Na, wie schmeckt das Stöffchen? Roswitha, verzieht das Gesicht. Ist was?“

„Nein, nein, überhaupt nicht“, äußerte sich das Mädchen und leckte sich die Lippen. „Sehr süffig, herzhaft, Herr Wagner“, meinte sie begeisternd. „Nicht schlecht“, war Moritz sein knapper Kommentar dazu. Die Zeit verlief. Es ging auf halb Drei, er war ungeduldig, nervös. Herr Wagner leerte den Anhänger mit den Früchten. „Moritz, ich stelle drei Kanister mit Most auf den Wagen. Dein Vater hat drum gebeten. Nehmt das bitte mit, dann brauch ich nicht extra vorbei kommen.“ In seinen hohen Gummistiefeln, die ganz beschmiert waren, lief er hin und her, widmete sich weiter seiner Arbeit. „Servus, ihr Beiden! Macht`s gut!“

„Danke für den Süßen“, rief Roswitha noch hinterher, bevor sie dann zu Moritz auf den Traktor stieg. Moritz und Roswitha, die doch mitgekommen war, hatten sich in der Brasserie vom Post Hotel eingefunden. „Du musst dir wohl erst noch Mut antrinken, Moritz“, stichelte sein älterer Freund Kai und leerte hastig sein Bierglas. „Klaro!“ entgegnete Moritz und grinste vor sich hin. „Ich muss gleich laut brüllen, trompeten, da brauch ich Ölung für die Stimme. Verstehste das Kai? Bringen Sie mir noch ein Bier!“, wandte Moritz sich nochmals an den Kellner in der Gaststube.

„Du, besauf dich nicht noch“, frotzelte nun auch Roswitha. Sie süffelte ihre Cola, was das Lieblingsgetränk des Mädchens war. Moritz diskutierte nun mit den Beiden eingehend seinen Plan für die Demo. „Also, passt auf, hört zu“, sagte er befehlerisch. „Wir sammeln uns hier nun hier auf dem Berliner Platz und ziehen durch die Innenstadt zum Schirnplatz. Ich geh voraus und mach die Leute mit meiner Trompete aufmerksam. Kai verteilt die Blätter an die Passanten. Ihr nehmt auch das Plakat an euch. Kapito? Ich hab hier die Mappe. Da sollen sich die Leute eintragen. Wir sammeln Unterschriften. Die leg ich dann meinem Herrn Vater vor die Nase, sowie diesem Bauunternehmer. Eigener, heißt er, glaub ich.“

„Los Leute, ziehn wir Leine“, forderte Moritz die Beiden auf. Sie zahlten die Getränke und gingen hinaus auf den großen Platz. Einige junge Leute hatten sich eingefunden, sowie ältere Passanten. Moritz ging mit Roswitha und Kai auf sie zu. „Hallo! Da sind wir.“ Er begrüßte einige Bekannte. „Nehmt schon das Plakat an euch.“

Wie eine Horde Geschworene standen alle da, verteilten schon Handzettel mit Hinweisungen, Mitteilungen an die Vorbeigehenden und sprachen sie an. „Herrschaften, es ist genau 15 Uhr 13“, kommandierte Moritz. „Roswitha, halt den Stab fest, wir tragen das Plakat zusammen“, wandte Kai sich an das junge Mädchen. Er gab Moritz einen leichten Stoß. „Leg los! Auf was wartest du noch?“

Moritz ließ seine Trompete lautstark ertönen. Er rief mit kräftiger Stimme in das Autogetöse auf der Hauptstraße. „Ihr Leute, hier auf unsrem Berliner Platz soll bald gebaut werden! Dann kann keine Kerb mehr dort stattfinden. Das darf nicht sein! Wir wollen das nicht! Bäume und Pflanzen im Schulpark verschwinden. Kommen Sie zu uns. Geben Sie Ihre Unterschrift, dass Sie es auch nicht wollen. Unsere Burgstadt wird zugebaut, ist bald Chikago. Das können und dürfen wir nicht zulassen!“ Einige Passanten fanden sich ein und zogen nun mit Moritz Feldzug wie eine Karawane demonstrierend durch die Innenstadt. Immer wieder ließ Moritz seine Trompete ertönen. Die Meute blieb stehen, Sprüche waren zu hören. Kai Blessing verteilte seine Handzettel. Autos hupten. Die Busse hielten an. Der Verkehr in der Innenstadt kam zum Erliegen. Ein Menschenauflauf bildete sich und blickte nachdenklich auf die protestierenden Leute. An der Wegkreuzung ging nicht mehr, denn durch den Feldzug konnten die Busse und Fahrzeuge nicht ihre Route fortsetzen. Moritz stand inmitten der grölenden Menschen und schaffte sich Gehör mit seinen Protesten. „Leute, verhindert, dass unser Berliner Platz bebaut wird. Geben Sie IhreUnterschrift bitte.“

Eine Polizeistreife kam heran und hielt an. „O je!“ stellte Roswitha entsetzt fest und sah kritisch auf Kai, der nur mit der Schulter zuckte. Zwei Polizisten traten auf die Menschenansammlung zu und wandten sich sehr barsch an Moritz. „Sind Sie nicht der junge Hohensteiner, der Sohn von Herrn von Hohenstein? Weiß Ihr Vater denn, dass Sie hier eine Demonstration veranstalten? Das geht aber nicht! Merken Sie nicht, wie der Verkehr aufgehalten wird? Haben Sie denn eine Erlaubnis? Das ist verboten, was Sie da machen!“

Moritz ließ sich nicht behelligen. Er griff zur Trompete und gab einen durchdringenden Basston von sich. Der eine Polizist machte ein erzürntes Gesicht. „Wollen Sie uns herausfordern? Lassen Sie das sein. Sonst gibt’s Ordnungsstrafe. Was sagt Ihr Herr Vater dazu?“ Moritz grinste nur und blickte herausfordernd den Polizisten an. „Was machen wir denn so Gefährliches hier?“ brauste er los. „Haben wir einen Brand gelegt, oder Bank überfallen? Wir wollen nur nicht, dass unser Berliner Platz verbaut wird. Das ist alles. Ist das so tragisch?“

„Ihr Vater ist Architekt, er hat es mit den Bauherren und der Stadt so vereinbart, Herr von Hohenstein. Gehen Sie weiter!“, forderte der Polizist streng auf. „Der Verkehr muss reibungslos verlaufen.“ Es kam zu heftigen Debatten.

Kai Blessing blickte den Polizisten beschwörend an. „Gut, wir verschwinden aus der Innenstadt, damit es keine Staus gibt. Aber auf dem Schirnplatz, oder Berliner Platz, können wir doch unsre Demo für die Leute fortsetzen. Da wird niemand belästigt und gestört.“ Er zeigte seine Handzettel. „Das war Arbeit für uns!“

„Junger Mann, Sie scheinen nicht zu kapieren“, äußerte sich der Kollege in scharfem Ton. „Eine Demo findet nicht statt. Haben wir uns verstanden? Hab ich deutlich genug gesprochen?“

Ein weißer Mercedes kam vorgefahren und hielt an der Ecke der Straßenkreuzung. Moritz wurde nun energisch am Handgelenk gefasst. Es war sein Vater, der mit Isabella und Tassilo auf ihn zu stürmte. „Moritz, seid ihr von allen guten Geistern verlassen! Bist du total verrückt geworden? Man hat mich von der Funkstreife verständigt. Gefährlich fuchtelte er mit seiner Hand herum und Moritz wich zurück, um sich keine einzuheimsen.

„Entschuldigung!“ wandte sich Herr von Hohenstein an die beiden Ordnungshüter. „Ich konnte nicht ahnen, dass mein Herr Sohn meine Abwesenheit benutzt, um hier eine Demo zu organisieren. Mir ist das peinlich und unangenehm.“ Er wandte sich Moritz und Roswitha zu. „Was habt ihr euch nur gedacht? Moritz, ist dir klar, du lehnst dich in aller Öffentlichkeit gegen mich, unsere Baupläne, auf. Mein eigener Sohn fällt mir in den Rücken. Roswitha, von Ihnen hätte ich mehr erwartet. Sie bleiben der Arbeit fern und veranstalten mit meinem Sohn hier einen Protestmarsch. Da reden wir noch drüber, mein Fräulein.“ Das junge Mädchen blickte betrübt drein. Die sonst so burschikose Praktikantin, die immer eine passende Antwort parat hatte, zog es vor, zu schweigen. Ihr war es äußerst peinlich, vor den Menschen getadelt zu werden. Ein grimmiger Blick traf deshalb Moritz, der sie dazu verleitet hatte. Kaum hörbar stammelte sie ein „Entschuldigung, Herr von Hohenstein!“

Isabella und Tassilo hatten sich bis jetzt im Hintergrund gehalten und nicht geäußert. Nun sprachen sie erregt auf Moritz ein. „Wie kannst du das deinem Vater antun, Moritz? Ich versteh dich einfach nicht“, äußerte sich Isabella leise, damit es nicht jeder mithören sollte. „Du bist doch erwachsen. Das hättet ihr nicht machen sollen, Moritz“, lautete Tassilos Kommentar. Johannes von Hohenstein wandte sich resigniert an die protestierenden Menschen. „Bitte, machen Sie hier Platz! Gehen Sie nach Hause. Nächstes Wochenende gibt es ein abendliches Abschiedsfest im Schulpark, für die alte Grundschule. Da können Sie kommen und demonstrieren. Wir werden für Sie die Bauprojekte nochmals erläutern. In der Stadthalle wird es dazu einen Film geben. Sind Sie doch vernünftig. Wir wollen unsere Burgstadt doch nicht verschandeln, sondern modern und attraktiv gestalten“, verkündete Johannes von Hohenstein mit einem strafenden Blick auf seinen Sohn. Er stellte sich neben Kai Blessing und zischte ihm erbost zu: „Sie müssen natürlich auch dabei sein, statt meinen Sohn und Roswitha von dem Unsinn abhalten. Ich möchte Sie nicht mehr auf unsrem Hof sehen. Damit das klar ist, Herr Blessing.“ Er legte die Hand auf Moritz Schulter, der finster vor sich hin blickte, dass sein Vater den Plan nun durchkreuzte.

Die Passanten zogen ihrer Wege. Der Verkehr rollte weiter durch die Straßen. Moritz hatte die ganze Zeit schmollend geschwiegen. Ein vorwurfsvoller Blick traf seinen Vater, der mit den Polizisten einige Worte wechselte. So schnauzte er Isabella und Tassilo an: „Warum seid ihr denn gekommen? Ich denk, ihr amüsiert euch in Königstein. Mensch, macht mein Vater ein Heckmeck“, schimpfte er drauf los. „Rosi, nimm die Rolle und die Plakate“, wandte er sich verärgert an das betrübte Mädchen. „Halt deine Klappe, Moritz! Ich bin stinksauer“, äußerte sie sich vorwurfsvoll. „Wär ich nur nicht mitgegangen. Ich hab dich gleich gewarnt, dass es nicht gut geht. Jetzt krieg ich Ärger mit deinem Vater, wegen dir.“

„Du armes, armes Mädchen“, höhnte der Bursche und lachte. „Moritz, ich zieh mich zurück“, sagte sein Freund geknickt. „Ich komm` noch mit, Kai. Dann quatschen wir noch, gönnen uns ein Bier. Das ist ja hier in die Hose gegangen. So`n Mist! Mein Alter macht ein Aufstand. Jetzt quatscht er noch mit den Bullen rum.“ Moritz ballte die Fäuste und sein Gesicht lief rot an vor Wut.

„Machs gut, Moritz! Ich hab genug jetzt“, wehrte Kai ab. Er berührte kameradschaftlich Roswithas Schulter. „Servus Rosi! Hoffentlich kriegste keine zu große Standpauke von dem da.“ Kai machte eine Handbewegung und deutete auf Moritz Vater. Er nickte kurz Isabella und Tassilo zu und machte sich aus dem Staub.

Die Polizisten wandten sich nochmals Moritz zu. „Das war sehr unfair Ihrem Vater gegenüber, junger Mann. Bitte unterlassen Sie zukünftig solche Protestaktionen. Haben wir uns verstanden? Sonst gibt es gewaltigen Ärger mit uns. Nichts für ungut, Herr von Hohenstein“, verabschiedeten sich die beiden Polizisten und schauten nochmals kopfschüttelnd auf den nörgelnden jungen Burschen. Johannes von Hohenstein packte seinen Sohn energisch am Arm und schubste ihn über den Gehweg. „Los, geh zum Auto. Es langt für heut! Roswitha, wir fahren zurück, die Freistunde ist morgen gestrichen, damit das klar ist. Solche Possen verbiet ich mir!“

„Ja, ja, Herr von Hohenstein“, stammelte das Mädchen mit belegter Stimme. Sie schaute verlegen auf Tassilo, den sie doch so toll fand. Dann folgte sie mit gesenktem Haupt hinterher, zu Isabellas Mercedes. „Steigt ein, ihr Übeltäter“, forderte Herr von Hohenstein seinen Sohn und Roswitha auf. „Isabella, du kannst fahren“, sagte er kurz „aber durch die Innenstadt. Ich will schnellstens nach Hause. Leider hatte unser Gastspiel in Königstein ein unliebsames Ende, durch meinen Herrn Sohn.“

Isabella versuchte ruhig zu bleiben. Sie umfasste das Lenkrad und fuhr in Richtung Johannishof.

Kapitel 9

Moritz hatte schon am frühen Morgen schlechte Laune. Noch im Pyjama lief er im Zimmer nervös hin und her. Am liebsten würde der Bursche sofort eine Flasche Bier kippen, aber in seinem kleinen Kühlschrank befanden sich nur zwei Sprudelflaschen. Moritz streifte sich nun die dicken Lederhandschuhe über seine ungepflegten Hände. In der Zimmerecke bei der Tür, baumelte der bräunliche, schwere Sandsack. Moritz musste sich abreagieren, nach der gestrigen Standpauke seines Vaters wegen der Demo. So schlug der Bursche jetzt mit voller Kraft und Wucht gegen den Sandsack. Dabei murmelte er immer wieder: „Du Miststück!" Erst leise, dann immer lauter: „Du verdammtes Miststück!" Sein Kopf lief rot an, vor lauter Anstrengung. Das Shirt vom Pyjama war zwischen den Schulterblättern und Achseln bereits feucht und durchgeschwitzt. Moritz reagierte sich in seinen Wutanfällen über den Vater, auch dieser Isabella, total ab. Er stöhnte und schnaufte, rieb sich die feuchte Stirn, ließ sich aufs zerwühlte Bett sinken. Er starrte finster vor sich hin und paffte eine Zigarette.

Im Haus wurde es lebhaft, Türen schlugen auf und zu, Stimmen waren zu hören. Es war 8 Uhr. Tassilo wollte heute abreisen. Die Abschiedsstunde nahte. Moritz wäre es lieber gewesen, Tassilo würde seine Schwester wieder mit zurück nehmen. Der Bursche raffte sich auf, kramte aus seinem Wäscheschrank eine Hose und T Shirt hervor. Dann suchte er das Bad auf, um sich doch menschlich zu machen.

Im Blauen Salon hatten sich Johannes von Hohenstein mit Isabella und Tassilo eingefunden. Sie waren beim Frühstück. Der Butler wuselte hin und her, um die Drei zu bedienen. „Gregor, Sie Guter", äußerte sich der Hausherr jetzt. „Setzen Sie sich zu uns und frühstücken mit."

„Das ist aber sehr reizend, Herr von Hohenstein", entgegnete der Butler mit einem Lächeln. Er füllte sich eine Tasse mit Kaffee. „Gregor, kosten Sie mal den Rotwein, den ich mitgebracht habe", forderte Tassilo den Butler auf. „Er stammt aus Grinzing, von unseren Weinbergen, ich meine, Rebstöcken. Es ist ein guter Tropfen und Jahrgang. Nicht wahr, Hannes? Dir hat mein Stöffchen doch sehr gut getan. Oder nicht?" Er lachte und füllte nochmals das Glas. „Sie sind Weinbauer? Lieferant, Herr Wallenberg. Ich mein, Tassilo?" Gregor süffelte das rötliche Getränk in sich hinein. „Köstlich! Edel! Das muss ich sagen, Tassilo."

„Unser Vater war ja Weinbauer und hatte in Grinzing und Gumpoldskirchen etliche Weinberge", berichtete Tassilo und sah auf seine schweigende Schwester, die Rührei mit Knäcke, aß. Isabella fiel aber doch in das Gespräch mit ein und ergänzte: „Unsere Mutter Oskilia war eine echte Ungarin, in Budapest geboren."

„Die hatte ein Temperament", meinte Tassilo dazwischen. „Sie haben beide pechschwarze Haare und dunklen Teint", stellte der Butler unter Schmunzeln fest. Johannes von Hohenstein legte den Arm um Isabella und schaute sie verklärt an. „Ja, Gregor, Isabella ist ein rassiges super Mordsweib. Hab ich nicht recht?"

Die holde Schöne an seiner Seite lachte verschmitzt. „So, jetzt reichen aber die Komplimente. Wie soll ich das um frühen Morgen verkraften? Mein liebes Brüderlein muss gleich fahren, allerdings allein, ohne mich." Sie schaute ihn nachdenklich an. „Hannes, gib gut acht auf sie", meinte Tassilo verschmitzt. „Ich werde deine Schwester auf Händen tragen, Tassilo" kam die schlagfertige Antwort zurück. Tassilo grinste. „Das könnte auf Dauer beschwerlich werden, Hannes. Ich meine: Auf Händen tragen. Leute, ich muss starten, es wird zu spät für mich. Der starke Verkehr auf den Straßen."

Die Tür öffnete sich und Moritz platzte in die gemütliche Viererrunde. „Mor`n zusammen", wünschte er grimmig und schaute resigniert zu seinem Vater hin.

„Ei, da kommt ja unser Demonstrant", meinte Isabella und es klang etwas höhnisch. „Na, hast du denn wenigstens gut geschlafen, nach der missglückten Schwerarbeit gestern?"

Ein vernichtender Blick traf die Lady, im gelbfarbenen Kleid. „Ha! Ha! Ha!", machte Moritz nur. „Sehr witzig, Isabella. Ich hab gepennt wie ein Toter und gleich muss ich den Stall mit Schei..." Er schluckte und zog es vor, eine andere Bezeichnung zu wählen. „Den Stall soll ich mit Rosi aus misten. Ne feine und stinkige Angelegenheit. Kann ich jetzt auch in Ruhe frühstücken? Ich habe Kohldampf!" Er griff nach Semmel und Schinken und schlürfte den Kaffee.

Tassilo schaute den Burschen amüsiert an. Er legte die Hand auf seine Schulter. „Moritz, sieh halt zu, dass du wieder eine Arbeitsstelle bekommst. Das ist doch kein Zustand. Junge, du bist kräftig, hast zwei gesunde Hände und Füße. Streng dich mal an, lass dich nicht so gehen. Du, ich mein es ehrlich, ja?"

Moritz schmatzte vor sich hin, machte eine abweisende Handbewegung. „Ich brauch kein Kindermädchen. Ich mach das, was mir passt."

„Moritz, du kennst ja gleich deine Aufgaben", sagte der Vater. „Tillmann hat die Pferde schon zur Weide gebracht, wie ich gesehen habe. Roswitha wird helfen. Ihr richtet die Stallungen her. In die Boxen kommt neues Heu. Sebastian soll das Laub auf den Gehwegen und der Wiese zusammenrechen. Da helft ihr ihm auch dabei. Haben wir uns verstanden, mein Herr Sohn?"

„Ich bin ja nicht schwerhörig, Vater", lautete die abweisende Antwort. „Tassilo, gute Heimreise", fügte er doch hinzu.

„Johannes, so schön wie es bei euch hier ist, aber ich muss leider aufbrechen. Ich habe eine lange Autofahrt mit dem großen Transporter vor mir. Lasst euch mal den Rest vom Rotwein gut schmecken.“ Er wandte sich an den Butler. „Gregor, Sie sind ein liebenswerter und tüchtiger Mann, eine Stütze für Johannes hier. Weiter so! Gell, Sie werfen auch mal ein Äuglein auf meine liebe Schwester. Es soll ihr bei euch hier gut gehen.“

„Servus, Moritz! Denk mal drüber nach, was ich dir gesagt hab. Bursche, mach`s gut.“ Er sah sich nochmals im Raum um, nickte mit dem Kopf. Dann verließ Tassilo mit der Schwester im Arm den Raum. Johannes von Hohenstein ging voraus.

Die Drei stiegen die Treppe herab und wurden auf dem Hof sofort von den beiden Hunden be grüßt, die Roswitha an der Leine führte und auf sie zu kam. „Sie fahren nach Wien zurück, Herr Wallenberg?“ fragte die junge Praktikantin verlegen. Dieser fesche Mann im gelb grünfarbenen Trachtenanzug, den schwarzgelockten Haaren, hatte es ihr schon angetan. Ihr Gesicht glühte vor Aufregung. Tassilo griff zu seiner Geldbörse und entnahm einen 20 Euro Schein. „Roswitha, das ist eine kleine Freude für Sie. Bleiben Sie vernünftig, wenn Moritz mal wieder krumme Sache plant. Keine Demo mehr.“ Er lächelte verschmitzt und wehrte Harikon ab, der kläffend und übermütig an ihm hoch sprang.

Roswitha hielt den Geldschein fest und strahlte. „Danke! Herzlichen Dank“, stammelte sie verwirrt und hielt die Leine mit Astor. „Gute Heimfahrt, Herr Wallenberg.“ Am liebsten wäre sie ihm um den Hals gefallen und hätte leise „Tassilo“ geflüstert. Es wurde ernst. Auch Dörthe kam nun aus dem Haus und nahm bei der großen Abschiedsszene teil.

Tassilo hielt seine Schwester im Arm. „Bella, ich wird dich vermissen im Haus. Kein fröhlicher Gesang wird mehr ertönen und mich aufheitern. Dein Gekicher werde ich vermissen, die vielen Klavieroktaven täglich, das wird mir fehlen. Nur gut, dass ich mich sofort in meine Arbeit stürzen kann.“ Isabella schmiegte sich an den Bruder. „Tassilo, fahr bitte ganz behutsam und langsam auf der Autobahn, mach mehrmals eine Rast“, sorgte sich die Schwester. Sie küsste ihn auf die Wange und deutete versonnen auf Johannes von Hohenstein. „Tassilo, bei dem netten Hannes und den freundlichen Hofbewohnern hier, wird´s mir schon bestimmt gut gehen. Du weißt ja, ich bin ein Optimist.“ Sie lächelte etwas gequält, der Abschied vom geliebten Bruder war doch bitter für die Diva.

Harikon sprang übermütig an Isabella hoch und schnupperte an ihrer Hand herum.

„Schau mal, Tassilo, wie Harikon mich liebt, jetzt leckt er über meine Hand. Sie schmunzelte und wehrte den Vierbeiner mit einem liebevollen Klaps ab. „Lass` sein! Jetzt ist es aber gut. Hörst du! Sitz!“ kommandierte Isabella und lächelte verschmitzt über den Vierbeiner.

Tassilo wandte sich nun dem Hofherrn zu und umarmte ihn kameradschaftlich. „Du, mein Lieber, ich möchte dir danken, für deine Gastfreundschaft. Ich muss ehrlich sagen, Hannes, ich habe mich die paar Tage hier sehr wohl gefühlt. Alles ist so bezaubernd, eindrucksvoll. Ihr habt eine tolle Atmosphäre, das imponiert mir schon. Das wird Bella auch gut tun."

Tassilo ging jetzt auf die Wirtschafterin zu und nahm sie doch tatsächlich spontan in den Arm, dass sie erstaunt aufsah. „Dörthe, Sie sind eine hervorragende Köchin." Er grinste nun verschmitzt. „Eine Sachertorte brauchen Sie jetzt nicht mehr zu backen. Ist doch auch was wert! Oder? Dörthe, mein liebes und verwöhntes Schwesterlein mag auch ihre leckere Käsetorte. Stimmts, Bella? Hab ich recht?" Tassilo drückte die Schwester nochmals an seine Brust.

„Herrschaften, es wird Zeit für mich, sonst wird's auf den Straße zu voll und eng. Harikon, nicht so stürmisch! Lass` mich mal in mein großes Fahrzeug einsteigen." Der junge Mann warf allen Kusshände zu, winkte und setzte sich ans Lenkrad. „Servus, ihr Lieben! Tschüs!" rief Tassilo aus dem geöffneten Fenster. „Schwesterchen, nicht so betrübt sein! Wir sehen uns ja wieder." Alle schauten etwas wehmütig dem davonfahrenden Transporter hinterher. Dörthe schluchzte auf und meinte betroffen: „Da fährt er nun wieder zurück nach Wien." Dann rieb sie mit der Schürze die feuchten Augen trocken. Ein Abschied ging der älteren Frau stets ans Herz. Isabella lehnte sich betrübt an Johannes von Hohenstein.

„Bella, meine Liebe", hauchte er ganz liebevoll, „komm, wir gehen auch ins Haus zurück." Harikon sauste mit lautem Gebell hinterher.

Es war Nachmittag geworden. Johannes von Hohenstein betrat den Blauen Salon. Dann schaute er doch verwundert zum Sofa hin. „Ja, Bella! Hier bist du? So ganz allein." Er ging auf sie zu und nahm neben ihr Platz. „Du wirkst so betrübt. Was ist denn? Ich war eben drüben in deinem Reich und wollt dich für ein Bummelchen abholen." Der Mann strich zart über ihre Haare.

„Hannes, ich wollt nicht so allein sein", äußerte sich die etwas resignierte Lady. Sie schmiegte sich an ihn. „Das kann ich gut verstehen, Bella. Bei all deinem Temperament, es ist schon eine Umstellung für dich. Aber du gehörst zu uns."

„Das hast du so lieb gesagt", erwiderte Isabella. „Gib mir ein paar Tage Zeit, dann bin ich hier zu Hause." Sie gab Johannes einen Kuss auf die Wange und sah zur Tür, die sich öffnete.

„Ach, sieh mal, da ist ja unser lieber Gregor", staunte der Hofherr über sein plötzliches Erscheinen.

„Die Herrschaften sind hier im Blauen Salon, nicht im Rosenhaus, Frau Wallenberg. Ich meine natürlich, Isabella", fügte er verschmitzt hinzu. „Ich komme gerade aus der Stadt", verkündete der Butler und zeigte drei Tickets vor. „Herr von Hohenstein, wissen Sie, was das ist?" meinte er mit einem Lächeln. „Ich bin an der Stadthalle vorbei gegangen. Da war gerade Probe für das Abschlusskonzert des Cello Festivals." Der Butler holte mal tief Luft, da er sich in seinem Element erregt hatte. Dann berichtete er von seinem Erlebnis. „Ich habe mit dem Musikprofessor Lautenbach gesprochen, der die jungen Cellisten mitbetreut. Er hat mir drei Tickets für das Konzert am Abend zugesteckt. Na, Herr von Hohenstein, wie finden Sie das, wo die Eintrittskarten doch so teuer sind?"

„Gregor, Sie guter Engel, das ist ja famos", jauchzte der Hofchef begeistert. Er sah nachdenklich auf die aparte Diva an seiner Seite und erhob sich ruckartig. „Gregor, Bella, wir lassen jetzt Arbeit, Arbeit sein und lauschen heute Abend dem Cello Abschlusskonzert zu. Unsre liebe Isabella wird dann abgelenkt. Gregor, auf was warten wir noch? Machen Sie sich fein. Wir treffen uns gegen 19 Uhr vor dem Tor. Abgemacht?"

Der Butler staunte erst mal über die spontane Reaktion seines langjährigen Chefs. Aber dann strahlten seine Augen doch, war auch er ein Musikliebhaber der hohen Kunst. Er ging hinaus.

„Bella, ich begleite dich noch rüber zu deinem Reich, dann ziehst du dein schönstes, elegantes Abendkleid an, ja?" Die Musikbegeisterte schlang in ihrer Spontanität die Arme um Johannes von Hohenstein. „Das ist aber eine Überraschung, da freu ich mich auf den Genuss der Cellisten", jubelte die Diva entzückt. „Hannes, dann werde ich mal jetzt ausgiebig meine Toilette machen und die eleganteste Garderobe wählen." Sie lachte spitzbübisch und schaute den Mann verschmitzt an.

„Schließlich führen mich gleich zwei tolle Herren am Abend aus. Das erlebt man nicht immer, Hannes." Sie drückte ihm rasch einen Schmatz auf die Wange und frohlockte: „Also, ich rausch dann mal rüber zu meinem Dornröschenschloss. Grützi, bis später!"

Es war Abend geworden. Die Stadthalle strahlte in hellem Lichtschein und unzählige elegant gekleidete Menschen strömten hinein. Johannes von Hohenstein im dunklen Anzug, führte die attraktive Lady im knöchellangen roten Abendkleid zum Foyer hinein. Gregor im dunkelblauen Smoking, schritt hinterher.

„Da wären wir also, Bella", sagte Johannes von Hohenstein und steuerte sogleich in Richtung Sektbar. „Gregor, sehen Sie mal, unser lieber Baudezernent Eigner ist auch mit Gattin hier. Wir begrüßen sie mal. Ich möchte Isabella vorstellen."

„Hallo, guten Abend, Herr Eigner", sagte Johannes von Hohenstein freudig. „Sie wollen also auch den Celloabend genießen? Ich möchte Ihnen Frau Wallenberg kurz vorstellen. Sie kommt aus Wien und hat nun ihr Quartier bei uns."

„Herr von Hohenstein, das ist schön, Sie hier zu sehn, dann noch mit einer so charmanten Dame.

Ich grüße Sie herzlich, Frau Wallenberg. Das ist meine liebe Gattin Margot. Sie liebt so sehr die Celloklänge. Nicht wahr, mein Schatz?" Die beiden Frauen musterten sich mit einem Lächeln und gaben sich die Hand. „Sie sind eine sehr aparte Frau und Ihr Kleid mit der schwarzen Stola, gibt viel her.

Sie gefallen mir, Frau Wallenberg. Übrigens, ich heiße Margot. Und darauf trinken wir alle ein Glas Sekt. Martin, bist du auch damit einverstanden?" wandte sich die Frau an ihren holden Ehemann, der mit Gregor ein ausgiebiges Schwätzchen hielt.

„Wie ich seh, habt ihr beiden Weibsen schon eine Art Freundschaft geschlossen, Margot. Das ist cool und gefällt mir. Dann muss Frau Wallenberg mich auch duzen." Der Mann blickte die sprach lose Isabella verschmitzt an, nahm das Glas und prostete ihr zu. „Ich bin also ein Kollege, Herr Eigner. Ich heiße Martin." Isabella lachte schallend. „Das ist ja eine Freundlichkeit hier. Ich meine, ich bin jetzt in Grinzing, beim Heurigen. Na dann, ich bin die Grinzinger Diva Isabella. Dann Prost, die Herren! Zum Wohl, Margot", frohlockte die Lady heiter und nippte am Sektglas.

„Herr von Hohenstein, bald starten wir unser Bauprojekt gegenüber, bei der Schule", erwähnte Herr Eigner so nebenbei. „Sagen wir jetzt auch, Du?"

„Wenn das unsre Frauen können, machen wir es ebenso", lautete die schlagfertige Antwort Herrn von Hohenstein. „Mar ... Martin!", kam es noch etwas zögernd. „Martin, es gibt noch ein abendliches Fest im Schulpark, aber darüber reden wir später", sagte er und mahnte zum Aufbruch.

„Herrschaften, es hat gegongt, wir müssen mal wieder unsre Sitzplätze einnehmen. Gregor, wir sitzen in der dritten Reihe, Mitte", raunte Johannes von Hohenstein seinem Butler zu. Er nahm Isabellas Arm und schritt mit ihr und Gregor in den Festsaal der Stadthalle.

„Johannes, ich wünsche euch viel Freude beim Konzert!" rief Martin den Davoneilenden hinterher und winkte nochmals herzlich. Isabella schaute sich interessiert nach allen Seiten um. Sie grüßte mal, lächelte charmant und folgte ihren Begleitern nach.

Auf dem großen Podium hatten etliche junge schwarzgekleidete Damen und Herren ihre Plätze eingenommen. Stille herrschte im überfüllten Saal, als der Moderator einige Worte an die Musiker und das Publikum richtete. Zur feierlichen Einleitung erklang ganz melodisch aller Cellisten eine Ouvertüre von Beethoven.

Isabella war eng an Johannes von Hohenstein gerückt. „Perfekt! Ganz toll, dieser Gleichklang und die Harmonie", meinte die Musikexpertin anerkennend.

Gregor ließ keinen Blick von einer jungen Japanerin, die so innig eine Sonate von Mozart bot. „Bravo! Bravo!", jubelte er laut und Johannes von Hohenstein schaute lächelnd auf seinen Butler.

Ein Musikdozent gab Erklärungen, der Moderator stellte die Jung-Cellisten in freundlicher Weise vor.

Die Pause war beendet, der zweite Teil begann.

Isabella ließ nun keinen Blick von einem jungen Mann, der mit seinen dunklen gelockten Haaren, schelmenhaftes Lächeln, eine besondere Ausstrahlung hatte. „Ein sympathischer junger Bursche, so ausdrucksvoll", flüsterte Isabella ihren beiden männlichen Begleitern zu.

„Jetzt spielt Francesco Anderson auf seinem Cello eine Hymne von Bach und eine Sonate von Beethoven“, lautete die Ansage des Moderators. „Francesco kommt aus New York und ist neunzehn Jahre. Ich bitte um Ruhe und Aufmerksamkeit.“

Es war geheimnisvoll still in der großen Halle. So innig und faszinierend präsentierte der junge Künstler seine Musikdarbietungen. Sein schlanker Körper wog im Takt dazu.

Isabella rutschte in dem Sessel hin und her. Sie war erregt und fasziniert. Sie stieß Johannes an.

„Der Junge ist famos, der ist ein ganz großes Talent“, flüsterte sie und klatschte zwischendurch immer wieder in die Hände. Johannes von Hohenstein hielt kurz Isabellas Hand. „Sei leise, sprich nicht während des Musikspiels. Das stört einige Leute, die sehen schon vorwurfsvoll her.“

Isabella versuchte nun ihrer Begeisterung Herr zu werden. Ihr Blick hing an dem jungen Cellisten.

Der letzte Ton durchströmte die Halle. Der junge Mann verbeugte sich und strahlte übers ganze Gesicht. Nun gab es im Saal Beifalloktaven.

Isabella erhob sich. „Fantisimo! Perfekt! Bravo Francesco! Sie sind ein großer Künstler”, begeisterte sie sich und die Hände schmerzten schon, vom Applaudieren. „Hannes, Gregor, auf, klatscht mal feste“, säuselte sie den beiden zu, die sich über die Musikexpertin doch amüsierten.

Der Moderator sprach sein Lob und Anerkennung für den Cellisten aus, der nun stolz seinen Preis entgegen nahm. Der Moderator machte das Rednerpult frei für einen Sprecher, der in seinem weißen flotten Anzug, mir schwarzem Hemd und Fliege, schon einige Frauenblicke auf sich zog.

„Hello, alle Musikfreunde hier im Saal!“, rief er ins Mikrophon. „Mein Name ist Samy Anderson. Ich kommen mit meinem Sohn Francesco aus New York. Ich seien sehr stolz über die jungen Leute, die Cellisten hier, und sehr auf meinen Sohn. Francesco durfte zum ersten Mal hier teilnehmen. Es war ein großes Erlebnis für ihn, auch mich. Mein Sohn bekommen jetzt Stipendium in Wien, das seien ganz große Ehre.“ Er griff nun in seine Tasche vom Jackett und hielt etwas in die Höh. „Das seien Scheck, 30.000 Euro für die Stadt. Hier wird jetzt gegenüber gebaut werden, das viel Geld kosten“, äußerte Herr Anderson sich. „Scheck seien für Bürgermeister hier.“ Er machte eine Handbewegung und lächelte verschmitzt. „Loch in Stadtkasse. Sie mich verstehen?“ Im Saal wurde es unruhig, Gemurmel war zu hören. Dann ertönte Beifall, der dem edlen Spender galt.

Der Bürgermeister trat auf das Podium. „Lieber verehrter Herr Anderson, wir haben Sie schon verstanden“, lächelte der Rathauschef und übernahm den Scheckschein. „Für unsere bevorstehenden Bauprojekte können wir so ein Scherflein schon gut gebrauchen. Ich danke Ihnen herzlich dafür und alle hier im Saal tun das bestimmt auch? Also Leute, ein Beifall für den freundlichen

Sponsor, Herrn Anderson aus New York." Der Bürgermeister machte zum Publikum eine Handbewegung und ein kräftiges Getrampel, Klatschen, drang durch den Saal.

„Danke! Grazie!" sagte Herr Anderson und ging auf seinen Sohn zu, der inmitten der anderen jungen Cellisten auf der Bühne saß. Er nahm ihn in den Arm. „Ich seien sehr stolz auf ihn und danke, dass mein Sohn hier sein konnte."

Der Moderator stellte einen Stuhl auf die Bühne. „Herr Anderson, bleiben Sie doch am besten hier oben bei den Cellisten sitzen, sie gehören jetzt dazu." Der Amerikaner lachte. „Das seien freundlich von Ihnen. Ich mich fühlen wohl da oben. Verzeihung! Ich haben noch eine kleine Bitte." Herr Anderson machte eine Handbewegung und deutete zum Publikum. „Da vorne sitzen eine charmante schöne Lady. Sie kommen wie ich hörte von Wiener Oper. Ich lieben Wien so sehr. Könnte gnädige Madame ein Wiener Lied für mich, auch Leute hier, singen? Ich mich freuen würde sehr."

„Aber Herr Anderson, das ist zwar ungewöhnlich, aber wo Sie uns eine große Freude machten mit der Spende, könnten wir Ihnen diese Bitte ja erfüllen. Fragen wir doch Frau Wallenberg mal persönlich. Diese charmante Diva meinten Sie doch. Oder?"

Der Moderator verließ seinen Platz und trat auf Isabella zu. „Liebe verehrte Frau Wallenberg, Sie haben den Wunsch von Herrn Anderson eben gehört. Sie kommen doch von der Wiener Oper, wie ich weiß. Was sagen Sie dazu?"

Isabella stand auf und war erst mal sprachlos. „Ich bin jetzt ganz überrumpelt", lachte sie verschmitzt und folgte dem Moderator auf die Bühne. Alle Blicke im Saal waren auf die attraktive Diva gerichtet. Isabella umarmte spontan den jungen Francesco. „Sie waren famos und haben ein großes Talent. Weiter so. Viel Glück und Erfolg auch für ihr Stipendium in meiner Heimatstadt Wien. Ja, liebe Leute hier im Saal, da steh ich nun. Paar Tage bin ich schon Kronbergerin. Nun gebe ich hier mein Gesangsdebüt. Ich bin zwar nicht vorbereitet, aber als echte Wienerin, Grinzingerin, kann ich schon im Stehgreif ein Lied bieten. Ich möchte vortragen: „Im Prater blühn wieder die Bäume..."

Ein „Oh!" und „Ah!" war zu hören.

Francesco himmelte die aparte Lady auf der Bühne an. Ganz verlegen äußerte er sich jetzt: "Darf ich Sie auf meinem Cello dazu begleiten, Frau Wallenberg? Ich kenne dieses Lied."

Isabella war zutiefst gerührt und ein warmer Blick traf diesen jungen sympathischen Musiker.

„Das würde mich freuen, lieber Francesco", erwiderte Isabella.

Der Moderator grinste verschmitzt und frotzelte jetzt: „Meine lieben Musikfreunde hier in der Kronberger Stadthalle, Sie erleben nun eine Premiere. Frau Isabella Wallenberg wird ein Wiener Lied zu Gehör bringen. Sie wird begleitet von Francesco Anderson auf seinem Cello. Ich bitte um

Ruhe und Aufmerksamkeit.“ Er trat zur Seite.

Isabella rank und schön holte tief Luft. Sie deutete zu dem Cellisten, der ein Vorspiel bot. Dann sang Isabella mit lieblicher Sopranstimme hingebungsvoll: „Im Prater blühn wieder die Bäume...“

Francesco begleitete sie auf dem Cello so inbrünstig, als ob sie beide schon immer gemeinsam musizierten. Absolute Stille war im großen Saal, niemand wagte sich zu regen. Johannes von Hohenstein schaute nur fasziniert auf diese singende charmante Lady, die er so verehrte und auch liebte. Nun war er es, der nach Beendigung des Gesangs ruckartig vom Stuhl aufstand und lauthals rief: „Bravo, Isabella! Super! Bravo, Francesco!“

Sein Gesicht lief rot an, so sehr war er erregt und angetan. „Gregor, das war Isabellas erster Auftritt hier. Einzigartig! Ich bin sprachlos!“

„Herr von Hohenstein, sie ist schon ein Superweib“, gab der Butler nun offen zu. Beifallstürme erfüllten die Halle. „Zugabe! Zugabe! Toll! Super!“, war nun zu hören. Isabella stand da und lächelte gerührt. Nochmals umarmte sie den jungen Musikbegleiter. „Ich habe zu danken, Francesco. Das haben Sie großartig gemanagt. Das muss ich sagen.“ Herr Anderson stand auf und trat auf die Diva zu. Er nahm ihre Hand, um sie mit den Lippen zu berühren. „Ich sagen Dank, für schönes Wiener Lied. Ich und Sohn, werden das nicht vergessen.“ Der Moderator überreichte Isabella eine rote Rose.

„Das ist für Sie, Frau Wallenberg. Ich bin auch noch ganz überwältigt. Das war wirklich die Krönung vom Abend des Cello Abschlusskonzertes. Ich denke doch, wir werden Ihren Gesang noch öfters jetzt hören. Sie sind ja nun Neu Kronbergerin und gehören zu uns. Stimmts ihr Leute hier im Saal?“

Eine tosende Begeisterung war zu hören. Isabella verließ mit ihrer Rose das Podium und schritt zu ihrem Platz zurück.

Kapitel 10

Tosendes Trommelgewirr, dann fetzige Fanfarenklänge ertönten, bevor Johannes von Hohenstein anschließend das aufgestellte Podium betrat.

„Meine lieben Burgstädter und auch auswärtigen Gäste“, begann er seine feierliche Rede ins Mikrophon. Er machte eine grüßende Handbewegung nach allen Richtungen. „Ja! Nun ist es also soweit.

Wir nehmen bei dieser lauen Vollmondnacht Abschied von unserer „Alten Grundschule“. Dort gegen über steht noch das morsche Gebäude, bereits umzäunt für den Abriss, jetzt verlassen und leer.“ Herr von Hohenstein holte tief Luft, räusperte sich diskret, und seine Rede fortzuführen. Er ließ seine Blicke über das Gelände schweifen. „Viele von Ihnen stehen neugierig hier im Park, warten gespannt auf das Kommende, auf Informationen. Wir haben etliche Tische und Bänke für Sie hier aufgestellt. Wie ich sehe, lassen Sie sich unser gutes Stöffchen vom Apfelwein, oder ein Bier mit Bratwurst, schmecken. So wars auch gedacht, Leute. Ja, unser idyllischer Schulgarten schmückt sich heute Abend im besonderen Flair. Mit den Bauherren hier haben wir die vielen kleinen und bunten Lämpchen für Sie aufgestellt und entzündet. Unser Brunnen strahlt im Lichterglanz. Schauen Sie nur mal genau auf die alte urwüchsige Buche hier. Wir haben rote Lampions dran gehängt, wie bei einem Lichterbaum.“ Herr von Hohenstein schmunzelte mal und führte seine fast andachtsvolle Rede fort. „Bald werden die Bauarbeiten hier beginnen. Das Zentrum unsrer Stadt wird sich im neuen Gewand präsentieren. Ja, ich weiß, viele Bürger der Stadt hegen Erinnerungen an die Schule mit ihrem Park. Dazu gehört auch diese urwüchsige alte Blutbuche. Sicher haben früher Liebespärchen dort Zuflucht gefunden, Kinder Verstecken gespielt.“ Herr von Hohenstein schwieg kurz, dann äußerte er sich mit belegter Stimme und schweren Herzens: „Leider, leider können wir diesen Baum, auch nach genauester Prüfung von Experten, nicht für Sie hier im Park erhalten. So müssen wir uns bedauerlicher Weise von der Buche trennen.“

„Puh, Puh! Absurd! Ein Frevel!“, äußerten sich Gegner über die Planungen und Baumaßnahmen. „Wir wollen keine Bebauung im Schulpark! Kein Klein Venedig auf dem „Berliner Platz“! Keine Baumfällung“, protestierte ein aufgebrachter junger Politiker der Grünen.

„Bitte, beruhigen Sie sich wieder, meine Damen und Herren“, besänftigte Herr von Hohenstein die aufgebrachten Gemüter. Doch ein wenig resigniert jetzt wandte er sich dem neben ihm stehenden Bauherren Schumann zu.

Herr Schumann trat ans Mikrophon. „Liebe Bürger der Stadt und Auswärtigen! Viele von Ihnen kennen uns bereits. Ich bin Herr Schumann, neben mir steht mein Kollege Eigner.“ Er schmunzelte geheimnisvoll in die abendliche Runde am Schulgarten. „Wir beide sind also die Bosse, der hier auf dem Areal entstehenden neuen Bauten. Kollege Herr von Hohenstein, unser beliebter, stadtbekannter Architekt, hat ja eben schon seine Informationen an Sie abgegeben. Mit seinen Entwürfen, Plänen, hat Herr von Hohenstein das Ansehen der Stadt auch mit gefördert, voran gebracht. Schauen Sie rüber zu dem neuen Komplex an der Frankfurter, Ecke Hainstraße. Passen sich diese Gebäude nicht doch zum Flair der Stadt an? Ich meine, schon.“ Er räusperte sich und blickte in die nachdenklichen Gesichter der vielen Menschen auf dem Platz. Herr Schumann fuhr mit einigen Handbewegungen, Kopfnicken, seine Erläuterungen fort. „Meine lieben Leute, sehen Sie und staunen über unsre Baupläne, denn erneut gibt es Gastronomie, Einkaufsmöglichkeiten durch neue Läden, sowie Wohnkultur. Wir leben doch im 21. Jahrhundert, alles wird moderner, warum nicht auch unsere Burgstadt? Sie kann sich dadurch nur verschönern. Herrschaften, habt mal etwas mehr Vertrauen zu uns Investoren, Bauherren. Denkt immer drüber nach, was ich nun sage: Was wir tun und bauen, geschieht nur zum Wohl dieser Taunusstadt! Hab ich nicht recht, lieber verehrter Herr von Hohenstein?“ Er grinste schelmisch vor sich hin.

„Versprechungen! Diese Bauten am Berliner Platz wollen wir nicht und sie passen nicht in die Atmosphäre des Zentrums hier. Puh!“, erboste sich ein älterer Bürger und bot ein Pfeifkonzert.

„Ich versuche ja, Sie zu verstehen, Ihre harsche Kritik zu deuten, guter Mann“, versuchte Herr von Hohenstein Erklärungen abzugeben. „Ich weiß, einige Bürger zeigten durch Demos und Unterschriften ihre ablehnende Haltung unserer Bauplanungen. Wir kennen die Reaktionen der Kritiker für die Bauprojekte. Aber nach Fertigstellung der Bauphase werden Sie bestimmt auch ein Einsehen dafür haben.“

Ein älterer Christdemokrat ging aufs Podium zu, bot sich sehr unsanft Zutritt zum Mikrophon. Wohnte er doch in nächste Nähe des Zentrums. So präsentierte er jetzt sehr barsch seine große Befürchtung. „Diese Bebauung, die nun entstehen soll, auf unserem geliebten Berliner Platz, wo sich das Leben hier abspielt, wird Konflikte nach sich ziehn. Die Blutbuche im Schulgarten, gehört einfach zu uns, sie ist ein Schmuckstück geworden im Zentrum der Stadt. Warum soll und muss sie entfernt werden? Das verstehen wir halt nicht. Sie vielleicht? Dann äußern Sie sich bitte wahrheitsgemäß.“ Ein kräftiges Klatschen erfüllte das Gelände.

Bauleiter Eigner trat nun nachdenklich ans Mikrophon. „Leute, was diese alte Buche anbelangt, darf ich nun sagen, Herr von Hohenstein hielt Rücksprache mit einem Tischlermeister. Dieser wird nach der Baumfällung das Holz zu Kleinmaterial, wie Tische und Hocker, verarbeiten, beim kommenden Weihnachtsmarkt hier auf unsrer Schirn verkaufen. Na, ist das nicht ein prima Angebot, meine Damen und Herren hier?“ Er schwieg einen Augenblick, klatschte dann energisch in die Hände. „Ihr Leute hier, lasst uns nicht klagen und Unmut äußern. Sie sind doch alle her gekommen, um gemeinsam mit uns Abschied zu nehmen von der alten Grundschule im Hintergrund. Bei der Stadthalle sehe ich Rauchschwaden aufsteigen. Dort auf dem Grill brutzeln bereits die leckeren Rinds- und Schweinswürstl. An den Ständen auf den Wegen gibt es reichlich Getränke, auch Bier und Sekt. Die knusprigen Brezeln von unserem Bäcker müssen Sie versuchen. Meine Herrschaften, lasst es euch einfach gut schmecken. Nehmt auf den Bänken, der Wiese, Platz. Kuschelt euch zusammen, fühlt euch einfach auf diesem jetzt noch unbebauten Platz, wohl. Ich nehm mein Sektglas und trink auf euer Wohl. Prosit!“ Herr Eigner nahm einen kräftigen Schluck des prickelnden süffigen Getränks. Die Damen und Herren vom Musikverein zogen wieder auf, nahmen auf ihren Plätzen Stellung, um dann einen flotten Marsch zu präsentieren. Es wurde geschunkelt, geklatscht, war eine lebhafte Stimmung. „Ah! Wie ich sehe, eben erscheint die charmante, aparte Frau Isabella Wallenberg bei uns.“ Er tat sehr geheimnisvoll und begrüßte sie herzlich. „Ich darf Ihnen verraten, diese schöne Dame kommt aus Wien, genauer gesagt, Grinzing. Eine echte Wiener Powerlady, wie Sie bald feststellen werden. Frau

Wallenberg hat sich jetzt hier auf dem Johannishof heimisch gemacht und ihr Engagement an der Wiener Oper beendet. Sie werden gleich in den Genuss ihrer hohen Gesangskunst kommen!“

Mit ihrem Temperament trat Isabella vors Mikrophon. „Hallo!“ rief sie schwungvoll und lachte dabei. „Ladies and Gentlemen. Ich bin da, hatte mich in eurer Stadthalle schnell umgezogen. Seid ihr auch alle gekommen, um diese alte Schule gegenüber würdig zu verabschieden? Dann ruft doch mal laut: Ja!“ Ein verschmitztes Lächeln umspielte ihre Mundwinkel, als tatsächlich ihr ein schallendes „Ja!“ entgegen klang. Isabella machte eine Handbewegung zu den drei Herren, die grinsend neben ihr standen. „Herr Eigner hat mich ja schon so nett angekündigt. Also nochmals: ich bin Isabella Wallenberg und komme direkt aus Grinzing, bei Wien.“ Die Lady machte eine Atempause, um dann weiter zu sprudeln: „Da ich tatsächlich von der Opernbühne komme, möchte ich Sie heute zur späten Stunde mit einigen Weisen erfreuen. Ich hoffe doch, Sie sind alle damit einverstanden? Die netten Damen und Herren vom Musikverein hatten ja eben ihren Beitrag zur Erheiterung absolviert. Ich werde jetzt hier meinen Platz wechseln und zu der mit Lampions geschmückten Buche gehen.“

Ein Klatschen war zu hören, als die aparte Diva ganz majestätisch den Gehweg entlang schritt, um auf die alte Buche zuzusteuern. Isabella brillierte sich nun als Sopranistin mit ihrem charmanten Auftritt. Sie blickte zum Nachthimmel auf, der mit unzähligen Sternen glänzte. Unwillkürlich musste sie jetzt plötzlich an Moritz denken, sie warf einen Blick zur verlassenen alten Schule, als ob sie dort jemand suche. Sie zuckte zusammen, um sich auf ihren Auftritt zu konzentrieren. Sie deutete zum Nachthimmel empor. „Schaun` Sie mal, wie dieser prächtige Vollmond leuchtet, durch seinen Schein diesen Schulpark erfüllt. Beeindruckend! Ich möchte deshalb mit einem Lied an unseren Mond beginnen.“ Andächtig und hingebungsvoll sang Isabella: „Der Mond ist aufgegangen, die goldnen Sternlein prangen ...“ Die vielen kleinen Perlen an Isabellas weißem Jackenkleid schimmerten unter den Lampions wie Diamanten, dann wie tanzende Glühwürmchen.

Als Isabella ihr Lied beendet hatte, klatschten die unzähligen Menschen voller Herzlichkeit und schlossen diese liebenswerte Diva sofort in ihr Herz. Isabella verbeugte sich und ihre Hände ruhten auf ihrem langen Kleid. Sie brachte die Abschiednehmenden durch ihre Songs und Lieder, teils in Schwung, dann in etwas Melancholie.

Johannes von Hohenstein hatte mit den Bauherren Eigner und Schumann am langen Holztisch Platz genommen. Die Drei sahen mit verklärten Augen bei ihrem Apfelwein nur schmachtend auf die attraktive Lady. „Bravo, Isabella! Fantisimo, der Wiener Nachtigall“, war nun von Johannes von Hohenstein zu hören. Er winkte ihr mit einer Kusshand zu. „Sing was Schwungvolles aus Wien, Bella!“ fügte er verschmitzt hinterher. Isabella hatte soeben gesanglich vom Wiener Praterleben berichtet. Nun präsentierte sich die Lady als Moderatorin und gab witzige Anekdoten über das Künstlerleben von sich, was mit Beifall und Gelächter belohnt wurde. „Meine Ladies und Gentleman hier, jetzt wird's echt wienerisch im Drei Viertel Takt. Halten Sie sich umschlungen, wagen ein Tänzlein auf der Wiese hier, oder dem Gehweg. Ich singe nun den Strauß Walzer: „Geschichten aus dem Wiener Wald". Sie schmunzelte dabei und fügte hinzu: „Dieses Mal ohne Musik, das geht auch."

„Stimmt nicht! Stimmt nicht ganz, Frau Wallenberg", äußerte sich nun der Dirigent des Musikvereins.

„Wenn Sie nichts dagegen haben, spielen wir den Walzer mit, begleiten Sie."

„Oh! Wie reizend", säuselte die Diva entzückt und gab ein Handzeichen, Richtung Springbrunnen, wo die Musiker auf ihren Klappstühlen saßen. „Dann legen Sie mal los, Maestro und schwingen den Taktstock dazu", alberte die Lady.

Ein schwingendes Vorspiel leitete den Gesang ein. Isabella sang nun ihren Wiener Walzer. Sie tänzelte dabei hin und her, bewegte die Arme im Rhythmus, ihr schlanker Körper mit seinen üppigen Rundungen, vibrierte im Walzerrhythmus. Einige Damen und Herren tanzten auf der Wiese, schunkelten und klatschten im Takt. Die Musik tönte über das ganze Gelände, es war eine Mordsstimmung in dieser Vollmondnacht.

Obwohl die alte Schule bereits eingezäunt war, die Fenster entfernt, hatte niemand bemerkt, dass sich im Gebäude eine Person eingeschlichen hatte. Im obersten Stockwerk, mit seinen nun leeren, morschen Räumen, stand eine Gestalt auf dem alten Holzfußboden. Mit böser und grimmiger Miene, blickte die Person aus dem fensterlosen Mauerwerk hinaus in das lebhafte Treiben im Schulpark. Der beschwingte Gesang von Isabella tönte lautstark zu der Gestalt hin, was noch mehr Aggression, jetzt ausübte. Auf dem Fußboden im oberen Stock lagen zwei Pechfackeln. Die in schwarzer Lederjacke gekleidete Person bückte sich und nahm eine der Fackel in die Hand. Mit zittrigen Händen griff die Person zu einem Feuerzeug, um es zu entzünden. Ein heller schwefelgelber Schein umspielte sein schauriges Gesicht, was mit einer Wollmütze bedeckt war. Als die Stimmung im Schulpark am Kochen war, Isabella in höchsten Tönen walzerte, schleuderte die unheimliche Person die brennende Fackel hinaus. Eine zweite folgte hinterher. Das brennende Wurfgeschoss fiel auf den Wiesenhang vor der Schule in einen dort stehenden Tannenbaum. Explosionsartig zischte ein Feuerschein auf, erfasste die Zweige und Äste, der Tannenbaum stand in hellen Flammen. Es zischte und krachte. Wie ein Goldregen prasselten kleine Funken hernieder.

„Feuer! Da brennt`s. Der Tannenbaum steht in Flammen", ertönte ein lauter Schrei inmitten des Gesangs und der feiernden Menschen. Eine Rauchwolke zog auf und ließ einige Anwesenden husten und nach Atem ringen. Panik brach im Schulpark aus. „Die Feuerwehr muss her", war Johannes von

Hohensteins entsetzte Reaktion. Er hetzte mit den Bauherren hin und her, um Tische, Bänke und Stände in Sicherheit zu bringen. Isabella schluchzte und war fassungslos. Sie stand bei den verstörten Menschen an der Straße und blickte mit Entsetzen auf das schaurige Schauspiel vor der Schule.

Sirenengeheul ertönte, das Martinshorn drang aufpeitschend, als die Feuerwehrwagen nun an rückten. Ein Flammenmeer hatte sich auf dem oberen Gelände ausgeweitet, ein scharfer Geruch drang in aller Nasen. „Herr Eigner, wie konnte das geschehen?“, fragte Herr von Hohenstein und versuchte Isabella zu beruhigen.

„Bei der Tanne standen doch keine Lämpchen“, meinte Herr Eigner verwundert. Der Schein des Feuers ließ die alte Grundschule in einem hellen Licht erstrahlen. Niemand vermutete dort den Täter dieses Flammenattentates. Aber diese fremde Person schaute nun dem Inferno zu, lachte höhnisch vor sich hin, rieb sich die Hände. Seine Heldentat war unterbrochen, das Fest spontan beendet. Die Wasserfontänen spritzten in die Höhe, Äste, Zweige fielen zischend herab. Eine Wasserlache bildete sich.

Herr von Hohenstein diskutierte jetzt lebhaft mit dem Brandmeister über den plötzlichen Ausbruch des Feuers. Seine beiden Bauinvestoren Eigner und Schumann fielen in die lebhafte Debatte mit ein Erschrocken wichen sie zurück, als Funken umher sprühten. Es weiteten sich schwefelgelbe Rauchschwaden aus, dann pechschwarz, die dadurch sogar den Vollmond einhüllten.

„Herr von Hohenstein, hier auf dem Gelände sind viele kleine brennende Lämpchen aufgestellt worden“, überlegte der Brandmeister nachdenklich. „Könnte das den Feuerausbruch verursacht haben, Herr von Hohenstein? Der Brand ging wie ich vermute, von der großen Tanne aus.“ Der Brandmeister gab Anweisungen an die Löschleute seiner Feuerwehr.

„Herr Rubens, mir ist es selbst unverständlich, wie es zu dem Feuer kommen konnte“, äußerte sich Herr von Hohenstein sehr resigniert. Er hielt die verstörte Isabella im Arm. Sie hatte ihren Kopf an seine Brust gelehnt. „Hannes, es ist so entsetzlich“, stammelte sie kreidebleich und fassungslos. „Erst die große Freude und Heiterkeit hier auf dem Platz, jetzt das Leid des Unglücks.“ Sie schluchzte auf und musste kräftig husten, denn der scharfe Geruch schadete ihrer Kehle, der Sangeskunst. „Bella, du Ärmste“, besänftigte Herr von Hohenstein seine verstörte Diva. „Gell, du hast einen gewaltigen Schock bekommen? Das versteh ich. Geh zur Bank runter und setz dich hin. Ich komme dann später auch zu dir.“ Herr von Hohenstein wandte sich wieder dem Brandmeister zu. „Herr Rubens, ich versichere Ihnen, nicht ein einziges brennbares Element stand in Nähe des Baumes. Sehen Sie, nicht mal einen Infostand haben wir da aufgestellt. Dafür hatten wir extra gesorgt und alles immer im Auge behalten. Frau Wallenberg hatte mit einem Walzerlied für Stimmung gesorgt, auf der großen Wiese wurde getanzt. Doch plötzlich stand dieser Tannenbaum vor der Schule in hellen Flammen. Es ist und bleibt mir rätselhaft, Herr Rubens. Oder haben Sie eine Erklärung dafür?" Er schaute interessiert zu den löschenden Männern hin und rang auch nach Luft.

Langsam war das Inferno gelöscht. Vom großen prächtigen Tannenbaum blieb nur ein verkohlter Stumpf. Nebelschwaden vom Rauch umhüllten noch den Schulgarten, inmitten des hellen Scheins des Vollmondes. Einige Musiker, Festveranstalter und anwesenden Personen, wagten sich nun mutig doch in Richtung Brandherd. Sie diskutierten untereinander über das tragische Ereignis, ließen nebenbei gierig Sprudelwasser und Apfelwein in ihre nun angeknacksten Kehlen fließen.

Herr Eigner ging auf Isabella zu, die am untersten Ende vom Park in sich zusammen gesunken auf der Bank kauerte. Er setzte sich zu ihr, drückte der Diva die Hand. „Frau Wallenberg, Sie haben mit ihrem Engagement und dem hinreißenden Gesang allen hier Anwesenden große Freude bereitet. Jetzt ist grauenvolle Panik hier. Ich danke Ihnen ganz herzlich. Sie haben eine so ergreifende schöne Sopranstimme." Herr Eigner stöhnte und rang schwer nach Luft. „Das brennt im Hals", röchelte er.

„Nein! Nein! Ich versteh es nicht. Warum musste unser schönes Abschiedsfest der Schule so ein tragisches Ende finden? Das werden wir alle nicht vergessen." Er griff zu einer Sprudelflasche die einzeln noch auf dem Tisch stand. Dann tat er einen kräftigen Schluck und reichte die Flasche Isabella. „Es schmeckt zwar nach Rauch, tut aber gut." Isabella setzte den Flaschenhals des Sprudels an ihre jetzt so spröde gewordenen Lippen. Sie zog das Wasser so hastig in sich ein, dass sie sich verschluckte, einen Hustenanfall dadurch bekam.

„Herr Eigner, bei einem solchen Halsbrand wie ich ihn jetzt habe, muss die Kehle gelöscht werden", versuchte Isabella zu scherzen. „Das ist richtig und wahr", lautete Herr Eigners schmunzelnde Antwort. „Bleiben Sie auf Ihrem Plätzchen und erholen sich ein wenig von der Aufregung. Ich geh` mal zu den Anderen. Tschüs!"

Einige Polizisten hatten sich eingefunden. Sie leuchteten den Brandort mit hellen Scheinwerfern aus, um alles genauestens zu begutachten, sperrten das Gelände ab. Die eifrigen Floriansjünger in ihren flotten Anzügen und Helmen kurbelten die hohe Drehleiter langsam herunter, zogen die Wasserschläuche ein. „Hier meine Herren, sehen Sie sich das mal an." Ein Polizist zeigte nun zwei verkohlte Pechfackeln vor. „Die lagen bei dem verbrannten Baumstumpf, auf der Rasenfläche. Seltsam! Wie finden Sie das?" Herr von Hohenstein schüttelte ungläubig den Kopf, schaute auf den Kripobeamten, dann zu Herrn Schumann. „Also, mir ist keine Person bei unserem Fest aufgefallen, die eine solche brennen de Fackel hatte. Da standen die bunten Lämpchen, an der Buche hingen Lampions. Da passierte aber nichts."

„Mir ist auch nicht Verdächtiges aufgefallen", äußerte sich Herr Eigner, der nun auch anwesend war. Er machte eine finstere und nachdenkliche Miene.

Der Kripobeamte beratschlagte sich mit seinem Kollegen und dem Brandinspektor der Feuerwehr. „Uns sieht das ganz nach einem Brandanschlag aus. Es gibt ja einige Gegner für die Bauprojekte, die nun hier am Ort entstehen sollen. Hat denn von Ihnen wirklich niemand etwas Auffälliges in Nähe der Tanne gesehen?“

„Es ging doch alles so plötzlich, wir waren auf's Feiern, den Gesang Frau Wallenbergs konzentriert“, erwiderte Herr Eigner und schaute etwas verdutzt und ratlos auf Herrn von Hohenstein.

„Meine Herren, wir haben das Gelände wie Sie sehen abgesperrt“, sagte der Polizist und deutete auf die übel aussehende Rasenfläche. Er schmunzelte nun und meinte verschmitzt: „Unser alter Ritter Hartmut hier, hat nicht gut aufgepasst, konnte den Brand nicht verhindern. Spaß bei Seite, der Fall ist zu ernst. Herr Eigner, Herr Schumann und Herr von Hohenstein, der Abriss der Grundschule wird sich nun um einige Tage verzögern. Wir werden alles überprüfen und untersuchen.“

Die Feuerwehrleute waren inzwischen abgerückt. Einige Festteilnehmer diskutierten noch in Nähe Brandort über das schaurige Ereignis hinter ihrer alten Schule. Ein Bediensteter vom Rathaus kam jetzt japsend mit einem Blumengebinde in der Hand auf die Anwesenden zu. „Wo ist denn Isabella?“

Er verbesserte sich ganz verlegen. „Ich meine natürlich, Frau Wallenberg? Diese Blumen konnte ich schnell ergattern.“ Er schmunzelte nun. „Herr von Hohenstein, ich glaube, unsre „Wiener Nachtigall“ hat nach dieser Aufregung mal eine Belohnung, kleine Freude, verdient. Frau Wallenberg hat uns alle so ausgezeichnet unterhalten. Das war schon ein mords Highlight.“

„Oh, Herr Wichert, das ist aber sehr nett und aufmerksam von Ihnen. Ich glaube, da wird sich Frau Wallenberg aber freuen. Unsere liebe Diva sitzt da unten auf der Bank und ist fix und fertig von dem Schock. Kommen Sie, gehen wir doch zu ihr“, schlug Herr von Hohenstein lächelnd vor.

Der Kripobeamte wechselte rasch mit einigen Leuten paar Worte bevor er sich an Herrn von Hohenstein wendete. „Gehen Sie nur schon, Herr von Hohenstein, wir kümmern uns hier um alles weitere, was geregelt werden muss, sorgen auch für Ordnung. Es sind ja noch einige Helfer hier am Ort. Ich sage mal Dank, für ihren heutigen Festeinsatz. Am besten, Sie fahren mit Frau Wallenberg nach Hause. Wir sehen uns morgen dann und besprechen alles Weitere. Ja? Vielleicht wissen wir dann schon genaues über die Brandursache.“

„Schumännchen, kommen Sie mit?“ frotzelte Herr von Hohenstein, obwohl ihm nicht nach Späßchen zumute war. Er legte den Arm auf die Schulter des Kollegen. Dann schritten beide in Richtung Pavillon, am Berliner Platz.

„Bella“, rief Herr von Hohenstein. „Wir kommen zu dir.“ Als er bei der Bank angekommen war, schlang er sogleich die Arme um die Lady. „Frau Wallenberg, ich bin auch da“, lächelte Herr Schumann. Er drückte der verdatterten Isabella den farbigen Herbststrauß in die Hand. Er schnaufte. Dann grinste er wie ein Primaner. „Liebe, werte Frau Wallenberg“, säuselte er und fügte leise, „Isabella“ hinzu. „Dieses prächtige Blumengebinde haben wir besorgt. Er soll eine Anerkennung für Ihren liebenswerten, einmaligen Auftritt heute sein. Sie Arme, Sie haben ganz schön leiden müssen durch die starke Rauchentwicklung. Das schadet doch Ihrer schönen astreinen Sopranstimme. Ich weiß das doch. Ja! Ja!“ Er stöhnte mal. „Es ist unglaublich. Entsetzlich, dass das nun geschah.“

Isabella lehnte ihren Kopf an Herrn von Hohenstein, der sanft über ihre nun krausen langen Haare strich. „Hannes, es geht langsam wieder“, sagte sie etwas heiser. „Mein Hals schmerzt nur etwas von dem Qualm.“ Sie versuchte krampfhaft zu lächeln. „Herr Eigner war so freundlich, mir vom Mineralwasser zu geben. Das hat mir so gut getan für meinen brennenden Hals.“

Isabella hielt das Blumengebinde an sich gedrückt, und ein warmer, herzlicher Blick traf den edlen Spender.„Herr Schumann, ich freue mich sehr über diesen herrlichen Strauß und sage Dank dafür.“

Sie schluckte, denn die Kehle war trocken und ein übler Geschmack von diesem Rauch quälte sie sehr. „Es ist so traurig, dass nun alles so geendet hat, wo`s doch so schön und harmonisch war.“

Isabella schaute betroffen auf die noch beleuchtete alte Schule, wo der Täter des Brandanschlages inzwischen unbemerkt das Weite gesucht hat.

„Meine Bella, du bist so blass um die Nase, das sehe ich im Laternenschein“, stellte Herr von Hohenstein sehr besorgt fest. „Komm, nimm dein Sträußlein an dich, wir fahren sofort heimwärts. Du brauchst jetzt absolute Ruhe. Eine gute Tasse heißen Tee mit Honig wird dir gut tun.“ Mit festem und herzlichen Händedruck verabschiedeten sich alle voneinander.

Herrn Schumanns Gesicht strahlte wie die Sonne, als er Isabella jetzt die Hand drückte und einige Minuten fest hielt. „Frau Wallenberg, Isabella, Sie sind eine so super und tapfere Power Frau. Sie haben eine durchdringende schöne hohe Stimme. Leben Sie wohl, holde Diva. Tschüs! Bis bald.“

Er wandte sich Herrn von Hohenstein zu, „Gute Nacht! Passen Sie gut auf dieses charmante Weiblein auf. Wir brauchen und mögen sie in unsrer Burgstadt Kronberg, hier. Nicht wahr?“ Er grinste verschmitzt. Der helle Schein des Vollmondes umzingelte den Schulpark und die alte Schule, die noch von Rauschschleier eingehüllt waren.

Kapitel 11

Moritz stand mit seinem Freund Kai inmitten einiger Personen, eingehüllt von Staubwolken oberhalb des Stadtparks. „Schau dir nur mal die gewaltige Abrissbirne da an, wie die sich brutal an diese Häuser ran macht“, stöhnte Kai und schüttelte ungläubig seine Mähne mit den langen zotteligen Haaren. „Manno, Moritz, da oben unterm Dach hatte ich einige Jahre meine kleine Stube bei Frau Schumacher. Aus ist`s! Vorbei! Das ist meschugge, meinst du nicht auch?“

„Diese Bauerei in unserer Stadt ödet mich sowieso an“, klagte der Bursche, „und mein Oller hat da überall seine Finger im Spiel. Der schöne alte Burgberg! Warum müssen diese alten Häuser nur verschwinden? Großstadtidyll! Schau mal zu den attraktiven Stadtvillen im Park. Mensch, Moritz, da möcht ich eine tolle Wohnung haben. Was du da für ein Panorama hast, bis auf die Skyline Frankfurts.“

„So, jetzt ist das schöne gelbe Haus fort“, sagte Moritz geknickt. „Bums! Nur noch Schutt, Beton, Staub.“ Er hustete und wich zurück. „Mein Vater sagte, da kommen nun auch so Villen hin, das gibt Unruhe mit dem Verkehr hier. Was meinst du, wie teuer diese Wohnungen sind, Kai? Das können wir armen Schweine nicht zahlen. Da musste schon sechs Richtige im Lotto haben.“

„Oder in der Homburger Spielbank gewinnen“, ergänzte Kai.

„Ha! Ha! Ha! Sehr witzig”, entgegnete Moritz. „Ohne mich, ich hab genug vom letzten Mal. Das ging schön in die Hose. Aber, willst du jetzt hier Wurzeln schlagen, Kai? Mir wird’s zu laut, den Dreck will ich auch nicht schlucken. Komm, ich muss in die Stadtbibliothek. Die ist ja jetzt so geil geworden, das war eine coole Idee und Lösung.“ Die beiden Kumpels zogen weiter, Richtung Stadtbücherei.

Die Beiden wollten die Straßen überqueren und schimpften wie Rohrspatzen, weil sie wegen den Abrissarbeiten am Burgberg so lange auf dem Bürgersteig standen.

„So ne verflixte Straßenblockiererei“, schimpfte Moritz. „Verrückt! Der ganze Verkehr wird hier lahm gelegt, wie in der Großstadt.“ Geschafft! Die Ampel zeigte grün und die beiden Männer überschritten mit den übrigen Passanten die Straße, um direkt die Bücherei anzusteuern.

„Ich will zu den Computern, was nachsehen“, äußerte sich Kai und stiefelte mit Moritz die Treppenstufen empor.

Moritz eilte gleich zum Regal mit Krimis und suchte einen gruseligen Schmöker aus, mit mindestens drei Leichen. Er holte sich am Automaten einen schwarzen Kaffee. „Du, ich verpflanze mich da in die Fensterecke“, sagte er und ließ sich nieder. „Ich bin beim Computer“, erwiderte der Freund und suchte nach einem freien Platz. Er drückte auf Knöpfe, Schalter und surfte im Internet nach einigen Bars und Nachtlokalen.

Moritz hatte seine schwarze Brühe ausgesüffelt und kam mit dem Schmöker zu Kai. Er beugte sich über ihn und schielte nach der Aufschrift im Computer. „Spinnennetz", las er laut. „Nachtbar Cäsar K."

„Was willste denn damit?" wunderte sich Moritz und kratzte sich an seinen Igelborsten am Kopf.

„Das ist eine mords Adresse, ich sag dir das später, Moritz, was das ist. Da müssen wir beide hin." Er machte Notizen in einem alten Schmierblock, wo alles durcheinander gekritzelt war. „Biste fertig mit deinem Krimi hier? Da zwitschern wir los und schaun beim Brauhaus vorbei. Ein Bierchen tät gut. Ne Zigarette wär auch nicht übel. Also, zischen wir los." Moritz stellte den Schmöker zurück, dann stürmten beide davon. Es war spät Abend geworden.

Moritz brauste mit seinem reparierten Suzuki die Landstraße in Richtung Sachsenhausen, entlang.

„Mensch Kai, endlich hab ich wieder meine alte Karre hier, es wurde auch Zeit", prasselte Moritz auf seinen Freund lebhaft ein. Ich soll 750 Euro dafür bezahlen, hat Carlos gesagt. Manno, verflixt, das hab ich nicht. Woher soll ich die Kohle nehmen?" Der Bursche machte ein düsteres Gesicht und versuchte sich auf die Fahrstrecke zu konzentrieren. „Moritz, lass` mich das mal machen, ich hab da so eine Idee, wie wir an Moneten kommen. Jetzt fahren wir mal zu Cäsar." Er zündete sich eine Zigarette an. Eine zweite steckte er Moritz zwischen die dicken schwulstigen Lippen.

In der Frankfurter City war reger Verkehr. Bunte Lichtreklame leuchtete auf und Autos hupten, wenn es zum Stillstand kam. Außerhalb des Mainufers bei Sachsenhausen, steuerte Moritz auf ein freies Gelände zu, in Nähe hohe Bäume und Sträucher. „Halt an, Moritz", forderte Kai den Kumpel auf. „Hier steigen wir aus und gehen über den Steg."

Die beiden Burschen trotteten nun einen schmalen Weg entlang, der zu einem abgelegenen Fabrikgebäude führte. „Siehste den roten Schein dort, Moritz", deutete Kai auf ein dunkles Gebäude hin, und schritt mit dem Freund eilig drauf zu. Fetzen von Rockmusik drang zu ihnen hin.

Die alte Halle glich einer Spelunke, alles war in feuerrotem Licht angestrahlt, eine schwarz farbige Riesenspinne zierte den Eingang. „Das ist ja schaurig, wo du mich hinführst", äußerte sich Moritz und folgte Kai durch Rotlicht, Zigarettenqualm und schwarzen Spinnennetzen aus Gummi, ins Innere der Spelunke. „O je! Hier geht ja die Post ab", sagte Moritz, als er die keifende und swingende Meute von jungen Leuten erblickte. „Hello!" war Kais Schlachtruf und er begrüßte überschwänglich einen Kumpel in schwarzer Lederhose, ärmellosen glitzerndem Top, die Arme tätowiert, behaart wie ein Gorilla.

„Sieh mal einer an, der Kai ist wieder da. Was willste hier? Wer ist dieser Typ, Kai?" fragte der kiffende Boy mit seinen funkelnden stechenden Augen. „Das ist ein Club hier, wie dir wohl bekannt ist." Er musterte Moritz kritisch und paffte an einem langen Stängel herum. „Cäsar, mach nicht so ein

Heckmeck", frotzelte Kai und sah ihn herausfordernd an. „Manno, das ist mein Freund Moritz. Ich hab dir doch von ihm berichtet. Er ist wie ich auch, ohne Arbeit und wir brauchen Kohle. Verstehste das? Ich will aber noch was anderes von dir." Kai machte eine Handbewegung und flüsterte ihm etwas Unverständliches ins Ohr. Cäsar, der von türkischer Abstammung war, mit Drogen handelte, ging hinter die Theke. Er füllte zwei kleine Gläser mit Whisky Soda, entnahm vorsichtig aus einer alten Holzkonsole eine kleine Schachtel. „Kai, das Gesöff ist für euch, trinkt das mal." Er griff nach Kais Jacke und ließ in der Seitentasche des Sakkos die Packung verschwinden. „Das sind zwanzig Extasy drinnen, das wird wohl reichen für´s Erste", wisperte er mit rauer Stimme in das Gegröle und die lautstarke Rockmusik. Er wandte sich Moritz zu, grinste und schaute ihn eindringlich an.

„Du quatscht zu keinem, dass du mit Kai hier bei mir warst. Ist das klar, Moritz? Also, Schnauze halten! Sonst gibt´s Ärger mit mir und auch den Bullen". Der unheimliche Typ äußerte sich sehr geheimnisvoll, dann steckte er Moritz kleine weiße runde Pillen zu. „Nimm das mal. Da wird's dir wohl, du siehst die Welt rosa und kommst in Bombenstimmung." Moritz leerte hastig das Glas mit dem Whisky. Er sah zu Kai, der sich inzwischen mit einer geilen Blondine amüsierte. Verdattert wandte er sich dem Türken zu. „Cäsar, was ist das für ein Zeug, das du mir zugesteckt hast?"

„Kennste das wirklich nicht?" lautete die ungläubige Antwort vom Drogendealer. Er lachte nun dumpf auf, und es klang wie ein Donnergrollen. Sapperlott! Moritz, das nehmen hier alle meine Leute.

Schau sie dir doch mal an, wie die nun drauf sind. Biste denn so naiv und blöd? Das ist Cannabis. Wenn du das raucht, wirst du ganz cool. Der Kai kifft schon lange. Weißte, es darf nur keiner Wind davon kriegen. Besonders die Bullen. Verstehste?" Der Türke grinste hämisch in sich hinein und amüsierte sich über den Neuling in der Drogenszene. Moritz hat zwar manch Schandtat ausgeübt, konnte dem Alkohol nicht entsagen, aber von Drogen hielt er sich fern. Jetzt kauerte er sich auf der Erde nieder und kiffte zum ersten Mal Cannabis.

Die sich im Kreis drehende Deckenfunzel ließ rötliche Lichtblitze aufleuchten, dann bildeten sich schwarzfarbene Streifenmuster, was schaurig wirkte, inmitten eine mords schwarze Gummispinne.

Auf Moritz Stirn bildeten sich Schweißtropfen, die herab rieselten auf sein dunkles Hemd. Sein Gesicht glühte wie heiße Kohle, die Augen glänzten gefährlich. Der Bursche faselte verwirrtes Zeug. Jetzt erhob er sich ruckartig, machte kreisende Körperbewegungen, wand sich, wie einst Elvis. Dazu grölte Moritz nun inmitten der Meute. Seine Hemdsärmel krempelte er nach oben, öffnete die obersten Knöpfe, lallte vor sich hin. „Hello, ihr alle hier! Ich schweb` schon auf Wolke 7", säuselte er ganz verklärt und verrückt.

Ein junges Girl, mit langen zerzausten Haaren, glitzerndem Top, griff nach Moritz Hand. „Hei, ich bin die Mona", säuselte sie mit funkelnden Augen.

„Du bist neu hier bei Cäsars Club? Du gefällst mir, ich find dich geil." Sie schmiegte sich gleich an ihn und versuchte, Moritz anzubaggern. „Das Zeug Cannabis ist echt gut, man wir hinterher ganz happy". Sie redete unentwegt auf Moritz ein, der aber Abstand bewahrte, für sich allein swingte. „Nimm mal deine Hand da weg, Mona", protestierte Moritz, als die Annäherung zu intim wurde. „Ich mag das nicht! Kapito, du Supergirl!"

„Oh, so abweisend", lautete Monas gekränkte Antwort. „Du stehst wohl auf kleine Jungens? Ich mein, biste vielleicht schwul? Das ist doch ein geiler, sexy Typ, den du da bei dir hast."

„Du bist ja balla, balla, lass` mich doch einfach in Ruh. Ja!" Mona schwebte allein durch den Raum voll Rauschschleier der Paffenden und Kiffenden.

Kai saß auf einem Barhocker, süffelte ein Cola mit Gin, triumphierte mit Cäsar über Moritz Rauschzustand. Bei seinem heiklen Plan, an Geld zu kommen, war Moritz` jetziger Zustand genau richtig.

Er steckte dem Türken für die Drogen ein Scheine zu. „Das war cool von dir, Cäsar, dass du mir wieder was gegeben hast. Ich brauch den Stoff einfach, um handfeste Taten auszuüben. Du verstehst, was ich meine?" Kai machte eine entsprechende Handbewegung. „Ich kann dir schon geistig folgen, mein Lieber", grinste der Türke und leerte hastig ein Glas Cognac. „Halt bloß über alles deine Klappe, Kai. Ich möchte nicht hier auffliegen, bring das auch deinem Kumpel Moritz bei. Sonst funkt`s. Ich versteh` kein` Spaß. Ich kenne meine Freunde hier alle, wir halten zusammen hier in meinem privaten Nightclub. Ist das klaro?" Moritz schwankte in Richtung Tresen, wo sein Freund mit Cäsar und einem anderen Typen heftig diskutierte. Er fuchtelte mit den Armen, tänzelte lallend vor sich hin. „Kaimännchen", säuselte er im Rausch. „Du, jetzt holen wir die Sterntaler vom Himmel herunter, dann sind wir reich und haben endlich Kohle." Moritz stolperte und fiel zwischen einen männlichen Typen, mit nackten behaarten Beinen, wie ein Gorilla. Dann zog er sich an ihm hoch. „Leute, was geht's mir sooo gut", grölte er lautstark.

Kai lachte höhnisch auf. „Hallo Moritz, komm runter vom Himmelreich! Noch sind wir hier im Spinnennetz. Dich hats ja erwischt. Manno! Manno! Weißte was, mein Lieber? Wir dampfen jetzt hier ab. Mit Cäsar ist alles klar. Okay? Moritz, damit das nicht wieder kracht, ich fahr deinen Schlitten heim. Kapito? Rück mal den Schlüssel raus."

Moritz kramte umständlich in seiner Westentasche und drückte dem Freund die Autoschlüssel in die Hand. Er schaute mit verwirrten Augen zur gewölbten Decke, wo die Spinne herab hing. „Die hat uns nichts getan. Hier ist alles so rot, wie in der Hölle." Er lachte auf. „Cäsar, das war gut hier", lallte er. „Da komm ich bestimmt wieder. Jetzt hol ich mir Geld. Ganz viel Geld. Kai, komm mit. Adios!"

Kai war zwar auch berauscht, aber es schadete ihm nichts in seiner Wesensart, er hatte doch Drogenerfahrung. „Moritz, da ist der Ausgang, das war eben das Klo." Kai packte den Besäuselten fest am Arm. Dann ging er mit ihm zum Wagen.

Ein hell farbiges Auto mit schwarzem Streifenmuster, hielt mit kreischenden Bremsen zur mitternächtlichen Stunde, auf dem Bahnhofsgelände der Burgstadt. Zwei dunkel gekleidete Gestalten stiegen aus dem Wagen. Der eine hielt eine Art Aktenmappe in der Hand. „Jetzt holen wir uns ganz viel Kohle“, lispelte die andere Person, schwankte gefährlich hin und her. Sie folgte seinem Begleiter hinterher, schnaufte und trabte mühsam vorwärts. „Halt doch mal die Klappe“, zischte es zurück.

„Muss uns denn jemand hören? Du bist meschugge.“

Das Duo, das nichts Gutes im Schilde führte, trottete den Gehweg entlang, am Schillerweiher vorbei, dann die Straße bergauf. Beide blieben flüsternd vor einem großen Gebäude stehen.

„Pst, leise. Da ist die Sparkasse“, flüsterte die eine Stimme. „Wir machen uns über den Hof vom Haus ran. Das Wohnhaus steht leer, dann können wir unbemerkt zum Hintereingang der Bank.“

Die beiden Ganoven kletterten behende über eine niedrige Mauer mit Zaun und kamen so zum Hinterhof. „Da oben sind die Fenster der Sparkassenräume“, raunte die eine Person der anderen zu. Beide stülpten sich nun Wollmützen mit Schlitzen über ihre Häupter, dann schwarze Lederhandschuhe. Ein klirrendes Geräusch von Scherben durchdrang die Stille, als nun mit einem Hammer die Scheiben zertrümmert wurden. „Hast du eben etwas gehört?“, flüsterte die tiefe Stimme. „Das war doch eine Katze, die eben vorbei gehuscht ist. Die hat gemaunzt. Mach nicht so ein Wirbel. Weiter!“, kommandierte der Typ weiter. Er stellte jetzt einen vollen Müllcontainer an die Hauswand vor das Fenster. Dann stieg die Person umständlich hinauf und verschaffte sich so Zutritt in den Innenraum der Sparkasse. „Komm endlich, die Luft ist rein“, befahl der Ganove im barschen Tonfall seinem Kumpel. Als dieser nun sehr ungeschickt die gleiche Kletterpartie ausübte, fiel der Müllcontainer mit lautem Geräusch um. „Biste blöd, so nen Lärm zu machen, du steifer Bock“, zischte es unverständlich auf den ungelenkigen Kumpel ein. Eine grelle Taschenlampe leuchtete auf, suchte sich den Weg durch die dunklen Räume. „Wo ist denn der verflixte Tresor?“ war eine ungeduldige rauhe Stimme zu hören. Die zwei Schurken stolperten durch die Innenräume der Sparkasse. Sie durchwühlten Kassen, Schubladen von Schränken, nach Geld. Dann gelang es ihnen zum Tresorraum vorzudringen. „Ei, schau mal an, da steht ja unser Goldkelch“, feixte der eine Typ mit dem Lippenbart.

„Wie kriegen wir den Kasten nun auf? Haste nen Einfall?“ Um sich mehr Mut anzutrinken, kramte er aus der alten schäbigen Tasche ein kleines Fläschchen hervor. Es war Schnaps. Er tat einen kräftigen Schluck und hielt das Gesöff seinem Kumpanen vor die Nase. „Da! Der Rest ist noch für dich. So, nun ran ans Werk!“

Die Schurken kurbelten an Hebel, drückten auf Schalter und Knöpfe. Mit Gewalt hämmerten sie gegen den Tresor. „Sesam, öffne dich“, beschwörte der eine Typ das Geldgehäuse. Er lallte vor sich hin. „Gleich haben wir die Sterntaler“, jauchzte die kleinere beleibte Gestalt.

Die cleveren Bankartisten lachten höhnisch auf, als sich nach ihrer Gewalteinwirkung der Tresor tatsächlich öffnete. „Schau dir mal die vielen bunten Scheine hier an. Ei, ist das geil“, tönte es im Echo durch den Tresorraum. Die Gauner griffen gierig nach den Euro Scheinen. Einige warfen sie übermütig in die Höh, um das Geld dann in der Mappe und Plastikbeutel zu verstauen. Eine Kassette mit Goldmünzen ließen die Ganoven auch mitgehen. Sie schwangen die Arme im Kreis, führten Freudentänze auf. „Juchhu! Mensch, jetzt sind wir reich“, jubelte der eine Typ und rieb sich triumphierend die Hände. Er packte den Kumpel unsanft am Arm und zog ihn in Richtung Ausgang. „Los, jetzt aber nichts wie hier weg, bevor es brenzlig wird. Ein Teil der Scheine hab ich in den Plastikbeutel verstaut, das kommt hier in die Tasche. Dann fällts nicht auf. Okay!“ Die Typen sahen sich kritisch um. „Haben wir auch nichts vergessen? Wir dürfen keine Spuren von uns hinterlassen. Ist das klaro?“

„Reg dich ab, ich bin ja nicht doof“, kam die schlagfertige Antwort des anderen Komplizen zurück.

Als die Beiden auf gleichen Weg das Weite suchen wollten, schrillte lautstark durch die nächtliche Stille die Alarmanlage auf. „Scheiße!“, schimpfte der eine Gauner, als er mit seinem Kumpel über den Hinterhof zur Straße eilte. „Halt die Tasche gut fest und lauf zum Wagen runter, wir treffen uns dort“, rief der zweite Täter entsetzt und hatte Mühe, dem Davoneilenden zu folgen.

Durch das Aufblinken der Signallampe und den Heulton, wurde ein Bewohner im Nebenhaus aufmerksam. Dieser stürmte nun aus seiner Wohnung. Noch im Schlafanzug und Bademantel kam er schnaufend und fluchend auf die Straße. „Banküberfall! Da läuft der Dieb!“, schrie er außer sich vor Wut. „Bleiben Sie stehn! Polizei! Polizei!“. Gefolgt von seinem kläffenden Dackel stürmte er den beiden Schurken hinterher, hinunter zum Stadtpark. Doch der eine Bankräuber hatte sein Ziel unbeschadet erreicht. Der andere Komplize rannte in Windeseile auf den Park zu. Sein Verfolger hatte ihn fast eingeholt und der Vierbeiner war dicht hinter ihm. „sie sollen stehen bleiben! Bankräuber!“, brüllte der Mann erneut und war schon heiser vom Schreien. Als er den Täter an der Jacke zu fassen bekam, gab es ein Gerangel zwischen den beiden. Doch der Täter riss sich des Zugriffs los. Er überlegte nicht lange, sprang vor den Augen seines Verfolgers in Panik in den dortigen Schillerweiher. Er tauchte unter und durchschwamm den großen Teich.

„Was sagste da, Purzel?“, wandte sich der fassungslose Mann an seinen bellenden Vierbeiner. „Das gibt’s doch nicht! Das darf doch nicht wahr sein“, schimpfte er unentwegt vor sich und versuchte seinen aufgebrachten Dackel zu beruhigen.

Der nächtliche kühne Schwimmer kam triefend nass am anderen Ende vom Weiher zum Vorschein. Er schnaufte und atmete schwer. Der Schurke schüttelte sich, Wassertropfen schossen umher. Sein Lederanzug, Hemd und Slip klebten vor Nässe am Körper. Der Typ fing an zu frösteln, denn das Wasser des Teiches war doch recht unangenehm kühl. Hastig riss er sich die feuchte Mütze vom Haupt. Dann zog der Kerl Strümpfe und Schuhe aus. „So ne verdammte Sauerei!

So`n Mist!“, schimpfte er wie ein Rohrspatz vor sich hin und schlug auf den Boden ein. Jetzt entlud sich bei ihm auch noch ein Niesanfall, ein lautes kräftiges Husten folgte. Der Schurke schaute sich ängstlich um. Der Schein des Vollmondes erhellte den Teich und machte ihn noch mehr verrückt.

Er schaute sich unsicher um, ob nicht doch irgendwo ein Kripobeamter auf ihn lauerte. Jetzt vernahm er doch ein Martinshorn. Einen Streifenwagen mit Blaulicht, konnte er hinter dem Gebüsch erkennen. Sein Herz klopfte, der Hals schmerzte, er hatte einen üblen Geschmack auf der Zunge, hatte er doch Wasser in die Kehle bekommen. Der Flüchtige stürmte auf bloßen Füssen, bange um sich schauend, in Richtung Bahnhofgelände, wo ihn sein Kumpel schon erwartete.

Kapitel 12

Moritz und Kai Blessing überquerten ein größeres Gelände, was zu einer Eschborner Autowerkstatt gehörte. Ein Arbeiter im blauen Kittel hantierte an einem Fahrzeug. Jetzt rieb er sich die öligen Hände an einem alten Lappen ab und sah auf die beiden Typen, die kamen. „Hallo, Moritz!“, grüßte er knapp und musterte kritisch seinen Begleiter in der hellbraunen Lederjacke. „Was willst du? Vielleicht deine Schulden bezahlen?“. Er grinste und sah seinen ehemaligen Schulkameraden herausfordernd an. „Haste jetzt Kohle?“

Moritz lachte höhnisch. „Ja, denk mal an, Carlos, ich habe tatsächlich Moneten, möchte den Rest zahlen von der Reparatur.“ Moritz drückte ihm 600 Euro in die Hand. „Das stimmt doch so? Jetzt sind wir quitt. Okay?“

„Woher hast du plötzlich soviel Geld, Moritz?“ fragte Carlos verwundert und machte ein nachdenkliches Gesicht. „Haste mit deinem Vater doch gesprochen, dass er dir geholfen hat?“

Moritz blickte auf Kai, zwinkerte ihm zu und machte eine abweisende Handbewegung. „Das ist doch schnurzspipe, woher ich die Kohle hab“, entgegnete Moritz patzig. „Die Hauptsache ist doch, ich hab gezahlt. Alles klaro?“

„Mir ist das doch schnuppe, woher du nun Kohle hast“, entgegnete der Schulkamerad und ließ das Geld in seiner Brieftasche verschwinden. „Die Hauptsache, meine Kasse stimmt wieder.“

Kai begutachtete einige ältere Wagen. Er blieb nun vor einem bräunlichen Opel stehen. „Stimmt das, oder ist das ein Witz, Carlos, der Schlitten soll

750,00 Euro kosten?“

„Du hast es richtig entziffert“, antwortete Carlos. „Es ist ein Gebrauchtwagen, ein Sonderangebot, wo man schnell zugreifen sollte. Das kommt nicht immer vor.“ Carlos zückte den Autoschlüssel hervor, um den Opel zu öffnen. Kai grinste vor sich hin. Der Bursche war einfach jetzt happy.

„Krutzifix Moritz, das ist geil. Das ist genau der richtige Schlitten für Kai Blessing“, jauchzte er und rieb sich die Hände dabei. „Das ist doch saublöd, wenn man nur auf S-Bahnen und Busse angewiesen ist. Ich brauch einen fahrbaren Untersatz, damit ich überall bequem hindüsen kann.“

Moritz begutachtete den Wagen von allen Seiten, Innen und Außen. “Die Karre ist wirklich cool, Carlos“, lautete sein Kommentar dazu. „Alle Achtung! Das wär auch was für mich, aber noch tuts mein alter Karren hier.“ Kai überlegte nicht lange. Er drückte dem verdutzten Carlos einige Euroscheine in die Hand. „Carlos, den Opel nehm ich glatt. Abgemacht? Richt das Wägelchen mal für mich startbereit, damit ich gleich lostigern kann. Okay?“

Carlos wunderte sich jetzt zum zweiten Mal. Er schüttelte ungläubig sein Haupt. „Sagt mal ihr Beiden, ich denke, ihr seid arbeitslos. Woher habt ihr beide plötzlich soviel Kohle? Da ist doch was faul, das könnt ihr mir nicht weiß machen. Auf den Kopf bin ich nicht gefallen“, spottete er misstrauisch.

„Habt ihr vielleicht eine Bank ausgeraubt? Da war doch vor paar Tagen hier in der Nähe ein Banküberfall.“ Moritz wurde blass und schaute entsetzt auf Kai. Doch beide schwiegen dazu.

Kai setzte sich wie ein Profi ans Lenkrad vom Opel. „Carlos, der Wagen ist doch startbereit? Dein Geld haste dafür gekriegt. Kumpels, ich zieh schon mal Leine, hab noch was zu erledigen.

Du, Moritz, zwitscher mal mit deinem Schlitten allein los, wir sehen uns dann am Abend im Braustübchen. Kapito? Servus, Leute.“ Kai brauste mit seinem neuen Fahrzeug davon.

Moritz machte verdrießliche Miene, denn sein Schulkamerad beäugte ihn die ganze Zeit schon kritisch und durchbohrend. Das passte ihm ganz und gar nicht. So wollte auch er schnellstens aus dieser brenzlig werdenden Situation entkommen. Er kletterte umständlich in seinen Suzuki. Dann hob der Bursche abschiednehmend die Hand. „Machs gut, Carlos. Adieu!“ Moritz gab Gas und raste von dannen.

Gesang von Arien und Klaviertöne erfüllten das Herrenhaus. Isabella stand mit dem Textblatt neben dem Klavier vom Musikzimmer, um mit Margot Eigner ein Duett von Mozart einzuüben. Die beiden Frauen harmonierten nicht nur gesanglich gut zusammen, sondern ihre beginnende Freundschaft wurde nun aktiv auch gepflegt.

„Margot, von „Schön Blümlein“ singst du etwas tiefer“, riet die Musikexpertin. Sie griff zum Weinglas, was auf dem weißen Flügel stand. „Das ist Öl für die Kehle“, lachte sie. „Also, nochmal von vorne. Mach ein Vorspiel, dann legen wir los.“ Isabella tat nochmals einen kräftigen Schluck vom

Rotwein, musste kurz an Grinzing und den Bruder denken. Margots schlanke Finger tänzelten über die Klaviertasten, denn sie war eine gute Pianistin und gab noch einigen Schülern Klavierunterricht.

Nun ertönte ein herrliches Duett von Sopran und Altstimme durch den Raum.

„Isabella, unser Gesang hört sich doch ganz super an", meinte Margot und machte eine zufriedene Miene. „Hoffentlich gefällt es den Gästen auf der Burg dann auch. Aber, wir haben ja etliche Musikliebhaber vom klassischen Gesang."

Die beiden Ladies gaben sich ganz der holden Kunst hin mit ihrem gesanglichen Part, als es an die Tür klopfte. Isabella blickte auf und lachte. „Na, wer stört uns denn da?"

„Hallo, ihr beiden Nachtigallen", witzelte Herr Eigner, Margots getreuer Ehegatte trat heiter auf beide zu. Margot stand auf und schlang die Arme um ihren Mann. „Du, wir haben bis eben eifrig unsre Lieder geprobt. Nicht wahr, Isabella, wir waren eifrig?"

„Martin, deine Frau hat ganz recht", äußerte sich die Diva mit einem Schmunzeln.

„Wo ist Johannes?", wollte sie sofort wissen. „Herr Schumann ist noch bei ihm im Büro. Das sind ja wieder tolle Baupläne die Johannes ausgearbeitet hat. Wenn alles gut verläuft, können wir im nächsten Jahr hier auf dem Areal mit dem Projekt starten. Wir müssen es nur noch mit der Stadt absichern und klären. Ein Kurhaus hier unten im Süden, wäre doch gar nicht so abwegig. Eine Wandelhalle dazu. Warten wir mal ab, wie es sich ergibt!" Herr Eigner widmete sich jetzt der Bibliothek an der wand entlang und stöberte in einigen Büchern. „Tolle Lektüre, die man hier vorfindet", meinte er beachtlich. „Das ist hier das Musikzimmer, ein besonderer Raum", erklärte Isabella, die über alle Räumlichkeiten schon informiert war. „Martin, möchtest du ein Glas vom echten Grinzinger Wein?", fragte Isabella schelmisch und füllte sich noch ein Glas. Der Mann wehrte dankend ab. „Das ist sehr nett, ich würde gern von dem Tropfen kosten, aber leider, leider, ich muss meine liebe Frau noch sicher heimkutschieren. Nicht wahr, mein Schatz", wandte er sich an seine Frau. Diese lächelte amüsiert. „Genau so ist es, lieber Martin", äußerte sich Margot und nahm das Liederheft an sich. „Isabella, mit unserem Gesang, den Duetten, wäre soweit alles besprochen. Nächstes Wochenende soll doch unser Mozartabend schon stattfinden", erinnerte die Frau. Margot umarmte jetzt überschwänglich die neue Freundin und wandte sich an ihren Mann. „Sag Martin, ist Isabella nicht en super Weibsbild? So charmant! So attraktiv, lieb und nett. Hab ich nicht recht?" Isabella lachte und rang japsend nach Luft. Kichernd befreite sie sich aus der spontanen Umarmung. „Na, na, liebe Margot, lass mal gut sein", wehrte sich die holde Diva im eleganten langen Rock. „Sonst machen mir immer die Herren der Schöpfung Komplimente", amüsierte sich die Umschwärmte, „jetzt bist du es, Margot. Aber es ist schon in Ordnung so.“ Isabella legte kameradschaftlich die Hand auf Margots Schulter. „Signora Margot, gell, unser gemeinsames Musikstündchen war doch gelungen. Oder wie man hier sagt, cool.“ Die Lady schmunzelte spitzbübisch. Dann verabschiedete sich Isabella von Margots besserer Ehehälfte. „Martin, bleib mir munter. Pass ja gut auf dein Weiblein auf, sie wird noch gebraucht. Weißt du.“ Nun mussten alle Drei schallend lachen.

Margot und ihr Mann gingen zur Tür und verabschiedeten sich nochmals mit einigen Kusshänden. Dann verließen sie den Raum.

Isabella war heiterer Stimmung. Sie summte, übte die Tonleiter rauf und runter. Nun griff sie in die Klaviatur vom Flügel, spielte einige klassischen Weisen und sang dazu. Isabella musste jetzt schmunzeln, denn sie vernahm lautes Hundegebell und Butler Gregor kam mit Harikon in den Raum.

„Hallo, da sind wir wieder“, sagte der Butler mit Lachen. „Sie sind ja so eifrig mit Ihrem Gesang. Donnerwetter!“

„Hallo Gregor, Sie sind mit Harikon wieder zurück“, grüßte Isabella mit einem Schmunzeln. Sie wehrte sogleich den übermütigen Vierbeiner von sich ab, der schwanzwedelnd und bellend an ihr hoch sprang. „Harikon, du musst nicht immer so stürmisch sein“, rügte die Tiernärrin sanft den Hund und tätschelte liebevoll sein weiches Fell. „Du hattest doch jetzt deinen Auslauf mit dem guten Gregor gehabt. Kusch! Mach sitz!“, forderte sie energisch auf und der Vierbeiner kauerte zu ihren Füßen. „Gregor, wo bleibt denn Johannes?“, Isabella errötete und verbesserte sich. „Ich meine, Herr von Hohenstein?“

Der Butler lächelte galant, kannte er doch die große Verehrung seines Chefs zu dieser charmanten Lady. So gab er auch gleich die richtige Antwort. „Isabella, Herr von Hohenstein wird sicher bald hier erscheinen. Herr Schumann war doch bei ihm im Büro unten, er hat eben das Haus verlassen. Unser lieber Moritz ist auch mit seinem Wagen eingetroffen. Wir sind also fast vollzählig hier.“ Er lächelte und versuchte den Hund zu bändigen, was schon wieder lautstark kläffte. „Isabella, übrigens, pünktlich um 18 Uhr gibt’s im Blauen Salon unsere gemeinsame Abendmahlzeit. Wie immer.“

Nun lachte Isabella und machte eine Handbewegung. „Aber mein lieber Gregor, das weiß ich doch“, entgegnete sie verschmitzt. „Inzwischen sind mir die Gewohnheiten vom Johannishof vertraut. Ich werde noch ein bisserl meine Partituren fürs Konzert trällern, ich meine proben. Ach Gregor, bitte nehmen Sie Harikon an sich, damit ich hier Ruhe habe.“

„Aber selbstverständlich, Isabella“, antwortete der Butler Verständnis zeigend. Er schnappte den Vierbeiner am Halsband und gab ihm einen zärtlichen Klaps aufs Hinterteil. „Harikon, komm wieder mit mir, dein Frauchen braucht Ruhe, wir beide stören doch nur dabei. Verstehst du das, mein Guter?“ Isabella kicherte wie ein Schulmädchen und amüsierte sich, als der störrische Vierbeiner widerwillig Gregor aus dem Raum folgte.

Moritz polterte die Treppe hoch. Als er lauten Gesang und Klavierspiel vernahm, machte er ein düsteres Gesicht und schimpfte vor sich hin. „Das Gegröle und Geklimper hält man ja nicht im Kopf aus. Das hat grad noch gefehlt.“ Der Bursche riss stürmisch die Tür vom Musikzimmer auf, und ein vernichtender Blick traf die am Klavier sitzende Isabella. „Warum johlst du nicht in deiner Wohnung drüben? Muss das ausgerechnet hier sein? Das nervt, Isabella!“

Die aktive Sängerin schmunzelte und amüsierte sich über Moritz Reaktion. „Ich würde ja erst mal grüßen, wenn ich hier so plötzlich reinschneie. Und wenn du es vergessen hast, ich wohne jetzt auch hier, dann kann ich diesen Raum wohl auch benutzen. Du hast mal wieder schlechte Laune, lass deine Aggressionen und Frust bitte nicht bei mir aus. Das wär nett und rücksichtsvoll, mein lieber Moritz“, entgegnete die Holde mit scharfem Tonfall.

„Ha! Ha! Ha!“, lachte der Rüpel nur auf und versuchte mal wider Isabella herauszufordern.

„Ich wohn hier im Haus, deine Buden sind doch im „Dornröschenschloss“ drüben“, höhnte Moritz.

Mit funkelnden Augen sah er Isabella an. „Mutter und Katharina haben früher auf diesem Flügel gespielt. Ich möchte halt nicht, dass du nun hier drauf klimperst. Mach das doch gefällig bei dir drüben.“

Der Bursche hielt die Hände in den Hosentaschen, stand breitbeinig im Raum. „Weißte was, Moritz, mir ist das zu dumm, mit dir zu debattieren.“ Sie verließ kurz den Raum.

Moritz blieb allein im Raum, der sein Heiligtum war. Vor zehn Jahren noch, saß seine Mutter mit Moritz Zwillingsschwester Katharina an diesem prächtigen weißen Flügel und musizierte. Diese Erinnerung kam in ihm hoch. Seit dem Autounfall, den sein Vater verschuldete, beide tödlich ums Leben kamen, hatte er sich im Wesen total verändert. Moritz berührte mit den Händen Klaviertasten. Dann haute er mit der Faust drauf, dass lautstark verschiedene Oktaven ertönten. „Verdammt!“, machte er sich Luft. Der Bursche blätterte im Notenheft. „Mozartarien“, murmelte er vor sich hin. Damit konnte er im Moment überhaupt nichts anfangen. Ja, früher, war das alles ganz anders. Moritz schielte zu dem Glas mit Rotwein, was noch von Isabella auf dem Flügel stand. Düstere Gedanken gingen wieder in seinem Kopf um mit Rachepläne. Er griff in seine Hosentasche, kramte erst ein gebrauchtes Taschentuch hervor. Dann hielt er eine kleine braune Tüte in der Hand. Der Bursche grinste. Es war ein weißes Pulver – eine neue Designerdroge. Er hatte es heute Kai abgeluchst. Seit Moritz mit dem Freund im „Spinnennetz“ war, auch jetzt Drogen nahm, war er auf den berauschenden Effekt gekommen. Moritz ließ das Mittelchen in das noch volle Weinglas rieseln. Mit dem Finger stocherte er in dem Gesöff herum. Er lachte jetzt. „Isabella, das wird dir gut tun“, säuselte er hämisch. „Was meinst du, was du da gut singen wirst.“ Moritz rieb sich die Hände und schlich unbemerkt aus dem Raum.

Gregor und Dörthe hantierten im Blauen Salon, stellten Speisen ab,

deckten den Tisch für alle.
„Gregor, hören Sie das?“, wunderte sich die Küchenfee kopfschüttelnd, als sie schräge Klaviertöne mit Gekreische vernahm. „Ist das nicht Isabella? Was soll denn das bedeuten?“
Der Butler stellte gerade das letzte Glas auf dem Tisch ab, dann hielt er inne. „Ja, Dörthe, um Himmels Willen, was macht denn Isabella da? Will sie das Klavier auseinander nehmen? Was singt sie denn da für komische Lieder?“ Johannes von Hohenstein kam mit den beiden Hunden ins Zimmer. „Was ist denn hier los?“, fragte er kopfschüttelnd. „Wer macht denn so ein Gegröle? Das ist ja entsetzlich?“ Die beiden Vierbeiner sprangen kläffend hin und her und wurden von Gregor zur Ruhe ermahnt. „Herr von Hohenstein, das ist Isabella“, verkündete die sprachlose Dörthe. „Das geht schon länger so, die muss übergeschnappt sein.“
Das laute schräge Singen kam näher und wurde intensiver. Die Tür des Blauen Salons öffnete sich ruckartig und die Diva kam tänzelnd und trällernd in den Raum.
„Hallöchen!“, flötete sie und taumelte auf den Butler zu. Sie schlang die Arme um den verdutzten Mann und streichelte sein Haar. „Hänschen, da bist du ja wieder. Wo warst du denn so lange?
Hier ist ja keine Musik mehr.“ Johannes von Hohenstein kam auf die schwankende Lady zu.
„Bella, was ist mit dir los?“, fragte er kopfschüttelnd. „Ich bin der Johannes, das war eben Gregor, den du umarmt hast. Du bist ja ganz verschwitzt am Kopf. Deine Augen sich so rötlich.“ Er war der schwankenden Isabella behilflich, da sie sich fast neben den Stuhl gesetzt hätte. Er fühlte ihre Stirn. „Hast du Fieber? Wirst du krank? Deine Stirn ist schon heiß.“ Isabella fing an zu lachen, sodass die Hunde bellten.
Moritz kam mit Roswitha in den Raum. „Da ist ja die ganze Hohensteiner Kompanie wieder versammelt“, war sein Kommentar. Er nahm mit Roswitha am Tisch Platz und schielte auf Isabella.
„Sind wir in der Oper, muss ich jetzt singen?“, wandte sich Isabella an Johannes und sah ihn verwirrt an. „Sind Sie der Operndirektor? Ja, was soll ich denn jetzt singen? Ach ja, der Rosenkavalier, wird ja gespielt.“ Isabella stand auf, taumelte hin und her, breitete Arme aus und zwitscherte in verschiedenen Tonlagen eine Opernarie aus dem „Rosenkavalier“.
„Was ist denn hier los?“, wunderte sich die Praktikantin Roswitha, die zum Abendtreff einen karierten Rock mit Pulli trug. Johannes von Hohenstein machte ein nachdenkliches Gesicht, dann wurde er doch etwas sauer. Energisch packte er die schwankende Lady am Handgelenk. „Bella, was soll denn diese Show hier? Du, wir wollen hier in Ruhe unsere Mahlzeit halten.“ Isabella schaute ihn treuherzig an, verdrehte ihre grünfarbenen Katzenaugen. „Gehen wir ins „Beisel“ in Wien?“, meinte sie und wollte sich erheben. Zu ihren Füßen kauerte Harikon, der aufschreckte. „Was ist das für ein Tier? Tut

der mir was?“

„Die Frau ist total verrückt geworden“, amüsierte sich Gregor und wedelte mit der Stoffserviette vor ihrer Nase herum. „Hallo, Isabella, kommen Sie mal wieder zurück vom siebten Himmel. Wir essen hier alle. Das sollen Sie auch jetzt tun.“ Moritz stocherte im Rührei herum und ließ keinen Blick von der besäuselnden Isabella. Er grinste schadenfroh in sich hinein. „Vielleicht hat unsre gute Isabella Drogen genommen, von denen sie so high ist. Kann mans wissen, was die so treibt?“

Roswitha ließ die Gabel sinken und ein böser Blick traf Moritz. „Du bist ja balla, balla. Halt doch die Klappe einfach.“ Johannes von Hohenstein schaute seinen Sohn mit scharfem Blick an. „Moritz, solche Unterstellungen Isabella gegenüber, verbiete ich mir. Haben wir uns verstanden? Sie wird schon wieder normal werden. Guten Appetit, allerseits, mit Humor.“ Moritz zog es nun vor, zu schweigen, aber Isabellas weiteres beschwingtes Auftreten erheiterte den Burschen doch sehr.

Nur er konnte das Geheimnis über Isabellas plötzlichem Sinneswandel lüften. Sein kleines Drogenattentat auf die Diva, war Moritz doch bestens geglückt.

Kapitel 13

Isabella saß am Schreibtisch ihres neuen Arbeitsbereiches und durchblätterte einige Akten.

„Na, Frau Anwältin, wie fühlen Sie sich so in ihren Räumen hier unten?“, frotzelte Johannes von Hohenstein, der gemütlich vor dem großen Fenster auf dem gepolsterten Stuhl kauerte. Isabella lächelte und machte schnell eine Notiz auf der Akte. „Ja, Hannes, heute habe ich meinen ersten Klienten bei mir, Herr Köhnmeier bat mich um Rat und Hilfe, wegen dem Autounfall, wo seine Frau ums Leben kam. Im Übrigen, habe ich Roswitha auch dazu eingeladen. Eine sehr seltsame Angelegenheit finde ich schon. Eigentlich wollte ich Moritz zum Gespräch auch hinzuziehen, Hannes. Denn da stimmt so einiges nicht.“

„Bella, ich halte es für besser, wenn du mit Roswitha allein sprichst, dann ist sie unbefangener. Moritz würde sie nur irritieren. Ich kenn doch meine beiden Pappenheimer.“ Johannes von Hohenstein berührte die große Zimmerlinde in der Bodenvase. „Die macht sich gut in der Ecke und passt da bestens hin. Mit meinem Filius werde ich gleich nach Höchst fahren. Dieses Mal bring ich den Burschen persönlich zum Arbeitsamt und bleibe im Flur sitzen, bis er wieder erscheint, verkündete Herr von Hohenstein mit eiserner Miene.

Isabella holte ein Päckchen mit Aspirin aus ihrer Tasche und ließ eine Tablette im Mund verschwinden. Aus der Sprudelflasche nahm sie einen

Schluck Wasser. „Irgendwie hab ich einen Brummschädel heute und so einen eigenartigen Kopfdruck“, gab die Anwältin eine Erklärung ab. „Ich weiß auch nicht, was das ist. Vielleicht hängt es mit der Umstellung zusammen“, überlegte Isabella und nahm noch einen Schluck Mineralwasser.

„Bella, du warst gestern Abend so seltsam, besorgniserregend“, erinnerte Herr von Hohenstein und stand auf. Er trat auf die Frau zu, legte die Arme um sie und meinte ganz verschmitzt: „Du warst so happy, aufgekratzt und verwirrt, dass du mich mit unserem guten Gregor verwechselt hast. Wir haben alle nur über dich gestaunt, fanden keine Erklärung dafür.“

Isabella lehnte sich zurück und schmunzelte nachdenklich, fuchtelte mit der Hand herum. „O je, Hannes“, stöhnte sie und graulte seine Haarpracht. „Mir ist das sehr peinlich, was soll Gregor nur von mir denken. Ich weiß wirklich nicht, was da mit mir los war“, entschuldigte sich Isabella verschmitzt. „Ich war wohl ein wenig daneben. Dabei hab ich nur mit Margot zwei Glas Rotwein gesüffelt. Das kann es nicht gewesen sein, da bin ich doch sonst stärkere Drinks gewöhnt. Ach, was solls, Hannes. Es ist geschehn, ihr habt euch köstlich amüsiert. Seh`s mal so.“

„Hast recht, Bella“, erwiderte Herr von Hohenstein und drückte rasch einen Kuss auf ihre gerötete Wange.

Das Telefon auf dem Schreibtisch schrillte laut durchdringend und ließ Isabella hochschrecken. Sie hob den Hörer ab. „Isabella Wallenberg, Anwaltsbüro in Kronberg“, meldete sie sich mit fester Stimme und schlug die Beine übereinander. „Sie sind es, Herr Bechthold. Guten Tag!“ Isabella hörte den Worten am anderen Ende der Leitung zu. Sie nickte mit dem Kopf, griff zum Federhalten und machte Notizen. „Herr Bechthold, Sie werden um 14 Uhr bei unserem Gespräch mit Herrn Köhn meier und Roswitha zugegen sein. Ja, das ist gut und vorteilhaft. Auf Wiedersehen, Herr Bechthold. Bis später.“ Isabella legte den Hörer auf und schlang die Arme um Johannes von Hohenstein.

„Haste es vernommen, Hannes, der Kripobeamte Bechthold stattet mir am Mittag einen Besuch ab. Das heißt, ich bekomme noch Verstärkung bei der Verhandlung mit Roswitha und Herrn Köhnmeier. Das ist gut. Das ist sogar sehr fantisimo“, schmunzelte Isabella und erhob sich, um ihr oberstes Reich vom Rosenhaus aufzusuchen. „Hannes, ich rausch in mein Stüblein nach oben“, säuselte Isabella und legte den Arm um den Mann. „Ich muss auch gehen, Bella“, verabschiedete sich Johannes und drückte die Lady nochmals an seine Brust. „Viel Glück und Erfolg bei deinem ersten Gespräch als Anwältin. Sag` an Herrn Köhnmeier einen Gruß von mir. Er tut mir so leid. Den Tod von unserem Julchen kann er nicht verkraften. Wenn wir nur erfahren würden, welcher Schurke den Autounfall verursachte.“

„Hannes, vielleicht erfahren wir am Nachmittag über Roswitha Näheres. Du musst gehen, damit ihr pünktlich in Höchst seid. Tschüschen, mein Lieber“, säuselte die Diva und stolzierte die Treppen stufen hinauf. Johannes von Hohenstein schaute ihr nach, warf der Lady noch eine schmachtende Kusshand zu, dann verließ er das Gebäude.

Die junge Praktikantin Roswitha stand vor dem Fachwerkbau mit den Rosen und Efeuranken. Laut las sie das Schild mit der Aufschrift vor dem Hauseingang: „Isabella Wallenberg. Anwältin“

„Na, dann werd ich mal reingehn“, murmelte sie vor sich hin. Mit doch etwas Herzklopfen klopfte das Mädchen zaghaft an die Tür. Dann vernahm sie ein: „Herein!“

„Roswitha, Sie sind ja super pünktlich, das ist fein“, wurde das Mädchen von Isabella begrüßt.

„Setzen Sie sich in den schönen gepolsterten Sessel am Fenster, damit wir uns ansehn können. Übrigens, auf dem kleinen Tisch steht eine Cola mit Glas für Sie. Ich weiß doch, Sie mögen dieses Getränk.“ Roswitha ließ ihre Blicke in der neuen Anwaltskanzlei schweifen. Etwas unbehaglich musterte Sie Isabella Wallenberg, die durch ihr plötzliches verändertes Outfit, dazu noch mit Brille, so anders erschien. Die Anwältin erhob sich, legte die Hand auf die Schulter des Mädchens.

„Liebe Roswitha, Sie sind auf dem Johannishof Praktikantin. Nun fragen Sie sich bestimmt, warum bestellt mich diese Frau Wallenberg in ihre Kanzlei. Ich will es Ihnen verraten. Roswitha, ich möchte einen Fall aufklären, so ist das. Und Sie könnten mir dabei behilflich sein.“ Das Mädchen wurde hellhörig und stutzte. Verunsichert schaute die junge Praktikantin auf die Anwältin, in ihrem flotten dunkelblauen Kostüm und den jetzt hochgesteckten Haaren. „Frau Wallenberg, was wollen Sie von mir?“ stammelte Roswitha verwirrt und sah sie mit ängstlichem Blick an. „Was soll ich denn aufklären? Das verstehe ich nicht ganz.“

„Meine liebe Roswitha, ich rede hier von dem tragischen Autounglück, bei dem Frau Köhnmeier ums Leben kam“, erinnerte die Anwältin. Roswitha stand ruckartig von ihrem Stuhl auf. „Aber, das habe ich doch schon alles gesagt, Frau Wallenberg“, stammelte das Mädchen entsetzt und fassungslos. „Ich habe damit nichts zu tun. So lassen Sie mich doch bitte in Frieden damit.“

Jetzt klopfte es an die Tür. Ein Mann mittleren Alters, im schwarzen Anzug, gefolgt von einem Kripobeamten, trat ein. „Hallo, liebe Frau Wallenberg, da wären wir beide“, grüßten die Herren die Anwältin mit Händedruck. „Gut, dass Sie beide jetzt anwesend sind, Herr Köhnmeier.“

Als das Mädchen den Kripobeamten sah, zuckte es zusammen und zitterte innerlich. „Frau Wallenberg, das finde ich unfair von Ihnen, die Polizei zu bestellen“, protestierte Roswitha fassungslos und wurde kreidebleich um die Nase. „Davon haben Sie mir nichts gesagt. Was wollen Sie denn alle von mir?“

„Roswitha, warum regen Sie sich denn so auf?“, wunderte sich die Anwältin und versuchte das Mädchen zu beruhigen. „Ich denke, Sie haben nichts zu verbergen. Warum also die plötzliche Angst? Herr Bechthold erschien ganz überraschend, das war nicht vorgesehen. Ist sein Erscheinen denn so tragisch für Sie, Roswitha? Der Herr dort im dunklen Anzug ist Herr Köhnmeier. Er verlor auf tragische Weise des Autounfalls seine Frau und ist sehr schockiert darüber, da der Verursacher sich mit seinem Wagen vom Tatort entfernte. Herr Köhnmeier hat Fragen an Sie. Es wäre sehr gut und vorteilhaft, Sie beantworten seine Fragen wahrheitsgemäß. Ist das klar und verständlich, Roswitha?“

Herr Köhnmeier trat auf das Mädchen zu und musterte sie kritisch. „Roswitha, Sie arbeiten hier auf dem Hof bei Herrn von Hohenstein. Mit Moritz haben Sie guten Kontakt, wie ich hörte. Meine liebe Frau Julia ist bei einem Autounfall nach ihren schweren Verletzungen verstorben. Das ist für mich sehr bitter und furchtbar. Das verstehen Sie doch hoffentlich. Meine Frage an Sie: hat Moritz von Hohenstein den Unfall verschuldet? Ist er mit seinem Auto gefahren und Sie wollen ihn schützen? Reden Sie bitte, Mädchen, aber ehrlich.“

Roswitha versuchte sich krampfhaft zu beherrschen. „Moritz hat nichts damit zu tun. Wir fuhren mit dem Taxi heim, Herr Köhnmeier. Das habe ich doch alles schon gesagt.“ Isabella Wallenberg hatte den Kassettenrekorder eingeschaltet und machte Notizen. Dann wandte sie sich an das Mädchen. „Roswitha, diese traurige Begebenheit erfuhr ich ausführlich von Herrn Köhnmeier, der mich um Rat und Aufklärung bat. Aber auch Herr von Hohenstein äußerte sich nachdenklich und entsetzt über das Unglück. Ich finde es sehr seltsam, liebe Roswitha, Moritz wie auch Sie selber hatten nach dem Unfall am nächsten Tag Blessuren am Körper. Merkwürdig, nicht wahr? Angeblich sind Sie beide gleichzeitig gestürzt. Was für ein Zufall, Roswitha. Moritz Handy wurde vom Kripo beamten am dortigen Tatort gefunden. Ihr Kommentar dazu war: Moritz musste plötzlich pinkeln und verließ das Taxi. Das Handy fiel wohl aus seiner Jackentasche. Liebe Roswitha, diese Story glaube ich nicht, das möchten wir nun hier in Ruhe und ehrlich aufklären. Trinken Sie mal die Cola, das tut gut, vielleicht hilft es dem Gedächtnis nach!“. Roswitha war verzweifelt. Wenn es ja nicht um ihre eigene Person ging, nur um Moritz, würde sie sich ja an die Wahrheit halten. Aber das Mädchen sah sich schon im Geiste mit einem Fuß im Knast, als Beifahrerin und Mitwisserin.

So leugnete sie im eigenen Interesse die Tat weiter. „Frau Wallenberg, glauben Sie es mir doch: Ich und auch der Moritz haben nichts mit dem Autounfall zu tun. Es ist so, wie ich es sage. Kann ich jetzt gehen?“ Der Kripobeamte in brauner Uniform, packte die verstörte Roswitha am Arm. Mit der Hand schlug er fest auf die Tischplatte. „Mein liebes Fräulein, es reicht mit diesen Ammenmärchen“, fauchte er sie scharf an. „Sie lügen! Und das wissen Sie auch. Bei einer Gerichtsverhandlung werden Täter und Zeuge vereidigt. „So wahr, wie mir Gott helfe“, lautet die Formel. Könnten Sie auch mit ruhigem Gewissen schwören, einen Eid aussprechen?“

„Wozu sollte ich das?", brauste das Mädchen patzig auf. „Ich bin protestantisch. Ich schwöre nicht, bin doch nicht balla, balla."

„Auf den Mund sind Sie nicht gefallen, ein wenig kess", äußerte sich der Polizist und schaute mit eindringlichem Blick auf das resignierte Mädchen. „So, jetzt sage ich Ihnen mal die Story, wie das verlaufen ist. Nach der Fete in der Schule hat sich Moritz von Hohenstein, nach reichlich Alkoholgenuss, wie ich den Burschen kenne, ans Steuer gesetzt und ist Auto gefahren. Er war nicht mehr Herr seiner Sinne, auch über den Wagen und fuhr auf Frau Köhnmeiers Auto auf. So kam es zum Unfall. Vor Angst machte er sich aus dem Staub, verlor sein Handy. Sie, mein Fräulein, waren wohl dabei. Dadurch hatten Sie beide hinterher diese Verletzungen, nicht durch dumme Stürze. So war es. Frau Wallenberg, jetzt sind Sie als neue Anwältin an der Reihe."

Isabella Wallenberg räusperte sich. Sie schaute auf Roswitha, die mit den Tränen kämpfte. „Roswitha, ich habe Sie hier als aufgeschlossenes, tüchtiges Mädchen kennen gelernt. Ich bin etwas enttäuscht. Warum schützen Sie Moritz? Sie tun sich keinen Gefallen damit. Ewig machen Sie sich Vorwürfe. Ein Mensch kam ums Leben. Sie wissen davon und schweigen. Roswitha!"

Nun war es mit der Fassung der Praktikantin am Ende. Sie bekam einen Weinkrampf. „Warum quälen Sie mich denn so, Frau Wallenberg? Ich mochte Sie sehr. Ich finde Sie jetzt abscheulich und hasse Sie. Ich hab nichts damit zu tun, Moritz auch nicht!", stieß sie wutentbrannt von sich.

„Ich will sofort gehen, das ist eine Nötigung, was Sie mit mir machen. Lassen Sie mich fort! Sie sind gemein, Frau Wallenberg!" Roswitha stand ruckartig vom Stuhl auf, stieß Cola und Glas um. „Ich gehe jetzt!"

Als der Kripobeamte das Mädchen hindern wollte, hatte die Anwältin Erbarmen. Mit ernstem Tonfall äußerte sie sich: „Herr Bechthold, Herr Köhnmeier, lassen Sie es für heute gut sein. Roswitha kann gehen. Servus, Roswitha. Bis zum Abend", sagte Isabella Wallenberg. Sogar ein Lächeln hatte sie im Gesicht.

Ohne sich umzudrehen, zu verabschieden, stürzte das verstörte Mädchen aus der Kanzlei. Sie ballte die Fäuste. „Mich werden Sie nicht mehr sehen, Frau Wallen berg", murmelte sie unter Schluchzen vor sich hin. Roswitha eilte weinend über das Hofgelände, achtete nicht auf die ankommenden Hunde mit Gregor.

„Hallo Rosi, wir sind zurück", rief ihr Moritz zu, der soeben mit seinem Vater aus dem Wagen stieg. Roswitha reagierte nicht. Sie war verzweifelt und hatte Angst. Ganz schreckliche Angst vor Isabella Wallenberg, die nun auf dem Hof als Anwältin praktizierte.

Roswitha öffnete mit zittrigen Händen die Haustür vom Pförtnergebäude, dann ihre kleine möblierte Behausung. Kaum hatte das Mädchen das Zimmer betreten, warf es sich schluchzend auf das Bett. Mit den Fäusten haute sie mehrmals wütend auf's Kopfkissen ein. In ihrem Kopf dröhnte es. Alle möglichen Gedanken wirbelten durcheinander. Der Unfall spielte sich im Geiste nochmals ab.

„Ich habe doch Moritz gewarnt. Ich bin nicht schuld“, säuselte sie vor sich hin. Roswitha geriet in Panik. „Ich muss hier weg! Ich muss ganz schnell weg, dann kann mir keiner was tun“, murmelte sie durcheinander. Sie kramte ihren Koffer hervor, zwei Taschen. Alle Utensilien, die sie besaß, warf und packte sie in Koffer und Taschen. Roswitha flitzte unter Tränen im Zimmer hin und her. Ihr Entschluss stand fest. Hiermit würde sie ihr Praktikum auf dem Johannishof frühzeitig beenden. Sie wollte ganz schnell nur zu ihrer Familie zurück, wo keine Gefahr drohte. Roswitha überlegte und war kurze Zeit bei Sinnen. Sie brauchte ihre Papiere. Sie benötigte ein Zeugnis. Was würden Herr von Hohenstein und Moritz von ihr denken. Egal! Nur fort.“ Roswitha schaute in den Fahrplan.

Bei Dunkelheit wollte sie erst nach Frankfurt fahren, dann weiter mit dem Intercity nach Hause. Roswitha kramte einen Schreibblock hervor, nahm einen Kugelschreiber und setzte sich kurz an den Tisch. Dann schrieb sie einige erklärende Zeilen an Herrn von Hohenstein. Dass ein paar Tränen das Geschriebene beschmierten, störte das Mädchen nicht. Den fertigen Umschlag mit Brief legte Roswitha auf den Tisch. Es ging auf 17 Uhr. Roswitha leerte hastig den Rest aus einer Colaflasche. Sie stellte den gepackten Koffer und die Taschen zur Seite. Roswitha ließ sich dann auf das Bett sinken, döste etwas vor sich hin. Sie versuchte nun ganz ruhig zu werden. Um 20 Uhr würde sie heim fahren. Das Fenster war gekippt. Schon etwas im Schlummer vernahm das Mädchen ein lautes Wiehern von einem Pferd, dann vernahm sie noch Tillmanns Stimme. Roswitha döste ein und erwachte später durch das laute Schrillen ihres Weckers. Erst war sie verdattert. Dann regten sich ihre Geister. Im Duschbad ließ sie kaltes Wasser über ihr Gesicht und Handgelenk rieseln. Sie warf sich ihre Lederjacke über, band einen Schal um den Hals.

Ganz still war es um diese Uhrzeit im Pförtnergebäude. Roswitha schnappte sich den Koffer und die Taschen. Sie rang nach Luft. Ein letzter Blick ins Zimmer. Mit dem Gepäck in der zittrigen Hand verließ Roswitha ihr Reich. Es war dunkel draußen, im zu Ende gehenden Monat November. Das Mädchen blickte doch etwas wehmütig zum erleuchteten Herrenhaus rüber, wo es ein Jahr als Praktikantin aktiv war. Sie schaute zum Stallgebäude, wo die Pferde jetzt ruhten. „Lebt wohl“, murmelte das Mädchen und Tränen liefen ihm die Wange herab. Roswitha verließ unbemerkt das Hofgelände. Sie steuerte bepackt zum Taxistand. Dann ließ Roswitha sich zum Bahnhof fahren. Sie wollte fort. Fort, von dem Ort, wo ihr Gefahr drohte.

Kapitel 14

Es war früh am Morgen. Johannes von Hohenstein stand fassungslos mit Gregor und seinem Sohn Moritz vor dem Pförtnergebäude, beim Eingang. „Ich glaub es einfach nicht, Gregor“, äußerte sich der Hofchef kopfschüttelnd. „Da hat sich unsere liebe Roswitha still und leise, über Nacht, aus dem Staub gemacht, und keiner von uns allen bemerkte etwas. Ich verstehe es einfach nicht, Gregor.“

Immer wieder las Herr von Hohenstein die knappen Zeilen seiner Praktikantin, die an ihn gerichtet waren. „Herr von Hohenstein, ist denn irgendetwas Gravierendes geschehn, dass Roswitha so kurz entschlossen und unüberlegt reagiert hat? So kenn ich sie gar nicht. Sie ist doch zuverlässig und gewissenhaft, fühlte sich bei uns wie zu Hause.“ Der Butler kratzte sich nachdenklich am Kinn, mit dem Stoppelbart, sah sehr resigniert auf seinen Chef.

Moritz stand wie versteinert da. Er ballte die Fäuste und sein Gesicht verfinsterte sich, seine Stirn zeigte Zornesfalten. „Ich sag`s euch, diese Isabella ist schuld. Rosi musste doch gestern zu ihr kommen. Was hat das Biest mit ihr angestellt? Dieses Weib!“, schimpfte Moritz mit puterrotem Gesicht drauf los. Er machte seinem Herzen Luft.

„Moritz, in diesem Tonfall sprichst du nicht über Isabella“, verbot der Vater energisch. „Isabella wohnt bei uns, ist nebenbei auch noch Anwältin. Sie hatte mit Roswitha über den Autounfall Frau Köhnmeiers gesprochen. Isabella wird ja wohl noch mit Roswitha eine Unterredung führen können, mein Sohn, ohne dass das Mädchen gleich von hier abhaut.“

„Moritz, dein Vater hat schon irgendwie recht“, war des Butlers Reaktion und er machte eine nachdenkliche Miene. Die drei Männer schlenderten langsamen Schrittes über das Hofgelände, als Ihnen Isabella überschwänglich im schicken weißen Wollanzug, mit schwarzem Jäckchen, entgegen kam. „Hallöchen, ihr drei Mannsbilder! Was ist denn das für eine Verschwörung in aller Herrgottsfrüh, dass ihr alle zusammen seid?“ Sie wandte sich an den Hofchef mit einem schelmischen Grinsen.

„Hannes, was gibt`s? Ist was passiert, wovon ich nichts weiß? Ich habe gleich meinen Termin wegen dem Burgkonzert am Sonntag, bei Margot. Wir wollen bei ihr proben, um eure Nerven hier nicht unnötig zu strapazieren“, äußerte sich die Diva mit kritischem Blick auf Moritz hin, der sie feindselig anstarrte. Sofort richtete der Bursche seine Aggression gegen Isabella und fuchtelte gefährlich mit den Fäusten vor ihrem Gesicht herum. „Die Roswitha ist abgehaun und du hast Schuld! Was hast du gestern mit ihr gemacht? Heh?“ Isabella schluckte mal und holte tief Luft. Verwirrt blickte sie jetzt auf Johannes von Hohenstein, dann zu dem Butler. „Halt, mal ganz langsam, liebe Leute“, erwiderte die Holde und machte eine abweisende Handbewegung. „Was soll das? Wieso ist das Mädchen fort? Wohin denn?

Ich versteh nicht ganz, Hannes.“ Johannes von Hohenstein drückte der verdutzten Isabella Roswithas Schreiben in die Hand. „Bella, lies diese Zeilen mal bitte. Ich bin entsetzt darüber, meine Liebe.“ Isabella studierte laut den kurzen Brief der Praktikantin:

Sehr geehrter Herr von Hohenstein, entschuldigen Sie bitte, ich möchte meine Lehrzeit bei Ihnen sofort beenden. Ich gehe zu meiner Familie zurück. Ich danke Ihnen für alles, Herr von Hohenstein. Sagen Sie Frau Wallenberg, ich habe mit dem Autounfall nichts zu tun. Ich bitte Sie, meine Papiere an meine Adresse, nach Haus, zu schicken. Grüße an Moritz. Roswitha.

Isabella ließ das Blatt sinken und schüttelte nur ungläubig ihre lange schwarze Mähne. „Dieses dumme, dumme Mädchen. Hannes, das hätte ich allerdings nicht von Roswitha erwartet“, war ihre abwertende Reaktion dazu. Immer wieder schwankte ihr Kopf hin und her. „Nein, ich fasse es nicht!“. Die Anwältin suchte nach einer Erklärung für das Handeln der Praktikantin. „Hannes, Gregor, Herr Bechthold und Herr Köhnmeier waren ja gestern Nachmittag in meiner Kanzlei an wesend. Wir bemühten uns, vernünftig mit Roswitha zu reden, um dieses tragische Unglück aufzuklären. Ich kann euch nur sagen, leider, ohne Erfolg! Roswitha reagierte dabei derart unwirsch und aggressiv, dann bekam sie auch noch einen Weinkrampf. Sie bestand darauf, sofort meine Kanzlei zu verlassen. Das haben wir schließlich dann doch respektiert.“

Isabella zuckte mit der Schulter und ihre Hände fuchtelten nervös vor Johannes von Hohensteins Nase herum. „Beim Abendessen erschien sie doch auch nicht“, fügte Isabella noch hinzu.

Moritz hatte sich alles mit großer Wut im Bauch angehört. Dann brauste er aber los.

„Manno, Manno! Weil Rosi getürmt ist, Isabella Wallenberg“, richtete Moritz seine Verbitterung gegen die neue Hofbewohnerin. „Du hast Roswitha mit deiner blöden Fragerei gequält. So ist es doch. Du famose Anwältin!“ Moritz freute sich zwar im Geheimen, dass Roswitha ihn nicht bloßstellte, aber er vermisste das Mädchen jetzt doch sehr. War die coole und kesse Praktikantin ein Jahr nun, für ihn eine Art Schwester gewesen und ein echter Kumpel dazu.

Johannes von Hohenstein legte die Hand auf Isabellas Schulter und sah sie nachdenklich an, bevor er sich äußerte. „Bella, unsere Roswitha hat nun mal diesen Entschluss gefasst“, war des Hofchefs Meinung dazu. „Herrschaften, wir müssen es alle nun Wohl oder Übel, akzeptieren. Nicht wahr, lieber Gregor?“

„Ja, Herr von Hohenstein, so ist es leider“, gab der Butler nur ungern zu, denn er hatte stets einen guten Kontakt zu der Praktikantin gehabt.

„Bella, ich werde Roswitha in den nächsten Tagen die Papiere und ein Zeugnis zusenden. Es ist bedauerlich, dass das Mädchen ihr Praktikum bei uns frühzeitig abbrach. Roswitha war tüchtig, zuverlässig, ohne Tadel. Nun, wir können es nicht mehr ändern. So, nun reicht`s! Widmen wir uns dem Tagesablauf. Die Angelegenheit wäre damit erledigt." Herr von Hohenstein umarmte seine schöne Diva, die nun doch etwas schmollte, ein betroffenes und ernstes Gesicht machte.

„Hannes, macht doch nur nicht ein Drama daraus", meinte die Anwältin kühl. „Denk daran: Reisende sollte man nicht hindern. Oh Gott! Ich seh grad, ich muss fahren, mich sputen. Servus!", schmetterte sie wieder heiter los. Eine Duftwolke von Parfüm hinterlassend, rauschte die Holde davon. Moritz blickte ihr mit grimmiger Miene hinterher. Er hob einen kleinen Stein auf und schleuderte das Wurfgeschoss wutentbrannt in Isabellas Richtung. „Du Biest! Du verdammtes Biest!" zischte er leise vor sich hin und ballte die Faust. Eine Racheaktion entwickelte sich in ihm gegen diese Frau. Moritz folgte dann widerwillig seinem Vater und Gregor zum Herrenhaus.

Kapitel 15

Isabella schritt stolzen Schrittes, am Arm von Johannes von Hohenstein, den holprigen, steingepflasterten Aufstieg zum Burggelände empor. „Sieh nur Johannes, wie die Burg im Scheinwerferlicht sich so majestätisch präsentiert", frohlockte die Diva.

Sie hielt ihr knöchellanges Samtkleid ein wenig in die Höh, um nicht zu stolpern. Immer wieder ertönten Jubelrufe über das imposante Ambiente der Burg. „Ist das schnuckelig hier".

„Ja, meine liebe Bella, das gesamte Burgareal mit seinen alten Gemäuern, ist etwas besonderes und stets großer Anziehungspunkt der Touristen, auch Schulklassen", erklärte Johannes von Hohenstein sachgemäß der Wienerin. Er legte galant den Arm um seine charmante Lady, mit den langen schwarzen Haaren. „Bella, du wirst heute hier dein erstes größeres Konzert geben. Das ist ein Erlebnis für dich, ja, ja auch mich. Ich freu` mich auf deinen herrlichen Gesang. Guten Abend! Guten Abend!", grüßte Herr von Hohenstein einige ihm bekannte Personen, und folgte mit seiner Begleiterin, der Menschentraube zum Innenhof der Burg.

„Ah! Da kommt ja endlich unsre Wiener Lerche mit Johannes von Hohenstein. Wir warten schon sehnsüchtig auf Euch", begrüßte Herr Eigner am Eingang stehend die beiden Ankommenden.

„Hallo! Sie erkennt man ja kaum wieder", wunderte sich Herr von Hohenstein über den kostümierten Kollegen Eigner, noch dazu mit Perücke aus langen Silberlocken.

„Mozart mal anders", witzelte Isabella amüsiert über den feschen älteren Mozartknaben.

„Isabella, Johannes, darf ich euch eine süße Mozartkugel überreichen?", bot Herr Eigner mit Schmunzeln an. „Dieses liebe Schmankerl bekommt

heute Abend jeder Besucher serviert."
„Das ist aber eine reizende Geste", freute sich Isabella und ließ die Praline gleich im Mund verschwinden. Wieder ein Jubelruf. „Hannes, der Innenhof eurer Burg sieht mit der Lichterkette so märchenhaft aus, wie bei uns in Wien. Ich staune und bin fasziniert. Schön ist eure Stadt Kronberg. Es gefällt mir, das muss ich ehrlich gestehen, Hannes."
„Herr von Hohenstein, Frau Wallenberg, hier bei uns am Stand gibt`s heißen Punsch zum Auf wärmen, Schmalzbrote zum Stärken", verkündete eine Burgfrau verheißungsvoll und füllte gleich einige kleine schmucke Tassen mit Punsch. „Bella, weißt du was, ich geh` schon allein in den Saal rein, ich gönn` mir schnell einen Glühwein. Ja! Alles klar?" Die Lady lachte verschmitzt auf.
„Öle du nur mal deine Kehle, Hannes", lautete Isabellas beschwingter Kommentar. Erhobenen Hauptes betrat sie dann das Heiligtum der Burg, den prachtvollen Terracottasaal.
Einige festlich gekleidete weibliche und männliche Gäste blickten nun auf und „Ah!" und „Oh!" ertönte es durch die Reihen. Isabella steuerte sogleich auf eine Frau im langen dunklen Rock, weißer Spitzbluse, zu. „Hallöchen! Margot, ich bin da", flötete die aparte Diva mit der hellen Stimme.
Sie umarmte ihre neue Freundin herzlich und musterte sie spitzbübisch. „Fesch! Toll schaust du aus, Margot", kam ihre wienerische Sprache zum Zug. Isabella legte ihr Pelzjäckchen ab. Margot begutachtete ihre Freundin mit kritischem Frauenblick. Sachte, wie bei einem Babykörper, strich Margot über den weichen Samtstoff von Isabellas topschickem Gewand. „Donnerwetter! Ein super elegantes Abendkleid trägst du heute. Das raffinierte Dekolleté mit der Goldkette, na, da wirst du gleich hier im Raum die Mannsbilder in höhere Regionen bringen, meine Liebe. Komm mit zum Nebenraum, dort ist für uns beide alles hergerichtet. Aber nimm deine kostbare Jacke mit, Isabella."
Die Freundin war schon besorgt um ihre liebenswürdige und aparte Kameradin und Gesangspartnerin. Isabella folgte der Freundin zum umgewandelten Künstlerraum. Sogleich hing sie ihre Jacke an einen Ständer, dann kramte sie in der großen Lacktasche nach dem Liederheft mit ihren Partituren, ordnete alles für ihren Auftritt. „Isabella, bist du auch so aufgeregt?", fragte Margot doch ein wenig nervös. Sie griff zur auf dem Tisch stehenden Sprudelflasche, gönnte sich einen kräftigen Schluck daraus. „Nein! Ich bin ganz ruhig, Margot. Tief durchatmen, das klappt schon alles. Keine Bange. Ich bin das doch gewohnt", äußerte sich die Sängerin ganz zuversichtlich. Auch Isabella griff zur Sprudelflasche und ölte ihre Kehle mit dem guten Kronberger Tröpfchen. Sie stand auf, ging langsam auf und ab, um einige Stimmübungen zu machen. „La, la, la, la. Mmmh, mmmh, mmh. Mi, mi, mi, mi", ertönte es in allen Tonlagen durch den kleinen Raum. Dann vertiefte sich die Sopranistin in ihre Partituren. Stimmengewirr und Fußgetrappel auf

dem hölzernen alten Fußboden drang zu den beiden Frauen hin. Auf den gepolsterten alten Stühlen ruhten sie sich beide noch ein wenig aus.

Der Terracottasaal füllte sich bis auf den letzten Platz mit musikbegeisterten Menschen. Ein Mann, mittleren Alters, im schicken schwarzen Anzug, gefolgt von Johannes von Hohenstein und Kollegen Eigner, schauten nun nach ihren beiden Ladies im Künstlerraum. Der Konzertveranstalter, gleichzeitig auch Moderator des Abends, begrüßte jetzt freundlich die beiden Damen. Er gab an sie noch wichtige Hinweise für ihren Auftritt. „Bella, ich wünsche euch beiden viel Glück und ein gutes Gelingen für euren gemeinsamen Musikabend auf der Burg", sagte Johannes von Hohenstein mit strahlendem Gesichtsausdruck. „Ich gehe mit Eigner in den Saal, Bella. Wir beide werden brav unsre reservierten Plätze einnehmen." Kusshände an die Frauen folgten. Dann verschwanden die beiden Männer mit dem Moderator. Isabella und Margot konzentrierten sich nun auf ihr Musizieren.

Es war 20 Uhr. Der Moderator wandte sich zur Begrüßung an die Schar Musikliebhaber, die im festlich hergerichteten Terracottasaal sehnsüchtig auf das Konzert warteten:

„Liebe Freunde der klassischen Musik", begann er geheimnisvoll. „Heute dürfen Sie einen echten „Mozartabend" hier auf unsrer Burg erleben. Nein! Sie sind nicht in der Frankfurter Oper, die verlegen wir einfach in unseren herrlichen Terracottasaal, nach hier. In unserer Burgstadt ist nun eine waschechte Wiener Opernkönigin ansässig geworden. Frau Isabella Wallenberg wird Sie mit ihrer ausdrucksvollen Sopranstimme beflügeln. Frau Margot Eigner wird unsere Diva am Piano begleiten.

Ich darf Ihnen verraten, die beiden Damen werden auch im Duett gesanglich brillieren. Sind wir alle gespannt und freuen uns, auf dieses einmalige Ereignis. Viel Freude, meine Damen und Herren. Ich darf Ihnen als erste ankünden, Margot Eigner." Die Musikerin machte eine kurze Verbeugung zum Publikum, zwinkerte ihrem holden Ehegatten in der ersten Reihe zu. Dann setzte sie sich ans Klavier. Ganz leicht glitten ihre Finger über die Tasten, als sie eine Ouvertüre aus Mozarts „Figaros Hochzeit" spielte. Die Pianistin klavierte dann ganz hingebungsvoll und hatte beim Spiel vollste Konzentration. Heftiges Klatschen und „Bravo" Rufe galt ihrem Vortrag. Ein Flüstern war zu hören, Programmheft wurde studiert. Dann trat durch die Tür die aparte Operndiva. Isabella Wallenberg.

Sie lächelte charmant, als gleich bei ihrem Erscheinen Beifallstürme ausbrachen, dann ein „Ah!" und „Oh!". Isabella stand wie majestätisch, mit erhobenem Kopf neben dem Klavier. Sie wartete auf Margots Vorspiel, die sie weiter am Piano, begleitete. Mit mächtiger Stimme, klaren astreinen Koloraturen, brillierte Isabella gesanglich wie schauspielerisch die Arie der Königin der Nacht aus der „Zauberflöte". Isabellas hohes Klangvolumen ihrer Stimme, ließ alle im Raum dahin schmelzen. Sie wirkte jetzt wahrhaftig wie eine Königin. Stolz. Majestätisch, atemberaubend.

Nun brachen Oktaven der Begeisterung los und am lautes
Johannes von Hohenstein, der ganz verklärt und verliebt auf die D
Isabella verneigte sich graziös und lächelte charmant. „Danke! G
Sängerin holte tief Luft, gab Margot ein Handzeichen, dann erfreu
weiteren Mozartliedern die Anwesenden im Terracottasaal, der festlich im
Kerzenlicht er strahlte. Margot Eigner erhob sich und stand nun neben Isabella. Ganz vertraut blickten beide sich an. „Sie hören von uns ein Mozartduett: „Abendempfindung“, kündete Margot verheißungsvoll an. Ihre kräftige Altstimme harmonierte mit Isabellas Sopran einfühlsam und souverän, zusammen.

Alles lauschte beeindruckt den beiden Sängerinnen, die dann anschließend als Zugabe ein weiteres Duett boten. „Toll! Bravo, Isabella! Bravo, Margot!” erklang es durch die Stuhlreihen. Margot nahm erfreut über das Lob und den Beifall ihren Platz am Piano ein, begleitete Isabella bei ihren weiteren Liedern und Mozartarien. Isabella sang gerade so innig und bewegend Mozarts „Abendruhe“, als plötzlich lautstarke Trompetentöne die schöne Harmonie im Raum störten. Sie versuchte sich auf den Text des Liedes zu konzentrieren, selbst Margot am Piano irritierte die Blaserei. Immer wurde Isabellas lieblicher Gesang von der schmetternden Trompete übertönt. Es folgte ein wildes Geblase.

Es wurde unruhig unter den Zuhörern im Terracottasaal und Gemurmel war zu hören. Als die Sängerin die weitere Liedstrophe singen wollte, hielt sie doch Inne, als ein durchdringender Trompetenton zu hören war. „Entschuldigung“, stammelte Isabella nervös. „Ich bin ja oft Nebengeräusche bei meinen Konzerten gewohnt, aber das ist doch zu störend. Wie ich feststelle, auch für Sie hier im Saal.“ Sie wechselte kurz paar Worte mit dem Moderator, der darauf hin den Raum verließ. Aber Isabellas Gesang wurde leider erneut überschattet. Jetzt war auch lautes Stimmengewirr zu hören.

„Da ist wohl ein Verrückter, der steht oben auf dem Gemäuer und bläst wie närrisch auf seiner Trompete. Er geht nicht fort, ich habe die Polizei schon verständigt. Das Geblase stört ja hier im Saal.“ Eine Weile herrschte Ruhe und alle Musikfreunde im Raum ließen sich erneut durch Isabellas Arie in Bann ziehen. Man hatte sich zu früh auf den Genuss gefreut, denn das Geblase wurde intensiver und unerträglich. Johannes von Hohenstein und Herr Eigner verließen den Saal. Nachdem einige Gäste ebenfalls nach draußen eilten, packte auch Isabella die Neugierde, wer da ihr Konzert störte.

Der Schein des Lichtstrahls fiel auf die Anhöhe vom Burggemäuer. Dort balancierte eine Person herum, die diese ohrenbetäubenden Trompetentöne von sich gab. „Sind Sie verrückt geworden? Kommen Sie sofort da runter!“, brauste Johannes von Hohenstein los. „Gleich erscheint die Polizei.

Sie stören ja unser Konzert hier im Saal.“ Die Person blies erneut auf dem Instrument und machte Kunststücke auf dem Gemäuer. „Ich bin der Trompeter von Kronberg!“

Isabella, in Pelzjäckchen gehüllt, blickte fassungslos zu der hin und her schwankenden Gestalt auf dem Gemäuer. „Ich trompete für euch alle, der Trompeter von Kronberg!“, drang es zu den unten stehenden Personen. Jetzt erkannte Isabella die störende Person in brauner Jacke und Schildkappe. „Das ist doch der Moritz, Hannes!“, stieß sie entsetzt hervor. Johannes von Hohenstein trat näher und blickte auch in das Gesicht seines Sohnes, der auf dem Gemäuer Kunststücke ausübte, nun ein Bein anhob. Isabella schaute zum dunklen Himmel auf, der mit Sternen übersät war. Der grelle Schein des Mondes lugte hinter einem Baum hervor und ließ Moritz unheimlich erscheinen in seiner verrückten Ausübung. Isabella stand neben Johannes von Hohenstein, ihr Konzert war vergessen, alle Personen waren im Freien und blickten zum Burgberg hinauf.

„Mein Gott, Bella, heute haben wir Vollmond“, sagte Herr von Hohenstein im erregten Zustand. „Das habe ich nicht gewusst. Mein Sohn reagiert bei Vollmond immer überaktiv und sehr aggressiv. Der weiß doch nicht mehr, was er tut. Moritz, bitte sei vernünftig“, rief er ihm zu. „Komm da runter!“

„Hallo! Hier oben ist es so cool. Ihr seid da unten alle viel kleiner als ich. Ich blase auf meiner Trompete für euch“.

Eine Polizeistreife kam vorgefahren. Zwei Kripobeamten stiegen aus und traten auf die Person zu.

„Wir wurden angerufen. Guten Tag, Herr von Hohenstein“, grüßte der eine Polizist. „Was ist denn hier los?“, fragte er in die Menge.

„Mein Sohn Moritz steht da oben auf der Mauer und spielt verrückt mit seinem Blasinstrument. Es ist der Vollmond“, entschuldigte sich Herr von Hohenstein. „Wie können wir meinen Sohn da runterholen? Sind sie vorsichtig.“

Isabella hatte sich an Johannes von Hohensteins Schulter gelehnt. Sie hielt den Atem an. Ihr erstes großes Konzert wurde so tragisch unterbrochen, dann noch von Johannes Sohn.

„Isabellchen!“, rief Moritz grölend hinunter und amüsierte sich mächtig. „Ich kann aber auch Musik machen. Nicht nur du.“ Erneut erschreckte ein langer Blaston die nächtliche Stille auf dem Burggelände. Der eine Kripobeamte griff zu einem Sprechrohr. „Moritz von Hohenstein, kommen Sie sofort herunter!“, schallte eine tiefe kräftige Männerstimme über den Platz.

Margot hielt Isabellas Hand und war auch sehr erregt und nervös über dieses unerfreuliche Schauspiel. Der Kripobeamte schaffte sich mit einer Taschenlampe Zutritt zum Gemäuer. „Moritz, kommen Sie bitte zu mir“, forderte er den Mondsüchtigen behutsam auf. Er tastete sich vor. Doch Moritz trieb sein Spielchen. „Hallo! Holt mich doch. Ich bin schneller.“ Wieder trompetete er lautstark. Er wich zurück, machte einen Fußtritt auf der Mauerkante. Moritz schwankte gefährlich. Ein Aufschrei von einer Person war zu hören. Moritz stürzte vom Gemäuer herab. Isabella sackte in Johannes Arme.

„Nein!“, schrie sie auf.

Im hellen Schein des Vollmondes lag zwischen Gestrüpp auf der Rasenfläche des Burghügels regungslos Moritz. Johannes von Hohenstein eilte mit Isabella auf seinen Sohn zu, über den sich gerade der Kripobeamte beugte. „Moritz, hörst du uns?“, fragte sein Vater. „Das Bein ist angewinkelt. Sehen Sie mal“, stellte Herr von Hohenstein fassungslos fest. „Ist es gebrochen? Moritz! Er ist bewusstlos.“

„Herr von Hohenstein, wenn es kein weicher Untergrund hier wäre, Ihr Sohn hätte sich zu Tode stürzen können. So eine Unvernunft“, protestierte er. „Wir bestellen sofort den Krankenwagen, Herr von Hohenstein“, äußerte sich der Kripobeamte nun doch besorgt.

Herr von Hohenstein war sehr betroffen. Diese Situation mit seinem Sohn war ihm sehr peinlich. Unruhig eilte er hin und her. Mal wechselte er entschuldigte Worte an den anwesenden Gästen, er sprach mit dem Kripobeamten, dann mit Herrn Eigner und dem Moderator.

Isabella war gereizt, resigniert, ließ sich von Margot trösten und suchte dann Halt und Verständnis bei Johannes von Hohenstein, der um seinen verletzten Sohn besorgt war.

Ein tönendes Martinshorn ließ die Menschen aufschrecken. Krankenwagen und Notarzt kamen vor gefahren und hielten an. Arzt und Sanitäter wechselten Worte zum Sachverhalt mit dem Kripobeamten und auch Herrn von Hohenstein. Der Doktor beugte sich über Moritz, untersuchte ihn flüchtig, was im Moment in dieser Lage möglich war. „Herr von Hohenstein, Ihr Sohn ist bewusstlos, hat Schürfwunden über der Schläfe“, äußerte sich der Notarzt und begutachtete das linke Bein.

„Es sieht nach einem Bruch aus“, sagte er besorgt und wandte sich an die Sanitäter. Er verabreichte Moritz eine Infusion. Die Sanitäter kamen mit einer Tragbahre hinzu. Behutsam betteten sie den Verletzten darauf. „Herr von Hohenstein, wir fahren Ihren Sohn in die Unfallklinik nach Niederrad. Wir müssen sofort Röntgenaufnahmen vom Kopf und Bein machen, auch andere Untersuchungen, um innerliche Verletzungen auszuschließen. Fahren Sie mit zum Krankenhaus?“, fragte der Arzt und ging zu seinem Wagen, um einige Utensilien zu holen.

„Nein!“, wies Herr von Hohenstein energisch ab. Er wechselte einige Worte mit Isabella, dann dem Polizisten. „Bringen Sie meinen Sohn in die Uniklinik, ich werde mich später um alles kümmern, was notfalls benötigt wird. Sie haben meine, unsere Personalien, wenden Sie sich dann an mich.“

Herr von Hohenstein blieb eisern und konsequent. Jetzt war er wieder ganz der Boss. Sein Sohn bekam Hilfe, wurde versorgt, wozu sollte er mitfahren, ihn begleiten.

„Mein Sohn hat sich die Suppe eingebrockt, so soll er sie auch auslöffeln. So ein Leichtsinn und Wahn“, schimpfte er jetzt und machte seinem Herzen Luft. „Sollen wir nicht doch in die Klinik fahren, Hannes?“, schlug Isabella vor, wenn sie auch wütend auf den Burschen war. Johannes von Hohenstein griff nach ihrer Hand. Ganz energisch verneinte er nochmals. Er wandte sich an den Arzt und die Sanitäter. „Wie ich schon erwähnte, bringen Sie Moritz in die Klinik und informieren uns dann über die Ergebnisse".

Isabella schaute achselzuckend auf Margot. Es wurde gemurmelt, einige der Anwesenden waren mit dieser Reaktion Johannes von Hohensteins nicht ganz einverstanden, hatten sie doch auch Söhne, Töchter, um die sie sich mühten und sorgten.

Johannes von Hohenstein schaute kurz ins Innere vom Krankenwagen, sah seinen Sohn liegend in Obhut der Sanitäter. Er nickte mit dem Kopf. „Fahren Sie nur los. Wir bleiben hier. Isabella, komm bitte, wir gehen zurück in den Saal."

Der Krankenwagen sowie die Polizeistreife und Notarzt verließen das Burggelände. Johannes von Hohenstein legte den Arm um Isabella, die ihm widerwillig und sichtlich angegriffen mit dem übrigen Publikum zum Terracottasaal folgte.

Kapitel 16

Es war der dritte Advent. Obwohl Moritz wegen seinem Burgunfall noch in der Klinik verweilte, befanden sich die Johannishofbewohner in Vorfreude auf das nahende Christfest. Isabella, heute in weißer Schürze, die inzwischen etliche Schokoladen und Eispuren vorwies, wuselte mit roten Backen eifrig durch Dörthes Küchengefilde. „Na Dörthe, wie steht`s um deine Zimtsterne?", fragte Isabella und begutachtete die bräunlichen knusprigen Schmankerl. „Du willst sie doch am Nachmittag beim Weihnachtsmarkt verkaufen, nicht wahr?"

Die rundliche Küchenfee im Kittel und Kopfbedeckung, lächelte verheißungsvoll. „Ei freilich, Isabella. So ist es", äußerte sie sich verschmitzt. Alles Gebäck legte sie sorgsam zu den fertigen Bethmännchen in großen Schalen und in eine goldverzierte große Dose. Jetzt fing sie wieder an zu lachen. „Isabella, bei uns hier in der Küche schaut es wie in der himmlischen Backstube aus. Herrlich! Wie das zwischen uns funkt und gelingt."

„Ja, das stimmt, liebe Dörthe, stelle ich auch fest", gab die jüngere eifrige Bäckerin gerne zu.

„Isabella, ich muss dich auch loben, deine Vanillekipferl sind ansehnlich und prima gelungen. Ein Wiener Schmankerl wohl?"

„Dörthe, dieses Gebäck hat unsere liebe Mama früher immer zubereitet. Das durfte auf den Tellern nie fehlen", erinnerte sich Isabella an die Jugendzeit. Sie dachte einen Moment an Tassilo. Was der Bruder wohl jetzt machte? Sicher erfüllte ihn auch seine Arbeit. Isabella lächelte vor sich hin. Dann widmete sie sich der Teigmasse in der Schüssel. Sie knetete, klopfte die Teigkugel, um sie dann auf der mehligen Tischplatte auszurollen, mit Schokocreme, oder Konfitüre, zu bestreichen.

„Liebe Dörthe, machen wir zwei Weiblein das nicht super? Das geht doch auch ohne Roswitha“, meinte Isabella stolz und schob das nächste Blech mit den zu backenden Stollen und Zimtsternen in den heißen Herd. Dörthe machte jetzt ein Päuschen und sackte auf einen Stuhl nieder. Sie rieb die vom Teig und Mehl verschmierten Hände einfach an ihrer Schürze ab. Schließlich gab es auf dem Hof zwei Waschmaschinen. Dörthe wirkte nun nachdenklich. Sie sah etwas wehleidig auf ihre eifrige Helferin Isabella, bevor sie schließlich offen gestand: „Isabella, wenn du mir nicht zur Seite stehen würdest, ich könnte das nicht mehr so alles hier schaffen, ohne unsre Roswitha.“ Sie schnaufte mal und ließ ein Bethmännchen im Mund verschwinden. „Weißt du, fast 50 Jahre bin ich schon hier auf dem Gut, jetzt der Johannishof, führe den Haushalt und kümmerte mich auch früher fast mütterlich mit um Moritz. Da lebten noch der alte Friedrich von Hohenstein, die gnädige Frau, Anna Maria, sowie Katharina, Moritz Zwillingsschwester, hier auf dem Gut“, schwelgte die alte Dame in Erinnerungen an die damaligen Zeiten.

Isabella kannte diese traurige Familienstory aus den Erzählungen von Johannes genauestens. So zeigte sie Mitgefühl und umarmte die langjährige Küchenperle herzlich. „Aber liebste, beste Dörthe, wer wird denn jetzt Trübsal blasen. Ich bin doch jetzt hier bei euch. Ich helfe dir gerne etwas, wenn es mir zeitlich möglich ist. Eine Sängerin und noch dazu Anwältin, kann das ruhig auch mal ausüben“, fügte sie verschmitzt dazu. Und Dörthe bekam sogar noch einen süßen Kuss vom schokoladenumrandeten Mund der Lady. „Komm liebes Dörthchen, wir beide schmettern jetzt ein Liedchen gemeinsam, bald ist doch Weihnachten. Du kannst doch singen die Weihnachtsweisen, oder?“

Nun erfüllte nicht nur Plätzchenduft die Räumlichkeiten im Herrenhaus, nein, Isabellas Sopranstimme und Dörthes tiefe Töne, von „O Tannenbaum“, war über das Hofgelände zu hören, da das Küchenfenster halb offen stand.

Johannes von Hohenstein beförderte einige größere Kartons und weihnachtliche Utensilien in den hofeigenen Kombi. Er schmunzelte jetzt vor sich hin und hielt kurz Inne, bevor er mit seinem Butler einige Säcke mit Tannengrün auf den Anhänger abstellte. Jetzt lachte er schallend auf. „Gregor, hören Sie mal unsere beiden Frauen dort oben singen. Das ist wirklich spaßig“, erheiterte er sich.

„Unsre liebe Wiener Lerche Isabella ist nicht zu überhören. Meinen Sie nicht auch, Gregor?“

„Chef, sollen wir beide mitjubeln?“, witzelte der Butler schalkhaft und fing gleich an. „Das können wir doch auch, Chef.“ Unten ertönte es nun aus zwei Männerkehlen: „O du fröhliche ...“ von den beiden Frauen war erneut: „Morgen Kinder, wird’s was geben ...“ zu hören.

Stallbursche Tillmann mit roter Zipfelmütze, der jetzt die Haflinger Stuten Windsor und Hasober heran führte, gesellte sich zu den beiden grölenden Mannsbildern. Grinsend schaute er rüber zum Herrenhaus und amüsierte sich über den schmetternden weihnachtlichen Gesang der unterschiedlichen Frauen. "Herr von Hohenstein, die Kutsche steht vor dem Stallgebäude. Ich habe alles nach Ihren Wünschen hergerichtet. Wir starten doch um 14 Uhr 30 hier los?", vergewisserte sich Tillmann nochmals bei seinem Brötchengeber. „Ja, Tillmann, so ist es", lautete Herrn von Hohensteins Antwort. Er stülpte nun selber seinen beiden Stuten eine goldverzierte rote Decke über das weiße glänzende Fell. Ein Band mit Glöckchen zierte noch den Hals der beiden Pferde. Johannes von Hohenstein tätschelte liebevoll über die lange und prächtige Mähne seiner Stuten. „Windsor, Hasober, ihr dürft nachher unseren lieben Nikolaus mit seinem Engel zum Weihnachtsmarkt begleiten", flüsterte er an ihr Ohr und Windsor rieb vertraut seinen Kopf an der dicken Lederjacke.

Inzwischen war es 14 Uhr 30 geworden. An diesem trüben milden Dezembertag, war es um diese Uhrzeit doch schon etwas dämmrig. Das Hofgelände präsentierte sich im weihnachtlichen Lichterglanz. Hunderte kleine Lämpchen glitzerten wie Diamanten, an den Lichterketten der Bäume und den Gebäuden. Die Kutsche mit Tannengrün und Goldkugeln geschmückt, war startbereit und setzte sich in Bewegung. Gregor in seinem langen roten Gewand, mit weißem Rauschebart, kutschierte nun sein Gespann. „Oh hoh, hoh", polterte er sogleich los. „Ich bin der Nikolaus. Windsor, Hasober, dann trabt mal los und bringt uns zum Weihnachtsmarkt." Verschmitzt schaute Nikolaus Gregor zu seinen beiden Begleitern in der Kutsche. „Mein Engel, gib nur acht auf meinen großen Sack", äußerte er sich unter Schmunzeln und drohte mit dem Finger. Tillmann im braunen Pelzkostüm, mit Hirschgeweih, roter Leuchtnase, stand als ulkiges Rentier Nikolaus zur Seite.

Isabella frohlockte neben Nikolaus in ihrem langen weißen Gewand, mit den Goldketten und einer Krone, als holder Engel. Ihre langen schwarzfarbenen Haare hatten goldene Strähnen, sogar die Wimpern schimmerten goldig.

Als die bimmelnde Pferdekutsche die Hauptstraße zur Innenstadt fuhr, sorgten Nikolaus, Rentier und Engel für Jubelrufe an den Straßen. „Hallo, ihr lieben Leute! Oh hoh!", rief Nikolaus Gregor den winkenden und jauchzenden Menschenschar zu. „Seid ihr alle brav gewesen? Dann verteilt der Nikolaus seine Gaben an euch alle. Mein Englein, hilf mir mal bitte", wandte Nikolaus sich an seine himmlische Begleiterin.

Auf dem festlich geschmückten Schirnplatz mit seinem wunderschönen Lichterbaum, den vielen einladenden Ständen und Buden, machte Nikolaus mit seinem Schlitten Halt. Windsor schnaufte, wieherte mehrmals durch das Getöse und fing an, mit seinem Schweif nach den weihnachtlichen Klängen hin und her zu tänzeln. Nikolaus stieg ab: „Drauß` vom Walde komm ich her, ich muss euch sagen, es weihnachtet sehr...", polterte Gregor als Weihnachtsmann in die lärmende Menschenmenge. Isabella hatte ihre Stellung vor dem gewaltigen Tannenbaum der Schirn eingenommen. Sie verteilte Süßigkeiten, rote pausbäckige Äpfel sowie Mandarinen. Für alle hatte sie ein liebes Wort. Als Engel in Person wirkte sie nun so ganz anders, nichts erinnerte an die kesse und attraktive Powerlady mit dem aufreizenden Schlafzimmerblick.

„Eine lange weite Reise aus Himmels Höh habe ich mit dem Nikolaus hinter mir", flötete Isabella mit heller, lieblicher Engelsstimme. Sie tätschelte die Wange eines kleinen Mädchens und beglückte es mit einer Süßigkeit. Nikolaus drohte eben zwei Lausbuben mit seiner mitgebrachten Rute, die das stibitzte Naschwerk schnell wieder an seinen Stand legten und sich versteckten. Isabella unter ihrem langen Gewand in dicken Pullover und einem Schal, verpackt, gönnte sich schnell einen Becher mit köstlichem Glühwein. „Jetzt bekommt ihr alle von mir ein himmlisches Ständchen gebracht", verkündete sie andächtig, stolz. Sogleich erklang aus ihrer Kehle herrlicher Soprangesang durch die weihnachtliche Kronberger Altstadt: „Vom Himmel hoch, da komm ich her, ich bring euch gute, neue Mär ..."

Alles lauschte. Geheimnisvoll war es nun, andachtsvoll. Fünf laute Schläge der Kirchturmuhr störten aber doch des Engels Gesang, der auch noch ganz hingebungsvoll dann: „Stille Nacht, heilige Nacht ...", bot. Nach dem letzten Sington brach ein Jubel aus.

„Bravo! Wunderschön. Danke, für den Gesang."

„Toll, liebe Engelin. Wie schön du doch singen kannst", äußerte sich ein männlicher Passant mit

Zipfelkappe. Er amüsierte sich über den schon erwachsenen Engel. So schickte er gleich ein schrilles Pfeifen durch die Zähne hinterher. „Wir gehen mal zu unserem Standplatz der Zehntscheune", verkündete der Engel und folgte dem Nikolaus mit seinem hin und her tänzelnden Rentier Tillmann, nach.

Vor der Zehntscheune war dichtes Gedränge. „Hallo, Nikolaus! Hallo, mein Engel!", schallte es durch die Menschenmenge Isabella und Gregor von einer Männerstimme, entgegen. „Hoh, hoh!", rief der Nikolaus und ging mit seinem Engel auf einen mit roten und goldenen Schleifen, sowie Tannengrün geschmückten, großen Stand zu.

„Da ist ja unser Johannes von Hohenstein mit seinem Gefolge", machte der Nikolaus Gregor sein Späßchen mit dem Chef. Der Engel begrüßte Herrn von Hohenstein mit einem zarten Händedruck und strahlte ihn himmlisch an. „Na, bist du brav gewesen, Johannes? Der Nikolaus hat Geschenke im Sack und seine Rute dabei." Der Engel schmunzelte verschmitzt. „So, so", entgegnete Herr von Hohenstein lachend und deutete auf die mit bunten Schleifen verzierten kleinen Möbelteile. „Ich war sogar sehr brav", entgegnete er sehr stolz. „Guter Nikolaus, allerliebster Weihnachtsengel", verkündete Herr von Hohenstein voller Freude nun: „Stellt euch nur vor, es ist mir tatsächlich gelungen, schon einige kleine Hocker zu verkaufen. Mein tüchtiger Tischlermeister und Schreiner ist auch ganz stolz und begeistert darüber. Nicht wahr, Herr Noll?“ Der nickte mit dem Kopf, der mit einer roten Zipfelmütze und Pelzumrandung, bedeckt war. „Ja, lieber Nikolaus, der Herr von Hohenstein hat schon die Wahrheit geäußert. Fleißig waren wir.“

„Hoh! Hoh! Das gefällt mir. Ist nicht das Holz der kleinen Möbel aus dem Kronberger Schulpark, von der alten Buche dort? Ich glaube, ich habe das durch mein langes himmlisches Fernrohr von oben gesehn. Engel, stimmt das? Du hast das doch auch bemerkt und in meinem goldnen Buch eingetragen.“ Der Engel strich jetzt über zwei kleine Kinderstühlchen, in rot und blau. Dann lächelte er geheimnisvoll. „Auch diese beiden Kindersitze sind echtes Kronberger Buchenholz, Nikolaus.“

„Hm, hm, sehr schön. Oh hoh!“, lautete des Weihnachtsmann Antwort darauf. Das neckische und kecke Rentier, alias Tillman, machte seinen Spaß, graulte den Engel an der Wange, zupfte ihn am Ärmel vom Kleid, versuchte sich dann zur Belustigung der Gästeschar, auf den kleinen roten Kinderstuhl zu setzen. Er rutschte ab, landete unsanft auf dem Po. Alles lachte.

„Leute, kauft Hockerchen! Ein Teil kostet nur 45 Euro. Das Holz ist doch von der Blutbuche aus dem Schulgarten“, verkündete der Nikolaus mit polternder Stimme durch ein Sprechrohr.

„Kästesupp! Kästesupp! Heiße Maronen!“, ertönte es in Richtung Zehntscheune. Dampfwölkchen stiegen auf, mischten sich mit Duft von Bratwürsten, geräucherten Forellen und Glühwein.

„Was ist denn das, Kästesupp?“, wollte der Engel Isabella nun doch mal wissen, da dieses Schmankerl doch ständig lautstark angeboten wurde. Das liebe Rentier zupfte den Engel am Ärmel.

„Ich erkläre es dir“, säuselte es verschmitzt und machte eine Handbewegung. „Das ist doch eine echte Kronberger Kastaniensuppe. Die ist so pfundig und schmeckt auch mir Rentier immer. Willst du sie haben? Nikolaus wird die Suppe dir besorgen, der kann das für dich mal machen“, meinte der tierische Begleiter des mächtigen Himmelsboten.

„Der holde Engel möchte Kästesupp, um sich zu stärken und aufzuwärmen“, wandte sich nun auch Herr von Hohenstein an Sankt Nikolaus. „Unser Engel soll jetzt hier die Besucher mit einem Weihnachtsliedchen erfreuen“, entgegnete der Nikolaus verschmitzt, „dann bekommt er als Belohnung eine Portion der Kästesupp. Ich werd mich gleich darum kümmern. Hoh! Hoh! Platz da“, schmetterte der Nikolaus los und eilte davon durch die enge Menschentraube. Der liebliche große Engel bezauberte nicht nur die Gäste vom Weihnachtsmarkt durch seine Erscheinung, sondern nun auch durch seinen wunderschönen Gesang. „Tochter Zion, freue dich“, erklang es in hoher und heller Sopranstimme, von der Zentscheune her und lockte nun mehr der Festbesucher an. Beifall tobte und der singende Engel erfreute mit einem neuen weihnachtlichen Lied.

Der Nikolaus drängte sich wieder durch die Menge mit einem dampfenden Gefäß. Er ging auf die singende Isabella zu. „Gut. Bravo! Jetzt wird der Engel belohnt. Hier ist die gute Kästesupp also. Wohl bekomms, mein liebes Englein“.

„Du wirst ja ganz schön verwöhnt“, stellte Johannes von Hohenstein schmunzelnd fest. Ich wünsche guten Appetit, Englein.“

„Den habe ich jetzt aber“, kicherte Isabella und sie genoss diese Köstlichkeit. „Lecker, muss ich sagen“, war ihr lobender Kommentar dazu. „Das kann man essen“, und sie löffelte nun im Stand sitzend das leckere Kästesüpple.

Rentier Tillmann gönnte sich auch eine Schnaufpause. Er hatte es sich auf der Bank heimisch gemacht und gönnte sich einen Räucherfisch. Was machte der Nikolaus nun an der Weihnachtsbude? Hinter seinem langen weißen Bart verschwand in seinem Schlund eine knusprige Grillwurst, das war gar nicht so einfach, sein Bart kam ihm da in die Quere.

„Da seid ihr ja alle zusammen“, begrüßte Dörthe ihre Hofbewohner und schmunzelte vor sich hin.

„Euch schmeckt es, wie ich seh. Ich hab es drinnen in der Zentscheune warm und gemütlich an meinem Tisch. Meine Bethmännchen und Zimtsterne habe ich zum Teil verkauft. Drei Christstollen sind auch schon fort“, verkündete sie stolz. „Tillmann, über dich muss ich lachen“, sagte Dörthe.

„Das war ein lustiger Einfall als Rentier. Du schaust putzig aus. Na, Isabella, wie lebt es sich so als Engel von Nikolaus Gregor“, meinte Dörthe verschmitzt und strich über seinen Rauschebart.

„Dörthchen, wer lobt und streichelt mich?“, meldete sich Johannes von Hohenstein und sah sie vorwurfsvoll an. Aber das war nicht negativ gemeint. „Wir haben einige Hocker verkauft“, berichtete er stolz und deutete auf die beiden Kinderstühle. „Die sind auch bestellt und werden morgen zum hiesigen Kindergarten geliefert. Die freuen sich so darüber.“

„Das ist alles sehr erfreulich“, meinte Dörthe und sie naschte eine goldgelbe Fritte der Pommes.

„Ein süßes Schmankerl könnt ich mir noch gönnen“, gab der Engel seine Gelüste nun kund.

„Ich besorge dir jetzt da unten in der Straße einen leckeren Bratapfel mit Nüssen. Das musst du unbedingt kosten“, lobte Johannes von Hohenstein die süße Köstlichkeit der Burgstadt.

„Oh! Das hört sich gut an, dann flitz mal schnell los, damit ich einen noch abbekomme, bevor sie vielleicht ausverkauft sind.“ Isabella war nun eifrig am Süffeln und hatte trotz des braven Engels, schon eine Glühweinnase. „Das tut so gut“, begeisterte sie sich. „Es wärmt von innen, sonst bin ich nachher heißer, wenn ich nochmals singen soll.“ Johannes von Hohenstein ließ jetzt auch einen Bratfisch in seinem Mund verschwinden. Damit es besser „runterrutschte“ ließ er den heißen Punsch hinterher fließen. Alle am Stand gönnten sich nun ein Päuschen vom weihnachtlichen Trubel. Sie genossen die heimische und idyllische Atmosphäre, der so zauberhaft geschmückten Altstadt im weihnachtlichen Flair. Johannes von Hohenstein war nun abwesend. Dörthe war wieder in der Zentscheune, um ihr Gebäck an den Mann, die Frau, zu bringen.

Isabella thronte bei Bratapfelgenuss neben Gregor dem Nikolaus, der sich dem Räucherfisch weiter widmete. In nächster Nähe von Isabella, umgeben von unzähligen Personen, stand düster vor sich hin blickend, ein in einen braunen, langen Lodenmantel gehüllter Mann. Die Kapuze und eine dunkle Brille, verdeckte sein Gesicht. Er beobachtete Isabella ständig, flößte Alkohol in sich hinein. Die harmonische Weihnachtsstimmung störte ihn nicht besonders. Er hatte nur andere Gedanken im Kopf, das war nichts Gutes.

Es war dunkel, die Sterne am Himmel leuchteten mit den bunten Lämpchen, Lichterketten, um die Wette. Glocken fingen an zu läuten. Die Menschen strömten zur Johanniskirche, wo ein adventliches Singen stattfinden sollte.

Tillmann war mit Gregor und dem Pferdeschlitten inzwischen erst einmal zurück zum Johannishof gestartet. „Bella, du kannst dich in dem oberen Raum der Streitkirche umkleiden, der Hausmeister ist informiert und wird hinterher abschließen. Du sollst ja mit dem Chor singen. Das heißt, er wird dich beim Solo mit unterstützen.“

„Ich weiß, ich weiß, Hannes“, lautete die Antwort und es klang etwas erschöpft. „Wenn ich hier alles gerichtet habe, werde ich auch zur Kirche kommen. Nun, mein liebes Engelein, mach dich wieder menschlich und werde meine kesse Bella.“ Er lachte und tätschelte ihre Wange liebevoll, obwohl er sie lieber zärtlich mit einem Kuss beglückt hätte. Aber das unterließ er doch vor den Augen der noch anwesenden Personen.

„Tschüs!“, flötete Isabella, doch schon ein wenig heiser. Sie winkte zurück und rauschte noch als Engel davon.

Isabella ging zur Streitkirche, öffnete die Tür und benutzte den Aufzug zum obersten Stockwerk. In einem der Räume legte sie ihr Engelsgewand ab und wechselte die Kleidung. Nun war sie wieder die attraktive Diva, im langen dunklen Rock und entsprechender Bluse. Sie kämmte ihre Haare, steckte sie hoch und legte Rouge auf. Isabella schaute kurz auf einige Bildaufnahmen, die an den Wänden von Künstlern hingen. Dann verließ sie den Raum und stieg wieder in den Fahrstuhl. Sie summte gerade vor sich hin, als es einen Ruck machte und der Fahrstuhl plötzlich stehen blieb. „Was ist denn das? Das darf doch nicht wahr sein!“ Nervös drückte sie auf sämtliche Knöpfe. Sie löste Alarm aus aber es nützte nichts. Isabella steckte fest und war im engen Raum gefangen. Sie trommelte mit den Fäusten energisch gegen Tür und Wand. „Hallo! Hilfe! Ich bin eingesperrt im Fahrstuhl“, rief sie laut und war ganz heiser schon vom Brüllen. Sie schaute auf die Armbanduhr. „O Gott, das ist ja bald 18 Uhr", stöhnte sie verzweifelt. „Wie komm ich hier nur raus? Man wartet auf mich in der Kirche. Hallo? Hilfe! Ist da jemand?" Isabella suchte nach ihrem Handy. Sie hatte es vergessen. Auch das noch! Nun ging das Licht aus. Dunkel war es. Die sonst so kesse Isabella bekam Panik, sie hatte nun Luftnot im engen Raum. Im Dunklen kramte sie in ihren Taschen und fand zum Glück eine Karamelle, die sie nun im Mund verschwinden ließ. Ihr wiederholtes Rufen und Klopfen nützte nichts, obwohl eine Person im Erdgeschoss es hörte und sich höhnisch darüber amüsierte. Hatte dieser Unmensch doch dafür gesorgt, durch hantieren an den Sicherungen und einem Kabel, dass der Fahrstuhl mit Isabella stehen bleiben musste. Umso mehr sie klopfte und rief, lachte die Person im braunen Lodenmantel nur. War ihm diese Diva doch nur verhasst, so sollte sie schmoren.

In der überfüllten Johanniskirche wartete nicht nur Johannes von Hohenstein auf seine Lady ungeduldig und nervös, auch der Chor, der nun vor dem Altar stand, konnte sich die Abwesenheit der Sängerin nicht erklären. Gemurmel war zu hören. So kam es, dass nun Schuberts „Ave Maria" vom Chor allein und nicht als Sologesang von Isabella Wallenberg geboten wurde. Die Diva, vorher ein liebreizender Engel, steckte immer noch im Gefängnis vom Fahrstuhl fest. Sie schlief sogar erschöpft sitzend dort ein, verbrachte die Nacht im Fahrstuhl und nicht in ihrem warmen Bett ihres Dornröschenschlosses vom Hof.

Kapitel 17

Moritz kauerte auf dem Behandlungsstuhl des Orthopäden. Er atmete erleichtert auf, denn soeben hatte ihn der Arzt vom Gips am rechten Arm befreit. Volle sechs Wochen hatte er sich nach seiner Kraxelaktion auf dem Burggelände damit geplagt. Mit mürrischem Blick sah er auf seinen demolierten Arm, an dem Hautfetzen vom Gipsverband herab hingen. Er spreizte die Finger, hielt vorsichtig den rechten Arm in die Höh. Moritz verzog das Gesicht, denn er verspürte einen ziehen den Schmerz im Arm. „Mist!", schimpfte er vor sich hin. „Dieser verflixte Arm. Hoffentlich wird das kein Dauerzustand", führte er Selbstgespräche. Trotz Schmerzen im Arm, geisterten alle möglichen Gedanken durch seinen Kopf. Und das war nichts Gutes. Moritz ließ seine Blicke in diesem sterilen weißen Raufaserraum schweifen. Auf einer Konsole lagen einige Spritzen. Moritz stand auf, hinkte etwas umständlich in Richtung Fenster, dann griff er hastig mit zittriger linker Hand nach zwei Spritzen in der silberfarbenen Schale. "Aua!", klagte er, denn der Bursche hatte sich an der Nadelspitze gestochen. Blut tropfte auf den Steinfußboden. Moritz wischte die Blutspuren mit einem Mulltuch fort, versuchte umständlich die Spritzen dann damit einzuhüllen, um sie anschließend in seiner Jackentasche verschwinden zu lassen. Er schielte auf eine kleine braune Glasflasche neben dem großen Medikamentenschrank. Es war ein ätherisches Betäubungsmittel, was Moritz so ganz nebenbei ebenfalls in seiner Jacke verstaute. Der Bursche fing an zu pfeifen, denn der Schmerz im Arm hatte nachgelassen. Er saß wieder wie ein Unschuldslamm auf seinem Platz und zuckte zusammen, als die Tür aufging, er die tiefe Stimme des Orthopäden vernahm, der mit der Röntgenaufnahme erschien. „Herr von Hohenstein, ich muss mich entschuldigen", wandte sich der Arzt an seinen Patienten. „Heute ist hier die Hölle los, Sie mussten lange auf mich warten." Er befestigte die Röntgenaufnahme an entsprechender Vorrichtung. „Ja, mein Freund, ich bin zufrieden. Schauen Sie mal auf die Aufnahme. Der Bruch ist gut verheilt, keine Komplikationen. Das ist doch super. Oder nicht? Vorsichtig sollten Sie doch noch sein mit Handbewegungen und schwerem Tragen."

„Endlich bin ich diesen blöden Gips los", klagte Moritz im Nachhinein. „Das war zu lästig. Herr Doktor Fister, die Haut juckt nur so sehr, sie schuppt sich stark. Das ist so lästig."

„Junger Mann, nicht verzagen, geduldig sein, das ist eine normale Reaktion. Bedenken Sie, der Arm steckte sechs Wochen verpackt in einem Gipsverband. Das geht anderen Leuten ebenso und ist nicht tragisch. Da fällt mir ein, Sie sind doch Autofahrer. Ist es nicht ein weißer Suzuki mit schwarzen Streifen?"

„Ja, es ist ein alter Karren", antwortete Moritz barsch. „Besser als gar nichts." Er umklammerte seine Jacke, in der die entwendeten Gegenstände verstaut waren.

„Herr von Hohenstein, diese Salbe reiben Sie über Ihren Arm, damit sich neue Haut bilden kann, das Rezept ist für Krankenmassagen. Im eigenen Interesse sollten Sie das auch in Anspruch nehmen, damit ihr Arm und Hand wieder normal beweglich werden, das linke Bein auch etwas schonen. Keine Gewaltmärsche im Moment. Das wär`s für´s Erste. Melden Sie sich nach vier Wochen nochmals zu einer Kontrolle. Alles okay, junger Freund? Dann sind Sie entlassen für heute. Ihr Freund sitzt im Warteraum und wird sich um Sie kümmern."

Moritz steckte Salbe und Rezept in die Hosentasche. Er ließ den Arm hin und her schwenken, um ihn gleich wieder zu trainieren. Der Arzt verließ sein Sprechzimmer und Moritz trottete gemächlich hinter her. Ein mürrischer Blick traf die Arzthelferinnen, die ihn solange schmoren ließen. Der Bursche stemmte sich mit seinem Körper gegen die große schwere Glastür zum Warteraum, die sich öffnete. „Hallo Kai! Na du Penner", grüßte er unüberlegt barsch in die lesende und sich unterhaltende Personenschar im Wartezimmer.

Kai zuckte zusammen und blickte verdutzt von seiner spannenden Lektüre der Sportnachrichten auf. Er grinste jetzt. Dann stand er von seinem gepolsterten Thron auf. Er ging auf den Freund zu.

„Na, du armer, armer Schlucker, biste deinen Gipsarm endlich los", frotzelte er und lachte dabei. „Dann wirste ja langsam wieder zu was Nutze."

„Ha! Ha! Ha! Wie komisch“, höhnte Moritz. „Wer den Schaden hat, braucht für Spott nicht zu sorgen“, lautete seine schlagfertige burschikose Antwort. „Los Kai, nichts wie weg hier“, kommandierte der Freund herum und packte ihn energisch am Arm. „Ich krieg hier sonst noch Horrorzustände“, nörgelte der Bursche mit verdrießlicher Miene und wollte erneut die Glastür öffnen.

„Moritz, komm gib mir mal deine schwere Lederjacke, ich trag sie dir. Ist das nicht cool von mir?“

Ganz entsetzt entriss Moritz Kai sein Kleidungsstück mit den kostbaren entwendeten Schätzen, das durfte keiner sehen und mitbekommen, selbst nicht sein Busenfreund Kai. „Sehr gnädig“, fauchte er deshalb den Kumpel an: „Lass das sein, Kai! Meine Lederjacke kann ich wohl noch selbst in meiner demolierten Hand schleppen.“

Kai schüttelte den Kopf. Ganz unverständlich schaute er den Freund an. „Du bist aber komisch, Moritz. Haben sie dir ne Spritze verabreicht? Dann eben nicht“, brummelte er unwirsch vor sich hin.

„Lass deine blöden Sprüche“, entgegnete Moritz und er übersah, dass sich einige Patienten durch Schmunzeln über die Debatten der Freunde amüsierten. „Wiedersehen“, säuselte Moritz kaum hörbar, dann folgte er Kai, der sich mit „Adios!“ verabschiedete, aus der Arztpraxis.

Moritz hatte sich die Lederjacke nun doch übergestülpt und hielt die Hand in der Tasche, die eisern seine geraubten Gegenstände umklammerte.

Die Freunde überquerten die Hauptstraße und blieben vor dem durch große Zäune abgesperrten Bauplatz stehen. „Das ist nicht mehr wiederzuerkennen“, sagte Kai kopfschüttelnd. „Hier stand doch eure Schule. Das ist ja eine gewaltige Baugruppe. Schau dir nur mal die hohen Kräne an. Da möchte ich mal drinnen sitzen und mir die Welt von oben ansehn.“

„Nichts als Betonplatten, dann die seltsamen viereckigen Öffnungen auf dem Gestein“, frotzelte Moritz und trat dicht an den Zaun. „Mann komm sich vor, wie an der Berliner Mauer. Aber die Politiker vom Rathaus wollen`s ja nicht anders, da dürfen wir nicht mitreden. So ist das halt, Kai. Mein Alter mit seinem Bauunternehmer Eigner ist doch mächtig stolz auf seine Entwürfe und Taten in der Burgstadt.“

„Moritz, wollen wir noch auf ein Bierchen zur Brasserie gehen? Ich hab noch keinen Bammel, auf meiner Bude im Posthaus zu sitzen. So eine schnuckelige geile Wohnung wünsch ich mir. Aber woher? Komm, ziehen wir weiter zum Schlachtfeld.“

Der Berliner Platz erinnerte ganz und gar nicht mehr an den einstigen heimischen Treffpunkt von Kronbergs Mitte. Große Wohn- und Baucontainer teilten das Areal jetzt.

An dem milden, sonnigen Märztag ließen sich die Freunde an einem der Holztische, im Freien, nieder. Der Wirt kam sogleich an ihren Tisch. „Hallo, die Herren!“ grüßte er gut gelaunt. „Schön, dass ihr kommt, bei diesem Baulärm und Spektakel hier. Unmenschlich! Also, was solls denn für heut sein?“

„Ich nehme ein großes Bier“, äußerte sich Kai, „und ich habe Bammel auf eine dufte Pizza. Kann ich das kriegen?“

„Aber klaro! Das machen wir doch sofort für treue Gäste.“ Moritz schaute etwas düster drein bei dem Hämmern, Rattern der Maschinen vom Baugelände. Er hielt sich die Ohren zu und sagte dem Wirt so nebenbei seine Wünsche. „Ich will das gleiche wie mein Freund, ein großes Helles und auch Pizza. Aber scharf soll sie sein.“

Moritz und Kai genossen nun unter Baulärm und Staubwolken ihr Getränk und die Pizza.

„Was kommt denn nun da hin auf diesen Platz?“, wandte sich Kai kauend an den Freund und zermalmte mit seinen Zähnen eine zu knusprig gewordene Paprikascheibe. „Manno Kai, das weißte doch. So eine merkwürdige Markthalle ist vorgesehn. Schau sie dir doch auf der großen Tafel an.“ „Warum baut man nicht ein geiles Tanzlokal oder Disco, dort hin? Das wär doch was.“

„Das passt unseren Herren nicht in den Kram. Was geplant ist, wird auch ausgeführt. Basta! Ob es hin passt, werden wir nicht gefragt. Wir sagen nur Amen, zu allem, lieber Kai.“

„Ich glaube Moritz, wir ziehn mal wieder Leine. Ehrlich gesagt, in diesem Kuddelmuddel hier auf dem Platz, fühl ich mich nicht so wohl. Die Pizza war ganz manierlich. Ich fahr dich mit meinem Flitzer auch nach Hause, obwohl ich ja dort nicht mehr erwünscht bin.“

„Kai, das ist mein verrückter Alter mit seiner Isabella“, entschuldigte sich Moritz und kramte aus seiner Hosentasche die Geldbörse hervor. „Weißt du, Kai“, klagte der Freund, mein gestrenger Herr Vater ist immer nur der große Boss auf unserm Hof. Er kommandiert alle nach seinen Wünschen und Vorstellungen herum.“ Moritz ballte die Faust und schluckte. „Und dann erst mal diese ausgeflippte schrille Isabella, ist ja so nervtötend, kann ich dir sagen, sie grölt doch ständig noch auf dem Klavier herum. Und ständig mischt sie sich in alles ein, sie weiß und kann alles perfekt. Zum Kotzen, Kai. Aber, Isabella ist ja auch noch eine Anwältin, meint da mein Oller. Kai, es ist zum Davonlaufen bei uns“, stöhnte Moritz.

Kai amüsierte sich köstlich über Moritz Frustration und nahm es nicht so tragisch, so frotzelte er jetzt auch abweisend: „Du armer so nervgeplagter Mensch, hast es so schwer und kommst nicht mehr zur Ruh.“ Er fasste nach Moritz Hand mit der Geldbörse. „Komm, steck sie mal wieder fort. Ich lad dich ein. Wir sind doch noch fast reich, Kumpel. Moritz, wir haben doch noch Kohle, haste das schon vergessen? Dann denk mal nach“, erinnerte Kai mit grinsender Miene und rieb sich die Hände.

„Manno Kai, stimmt ja. Du hast recht. Wie konnt ich das auch nur vergessen.“ Seine Schandtat mit dem Freund kam Moritz nun dich wieder ins Gedächtnis und schadenfreudig schmunzelte er vor sich hin. Kai rief nach dem Kellner und zahlte beider Rechnung, die zum Glück nicht hoch ausfiel. Kopfschüttelnd musterte er nochmals die gigantische Baustelle beim Berliner

Platz, mit dem begonnenen Betongemäuer. „Moritz, haun wir ab, das nervt hier." Er legte den Arm um den Kumpel, dann schlenderten beide in Richtung Rathaus Parkplatz, zu Kais neuem Wagen.

Moritz schob widerwillig den Schubkarren mit dem stinkenden Pferdemist in Richtung Komposthaufen, um ihn dort zu entsorgen. Sein Blick richtete sich nun auf drei ihm unbekannte Männer, die ein großes Fotogerät aufstellten und beim Reitgelände hantierten. Wütend eilte er auf die Eindringlinge zu. „Heh, was machen Sie denn dort? Was soll das? Wer gibt Ihnen das Recht dazu", erboste der Bursche sich.

„Aber, junger Mann, was regen Sie sich denn so auf", verteidigte sich der eine Arbeiter. „Wir sind vom städtischen Bauunternehmen und führen auf Anordnung von Herrn von Hohenstein hier Fotoaufnahmen und Vermessungen aus. Die Erdbeerplantagen und ein Teil der Weiden hier sollen verschwinden, weil da demnächst gebaut wird. So ist das, junger Freund. Können wir nun unsere Arbeit hier fortsetzen, denn wir werden dafür bezahlt", grinste der andere Stadtangestellte.

„Das darf doch nicht wahr sein!" brauste Moritz los und ballte die Faust. „Davon weiß ich nichts. Hier wird nicht gebaut, das ist Privatgelände. Ziehen Sie Leine! Hören Sie das?"

Die drei Männer lachten und amüsierten sich über den so aufgebrachten Burschen.

Moritz schüttelte den Kopf, schimpfte vor sich hin und stürmte in Richtung Herrenhaus. Er stieß die Eingangstür auf und eilte zum Arbeitszimmer seines Vaters im Erdgeschoss. Moritz vernahm zwar Stimmengewirr von Innen, aber das störte ihn nun überhaupt nicht. Mit seinen ungewaschenen, noch übel riechenden Händen von der Stallarbeit, drückte er auf die Klinke und öffnete die Tür. Er schaute ganz belämmert drein als er nun seinen Vater in Anwesenheit von Herrn Eigner, Isabella und den Butler Gregor, vor dem Fenster stehen, bemerkte, „Vater, was ist da unten los? Was machen diese komischen Leute da?"

„Moritz, was ist das für eine ruppige Art, ohne Gruß und Aufforderung, hier reinzuplatzen!", brauste Herr von Hohenstein sofort los und packte ihn am Ärmel. „Ich bin in einer wichtigen Diskussion, wie du siehst. Du störst nur, mein lieber Sohn. Wir beide können später debattieren. Okay?"

Herr Eigner wandte sich an Moritz. „Wir besprechen gerade die neuen Baupläne, die dein Vater entworfen hat", erklärte Herr Eigner und deutete auf das fertig gestellte Modell. „Vater, was geschieht, wovon ich keine Ahnung habe? Wie ein Trottel stehe ich da. Was ist das für ein Modell? Warum flitzen da unten einige städtische Arbeiter umher, machen Vermessungen und Fotoaufnahmen?" Moritz war sauer. „Vielleicht hast du die Güte, mich darüber in Kenntnis zu setzen", fauchte der Bursche mit feuerrotem Gesicht.

„Herr von Hohenstein, haben Sie nicht mit Moritz über ihre zukünftigen Pläne auf dem Hofareal gesprochen?", fragte Herr Eigner und war sehr darüber verwundert.

Herr von Hohenstein ging nervös im Raum auf und ab. Dann äußerte er sich sehr unwirsch: „Nein! Ich habe meine Planungen bis jetzt meinem Sohn gegenüber geheim gehalten. Ist das denn so tragisch, Herr Eigner? Ich meine, Martin?“

Isabella hatte bis jetzt geschwiegen. Jetzt schmunzelte sie vor sich hin. „Hannes, du solltest deinen Sohn doch aufklären“, meinte sie sanft. „Oder sollen wir es übernehmen?“

„Bleib da, Moritz“, sagte der Vater barsch. „Dann sieh dir halt diese kleinen Holzbauten auf meinem Arbeitstisch an. An der Wand hängt die Zeichnung dazu. Mein lieber Sohn, ich möchte meinen langjährigen Wunsch endlich verwirklichen. Ich habe das hintere Anwesen des Hofes verkauft. Unter Eigners und Schumachers Leitung soll ein Kurhaus, Hotel, Wandelhalle mit Pavillon, inmitten der Weideflächen entstehen. Durch unser Hofgelände soll eine Straße dann in Richtung Sodener Wald führen. Das wäre doch ideal, eine Bereicherung für den Süden der Burgstadt. In nächster Nähe ist der Quellenpark Kronthal, das zieht die Menschen an und wir alle profitieren nur davon.“

Moritz Stirn zog sich gefährlich in Falten. Mit der Faust schlug er wütend auf die Tischplatte, so dass alle erschreckt zu ihm aufsahen. „Vater, bist du übergeschnappt! Niemals darf und soll hier gebaut werden“, brüllte der Sohn los. „Kurhaus, Wandelhalle, wenn ich das hör. Mir wird kotzübel“, erboste sich der Sohn und wandte sich an Herrn Eigner. „Sie werden das nicht bauen, das lass ich nicht zu! Da hab ich auch ein Wort mitzureden. Hören Sie, Herr Eigner!“ Moritz flitzte wutentbrannt hin und her.

„Moritz, veranstalte doch nicht so ein Theater, das wird ja peinlich. Du wirst mich nicht von meinen Plänen abhalten“, brauste der Vater los.

Isabella versuchte Ruhe in die aufgeheizten Gemüter zu bringen. Etwas widerwillig legte sie den Arm um Moritz. „Hör doch mal, sei vernünftig. Ich habe den Bauplan mit deinem Vater lange diskutiert und finde ihn großartig. Bedenke doch, Moritz, du hast auch Nutzen davon. Du könntest zum Beispiel im geplanten Kurhotel tätig werden. Du hast eine Aufgabe, bist nicht mehr arbeitslos. Das ist doch toll. Oder?“

Moritz wehrte Isabellas Hand auf seiner Schulter ab. „Lass diese Anbaggerei bleiben. Es ödet mich an. Außerdem halt dich da raus. Du bist mal gerade erst nach hier gezogen. Was verstehst du denn vom Leben auf unserem Hof hier?“ Allen Frust ließ Moritz nun an Isabella ab, dann traf es wieder seinen Vater.

„Vater, was ihr da vor habt, ist doch idiotisch, reiner Schwachsinn. Schlag dir diese verrückte Idee aus dem Kopf. Was wollen wir bei uns mit einem sogenannten Kurhaus? Bei all deiner Architektur und Planungen, muss doch auch mal überlegt werden, ob diese Bauten zum Flair der Landschaft passen. Und dazu sage ich energisch: Nein!“ Moritz deutete auf die Wandskizze, begutachtete das vor ihm sich präsentierende Baumodell. „Gregor, Sie sind schon solange hier bei uns auf dem Hof, was sagen Sie zu den Bauspinnereien meines Herrn Vater?"

„Moritz, ich verbieten mir solche Äußerungen, bei meinem Vorhaben!", wetterte der Vater los. „Ich lass mit nicht hineinfunken. Aber Gregor, bitte geben Sie meinem Sohn Antwort."

„Moritz, als ich von den Bauplänen hörte, habe ich sofort ihrem Vater abgeraten, aber ich kenne ihn lang genug, sein Dickschädel lässt sich nicht davon abbringen. Ich war ja schon im Dienst des alten Friedrich von Hohenstein. Es war in der Villa Mumm, in Kronbergs Norden. Als damaliger Bauunternehmer entstanden dann im Süden der Stadt seine Fachwerkbauten, wo er dann mit seiner Familie übersiedelte. Es folgte dann, Obstanbau, Erdbeerplantagen, die Landwirtschaft. Das ist alles ein idyllischer Komplex in zauberhafter Naturlandschaft. Herr von Hohenstein, nehmen Sie es mir nicht übel, Herr Eigner, aber ich muss Ihrem Sohn schon Recht geben. Kurhaus mit Hotel, Wandelhalle, ein Pavillon, passt hier wirklich nicht hin." Herr von Hohenstein machte ein mürrisches Gesicht.

„Wir leben schließlich im 21. Jahrhundert, da kann es doch mal moderner, der Zeit angepasst, zugehen. Die Gäste wohnen im Kurhotel hier, trinken ihr Heilwässerchen, wandeln dann durch die Halle. In nächster Nähe haben sie dann den Quellenpark Kronthal. Das ist doch famos. Was habt ihr nur?"

Isabella drängte sich nun in den Vordergrund und fing schallend an zu lachen. „Herrschaften, Herrschaften, was für eine Aufregung", säuselte sie und schmiegte sich vor aller Augen an ihren Architekten. „Ich finde Johannes Idee großartig, ich werde dann für die Gäste im Kurhaus singen, die könnten doch bei uns hier reiten. Wir machen einen Reiterhof auf."

Moritz schubste die schwärmende Diva im giftgrünen Kleid, sehr unsanft zur Seite und ein vernichtender Blick traf sie. „Du bist balla, balla, Isabella", entrüstete sich Moritz sofort. „Meinste vielleicht, die Leute warten auf dein Gekreische. Du bist nicht die Hauptperson hier, merk dir das mal. Ja!"

Moritz schlug mal wieder sehr aggressiv um sich. Traf es zuletzt Isabella, richtete er nun seinen Frust und Zorn wieder gegen seinen Vater. „Willst du ein Staatsbad aus der Stadt machen? Lächerlich!"

Herr von Hohenstein schaute alle verheißungsvoll an. „Warum nicht? Bad Kronberg, das hört sich einmalig an. Das gibt ein Fremdenverkehr in unserer Stadt.", frohlockte er und rieb die Hände. „Isabella unterstützt mich als Anwältin, Herr Eigner, Gregor, da kann doch nichts schief gehn."

„Ha, ha, ha", frotzelte der Sohn. "Wer zuletzt lacht, lacht am besten. Vater, du spielst dich hier als der Boss auf. Hast du vergessen, dass du kein echter Hohenstein bist. Du hast den Namen von Mutter übernommen. Nach ihrem Tod musste Gut Hohenstein sofort nach dir benannt werden, Johannishof. Mein Großvater, Friedrich von Hohenstein, hat es im Testament hinterlegt, dass es zu keinen weiteren Baumaßnahmen hier kommen soll. Das weißt du doch, Vater. Außerdem wurde ich als Erbe des Gutes Hohenstein eingesetzt. Nichts gehört hier dir, Mutter hat mit Liebe alles weitere aufgebaut, gestaltet. Vater, du hast dich ins gemachte Nest gesetzt und spielst dich nun als der Herrscher vom Hof auf, du Johannes Breitenauer, wie dein Name ist!" stieß der Sohn erregt hervor und seine Augen funkelten gefährlich. Alle hielten den Atem an bei Moritz Äußerung.

Herr von Hohenstein kochte innerlich und sein Gesicht glühte. Das war zu viel, was sein Sohn sich leistete. „Das hör ich mir nicht an, Moritz! Was erlaubst du dir!", rief er wütend und stürmte auf ihn zu.

Ein fester Schlag traf Moritz Wange, es hallte durch den Raum. Herr von Hohenstein hatte sich nicht mehr in Gewalt, der Sohn hatte ihn zutiefst in seiner Eitelkeit gekränkt.

Herr Eigner schaute verlegen zu Isabella, die kreidebleich wurde. Es war eine verfängliche Situation.

Moritz hielt sich die schmerzende Wange, die errötete und nun anschwoll. Vernichtend sah er den Vater an. „Das hast du nicht umsonst getan. Ich hasse dich! Ich hasse dich und deine geliebte Isabella!" Moritz haute mit der Faust auf das Baumodell. „Der Teufel soll es holen!" zischte er böse.

Er stieß Isabella und den Vater zur Seite. Mit lautem Türenschlag stürmte er aus dem Raum.

Gregor schüttelte den Kopf. Er sah seinen Chef vorwurfsvoll an. „Das war ein großer Fehler jetzt, Herr von Hohenstein", bemerkte er leise und verließ ebenfalls das Zimmer. Herr Eigner schwieg. Es war ihm sehr unangenehm. „Herr von Hohenstein, ich möchte mich auch verabschieden. Wir können später die Pläne besprechen."

„Entschuldigung, das war eine unangenehme Situation mit meinem Sohn eben. Ach, es ist furchtbar mit dem Burschen." Herr Eigner sagte nichts dazu, drückte Isabellas Hand zum Abschied. „Wiedersehen, ihr Beiden! Bis Bald", sagte er knapp und verließ den Raum.

Johannes von Hohenstein ließ sich mit einem tiefen Seufzer auf seinen Stuhl nieder. Er schlug die Hände vors Gesicht. „O mein Gott! Bella, was war vorhin nur wieder los?", stöhnte er zermürbt. „Was soll nur mein Kollege Eigner denken?".

Isabella legte vorsichtig den Arm um ihn und berührte seine grau melierte Haarpracht. „Hannes, ich versuche ja dich zu verstehen, aber du hättest Moritz nicht vor Eigner und Gregor ohrfeigen dürfen. Das war schon eine Herabwürdigung für deinen Sohn, bei allem Zoff und Unstimmigkeit."

Johannes von Hohenstein löste sich erstaunt aus Isabellas Umarmung. Entfremdet blickte er sie an. „Bella, du tadelst mich", wunderte er sich. „Du fällst mir auch in den Rücken. Moritz ist zu weit gegangen, das ist eine Boshaftigkeit. Die Ohrfeige war goldrichtig, das musste jetzt mal sein. Der Kerl soll mal seine Grenzen kapieren. So geht es nicht." Er stand ruckartig auf und ging auf die Tür zu.

„Hannes, ich wollte dir nicht zu nahe treten, dich kränken“, verteidigte Isabella sich und war etwas resigniert. Der immer wiederkehrende Zoff mit Moritz misshagte ihr sehr. Johannes von Hohenstein verließ sein Arbeitsbereich und Isabella folgte zerknirscht hinterdrein.

Moritz hatte sich in sein Zimmer verschanzt. Um sich von seinem Zorn über den Vater abzureagieren, streifte er die Lederhandschuhe über und schlug wie wild auf den von der Decke baumeln den Sandsack ein. „So ein Wahn! So ein Blödsinn! Mein Vater ist total verrückt geworden, mit seiner Bauerei“, schimpfte er vor sich hin. Moritz wurde unruhig und gereizt. Er brauchte seine Droge, um wieder auf Wolke sieben zu schweben. Seit er mit Kai bei Carlos im „Spinnennetz“ sich berauschte, konnte er von der geliebten Droge nicht mehr lassen. Moritz durchwühlte sämtliche Hosen und Jackentaschen, bis sich in einem Stofftaschentuch doch einige Gramm Haschisch fanden.

„Na bitte, wer sagts denn“, murmelte der Bursche und nahm das Rauschmittel sich zu Gemüte. Die halbe Flasche Bier von der Fensterbank kippte er noch hinterher. Der Gedanke, sein Vater hat ihn geohrfeigt, verflog langsam in seiner Stirn. Moritz paffte eine Zigarette. Es war die Letzte aus der Schachtel. Ganz leicht wurde ihm jetzt, sein Gesicht glühte. Dann wirbelten die Gedanken wie im Chaos durcheinander. Kurhaus. Wandelhalle. Isabella. Der wütende Vater. Es waren verzerrte Erscheinungen im Kopf. Moritz vernahm doch jetzt ein Autohupen und trat ans Fenster.

Isabella im feschen roten Kostüm stieg soeben in den Wagen vom Johannes von Hohenstein ein.

Dann fuhr der Opel davon. „Die sind zum Glück fort“, säuselte Moritz und schwankte berauscht hin und her. Der Bursche verließ das Zimmer, nur auf Socken stolperte er die Treppenstufen zum Erdgeschoss herunter. Die Luft war rein, es blieb still im Herrenhaus. Moritz schwankte und stieß die Bodenvase um, was ihn aber nicht störte. Er stand nun vor seines Vaters Arbeitsbereich. Er drückte mit seinem Hinterteil gegen die Tür. „Na, geh endlich auf“, schnaufte er im Wahn. Sein Vater hatte die Tür nicht verschlossen, das muss er wohl in seiner Panik vergessen haben. So hatte Moritz nun leichten Zutritt und trieb sein Unwesen. Mit der Hand stieß er das auf einem Tisch stehende Baumodell zur Seite. „Fort damit! Das ist Mist“, grölte er aggressiv. Seine zitternden Hände griffen nach der Skizze des Bauplanes und rissen es brutal herunter. „Weg damit“, stieß Moritz hervor und zerknüllte das Papier. Er wühlte in der Schublade und ließ den Schlüssel des in der Ecke stehenden Tresors vor seiner höhnisch wirkenden Fratze hin und her baumeln. „Ei, was haben wir denn da? Das Prachtexemplar für die Kunstschätze“, johlte der Schurke und rieb sich die Hände. Er machte sich am Tresor seines Vaters zu schaffen und brachte etwas Gewalt an. Er öffnete sich. Moritz griff zu einem Aktenstück und durchblätterte es. Er hielt den städtischen Vertrag in seinen Händen für das Bauprojekt und las es laut vor sich hin. Ihm blieb da die Spucke weg vor Erstaunen. „Was!“, stieß er fassungslos hervor, „Vater hat 700.000 Euro für den Verkauf bekommen. Das darf nicht wahr sein!“. Moritz wirkte nun wie ein Teufel und seine Augen funkelten vor Zorn und Wut. Auch die im Tresor vorhandene Kassette wurde nun neugierig aufgebrochen. Geldscheine steckte der Bursche in die Hosentasche, einen Goldring nahm er an sich. Jetzt umklammerten seine Hände einen größeren braunen Briefumschlag. Testament, stand darauf. Der Umschlag hatte einige Flecken, schien schon älter zu sein. Moritz öffnete mit zittriger Hand diesen Umschlag. Dann stockte ihm der Atem. Das Schriftstück war von seinem Großvater, Friedrich von Hohenstein, älteren Datums. Moritz plumpste auf den Stuhl und buchstabierte diese Zeilen: „Mein letzter Wille“, stand mit krakeliger Handschrift auf dem weißen Papierbogen. Moritz las diese Zeilen immer wieder. „Ich, Friedrich Carl von Hohenstein, setze hiermit meinen Enkelsohn Moritz Benedict von Hohenstein, als meinen Erben für das gesamte Anwesen Gut Hohenstein, ein. Moritz verpflichtet sich aber keine baulichen Veränderungen durchzuführen ...“

Moritz ließ das Schriftstück sinken. „Hab ich es doch gewusst. Mein verflixter Vater. Das hat er mir unterschlagen.“ Moritz nahm das Testament seines Großvaters an sich. Er öffnete die obersten Knöpfe seines Hemdes und verstaute das Dokument an seinem stämmigen Körper. Eine Tür schlug im Haus zu. Moritz zuckte zusammen, stellte die Kassette zurück und schlug hastig die Tür des Tresors zu. Schritte auf der Treppe waren zu hören und Stimmengemurmel. Moritz wurde hysterisch und schimpfte vor sich hin. Er hielt den Atem an. Würde jemand in den Raum kommen, ihn gar entdecken. Der Bursche öffnete das Fenster, was zum Hinterhof ging und warf einen Blick hinaus. Niemand war zu sehen, die Luft war rein. Moritz kletterte umständlich auf die Fensterbank, ein Blumentopf fiel dabei in Scherben auf den Boden. Er sprang aus dem Fenster und landete unsanft auf seinem Allerwertesten. Seine linke Hand zeigte Hautschürfungen und blutete etwas.

Er verzog das Gesicht, stand auf, hielt die rechte Hand an seine Brust gepresst mit dem Schriftstück. Auf Socken humpelte der Bursche über den schmalen Weg zum Kellereingang, um von dort wieder in sein Bereich zu kommen.

Moritz war zum Glück ohne Aufsehen in sein Zimmer gelangt, da lag er mit dem Testament in der Hand der Länge nach in seiner Koje. Er brütete vor sich hin und fasste einen Entschluss. „Ich geh zum Eigner und red mit ihm, das ist doch die Idee“, murmelte er vor sich hin, stand auf, kramte aus dem Schrank Hose, Pulli, Sakko und kleidete sich um. Sogar die jetzt übel riechenden Socken wechselte der Bursche, streifte sich die Schuhe über die Füße. Seine Igelborsten wurden mit dem Kamm gestriegelt, dann schlüpfte er in die Lederjacke und verstaute in der Innentasche das kost bare Dokument. Der Bursche verließ seine Bude, stolperte die Treppenstufen herunter zum Ausgang. Moritz eilte pfeifend über das Hofgelände zu seinem Suzuki. Er stieg ein und fuhr davon.

Moritz brauste mit seiner Karosse durch Kronbergs Innenstand, in Richtung Falkenstein. Vor der Toreinfahrt, die in ein kleines parkähnliches Gelände führte, hielt er an. Moritz stieg aus und stürmte grinsend auf das ältere friesenartige Gebäude zu. Auf dem Türschild prangte der Hinweis seines Bewohners: Martin Eigner, Bauunternehmen. Moritz kramte aus seiner Jackentasche das wichtige Dokument hervor, hielt es eisern in der Hand und drückte heftig auf den Klingelknopf. Er schnaufte vor sich hin, stampfte ungeduldig mit dem Fuß auf, dann vernahm er Schritte und die Tür öffnete sich.

„Moritz, Sie sind es“, sagte der Mann in brauner Cordhose und gelben Pullover, ganz erstaunt.

Ohne großen Gruß sprudelte es aus Moritz sofort hinaus. „Ich muss Sie dringend sprechen, Herr Eigner. Es ist sehr wichtig.“

„Aber Moritz, um diese späte Uhrzeit, es geht auf Achtzehn Uhr. Wenn es so dringlich ist, dann kommen Sie mal rein, obwohl ich in Zeitdruck bin. Ich war doch am Mittag bei ihrem Vater“, erinnerte der Bauherr den störenden Burschen. „Kommen Sie mal mit in mein Büro, ich bin allein, meine Frau Margot ist unterwegs.“ Er schüttelte den Kopf und machte ein verdutztes Gesicht.

Moritz folgte Herrn Eigner zum Büro, wo etliche Akten und Schriftunterlagen auf den Tischen, sogar dem Fußboden, ins Blickfeld stießen. „Also Moritz, was gibt's so Wichtiges? Fassen Sie sich kurz, ich hab noch zu tun.“ Moritz mit höhnischem Lachen hielt Herrn Eigner das Schriftstück vor die Nase. „Wissen Sie was das ist? Lesen Sie nur mal diese Zeilen. Mein Großvater, Friedrich von Hohenstein, hat es vor seinem Tod geschrieben. Sie können doch lesen, welche Forderungen mein Großvater stellte. Es ist sein Testament, er wollte keine weiteren Baumaßnahmen auf dem Hof. Außerdem bin ich der Erbe des Areals und nicht mein Vater, der nur alles übernommen hat, sich ins gemachte Nest setzte. So ist es doch, Herr Eigner“, ließ Moritz seinen Frust ab.

Der Bauunternehmer studierte mehrmals mit kritischem Gesichtsausdruck das Dokument des ehemaligen Gutbesitzers. Er blickte ratlos auf den wütenden jungen Burschen. „Moritz, warum kommen Sie nun damit zu mir? Das wird mir nicht ganz klar. Ihr Vater ist in unserer Stadt ein angesehener und geschätzter Architekt. Er entwirft die Baupläne, wir, in diesem Falle ich, mit meinem Kollegen Schumann, führen es dann aus. Wir haben einen Vertrag ausgehandelt, der auch von der Stadt beglaubigt wurde, ihr Vater hat ein Teil des Hofgeländes verkauft, bekam sein Geld dafür und dieses Projekt, Kurhaus, Hotel, Wandelhalle, werden wir auch demnächst dort entstehen lassen, junger Freund. Ich bin Bauunternehmer, so einen Fisch lass ich mir doch nicht entgehen.“ Herr Eigner lachte, rieb sich die Hände und amüsierte sich über den cleveren Burschen, der düster drein schaute.

Moritz packte der Zorn. Er schlug ungeniert barsch auf den Tisch. „Ich sage Ihnen, Herr Eigner, Sie werden dort nicht Vaters Pläne ausführen. Ich will das nicht! Ich bin der Erbe, so steht´s im Testament, Sie haben es ja eben gelesen. Mein Vater hatte mir das Schriftstück unterschlagen, ich habe es vorhin zufällig entdeckt. Treten Sie aus dem Vertrag zurück und mein Vater soll das Geld zurückzahlen. Warum bauen Sie nicht im Kronthal? Da passt so ein Kurhaus hin, aber nicht bei uns!“ Moritz hatte sich so in Rage geworfen, sein Gesicht glühte wie heiße Kohle und Schweißperlen liefen von seiner Stirn herab. Ein vernichtender böser Blick traf diesen Bauunternehmer.

Herr Eigner gab Moritz das Testament zurück. „Nehmen Sie das Dokument wieder an sich und klären Sie das mit Ihrem Vater. Für solchen Wirrwarr und Unsinn, wie Sie es veranstalten, ist mir meine Zeit zu kostbar. Bitte gehen Sie jetzt, ich hab Arbeit.“ Er ging zur Tür und öffnete sie.

„Sie dürfen auf unserem Hof nicht baun! Ich zieh vors Gericht! Großvaters Wunsch muss doch berücksichtigt werden. Nur ich bin der Hoferbe und kann bestimmen was geschieht“, stieß Moritz wütend hervor, aber er stand schon in der Haustür und drohte dem Bauherren mit der Hand.

„Gehen Sie heim, Moritz, es reicht für heute“, sagte Herr Eigner und sein lautes Lachen hinter der Tür dröhnte in Moritz Ohren. Mit grimmigen Blick schaute er auf das Haus. „Das werden wir ja sehen, ob da gebaut wird! Das zahl ich dir heim, das wirst du büßen“, wetterte er vor sich hin. Moritz trat mit seinem Fuß gegen eine auf dem Weg liegende Bierdose und schleuderte sie auf die Straße. Mit mürrischem Blick ging er zurück zum Wagen, warf das Schriftstück wie ein Rohrspatz vor sich hin und gab Gas. Moritz brauste die Straße entlang, ziellos, mal Richtung Königstein, dann Falkenstein, zurück nach Kronbergs Norden, wo er sich zu später Abendstunde in einer Kneipe, dann restlos betrank.

Es war bald 22 Uhr 30 als eine Person immer wieder mit teuflischer Miene, lallend und hin und her schwankend, um das Gelände vom Bauunternehmer Eigner, schlich. Grimmig schaute die Gestalt auf das erleuchtete Fenster im Erdgeschoss. Die Schattenumrisse entpuppten sich als Herr Eigner, der im unteren Raum des Hauses, ständig auf und ab ging, nun direkt vor dem Fenster stehen blieb.

Da das Fenster im unteren Raum nun geöffnet wurde, Herr Eigner kurz hinaus blickte, ging die in nächster Nähe fremde Person in die Knie und versteckte sich hinter einem Gebüsch. Der Eindringling streifte sich dicke Lederhandschuhe über seine jetzt zittrigen Hände. „Jetzt musst du dran glauben, dein Haus werd ich abfackeln“, lallte die Person vor sich hin. Die erste Pechfackel wurde nun am Feuerzeug angesteckt und im hohen Bogen in das noch immer offen stehende Fenster vom Erdgeschoss geschleudert. Der Täter warf eine zweite brennende Fackel hinterher.

Als er mit schadenfrohem Blick beobachtete, wie sofort eine große schwefelgelbe Stichflamme aufloderte, rieb er sich die Hände. Sich bückend, schlich er vom Haus fort, lief zu einem Seitenweg, wo sich sein Wagen befand. Er setzte sich hinein und beobachtete grinsend das jetzt beginnende Schauerdrama.

Die Flammen wurden gewaltiger, erfassten den ganzen Raum, schlugen nun mit schwarzem Rauch aus dem Fenster. Sie züngelten sich an der aus Holzmaterial gebauten Hauswand empor.

Ein greller Schrei Herrn Eigners war im Auto zu hören. „Hilfe! Hilfe! Feuer! Feuer!“ Die Flammen erfassten das ganze Haus, ließen das Dach jetzt herabstürzen. Einige Anwohner auf geschreckt, eilten aus ihren Wohnungen und standen an der Straße, schreiend, entsetzt. „Herr Eigner! Wo ist Herr Eigner und seine Frau Margot?“

Martinshörner waren zu hören. Die Feuerwehren rückten an. Chaos brach aus. Riesige Wasserfontänen spritzten in die hohen Flammen, Rauchschwaden umhüllten die Straße wie Nebelschleier. Krankenwagen, Notarzt, Sanitäter drangen zum Tatort vor. Das alte nur aus Holz gebaute Gebäude brannte nun lichterloh.

Als die Polizei eintraf, loderten meterhohe Flammen auf und vom schwefelgelben Rauch bekam der Kripobeamte sofort einen Hustenanfall. „Das ist ja entsetzlich, wie in der Hölle“, krächzte der Polizist und lugte unter das weiße Laken, was über die Bahre gebreitet war, die von Feuerwehrmännern nun heraus getragen wurde. „Was ist mit dem Mann?“, stammelte der Kripobeamte heiser und schaute entsetzt den Hauptbrandmeister an. „Ist es Herr Eigner?“, fragte er fassungslos.

„Ja, Herr Schüller“, lautete die schockierte Antwort. „Wir haben Herrn Eigner im Bad vorgefunden.

Er hatte Brandverletzungen und ist wohl am gewaltigen Rauch qualvoll erstickt. Da war nichts mehr zu machen. Das alte Holzgebäude brannte wie Zunder. Es ist grauenvoll.“

Die anderen Brandlöscher und Floriansjünger kamen aus dem ausgebrannten Haus, ihre Gesichter waren hinter Atemschutzmasken verhüllt, Schweiß stand auf ihrer Stirn.

Der Kripobeamte sprach mit dem Leichenbestatter, der schwarze Pietätswagen stand auf der Straße, umringt von entsetzten Nachbarn und Schaulustigen.

„Nein! Es kann nicht wahr sein“, schluchzte eine ältere Frau hysterisch auf. „Herr Eigner ist tot! Wo ist denn seine Frau Margot nur?“ Die letzten Flammen waren gelöscht, keine Glutnester mehr, das Haus war in sich zusammengestürzt. Schutt und Asche. „Herr Schüller, sehen Sie doch mal, was wir gefunden haben und zwar im Büro von Herrn Eigner“, wandte sich ein Brandmeister der Feuerwehr an den Kripobeamten und zeigte auf die nun verkohlte Pechfackel. „Das Fenster zum Büro stand weit offen beim Brand, alle Türen waren geöffnet, also reichlich Zugluft, was das Feuer noch mehr entfachte.“ Der Kripobeamte begutachtete mit kritischem Blick die verbrannte Fackel. Er machte ein nachdenkliches Gesicht und wandte sich an seinen

Kollegen. „Köhler, bei dem letzten Brand im Schulgarten war da nicht auch eine Pechfackel gefunden worden? So schwach ist mir was in Erinnerung“. Er ließ die Fackel in einer Plastiktüte verschwinden. „Die nehmen wir mit aufs Revier. Was war nun im Schulpark?“, wiederholte er die Frage und wurde ungeduldig. „Chef, Sie haben vollkommen Recht, auch da spielte eine sogenannte Pechfackel eine Rolle. Es waren dort sogar zwei, Chef“, lautete die Antwort und er war den Kollegen beim Schlaucheinkurbeln behilflich.

Der Kripobeamte überlegte krampfhaft, bevor er sich nun äußerte: „Das könnte doch bedeuten, dass es hier um einen geplanten ...“ Sein Kollege kam ihm nun zuvor mit der Antwort. „Es handelte sich auch hier am Tatort um einen Brandanschlag auf Eigners Haus. Brandanschlag. Mord“, murmelte der Kripobeamte vor sich hin. „Es fragt sich nur, wer ist der Täter? Wer ist dieser Feuerteufel in unserer Burgstadt? Wer hasste Herrn Eigner so, dass es zu so einer tragischen Tat kam?“.

Der Pietätswagen war davon gefahren. Auch einige Anwohner waren wieder in ihren Wohnungen. Die Luft roch nach Rauch und der Vollmond leuchtete mit hellem Schein über den Brandort, wo vor zwei Stunden noch das alte Holzhaus Herr Eigners stand. Die Polizisten sperrten den Brandort weitläufig nun ab. „Das ist für unsere Stadt ein großer Verlust“, sagte ein Feuerwehrmann und befreite sich von seiner Maske. „Diese Fackel nehmen wir mit, werden die Brandursache eingehend prüfen.

Es ist entsetzlich, unfassbar“, äußerte sich der Polizeibeamte und man merkte ihm an, dass Geschehnis und Herr Eigners Tod ging auch ihm sehr nah.

Als die Feuerwehr abrückte, auch die Kripo sich vom Brandort entfernten, parkte in der Nähe eines Seitenwegs ein Auto. Es war der Täter. Dieser teuflische Schurke hatte diesen Horror im momentanen Drogen und Alkoholrausch mit großer Freude beobachtet. Er feixte wirres Zeug vor sich hin, süffelte erneut eine Pulle Bier in sich hinein. Schadenfroh rieb er sich die Hände, zog die Lederhandschuhe aus und schleuderte sie auf den Rücksitz. „Das hab ich doch super hingekriegt“, lallte er hysterisch, dann schluckte er einige Kapseln von Kokain und döste unbemerkt in seinem Wagen, umgeben von Gestrüpp und hohen Tannen, vor sich hin.

Kapitel 18

Johannes von Hohenstein stand mit einem Kripobeamten vor dem Anwesen seines Kollegen Eigner. „Der Anblick des ausgebrannten Hauses ist erschreckend, wird unerträglich.“ Er sah mit verschleierten Augen auf das Blumenmeer auf dem Gehweg, die vielen brennenden Teelichter.

„Ich frage Sie, Herr Schüller, wer tut das? Wer ist dieser Feuerteufel?“

„Herr von Hohenstein, wenn wir das wüssten, wären wir schlauer und könnten sofort handeln. Der Täter hat eindeutig das Wurfgeschoss ins offene Fenster geschleudert, dort fanden wir die beiden Fackeln. Durch die Zugluft hat sich das Feuer sofort ausgeweitet und drang zum obersten Stockwerk, wo wir dann Herrn Eigner nur noch tot im Bad vorfanden."

Isabella kam mit Margot am Arm vor das abgebrannte Haus. Sie stützte die Freundin, die in schwarz gekleidet war, jetzt aufschrie, als die das furchterregende Überbleibsel ihrer ehemaligen Wohnung, erblickte. „O nein! Nein! Das gibt es nicht. Alles, aber auch alles ist verbrannt. Martin! Martin!", schluchzte die verzweifelte Frau auf und sackte an Isabellas Brust. „Mein Martin ist tot! Ich war nur zwei Tage verreist und konnte ihm nicht helfen. Was muss er gelitten haben. Martin!"

Obwohl Isabella selber fassungslos war und den Tränen freien Lauf ließ, versuchte sie die Freundin Trost und etwas Halt zu geben. Fest umschlungen hielt sie Margot im Arm, die von ihr ein dunkles Kostüm und schwarze Kopfbedeckung, trug.

Der Kripobeamte kondolierte Frau Eigner und hatte starkes Mitgefühl für die plötzlich gewordene Witwe. „Frau Eigner, wir alle sind schockiert und fassungslos über diese entsetzliche Tat und werden versuchen, diesen Schurken zu finden. Herr von Hohenstein hat sich ja bereit erklärt, Sie aufzunehmen. Da haben Sie erst mal eine Bleibe. Aber das ist leicht gesagt. Sie haben alles verloren. Ihr Haus, den Ehemann, die Einrichtungsgegenstände..." Er machte eine Pause, wischte sich selbst über die nun feuchten Augen und sah eindringlich auf Herrn von Hohenstein, der jetzt den Arm um die trauernde Frau legte.

„Hannes, ich kann diesen Anblick nicht länger ertragen", kam es wie ein Hilferuf aus Isabella heraus.

„Es ist Margot nicht mehr zuzumuten, die bricht uns gleich hier zusammen. Atme ganz ruhig", sagte Isabella und wischte Margots Tränen fort.

„Herr von Hohenstein, fahren Sie mit den Frauen zu Ihrem Gut", schlug Herr Schüller vor und berührte mitleidsvoll Margots zitternde Hand. „Ich wünsche Ihnen viel, viel Kraft. Die nette Frau Wallenberg steht Ihnen zur Seite."

Isabella verließ mit der Freundin den Brandort. Langsam mit gesenktem Haupt gingen die Frauen den Gehweg entlang, zu einer Parkeinfahrt, wo der Wagen parkte. „Isabella, Martin kommt nie mehr", bracht es erneut aus Margot raus. „Er ist tot. Hörst du, Martin ist tot!" Die Frau schrie in ihrer Verzweiflung auf und ihr Gesicht war aufgequollen, die Augen rot entzündet vom ständigen Tränenfluss.

„Margot, bitte beruhige dich, sonst kriegst du mir noch einen Herzschlag und stirbst auch", versuchte Isabella krampfhaft auf die verzweifelte Freundin einzuwirken. Sie blieb stehen und blickte zum Gehweg hoch, wo Johannes von Hohenstein eilig entlang lief. „Komm schon, Hannes", rief sie ihm zu. „Endlich bist du da", stöhnte Isabella und hielt Margot fest, die ihr

Gesicht ans Auto presste und immer wieder aufschluchzte. „Martin! Martin ist tot!“

Johannes von Hohenstein öffnete die Wagentür und war Margot beim Einsteigen behilflich.

„Komm, setz dich mit Isabella auf den Rücksitz“, sagte er im lieben und sanften Ton. Er holte tief Luft, schaute auf die beiden Frauen, tauschte mit Isabella einen vielsagenden Blick. Dann fuhr er davon.

Kai Blessing hielt ruckartig mit seinem Flitzer an, als am Falkensteiner Kreisel eine Polizeistreife den Weg absperrte. „Was machen die Bullen da?“, wandte er sich an seine beiden grölenden Kumpels im Auto. „Da leuchten ja kleine Lichterchen auf dem Bürgersteig und Blümchen liegen da wie in der Gärtnerei“, frotzelte er berauscht und gab seinem Freund Moritz einen leichten Schlag auf die Schulter. „Heh, du! Ist das nicht das Grundstück von diesem Bau-Fritzen Eigner? Sein Haus soll doch einer abgefackelt haben. Der Typ ist tot. Wer das wohl war?“, höhnte er, schaute fragend auf seinen Freund Moritz der mit verklärten Augen seinen letzten Joint in sich rein zog.

„Ja, stellt euch nur vor, dort stand mal ein Haus“, lallte der Bursche und rieb sich die Hände dabei. „Aber, nun ist das Häuslein nicht mehr da. Einfach verbrannt!“

„Der böse, schlimme Feuerteufel hat wieder zugeschlagen, war heute hier im Ort zu hören“, verkündete Kai. Er schielte zu seinem Kumpel Moritz, der auf dem Rücksitz neben Carlos kauerte und verrückte Kopfbewegungen machte.

„Heh, Moritz, hast du etwa dort ein Feuerchen gelegt?“ Er sah ihn ironisch, dann herausfordernd an. „Das würde ich dir glatt zutrauen. Dieser Eigner lag dir doch immer so sehr auf dem Fell. Das weiß ich doch.“

Moritz machte nun bei Kais Äußerung ein wütendes Gesicht und ballte die Faust. „Manno, halt die Schnauze“, fauchte er mit grimmigem Gesichtsausdruck zurück. „Halt einfach dein Maul. Kapito?“ Nervös streifte der Bursche seine grün gefärbten, sonst blonden Haare, zur Seite und schaute mürrisch auf den neben ihm sitzenden türkischen Kumpel Carlos, der sich ganz seiner Droge hingab.

Kai grinste vor sich hin und schüttelte seine Mähne. „Oh! Warum so aggressiv, Moritz von Hohenstein“, frotzelte Kai ganz verwundert. „Deine schrullige Reaktion besagt ja einiges, mein lieber Scholli. Nun, mir kann`s Wurscht sein. Dieser Eigner kann hier keine Häuser mehr bauen. Bin nur gespannt, wie das Drama beim Berliner Platz endet. Was kommen da für Bauklötze hin. Dein Alter lässt sein Händchen walten und unsre Politiker sagen zu allem: Amen“, feixte Kai aufgebracht.

„Haste noch von dem Stoff?“, wandte sich Kai jetzt an Carlos, der extra von Frankfurt zu ihm gekommen war. Der Türke verzog das Gesicht und gab ihm die Droge. „Das kostet aber was, ich muss das Zeug auch teuer ergattern. Verstehst?“

„Ist ja schon gut, Carlos. Reg dich ab“, sagte Kai und gab ihm ein Scheinchen in die verschwitzte Hand. Moritz protestierte sofort. „Soviel Geld haste dem dafür gegeben. Du bist ja blöd, Kai“, schimpfte Moritz ganz entsetzt drauf los. „Heh, du, dann will ich aber auch noch was von dem Zeug haben“, bestand der Bursche eisern auf seinen Befehl. Hastig griff er nach der Droge in Kais Hand.

Nun ergab sich ein Gerangel unter den drei Männern, die so gierig nach der Droge lüsterten und es kam zu lautstarken Debatten. „Heh, Leute, habt ihr nicht bemerkt, die Bullen sind inzwischen davon gefahren“, stellte Kai ganz erleichtert fest. „Hört mal, wir wollen doch hier nicht weiter Wurzeln schlagen. Es geht auf Mitternacht. Kumpels, was stellen wir noch Geiles an? Ich tigere mal los mit meiner tollen Kutsche. Irgendwo werden wir schon landen. Im Brauhaus wärs nicht übel“, schlug er vor. „Manno Kai, fahr endlich los“, kommandierte Moritz ungeduldig und machte eine düstere Miene.

„Das nervt hier langsam alles.“ Als Kai nun im Autoradio fetzige Rockmusik einstellte, grölten die Mannsbilder in schrillen Tönen im Rhythmus, dazu. Moritz lallte vor sich hin, faselte wirre Sprüche und machte Hand und Kopfbewegungen, wobei er Carlos immer in die Quere kam mit seinen stämmigen Körperteilen. Kai umfasste das Lenkrad, schwankte zwar gefährlich hin und her, aber er brauste mit seinen beiden Kumpels die Straße entlang, ins nächtliche Kronberg.

Kai musste zwangsläufig erneut mit seinem Wagen Halt machen, als er oberhalb vom Stadtpark die Hainstraße entlang fuhr. „Da ist ja schon wieder so ne blöde Absperrung, alles wegen dieser verrückten Baustelle dort“, klagte er missmutig und sah kopfschüttelnd zu seinen grölenden beiden Kumpels hin.

„Was gibt’s da?“, wollte Carlos wissen und schielte aus dem Seitenfenster, wo Signallampen aufleuchteten, Rot anzeigten.

„Die Häuser, die dort mal standen, wurden abgerissen, in einem davon habe ich in Untermiete gewohnt“, erklärte Kai noch sehr resigniert darüber. „So ein Quatsch, Stadtvillen kommen hin, was das kostet. Mein lieber Scholli!“

„Wisst ihr denn, dass man bei der Ausbuchtung für die Baugruppe einen Gewölbegang entdeckt hat“, erinnerte Moritz nun ganz abenteuerfreudig. Wer weiß, wo der hin führt? Da ist doch der Burgberg in der Nähe.“

Carlos wurde hellhörig und machte sich an der Wagentür zu schaffen. „Dunnerlott, das ist doch geil“, entfuhr es ihm ganz aufgeregt. „Leute, wollen wir uns da mal ansehen?“

Kai überlegte. Hinter ihm hupte es kräftig. „Manno, was ist denn das für ein Trottel. Steigt mal aus.“ Kai lenkte seinen Wagen zum Straßenrand, sodass die anderen Fahrzeuge freie zügige Fahrt hatten. Die drei Männer standen nun diskutierend vor Kais Auto und schielten mit Spannung auf die gegenüberliegende Baugrube.

„Da drinnen ist es doch dunkel", sagte Carlos und überlegte.

„Wir brauchen eine Funzel, das ist es doch", meinte Moritz voller Tatendrang. Von der Droge war er ganz berauscht und besessen. Kai öffnete den Kofferraum und holte eine große Taschenlampe hervor. „Die hat mindesten 100 Volt, da kann man schon mit ausleuchten." Kai kramte einige kleine Handwerksutensilien hervor, Plastiktüten, teilte den Kram redlich an Moritz und Carlos auf, ließ dann selbst notwendige Gegenstände in seiner Westentasche verschwinden. „Männer, jetzt wird´s Ernst", flüsterte er geheimnisvoll. „Machen wir uns auf die Spurensuche".

Die Burschen steuerten über die Straße auf die Baugruppe zu. „Da ist alles mit einem Zaun abgesperrt", sagte Carlos und rüttelte daran. „Da kommen wir nicht rein, rüber klettern geht nicht, der ist zu hoch. Wo ist denn der Gang? Ich sehe da nur so Buden auf dem Hang. Leuchte mal mit deiner Funzel, damit man mal was erkennen kann", kommandierte Carlos und ging aufgeregt hin und her.

„Mach nicht so ein Lärm, da sind doch Wohnhäuser", mahnte Moritz und schlich vorsichtig zum Treppenaufgang vom Burgberg. Kai leuchtete mit der Lampe in die Baugrube. Jetzt hatte er im Gestein den Eingang entdeckt. „Da ist eine lange Leiter, aber an die kommen wir nicht ran."

Moritz bückte sich und schlüpfte unter der Absperrung hindurch. Er klammerte sich an einen Mast neben der Baubude und tastete sich auf dem weichen, bröckeligen Erdreich vor. Kai riskierte nun seine Waghalsigkeit und folgte dem Freund hinterher. „Das ist aber eine rutschige Angelegenheit,

Moritz, wenn wir da runter stürzen." Er hielt die Funzel von sich und leuchtete herunter. „Da sehe ich den Eingang", sagte er mit belegter Stimme.

Carlos, ein sportlicher und stämmiger Typ, schlängelte sich nun den schmalen Pfad oberhalb der Ausbuchtung entlang. „Jetzt wird es spannend!", rief er und fuchtelte mit den Armen herum. Er beugte sich mit dem Kopf herab, sodass seine Lederjacke Moritz in die Quere kam.

Moritz nutzte diese Gelegenheit, um in Carlos Jackentasche zu greifen und ein rotes Päckchen rauszufischen. Es war eine Droge. Unbemerkt ließ er es vorsichtig, sich immer noch am Mast klammernd in seiner tiefen Hosentasche der Jeanshose, verschwinden.

Carlos rutschte von Erdreich hinab, war unsanft im Gewölbeeingang gelandet. „Das sind alles Steinbrocken, wie im Felsenkeller", hauchte er erregt und ging in Hockenstellung.

„Lass mich vor, Carlos", drängelte Moritz im barschen Ton und bahnte sich seinen Weg in diese außergewöhnliche unterirdische Höhle aus Fels und Mauergestein. Er kroch nun auf allen Vieren in das dunkle Gewölbe hinein. „Das ist ja gespenstisch hier", schnaufte er und hatte Mühe, sich mit seinem stämmigen Körper vorzuschlängeln. Durch den hellen Lichtschein von Kais Funzel, der hinter ihm kroch, konnten die Burschen etwas sehen. Es wurde nun immer enger im Gewölbegang. Die drei Abenteuerer lagen nun bäuchlings auf dem steinigen und sandigen Boden und schlängelten sich kriechend vorwärts. „Autsch! Verdammt!“, schrie Kai nun auf. Er blutete an seiner Hand. „Was war das?“

„Du, da liegen so komische Scherben herum“, stellte Moritz entsetzt fest. „Das fühlt sich wie alte Keramik an. Wer weiß, was hier mal früher war.“ Moritz gab Kai in Liegestellung ein gebrauchtes Taschentuch, was Kai sich um die immer noch blutende Hand band. Er versuchte es wenigstens, was aber missglückte. Blutstropfen rannen herab und hinterließen Spuren auf Moritz Jeans. Er versuchte nun mit der Taschenlampe auszuleuchten. Carlos hatte sich zu einer Nische im Steinmauerwerk entlang gekrochen und entdeckte einen veralteten Krug mit Münzen. „Manno, das sind ja Schätze hier“, schnaufte er und rang nach Luft. „Das müssen wir mitnehmen“, und er fasste sogleich nach dem Gegenstand, der aber hinab auf Moritz Rücken fiel. „Aua, biste meschugge“, frotzelte Moritz und klammerte sich an einen Steinbrocken. Die Plastiktüte mit Handwerksutensilien drückte auf Kais Körper, der die Arme von sich gestreckt, wie eine Schlange, durch den schmalen Bereich kroch. „Ich krieg keine Luft mehr, hier wird`s zu eng“, klagte Moritz. „Wie kommen wir hier überhaupt raus? Mir tut langsam alles weh, nicht mal vernünftig stehn kannste hier drinnen.“

„Halt die Klappe, Moritz“, brauste Carlos unbeherrscht auf und versuchte mühsam vorwärts zu kommen. „Wir sind verrückt geworden“, gab Kai nun doch etwas ängstlich zu und griff nach seiner rechten Hand, die nun sehr schmerzte und brannte von der Wunde. „Seht mal, dort im Gewölbe ist eine Eisentür“, stieß Carlos heißer hervor. „Die ist ganz verrostet und hat einen Riegel“, stellte er fest und versuchte mit den Fäusten dagegen zu schlagen. „Wir müssen versuchen, den Riegel auf zubrechen, vielleicht kommen wir dort wieder ins Freie“, hauchte Moritz nach Luft schnappend.

Die drei Männer fuchtelten mit den Armen herum und lagen teils übereinander. Nach Gewalteinwirkung schafften sie es endlich, den Riegel zu öffnen. „Mensch, da ist ein breites Kanalrohr“, sagte Kai und beugte seinen Kopf vor, doch plötzlich schoss ein Strahl übelriechender, brauner Brühe aus dem Rohr und umspülte Kai. Er japste und streckte den Kopf hoch.

„Igitt! Was ist das?“ Carlos, liegend, bekam auch von der Jauche ab und brüllte vor sich hin:

„Scheiße! Das stinkt ekelhaft!“ Er trampelte mit den Fußsohlen auf, als die braune Brühe unter ihm entlang floss. „Hör auf mit deinem Getrampel, alles bebt hier schon“, schnauzte Moritz, der nun schon im Kanalrohr mit Kai steckte. Plötzlich gab es ein Getöse und Art Beben. Ein gellender Aufschrei drang zu Kai und Moritz im Kanalrohr.

Das aufgeweichte Erdreich und ein Teil des Gewölbes stürzten mit Carlos in sich zusammen und begruben den Türken unter sich. „Moritz! Moritz! Was war das eben? Da ist was passiert mit Carlos“, entsetzte sich Kai in seinem engen Gefängnis und versuchte den Kopf etwas anzuheben, um rückwärts zu schauen. „Da ist ein Krater. Du, Carlos ist abgestürzt. Was machen wir? Wir müssen ihm helfen. Wo ist er denn? Mensch, Moritz!“ Moritz kauerte triefend nass, mit klebriger Kleidung und Haarschopf, vor seinem Kumpel im Kanalrohr und spuckte die geschluckte Jauche aus.

Er konnte kaum noch sprechen, seine Augen brannten wie Feuer und er sah alles verschleiert.

„Was ist mit Carlos? Lass den Typen doch sein. Wenn der abgestürzt ist, was solls“, hauchte er abweisend und paddelte mit ausgestreckten Armen vorwärts. „Keiner wird den Knülch vermissen.

Ich will nur noch hier raus“, stöhnte der Bursche mit belegter Stimme. „Moritz, ob wir hier noch lebend rauskommen“, schnaufte Kai und versuchte seine inzwischen schwach gewordene Funzel in rechten Griff zu bekommen. „Kai, das riecht plötzlich so nach Gas hier. Wo kommt das her? Wenn es jetzt eine Explosion hier gibt“. Der sonst so skrupellose Moritz bekam jetzt doch Panik über seine leichtsinnige Abenteueraktion mit dem Freund. Etwas Längliches, Dunkles rauschte an ihm vorbei.

„Kai, was war das eben“, lispelte er entsetzt. „Das wird eine Ratte gewesen sein“, vermutete Kai und sackte in sich zusammen. „Verdammt! Ich verrecke hier. Wo geht es hier raus, Moritz? Ich glaub, unser letztes Stündlein hat geschlagen. Wir werden hier als Leichen enden“, gab er den Geist auf.

Seine Funzel steckte nun auf dem Rücken in der Hose und gab nur noch einen schwachen Schein von sich. Am anderen Ende der Kanaltunnelröhre zeigte sich am Portal ein Lichtpunkt für die Beiden, eine große, weite Öffnung ergab sich.

Als Moritz sich vor beugte, fiel er hinab in einen Schacht, landete unsanft auf einem Holzfußboden. Der Kopf dröhnte und schmerzte, das Knie hatte er sich aufgeschlagen, den rechten Fuß verrenkt. Mühsam rappelte er sich auf und schwankte hin und her. Er spuckte vor sich hin. „Kai, wo steckst du?“, lallte er mit heiserer Stimme, dann plumpste Kai mit einem leichten Aufschrei zu seinen Füßen. Die beiden Kerle schauten sich verdutzt an und schnauften wie Walrosse vor sich hin.

„Endlich befreit aus der Enge“, gab Kai einen schwachen Jauchzer von sich. „Du, wo sind wir eigentlich hier? Das ist wie ein Schacht“, vermutete er und streifte die feuchten Haare von der Stirn.

Er leuchtete mit der Lampe in alle Ecken, so gut es ging. „Sieh mal, was da steht! Das ist ein alter Stuhl mit Nägeln“, meinte er ganz fassungslos. „Da wollt ich nicht drauf hocken“. Er hielt die Funzel in die Höhe. „Da hängen Schlingen und Kette aus Eisen und Stahl, alles verrostet“, hauchte Kai. Moritz kauerte ganz erschöpft auf den hölzernen Boden und rieb über seine brennenden Augen.

Die tropfende Nase rieb er sich am nassen Hemd ab. „Du Kai, weißte wo wir sind? Ich glaub` das ist eine Folterkammer hier aus dem früheren Jahrhundert.“

„Manno Moritz, du hast Fantasie, aber du könntest Recht haben", meinte Kai und klammerte sich an die herabhängende Eisenschlinge, um Streckübungen zu machen. „Das tut echt gut! Ich bin kreuzlahm, alles schmerzt vom Kriechen und Krümmen."

Moritz lag nun bäuchlings auf dem Boden und öffnete eine Art Falltür, die in die Tiefe ging. Kai beugte sich herab und leuchtete mit der Funzel. „Unheimlich! Pass auf, sonst stürzst du noch runter", meinte er entsetzt und hielt den leichtsinnigen Freund an den Beinen fest. Die Tür klappte mit einem lauten Schlag zu.

Moritz zog die Schuhe aus, Wasser lief raus, die nassen Socken wand er aus, steckte sie in die Hosentasche. Er grinste. Das rote viereckige Päckchen mit der Droge war bei dem Abenteuer in dem Gewölbebunker nicht verloren gegangen. Nervös suchte er in Hose und Jackentasche nach seiner Brieftasche, die er aber nirgends fand. „Verflixt, Kai, meine Brieftasche mit den Euros und Ausweispapieren ist fort", entfuhr es Moritz fassungslos und er suchte mehrmals vergeblich danach. „Manno, wenn ich das in der Röhre verloren hab und man findet das dort. Saublöd! Was mach ich nur? So nen Mist!", schimpfte er vor sich hin, wenn auch ganz heiser. Er trommelte mit der Faust auf den Boden. „Reg dich ab, da kannste jetzt nichts machen, Moritz. Raus müssen wir hier, sage ich dir. Aber wie?", Kai entdeckte nun im unteren Sockelbereich ein ganz verschmutztes altes Fenster, Spinnweben hingen daran und ein greller Lichtschein war zu sehen. „Du, das ist breit, das müssen wir einschlagen, Moritz. Wir müssen versuchen, dort ins Freie zu kommen". Er ging in die Knie, was sehr mühsam für ihn war. „Ich seh Lichter in der Ferne", stellte er fest und zog seine Stiefel aus, mit den Eisenabsätzen. Mit voller Wucht schlug der Bursche gegen das Fenster. Er stöhnte und schnaufte bei dem Kraftakt. „Geh endlich entzwei", lallte er heiser. Es klirrte verdächtig. Glasscheiben gingen in Bruch, fielen herab. Mit Hilfe des Stiefels gelang es Kai, alle Scherben und die Scheibe des eckigen Fensters zu entfernen. Er sah hinaus. „Da ist eine Böschung, ich sehe Häuser", frohlockte er ganz erleichtert und steckte schon mit dem Kopf in der fensterlosen Öffnung. „Moritz, da können wir raus klettern. Los, erst du, ich bin ja zum Glück schlank, ich helf dir."

Moritz mit seinem breiten Schopf, der Bierwampe, hatte es sehr beschwerlich, aus der Fensterspalte zu kriechen. „Ich häng fest, das schaff ich nicht", japste er und fuchtelte mit den Armen und Beinen herum. „Zieh deine Wampe ein, dann klappt`s", meinte der Freund amüsiert und gab ihm einen Stoß. Moritz landete zuerst mit den Händen auf der steilen Böschung eines Abhanges. Das Licht einer Laterne blendete ihn. Er sah auf. „Das ist doch der verflixte Hexenturm", lallte er vor sich hin und zog Kai an den langen Armen hervor, der nun auch prustend, sich schüttelnd, zum Vorschein kam. Kai blickte erstaunt an dem länglichen grauen Gemäuer hoch. „Dort drüben, ist das nicht unsre Burg?" Moritz versuchte zu lachen. „Weißte wo wir hier sind, Kai? Dieser komische unterirdische Gang führt zum Hexenturm. Das ist er doch, wo wir eben waren. Da gab es sicher eine Folterkammer früher. Wer weiß, was die alten Römer und Germanen dort trieben", vermutete er ganz aufgebracht.

Kai staunte nur, rappelte sich auf, reckte sich. „Mir ist das alles so piepe. Ich will nur noch unter die Dusche und dann ins Bett". Er schaute auf die Armbanduhr, doch die war stehen geblieben. Wohl von der Nässe in der Kanalröhre. Eine ferne Uhr war mit drei Schlägen zu hören.

„Meine Funzel habe ich vergessen", sagte Kai. „Was soll`s, die Hauptsache, wir leben noch, Moritz.

Mensch, was ist mit Carlos? Ich muss immer an ihn denken. Oh, Moritz. Das war Horror jetzt, kann ich dir nur sagen. Wir sind meschugge!"

Durchnässt, übermüdet, von der Droge berauscht, schwankten die beiden Burschen die Böschung hinunter, in Richtung Burgberg, zu einem buckeligen, asphaltierten Gehweg, in Richtung Kronbergs nächtlicher Innenstadt. „Jetzt nur zu unserm Auto am Park, dann nicht wie heim", schnaufte Kai erschöpft, und sein Freund Moritz taumelte hinter ihm her.

Kapitel 19

Eine Menschenansammlung Schaulustiger hatte sich in Nähe der Baugruppe Hainstraße gebildet und aufgeregtes Stimmengewirr war zu hören. „Ein Toter in der Baugruppe", war zu hören.

„Wer ist das wohl?" Es gab Gesprächsstoff in der Burgstadt. Johannes von Hohenstein stieg mit Isabella und seinem Sohn aus dem Wagen und die Drei steuerten sichtlich erregt auf die Absperrung bei der Baugruppe zu, wo sie von zwei Kripobeamten empfangen wurden.

„Um Himmels Willen, was ist hier passiert?", fragte Herr von Hohenstein entsetzt und blickte fassungslos zum Leichenwagen auf der Landstraße. „Herr von Hohenstein, es ist ein furchtbares Unglück in der Nacht hier geschehen", stammelte der eine Kripobeamte mit belegter Stimme und deutete auf die Bauarbeiter, die zusammengesunken, schockiert, auf einer Bank saßen.

„Heute Morgen bei ihrer aktiven Tätigkeit, stellten sie fest, dass ein Teil der Erdoberfläche bei dem Kanalrohr eingestürzt war. Unter der Erdmasse und dem Gestein, entdeckten sie dann einen blutüberströmten Mann da liegen. Er war tot."

„Was sagen Sie da, Herr Köhler", entgegnete Herr von Hohenstein ungläubig und entsetzt.

„Das gibt's doch nicht! Hier war doch alles abgesperrt. Wer ist dieser Tote, Herr Köhler?"

Isabella Wallenberg lehnte sich an Johannes von Hohenstein und schlug dann die Hände vors Gesicht. „Das ist ja ganz furchtbar, die armen Arbeiter, die müssen ja fix und fertig sein von dem grauseligen Anblick", meinte sie voller Mitleid und schaute jetzt auf Moritz, der ein finsteres Gesicht machte, kreidebleich wurde und zurück wisch.

„Herr von Hohenstein, so wie es aussieht, hat jemand, vielleicht dieser Mann, versucht, in den Gewölbegang zu kommen. Was wir entdeckten, die Eisentür war aufgebrochen und eine Wasserlache hatte sich gebildet, die wohl aus diesem Rohr kam. Da ist auch die Einsturzstelle."

„Herr Köhler, ich fass es nicht! Das Gelände, der Treppenaufgang zum Burgberg, ist abgesichert, gesperrt. Das ist lebensgefährlich, es steht doch auch groß auf den Schildern hier."

Herr von Hohenstein als beratender Architekt, wurde nun auch kreidebleich, seine Hände zitterten und Schweiß bildete sich auf seiner Stirn vor Entsetzen, aber auch Wut. „Wer macht das? Das kann nur ein Verrückter sein, voller Leichtsinn, Abenteuer, Neugierde", brauste er los.

„Herr von Hohenstein, bei dem Toten, bei dem es sich im Übrigen um einen Türken eines Frankfurter Nachtlokals handelt, fanden wir in der Westentasche eine Tüte mit Drogen."

Isabella als Anwältin wurde stutzig und erwiderte in erregtem Ton, wobei sie zu Moritz schaute:

„Dann ist dieser Kerl drogenabhängig. Vielleicht ein Dealer, Herr Köhler?"

„Frau Wallenberg, wir waren nicht hier, als es passierte. Wer weiß, was sich hier abgespielt hat. Von den Bewohnern in den umliegenden Häusern hier, hat keiner was bemerkt."

„Sonderbar!", meinte Herr von Hohenstein kopfschüttelnd. Ein Arzt trat nun hinzu und wandte sich an die Polizisten. „Es ist tragisch, fassungslos. Die Bauarbeiter sind schockiert, ergriffen. Ich habe gerade einem Mann dort eine Beruhigungsspritze gegeben. Herr Köhler, was soll nun geschehen? Die Bauarbeiten können ja im Moment nicht fortgesetzt werden."

„Da haben Sie vollkommen Recht. Deshalb haben wir um das Gelände eine polizeiliche Absperrung gemacht und verhängen einen dreitägigen Baustopp, um den tragischen Fall aufzuklären", verkündete der Kripobeamte und wandte sich an Herrn von Hohenstein. „Was sagen Sie dazu?"

„Eine weitere Arbeit ist hier vorerst undenkbar. Das sehe ich auch so", war die verständnisvolle Reaktion von Herrn von Hohenstein. „Legen wir eine Zwangspause ein, dann können sich unsere Bauarbeiter von ihrem Schreck erholen. Was ist hier in unserer sonst so ruhigen kleinen Stadt Kronberg nur los?", fragte Herr von Hohenstein und machte ein nachdenkliches Gesicht.

„Brandstiftung des unbekannten Feuerteufels, mit Tod Herrn Eigners, Brand im Schulpark, Bankraub in der Nacht." Er schaute den Kripobeamten fragend an. Werden wir hier in Zukunft kriminell, Herr Köhler?"

Der Polizist kratzte sich am Kopf und versuchte nebenbei, die sich immer mehr einfindenden Neugierigen abzuwimmeln. „Herr von Hohenstein, in jeder Stadt, besonders Frankfurt, geschehen fast täglich Verbrechen, Überfälle, kriminalistische Fälle, leider bleibt unsere idyllische Burgstadt davon nicht verschont." Er trat auf Moritz zu, der mit gesenktem Haupt schweigend auf dem Gehweg stand, Unverständliches vor sich hin murmelte. Carlos war tot. Moritz wusste, was in der Nacht hier geschah. Aber er schwieg und hielt sich in Gewalt. Eine feste Hand legte sich nun auf seine Schulter und der Polizist sah ihn mit scharfem Blick an. „Mein junger Freund, Moritz, Sie sind ja kein unbeschriebenes Blatt, auch zu manch Schandtat bereit. Was haben Sie denn gestern getrieben?

Waren Sie unterwegs, vielleicht auch hier bei der Baustelle und wollten was erforschen. So ein Geheimgang bei der Baugruppe ist doch interessant, voller Reiz und Horror. Oder etwa nicht, mein lieber Moritz?"

Isabella stand nun neben Johannes Sohn und musterte ihn. Sie spürte mit ihrem Scharfsinn genau, wie nervös er wurde und achtete auf sein Mienenspiel.

„Ich weiß nicht, was Sie von mir wollen, Herr Köhler", erwiderte er barsch und ballte die Faust.

„Ich hab mit meinem Kumpel Bier in der Kneipe gesoffen", erwiderte er schroff, obwohl ihn sein schlechtes Gewissen doch plagte. „Ich habe kein Schimmer, was hier los war", leugnete er mit eiserner Miene und vermied es, Isabella und seinen Vater anzuschauen. „Das interessiert mich nicht. Tote gibt's überall, jetzt musste halt einer hier dran glauben. Was hab ich damit zu tun?"

„Sie sind ganz schön abgebrüht und kalt, mein Lieber", erwiderte der Kripobeamte kopfschüttelnd.

„Sie wissen ja, Sie sind vorbestraft, wegen so einigen Schandtaten. Der Autounfall von damals, ist mir heute noch nicht ganz klar. Also mein lieber Moritz, passen Sie auf und sagen die Wahrheit. Irgendwann kommt doch alles ans Tageslicht. Dann wird's zu spät für den Täter. Gefängnis droht. So ist`s. Basta!"

Die Menschenansammlung hatte sich aufgelöst, der Arzt versorgte die Arbeiter, die sich eine verdiente Brotzeit nun gönnten, kühles Bier süffelten. Die Autos, Busse und Lastfahrzeuge brausten wieder an der Baugruppe auf der Straße entlang, es herrschte Leben.

Der Leichenwagen war inzwischen davon gefahren. Der Kripobeamte begutachtete nochmals die Einsturzstelle, machte Notizen und wechselte Worte mit den verstörten Arbeitern.

Herr von Hohenstein gab ein Handzeichen in Richtung Baugruppe und winkte den beiden Polizisten einen Abschiedsgruß zu. „Ich muss mit Frau Wallenberg zu einem Termin!", rief er über die Straße und wandte sich an seinen zerknirschten Sohn. „Was treibst du jetzt? Fährst du mit uns oder geht's wieder in die Stadtwache zum Alkohol saufen?"

„Da liegste schief, Vater", antwortete der Sohn schnippisch und schielte auf Isabella im violetten Kostüm, die ihn kritisch beäugte und grinste. „Ich mach ne Runde durch den Park, ich brauch jetzt Luft, ganz viel Luft“, grölte Moritz frustriert. „Übel wird’s mir hier. Kotzübel, wisst ihr! Dann tigere ich bei Kai vorbei, wenn er auf seiner Bude ist.“

Er drehte sich um, würdigte dem Vater und Isabella keinen Blick mehr. Moritz stampfte davon, abwärts, in Richtung Stadtpark. Johannes von Hohenstein und Isabella bestiegen den weißen topflotten Mercedes und fuhren davon.

Es war Mittwochabend, 20 Uhr. Die Politiker der einzelnen Parteien und die Stadträte hatten soeben am großen Tisch im Rathaussaal ihre Plätze eingenommen. Auch Johannes von Hohenstein als CDU Vorsitzender weilte mit dicker Aktenmappe, im dunklen Anzug, unter den Herren und auch Damen vom Magistrat. Isabella hatte mit großer Anteilnahme am politischen Geschehen in der Burgstadt Johannes begleitet und saß im Untergeschoss beim großen Fenster, um alles zu verfolgen. Stimmengewirr war nun zu hören, auch unter den Zuhörern im oberen Stockwerk, als der Bürgermeister jetzt eintrat und seinen Platz neben Johannes von Hohenstein einnahm, den er kurz mit einem Händedruck noch begrüßte. Dann winkte er mit einem Schmunzeln Isabella zu, die seinen Gruß mit Kopfnicken erwiderte.

„Meine lieben Damen und Herren vom Magistrat, unsre Rathausaktiven und Gäste hier im Saal“, war die erste Ansprache des Rathauschefs. „Wir haben uns zu unserer Stadtverordnetenversammlung hier eingefunden, um wichtige Punkte im Stadtgeschehen, besonders Baumaßnahmen, zu besprechen“. Der Bürgermeister räusperte sich und sein Gesicht wurde ernst. „Wir alle in der Stadt sind zutiefst erschüttert, über den plötzlichen und tragischen Tod unseres Bauexperten Martin Eigner. Wir haben in der Stadt einige neue Bauten, Einrichtungen, bekommen. Das war das Werk Herrn Eigners, auch Herrn Schumann, nicht zu vergessen. Da sind wir zu Dank verpflichtet und stolz über die fertiggestellten Projekte wie Postamt, Stadtbücherei und die Komplexe nun in der Frankfurter Straße und Hainstraße. Ich möchte nun das Wort an unseren geschätzten Johannes von Hohenstein geben, er machte ja zum größten Teil als Architekt seine Entwürfe. Ihm gilt auch Dank. Zur Seite steht ihm nun eine neue Anwältin in unserer Burgstadt, Frau Isabella Wallenberg.“ Er schmunzelte nun, „Sie ist fürwahr ein echtes Wiener Mädel. Also willkommen in unserer Burgstadt Kronberg. Fühlen Sie sich hier bei uns wohl. Bitte, Herr von Hohenstein, Sie dürfen alles andere berichten und erklären.“ Er machte eine freundliche Handbewegung.

Johannes von Hohenstein stand von seinem Platz auf, machte ein nachdenkliches und resigniertes Gesicht und schien etwas nervös: „Meine Damen und Herren, unser Herr Bürgermeister erwähnte es bereits, der Tod Herrn Eigners traf uns sehr. Ich gebe zu, besonders mir. War Martin doch, ich meine Herr Eigner, ein geschätzter, grandioser Kollege und auch Freund. Ich bitte Sie deshalb als Gedenken an Herrn Eigner sich von den Plätzen zu erheben, für drei Schweigeminuten.“ Er senkte den Kopf und die Hände krallten sich ineinander voller Ergriffenheit. Stühlerücken war zu hören, alle standen vor Ehrfurcht vor dem Verstorbenen auf und gedachten seiner mit Lob, Achtung, vielleicht auch Tadel für die Bauaktivitäten in der Burgstadt. Nur eine Person im obersten Rang bei der Treppe, kauerte abwesend, ohne Anteilnahme, die Ellenbogen aufs Geländer aufgestützt, auf seinem unbequemen Holzstuhl, machte eine finstere Miene. Es war Moritz von Hohenstein, der sich nicht für das Stadtgeschehen der dortigen Politiker interessierte, sondern eher amüsierte, vor sich hin grinste. Alle nahmen wieder ihre Plätze ein.

„Danke für Ihre Anteilnahme“, meldete sich Johannes von Hohenstein wieder zu Wort und entnahm aus der schwarzen Aktenmappe ein Schriftstück. „Kommen wir zu Punkt 1. Die Baumaßnahme auf dem Gelände „Alte Grundschule“ wächst und gedeiht, die Grundsteinlegung erfolgte, das erste Mauerwerk, Stockwerk der Bauten ist erstellt. Auf unserem beliebten Berliner Platz sieht es im Moment wie auf einem Schlachtfeld aus“, wobei er nun mal lächelte, „aber wenn dort dann die Markthalle stehen wird, auf hohen Säulen, wird sich die Innenstand im neuen und modernen Gewand präsentieren. Ich hoffe, auch die letzten Zweifler erkennen das dann doch positiv. Bei zu aktiver Sonneneinwirkung kann so eine Markthalle auch schützen, einen Sonnenhut ersetzen.“ Jetzt wurde mal gelacht, den Kopf geschüttelt und Moritz konnte es sich nicht verkneifen, lautstark ein „Puh“ von sich zu geben, was ihm böse Blicke einheimste. „Macht für uns junge Leute eine Disco und Spiel hallen am Berliner Platz!“, brüllte Moritz herab zu den diskutierenden Rathauspolitikern im unteren Sitzungsraum. „Bravo! Eine tolle Idee!“, meinte ein junger Mann neben Moritz stehend und himmelte ihn wegen seiner Äußerung an.

„Ich bitte doch um Ruhe da oben bei den Gästen, das gilt auch für dich, Moritz“, rügte ihn sein Vater und verkündete weitere Mitteilungen und Planungen. „Zusammen mit Herrn Eigner machte ich Entwürfe für eine neue Bebauung im Süden unserer Stadt, auf dem Gelände von unserem Johannishof, wo sich genügend Bauland noch anbietet. Ein Teil davon hab ich verkauft, ging in städtische Hände. Es sollte ein neues Kur-Viertel dort entstehen, mit Kurhaushotel, Wandelhalle und entsprechenden Kuranlagen. Von diesem Plan bin ich vorerst nach Eigners Tod zurückgetreten, wir haben nun aber auch überlegt, ein solches Kur-Viertel im Quellenpark Kronthal zu errichten. Das ist alles in Planung, bringt nun die Zeit mit sich. Ich habe ja jetzt eine Anwältin, mit Frau Wallenberg an meiner Seite“, meinte Herr von Hohenstein schmunzelnd, „sie unterstützt mich und berät, so gut es möglich ist.“

Isabella im flotten feuerroten Kostüm, schwarzer Spitzenbluse, klatschte charmant in die Hände und bat um das Wort. „Darf ich mich trotz dieser eingehenden Gesprächen hier dazu äußern und einen Vorschlag machen“, wandte sich die attraktive Lady an die Herren der Politik.

„Aber natürlich, Frau Wallenberg“, entgegnete der Rathauschef sofort. „Wir freuen uns über Ihre Meinung und Beteiligung am Kronberger Geschehen.

Bitte, die Dame!“

Isabella stand sogar extra von ihrem hohen gepolsterten Stuhl auf und schaute mit Lächeln auf die Männer und drei Damen.

„Als Neu Kronbergerin, nun ansässig auf dem Johannishof, bin ich auch interessiert, was unter der Stabführung von unserem Johannes von Hohenstein, bei dem ich nun mein neues Domizil habe, hier so passiert und gebaut wird. Es ist ein prächtiges Natur- und Landschaftsgebiet in nächster Nähe des Hofgeländes. Das bietet sich doch als Bauland an. Ich könnte mir dort inmitten der Wiesen, Felder und Weideflächen, einen attraktiven Vergnügungspark für Jung und Alt vorstellen. Das geplante Kurhaushotel inbegriffen. Ich würde Herrn von Hohenstein bei einer solchen Gestaltung zur Seite stehen.“

Eine Minute herrschte schweigende Stille. Als Isabella wieder ihren Platz einnahm, dann ertönten Zwischenrufe, teils ein leises Klatschen und heftige Debatten. Der Rathauschef schmunzelte und ging sogar auf Isabella zu. „Ihr toller Vorschlag in aller Ehre, liebe verehrte Frau Wallenberg, aber wir sind hier im Städtchen Kronberg, nicht in Wien. Wiener Praterleben, vielleicht noch mit Riesenrad, einigen Buden und ähnliches...“ Er lachte verschmitzt. „Das passt hier nicht hin, das lassen wir lieber in Wien.“ Die Lady legte mit schelmischem Blick den Kopf zur Seite und schaute eisern in die abweisenden Gesichter. „Warum nicht?“, bohrte sie nochmals ihren Vorstellungen nach. „Ein bisserl vom Wiener Flair kann doch nicht schaden, das zieht bestimmt Gäste an und dient dem Fremdenverkehr der Stadt.“ Alles lachte und die ausgeflippte Diva sah sich nicht ganz ernst genommen.

Moritz stampfte mit den Füßen auf, trommelte mit den Fäusten auf dem hölzernen Geländer herum. Er konnte sich nicht mehr beherrschen und machte seiner Meinung lautstark Luft. „Das Weib ist verrückt geworden!“, rief er dazwischen. „So ein Blödsinn! So ein verdammter Schwachsinn. Das ist ja zum Kotzen. Das hält man ja im Kopf nicht aus. Wärst du mal lieber in Wien geblieben, da gehörste hin. Ein Riesenrad auf unserem Hofgelände, da lachen ja die Hühner“, grölte er und höhnisches Gelächter erfolgte aus seiner Kehle.

Johannes von Hohenstein machte ein erzürntes Gesicht und seine Augen funkelten wütend. Ruckartig stand er auf und stammelte ein schwaches: „Entschuldigung!“ in die Runde, dann stürmte er die Treppenstufen empor zur Besucheretage und packte seinen nörgelnden und Unfrieden stiftenden Sohn am Handgelenk. „Bist du total närrisch geworden! Was redest du da für einen Quatsch und störst nur. Bitte, verlasse augenblicklich den Raum, Moritz“, fauchte er den Sohn an und einige Anwesende schüttelten den Kopf und grinsten.

Moritz sah den Vater böse an, erhob sich stürmisch vom Platz, sodass sein Stuhl polternd umfiel. „Das ist doch hier alles Scheiße! Und du mischst da mit. Wie immer. Adios, die Herrschaften! Viel Spaß noch beim Quatschen“, gab er nochmals von sich und lachte schallend, bevor er zur Ausgangstür ging. Sein Vater trieb ihn mit einem Stoß vorwärts. „Raus hier! Ganz schnell! Ich schäme mich für dich, Moritz!“

Der Bursche tippte sich an die Stirn, sah den Vater feindselig an, bevor er mit einem grölenden lauten Lachen und heftigem Türenschlag das Rathausgebäude verließ.

Die Fäuste geballt, überquerte er das Gelände, was ihn zum Parkplatz führte, wo unzählige Fahrzeuge standen. Voller Aggression griff er zum Taschenmesser, stach in einige Reifen. Als er nun Isabellas Mercedes entdeckte, übermannte ihn noch mehr Wut und ihre Autoreifen wurden von dem Burschen aufgeschlitzt, die Wagentür, Kotflügel, mutwillig zerkratzt. Der Schurke steckte sein Messer wieder in die Tasche seiner Lederjacke, rieb sich schadenfroh über seine Heldentat, die Hände. „Gute Heimfahrt“, lallte er vor sich hin und zum letzten Mal ertönte ein lautes Lachen über das Gelände. Moritz trottete davon, um die nächste Bierkneipe aufzusuchen, um sich dort mal wieder restlos vom verkorksten Abend zu besaufen.

Kapitel 20

Moritz und Kumpel Kai kauerten an diesem noch frühen Samstagmorgen, in der Brasserie vom Berliner Platz, beim Frühschoppen, zusammen. Die beiden Burschen steckten die Köpfe zusammen, debattierten heiße Gespräche und süffelten ihr Bierchen.

„Moritz, das mit Carlos ist saublöd. Wo kriegen wir nun unseren Stoff her?“, flüsterte Kai dem Freund zu und hielt die Hand vor den Mund, damit nur niemand etwas hören sollte. „Wären wir nur nicht in diesen verflixten Kerker gestiegen, da würde Carlos noch leben. Du hast doch hoffentlich der Kripo nichts gesagt?“, meinte Kai misstrauisch und ein scharfer, kritischer Blick galt dem Freund.

„Bist du närrisch, Kai! Keine Silbe habe ich gesagt, natürlich alles abgestritten, obwohl diese Isabella sich einmischte und mich mächtig nervte.“

„Das Spinnennetz ist geschlossen, ich war gestern mal dort“, lispelte Kai leise, „da ist nichts mehr zu kriegen. Doof! Ich werd` mal rumhören, wo es was für uns gibt.“

„Hallöchen! Kann ich schnell einen Mocca bekommen?“, war vom Tresen zu hören. Eine kesse Blondine mit langen Haaren, langem Rock, roter Lederjacke, war ins Lokal geschneit und winkte gleich Moritz und Kai einen Gruß zu. Der junge Gastwirt am Tresen grinste mal und begrüßte nun überschwänglich diese sexy Lady. „Cora, dein Mocca. Du bist ja außer Atem, was ist denn los? Komm, wir gehen zum hintersten Eck, in die Nische. Dort sitzt Kai, unser Hausgenosse hier im Posthaus.“ Die Blondine rauschte jetzt mit der Moccatasse in der Hand auf den Tisch von Moritz und Kai zu. „Hallo, ihr Beiden! Ich bin die Cora. Habt ihr was dagegen, wenn ich meinen Mocca bei euch einnehme? Ich hab nicht viel Zeit“. Sie setzte sich auf den freien Stuhl, was Kai sehr gefiel, Moritz aber misshagte, der einen Flunsch aufzog und Cora mit grimmigem Blick angiftete.

„Ein viertel Stündchen hab ich nur Zeit“, schnaufte Cora und genoss den duftenden heißen Kaffee in sich hinein. „Ich muss um 11 Uhr rüber in die Stadthalle, wir haben doch Generalprobe für unser Kriminalstück „Das Halstuch“. Morgen um 17 Uhr ist Premiere, alles schon ausverkauft. Toll! Was?

Am Abend um 20 Uhr 30 haben wir noch eine Vorstellung. Das ist anstrengend, macht aber auch Spaß. Ich bin ja Schauspielerin, toll, dass es hier in der Stadt so eine geile Laienspieltruppe gibt“, meinte sie schwärmerisch und musterte Kai mit einem schelmischen Lächeln. „Sie sind ein cooler interessanter Typ. Wissen Sie das? Groß, von schlanker Gestalt, die langen dunklen Haare hinten zusammengebunden, am Ohr ein großer Silberring. Das imponiert mir. So Typen wie Sie suchen wir bei uns.“ Sie plauderte munter drauf los und ihre Tasse mit Mocca war längst leer getrunken.

Kai wurde hellhörig, er himmelte diese Blondine geradezu nun an. „Ich habe in Berlin Schauspiel und Bühnentanz gelernt, außerdem als Maskenbildner bei einer Opernbühne gearbeitet.“ Der Blondine blieb vor Staunen der Mund offen. „Was? Sie sind auch schauspielerisch aktiv, noch Maskenbildner.

Das gibt's ja nicht! Wissen Sie was, Sie müssen unbedingt zu uns kommen. Der Jürgen ist ausgeschieden, wir suchen einen Maskenbildner zum Schminken für unsere Akteure in der Truppe“.

Cora kramte aus ihrem Täschchen eine Visitenkarte hervor. „Bitte melden Sie sich unbedingt bei uns. Ja!“ Sie musterte jetzt Moritz, der starr in sein Bierglas guckte. „Was ist mit Ihnen? Sie sind stämmig, mit einer dicken Wampe, wie ich seh. Pardon, das ist keine Kritik an Sie. Kommen Sie auch mit dem Mann.“ Moritz verzog das Gesicht, schaute Kai misstrauisch an, machte dann eine abweisende Handbewegung. „Nö! Das ist nichts für mich, Kai soll das machen, wenn er Bammel dazu hat.“

Kai wurde nachdenklich und schaute die Lady mit einem Grinsen an. „Zu dem Krimiabend komm ich morgen. Das ist klaro“, und Kai schielte zu seinem Kumpel, der immer noch ein grimmiges Gesicht aufzog, weil ihm diese Turtelei nicht passte. „Kommste mit in den Krimi? Das ist doch mal eine geile Story in der Stadt.“ Moritz zuckte mit der Schulter und brummelte ein, „Weiß ich noch nicht“, vor sich hin. Die Blondine schaute auf ihre goldfarbene Armbanduhr. „Oh, ich muss ja rüber, die warten auf mich.“ Kai stellte jetzt doch seine Frage, die ihn wurmte. „Cora, wissen Sie vielleicht jemanden hier, der ein Zimmer vermietet oder eine freie kleine Wohnung? Meine möblierte Bude hier wird zu eng. Sie kommen doch überall herum.“ Cora schmunzelte nun. „Sie haben aber Glück. Ja, ich kann Ihnen einen Tipp geben. Schauen Sie mal nachher bei Frau Meinhard in der Tanzhausstraße vorbei. Das ist das schnuckelige kleine Fachwerkhäuschen, bei der Stadtbücherei. Frau Meinhards Mann ist erst verstorben. Sie sucht nun einen Untermieter, damit sie nicht ins Seniorenheim gehen muss. Es ist eine sehr nette alte Dame. Sie kommt regelmäßig zu unseren Aufführungen. Vielleicht ist das was für Sie. Jetzt muss ich aber eilen, ich hasse selbst Unpünktlichkeit. Ihr seid coole Typen. Also, viel Glück mit der Wohnung!", rief sie von der Tür zurück und winkte. Kai brüllte nun hinterher: „Sie sind ein Engel!", und eine Kusshand folgte noch nach. Kai griff nach Moritz Arm. „Mensch, Moritz, haste das gehört? Vielleicht krieg ich ja die Bude, oder was es sonst ist. Los, wir zahlen. Dann nichts wie hin, zu dieser Frau", kommandierte Kai ganz happy. „Ist ja schon gut", brummelte Moritz. „Wart` erst mal ab." Die Beiden zahlten schnell, winkten dem Gastwirt zu und stürmten davon.

Kai und Moritz standen nun erwartungsvoll vor dem Fachwerkbau, mit den weinroten Giebeln und der turmartigen Dachgaupe. „Da oben möchte ich gern hausen", echote Kai und drückte sogleich auf den Klingelknopf. Ungeduldig trippelte er auf und ab, schielte zur Eingangstür. „Niemand da", brummelte er zerknirscht. Dann hellte sich sein Gesicht doch auf, als er polternde Schritte vernahm und die Tür sich öffnete. „Guten Tag!", sagte Kai und musterte die ältere Dame mit den grauen Locken, langen Rock mit Bluse und eine Schürze umgebunden. „Ich bin Kai Blessing und wollte zu Frau Meinhard."

„Guten Tag, junger Mann, Ich bin die Frau Meinhard", sagte die Dame und schaute die beiden Männer kritisch an. „Was wollen Sie denn von mir? Mein Mann Albert ist erst verstorben", wimmerte sie nun und Tränen liefern ihrer Wange herab. „Frau Meinhard, ich habe es gehört und es tut mir leid", entgegnete Kai und zeigte sogar nun Mitgefühl. „Sie suchen einen neuen Mieter, wir mir eine Cora vorhin berichtete. Frau Meinhard, ich hätte schon großes Interesse", äußerte sich Kai behutsam. „Ei, meine liebe Schauspielerin Cora schickt Sie zu mir. Ah! Da weiß ich Bescheid. Na, die beiden Herren, dann kommen Sie mal rein, in mein Häusle. Wir haben es vor Monaten saniert, nun ist mein lieber Albert tot, von mir gegangen", schluchzte sie nun auf. „Ganz allein hat er mich hier zurückgelassen. Aber wenn ich auch schon 82 bin, ich will noch nicht ins Altenheim." Vertrauenswürdig fasste sie nun nach Kais Hand. „Sie sind beide so nette und junge Burschen. Ich bin gern mit der Jugend zusammen". Die Frau deutete jetzt auf die offenstehende Tür vom Erdgeschoss. „Das ist mein kleines Reich jetzt, das langt für mich. Meine Herren, gehen Sie nur mal die Treppenstufen hoch, da oben sind die Räume, die ich vermieten möchte."

Kai polterte mit seinen Stiefeln die acht Treppenstufen empor, Moritz mit neugierigem Gesichtsausdruck hinterdrein, gefolgt von Frau Meinhard, die sogleich eine Tür im Gang öffnete.

„Herr Blessing, so war doch der Name, wenn ich es richtig behalten habe", lispelte die Frau und lächelte etwas. „Hier sind zwei kleine zum Teil eingerichtete Räume, daneben eine Kochecke. Neben dem Baderaum und Toilette ist sogar noch eine Abstellkammer mit Waschmaschine. Die müsste noch funktionieren. Wie Sie feststellen können, es ist eine eigene Etage für sich, wie eine Wohnung. Mein Mann zog sich oft nach oben zurück."

Kai musterte alle Räumlichkeiten und schüttelte nur ungläubig den Kopf. Dann schaute er mit verklärtem Blick aus dem kleinen Fenster der Dachgaupe. „Frau Meinhard, das ist wundervoll, so habe ich mir immer mein Domizil gewünscht. Moritz, was sagste dazu? Ist das nicht geil hier? Wie im Märchen."

„Hier könnt ich es auch aushalten", war Moritz beeindruckt.

Obwohl Kai so begeistert war, wurde er jetzt doch nachdenklich. „Was soll es denn kosten, Frau Meinhard? Das ist doch sicher sehr teuer hier in de Gegend." Kai zwinkerte Moritz zu, der aus dem Fenster schaute. „Junger Freund, Sie sind so sympathisch", meinte die alte Dame und legte gleich den Arm um Kai. „Wissen Sie was, geben Sie mir immer 200 Euro monatlich, dann ist es in Ordnung. Wann wollen Sie denn zu mir kommen, Herr Blessing?"

Kai schaute auf Moritz, dann zu der freundlichen Frau hin. „Ich komme sofort. Nachher. Ich habe zur Zeit ein möbliertes Zimmer im Posthaus. Da fällt mir die Decke bald auf den Kopf."

„Na junger Mann, Kai, dann packen Sie mal schnell und kommen zu mir. Die Schlüssel können Sie gleich mitnehmen, den schriftlichen Kram, ihr Mietvertrag, erledigen wir dann später." Kai war sprachlos und happy. „Frau Meinhard, ich freue mich wirklich und ihr Geld bekommen Sie immer pünktlich. Das versprech ich Ihnen." Kai war so begeistert, dass er spontan die alte Dame in den Arm nahm und auf die Wange küsste. „Danke! Tausendmal Danke!"

Die Männer folgten der Frau die Treppe herunter und gingen kurz mit Frau Meinhard in die Küche.

„Setzen Sie sich mal dort an den Tisch, wir trinken ein Tässchen Kaffee zusammen, Streuselkuchen hab ich auch noch, greifen Sie nur zu, die Herren." Kai und Moritz staunten nur und sahen sich kopfschüttelnd an. „Das ist ja wie Weihnachten", flüsterte Moritz auch ganz angetan von der liebenswürdigen Dame und süffelte den Kaffee. "Donnerwetter! Alle Achtung", lobte er den Kaffeegenuss.

„Der schmeckt wirklich, anders wie bei uns." Er griff zum Kuchen. Frau Meinhard saß am Tisch und fixierte die beiden Burschen. Frau Meinhard berichtete von ihrem Mann, der bei den Stadtwerken tätig war, von ihrem missratenen Sohn in Amerika, mit dem sie überhaupt keinen Kontakt mehr hatte.

„Kai", sagte sie schon ganz vertraut und sah wohl in ihm eine Art von Sohn nun, den sie vielleicht verhätscheln konnte. „Ich bin leider mit Asthma behaftet. Rauchen Sie denn? Das dürfte allerdings hier nicht sein. Ich bekomm sofort Luftnot und Anfälle.“ Kai stellte die Tasse ab und sah etwas zerknirscht auf seinen Freund, der ganz belämmert nun schaute und mit dem Kopf hin und her säuselte.

„Frau Meinhard, ich will ehrlich sein“, erwiderte Kai. „Ich bin zwar aktiver Raucher und mein Freund hier auch. Aber Sie sollen nicht krank werden, ich werde auf meine Zigaretten bei Ihnen verzichten. Ist das in Ordnung so?“

Die alte Dame schaute ihn verlegen an. „Das kann ich ja nicht verlangen, aber es wäre sehr freundlich von Ihnen.“

„Kein Problem, Frau Meinhard“, sagte Kai und stand auf. „Danke für den guten Kaffee. Den bekomm ich nicht so gut hin. Moritz, erheb dich mal vom Allerwertesten“, sagte Kai und drückte der Frau herzlich die Hand. „Ich packe jetzt alles zusammen, den Schlüssel habe ich ja bereits. Am Abend werde ich hier sein, dann bekommen Sie die erste Kohle von mir.“ Kai verbesserte sich und grinste.

„Ich meine, Sie bekommen 200 Euro für die erste Miete.“ Frau Meinhard führte die beiden Burschen zur Tür. „Na, dann packt mal eifrig eure sieben Sachen zusammen. Bis später.“

Die Tür fiel zu. Kai stand verdattert vor dem Haus und konnte sein Glücksfall immer noch nicht fassen. Kameradschaftlich schlug er Moritz auf die Schulter, dass er aufschrie. „Los, Kumpel. Wir haben jetzt zu tun. Packen!“ Sie eilten davon.

Kapitel 21

Moritz brauste mit dem Lieferwagen, gefüllt mit dreißig Kisten Mineralwasser, die Landstraße in Richtung Bad Homburg, entlang. Das Seitenfenster war geöffnet, lautstark ertönte Beatmusik, die er mitschmetterte. Den Hupern hinter sich zeigte er einen Vogel und störte sich nicht, am fließenden Verkehr, der sich hinter und vor ihm bewegte. Der Bursche wurde nervös und suchte in der Hosentasche nach seinem Cannabis, was er ergattert hatte. Er bog in die Seitenstraße ein, hielt neben einer Lagerhalle an, wo es zum Glück keine Gaffer, die ihn bemerken konnten, gab, kiffte dann vor sich hin und ihm wurde ganz heiß in der Brust. Moritz erlebte wieder den geliebten Rauschzustand, von dem er sich nicht mehr trennen wollte. Er rieb sich die Hände, lallte vor sich hin, schielte nach den Kisten mit Wasser, für das er nichts übrig hatte. Ein Bier am frühen Vormittag wäre nicht schlecht. Moritz öffnete die Tür, machte einige Schritte vorwärts, die er mehr schwankend ausübte. An der anderen Straßenseite entdeckte er eine Imbissbunde. Obwohl die Ampel Rot zeigte, taumelte er zwischen Bussen und Autos über die Straße zum Verkaufsstand. „Geben Sie mir schnell ein Bier“, sagte er barsch und Speichel rann aus seinem Mund. Er machte eine Handbewegung und griff nach der Pulle, um sofort gierig davon zu süffeln. Er schnaufte mächtig dabei und leckte über die dicken Lippen. „Das ist ein Getränk, genau das Richtige. Noch eine Pulle davon“, lallte er mit belegter Stimme und legte ein Geldschein hin. „Ist gut so! Adios!“ Moritz total angesäuselt schwankte trotz Huperei der protestierenden Autofahrer, erneut bei roter Ampel über die Straße zu dem Lieferwagen. Mit zittrigen Händen umklammerte er das Lenkrad, bog wieder ein auf die Landstraße und setzte seine verrückte Zickzackfahrt fort. Moritz, der jetzt nicht mehr Herr seiner Sinne war, verlor auch die plötzliche Herrschaft über den Lieferwagen. Als er gerade ein Beatlessong grölte, zickzackartig sich dem Homburger Kreisel näherte, fuhr er ruckartig gegen eine Leitplanke, die durchbrach, und der Lieferwagen stürzte seitlich eine Böschung herab. Durch den Aufprall zerbarsten die Windschutzscheibe, die Seitenfenster und die Kisten kippten durcheinander, Glassplitter flogen herab, Wasser aus den Flaschen ergoss sich über den zerbeulten Lieferwagen. Moritz kauerte über seinem Lenkrad, blutend am Kopf, Schläfe und Wange und hatte die Besinnung verloren. Ein lautes anhaltendes Hupen ertönte von der Unglücksstelle und ließ einige Fahrer jetzt anhalten. Ein Scherbenhaufen hatte sich gebildet, auch die Fahrspur der Landstraße bedeckt.

„Da ist ein Unfall passiert, der Mann am Lenkrad ist schwer verletzt. Holen Sie Hilfe, die Polizei!“, rief ein Autofahrer aufgeregt und sprach auf Moritz ein, der eingeklemmt war.

Zwei Streifenwagen, eine Feuerwehr kamen vorgefahren und der Krankenwagen mit Notarzt traf auch an die Unglücksstelle. „Das sieht ja schlimm aus“, meinte der eine Polizist und trat zum umgekippten Fahrzeug. „Hallo! Sie, hören Sie mich?“ Mit Hilfe der Feuerwehr wurde der Lieferwagen aufgerichtet, die Scherben beseitigt. Mühsam versuchten die Polizisten die eingebeulte Wagentür zu öffnen, Moritz von dem Gurt zu befreien, als dieser ganz verwirrt und stöhnend die Augen aufmachte. „Aua, mein Kopf! Was, was ist denn passiert?“, fragte der Bursche ganz benommen und schaute nun verdattert in die grinsenden Polizeigesichter, die ihn anstarrten.

„Was ist mit Ihnen los? Oh, Sie haben aber eine Fahne“, äußerte sich der Polizist kopfschüttelnd und wechselte einige Worte mit einem Sanitäter und Notarzt, die Moritz inzwischen versorgten.

Der eine Polizist prüfte die Personalien vom Ausweis, begutachtete den Führerschein. „Mein lieber Freund, wenn Sie auch erheblich verletzt sind, muss ich Ihnen Vorwürfe machen. Sie haben hier etlichel Kisten mit Sprudelflaschen, sind alkoholberauscht, wie ich feststelle. Was haben Sie sich dabei gedacht, Moritz von Hohenstein? So steht es in Ihrem Ausweis. Wasser haben Sie genügend geladen, was ja nun in Bruch ist, Alkohol, womöglich Bier, nehmen Sie zu sich. Sehr verantwortungslos, rücksichtslos und leichtsinnig, mein Lieber. Ja, den Führerschein behalten wir erst mal. Das gibt sowieso eine Strafanzeige, junger Mann.“

Obwohl Moritz starke Schmerzen der Wunden und seines Kopfes hatte, versuchte er nun krampfhaft sich in Gewalt zu halten. „Meinen Führerschein brauch ich!“, schnauzte er den Polizisten an und ein böser Blick galt ihm. „Junger Mann, das hätten Sie sich besser überlegen müssen. Alkoholmissbrauch! Trunkenheit am Steuer und einen Unfall verursachen, dann noch Wünsche stellen und schnippisch werden. Was denken Sie eigentlich? Ihr Lieferwagen ist ja teils zu Schrott geworden.

Er wird abgeschleppt, die Kosten tragen Sie natürlich. Soll der Sanitäter Sie zu unserer Klinik fahr en? Ihr Kopf sollte schon geröntgt werden, wegen der Verletzung“, gab der Polizist seinen Ratschlag und gab seine Befehle an die Bediensteten, um alles wieder zu säubern.

„Ich brauch nicht ins Krankenhaus, ich hab jetzt genug Wickel und Bepflasterung überall“, brummelte Moritz abweisend und griff an die schmerzende Schläfe. „Die Spritze reicht doch.“

Der Arzt redete mit großem Bedenken auf Moritz ein und tauschte einen Blick mit dem Polizisten.

„Herr von Hohenstein, bitte sind Sie vernünftig, Sie haben Kopfverletzungen, damit ist nicht zu spaßen“, sagte der Arzt und wandte sich an die Sanitäter. „Bringen Sie den besäuselten Burschen in die Klinik zur Kontrolle.“ Moritz wehrte sich energisch. „Haben Sie nicht kapiert, ich geh nicht ins Krankenhaus. Ich lebe ja noch und bin nicht am Sterben. Also, lassen Sie das bleiben. Der Wagen ist hin, ich bestell mir ein Taxi und fahr heim“, brauste Moritz auf und verzog das Gesicht vor Wundschmerzen. Das wollte er aber nicht zugeben und beharrte weiter seinen Willen.

Der Polizist machte ein erzürntes Gesicht. „So, junger Mann, es reicht“, meinte er mit eiserner Miene. „Haben Sie nicht genug Schaden angerichtet? Wenn die Sanitäter Sie nicht in eine Klinik einweisen sollen, ist das Ihre Sache, wenn es hinterher Komplikationen gibt. Steigen Sie in meinen Wagen, Moritz von Hohenstein“, äußerte sich der Polizist energisch, denn seine Geduld mit der Hartnäckigkeit dieses Burschen war langsam am Ende. „Ich werde Sie persönlich nach Kronberg fahren. Basta! Lassen Sie es gut sein, Herr Doktor“, wandte er sich an den Notarzt vom Rettungsdienst. Moritz wehrte sich, als der Polizeibeamte ihn am Handgelenk packte und zu seinem Wagen drängte. „Heh, was soll das? Bin ich ein Schwerverbrecher, dass mich die Bullen heimfahren?“

„Mäßigen Sie sich mit Ihrer Redensweise, mein Lieber und steigen endlich ein“, befahl der Polizist barsch und setzte sich ans Steuer. Moritz kauerte mit gesenktem Haupt und Kopfverband neben dem Polizisten und machte ein zerknirschtes Gesicht vor Wut. Er ließ sich anschnallen, die Fahrt begann. Gregor stand beim Gatter vor dem Reitgelände, zu seinen Füßen Harikon, den Kopf auf die Pfoten gelegt, und beide schauten interessiert Isabella zu, die im flotten Reiteranzug auf der Stute Mozart zu Klängen einer klassischen Quadrille ihre Künste ausübte. „Gregor, sehen Sie, was das Tier für ein großes Talent zeigt, diese genaue tänzelnde Schrittbewegung“, jubelte die

Lady entzückt und tätschelte den Rücken der Stute. Als die Musik jetzt lauter ertönte, schreckte Harikon auf, sprang am Gatter hoch, um kräftig zu kläffen. Die Stute bäumte sich auf, wieherte lautstark und trat mit dem Huf aus, sodass Isabella sich krampfhaft am Zügel festhielt. „Harikon, was soll das! Gib Ruhe, sonst musst du ins Haus“, kommandierte sie energisch und versuchte, die verschreckte Stute wieder zu beruhigen. Aber es wollte nicht mehr glücken und Isabella machte ein verdrießliches Gesicht. Sie stieg vom hohen Ross, setzte den Helm ab und ihre Haare berührten ihr rotes Jackett. Sie stellte den Kassettenrekorder ab, gab Harikon einen Klaps, der sie übermütig ankläffte und wandte sich dem Butler zu. „Ich werde Mozart jetzt regelmäßig trainieren“, verkündete sie und ließ ihre Blicke über das weite Areal des Hofes schweifen. Isabella öffnete die Gattertür. „Mozart, lauf zu, da auf der Koppel sind deine Freunde und Tillmann.“ Die Stute galoppierte davon, wo das Tier von Pfleger empfangen wurde, der eine andere Stute eifrig striegelte. Isabella streifte die hohen Stiefel von den Füßen, die sie nun von sich streckte, die Arme ausbreitete, die Landluft einatmete. Mit einem Juchzer ließ sie sich auf der Bank nieder, wo auch Gregor nun Platz nahm, sich ein Päuschen gönnte.

„Ach Gregor, es ist zauberhaft hier bei euch“, schwärmte die Pferdenärrin und wurde nun nachdenklich. „Johannes ist Architekt mit tollen Entwürfen und Planungen von Bauprojekten. Gregor, überlegen Sie doch mal, diese Erdbeer- und Obstplantagen, die große Weidefläche hier, ergibt doch Bauland. Hier könnte zum Beispiel ein neues Kurzentrum entstehen, Freizeitpark mit attraktiv en Geschäften, warum nicht auch ein Riesenrad oder Ähnliches, wie bei und im Prater. Das bietet sich doch direkt an. Ich kann mir das gut vorstellen und würde ein solches Projekt nur unterstützen. Bei euch könnte man einen Reiterhof gestalten. Ich hätte da Ideen, Gregor.“

Der Butler schaute Isabella nur ungläubig und kopfschüttelnd an. „Was haben Sie für eine Fantasie und Vorstellung. Um Himmels Willen, Isabella! Frau Wallenberg, bleiben Sie auf dem Teppich, äußern solche verrückten Ideen bloß nicht beim Chef. Der macht das noch am Ende, wenn Sie das sagen, befürworten. Schauen Sie mal in diese Idylle der bezaubernden Landschaft hier. Vor uns liegt unser Wahrzeichen, die Burg, der Taunus. Da kann man keine Klötze davor stellen. Hören Sie das! Vor etwa hundert Jahren, war hier im Südgelände nur Ackerbau, Landwirtschaft, bis unser Friedrich von Hohenstein auf diesem Gelände, was er kaufte, die ersten Fachwerkbauten entstehen ließ und dann mit der Familie nach hier überwechselte. Anna Maria, die eine Pferdenärrin war, sich Preise holte, ließ dann Dank ihrer hohen Honorare, noch diese prächtige Reithalle für ihre Künste, entstehen, anderes Vieh wie Kühe, Schafe, Hühner, kamen dazu. Mit viel Liebe und Fürsorge, wurde das alles gestaltet und geführt, auch nach Tod von Friedrich von Hohenstein und Anna Maria, der Frau unseren Chefs hier. Moritz ist schon der Erbe. Das stimmt.“ Isabella hatte widerwillig zugehört, kannte sie die Story um Gut Hohenstein von Johannes doch genügend. Sie schnaufte und sah herausfordernd auf den Butler, der grollte. „Das ist doch Schnee von gestern, lieber Gregor“, bohrte Isabella mit ihrem Vorschlag weiter. „Warum nicht mal was Neues wagen, hier entstehen lassen. Das bereichert doch auch hier den Fremdenverkehr, lockt Menschen an, in die Ruhe hier.“ Isabella legte vertraut den Arm auf des Butlers Schulter und redete seelenruhig auf ihn ein. Gregor befreite sich von Isabellas Vertrautheit und stand ruckartig von der Bank auf. Ein abweisender Blick traf die Holde. „Schlagen Sie sich solche Wahnvorstellungen aus dem Kopf. Hier bei uns auf dem Hof wird nicht gebaut. Wir wollen unseren Frieden, der immer hier herrschte.“ Gregor drehte sich nochmals nach der Lady um, schüttelte unfassbar mit dem Kopf und eilte davon. Isabella machte zwar erst ein verdrießliches Gesicht, weil Gregor so unwirsch reagierte, dann schlenderte sie summend aufs Hofgelände zu und winkte dem ankommenden Johannes von Hohenstein zu, der soeben mit Margot aus seinem Fahrzeug stieg.

„Hallo meine Reiterin!“, rief er ihr beschwingt zu und begrüßte sie mit einer Umarmung. „Fesch und sportlich schaust du aus. Wir kommen gerade vom Homburger Amtsgericht, nichts hat sich er geben“. Er machte eine Handbewegung zu Margot hin, die nun vorerst im Rosenhaus eine neue Bleibe hatte. Margot Eigner machte einen betrübten Eindruck und ihre Augen schimmerten erneut mit Tränen. „Isabella, die Kripo hat immer noch keine Spur vom Täter, der das Feuer legte. Und Martin lebt nicht mehr. Ich vermiss ihn so sehr.“ Sie rieb über die Augen und griff zum Taschentuch, was Isabella ihr reichte, um die Nase zu schnäuzen. Isabella legte den Arm um Margot und versuchte sie zu trösten. „Es ist sehr tragisch, du musst Geduld haben, tapfer sein.“ Die junge Frau im dunkelblauen Kostüm schaute ihre Freundin verstört an und klagte mit belegter Stimme: „Du meinst es ja gut, Isabella, ihr alle hier, aber versteht das doch, ich kann mich mit Martins Tod nicht abfinden. Wir haben uns geliebt und waren glücklich und zufrieden. Er war ein hervorragender Bauunternehmer, bekam erst eine Auszeichnung dafür. Alles ist vorbei, nichts ist geblieben. So ist es doch. Ja, ich bin euch dankbar, dass ihr mich aufgenommen habt, aber es belastet mich auch.“

Johannes von Hohenstein tauschte mit Isabella einen Blick und ergriff Margots Arm. „Kommt, wir gehen ins Haus, unsere liebe Dörthe wird einen Kaffee aufbrühen. Ich glaube, der tut uns allen jetzt gut, belebt müde Geister. Bella, was ist mit den Pferden? Hat Tillmann den Stallungsbereich in Ordnung gebracht? Das hatte ich ihm gesagt.“

„Du Hannes, bei dem milden Wetter heut, sind die Pferde noch auf der Koppel“, berichtete Isabella, hielt jetzt Reithelm und Stiefel in den Händen, um dann Johannes und Margot ins Herrenhaus zu folgen.

Kapitel 22

Moritz war nur widerwillig seinem Vater in Isabellas Kanzlei gefolgt und eine deftige Standpauke prasselte auf den Sohn nieder, als Polizeiinspektor Köhler eintrat.

„Guten Tag, zusammen! Hier geht's ja schon lebhaft zu und unser Dauersünder kriegt die Leviten gelesen. Ja mein lieber Moritz, da wär ich mal wieder. Hier ist die schriftliche Anzeige, wegen Trunkenheit am Steuer. Den Führerschein haben wir bereits eingezogen, es gibt also einjährige Fahrsperre für Sie, mein Freund." Er sah ihn an, „und die Kosten tragen Sie natürlich selber, junger Mann."

„Herr Köhler, was soll ich nur noch mit meinem missratenen Sohn anstellen, frag ich Sie?", brauste Herr von Hohenstein mit wütender Stirn auf. „Der Kerl ist doch für nichts zu gebrauchen, faul und aufsässig. Nicht mal eine Lieferung mit Getränkegut kann er wohlbehalten zum Maritim bringen. Nein! Saufen muss der Bursche. Und einen Unfall machen."

Moritz ballte die Faust und ein vernichtender Blick traf den Vater. „Du machst mir Vorwürfe, Vater! Gerade du", fauchte der Sohn und sein Gesicht lief blutrot an. „Ich habe halt ne Pulle Bier gesoffen. Was solls. Da hab ich nun den Unfall gehabt, der Wagen ist abgekippt. Ich hab Schrott gemacht, die Flaschen sind zerdebbert, nicht so tragisch", wies er die Vorwürfe von sich. „Sei du nur ganz still, Vater. Was hast du denn vor zehn Jahren verbrochen? Du hast Wein getrunken und bist Auto gefahren, Mutter durfte ja deinen so noblen Mercedes nicht anfassen. Du hast auch einen Unfall gemacht, wo Mutter und Katharina ums Leben kamen. Haste das alles vergessen? Jetzt ist ja deine Isabella hier und managt alles und hat ihre verrückten Einfälle. Den Schaden zahlt unsere Versicherung doch. So wars doch immer, Vater", erzürnte sich der Sohn und schnaufte, da er sich so in Rage brachte.

„Mein lieber Moritz, du kommst allein für die Unkosten auf, nicht Vaters Versicherung", äußerte sich Isabella und sah auf Herrn Köhler, der mit Herrn von Hohenstein Ratschlag hielt.

„Isabella, wenn du auch hier als eine Anwältin herrschen tust, halt dich da raus. Ja! Meinen Kram erledige ich selber. Ich brauch kein Kindermädchen. Ich werde die Kohle schon kriegen, die der Mist kostet", schimpfte Moritz drauf los.

Der Polizeibeamte legte die Hand auf Moritz Schulter und ein scharfer eindringlicher Blick traf den harten Burschen. „Moritz, ich habe soeben mit Ihrem Vater debattiert und sage es hiermit auch Frau Wallenberg als hier zuständige Anwältin von Gut Hohenstein, Pardon, Johannishof", verbesserte er sich unter einem Schmunzeln rasch. An Stelle einer Geldstrafe werden Sie 120 Stunden einen sozialen Dienst in unserer Klinik Homburg absolvieren. Ein wenig Disziplin, Ordnung und Rücksichtsnahme kann Ihnen nicht schaden. Sie sind ja noch ohne feste Tätigkeit, wie ich weiß. Das ist eine faire

Lösung, meinen Sie nicht auch, Frau Wallenberg? Herr von Hohenstein?"
„Ein gutes sachliches Angebot, Herr Köhler", war der Anwältin Reaktion und sie tauschte mit Johannes von Hohenstein einen vielsagenden Blick. Sie amüsierte sich im Geheimen darüber.
Moritz schaute düster drein und er hätte am liebsten laut losgebrüllt vor Wut. Aber er ließ doch seinen Frust ab. „Was? Ich soll im Krankenhaus arbeiten! Soll ich vielleicht dort Ärsche abwischen, Pisstöpfe ausleeren?", frotzelte er aufbrausend und schüttelte sich schon bei diesem Gedanken der Arbeit.
„Zügeln Sie Ihr Mundwerk, Moritz", rügte ihn der Polizeibeamte mit Kopfschütteln. „Wir sind doch gnädig mit Ihnen. Sie können aber auch gern brummen, ich meine, drei Tage in Haft, wenn das lieber ist. Sie haben das letzte Wort, Moritz."
„Herr Köhler, mein Sohn Moritz wird ab Montag seine Strafarbeit vollziehen und wenn ich ihn persönlich zur Klinik fahre", sagte Herr von Hohenstein. „Mein Sohn, ist das klaro? Jetzt kannst du in dein Zimmer düsen, mal nachdenken über deinen Alkoholkonsum und deine bevorstehende Tätigkeit, in der Klinik.
„Scheiße! Mist!", schimpfte Moritz, stampfte wütend mit dem Fuß auf und ein grimmiger, bitterböser Blick traf alle im Raum. „Melden Sie sich am Montag bei Schwester Waltraud, auf Station drei", befahl der Inspektor noch, bevor Moritz davon stürmte.

Kapitel 23

Moritz polterte widerwillig die etlichen Treppenstufen der Homburger Klinik hinauf, denn um diese frühe Uhrzeit waren alle Aufzüge in Betrieb. Der Bursche machte ein grimmiges Gesicht und wirkte resigniert, denn diese zwangsweise Tätigkeit passte überhaupt nicht in sein ungezügeltes Macho Leben. Mit den Händen in der Hosentasche, Kaugummi schmatzend, stieß er die große Glastüre von Station drei, auf. „Puh! Hier ist vielleicht ein Gestank", nörgelte er sogleich und schielte grinsend auf zwei Patientinnen, die in langen Nachtgewändern den Gang entlang flanierten, dann ein Schwätzchen hielten. Moritz steuerte mit finsterer Miene auf das Schwesternzimmer zu. Er schmunzelte mal vor sich hin, denn zwei junge Pflegerinnen, in weißen Kitteln, schauten zu ihm auf.
Aus einer Nebentür trat jetzt eine ältere, in weißer Tracht, mit Haube, gekleidete Schwester.
„Hallo!", brüllte Moritz sehr unwirsch in den Raum. „Ich bin Moritz von Hohenstein und soll hier arbeiten."
„Ja, sieh mal an, da ist ja unser Alkoholsünder", wurde Moritz von der Person empfangen, die ihn kritisch musterte durch die großen Brillengläser.

„Ich bin die Stationsschwester Waltraud. Guten Morgen, junger Mann! Moritz von Hohenstein ist Ihr Name. Ich bin bestens informiert über Sie. Hier bei uns gibt es genug zu tun, keine Fisimatenten, damit Sie das gleich mal wissen, Moritz. Hier werden die Pfleger und Sozialarbeiter mit dem Vornamen angesprochen, auch Sie.“

„Das ist mir so Wurscht, wie Sie mich nennen“, erwiderte Moritz barsch und ihm lief es eiskalt über den Rücken, als er in diese eiserne, verbitterte Miene sah. Moritz wurde sofort klar, mit dieser burschikosen Schwester würde er Probleme bekommen. „Da kommt gerade Doktor Kleitner, unser Stationsarzt hier, da können Sie mit ihm sprechen, welche Tätigkeiten Sie verrichten werden. Herr Doktor Kleitner, würde Sie mal bitte kommen, Moritz von Hohenstein ist eingetroffen. Sie wissen doch...“, Schwester Waltraud sprach nicht weiter, machte aber eine entsprechende Handbewegung zu ihrem Mund.

Der Arzt im weißen Kittel betrat das Schwesternzimmer und musterte Moritz mit ernstem Gesicht. „Junger Mann, Moritz von Hohenstein, Sie wissen ja, weshalb Sie bei uns einige Zeit einen sozialen Dienst machen sollen. Polizeiinspektor Köhler hat uns über Sie und den Unfall informiert. Ich versteh Sie nicht, junger Mann. Sie trinken Alkohol und steuern dann einen Lieferwagen mit Getränken. Sind Sie alkoholsüchtig? Dann sollten Sie mal eine Therapie machen, sogar bei uns hier wird das angeboten. Sie schaden sich doch nur durch das Gesöff. Aber, das nur nebenbei. Sie werden Schwester Waltraud hier auf dieser Station zur Hand gehen. Wie ich sehe, kommt der Essenswagen, da können Sie beim Austeilen helfen, Schwester Waltraud wird Ihnen Weiteres sagen. Moritz, hier im Schrank hängen weiße Hose und Oberteil für Sie. Ihre Kleidung müssen Sie ablegen, wegen Infektionen, das ist so üblich hier.“

Moritz schüttelte das Haupt und motzte sofort wieder auf. „Was? Ich soll meine Jeans und Hemd ausziehen, das komische Zeug tragen. Ich bin doch kein Koch.“ Da der Arzt und die Stationsschwester ihn mit strengem Gesichtsausdruck anschauten, fügte sich Moritz und streifte sich das neue Gewand über. Er schaute an sich runter und grinste nur. „Verrückt!“

Schwester Waltraud fasste nun energisch nach seinen immer noch grünlich gefärbten Haaren und sie legte ihm eine Haube hin. „Ihre schäbige Frisur kann man niemanden zumuten!“ Da Moritz sich rapide wehrte, diese seltsame Kopfbedeckung über seine Mähne zu stülpen, wurde sie ihm jetzt eigenhändig von Doktor Kleitner aufgesetzt. „Damit das klar ist, Moritz, bei Ihrer Arbeit hier behalten Sie diese Haube auf. Haben wir uns verstanden, junger Freund?“ Er bemühte sich ernst zu bleiben. „So und jetzt ziehen Sie noch Ihre alten Latschen aus und probieren diese Pantoletten an. Es müsste Ihre Größe sein, die anderen Pfleger tragen sie auch. Mal ein bisschen hurtig, junger Mann! Nicht hier einschlafen.“ Doktor Kleitner wurde doch langsam ungeduldig und auch gereizt über seinen seltsamen neuen Bediensteten. Er tauschte einen vielsagenden Blick mit der Stationsschwester, die nur noch fassungslos ihren Kopf schütteln konnte.

Moritz verkannte den Ernst der Lage total und so fing der Bursche lauthals an, grölend zu lachen. „Wie ich ausseh, als käm ich vom Kostümball“, frotzelte er amüsiert. „Bescheuert!“

„Diese dummen Sprüche hier auf Station können Sie sich sparen, Moritz“, wurde er sogleich von Doktor Kleitner in die Schranke gewiesen. Er machte eine Handbewegung in Richtung Ausgang.

„Gehen Sie jetzt mit Schwester Waltraud und bringen den Patienten ihr Essen. Die einzelnen Zimmernummern und Namen der Patienten sind immer vermerkt. Wir sehen uns später wieder. Ich habe jetzt Visite. Schwester Waltraud, sollte es Unklarheiten mit diesem jungen Mann geben, energisch sein, ansonsten wissen Sie ja wo ich erreichbar bin.“ Er deutete mit einem Lächeln auf sein Handy, legte kurz die Hand auf Moritz Schulter und eilte die Treppe hinab zu einer anderen Station. Moritz verzog das Gesicht, steckte die Hände in die Seitentasche vom weiten Oberteil und folgte der Schwester zum Essenswagen. „Hier ist Zimmer 108. Nehmen Sie diese drei Tabletts, bringen es den drei Damen ins Zimmer. Der Name der Patientinnen ist unter dem Tablett vermerkt. Haben Sie das jetzt richtig verstanden, junger Mann?“, gab Schwester Waltraud ihre Anweisung und widmete sich der weiteren Essensverteilung. Moritz öffnete mit einem festen Ruck die Tür, die nun geräuschvoll gegen die Wand schlug. Mit dem ersten Tablett in Händen stürmte er ins Zimmer und schnappte sogleich nach Luft. „Igitt! Hier drinnen ist vielleicht eine dicke Suppe. Es stinkt hier.“

Er wollte sofort das große Fenster weit öffnen, nachdem er die schwere Last neben dem Bett der Patienten abgestellt hatte. „Ihr Essen habe ich hier“, sagte Moritz barsch und schielte mit rümpfen der Nase zu der älteren Frau, die an einer Infusion angeschlossen war und am Bett ein Beutel mit Urin befestigt war.

„Junger Mann, lassen Sie das Fenster zu, es wird nur gekippt“, brauste die jüngere Patientin vom mittleren Bett, im hellblauen Spitzengewand, lange blonde Haare, auf. „Wer sind Sie denn überhaupt? Sie kommen hier in unser Zimmer und nörgeln gleich herum, wie es hier duftet. Wir sind im Krankenhaus, da ists halt so. Grüßen können Sie auch nicht. Wo ist unsere Schwester Waltraud? Die kommt doch meistens, oder Helga“, beklagte sie sich. Moritz sah diese Kesse mit funkelnden Augen an. „Moritz, heiße ich, damit Sie es wissen. Und arbeiten muss ich jetzt hier vorläufig. Das passt mir auch nicht in den Kram.“

„Das merkt man“, war der Kommentar der Dame und sie stieg aus dem Bett, schlüpfte in einen roten seidenen Mantel, um sich an den Tisch zu setzen. Moritz hatte inzwischen die weiteren Speisen geholt, ohne auf die Namen zu achten, die Tabletts mit Essen, den beiden anderen Frauen ans Bett serviert, ohne eine Hilfe zu leisten. Die ältere Dame an der Infusion hängend, begutachtete mit kritischem Blick ihr Essen und schüttelte den Kopf dabei. „Aber Moritz, was ist denn das?“ fragte sie entsetzt. „Kartoffelklöße, Gulasch und Rotkraut, kann ich doch jetzt noch nicht haben. Ich wurde doch gestern erst operiert. Nein, das esse ich nicht!“ Die Frau schob das Gericht zur Seite und sackte ins Kissen zurück. Moritz gedankenlos und flapsig störte es nicht. Er grinste nur. „Was kann ich da machen, dann müssen Sie halt hungern“, äußerte sich der Bursche sehr ruppig und amüsierte sich über die Blondine, am Tisch sitzend, die über ihren Grießbrei meuterte.

„Heh, Sie Moritz! Was ist das für ein Essen? So ne Pampe rühre ich nicht an“, motzte sie auf und verzog das Gesicht. „Ich bin doch nicht magenkrank, ich brauch deftige Kost, damit ich wieder Aufbaustoffe bekomme. Ich bin Stewardess und muss bald in die USA fliegen“, protestierte sie lautstark und fing nun an, ihre langen Fingernägel am Tisch zu lackieren. „Wenn Sie den Brei essen, nehmen Sie doch paar Pfündchen ab“, witzelte Moritz mit schadenfrohem Gesicht. „Werden Sie mal nicht frech, junger Mann“, zischte die kesse Blondine mit dem geilen wohlgeformten Busen, Mitte Dreißig.

Moritz machte ein finsteres Gesicht und schaute kopfschüttelnd auf die Frau beim Fenster liegend, die nun auch kritisierte. „Haben Sie etwas zu meckern?“, fauchte Moritz und schielte zu dem unberührten Teller mit Klößen und Gulasch, das würde er gern selber verdrücken.

„Moritz, ich habe ein Fischgericht bekommen“, klagte die Dame mit den Lockenwicklern im Haar.

„Schwester Waltraud weiß doch genau, dass ich eine Allergie gegen Fisch habe. Was ist denn nur heute mit unserem Essen los? Das stimmt doch nicht!“.

„Was soll denn nun mit den Klößen und Gulasch geschehen?“, fragte Moritz ironisch und es lüsterte ihn gewaltig danach. „Das ist mein Leibgericht seither“, verkündete er jetzt doch den drei Frauen im Zimmer.

„Dann nehmen Sie den Teller, setzten sich hier an den Tisch und essen diese Klöße“, schlug die ältere Frau nun vor und machte eine vorsichtige Handbewegung, zu dem noch immer neben ihr stehenden Tablett. Moritz war noch etwas verunsichert. Dann griff er doch nach dem Teller und breitete sich am Tisch aus, wo die Blondine nun in einer Zeitschrift blätterte. Moritz kauerte mit gespreizten Beinen, die Ellenbogen aufgestützt, am Tisch und mampfte das tolle Klößen Gulasch Gericht in sich hinein. Zwischendurch warf er einen Blick auf die vor ihm liegende Bildzeitung und las mit vollen Backen die Schlagzeile auf der ersten Seite: Bankräuber erbeutete eine Million.

„Ich habe Hunger und möchte mein Essen“, sagte die Dame am Fenster und trank ein Glas mit Sprudelwasser, als sich die Tür öffnete und Schwester Waltraud eintrat. Moritz fiel vom Schreck die Gabel aus der Hand und er schob unwirsch den Teller von sich. „Moritz, was seh` ich da, Sie sitzen hier seelenruhig am Tisch und essen! Ja, was soll denn das?“, brauste sie auf und packte ihn energisch am Arm. „Stehen Sie auf, wenn ich mit Ihnen rede. Sie schlingen das Essen von Frau Winkenheim in sich rein. Sind Sie denn von

Sinnen, nicht bei Verstand!" Ihr Gesicht war nun feuerrot vor Wut und sie deutete auf den Grießbrei. „Frau Uhl, Sie haben nichts davon gegessen? Ihr Magen braucht das."

„Dieser junge Mann brachte mir die Klöße", verteidigte sich die Frau und schüttelte den Kopf unfassbar. „Schwester Waltraud, ich bekam Fisch von diesem Pfleger", wandte sich die eine Patientin an die Stationsschwester. „Ich kann das doch nicht essen, wegen meiner Eiweißallergie. Ich habe so einen großen Hunger jetzt", jammerte sie und schnaufte mal. Die Stationsschwester setzte sich nun selbst auf einen Stuhl. „Ich fasse es nicht!", brauste sie auf. „Meine Damen, ich bitte Sie um Entschuldigung! Ich konnte nicht ahnen, dass dieser junge Mann sich so täppisch anstellt, nicht mal richtig lesen kann, was auf dem Tablett vermerkt ist."

Moritz fühlte sich in seiner Ehre gekränkt und meuterte sofort heftig. „Ich bin nicht blöd und lesen hab ich auch gelernt", fauchte er mit grimmigen Augen. „Die Leute hier haben alle ein Essen von mir bekommen, wenn Sie das nicht wollen, ist das nicht mein Bier. Ich hab sowieso kein Bammel, hier bei dem Mief und dem Gemecker zu arbeiten!"

Die drei Patientinnen schauten sich verdutzt an, über diese patzige Reaktion des Mannes.

Schwester Waltraud stand nun mit eiserner Miene inmitten des Raumes und lüftete energisch Moritz Geheimnis. „Meine Damen, dieser Bursche muss hier einen Strafdienst machen, so ist`s. Alkohol hat er gesüffelt, ist Auto gefahren und hat einen Unfall verursacht." Erst herrschte atemlose Stille und Entsetzen bei den Patientinnen, dann ertönte ein schrilles Lachen durch das Zimmer, was aber von Moritz mit einem Faustschlag auf die Tischplatte unterbrochen wurde. „Das ist gemein und so hinterfotzig von Ihnen Schwester Waltraud, das hier den Weibern zu sagen. Ich geh heim und lass mir das nicht bieten! Kennen Sie keine Schweigepflicht in Ihrem Beruf?" Moritz wollte zur Tür eilen, wurde aber von der Schwester am Handgelenk festgehalten. „Moritz, wir werden mit Doktor Kleitner weiter reden", sagte die Schwester und rang nach Luft. „Meine Damen, Sie werden alle Drei von mir eigenhändig ein neues Essen bekommen. Keiner soll bei uns wegen Dummheit dieses Burschen Hunger leiden." Sie befreite die eine Patientin von ihrer Infusion. Diese ältere Dame hatte aber doch etwas Mitleid mit dem neuen Angestellten, denn sie war Mutter dreier Söhne und kannte ihre Flachsen nur genau. „Schwester Waltraud, sind Sie mal gnädig mit Moritz. Jeder macht mal Fehler, das nächste Mal wird's bestimmt besser gehen. Nicht wahr, Moritz? Meinen Grießbrei können Sie mir noch bringen. Mein Magen knurrt schon sehr", äußerte sich die Frau. Schwester Waltraud machte ein finsteres Gesicht und ließ sie noch strenger erscheinen, als sie schon war. „Moritz kann man nicht mit Glacehandschuhen anfassen, Frau Uhl. Dieser Knabe benötigt eine harte Hand, Ordnung und Disziplin, sonst gibt's keine Besserung in Zukunft. So ist es halt. Wir wissen das." Moritz stöhnte mal. Ein vernichtender Blick traf diese Person. „O je! Wie beim Militär“, frotzelte Moritz und fügte leise hinzu: „Und die ist der Feldwebel!“

Die Blondine rauschte nun mit höhnischen Lachen an Moritz vorbei, sie schupste ihn unsanft zur Seite und zischte ihm zu: „Alkoholsüchtiger! So einer ist hier tätig!“. Dann suchte sie das Badezimmer auf. „Blöde Ziege!“, zischte Moritz verärgert und tippte sich an die Stirn. „Die spinnt total, so ein blödes, kesses Weibsbild.“

„Raus hier, ganz flink!“, brüllte Schwester Waltraud energisch und macht die Tür auf. „Moritz, warten Sie draußen auf mich. Ich will nur bei Frau Uhl den Urinbeutel abhängen. Gehen Sie!“. Moritz brummelte Unverständliches vor sich hin. Der Bursche stieß die Tür auf und ging zum Sanitätsraum hin.

Neugierig, wie der Bursche war, ging er in den sanitären Raum und bekam gleich einen Hustenanfall, da es stark nach einer Desinfektionslösung roch. „Heh, du da, was machste denn dort? Was stinkt denn so erbärmlich, dass man kotzen könnte“, lispelte Moritz nun heiser werdend und blickte erstaunt auf den jungen Typen in weißer Kleidung, der über einer großen Wanne gebeugt war.

„Hallo! Krieg ich Gesellschaft hier“, schmunzelte der Bursche, wohl Anfang Zwanzig und streifte die Gummihandschuhe von den Händen, um den neuen Kumpel zu begrüßen. „Ich bin Torsten. Wer bist du? Ein Krankenpfleger, oder Zivi?“

„Um Gottes Willen. Nein!“, wehrte Moritz entsetzt ab. „Ich muss von den Bullen aus hier arbeiten. Meinste vielleicht, das macht Freude? Diese Schwester Waltraud ist ja ein Drachen und kommandiert nur herum. Mir reichts schon, für den ersten Tag“, sagte Moritz und schielte kopfschüttelnd zu den etlichen runden, eckigen Gefäßen in der Wanne. „Moritz, mich haben die Bullen beim Kiffen erwischt, statt vielleicht im Knast irgendwo zu brummen, soll ich nun vier Wochen eine Sozialarbeit machen. So bin ich hier gelandet. Diese verflixten Vasen, Behälter und Bettpfannen muss ich mit Desinfektionslösung reinigen. Befehl von der kantigen Waltraud und dem Chef der Station. Das ist Doktor Kleitner. Kannst mir helfen, Moritz, wenn du nichts anderes machen musst. Aber zieh dann die Gummihandschuhe an, sonst kriegste rote Pusteln auf der Haut. Das tut ganz schön weh.“

Moritz fand sofort Gefallen an Torsten, so begann er tatsächlich mit Säubern der Gefäße, natürlich mit Handschuhen. „Du nimmst wirklich Drogen, Torsten?“, flüsterte Moritz und sein Gesicht glühte nun vor Aufregung und Interesse. „Torsten, woher hast du den Stoff? Sag es mir doch. Ich hab auch gekifft und Verschiedenes probiert. Aber ich hab nichts mehr davon“, flüsterte Moritz leise an sein Ohr. Torsten mit seinen großen dunklen Augen und dem schwarzen gelockten Haar, sah ganz verdattert den Kumpel an. „Hört uns hier auch keiner? Die Wände haben Ohren.“ Er setzte sich auf den Wannenrand. „Also, hör genau zu, Moritz. Ich bin immer nach Frankfurt ins „Spinnennetz“. Da war Carlos, der hatte immer Kontakt zur Drogenszene und besorgte uns den Stoff. Es ist zu blöd, der hatte einen Unfall und ist tot." Moritz fiel vor Schreck die gläserne Vase aus der Hand, die auf dem Steinboden aufschlug und zerbrach. „Was? Mist!", schimpfte er nur und trat die Scherben mit dem Fuß zur Seite. Er wusste ja genau, wie Carlos ums Leben kam. So schwieg er nun zu diesem Thema und verzog das Gesicht. „Ich möchte jetzt ein Bier haben. Mein Hals brennt. Hier kannste nur Krankentee oder Wasser süffeln. Blöd!"

„Trinkst du viel Alkohol, Moritz?"

„Die Polente hat mich doch damit erwischt, den Führerschein kassiert, weil ich einen Unfall so gebaut hab. Das ist echt Scheiße, kann ich dir sagen. Nun muss ich mit dem blöden Bus nach Homburg düsen." Seine Wut ließ er nun an einem Kübel aus, den er mit einer Bürste prustend bearbeitete. „Ich bin übrigens aus Kronberg", sagte Moritz nebenbei. „Du?"

„Ich wohne mit meiner Mutter und Schwester in Soden, drüben. Mein Vater ist abgehauen, als ich 14 war. Meine Mutter ist ganz cool. Aber meine Schwester, mit ihrem neuen Lover, die nervt ganz schön. So, alles ist fertig und steril, wie es hier sein muss. Nun soll der Kram auf's große Regal gestellt werden. Machste wieder mit, Moritz? Du bist schon dufte."

Schwester Waltraud staunte sehr, als sie in den Sanitätsraum ging, um eine Vase zu holen.

„Sieh mal einer an, Moritz und Torsten sind eifrig bei der Arbeit. Wer hätte das gedacht. Na, dann säubert mal gemeinsam die Wanne und den Fußboden und schafft hier Ordnung. Moritz, Sie kommen gegen 15 Uhr zum Schwesternzimmer, da werde ich Ihnen sagen, was noch zu tun ist. Also, meine beiden Herren, rann ans Werk." Sie rauschte davon.

Moritz schnitt eine Grimasse und äffte die Schwester nach. „Das ist ein Monster. Weißte was, Torsten, ich hab Kohldampf, Hunger, obwohl ich vorhin Klöße und Gulasch verdrückt habe. Diese alte Oma im Zimmer wollte es nicht, da hab ich es gegessen. Es wäre doch schad gewesen, wenn das vergammelt." Torsten grinste jetzt und legte die Hand auf Moritz Schulter. „Du imponierst mir immer mehr. Wir müssen uns öfters treffen. Das würd eine Gaudi geben." Torsten drehte die Handbrause auf und bespritzte die Wanne von allen Seiten, um sie so zu säubern. Alle gereinigten Gefäße standen nun im Regal. „Scheuern sollen wir noch", erinnerte Torsten und griff zum Putzlappen und Schrubber. Mit Hilfe von Moritz, der sich an dem Schrubber fest hielt, wischten die beiden Burschen, einen Song trällernd, den Steinfußboden. Torsten schielte zu seiner Armbanduhr. „Moritz, es ist ja gleicht 15 Uhr", sagte er ganz aufgeregt. „Da beginnt doch das große Fußballspiel in ARD. Das möchte ich sehen. Die beiden Männer vom Zimmer 113 haben ein Fernsehgerät und gucken sich das auch an. Die Typen sind cool. Wollen wir hingehen? Los, komm mit." Er streifte die Gummihandschuhe ab und griff nach Moritz Arm, um ihn fort zu lotsen. „Auf geht's!" Moritz zögerte erst noch, folgte dann Torsten aus dem Raum.

Torsten legte ganz kumpelhaft den Arm um Moritz, so marschierten die Beiden unter Grinsen den Gang entlang, die Treppe herunter zur Männerstation. Gleich die erste Tür war das Privatzimmer 113. Die Luft war rein, keiner war zu sehen. Torsten schaute Moritz vielsagend an und klopfte an die Tür und ein lautes „Herein“ war von einer tiefen Männerstimme zu hören.

„Sieh Wolfgang, wer da erscheint und noch ein Mannsbild kommt mit“, wurden die Beiden nun von einem blonden stämmigen Typen empfangen. „Das ist Moritz, der muss jetzt hier auch schuften, wie ich“, frotzelte Torsten und ging zum Fenster, wo der andere Patient auf der Bettkante saß und zum Fernsehgerät schaute.

„Jetzt kommt die Fußballübertragung“, jubelte der eine Mann und rieb sich im Voraus schon die Hände. „Sie sind wohl neu hier?“, wandte er sich an Moritz, der sich noch etwas unsicher zurück hielt. „Ich muss auch eine blöde Arbeit hier machen“, gab Moritz Preis und erinnerte sich jetzt mit einem Schrecken, dass er eigentlich jetzt zum Schwesternzimmer kommen sollte. Aber er hatte keinen Bammel danach und zog das Fußballspiel doch vor. Moritz entdeckte nun auf der Fensterbank zwei Flaschen Bier. Das Wasser im Mund lief ihm zusammen. Wie sehr es ihn danach lüsterte. „Moritz, setz dich auf die Bettkante, jetzt beginnt`s, die Fußballshow. Ich bin der Wolfgang, der Typ heißt Achim. Magst ein Bier haben? Dann nimm dir nur eine Pulle. Ich krieg neues Bier von meiner Allerliebsten, ich mein Frau.“ Er lachte und starrte nur auf das beginnende Fußballspiel im Fernsehen. Moritz vergaß alles um sich, er süffelte nun sein geliebtes Getränk, knabberte eine salzige Brezel und fühlte sich unter diesen coolen Mannsbildern einfach sauwohl. Moritz zog die Schuhe aus und streckte die Beine von sich. Er vertiefte sich ganz ins aufregende Fußballspiel. Torsten kauerte neben Wolfgang und krallte die Hände ineinander. „Ihr lahmen Schlafmützen“, fauchte er in leisem Ton. „Lauft doch endlich mal zu. Die sind ja lahmarschig.“ Er teilte sich mit Wolfgang die andere Flasche Bier, die vier Männer waren im Fußballfieber. Es war genau 16 Uhr 11, als nun im Zimmer 113 von vier Männerkehlen ein lautes „Tor!“ und nochmals „Tor!“ ertönte. Moritz wollte gerade den letzten Schluck aus der Bierflasche nehmen, als sich die Tür vom Zimmer öffnete und Doktor Kleitner zu den Männern schaute. „Moritz, Sie sind hier bei den beiden Herren“, sagte er fassungslos und ging auf ihn zu, um den Burschen die Flasche abzunehmen. Alkohol. Bier. Dann noch hier im Männerzimmer. Ich glaubs ja nicht. Runter vom Bett!“ Er packte ihn energisch am Arm. „Torsten, was denkt ihr euch? Ihr habt einen Dienst zu verrichten. Das ist kein Vergnügen. Fußball schauen!“

„Herr Doktor Kleitner, sind Sie doch nicht so streng mit Torsten und Moritz“, äußerte sich der eine Zimmerpatient. „Das ist doch nicht so tragisch und ich habe dem Moritz das Bier gegeben. Der kann doch nicht nur Tee und Wasser trinken. Aber Herr Doktor, Sie sind doch sonst nicht so kleinlich.“

Der Stationsarzt machte ein ernstes Gesicht und fasste nach Moritz Handgelenk. „Sie und auch Torsten kommen mit mir und zwar augenblicklich. Und die beiden Herren hier im Zimmer nehmen mal Rücksicht auf die anderen kranken Patienten hier. Das Gebrülle eben hörte man im ganzen Stockwerk. So nicht!“

„Entschuldigung, Herr Doktor Kleitner“, nuschelte Torsten schuldbewusst mit rotem Kopf. „Ich schwärme doch so sehr für Fußball, da bin ich mit dem Moritz zu Wolfgang gegangen. Bitte schimpfen Sie nicht“, bat er mit gesenktem Haupt und sah auf Moritz, der ein wütendes Gesicht aufzog und heftig meuterte.

Moritz folgte widerwillig dem Arzt aus dem Zimmer und im Gang machte er seinem aufgestaunten Frust jetzt Luft. „Ich hab vorhin mit Torsten im Sanitätsraum schwer geschuftet“, verteidigte sich Moritz und wollte sich von dem Handgriff des Arztes befreien.

Doktor Kleitner verbarg sich ein Schmunzeln. „Junger Mann, das war richtig so, deshalb sind Sie auch hier. Nicht zum Vergnügen, amüsieren beim Fußball.“ Er wandte sich jetzt an Torsten, der belämmert drein schaute. „Torsten, Sie gehen auf Zimmer 101, da ist Schwester Helga und sind ihr behilflich. Moritz kommt mit mir zum Arztzimmer.“

Torsten fasste kurz an Moritz Schulter. „Machs gut! Wir sehen uns noch später“ Dann ging er den Korridor entlang.

„So Moritz, wir beide gehen mal zu meinem Zimmer, dort werden Sie dann bis 19 Uhr sich aufhalten. Schwester Waltraud kommt auch später.“

„Wie bitte! Was soll das heißen, Herr Doktor Kleitner“, protestierte Moritz, „ich habe bis 17 Uhr Dienst. So wurde es mir gesagt. Da mach ich nicht mit. Ich geh um Fünf!“

„Moritz, es reicht!“, sagte der Arzt energisch und schupste den widerspenstigen Burschen vorwärts zu seinem Reich.

Moritz befand sich jetzt im geräumigen Arztzimmer und machte ein böses Gesicht. „Wie im Gefängnis! Bin ich ein Schwerverbrecher, dass man mich hier so hinterfotzig behandelt?“ Doktor Kleitner versuchte es jetzt mit Güte, war er doch fast schon ein Psychiater, so legte er beide Hände auf Moritz Schulter und sah ihn nachdenklich und eingehend an. „Sie sind 26 Jahre, ein reifer, junger Mann, da können Sie wohl Verantwortung, Rücksichtsnahme, übernehmen. Moritz, Sie sind vom Alkohol abhängig und deshalb kam es ja auch zum Unfall. Herr Köhler hat eine soziale Tätigkeit hier in der Klinik, als mildere Strafe für sie befohlen. Und das werde Sie auch tun. Heute bleiben Sie wie erwähnt bis 19 Uhr auf der Station. Arbeit gibt es genug, junger Mann“, sagte er mit ernstem Gesichtsausdruck und deutete auf einige Kartons, die vor dem Arzneischrank aufgestapelt standen.

„Packen Sie das bitte aus, es ist Verbandsmaterial und ordnen Sie es in das Regal ein.“ Moritz stand fassungslos da und guckte dumm aus der Wäsche. Entrinnen konnte er aus dieser Falle nicht. Wütend riss er die Klebestreifen auf, dann die Pappe, warf den Zellstoff auf den Boden. Dann erschien

Schwester Waltraud und ließ sofort ihre Stacheln aus. „Sie mal an, Moritz, der sich lieber bei den Männern amüsiert und Fußball schaut. Doktor Kleitner, da haben wir ein Bürschlein bekommen. Das wird heiter werden bei uns", nörgelte sie herum und Moritz bekam erneut einen Tadel von ihr aufgedonnert. „Können Sie nicht vernünftig und ordentlich die Kartons auspacken? Das sieht ja aus, wie bei den Hotten-Totten, auf dem Fußboden. Hier ist das Arztzimmer, da kann nicht so ein Durcheinander sein."

„Sie können auch nur meckern, Schwester Waltraud", brauste Moritz patzig auf und wäre ihr am liebsten an die Kehle gegangen. „Ich bin keine Ziege, die meckern tut. Ich gebe Ihnen nur Anweisungen, für eine vernünftige Arbeit hier", äußerte sie sich. Doktor Kleitner blickte von seiner Akte auf und schaute kopfschüttelnd auf die energische und resolute Schwester. Er verkniff sich ein Lächeln.

„Ich möchte jetzt die nächste Stunde keine weiteren Kommentare mehr hören. Das gilt auch für Sie, Moritz, ganz besonders. Machen Sie die Arbeit ordentlich und ordnen alles ins Regal, wie ich es erwähnte. Schwester Waltraud, lassen Sie den jungen Mann bitte seine Tätigkeit fortsetzen. Sie können mir bei den Krankenberichten behilflich sein."

Moritz sah ein, diese Schlacht hatte er verloren. Er kauerte mit mürrischem Gesicht auf dem Boden und fügte sich der Anordnungen des Arztes und der giftigen Schwester Waltraud. Der Bursche hatte drei Kartons entleert, die Packungen mit dem Verbandszeug im großen Wandregal aufgestapelt. Er schielte immer wieder auf seine Armbanduhr. Moritz wurde ungeduldig, gereizt, es nervte ihn alles. Die Uhr im Arztzimmer ertönte mit lauten sieben Schlägen. Moritz atmete auf und schaute auf den Arzt, der noch allein im Raum tätig war.

„Sehen Sie, junger Mann, das geht doch alles. Warum nicht gleich so. Moritz, Sie sind für heute entlassen", sagte der Arzt, stand auf und legte die Hand auf Moritz Schulter. „Morgen kommen Sie schon um 8 Uhr und helfen auf der Männerstation bei Schwester Helga. Wenn das reibungslos abläuft, können Sie um 14 Uhr abdampfen. Ist das klar, Moritz?"

Moritz schnaufte und verzog das Gesicht. „Ja, ist schon gut. Kann ich gehen?"

„Ja, Moritz. Auf Wiedersehen. Bis morgen."

Moritz stürmte aus dem Raum und wollte die Treppe runter zum Ausgang eilen. Da stellte er fest, er war doch in Klinikbekleidung und hatte noch die komische Haube auf dem Kopf. „So ein Mist!", fing er an zu fluchen, machte kehrt, zum Schwesternzimmer, wo zum Glück niemand anwesend war. Moritz öffnete wuchtig den Garderobenschrank, riss seine eigenen Kleidungsteile heraus, um sie mit Jeans und Hemd auszuwechseln. Das lästige Klinikschuhwerk schleuderte er von sich und zog sich prustend seine schäbigen Latschen an. Moritz Blick fiel auf den Arzneischrank, den er nun vorsichtig aufmachte, wenn er auch quietschte. Er schaute sich unsicher um, dann griff er flink nach der braunen Flasche mit Chloroform und ließ sie in seiner Westentasche verschwinden. Der Bursche sah auf dem runden Tisch eine kleinere Flasche mit Likör stehen, wohl ein Geschenk von Patienten an den Arzt oder einer Schwester. Moritz machte gierige Stielaugen danach, fackelte nicht lang, ließ dieses herrliche Gesöff in der Jacke, unter dem Arm gepresst, verschwinden. Zufrieden lallte er vor sich hin und schlich unbemerkt aus dem Raum. Er stürmte an einer Pflegerin vorbei, die ihn kopfschüttelnd ansah, zur Tür, in Richtung Ausgang. Moritz hatte es geschafft. Nichts wie weg hier. So flitzte er schnaufend die vielen Treppenstufen hinunter zum Hauptausgang der Klinik.

Kapitel 24

Kai Blessing war happy und schwebte auf Wolke sieben, über sein neues großzügiges Quartier bei Frau Meinhard, so staunte sein Freund Moritz nicht schlecht, als Kai ihm den Glimmstängel jetzt untersagte, denn die Freunde hockten zusammen. „Moritz, steck bloß die Schachtel wieder weg“, befahl Kai energisch und holte zwei Pullen Bier aus dem Kühlschrank. „Das kannste haben und mehr nicht. Kapito?“

Moritz verzog das Gesicht und meuterte sofort. „Kai, das ist ja wohl ein schlechter Witz. Ich darf keine Zigarette hier auf deiner Bude rauchen? Ich geh ans Fenster“, sagte Moritz und öffnete es sogleich. Kai stand auf und griff nach Moritz Hand mit dem Glimmstängel, den er soeben anzünden wollte. „Moritz, lass das sein, sonst gibt’s Ärger“, bestand Kai auf die abgemachte Regel. „Ich bin froh, hier zu wohnen und habe es Frau Meinhard versprochen. Das weißt du doch. Also, halt dich daran. Laber das Bier mal, das ist gut“, machte Kai ein Gegenangebot und der Freund fügte sich, wenn auch widerwillig mit zerknirschtem Gesicht.

„Reg dich ab, Kai. Ist ja gut“, war Moritz Kommentar und er ließ sich schwer auf den Ledersessel fallen. Dann süffelte er an seinem Bier. „Gut, dass ich heut nicht zu der doofen Klinik muss. Das nervt mich alles. Essen austeilen, so komische Pötte mit einem Stinkzeug säubern. Dann diese Tusnelda von Schwester Waltraud, zum Davonlaufen, kann ich dir sagen. Es kotzt mich an.“ Er schnaufte mal und leckte sich den Schaum des Bieres von den Lippen.

„Moritz, du bis auch zu blöd“, meinte Kai abwertend. „Warum lässte dich auch mit Alkohol von der Polente erwischen? Jetzt haben wir den Salat, dein Führerschein ist eingezogen. Gut, dass der Kai ein Fahrzeug hat, mit Führerschein“, frotzelte er herum und zeigte nun dem Freund einen Brief vor.

„Ha! Ha! Ha!“, lachte Moritz, “du hast gut reden, ich kann doch nichts machen, wenn dieser blöde Lieferwagen mit dem Gesöff kippt, dann die Bullen noch erscheinen“, schimpfte Moritz und griff nach dem Briefbogen. „Was ist denn das?“

Kai rieb sich nun die Hände und war ganz im Element. „Hör zu, Niels hat mir geschrieben. Wir waren in Berlin auf der Schauspielschule, ein dufter Typ. Aber Homo, du kapierst?“

„Ich bin ja nicht doof und auf den Kopf gefallen“, nuschelte Moritz und sah den Freund erwartungsvoll an. „Ja, was ist nun?“

„Der Ivor Larenzen, ein ausgefallener Typ, mit dem ich auch auf dieser Schule war, hat eine geile Erbschaft gemacht. Du Moritz, er ist jetzt Hotelchef von einem Vier Sterne Hotel, am Titisee. Das ist im Schwarzwald“, erklärte Kai und seine Augen funkelten nun vor Abenteuerlust.

„Was ist da so interessant?“, fragte Moritz und zuckte mit der Schulter. „Manche haben halt Glück. Wir sind arme Teufel.“

„Moritz, jetzt mach mal halblang. Wir haben doch noch von unseren wertvollen Scheinchen. Ich war gestern erst bei der Sparkasse und habe Nachschub geholt.“ Moritz Augen leuchteten nun auch und der Bursche dachte kurz an seinen nächtlichen kriminellen Ausflug mit Kai. Kai kramte nun hinter dem Bett eine große alte Truhe hervor, die er öffnete. „Sieh dir das mal an. Viele tolle Weiberkleider, Mieder, Wäsche und Schuhzeug. Dann diese Perücken hier.“ Er stülpte sich sogleich eine langhaarige rötliche Perücke über. „Das hab ich noch vom Fundus in Berlin“, sagte Kai und tänzelte wie eine Primadonna durch den Raum. „Dann säuselte er mit verstellter Stimme, fast schon in weiblicher Stimmlage „Schöne Senorita, meine Verehrung. Küss die Hand, gnädige Frau.“ Kai ergriff Moritz Hand und drückte einen Schmatz darauf, der sich nur an die Stirn tippte und lachte. „Du bist bescheuert, was soll das?“

„Moritz, hör jetzt genau zu. Ich hab einen coolen Plan, was wir beide machen werden. Dieser Ivor hat sich damals immer nur produziert und im Mittelpunkt gestanden. Dann hat der Knülch mir noch meine Paraderolle Charleys Tante, was ich spielen sollte, weggenommen, sich dann brüstete. Jetzt will ich dem Knaben eins auswischen. Moritz, wir düsen heute Nacht nach Titisee und amüsieren uns dort. Und zwar als Weiber, mit dieser geilen Garderobe. Manno Moritz, das gibt eine Gaudi!“ Kai war ganz berauscht von seiner Idee und sogar die Droge fehlte ihm nicht.

„Bist du jetzt total meschugge! Ich soll ein Weibsbild sein und noch an den Titisee fahren. Das ist Baby und Altleutekram“, nörgelte Moritz und machte eine abweisende Handbewegung. „An diesem Titisee war ich mal mit zwölf Jahren, weil ich krank war. Aber jetzt ...“ Er machte eine Denkpause. „Auf die Malediven, oder Ibiza, das würde mich reizen“, gab Moritz ganz größenwahnsinnig von sich.

„Der feine Prinz Moritz von Hohenstein muss unbedingt auf die Insel der Reichen und Schönen. Die Malediven. Manno Moritz, bleib auf dem Teppich. Komm, sei kein Frosch, mach mit. Wir haben so viel Mist schon gemacht, lass uns an den Titisee zu diesem Hotel fahren. Jetzt gleich richten wir alles. Du brauchst nicht nach Hause“, sagte Kai aufgeregt. „Ich hab doch genügend Klamotten hier, das kannste alles von mir haben, das kommt dann ins Auto. Haste deinen Ausweis parat? Den brauchste schon." Moritz kramte in seiner Brieftasche und zeigte auf den Ausweis. „Da ist er ja. Was willste denn jetzt machen?"

„Wir verkleiden uns jetzt als Weiber", sagte Kai und legte seine Utensilien ab. Er streifte über seine langen schlanken Beine Perlonstrümpfe und grinste Moritz an, der wie belämmert im grauen Slip und Unterhemd da stand und fassungslos den Kopf schüttelte. Kai holte ein giftgrünes Jackettkleid mit weißen Spitzen hervor, was er sich über den Kopf zog, dann glatt strich. Moritz bekam einen Lachkrampf, als er seinen Kumpel in diesem auffallenden Frauenkleid sah, der dann ganz sexy mit dem Hinterteil hin und her schwankte. „Verrückt! Zum Schreien", witzelte Moritz und kramte weitere Kleidungsstücke hervor. „Zieh mal das hellblaue Trachtenkleid an, Moritz. Das ist sehr weit in der Taille", und er war dem tollpatschigen Freund bei der Maskerade behilflich. „Zieh mal deine Wampe ein, dann wird das was", kritisierte Kai und füllte die BH Einlage bei Moritz mit reichlich festem Schaumstoff aus. „Du musst schon einen Brustumfang vorweisen, denk daran, du bist ein Weibsbild", kommandierte Kai und fummelte an dem Freund herum. Moritz watschelte wie eine Ente im Trachtenkleid, auf dicken braunen Socken und seinen Igelborsten, die immer noch einen grünlichen Hauch hatte, durch den Raum. „Das Kleid ist so in Ordnung", sagte Kai und gab Moritz auch Perlonstrümpfe in die Hand. „Die musste schon anziehen, nicht deine alten miefenden Socken."

Als Moritz sich ungeschickt die seidenen Strümpfe über die stämmigen behaarten Beine zog, kam es zu Laufmaschen. „Schau dir das an, Kai, die Dinger sind kaputt gegangen", schimpfte Moritz und schaute den Freund an, der jetzt eine lockige rotbraune Perücke trug, in schwarzen Pumps mit etwas Absatz, majestätisch durch den Raum stolzierte. „Du bist so ungeschickt, hast zwei linke Hände", frotzelte Kai und amüsierte sich über den Freund. Er drängelte ihn zum Stuhl und kniete sich kurz hin, um Moritz eigenhändig paar weiße Seidenstumpfhosen überzuziehen. „Na bitte. Wer sagts denn. Geil. Jetzt fehlt noch der passende Kopf schmuck." Die beiden Männer durchwühlten die Truhe, warfen alles auf das Bett, dann entschieden sie sich für eine blonde und langhaarige Perücke mit den Ponyfransen, die jetzt Moritz Haupt krönte, den Burschen wie ein echt bayerisches Girl wirken ließ. Kai lachte schallend, dass es durchs Zimmer hallte. „Moritz, Moritz, du siehst so richtig schnuckelig aus, man könnt sich glatt in dich verlieben", ulkte der Freund und schnitt Grimassen. Kai stellte sich jetzt neben Moritz vor den langen Wandspiegel, um sich zu begutachten.

Die ausgeflippten Mannsbilder amüsierten sich über ihre Maskerade, ihr neues ungewöhnliches Outfit in den Frauenkleidern und grölendes Gelächter ertönte weiter. „Jetzt fehlt nur noch das Rouge", fand Kai zuerst die Sprache wieder. „Für dich in Deutsch übersetzt, die Schminke. Unsere Mannsgesichter darf man nicht erkennen. Hörst du, Moritz! Gehen wir mal zum Bad rüber, da ist mein Schminkkasten, was wir alles brauchen". Er fasste den Freund um Hand gelenk und zog ihn fort in Richtung Bad. Moritz kauerte in seinem Trachtengewand zusammengesunken auf dem Toilettendeckel und sah dem Freund zu, wie er falsche Wimpern anbrachte, reichlich Rouge ins Gesicht auflegte. „Moritz, als neue Weiber brauchen wir auch entsprechende Namen dazu." Er dachte krampfhaft nach, murmelte vor sich hin, schüttelte die nun lockige lange Mähne.

„Also Liesel, oder ähnlich, heiße ich nicht", verbat sich der Freund energisch. „Damit du das nur gleich weißt, Kai." Kai bearbeitete die Fingernägel, die nun auch einige Zentimeter länger und noch dazu rot wurden. „Ich habs, Moritz", jubelte er jetzt ganz stolz. „Wir sind zwei Schwestern und heißen Rosalie und Dorle Winkenbrink, kommen aus Berlin und München. Du bist Dorle. Okay ! Das wird eine Show. Geil. Cool!" Moritz, ansonsten zu allen Albernheiten und Schandtaten bereit, war doch noch etwas skeptisch und fummelte an seiner neuen Haarpracht herum. "Ich seh bescheuert aus, wie ein Trampel vom Land oder Lieschen Müller." Der Bursche stülpte sich einige paar Damenschuhe über die großen Füße, bis endlich rote weite Pumps, ohne Absatz, Größe 40, passten.

„Wenn uns hier einer so sieht, die denken doch, wir kommen aus der Klapsmühle. Wenn Isabella mich so ..." Er sprach nicht weiter, denn Kai hielt ihm die Hand auf den Mund und bearbeitete nun sein Gesicht mit Rouge. Moritz wurde bepinselt, gecremt, seine Wangen glichen dann einem Kinderpopo. „Du schaust einfach spitze aus, Moritz, nicht mehr wieder zu erkennen. Pardon, du bist ja jetzt Dorle Winkenbrink", witzelte Kai und übte sein Kunstwerk nun an seinem Gesicht aus.

„Moritz, du musst nun höher sprechen. Manno, du bist ein Weib." Die beiden Freunde machten Sprechübungen, wobei Moritz Stimme sich schrill überschlug. Es hörte sich an wie Froschgequake. Kai, der auch hausfrauliche Qualitäten hatte, griff nun tatsächlich zu einem Bügeleisen, um doch paar Röcke und Blusen, sogar zwei Blazer, etwas zu plätten. „So verknittert können wir das nicht tragen, Moritz. Wir müssen einen guten Eindruck machen, in dem piekfeinen Hotel." „Auch noch Schwerstarbeit", frotzelte Moritz als er Kais Bügelaktivität begutachtete. „Sowas macht bei uns Dörthe", war sein vernichtender Kommentar und er machte Schrittübungen auf dem kleinen Gang in den unbequemen Damenschuhen. Kai flitzte nun von einem Raum zum anderen, Platz hatte er ja nun reichlich in der neuen Wohnung und fühlte sich in seiner Frauengarderobe sehr wohl. „Du, ich hab Kohldampf. Hunger. Soll ich uns zwei Pizzas in den Backofen schieben? Hier ist doch endlich mal alles vorhanden, was der Mensch so braucht", jubelte Kai und ging mit dem Freund zur Kochnische. „Pizzas, rein mit euch in die Ofenröhre, wir haben Hunger", witzelte Kai und kurbelte nebenbei am kleinen Fenster den Laden runter. „Damit nur keiner vom Nachbarhaus reinklotzen kann, uns noch sieht“, gab Kai seine Erklärung an den Freund, der den kleinen runden Tisch mit Tellern, Gläsern, Besteck richtete. Kai schmunzelte über Moritz ungewohnte Hilfe. „Ei, sieh mal einer an. Unser Moritz ist fleißig, doch kein Macho. Trinken wir Cola? Ich muss nüchtern bleiben, bei unserer Nachttour. Einen Unfall kann ich mir nicht leisten, weißt du.“ Moritz hatte sofort Einwände. „Was Kai, es gibt kein Bier? Cola soll ich labern? Rauchen darf ich hier auch nicht! Das ist wohl ein wenig viel auf einmal. Das stinkt mir irgendwie.“

„Moritz, es reicht! Lass die Faxen bleiben. Kauere dich auf den Stuhl dort und halt einfach mal ein wenig die Goschn. Du nervst mit deiner ewigen Nörgelei“, kritisierte der Freund energisch. Er schaute nach den duftenden Pizzen. Kai holte aus der Abstellkammer seinen alten Reisekoffer und zwei Campingtaschen. Aus Schränken kramte er nötige Garderobe, die beide nun als Frauentypen und Mannswesen benötigten. Die von ihm gebügelten Kleidungsstücke holte Kai und brachte alles zum großen Zimmer, wo Moritz im Ledersessel kauerte und in der Zeitung stöberte. Kai fing sogleich an, alles Notwendige sorgfältig einzupacken. Jedes Teil fand seinen Platz im Koffer.

„Heh Moritz, sitz nicht hier auf der faulen Haut. Es gibt auch für dich zu tun, kapito! Pack mal unsere Slips und Unterhemden in die Campingtasche.“

„Du nörgelst und kommandierst schon wie Vater und Isabella.“ Moritz erhob in aller Ruhe sein Hinterteil, was vom üppigen Trachtenrock eingehüllt war. Er schnaufte, als ob er Schwerstarbeit geleistet hätte und boxierte sehr ungnädig das männliche Wäschezeug in die breite Tasche.

„Unsere Pizza ist fertig, lecker und knusprig!“, rief Kai und kam mit der Teigware ins Zimmer zurück. „Champignon. Paprika. Köstlich. Das gibt jetzt ein Festmahl, bevor wir später starten, Moritz. Dann mal zu“, forderte Kai zum Essen auf. Die Freunde saßen vor dem kleinen Tischchen und verzehrten die Pizza. Moritz legte die Stirn in Falten und machte ein mürrisches Gesicht, denn er hätte lieber ein kühles, deftiges Bier getrunken, als diese Cola. Aber er fügte sich und wollte keine Miesstimmung mit dem Kumpel. Kai streifte die Locken der Perücke zur Seite, die etwas in die Quere kamen und überlegte seinen Plan. „Du, pass auf, wir halten gleich hier im Sessel ein Nickerchen. Anders geht es jetzt nicht. Ich stell den Wecker auf ein Uhr in der Früh. Dann machen wir uns fertig und fahren los. Nachts ist die Autobahn nicht so blockiert, auch hier sieht uns keiner. Klaro, oder haste wieder was zu meckern, Moritz?“

„Meinetwegen! Hier im Sessel pennen wird wohl etwas unbequem werden“, hatte der Freund doch Bedenken und schluckte genüsslich den letzten Brocken der Pizza herunter. Ein Schluck Cola folgte noch hinterher. Moritz schob den Teller zur Seite. Er zog die störenden Pumps aus und legte die Beine hoch. „Also, dösen wir etwas“, nuschelte er und lehnte den Kopf zurück um die Augen zu schließen. Kai hatte das Geschirr noch zur Spüle gebracht. Dann machte auch er es sich bequem, um einige Zeit zu dösen.

Kai schreckte in seinem Sessel zusammen, als der Wecker laut und schrill klingelte. Ganz belämmert drückte er auf den Knopf, um das Getöse abzubrechen. Es war ein Uhr in der Nacht. Als Kai seinen Freund mit der verrutschten Perücke im Gesicht sah und seine flötenden Schnarchtöne vernahm, musste er doch mal lachen. Kai schlich zur Kochnische, um Getränke für die Fahrt zu holen. Auch Proviant, etwas Obst, für unterwegs, beförderte er schon in die Kühlbox. Im Bad legte er nochmals etwas Rouge auf, zupfte an seiner falschen Haarpracht und verstaute die letzten Utensilien in die Taschen. Kai ging zurück zum Zimmer, wo der Freund immer noch, den Kopf auf die Sesselkante gebeugt, die Beine von sich gestreckt, döste. Er rüttelte ihn an der Schulter.

„Heh Moritz, werde mal wach. Der Titisee wartet auf uns.“ Kai graulte den Freund am Kinn, dann an der Wange, die eine rotbraune Farbe hatte von der Schminke. „Dorle! Liebes Dorle. Ach du bist so süß“, säuselte Kai mit höchster Stimme, als Moritz die Augen aufmachte. „Was ist denn los? Mein Nacken, mein Kreuz ist ganz lahm“, hauchte Moritz noch ganz schlaftrunken und streckte die Arme in die Höh. „So blöd hab ich noch nie gedöst, mein Bett wär mir lieber gewesen“, fing Moritz gleich wieder an, zu meutern. Er griff nach dem Stoff seines komischen Kleides und schüttelte nur den Kopf. „So was Bescheuertes. Die Klamotten passen nicht zu mir, ich kann mich kaum bewegen.“

Kai amüsierte sich köstlich. „Moritz, du wirst nicht sterben. Zwei, drei Tage wirste doch diese Klamotten mal am Leib tragen können. Stell dir nur vor, was wir in den Weiberkleidern für ein Spaß haben. Ivors doofe Schnute will ich sehn, da freu ich mich jetzt schon drauf. Moritz, jetzt müssen wir versuchen, den Koffer die Treppe herunter zu bekommen.“ Kai schnappte den Koffer am Griff und hielt sich mit der anderen Hand am Geländer fest. Mit Moritz Hilfe transportierten die beiden Männer den Koffer die Treppenstufen herab. „Geschafft“, echote Kai im Flüsterton und schloss geräuschlos die Haustür auf. „Niemand da“, hauchte Kai erleichtert. „Die Leute pennen all. Du, ich geh zum Parkplatz rüber, bin gleich wieder oben. Die Haustür lass ich offen“, sagte Kai und sah sich nach allen Seiten um, ob niemand erschien, ihn so sah. „Moritz, verschwind mal wieder nach oben. Aber, sei bloß leise. Du kannst uns mal einen starken Kaffee machen. Der Kocher ist in der Nische. Kaffeepulver in der braunen Packung auf der Ablage beim Herd.“ Kai grinste und schaute den Freund an. „Das wirste doch hoffentlich noch können.“ Kai schlich jetzt mit seinem Schwergut in der Hand davon.

Moritz, nun wieder in der Wohnung, hantierte an Kais Kaffeemaschine, ließ reichlich Wasser in den Behälter einlaufen. Aus der großen Packung ließ er gedankenlos die ganze Hälfte des Pulvers in den Filter gleiten. Dann stellte er die Maschine ein. Moritz Gelüste nach Alkohol ließen ihn nun doch Kais Kühlschrank öffnen. Er nahm hastig eine Pulle Bier heraus, um sie dann so kühl und gierig zu süffeln. Inzwischen lief Kaffee über und ergoss sich über der Ablage, floss auf den Boden. „Mist!“, schimpfte Moritz und wischte den braunen See mit einem Lappen fort. Die leere Flasche vom Bier ließ er mit einem Plumps in den Abfallcontainer fallen. Moritz in seinem langen Rock schielte nach der Kaffeemaschine, die wieder über lief und er nicht mehr in Griff bekam. Kai erschien schnaufend bei der Kochnische und schnüffelte. „Das riecht seltsam hier. Was ist denn mit dem Kaffee los? Manno, Moritz, du bist aber auch zu tollpatschig. Nicht mal ne Kaffeemaschine kannste richtig bedienen. Das hätte dir eure Dörthe inzwischen doch mal beibringen können. Manno! Manno!“

Kai als eingefleischter Junggeselle mit eigenem Budenbereich, hatte doch mehr Erfahrung und wusste sich zu helfen. Er nahm den heißen Glasbehälter von der Kochplatte und ging zum Zimmer zurück. Moritz mal wieder mit mürrischer Miene folgte ihm nach und ließ sich mit einem tiefen Seufzer auf den Stuhl nieder. Kai in seinem flotten grünen Frauengewand schwankte zum Sessel und setzte sich hinein. Dann kostete er den Kaffee. Als Kai den ersten Schluck nahm, prustete er heftig und rang nach Luft. „Puh! Wie schmeckt denn das? Sag, willste uns den vergiften? Bist du bescheuert, Moritz. Haste am Ende das ganze Kaffeepulver reingeschüttet. Du bist wohl blöd.“

Kai verdünnte die schwarze heiße Brühe mit etwas Sprudelwasser, da die Flasche auf der Fensterbank stand. Dann ließ er das nun so seltsame Gesöff seine Kehle runter fließen. „Moritz, Moritz“, klagte er kopfschüttelnd und tippte sich an die Stirn. „Hoffentlich weckt dein komischer Trank unsere Lebensgeister. Denn wir zischen gleich ab, damit du das nur weißt. Es geht auf Zwei, es wird Zeit.“

Kai räumte kurz das Kaffeegeschirr fort. Dann schleuderte er dem Freund eine dunkelblaue ziemlich weite Jacke zu. „Die kannste noch über dein Kleid stülpen, das passt ganz gut zusammen, damit du trotzdem menschlich und weibisch ausschauen tust.“

„Zu bescheuert“, war Moritz Kommentar, aber er streifte sich das Kleidungsstück doch über. Kai nahm jetzt eine weiße Pelzjacke, die er anzog. „Das ist doch cool so. Meinste nicht auch? Nimm die Campingtasche an dich, Moritz. Ich trag die Kühlbox und andere Tasche.“

Kai, in seinem komödiantischen Kostüm als feine Lady, setzte sich zur Krönung seines Erscheinungsbildes noch einen alten roten Schlapphut aufs Haupt. „Sieht das nicht sexy und geil aus? Die machen Stielaugen, wenn sie uns sehen“, witzelte Kai und fühlte sich in der Maskerade sauwohl.

Moritz tippte sich an die Stirn, die mit blonden Haarsträhnen bedeckt war. „Du schaust aus wie ein bunter Papagei. Ich finde das ganze Theater zwar belämmert, aber ich mach den Jux halt mit. Mal paar Tage ne andere Tapete, kein Gemecker, ist auch mal cool“, war Moritz nicht so begeisterte Antwort und er schnappte sich die große Campingtasche. Kai warf nochmals einen Blick in sein Reich, nickte zufrieden mit dem Kopf und trieb den Freund vorwärts, die Treppe herunter zum Ausgang. „Das hat geklappt, Moritz“, flüsterte Kai und trug die andere Tasche, sowie die Kühlbox. „Jetzt zum Wagen, ohne Aufsehen." Die Freunde schritten auf leisen Sohlen in Richtung Parkgelände, bei der Post. Dunkel wars, still. Eine Straßenlaterne leuchtete auf. Moritz schaute zum Himmel und wunderte sich, dass er so ruhig und cool drauf war. „Heute haben wir ja Vollmond, Kai", sagte Moritz und war darüber sehr verwundert. Dann stellte er seine Last in den Kofferraum.

„Biste etwa mondsüchtig?", fragte Kai kopfschüttelnd und öffnete die Wagentür seines Fahrzeuges. „Steig ein, Dorle, die Reise beginnt", säuselte Kai mit erhöhter Stimmlage, die nach einer heiseren Sopranistin klang. „Ab jetzt sind wir Weiber", lachte Kai und schlug dem Freund kumpelhaft auf die Schulter, die von der weiten blauen Jacke bedeckt war. Kai atmete mal tief durch. Dann gab er Gas und brauste davon.

Kai kutschierte den Wagen die nächtliche Autobahn entlang, während Oldies aus dem Radio ertönten. Einige Stunden war er schon reibungslos gefahren. Jetzt hielt er kurz bei einer Tankstelle an und der Benzinkanister wurde aufgefüllt. Moritz, der etwas wegen Kopfbrummen gedöst hatte, wohl wegen dem Vollmond, was ihn ja oft belastete, blickte verdutzt drein. „Was gibt's? Sind wir schon da?", meinte er ziemlich verwirrt und griff sich an die Schläfe. „Moritz, ich habe nur eben getankt", sagte Kai und deutete auf die Kühlbox. „Trink eine Cola und Brot mit Salami hab ich gemacht, da kommste wieder zu dir, du armer Mondgeplagter", alberte der Freund und hatte für Moritz mondsüchtige Krankheit kein großes Verständnis. Kai nahm schnell eine Cola. „Es geht auf Fünf, wir haben noch eine Strecke vor uns", schnaufte Kai. „Schnall dich wider an, Moritz, es geht weiter", und das Auto sauste mit den Männern die Straße entlang. Kurz vor Karlsruhe gab es jetzt doch einen Stau auf der Autobahn auf beiden Seiten. Blechkarosse an Blechkarosse. Hupen. Kai fing, gar nicht mehr damenhaft an, zu fluchen. „Verdammt! Was ist denn jetzt da los? Da steht die Polente. Moritz, so komische Blinklichter kann ich da vorne erkennen."

„Kai, setz doch zurück und nimm die Ausfahrt da drüben", meinte Moritz und wurde ganz nervös.

„Biste bescheuert! Das geht doch nicht hier. Wir müssen halt warten. Gib Ruhe."

Die vorderen Fahrzeuge setzten sich langsam in Bewegung und Kais Wagen befand sich schon kurz vor der Polizeikontrolle, wobei eine rötliche Signallampe erkennbar wurde. Moritz kurbelte etwas das Seitenfenster herunter und schaute voller Neugierde, auch Missbehagen eines schlechten Gewissens, hinaus, warum es zum Stopp kam. „Kai, du die Bullen machen eine Fahrzeugkontrolle", entfuhr es Moritz ganz entsetzt. „Die Leute müssen alle aussteigen. Das kann ich sehen. Manno Kai, wenn die uns als Männer entlarven und wir müssen hinten öffnen. Die entdecken doch alles." Moritz, der ansonsten oft so skrupellos war, vor nichts zurück schreckte, bekam jetzt doch Herzklopfen und ihm war unbehaglich. „Halt die Klappe, Moritz! Ruhe bewahren. Ich mach das schon. Du sagst keinen Ton. Verstanden!“ Kai nahm die Kissen von den Sitzen. „Steck dir das vorne ins Kleid rein. Du bist eine schwangere Frau und ich muss dich zur Klinik fahren. Kapito?“ Moritz blickte nur belämmert drein. „Was soll ich sein? Biste jetzt total blöd? Ich bin doch kein Schwangerweib.“

„Sei still Moritz. Los, mach schon, steck dir das Zeug auf deine Wampe. Die Polente ist gleich bei uns“, hauchte Kai leise und ungeduldig. Moritz merkte, wie ernst jetzt diese Situation für beide wurde, so stopfte er sich die Kissen ins Kleid. Zwei Polizisten mit einer roten Blinklampe hielten jetzt Kais Wagen an. „Wir müssen leider eine Fahrzeug- und Personenkontrolle durchführen. Wir suchen zwei Bankräuber, in Karlsruhe war ein Banküberfall auf die Sparkasse“, sagte der eine Streifenbeamte und beleuchtete mit seiner Taschenlampe Kais Wagen. Kai kurbelte erst das Fenster runter, machte dann völlig ruhig die Wagentür auf, als der eine Polizist hinein leuchtete und die andere weibliche Gestalt sah. „Zeigen Sie mir Ihre Fahrzeugpapiere“, sagte der eine Beamte und warf einen kritischen Blick zum Führerschein. Moritz schwitzte Blut und Wasser vor Aufregung und Bammel. Der andere Polizist ging mit der Taschenlampe um den Wagen herum und deutete jetzt auf den Kofferraum.

„Den müssten Sie allerdings auch mal zur Kontrolle öffnen.“ Jetzt wurde es doch brenzlig und Kai hielt die Luft an. Mit seinen falschen Wimpern und schmachtenden Augenaufschlag sah er dem Streifenbeamten ins Gesicht. Mit bewegter hoher Stimme säuselte er erbarmungsvoll. „Ich flehe Sie an, bitte lassen Sie mich weiterfahren. Ich habe neben mir eine hochschwangere Frau sitzen. Ich muss sie nach Karlsruhe in die Klinik bringen. Das ist wichtig. Ich trag die Verantwortung. Hören Sie.“ Moritz kauerte in sich gesunken auf dem Sitz und bewies nun auch sein schauspielerisches Talent. So beugte er seinen Kopf herab und hielt die Hand auf den Leib gepresst. Dann fing er an, zu stöhnen. „Fahren Sie doch weiter“ Fahren Sie doch endlich. Ich habe so starke Wehen und auch Schmerzen im Leib. Das Kind kommt.“ Moritz stöhnte und stöhnte und spielte seine Rolle perfekt.

Kai unterdrückte krampfhaft ein Lachen, dann atmete er erleichtert auf, als der Polizist seine Wagentür nun zuschlug und ins geöffnete Seitenfenster rief: „Dann fahren Sie mal los und bringen die junge Mutti ganz schnell ins Krankenhaus. Sonst müssen wir hier noch am Ende Hilfe bei einer plötzlichen Geburt leisten. Was wird’s den eigentlich? Wissen Sie das denn schon?“

Kai, als fesche kesse Lady, antwortete spontan: „Zwillinge! Vielleicht auch Drillinge. Das kann man noch nicht sagen.“ Kai bekam nun freie Fahrt und durch noch geöffnete Fenster vernahmen die beiden Kumpels noch ein „Viel Glück!“ von einem der Polizisten rufend. „Gott sei Dank!“, schnaufte Kai. „Das ging noch gut jetzt.“

„Moritz, du warst spitze“, lobte der Freund und schaute ihn grinsend an. „Du hast deine Prüfung als Weib bestens bestanden. Manno, Manno, das wurde jetzt gefährlich. Jetzt aber los zu unserem nächsten Abenteuer am Titisee. Es ist bald Sechs. Gerade zum Frühstück sind wir wohl dort. Moritz, das gibt eine Gaudi noch!", frohlockte Kai und aus dem Rekorder erklang lautstarke Beatmusik. Die beiden ausgeflippten Burschen setzten nun ganz happy ihre Fahrt fort.

„Donnerkeil Moritz, stell dir vor, wir hams tatsächlich ohne weitere Panne geschafft", jauchzte Kai und ein fester kumpelhafter Schlag traf den Freund auf die Schulter. „Dorle, siehst du vor dir schon den tollen Titisee und die vielen Tannen?", witzelte Kai in höchsten Tönen schon ganz fraulich.

„Ehrlich gesagt, mit ist das doch meschugge, Kai", erwiderte der Freund und befreite sich schon aus dem Gurt. Kai fuhr kurz ein Stück am See entlang. „Dort drüben beim Ufer das große weiße Gebäude mit den bunten Fahnen, das müsste das Sporthotel „Seeblick" sein. Cool, muss ich schon sagen." Kai fuhr zu einem hauseigenen Parkplatz und fand noch ein Plätzchen für seinen Wagen. „Hier halt ich jetzt, Moritz. Unser Auto soll nicht so auffallen. Das ist besser so. Schau dir mal die geilen Schlitten da an. Ich sag dir, es sind superreiche und topfite Leute." Moritz gab ein Männerlachen von sich. „Sehr witzig! Warten wir es ab. Meine blöde Frauenkleidung nervt."

„Sei still", mahnte Kai. „Wir steigen hier erst einmal aus und gehen zum Hotel rüber. Das Gepäckzeug können wir immer noch holen. Ein Zimmer brauchen wir jetzt einmal. Dorle Winkenbrink, folge deiner Schwester Rosalie", säuselte Kai.

Kai im giftgrünen Kleid, Pelzjäckchen, falscher Perückenmähne, sorgte sogleich für Aufsehen, als er mit seiner Begleitung in Richtung Seehotel stolzierte. Ein greller Pfiff galt den Beiden.

„Oh lala! Welch elegante Erscheinung, die Dame", äußerte ein männlicher Typ, mittleren Alters, im weißen flotten Anzug, mit rotem Hemd. „Ich bin Waldemar Striezel, die Damen. Vielleicht kann man mal zusammen ausgehen?" Er folgte ihnen nach. Kai amüsierte sich köstlich. „Du, die Gaudi beginnt schon", hauchte er seinem Kumpel zu. „Man hält uns tatsächlich für Weiber. Sieh nur mal an, sogar nen roten Teppich haben die ausgelegt. Ob das für uns gilt?", witzelte er.

Ein Portier im roten Anzug stand am Eingang und begrüßte sie mit einem Schmunzeln. „Guten Tag, die Damen! Haben Sie Zimmer bestellt? Wir sind ausgebucht." Kai gab ein hohes Lachen von sich. „Ich möchte zum Chef", sagte er mit heller und fester Stimme und blickte den jungen Portier herausfordernd an. „Bitte schön! Dann gehen Sie mal durch die Eingangshalle zur Rezeption, da ist unser jetziger Chef."

„Komm Dorle", säuselte Kai und versuchte, damenhaft zu wirken. Er hakte sich unter und stolzierte fast majestätisch mit der falschen Schwester zur Rezeption. Kai staunte nicht schlecht und reckte stolz den Kopf, als er jetzt wahrhaftig vor seinem ehemaligen Kollegen stand, den er sofort wieder erkannte. „Sorry, ich bin Rosalie Winkenbrink. Hätten Sie für mich und meine

Schwester Dorle ein Doppelzimmer, mit Dusche?". Der fesche junge Mann mit den schwarzen Locken, gelbem Anzug und braunem Hemd, musterte mit durchdringendem Blick die vor ihm stehende so auffallende Lady. Er kratzte sich nachdenklich am Kopf und schaute skeptisch auf die andere weibliche Person.

„Ich bin der Chef des Hotels, Ivor Larenzen. Wir sind zur Zeit total ausgebucht, dann ist Wochen ende, wo auch noch Gäste für Kurzurlaub kommen. Aber, wir haben für außergewöhnliche Notfälle im Erdgeschoss eine kleine Suite, für 120 Euro. Das könnte ich anbieten."

„Sehen Sie, das ist doch ideal für uns. Nicht wahr, Dorle?" Kai gab Moritz einen leichten Tritt gegen das Bein, der das Gesicht verzog, dann mit dem Kopf nickte und mit krächzender Stimme meinte: „Ja, ja Rosalie, das ist gut so."

„Sie müssten dann das Anmeldeformular ausfüllen", sagte Ivor Larenzen und legte es vor. „Das sind die Zimmerschlüssel. Zimmer acht haben Sie, die Damen."

„Das ist aber sehr reizend, dass wir beide in dem coolen Seehotel wohnen können", zwitscherte Kai in höchster Stimmlage, um dann mit seiner Schwester dem Hotelchef zur Suite zu folgen. „Wir haben großen Hunger von der Reise. Können wir noch frühstücken?", flötete Kai und verbiss sich das Lachen, denn Ivor Larenzen hatte keinen Schimmer, wer da in dieser kessen Frauenkleidung sich verbarg. „Frau Winkenbrink, Sie können gern noch mit der Schwester zum Frühstück. Es ist im erst en Stockwerk, bei der Treppe. Unser reichhaltiges Frühstücksbüfett ist bis 10 Uhr 30, für die Gäste gedeckt. Sie bekommen auch einen Begrüßungscocktail. Eine noble Geste des Hauses", verkündete der Chef und liebäugte nun mit Kai, was ihn wohl etwas verwirrte. Er öffnete die Tür „Das wäre also unsere Suite!"

„Das ist doch wunderbar hier", frohlockte Rosalie Winkenbrink und schaute aus dem Fenster, was zum Garten zeigte. „Ich lass die beiden Damen dann mal wieder allein", sagte Ivor Larenzen und blieb vor Kai stehen. „Sie sind eine sehr interessante und auffallende Dame", meinte er spontan und griff tatsächlich nach Kais rechter Hand, um sie mit den Lippen zu berühren. „Bis später dann!" Ivor Larenzen verließ den Raum.

Moritz stand wie belämmert da und konnte es nicht fassen. Er zog die Jacke aus und schleuderte sie aufs Bett. Kai schaute Moritz an. Dann fing er schallend an zu lachen. „Moritz! Moritz! Das ist ein einziger Witz. Dieser Typ hält mich für ein Weibsbild und küsst mir noch die Hand. Wenn er das wüsste... Dieser hochnäsige Fatzke, erbt auch noch ein Hotel hier am See. Du Moritz, dem werden wir es jetzt mal zeigen. Manno, wir machen uns hier einige geile Tage." Kai schmiss unsanft Hut und Pelzjacke in die Ecke. Kai kramte aus seinem mit Perlen bestickten Handtäschchen Schminke und legte Rouge auf. Auch an Moritz zupfte er herum. „Unser Gepäck holen wir später. Ich hab Kohldampf. Mein Magen knurrt gefährlich. Dorle, wir trotten zum Frühstückssalon", säuselte Kai und fasste nach Moritz Blusenärmel. Moritz watschelte wie eine Ente in seinem komischen Schuhwerk, hellblauem Kostümgewand, weißer Spitzenbluse, hinter Kai her, zum Aufzug, den beide bestiegen.

„Moritz! Dorle, futtern wir uns mal die Bäuche voll", flüsterte Kai seinem weiblichen Gespann zu und schritt mit erhobenem Haupt ganz graziös in den geräumigen, einladenden Speisesaal, wo etliche Damen, Herren, ihr Frühstück hielten. Moritz, sonst so clever und waghalsig, verzog das Gesicht und trottete mit gesenktem Blick hinter her. „Da sind ja die Damen Winkenbrink", wurden beide von Ivor Larenzen empfangen, wobei der Hoteldirektor besonders Kai umgarnte. „Ich darf den Damen den Begrüßungscocktail servieren? Unser echtes Schwarzwälder Kirschwasser. Es wird stets von den Gästen nur gelobt. Kai setzte ein spitzbübisches Grinsen auf und amüsierte sich nur über diesen Spaß. Mit jubilierender Stimme erwiderte er dann. „Ja, Sie dürfen. Servieren Sie mal meiner Schwester Dorle und mir ihr Schwarzwälder Wässerchen". Die kesse Lady tätschelte doch jetzt Moritz Hand. „Gell Dorle, das magst du doch auch?"

„Dann mal her, mit dem Zeug", lautete die Antwort und es war nicht gerade sehr fraulich. „Wir wollen aber am Fenster sitzen, Dorle", säuselte Rosalie und machte eine Handbewegung, dann stolzierte Kai zum Ecktisch und nahm Platz. Die gefüllten Gläser standen auf dem Tisch und Ivor Larenzen deutete zum Büfett. „Da können Sie sich bedienen, was Sie wollen. Es ist reichlich da. Trinken die Damen Kaffee?"

„Wir nehmen beiden schwarzen Mocca", erwiderte Rosalie und griff erst mal zum Glas mit Kirschwasser. „Dorle, Prost!" Das liebe Dorle, alias Moritz, kippte in einem Zug den Drink hinunter.

„Ganz manierlich", lautete die mehr brummelige Antwort. Moritz fiel es schwer, sich in Weibersprache zu äußern, im Gegensatz zu seinem Freund Kai, der seinen Auftritt perfekt meisterte. Kai und Moritz gingen nun zum Büffet und ließen ihre Blicke über die Köstlichkeiten schweifen. „Die haben am frühen Morgen schon Gulaschsuppe. Dann füllte er sich eine Portion in das Gefäß und nahm einen Toast.

Kai stellte voll und ganz sein komödiantisches Talent unter Beweis, genüsslich verzehrte er Rührei mit Schinken, Toast, dazu einige knackige Paprikastreifen, denn auch als Mannsbild, achtete er streng auf seine schlanke Linie, worauf er mächtig stolz war. „Benimm dich mal, du fällst auf", zischte Kai leise Moritz zu, als er sich seine rotbeschmierte Schnute von der Gulaschsuppe, mit der Hand abwischen wollte. „Nimm die Serviette gefälligst. Dafür ist die da."

„Dieses Weibergetue kotzt mich an", kam es flüsternd zurück und ein grimmiger Blick galt dem Freund. „Diese Gulaschsuppe ist pfundig. Die musst du unbedingt auch essen, so würzig und scharf, was da Fleischbrocken drinnen sind", schwärmte Moritz und widmete sich dann seinem Aufschnitt von Salami und etlichen Schinkenscheiben. Das Frühstücksei wurde nun brutal geköpft, gelöffelt, der schwarze Mocca gierig gesüffelt. Moritz stützte die Ellenbogen auf und es interessierte ihn überhaupt nicht, dass er jetzt eine Frau verkörpern sollte. Dorle. Er war eben ein Mann, Rüpel, und so wollte er sich auch weiter benehmen. „Na, liebes Dorle, schmeckt es dir?“, säuselte Kai mit piepsender Stimme, da er ein Stück von Paprika im Hals stecken hatte und amüsierte sich. „Sei bloß still“, kam es zurück. „Das Essen ist das Beste hier. Man kann sich die Wampe vollhauen“.

Dorle erhob sich ruckartig, watschelte zur Kuchentheke, um sich noch ein Stück der Schwarzwälder Kirschtorte als krönenden Abschluss, zu holen. Kai blieb der Mund offen stehen, als er das Dessert sah. „Sag, willst du das auch noch in dich rein füttern? Du frisst aber auch alles durcheinander. Du hast doch schon so eine dicke Wampe. Mir kanns egal sein. Der Ivor kommt wieder. Mannometer, der hat sich umgezogen. Jetzt trägt der Typ einen roten Anzug mit schwarzem Hemd.“ Rosalie Winkenbrink reckte stolz den Kopf, zupfte an den falschen Haaren und zwinkerte mit den Augen.

Da kam Ivor Larenzen zu ihrem Tisch und schaute sie verklärt an. „Hat es Ihnen geschmeckt? Sind die Damen satt geworden? Ich sehe, Frau Winkenbrink kostet unsere gute Haustorte. Wir bieten die Schwarzwälder Kirschtorte jetzt immer schon beim Frühstücksbüfett an. Die Gäste haben das gern.“ Ivor Larenzen musterte Kai mit scharfem Blick. Er ließ sich auf einem Stuhl nieder.

„Sorry, Frau Winkenbrink, Sie erinnern mich vom Gesicht her an einen ehemaligen Kollegen vom Berliner Schauspiel. Seltsam. Ich komm nicht auf seinen Namen.“

„Was Sie nicht sagen. Sehr interessant“, flötete Rosalie und grinste in sich hinein. „Aber ich bin ja eine Frau. Das ist meine Schwester Dorle.“

„Sie sind aber ganz verschieden vom Äußeren“, wunderte sich der Hotelchef und begutachtete nun diese Dorle. „Ja, das kann ich Ihnen sagen“, erwiderte Rosalie verschmitzt und ein Fußtritt unter dem Tisch galt jetzt Moritz. „Wir haben zweierlei Mütter. Unser Vater hat neu geheiratet. So ist das halt.“ Kai verbiss sich krampfhaft das Lachen über seine ausweichenden Einfälle und Schwindeleien.

„Frau Winkenbrink, nach meiner Schauspielerei bin ich zum Hotelfach gewechselt. Das kam durch meinen Onkel, der hier dieses Hotel etliche Jahre führte. Er verstarb plötzlich, hat es mir vererbt. Nach Sanierungen und Umbauarbeiten hat ich das Seehotel übernommen, bin nun hier Direktor.“

Kai war nur am staunen und etwas Neid kam in ihm hoch. „Dann sind Sie wohl sehr reich geworden?“ brach es aus ihm spontan heraus. Er grinste Moritz zu, der das Gesicht bis zu den Ohren verzog. „Ich kann nicht klagen“, lautete die offene Antwort vom Hotelchef. „Zur Zeit sind wir ständig ausgebucht. Frau Winkenbrink, das Geschäft blüht“, schwärmte er zuversichtlich. Ivor Larenzen berührte jetzt sachte Kais Hand und ein letzter schmachtender

Blick galt dieser Rosalie, bevor er dann den Frühstücksraum verließ. „Ich muss hier raus, sonst platze ich vor Lachen", echote Kai und trank hastig den Mocca aus. „Dorle, dieser Typ steht auf mich und macht mir schöne Augen", erheiterte sich Kai. „Du, dem werde ich es noch zeigen. Das gibt ein Späßchen und du machst mit. Kapito?" Kai rieb sich schadenfroh die Hände. „Eigentlich bin ich satt. Du auch? Oder willste noch ein Stück Torte? Es ist noch da. Schau mal." Moritz schüttelte seine blonde Mähne. Er griff tatsächlich zur Serviette, um sich manierlich seine Schnute zu säubern. Hastig stand er auf, stöhnte mal mächtig und griff nach Kais Arm. „Los, weg hier! Sonst krieg ich die Krätze." Dorle und Rosalie Winkenbrink verließen den Raum.

Kai und Moritz hatten sich zum Mittag ein neues Outfit zugelegt. In den alten, gebrauchten Theaterkleidern, stolzierten sie soeben durch die Hotelhalle zum Ausgang. „Signora Winkenbrink!", ertönte es von einer Männerstimme. Der dunkelhaarige Herr, im gelben Bademantel, mit Campingtasche hatte sie eingeholt. Er musterte diese ausgeflippte Rosalie Winkenbrink, im schwarz-weiß gepunkteten Frotteekleid, ausgefallenem Turban auf der Haarmähne. „Da sind ja meine bezaubern den Schwestern wieder", frohlockte er und legte sogleich vertraulich den Arm um beide. „Was machen Sie den jetzt? Ich will zum See, schwimmen. Es ist heute ungewöhnlich warm für Ende Mai."

Kai befreite sich von der Hand. „Bitte nicht solche Vertraulichkeiten. Ich mag das nicht, Herr Striezel. Hören Sie das?"

„Sorry, ich will den Damen nicht zu nah treten", entschuldigte er sich. „Kommen Sie doch einfach mit zum See." Moritz, jetzt im geblümten Rock, roter Bluse und einem neckischem Halstuch mit Fransen, wehrte sich aus dieser Anbaggerei dieses Mannes. War er doch selbst ein ausgekochter harter Bursche, der nun zum Spaß mal ein Weibsbild mimte. Er streifte die störenden Haarsträhnen aus dem Gesicht. „Rosalie, wollen wir zur Seepromenade? Sieh doch mal, dort ist sogar ein Bistro", brabbelte Moritz mit verstellter Stimme. „Du, ich könnte ein Bierchen oder Schnaps vertragen", äußerte er sich und wollte seine männlichen Genüsse preisgeben. Kai pufftte ihn aber in die Seite, so schwieg er halt und schlenderte widerwillig neben dem Freund und Striezel, her. „Dorlchen, da stehen ja Liegen für uns", säuselte Rosalinde entzückt und ließ sich gleich nieder.

Kai gaffte nach einigen Bikinigirls, hätte jetzt so gern einen Flirt riskiert. Aber leider war das so nicht möglich, was ihn ärgerte. Herr Striezel breitete sich auf der Rasenfläche aus und befreite sich vom Bademantel. In knallroter knapper Badehose fixierte er Rosalie und Dorle. „Ich bin also der Waldemar", stellte der Typ sich grinsend vor. Herausfordernd blickte er beide an. „Legen Sie auch mal Ihre Fummel ab und kommen mit ins Wasser", feixte er. „Zeigen Sie mal Ihre weiblichen Reize. Sie sind zugeknöpft bis oben", frotzelte er und lachte. „Was solls. Stört Sie das etwa?" gab Rosalie, alias Kai, nun schlagfertig zurück und die Augen wurden mit einer Sonnenbrille bedeckt.

Moritz kauerte auf der Liege und amüsierte sich köstlich über das Affentheater. Sein ungewohnter Look misshagte ihm schon. Moritz wäre lieber in Jeans und Hemd zur Kneipe, um sein Bier zu süffeln.

Er blinzelte in die grelle Sonne, schielte mal zu den weiblichen Badenixen, um dann etwas zu dösen. Waldemar Striezel brüstete sich immer noch vor den beiden, so seltsamen Wesen, und schmunzelte nur. „Heißen Sie nicht Rosalie und Dorle? Ich meine, die Namen gehört zu haben."

„Da liegen Sie goldrichtig, Herr Striezel", erwiderte Kai mit einem Grinsen und fügte dann verschmitzt mit säuselnder Stimme „Waldemar, Waldemännchen", hinzu. „Sie sind dann die Kesse, Rosalie", wandte sich der Mann aufdringlich an Kai. Er griff nach Kais Arm und deutete auf die Knöpfe des Frotteekleides. „Öffnen Sie diese Dinger, ziehen endlich mal den Fummel aus und kommen mit ins Wasser. Ich möchte Sie auch mal im geilen Bikini bewundern." Doch Rosalie, alias Kai, wehrte unter Lachen ab. „Das könnte Ihnen so passen. Fleischbeschauung", frotzelte er und amüsierte sich köstlich über den verliebten Auerhahn, der ihn anbaggerte. „Ich geh jetzt zum Schwimmen, der Titisee ist heut traumhaft", dann rauschte er davon. Moritz hatte sich zurück gehalten und gedöst. Nun machte er seinem Herzen aber Luft. „Dieser Striezel nervt mit seinem Getue und du nennst den Kerl noch Waldemännchen. Bist du doof? Der bildet sich noch was ein."

„Dorle, du wirst langweilig", witzelte Kai. „Mach einfach mit."

Ein Teil vom Seeufer war für Schwimmer als Badestelle abgegrenzt, mit einer großen Rasen fläche, vor dem Hotel. Waldemar Striezel, ein sportlicher Typ, Mitte Fünfzig, machte einen Kopfsprung in den See. Dann tauchte er unter, um einige Runden zu schwimmen. „Rosalie! Kommen Sie doch endlich runter", rief er lautstark, „der See ist gar nicht so kalt."

„Keine Lust", ertönte es zurück. „Ich bekomm beim Schwimmen immer solche Wadenkrämpfe", entschuldigte sich Rosalie. „Hallo Dorle!", war erneut Waldemars Striezel Stimme zu hören und er fuchtelte mit den Armen herum. „Leisten Sie mir doch Gesellschaft. Ich halte Sie in meinen Armen fest", erklang es über das Gelände. „Mir wird immer schwindlig im Wasser", grölte Moritz mit belegter Stimme zurück und tippte sich an die Stirn. „So ein aufgeblasener Heini", zischte Moritz Kai zu, der sich an allem nun ergötzte.

Waldemar Striezel hatte fürs Erste genug vom kühlen und erfrischenden Nass. Spaßig wie er war, schnappte er sich einen kleinen Spieleimer und füllte ihn mit Wasser, den er hinter seinem Rücken verbarg. So schlenderte er langsam zur Wiese, wo sich Kai und Moritz auf ihren Holzliegen aalten.

„Sie wasserscheuen, empfindlichen Mädchen, sind am Titisee und riskieren nicht mal einen Schwimmversuch im See mit mir. Sehen Sie mal, Rosalie und Dorle, ich habe Ihnen beiden eine Kostprobe aus unserem Titisee mitgebracht", alberte Waldemar Striezel und schüttete das Wasser über beide aus. Dabei lachte er schallend. „So schön kann Wasser sein."

Moritz stand ruckartig von der Liege auf und schimpfte mit rauer und tiefer Männerstimme wie ein Rohrspatz. „Sind Sie total bescheuert! Mein Rock und die Bluse sind ganz nass." Kai reagierte doch etwas galanter und damenhafter als sein Freund. „Ich finde Ihre Albernheit nicht gerade cool zwei Damen gegenüber. Sehen Sie mal, mein Kleid ist vorne an Busen ganz nass. Das ist schon unangenehm." Waldemar Striezel stand in seiner nassen Badehose vor den Beiden und lachte nur schallend. „Sie sind schon sehr seltsam. Das bisschen Wasser am Körper trocknet doch schnell.

Die Sonne scheint heut warm. Die drei Damen da vorne tragen Bikinis. Und Sie? Verhüllt bis oben, wie im dicksten Winter. Rosalie, Dorle, ich bin enttäuscht", beklagte sich der geile Wasserwerfer und ließ sich auf sein Badetuch sinken. „Ich bin Reiseunternehmer und komme viel in der Welt herum", plauderte Waldemar Striezel lebhaft seine Storys. „Seit dreißig Jahren verbringe ich Urlaube hier am Titisee. Das Seehotel wurde erst von Sigbert Larenzen geführt. Spitze! Erste Sahne hier am Platz."

„Nach seinem plötzlichen Herztod hat sein Neffe, dieser Ivor Larenzen, das Hotel übernommen. Ivor hat das Haus sanieren und erweitern lassen. Sogar eine Sauna gibt es nun. Dann das große Hallenbad im Untergeschoss, da müssen die Damen mal schwimmen.

„Das sind ja interessante Neuigkeiten, die Sie uns schildern", echote Rosalie und schubste ihre falsche Schwester an. „Nicht wahr, Dorle, das ist doch alles pfundig?"

„Mir wär ein kühles Bier jetzt lieber", kam es mit heiserer Stimme zurück und Dorle verzog das geschminkte Gesicht süßsauer bis über die Ohren. „Rosalie, das Beste kommt ja noch", fuhr Striezel seinen Bericht fort. „Ivor hat ein sexy Berliner Tanzgirl verpflichtet. Die kesse Cora singt und tanzt heute um 22 Uhr in der Pussycat Nachtbar, im Hotel. Sogar mit geilen Striptease." Kais Gesicht glühte jetzt vor Aufregung und Interesse und sein schlankes Hinterteil tänzelte auf der Liege hin und her. „Das ist ja eine enorme Sache, Dorle, da müssen wir beide unbedingt hin", begeisterte sich Kai, und seine Stimmlage klang nicht mehr weibisch. „Sie reden plötzlich so anders, Ihre Stimme ist rauer", bemerkte Herr Striezel und sah diese Rosalie durchdringend an. Kai erschrak und spürte die Vermutung Striezels. So begründete er sein Sprechverhalten mit der Äußerung: „Ich werde etwas heiser. Ich glaub, ich hab mich doch etwas erkältet. Dorle, komm wir gehen zum Hotel zurück", lispelte Kai und fasste nach Moritz Hand. „Wir müssen uns ausruhn für diese Mitternachts-Show, weißt du". Kai stand auf, es wurde ihm doch zu brenzlig jetzt mit diesem Typen. Moritz hatte kapiert und erhob sich unter einem Schnaufen. „Was? Rosalie und Dorle, Sie wollen schon fort?", wunderte sich Waldemar Striezel und machte ein enttäuschtes Gesicht. „Gell, ich hab Sie beide verärgert? Sorry, die Damen!" Doch Rosalie und Dorle gaben keine Antwort und stolzierten über die Rasenfläche in Richtung Hotel zurück.

Kai und Moritz hatten sich ausgiebig ihrer neuen Weibermaskerade für den späten Abend gewidmet. „Dorle, na, wie findest du deine Rosalie? Seh ich nicht super in meinem schwarzen Glitzergewand mit den Leuchtperlen aus? Dazu mein geiler Kopfschmuck mit der lila Feder“, frohlockte Kai mit säuselnder Stimme und er tänzelte auf den Absatzschuhen durch die Räume der Suite. „Der Striezel und sicher auch Ivor werden Klotzaugen machen“. Moritz japste und hatte Mühe, das Korsett über sein lilafarbenes Seidenkleid zu schnüren. „Diese ganze verflixte Verkleidung passt hinten und vorne nicht“, schimpfte Moritz und zwängte seine Füße in weiße Pumps.

Er musterte seinen verrückten Kumpel und musste lachen. „Du siehst aus, wie so ein Supermodel vom Film. Dir passen aber auch alle diese Klamotten. Ich könnte schreien vor Lachen.“ Kai reckte stolz den Kopf mit seiner langen feurigen Haarpracht. „Gekonnt ist gekonnt, Moritz. Der liebe Kai war ja auch mal beim Theater und lernte Bühnentanz. Nicht zu vergessen, Maskenbildner war ich auch“, frotzelte er und gab mit seinen Talenten mächtig an. „Liebe Schwester, es ist 21 Uhr“, echote Kai und beäugte sich zum letzten Mal im Wandspiegel. „Los, amüsieren wir uns mal in der Bar, was diese Cora uns bietet.“ Kau schubste Moritz zur Tür hinaus, der doch Bedenken hatte und kein erfreuliches Gesicht aufzog.

Rosalie Winkenbrink stolzierte nun mit Dorle den Gang entlang. Beide stiegen in den Fahrstuhl, der im Untergeschoss Halt machte. Rosalie und Dorle wurden gleich von fetzigen Musikklängen angelockt und steuerten auf den rot erleuchteten Gewölbekeller zu. „Da haben wir ja unsere Pussycat Bar, Dorle“, flüsterte Rosalinde und stürmte gleich hinein, um sich auf einem Barhocker ein Plätzchen zu suchen. Ivor Larenzen, ganz fesch im gelben Anzug mit schwarzem Hemd, mixte Cocktails am Tresen und begrüßte beide katzenfreundlich mit spitzbübischem Lächeln. „Sieh mal an, die Schwestern Winkenbrink sind auch Nachteulen und kommen zu unserer Mitternachtsshow mit Cora. Welchen Cocktail, Drink, darf ich Ihnen denn heute Abend servieren?“

„Am besten was Feuriges“, erwiderte Rosalie. „Whiskey pur. Wissen Sie Ivor, so darf ich doch sagen, ich bin ein sehr scharfes Mädchen und kann harte Getränke bestens vertragen“, jubilierte Rosalie in höchsten Tönen und fixierte diesen Ivor mit raffiniertem Augenaufschlag. Von der Stereoanlage ertönten noch einige Oldies und heiße Beatklänge, die Rosalie auf ihrem hohen Thron hin und her schwanken ließen. Die kesse Lady griff zu ihrem Glas mit Whiskey, um es in einem Zug zu leeren. „Prösterchen, Ivor!“, jauchzte Rosalinde und trieb mit Elan ihr Spiel. „Sie sind aber auch eine ausgefallene Frau, ich kann nur staunen“, sagte Ivor Larenzen und stellte dieser Dorle Winkenbrink neben das Bierglas einen Schnaps. „Das spendiere ich Ihnen, auf Wohl des Hauses. Rosalie, für Sie noch einen Whiskey pur?”, fragte Ivor selbstbewusst, da er annahm, diese Lady könnte das noch vertragen. „Sie sind aber zu freundlich, lieber Ivor“, säuselte Rosalie und tätschelte ihm seine Lockenpracht, dass er schmunzelte und sich in seiner Mannesehre gestärkt fühlte. „Da kommt Cora, unser sexy Berliner Girl“, sagte Ivor und begrüßte die langhaarige Blondine im blauen Minikleid, mit tiefem Dekolleté, überschwänglich mit einer Umarmung und Küssen auf die Wange. „Wir erwarten dich schon sehnsüchtig, besonders die männlichen Verehrer von dir.“

„Wow, Donnerlittchen, ein rassig Weibsbild“, entfuhr es nun Rosalinde und ihre Stimme überschlug sich in rauem Ton, so gar nicht mehr damenhaft. „Hallöchen, Cora!“, rief Rosalie und winkte ihr zu.

„Wir sind auch da und möchten Ihre Künste bewundern.“ Ivor Larenzen amüsierte sich und stellte Cora die Winkenbrinker Ladies vor. „Die tolle Frau mit dem Kopfschmuck ist unsere elegante Dame Rosalie Winkenbrink.“ Ivor Larenzen machte eine leichte Handbewegung, in Richtung Kopf höhe. „Weißt du, die Dame ist etwas high. Es gibt immer was zum Lachen. Nicht wahr, Frau Winkenbrink?“, wandte er sich mit einem ironischen Lächeln an diese Lady, die auf dem Barhocker thronte und mit den Augen zwinkerte. „Amüsieren Sie sich über mich, Ivor?“, fragte Rosalie und schielte nach dem großen Glas was Ivor für dieses Berliner Girl zubereitete. „Ich lache Sie schon nicht aus, Frau Winkenbrink“, verteidigte sich Ivor. „Wie käm ich denn dazu. Ich wundere mich nur über Ihr Erscheinungsbild und Ihr flippiges Auftreten. Sorry!“ Kai lachte in sich hinein, wie er Ivor an der Nase herum führte, mit ihm sein Spiel trieb. Cora gönnte sich noch ein kurzes Päuschen. Dabei fiel auch ihr kritischer Blick auf diese Rosalie, die sich so außergewöhnlich präsentierte. „Wer sitzt denn da an der Bar und süffelt Alkohol?“, wurde Kai nun angesprochen und ein Arm legte sich um ihn. „Herr Striezel, Sie sind natürlich auch da und dürfen nicht fehlen“, säuselte Kai mit flötender Stimme. „Rosalie, Sie sehen ja wieder ganz ausgeflippt aus“, begeisterte sich Herr Striezel und griff an Kais Kopf. „Was tragen Sie denn da für einen farbigen Haarbusch? Feiern Sie hier Karneval? Jetzt fehlt nur noch die Maske an den Augen“, frotzelte er und schaute zu Moritz, der als Dorle mit gesenktem Haupt schweigend auf dem hohen Schemel kauerte und Bier in sich einflößte. „Cora, gönn dir noch dein Caipirinha, damit du genügend Pep in der Kehle und im Hintern kriegst“, witzelte Ivor grinsend. Cora drückte Ivor einen Schmatz auf die Wange und himmelte ihn an.

„Gracias! Du bist doch der Beste. Ich trink auf euer Wohl!“, rief die Kesse allen männlichen und weiblichen Nachtschwärmer in der Bar zu. Dann leerte sie ihr Glas mit dem Caipirinha. Sie kicherte laut und winkte mit der Hand. „Ja, dann wird ich mal hier unten einheizen und für Stimmung sorgen“, frohlockte sie verschmitzt und ging zur Tanzfläche. „Hallo, meine lieben Freunde!“, rief Ivor überschwänglich. „Es ist wieder die Mitternachtsshow mit unserer beliebten sexy Cora. Viel Vergnügen! Und da ist sie. Cora!“ Ivor Larenzen brillierte sich jetzt am Keyboard und fetzige Ohrwürmer ertönten durchs Kellergewölbe, was nun im grellen Rot und farbigen Lichterblitzen erstrahlte. Cora, sexy und verführerisch sang jetzt mit schriller und peppiger Stimme einen Berliner Hit der 50er Jahre: „Ich bin von Kopf bis Fuß auf

Liebe eingestellt..." Ihre Stimme brillierte in unterschiedlichen Stimmlagen. Cora machte Handbewegungen, strich über ihren üppigen Busen, den sie im tiefen Dekolleté Preis gab. Cora setzte sich nun auf Waldemar Striezels Schoß, schmiegte den Kopf an seine Wange und kraulte ihn am Haar, um sich dann einen schmachtenden Kuss geben zu lassen.

Rosalie, alias Kai, machte ein verdrießliches Gesicht, als er das nun sah. Er hätte sich gewünscht, diese Cora hätte ihn für das kurze Tete a Tete auserkoren. Aber Kai war ja nun ein Weibsbild, in Frauenkleidung. „Ein geiles Frauenzimmer", flüsterte Moritz und riskierte ein Blick. Sonst ließ ihn das schon ziemlich kalt. Ivor geizte nicht mit schrägen Tönen auf dem Keyboard, begleitete die Sängerin bei ihren Songs, Oldies, Evergreens. Cora tänzelte mit ihren hohen Absatzschuhen, bog ihren sexy schlanken Körper wie eine Schlange und brachte das Pussycat zum Kochen.

Waldemar Striezel fasste stürmisch nach Kais Arm und zog ihn vom Hocker hoch. „Rosalie, ich möchte mit Ihnen ein Tänzchen machen. Genießen wir doch hier die Zeit, die Stunden gehen schneller vorbei als man denkt. So ein cooles Erlebnis wird so schnell nicht wieder kommen." Er zog die verdutzte Rosalie mit sich fort, in Richtung Tanzfläche. Cora schmetterte einen Abba Song:„Fernando" und Waldemar Striezel als feuriger geübter Tänzer hielt Rosalie im Arm, um sich swingend zu bewegen. „Waldemännchen, halten Sie ein wenig Abstand von mir", echote Rosalie, denn der Knabe roch stark nach Knoblauch. „Sie erdrücken mich noch. Außerdem sind Sie mir eben auf meine Füße getreten. Den Rock`n Roll Song müssen Sie schmissiger tanzen, mit Verrenkungen".

Rosalie Winkenbrink lieferte nun selber einen gekonnten Soloauftritt ihrer Tanzkunst und wirbelte Striezel über die Tanzfläche. Cora und Ivor Larenzen staunten nur, und die Sängerin kam aus dem Takt bei ihrem: „Money, Money, Money" „Mamma Mia! Sie sind ja wahrhaftig ein Teufelsweib", entfuhr es Striezel und prustend führte er seine Lady zum Platz. Moritz grinste und raunte Kai leise zu: „Du bist total verrückt geworden".

Doch da wurde er am Handgelenk genommen. „Dorle, ich möchte doch lieber mit Ihnen tanzen. Ihre Schwester ist mir einfach zu anstrengend, setzt mich schachmatt." Moritz war nun ganz verwirrt und schaute auf Kai, der nun qualmte und ihn angrinste. „Ja, Dorle, tanz nur mit ihm", wurde Moritz unter einem verschmitzten Lachen aufgefordert. Moritz protestierte heftig und machte eine finstere Miene. „Ich hab überhaupt keinen Bammel mit Ihnen zu tanzen, ich will in Ruhe mein Bier trinken".

„Ei, liebes Dorle, mach doch mal mit dem guten Onkel Waldemar ein Tänzchen, das ist gut für dein Bäuchlein", frotzelte Rosalie und schubste Dorle vorwärts, direkt in die Arme von Herrn Striezel. „Keine Panik und Widerrede, Dorle. Wir zwei werden nun auf der Tanzfläche nur dahinschweben", jubilierte Waldemar Striezel und legte die Arme um seine etwas tollpatschige Tanzpartnerin. Die kesse Cora bot nun von Ivor am Keyboard begleitet, einen

Tango und musste auch über das ungleiche Gespann mal schmunzeln. Moritz stolperte über die Tanzfläche, in alle Richtungen, trat ständig auf Striezels Füße oder gegen das Bein. Einige Herren lachten laut und amüsierten sich. „Aber Dorle, Sie sind wirklich keine gute Tänzerin. Sorry! Weichen Sie mir nicht aus“, sagte Striezel kopfschüttelnd. „Lassen Sie sich von mir führen, dann klappt das schon.“

„Dieses Gehopse hier nervt mich nur“, zischte das arme Dorle leise ihrem flotten Tänzer zu. Moritz wurde nun umklammert beim langsamen so verträumten Blues, denn dieser Waldemar Striezel schmiegte sich an ihn, dass sich ihre Oberkörper fest berührten. Moritz falsche Buseneinlage aus reichlich Schaumstoff wurde so regelrecht platt gedrückt, von der weiblichen Rundung war nicht mehr viel zu sehen. „Pressen Sie Ihren Körper doch nicht so gegen meinen Busen“, feixte Dorle unsanft und schnaufte. „Ich krieg ja langsam Atemnot.“ Da passierte es. Während der Umklammerung zischte es in Dorles Oberteil verdächtig und ihre Bluse nahm eine andere Form an. Wie ein Sack hing das Kleidungsstück herab. Hatte Waldemar Striezel das Missgeschick am Ende doch bemerkt? „Lassen Sie mich sofort los! Ich muss mal ganz schnell wohin“, äußerte sich Dorle ganz aufgeregt und befreite sich stürmisch aus der festen Umarmung. Waldemar Striezel stand jetzt ganz belämmert da und auch Cora und Ivor Larenzen machten verwunderte Mienen. „Dorle, um Himmels Willen! Was haben Sie denn plötzlich? Habe ich etwas falsch gemacht?“

Waldemar Striezel war fassungslos und auch gekränkt, dass er so vor aller Augen abserviert wurde. Doch Dorle, alias Moritz, hielt die Hände gegen den Oberkörper gepresst und stürmte ohne ein weiteres Wort, über die rot erleuchtete Tanzfläche, in Richtung Ausgang der Bar. Kai bemühte sich, den in seiner Eitelkeit gekränkten Waldemar Striezel zu beruhigen und paffte nebenbei eine Zigarette, auch einen Caipirinha gönnte er sich noch. Als gestandener Mann konnte er schon einiges an Alkohol vertragen. „Rosalie, warum lässt mich Ihre Schwester einfach wie einen Trottel auf der Tanzfläche stehen?“, klagte Herr Striezel und stillte seinen Frust bei einem Schnaps.

„Ja, Waldemännchen, vielleicht sind Sie ihr zu nah getreten. Dorle ist sehr zurückhaltend und empfindsam“, erwiderte Kai und sah ihn herausfordernd an. „Lassen Sie doch mein liebes Schwesterchen einfach in Ruh. Die ist halt so. Sehen Sie mich an. Ich bin doch noch da, kann mich mit Ihnen amüsieren. Ist das nichts, Waldemar?“ Herr Striezel war baff und sah die kesse Rosalie doch etwas skeptisch an. „Pardon. Nehmen Sie es mir nicht übel. Sie sind zwar äußerst charmant, attraktiv und haben Pep, aber Rosalie, Sie sind mir doch etwas zu anstrengend. Dem bin ich nicht gewachsen“, gab Herr Striezel offen zu und machte jetzt einen verlegenen Eindruck. „Sieh mal einer an, ich bin für Sie zu anstrengend. Jetzt ist die Rosalie aber über Ihre Worte gekränkt, Waldemar.“

Und Rosalie tat so, als ob sie schmollte. In Wirklichkeit amüsierte sie sich köstlich über ihren Auftritt, alle an der Nase herum zu führen. Es ging auf Mitternacht und nur rötliche Lampen leuchteten noch auf. Ivor Larenzen trat auf die Tanzfläche und tat geheimnisvoll. „Meine Herren und auch Damen hier im Pussycat“, sagte Ivor und deutete auf sein junges Berliner Girl, im raffinierten glitzernden Minikleid. „Sie können sich jetzt an Coras Striptease ergötzen. Das gibt es nur bei mir, hier im Pussycat, am Titisee. Viel Vergnügen!“ Er lachte verschmitzt. Cora bewegte und kreiste ihren schlanken Körper zu orientalischen Klängen. Sie beugte sich nach vorn und hinten, spreizte die Beine und reckte sich. Langsam legte sie das Kleid ab und wirbelte es gekonnt zum Publikum hin. Kai wurde unruhig bei diesem Anblick und krallte die Hände ineinander, so leerte er sein Glas in einem Zug vor Aufregung. „Wow, Oh, wie verführerisch“, stieß er aus und machte Stielaugen, als das Supergirl nur noch im weißen Torselett mit gefütterten Cups und Strapsen da stand.

Waldemar Striezel klatschte und hielt die Luft an. „Ist die einmalig. So geil und erotisch“, begeisterte sich der Mann und schaute auf Rosalie, die zur Tanzfläche näher trat. Cora streifte mit der Hand über ihren Oberkörper, wand sich wie eine Schlange über dem Boden, um dann endlich das Torselett abzulegen und den nackten Oberkörper mit den wohlgeformten Brüsten zu präsentieren.

„Ich werd verrückt, so ein sexy Weib“, brach es erneut aus Kai heraus, und er hatte sich nicht mehr in Gewalt. Stand er doch als Mannsbild auf geile sexy Frauen, aber auch erotisch wirkende Kumpels, als Bisexueller. Kai konnte sich nicht verkneifen nun laut „Slip ausziehen!“ zu rufen. Jetzt war er nur noch ein Mann. Cora mit ihrem Sexappeal schmunzelte, drehte sich nach allen Richtungen, dann lüftete sie ihren knappen Slip und präsentierte doch ihren knackigen Po. Sie lachte laut und klatschte in die Hand. „So, das wärs für heute Nacht. Bye, Bye!“ Ruckartig verschwand das Girl hinter einer Tür. Eine Hand legte sich nun auf Kais Schulter und Ivor Larenzen stand hinter ihm und grinste nur verschmitzt. „Ja liebe Frau Winkenbrink, Rosalie, über Sie kann ich nur noch staunen“, sagte er kopfschüttelnd und musterte sie kritisch von Kopf bis Fuß. „So geil und ausgeflippt wie Sie reagieren, habe ich noch keine Dame bei dieser Show Coras erlebt. Etwas ungewöhnlich. Finden Sie das nicht auch?“ Der ansonsten so abgebrühte Kai wurde nun doch verunsichert und sah Ivor, seinen ehemaligen Kollegen, skeptisch an. Hatte er doch etwas bemerkt?

„Frau Winkenbrink, ich möchte Ihnen nicht zu nah treten, könnte es sein, Sie stehen auf Frauen? Sorry, wenn ich was falsch äußerte.“ Kai war entsetzt, machte eine abweisende Handbewegung.

„Was denken Sie von mir. Um Himmels Willen, nein! Ich bin eine stinknormale Frau, Rosalie Winkenbrink. Ivor, Sie setzen ja falsche Tatsachen in die Welt. Das ist nicht gut und vorteilhaft für ihr Image, mein Lieber“, kritisierte die Lady zynisch und schmunzelte in sich hinein. „Aber gnädige Frau Winkenbrink, ich hatte nicht vor, Sie zu beleidigen“, verteidigte sich der Hotelchef erschrocken. „Sorry! Sie und auch Ihre Schwester sind sonderbare Gäste in unserem Hotel.“ Rosalie Winkenbrink lachte jetzt schallend. „Ach, was Sie nicht sagten. So, meinen Sie das?“ Die falsche Dame erhob sich jetzt vom hohen Thron am Tresen. „Ach wissen Sie was, ich geh mal in meine Suite. Ich werde langsam schläfrig“, dabei gähnte Rosalie herzhaft. „Meine liebe Schwester Dorle schläft bestimmt schon, sie ist halt immer so frühzeitig müde und sucht ihr Bett auf. Ivor, Gracias, für den Whiskey!“ Rosalie machte eine galante Handbewegung. „Gut`s Nächtle, Waldemännchen“, echote die Lady, ganz berauscht vom reichhaltigen Alkoholkonsum. Mit einer Kusshand an Striezel, stolzierte die flippige Rosalie, alias Kai, aus der Bar.

Moritz und Kai trieben nun den dritten Tag ihre Komödie in Frauengarderobe am Titisee und führten die Leute an der Nase herum. Moritz kauerte an diesem sonnigen Sonntagmittag auf einer Bank am See, in der Hand eine Bierpulle, nebenbei paffte er seine geliebten Zigaretten. Eine Hand be rührte seine Schulter. „Ich glaubs nicht“, vernahm er eine tiefe Stimme und zuckte zusammen.

Dann blickte er ganz belämmert in Herrn Striezels Gesicht, der sportmäßig mit dreiviertel langen Hosen, kurzem Hemd und dunkler Brille, einen coolen Eindruck machte. „Dorle, Sie sitzen hier so alleine“, wunderte sich der Mann. „Sie trinken schon wieder Bier, dann aus der Flasche. Geraucht wird auch. Aber Dorle, das ist so gar nicht damenhaft. Wo ist denn eigentlich Ihre Schwester?

Rosalie ist ja so chaotisch, wenn ich da an gestern Nacht denke“, erinnerte Striezel. Er griff nun nach den beiden blonden Zöpfen, die neckisch an der Schulter runter baumelten. „Sehr originell, dazu ein geblümtes Dirndlkleid. Ach Dorle, Sie sind einfach zu süß“, schwärmte Striezel in den höchsten Tönen. „Raspeln Sie mal nicht so Süßholz und baggern mich an“, wehrte sich Moritz und wollte aufstehen, um das Weite zu suchen. Waldemar Striezel hielt Moritz fest. „Dieses Mal laufen Sie mir nicht einfach davon, Dorle. Gestern haben Sie mich einfach auf der Tanzfläche wie einen begossenen Pudel stehen lassen. Das fand ich nicht sehr nett. Das muss ich sagen.“

„Ich musste kotzen“, erwiderte Dorle patzig, sah ihn herausfordernd an.

„Sie haben ja reichlich Alkohol zu sich genommen. Alles durcheinander. Das verträgt kein sanfter Frauenmagen“, hatte er doch etwas Mitgefühl. „Kümmern Sie sich doch gefällig um Ihren Kram, Herr Striezel. Ich kann Alkohol saufen soviel und wann ich will“, kam es sehr burschikos zurück. „Dorle, Sie haben ja Kraftausdrücke, das passt nicht zu Ihnen. Ich habe Sie anders eingeschätzt. Schauen Sie mal, auf dem Titisee wird gerudert. Das wollte ich eigentlich auch machen. Darf ich Sie dazu einladen? Wir zwei rudern allein über den See. Na, wär das nichts?“ Moritz machte ein nachdenkliches Gesicht.

An dem Typen hatte er kein Interesse, schließlich war er ein Mann, Macho. Aber so über den Titisee zu düsen, würde ihm schon gefallen, dieses Vergnügen hatte Kai nun nicht, der amüsierte sich bei Ivor Larenzen. „Meinetwegen", brummelte Moritz und musste nun doch grinsen. Dieser geile verliebte Gockel hatte Gefallen an Dorle gefunden. Das amüsierte Moritz jetzt doch, so willigte er den Spaß ein. „Auf was warten Sie denn noch? Dort beim Steg sind freie Boote", sagte Moritz und trippelte auf den viel zu großen Pumps neben Striezel her.

Das Ruderboot stand startbereit beim Steg. Waldemar Striezel griff nach Moritz Hand, um - ganz Kavalier - zu helfen. „Warum müssen Sie aber auch ein so langes Kleid tragen?" meinte der Sportler kopfschüttelnd. „Das stört doch beim Sitzen, Dorle. Dann lassen Sie sich mal nieder." Beide saßen jetzt im Boot. Es schaukelte mächtig hin und her, bei dem noch unruhigen Wellengang. Waldemar Striezel saß vor der schweigsamen Dorle, hielt die beiden Ruder in den Händen und paddelte über den Titisee. Moritz schielte nun nach einem kessen dunkelhaarigen Girl, in Shorts, die winkend auf einem Motorboot, vorbei düste. „Dorle, reden Sie mal etwas", sagte Striezel lächelnd. „Sie sind ja ein schweigender Engel."

„Ich hab keinen Bammel, ne Unterhaltung zu führen. Es ist so interessant auf dem Wasser." Moritz fing an zu pfeifen, erschrak aber dann. Ein wenig weibisch musste er sich schon benehmen.

Ein bisschen mulmig war ihm doch im Magen, bei der Tour mit dem Typen. „So eine Frau wie Sie, Dorle, suche ich. Als Reiseunternehmer komm ich in der Welt herum. Aber ich lebe ganz allein.

Bald fliege ich drei Monate auf die Malediven. Ich hab ein Ferienhaus dort, mit großen herrlichen Grünanlagen. Sagen Sie, Dorle, wollen Sie mich nicht begleiten? Ich lade Sie dazu ein. Mit meinem coolen Sportwagen hole ich Sie persönlich vor der Haustür ab. Ab Frankfurt fliegen wir los." Moritz machte nun Stielaugen. Sein Gesicht hellte sich auf. „Was? Sie haben ein eigenes Haus auf den Malediven. Cool. Alle Achtung. Hätte ich nicht gedacht. Das imponiert mir." Moritz rutschte unruhig und aufgeregt auf dem niedrigen und unbequemen Sitz hin und her. Sein Kleid war am Saum schon genässt, denn Wasser spritzte auf. Moritz wünschte sich jetzt doch, ein geiles feuriges Weibsbild zu sein. Schon als Jugendlicher wünschte er sich einmal im Leben auf die Malediven zu düsen. Und dieser Striezel hatte dort ein Haus.

Waldemar Striezel hörte kurz auf mit Rudern. Das Boot stand inmitten des Sees still. Mit schwärmerischem Blick strahlte er die vor ihm sitzende Dorle an. „Heiraten Sie mich doch. Werden Sie meine Frau. Dann haben wir ein herrliches Leben." Moritz verschlug es die Sprache. Was für Chancen Dorle hatte. Waldemar Striezel reckte sich vor und riss das verstörte Dorle an seine Brust und drückte die Lippen auf ihren Mund. „Dorle! Dorle! Ich liebe Sie." Das Boot schwankte gefährlich hin und her, als Moritz sich heftig wehrte. „Sind Sie total verrückt geworden! Was soll das denn? Ich mag so ein

Geknutsche nicht“, protestierte Moritz lautstark mit rauer Stimme und es kam zu einer Rangelei zwischen den Beiden. Moritz stand auf und verlor sein Gleichgewicht. So stürzte er seitlich kopfüber in den Titisee. „Dorle! Dorle! Um Himmels Willen“, rief Striezel. „Wo sind Sie denn nur?“ Ganz aufgeregt sprang auch er nun in den See, um seine Begleiterin zu suchen, ob nichts passiert war. Moritz, als flinker und guter Schwimmer, tauchte unter Wasser, versuchte krampfhaft mit dem langen störenden Kleid vorwärts zu schwimmen. „So eine Sauerei! Dieser blöde Heini von Striezel“, schimpfte er auf der Wasseroberfläche vor sich hin. Dann war er an Land und rappelte sich auf. Alles triefte an ihm. „So ein Mist. Die Perücke ist fort“, fauchte er wütend und schaute zum See. Er hatte sie beim Untertauchen verloren. Einige Passanten schauten jetzt nach ihm. Moritz riss sich das nasse Dreiecktuch vom Hals und band es um den Kopf. Keiner sollte seine kurzen Igelborsten sehen, merken, dass er doch ein Mannsbild war. Moritz hielt die Hände auf dem Kopf. Dann stürmte er die Seepromenade entlang, hätte beinah einen Mann umgerannt. In seinen nassen Klamotten eilte er zum Hotel.

In der Suite angekommen, riss sich Moritz alle lästigen Utensilien vom Leib. Er nieste, zitterte, fing an zu husten, das kühle Nass vom Titisee hatte ihm nicht wohl getan. Der grüne Teppichboden im Zimmer war feucht geworden und die nassen Kleidungsteile lagen herum. Moritz nahm eine heiße Dusche, denn es fröstelte ihn. Da platzte Kai in seiner Maskerade ins Zimmer. „Dorle! Wo steckst du?“, säuselte er mit hoher Stimme. „Wie siehst es denn hier aus?“ Moritz kam unter der Dusche zum Vorschein, bedeckt mit dem Badetuch. Er nieste wieder. „Ach, bist du auch schon da“, sagte er höhnisch und streifte sich einen Pullover über. „Was ist denn mit dir los, Moritz? Wie schaust du denn nun aus? Was war mit dem Waldemännchen?“, frotzelte er lachend. „Halt bloß die Klappe,

Kai. Es kotzt mich an. In den Titisee bin ich gefallen. Dieser blöde Striezel hat mich geküsst, seine Zunge fast in meinen Rachen gesteckt. Heiraten will er mich. Ein Haus hat der Knülch auf den Malediven“, machte Moritz seinem Herzen Luft und ließ Frust ab. Kai mit seiner langen Perücke und pinkfarbenem Kleid, ließ sich aufs Doppelbett plumpsen und lachte schallend. „Was, Moritz. Der Kerl hat dich glatt geküsst und will dich heiraten? Ich fasse es nicht. Ist das zu komisch. Moritz!“

„Kai, hör auf mit deinem Gegröle“, feixte Moritz erzürnt. „Es hat sich ausgedorlt. Ich hab die Schnauze voll. Ich bin nicht schwul und steh auf Mannsbilder, wie du. Ich will nach Hause. Hörst du. Und zwar sofort. Sonst fahr ich per Anhalter.“ Er nieste wieder und die Nase lief bis zum Boden.

„Moritz, reg dich ab. Hau dich aufs Bett und penn. Wenn es dunkel ist, düsen wir heute noch heim. Wir hatten doch Spaß hier. Was solls. Trage es mit Humor. Sei kein Spießer.“

„Dir ist das alles schnuppe, Kai, aber mir nicht.“ Er fasste sich an die Stirn. „Die ist so heiß, mein Hals schmerzt auch. Ich hab bestimmt Fieber.“

Kai kramte in der Campingtasche herum. „Hier ist Aspirin. Schluck zwei mit Wasser und dann penn etwas. Dann wird's besser."

„Kai, wir müssen doch noch zahlen. Oder wie denkst du?"

„Moritz, bist du bescheuert? Keinen müden Heller zahlen wir. Dieser Ivor ist doch jetzt reich und hat Kohle. Wir ziehen um Mitternacht Leine. Moritz, wir sind doch Männer. Keiner weiß davon. Wir haben doch auch falsche Adressen und Namen. Moritz, hab keinen Schiss. Das wird schon gut gehen. Leg dich aufs Ohr. Ich geh nochmals zu Ivor. Das amüsiert mich. Also Kumpel, bis später".

Kai, nun wieder Lady Rosalie, rauschte aus der Suite.

Moritz, jetzt wieder ganz der Machotyp, schluckte zwei Pillen Aspirin und schlürfte ein Glas Wasser hinterher. Er taumelte durch den Raum, seine Glieder schmerzten, der Bursche fühlte sich hundeelend. Im dicken Pullover und Hose, einem alten Wollschal, ließ er sich stöhnend aufs Bett fallen. „Ein Mist ist das", führte er Selbstgespräche und schimpfte vor sich hin. Moritz stellte das Radio ein. Obwohl sein Kopf dröhnte, vernahm er schwach Yvonne Catterfelds Stimme, die da sang „Du hast mein Herz gebrochen ..."

Moritz versuchte dabei zu schmunzeln, dachte an Waldemar Striezel. Seine Gefühle hatte er wohl verletzt, als dieser Typ sich in Dorle verliebte. Moritz störte das nicht mehr. Sein Abenteuer am Titisee war für ihn beendet. Er döste ein.

Kapitel 25

„Herr von Hohenstein, ich begrüße Sie", sagte der Bürgermeister freundlich mit einem herzlichen Handschlag. „Frau Wallenberg ist auch gekommen. Da freue ich mich besonders." Der Rathauschef schmunzelte und drückte ihr die Hand. „Na, was sagen Sie zu unserem Rohbau hier? Der Anfang ist gelungen."

„Heut feiern wir also Richtfest", erwiderte Herr von Hohenstein und angelte sich einen blauen Luftballon vom Bauzaun. „Isabella, für dich", lachte er verschmitzt und wandte sich an einige Bauarbeiter. „Sie haben fleißig und zügig gearbeitet, da muss ich Lob aussprechen."

„Auf der Dachwölbung prangt das Bäumchen mit den farbigen Bändern und das Gelände ist mit Luftballons versehen. Hier stand einmal die alte Grundschule, bald wird es ein anderer Anblick hier werden", meinte Herr von Hohenstein zuversichtlich und begutachtete sein entworfenes Werk doch mit Stolz.

Die steinerne Treppe der Stadthalle war mit einem langen grünen Teppich ausgelegt und Blumen kübel wurden jetzt noch aufgestellt. Etliche Personen, auch Kinder, strömten aus allen Richtungen auf die Stadthalle zu, beim Berliner Platz. „Guck doch mal Papa, da an den hohen Bauzäunen hängen überall blaue Luftballons! Das sieht schön aus", begeisterte sich ein kleiner Junge, stürmte von Papas Hand, um sich einen zu stibitzen.

Isabella stand mit einem Investor auf dem Gehweg und ließ sich die einzelnen Gebäudekomplexe genauestens erklären. „Frau Wallenberg, unterirdisch ist erst einmal die Tiefgarage. Dann gibt's einen tollen Supermarkt. Der Clou davon wird sicher dann das moderne Caféhaus dort sein."

„Oh! Das hört sich gut an", meinte die Lady entzückt. „Da werde ich bestimmt mit Johannes ..." Sie verbesserte sich, „ich meine, mit Herrn von Hohenstein, Stammgast sein. Ich liebe diese Caféhäuser. Das haben wir doch auch in Wien". Der Investor schmunzelte und berichtete weiter. „Einzelhandel und moderne Wohnungen sind vorgesehen". Er versuchte seiner charmanten Begleiterin, im feschen weißen Kostüm, diese zukünftigen Bauprojekte schmackhaft zu machen. Isabella blieb stehen. Sie machte eine Handbewegung zum Berliner Platz. „Dort sieht es im Moment teilweise wie auf dem Schlachtfeld aus." Sie lachte mal. „Ich kann mir aber gut vorstellen, wie modern es bald dort aussehen wird. Als gebürtige Wienerin bin ich schon fasziniert, wie sich diese liebenswerte Stadt Kronberg, sicher zum Vorteil, bald ändern wird. Herr von Hohenstein gab seine Pläne dafür ab."

„Frau Wallenberg, das haben Sie sehr nett formuliert. Wir müssen zurück. Sehen Sie mal, dort marschiert schon unser beliebter Fanfarenzug auf."

„O je! Sie haben Recht. Um 11 Uhr beginnt die Feierstunde und ich werde sogar ein Ständchen dafür bringen."

„Da bist du ja wieder, Isabella", sagte Johannes von Hohenstein und sein Gesicht hellte sich auf. „Wir haben dich vermisst, du sollst doch singen", erinnerte er die Lady. „Hannes, keine Aufregung. Ich hab nur einen Rundgang mit eurem Investor gemacht, der mir alles erklärt hat", entschuldigte sich Isabella mit einem charmanten Lächeln und fixierte die Menschenansammlung, an diesen frühlingshaften Vormittag. Eine schmissige Fanfare vom Musikverein erfüllte das weiträumige Gelände und der Rathauschef trat ans Rednerpult:

„Liebe Bürger unserer Burgstadt", begann er feierlich und begrüßte auch die vielen Gäste und jubelnde Kinderschar. „Es ist soweit. Der erste Bauabschnitt ist getan. Wir feiern heute Richtfest, denn der Rohbau der einzelnen Baugruppen ist fertig gestellt. Mein Lob und Anerkennung an alle Beteiligten, unseren verehrten Architekten Herrn Johannes von Hohenstein, allen Bauherren. Unsere fleißigen Arbeiter haben zügig gewirkt, das muss ich sagen. Auch an Herrn Eigner, der so tragisch ums Leben kam, möchte ich denken. Ja, werte Festteilnehmer, unsere Burgstadt wird sich ändern. Sie sehen auf dem Berliner Platz die ersten Stützmauern für die Markthalle. Es geht voran. Unser Schulgarten wird sich in einem einladenden neuen Kleid präsentieren, für Sie dann zur grünen erholsamen Oase werden. Sind wir gespannt." Der Bürgermeister schmunzelte geheimnisvoll und wandte sich an Isabella. „Ich hab gesprochen. Nun sind Sie an der Reihe, Frau Wallenberg und dürfen uns erfreuen.“ Der hohe Amtsherr lächelte verheißungsvoll. „Wissen Sie liebe Anwesende, Frau Wallenberg kommt vom Wiener Opernhaus und ist nun auch zur Kronbergerin geworden. Nicht wahr, verehrte Dame?“ Isabella stand nun auf der oberster Treppenstufe und winkte allen zu.

„Nachdem ich soviel Lob bekam und nett angekündigt worden bin, kann ich nur mein Bestes geben.“ Sie machte eine kleine Pause und lächelte. „Da ja bald hier auf dem großen Gelände einige Neu bauten entstehen, sowie eine Markthalle, habe ich ein passendes Lied dazu ausgewählt. Sie hören nun von mir aus Mozarts „Zauberflöte“ die Arie „In diesen heiligen Hallen ...“

Die Hände fast gefaltet, mit erhobenem Kopf, stand die Diva umringt von unzähligen Menschen da und brillierte andachtsvoll, mit höchster Sopranstimme das Lied. Still war es nun, die Augen waren auf die Sängerin gerichtet, und die am Tisch Sitzenden vom Berliner Platz, traten auch näher heran. Ihre prächtige Stimme war von wienerischer Klangfarbe geprägt. Stürmischer Applaus brandete nun auf und wollte nicht enden. Isabella lächelte charmant und war die Große, wie immer. Nun blitzte ihr der Schalk aus den Augen, als sie gerade sehr heiter und schwungvoll jubilierte: „Männer suchen stets zu naschen ...“, dabei liebäugelte sie mit dem Bürgermeister und tätschelte schelmisch seine Wange, zur Belustigung der Gäste. Doch ihr Gesang wurde jetzt gestört und vom Sirenentönen und Martinshorn, übertönt. Die Menschen wurden unruhig und blickten zur Straße, wo Polizeiwagen vorfuhren, gefolgt von zwei größeren Fahrzeugen. Von einem Megafon ertönte eine tiefe und durch dringende Männerstimme: „Bitte verlassen Sie augenblicklich das Gelände. Wir müssen hier alles absperren. Eine Bombe ist hier versteckt.“

Ein Kriminalinspektor, einige Polizisten mit Spürhunden, die lautstark kläfften, kamen vor zum Bürgermeister. „Was ist denn los? Um Himmels Willen“, äußerte sich der Rathauschef entsetzt. „Hier soll eine Bombe sein?“

„Ja, wir erhielten einen Anruf von einer halben Stunde, auf dem Baugelände sei eine Bombe versteckt, die um zwölf Uhr explodieren soll. Die Lage ist ernst. Wir müssen alles hier evakuieren.“

Nun gab es Geschrei, aufgebrachte Rufe. „Eine Bombe! Eine Bombe auf dem Baugelände“, war fassungslos von den Menschen zu hören und Panik brach aus. „Das glaub ich einfach nicht“, sagte Isabella seelenruhig und schaute betroffen Johannes von Hohenstein an, der mit dem Rathauschef lebhaft diskutierte. „Wir haben Spezialisten vom Kampfmittelräumdienst informiert, die gekommen sind. Bitte verlassen Sie das Gelände“, mahnte der Kripobeamte sofort eindringlich und packte Isabella energisch am Handgelenk. „Bitte gehen Sie fort!“ Dann wurde alles abgesperrt. Wieder tönte die Stimme vom Megafon: „Verlassen Sie den Platz! Gehen Sie zum Stadtpark, da können Sie sich aufhalten. Wir haben den Kronberger Hof informiert, dort können Sie sich aufhalten. Es gibt dort Speise und Getränke.“ Die Straße wurde gesperrt, Menschen kamen aus den anliegenden Läden, Hotels. Es herrschte der Ausnahmezustand im Zentrum der Burgstadt. Isabella berührte das nicht. Sie schmollte. „Kann ich nicht ein einziges Mal in dieser Stadt komplett singen, ohne dass mal etwas passiert? Das ist doch ein schlechter Witz. Ich glaub es nicht“, wetterte sie aufgebracht und verließ sehr resigniert ihren Platz vor der Stadthalle.

Herr von Hohenstein machte ein ernstes und nachdenkliches Gesicht. Obwohl er Isabella so verehrte, auch liebte, war er nun über ihre störrische Reaktion doch verwundert, etwas erzürnt. Er folgte ihr nach und legte den Arm um ihre Schulter. „Isabella, es ist wirklich hier eine brenzlige und gefährliche Lage. Die Menschen sind gefährdet, die Kripobeamten müssen das ganze Gelände hier nach einer möglichen Bombe absuchen.“ Die Diva lachte nun „Und ich sage, es ist nur ein übler Scherz. Ich erlebte das mal in Wien.“ Ein fester Arm legte sich jetzt um Isabellas Schulter.

„Frau Wallenberg, hier können Sie nun nicht bleiben“, sagte der Bauamtsleiter energisch. „Kommen Sie mit mir zum Kronberger Hof. Dort ist es schön, wir können im Freien sitzen. Gönnen wir uns dort einen süffigen Ebbelwoi. Ich lade Sie ein.“ Herr von Hohenstein atmete erleichtert auf und ein dankbarer Blick galt dem Kollegen. „Das ist eine prima Idee. Ich bleibe hier in der Nähe. Das ist mir zu wichtig. Ich komme dann später nach.“

Isabella schüttelte nur ihre pechschwarze Mähne und fügte sich widerwillig. Langsamen Schrittes stolzierte sie neben dem Bauunternehmer her und folgte dem übrigen Menschenstrom. „Frau Wallenberg, auf der Terrasse ist noch ein Tisch frei“, sagte Isabellas Begleiter und rückte ihr so gleich den Stuhl parat. Er rieb sich die Hände und schmunzelte. „Sehen Sie, wir haben Glück gehabt. Jetzt kommen die Menschenmassen nach hier, bald werden die Gasträume gefüllt sein.“

„Es ist zwar sehr reizvoll hier, mit Blick zum Stadtpark, aber ich wäre lieber bei Herrn Hohenstein geblieben“, gab Isabella kund und winkte bekannten Rathausherren zu. „Mit dieser Bombendrohung, kann ich nichts anfangen, da stimmt was nicht. Ich habe dafür ein Gespür.“

„Frau Wallenberg, jetzt schalten Sie mal ab. Sie sind in meiner Gesellschaft, da kann Ihnen nichts passieren“. Die Lady lachte hell auf. „I wo! Ich kenne keine Furcht, das ist alles halb so schlimm. Ich bin einiges gewohnt.“ Der Ober kam an den Tisch und begrüßte beide freundlich, legte die Speisekarte vor. „Was darf ich Ihnen Gutes servieren? Grüne Soße haben wir heute im Angebot.“

„Oh, das hört sich sehr gut an“, sagte der Mann und sah verheißungsvoll auf seine Tischdame.

„Frau Wallenberg, das ist ein echtes hessisches Gericht. Als nun Kronberger Mädchen, müssten Sie das Gericht mal kosten“. Er blinzelte unter Grinsen dem Ober zu. Isabella lachte. „Also gut. Ich nehme auch mal diese gepriesene Grüne Soße.“ Sie überlegte. „Ich trink ein süffiges Weinchen dazu. Als Wienerin bin ich das gewohnt“, lautete ihr verschmitzte Antwort. Ihr männlicher Begleiter am Tisch sah sie nur bewundernd an und sein Gesicht strahlte. „Frau Wallenberg, Sie sind eine liebenswürdige und charmante Dame. Gibt's denn auch kleine Sünden, die Sie begehen?" fragte er vorsichtig und berührte ihr Handgelenk. „Wissen Sie, Herr Bauer, ich bin sehr neugierig, muss alles wissen. Ich versuche gern ganz knifflige Kriminalfälle aufzuklären. So wurde ich Anwältin. Was sagen Sie nun dazu?"

„Ich bin einfach platt. Ja, dann hätten Sie wohl besser Polizistin oder gleich Detektivin werden sollen", erheiterte sich Herr Bauer und die flotte Diva imponierte ihn noch mehr.

„Auf Ihr Wohl, Frau Wallenberg", prostete der Mann Isabella zu, als der Ober die Getränke brachte. Isabella nippte am Weinglas. „Ein edles gutes Tröpfchen, das ist lobenswert." Auch die Grüne Soße mit Beilagen fand ihren Zuspruch und Lobeshymnen kamen von ihren Lippen. Sie gab sich ganz dem köstlichen Genuss hin. Die Terrasse hatte sich gefüllt, bei diesem herrlichen Sonnenschein, und weitere Tische, Stühle wurden noch aufgestellt. Eifrige Debatten über die angebliche Bombe auf der Baustelle drangen zu beider Ohren. Der Stadtrat trat jetzt an ihren Tisch. „Frau Wallenberg, hier gibt's keine Störungen, Bombendrohung. Bringen Sie uns ein Ständchen, singen Sie, was Sie möchten." Einige Gäste hatten den Wunsch auch vernommen. „Ja, bitte singen Sie doch für uns!", echoten einige Besucher im Restaurant und klatschten schon im Voraus. Isabella legte die Gabel aus der Hand, wischte mit der Serviette über ihre Lippen. Sie lächelte und fühlte sich geschmeichelt über die Wünsche der Anwesenden. „Meine Herrschaften, ich werde tatsächlich ein Mittagsständchen bringen. Hoffentlich störe ich niemanden beim Nickerchen." Einige lachten. Sie auch.

Die Diva erhob sich, nahm das Weinglas zur Hand, dann schmetterte sie mit kraftvoller Sopran stimme: „Schütt die Sorgen in ein Gläschen Wein ..." Sie stolzierte schmunzelnd um die Tische, prostete singend den begeisterten Anwesenden zu. Sie war im Element. Isabella zog mit ihrem Temperament und Charme alle in den Bann. „Herr Bauer, wir machen ein Tänzchen", forderte die Lady den verdatterten Bauherren auf, zog ihn von seinem Stuhl hoch. Isabella fing sogleich an zu schmettern: „Erklingen zum Tanze die Geigen..." und wirbelte lachend und gute Laune verbreitend, mit ihrem perplexen Tanzherren über das Terrassenareal des Restaurants. Es wurde geschunkelt, applaudiert, geklatscht, die kesse Lady sorgte für Stimmung. „Hier geht ja wirklich die Post ab", erheiterte sich ein weiterer städtischer Bediensteter und amüsierte sich um das beschwingte Tanz paar und Isabellas Gesang.

„Frau Wallenberg, verlagern Sie das Richtfest jetzt zum Kronberger Hof?", fragte er verschmitzt und suchte sich ein Plätzchen. Der Ober kam schmunzelnd auf die Sängerin zu. „Sie unterhalten hier so großartig die Gäste. Kompliment! Wir spendieren Ihnen einen Wein, Frau Wallenberg."

„Oh! Gracias", säuselte Isabella erfreut, befreite sich aus den Armen ihres

Tanzpartners, um das Glas zu nehmen. „Liebe Herrschaften hier, ich trinke auf euch alle“, sagte sie verschmitzt und nahm einen kleinen Schluck vom edlen Tröpfchen. Isabella hielt das Weinglas und singend ging die Diva mit dem Trinklied: “Trinkt! Trinkt! Trinkt!“ von Tisch zu Tisch, für jeden hatte Isabella ein freundliches Lächeln, machte Späßchen und setzte ihre weiblichen Verführungskünste bei dem anwesenden männlichen Geschlecht auf. Jetzt setzte sie sich gar schelmisch auf den Schoß eines Herren und tätschelte ihm das Haar, wobei seine Frau doch das Gesicht verzog, ihr lachend mit dem Finger drohte. „Unsere liebe Sängerin, Frau Wallenberg, soll leben: Hoch! Hoch! Hoch!“, jauchzte jetzt der Bauamtsleiter, hob die Arme in die Höhe und klatschte lautstark. Isabella hatte sich total verausgabt. Sie schnaufte und schwankte zu ihrem Stuhl. „Danke für die Lorbeeren!“, rief sie verschmitzt und warf Kusshände zu. „Schluss mit der Vorstellung! Isabella kann nicht mehr“, lachte sie ermattet und nippte am Weinglas. Ihr Tischpartner legte den Arm auf ihre Schulter. „Sie sind unschlagbar, umwerfend. Einfach ein Teufelsweib.“

„Na, na, na. Herr Bauer, mit dem Teufel habe ich rein nichts im Sinn”, amüsierte sich Isabella und wischte sich mit dem Seidentüchlein die Schweißperlen von der Stirn. Der Verkehrsamtsleiter traf mit Gattin ein. „Hallo, alle zusammen“, grüßte er winkend in die Besucherschar. „In der Innenstadt ist die Hölle los. Alles ist abgesperrt. Die suchen immer noch nach der Bombe dort. Das hat die Burgstadt noch nicht erlebt.“ Er ging auf Isabellas Tisch zu und drückte ihr herzlich die Hand.

„Herr von Hohenstein ist mit dem Bürgermeister und einem Kripoexperten zur Unterredung im Rathaus. Der ganze Autoverkehr wird umgeleitet. Es ist verrückt, ein Spuk. Unfassbar!“ Isabella lachte schallend auf. „Ich sage nur, das war ein schlechter Scherz. Da wird man keine Bombe finden.“ Herr Bauer machte ein ernstes Gesicht. „Frau Wallenberg, da hören die Scherze auf.

Damit ist nicht zu spaßen. Die Lage war schon sehr gefährlich für das Umfeld.“ Die Lady wurde schläfrig und gähnte mal unbemerkt. Isabella sah auf ihre Armbanduhr. „Das ist ja schon fast halber Drei“, stellte sie überrascht fest und nahm den letzten Schluck vom Wein. „Herr Bauer, ich möchte doch aufbrechen“, sagte Isabella und gab ihm die Hand, an deren Finger zwei Ringe steckten.

„Frau Wallenberg, Sie wollen uns hier verlassen?“, äußerte er sich sichtlich enttäuscht und streifte herzlich ihre Schulter. „Sie sind doch bei uns in bester Gesellschaft“, versuchte er die Lady doch noch umzustimmen. Isabella erhob sich, winkte allen zu mit einer Kusshand. „Leute, ich zwitschere ab!“, rief sie heiter. „Ich danke für die liebe Bewirtung und den Beifall. Wenn`s am schönsten ist, soll man bekanntlich gehen.“

„Och, wie schade! Bleiben Sie noch bei uns. Wir spendieren noch ein Weinchen“, erklang es aus verschiedenen Kehlen. „Sehr freundlich. Sorry! Ich geh aber doch fort“, erwiderte Isabella verschmitzt, denn was sie einmal

plante, führte sie auch immer konsequent aus. „Tschüsschen!
Bye! Bye! Adios“, echote Isabella schmunzelnd. „Feiert noch schön. Tschau!“. Dann rauschte sie eleganten Schrittes, nochmals winkend, davon.

Kapitel 26

Isabella hatte im Großmarkt Einkäufe gemacht und fuhr bei klassischer Musikberieselung durch die Eschborner Innenstadt. Sie wollte um die Ecke biegen, als ein Audi ihren Mercedes heftig von vorne streifte. Isabella stieß ein Schrei von sich, erschrak und öffnete das Seitenfenster. „Mein Auto haben Sie angefahren!“, rief sie entsetzt und stieg aus dem Wagen, um das Unglück zu begutachten. Der Fahrer des Audis verließ sofort sein Fahrzeug und trat auf Isabella zu. „Gnädige Frau, ich bitte vielmals um Entschuldigung! Mir ist das sehr peinlich. Ich war in Eile!“ Isabella sah den sympathischen jungen Mann mit den dunklen Locken vorwurfsvoll an. „Sehen Sie nur, die Stoßstange ist verbogen, der Kotflügel hat eine Beule.“

„Ich versteh ja ihren Ärger, können wir das ohne Polizei persönlich nun regeln?“, bat er flehentlich und zückte sofort seine Brieftasche hervor. „Hier ist meine Visitenkarte. Ich komme natürlich für den Schaden auf. Mein Name ist Clemens Faltenbach. Ich bin Musikdirektor am Wiesbadener Theater.“ Machte Isabella eben noch ein verdrießliches Gesicht, so hellte sich ihre Miene jetzt doch etwas auf und sie gab dem Unfallverursacher sogar die Hand. „Ich bin Isabella Wallenberg. Opernsängerin aus Wien.“

„Das darf nicht wahr sein, Frau Wallenberg“, entfuhr es ihm. „Ein sehr außergewöhnlicher Zufall, dass ich Ihren tollen Mercedes demolierte. Aber keine Bange, ich komme für alles auf. Und Sie sind wirklich eine Opernsängerin?“ Er musterte sie von allen Seiten. „Sie sind eine äußerst attraktive und stattliche Erscheinung. Solche Damen suchen wir oft in unserem Musiktheater.“ Er schaute sie kritisch an und überlegte. „Frau Wallenberg, ich steh in Ihrer Schuld und möchte das gutmachen.

Ich habe da eine Idee. Wir wollen zur neuen Spielzeit im Spätherbst, eine Operette aufführen. Ich plante da, „Madame Pompadour“. Wenn ich Sie so anseh - Sie wären dafür die ideale Besetzung.“

Isabella stand vor ihrem Wagen. Ich verschlug es nun die Sprache bei diesem einmaligen Vorschlag.

„Herr Faltenbach, ich bin jetzt ganz perplex. Das ist meine Paraderolle. In Wien wurde diese Operette vor zehn Jahren aufgeführt. Ich hatte mit immer gewünscht, diese Rolle von Madame Pompadour mal wieder zu präsentieren. Das würde mich reizen“, gab die Diva überschwänglich zu und ihr Gesicht strahlte jetzt. Herr Faltenbach lächelte verschmitzt und legte vertraut den Arm um Isabellas Schulter. „Mein Termin ist erst um 14 Uhr in Wiesbaden mit den

Kollegen. Darf ich Sie zu einem Mocca, im Kaffeestüberl, einladen? Wir brauchen nur über die Hauptstraße zu gehen. Unsere Wagen bleiben hübsch hier stehen."

„Also gut, Herr Faltenbach. Ich bin einverstanden", sagte Isabella, der Typ sagte ihr zu, dann sah sie auch ein Nutzen für sich daraus.

Beide überquerten die Straße, schauten auf den belebten Marktplatz, wo etliche Stände für den Wochenmarkt, standen. Die Beiden suchten sich ein ungestörtes Plätzchen in einer Nische, umgeben von blühenden Sträuchern, im Freien. „Frau Wallenberg, was möchten Sie trinken?" fragte Herr Faltenbach, als die Bedienung erschien. „Einen Cappuccino, bitte. Und etwas Sahne dazu, wenns möglich ist", lautete die Antwort und Isabella strahlte ihr Gegenüber an.

„Frau Wallenberg, wie ich schon erwähnte, ich bin sehr an Ihnen für die Rolle der Madame Pompadour interessiert. Wir besprechen nachher den Spielplan, ich werde Sie vorschlagen und Sie bekommen ein Vorstellungsgespräch."

„Na, das ist doch ein Wort", erwiderte Isabella erfreut und genoss ihren Cappuccino. Dann plauderte sie lebhaft aus ihrem bewegten und aufregenden Leben." Zwanzig Jahre sang ich an der Wiener Oper", schwelgte sie in Erinnerung. „Nun habe ich in Kronberg Fuß gefasst, bin nebenbei auch als Anwältin aktiv." Sie lachte und wischte dezent den Sahneschaum von den Lippen. „Ich staune, Frau Wallenberg. Sie sind ja überaktiv. Haben Sie bei Ihrer vielseitigen Tätigkeit überhaupt noch Zeit für den Gesang?", fragte der Musikdirektor zaghaft und sah sie fragend an. „Aber ja, selbstverständlich", kam es von Isabellas Lippen. „Meine Konzerte sind doch wichtiger, das ist mein Leben", fügte sie lachend hinzu und nickte energisch mit dem Kopf. „Frau Wallenberg, Sie können auch einen kompletten Vertrag für ein Engagement bei uns bekommen, wenn Interesse besteht. Überdenken Sie meinen Vorschlag in Ruhe, gnädige Dame."

„Herr Faltenbach, das hört sich vielsagend an", entgegnete Isabella hocherfreut über das spontane verlockende Angebot. Sie lächelte jetzt. „Ich habe doch einen fahrbaren Untersatz und diese Reparatur wird wohl keine Ewigkeit dauern", lautete Isabellas schlagfertige Antwort. Was sie einmal wollte, führte sie auch meist aus. Es gelang ihr auch. Die attraktive Lady lachte spitzbübisch und Wiesbaden gerauscht", fügte die Diva verschmitzt hinzu und nahm den letzten Schluck vom Cappuccino. Herr Faltenbach zahlte jetzt beim Ober beider Getränke. Sanft berührte er Isabellas Hand mit dem Goldring. „Frau Wallenberg, wir haben uns durch einen seltsamen Zufall kennengelernt. Vielleicht sollte es so sein. Ich glaube ja fest an Schicksalsfügungen. Sie nicht, meine Liebe?" Isabella schmunzelte mal. „Abergläubisch bin ich überhaupt nicht", erwiderte sie und erhob sich vom Stuhl. Stolzen Schrittes folgte sie jetzt ihrem feschen Begleiter nach. „Sehen Sie, Frau Wallenberg, unsere beiden Wagen stehen noch an gleicher Stelle", scherzte Herr Faltenbach und drückte Isabellas Hand ganz herzlich und fest. „Sie fahren jetzt hübsch und brav mit Ihrem Mercedes nach Kronberg zurück und lassen den Wagen auf meine Kosten reparieren. Alles klar? Wir haben soweit alles besprochen und geregelt, dafür brauchen wir keine Polizei.“ Er lachte jetzt und versuchte ein ernstes Gesicht zu machen, als er noch anfügte: Ich meine damit, den kleinen Unfall.

Ich mach alles wieder gut.“ Isabella amüsierte sich und lächelte verschmitzt. „Prima, Herr Faltenbach, na, dann kutschiere ich mal mein demoliertes Wägelchen heimwärts. Adios! Und ich danke für den Kaffeegenuss. Das war wirklich ein außergewöhnliches Ereignis.“ Mit Schwung und Elan öffnete Isabella die Wagentür ihres Fahrzeugs. Sie winkte nochmals mit einem Lächeln. Dann fuhr die Lady davon.

Isabella war heiterer Stimmung. In sportlicher Kleidung schlenderte sie vor sich hin trällernd, über das Hofgelände, in Richtung Weide, wo die Pferde grasten, übermütig umher sprangen. „Tillmann! Gregor!“, rief sie jetzt und schaute sich um. „Wo seid ihr denn alle?“, führte Isabella Selbstgespräche und wunderte sich, dass kein Hofbewohner sichtbar wurde. Isabella dachte im Moment an diesen Musikdirektor aus Wiesbaden. Das würde sie schon reizen. Die Lady drückte ihre Wange an die weiße Stute Evita und flüsterte ihr etwas zu. „Was meinst du, Evita, soll Isabella Wallenberg, die Madame Pompadour, singen?“ Ein lautes kräftiges Wiehern war die Antwort, und Isabella schmunzelte, als das Tier sogar heftig mit seinem Kopf nickte, sie an der Schulter anstieß. „Du meinst auch, ich soll das wieder machen“, erheiterte sich die Pferdenärrin und tätschelte liebevoll den Rücken des imposanten Tieres. Isabella stellte fest, sie war allein auf dem Hof. Isabella kauerte jetzt ganz in Gedanken versunken auf der weißen Holzbank vom Rosengarten. Sie lächelte vor sich hin und ließ ihre Blicke über das Reitgelände schweifen. Isabella wurde plötzlich sehr unruhig. Sie wusste ja, im Moment war keiner der Hofbewohner in Sichtweite. Ihr Blick richtete sich nun auf Moritz alte Holzhütte, die zwischen Gestrüpp und Sträuchern, sichtbar war. Isabella stand ruckartig auf und eilte mit etwas Herzklopfen auf den Schuppen zu. Sie bückte sich etwas und schlängelte sich durch das Gestrüpp der hohen Sträucher und ein spitzer Zweig streifte ihre rechte Wange. Sie verspürte zwar einen stechenden Schmerz und etwas Blut bedeckte dann ihre Handfläche. Aber sie biss die Zähne zusammen. Ein Gefühl sagte ihr, jetzt muss sie unbedingt diese Hütte betreten. Isabella entdeckte den verrosteten Riegel und das Schloss davor. Sie rüttelte daran und brachte schließlich Gewalt an, wenn die Hand auch dabei weh tat. Die schäbige Holztür öffnete sich. Isabella blickte erst mal ins Dunkle. Nur ein schwacher Lichtschein von einem kleinen hinteren Fenster drang in den Schuppen. „Wie riecht es denn da“, murmelte sie und rümpfte die Nase. Isabella entdeckte auf einem Hocker eine große längliche Taschenlampe. Sie schob den schweren Schalter hin und her, bis ein heller Lichtstrahl aufleuchtete. Jetzt konnte sie alles sehen. „Hier ist ja ein Durcheinander“, hauchte sie ganz aufgeregt und streifte mit der Hand über einen hellblauen Frauenrock und langhaarige blonde Perücke, was auf einem veralteten Tisch sich ihr präsentierte. Isabella versuchte sich Platz zu schaffen und schob einige Gegenstände zur Seite. „Da hat der Bursche ja einen Kanister mit Benzin“, stieß sie entsetzt hervor. „Ist der verrückt! Wie gefährlich das enden kann.“ Isabella schnappte sich diesen Benzinkanister und beförderte ihn schnellstens ins Freie. Dann stürmte sie zurück in Moritz geheimnisvolles Heiligtum, um alles zu erforschen. Sie stellte Holzlatten gegen die Wand, übelriechende Wolldecken fanden durch Isabella einen anderen Platz. Somit kam jetzt eine große blaue Messingtruhe mit goldfarbener Umrandung, in ihr Blickfeld. Isabellas Hände zitterten doch, als sie diese Truhe mit Hilfe eines Schraubenziehers gewaltsam aufbrach. Isabella schaute perplex auf einige weiße oben liegende Autoschilder. Voller Neugierde und Aufregung, durchwühlte sie diese Truhe, bis ihr doch der Atem stockte. Die clevere Detektivin entdeckte darinnen etliche schwarze Pechfackeln. Isabella zuckte unwillkürlich zusammen. „Ich glaubs nicht! Das kann nicht wahr sein“, stieß sie fassungslos hervor und ließ sich stöhnend auf dem wackeligen Wecker nieder. Ein fürchterlicher Verdacht stieg in ihr hoch. War sie nun einem bösen Geheimnis auf die Spur gekommen? Isabella erinnerte sich mit Schrecken an den Brandanschlag im Schulpark. Auch Bauunternehmer Herr Eigner, kam dadurch ums Leben. Isabellas Kopf dröhnte. Sie konnte nicht mehr klar denken. Was sollten in der Truhe die vielen Fackeln bedeuten? Hatte Moritz mit den Brandanschlägen zu tun? War er womöglich der gesuchte Feuerteufel in der Stadt? Isabella dachte nach. Ihr kriminalistischer Spürsinn ließ sie erahnen, da war etwas faul. Hastig nahm sie zwei der Fackeln und versteckte die Dinger in ihrem linken Hosenbein. In einer grauen Wolldecke eingewickelt, entdeckte Isabella jetzt noch ein großes braunes Gewehr, mit dem Hohensteiner Wappen.

Isabella war schockiert und ihr Herz raste wild. Sie war ja auch Anwältin und wusste nur genau, was sie hier tat, war kein korrektes Verhalten. Aber sollte es einfach so kommen? Isabella vernahm jetzt ihr vertrautes Hundegebell. Ruckartig beförderte sie alle geheimnisvollen Gegenstände an ihren Platz zurück. Sie klappte den Deckel der Truhe zu. Eine Hand aufs Hosenbein gepresst, verließ sie diese Gartenhütte.

Als Isabella das Vorhängeschloss an die Tür anbringen wollte, um dann schnell unauffällig zu verschwinden, vernahm sie plötzlich hinter sich eine barsche Männerstimme. „Heh, was machst du dort an meiner Gartenhütte? Hau ab!“. Es war Moritz, der näher trat und sie wütend anschaute. Isabella zuckte zusammen. Erschreckt ließ sie die Hand sinken und blickte fassungslos in Moritz böse funkelnden Augen. Der Bursche trat vor die Hütte, entdeckte sofort am Riegel eine Veränderung. „Das Vorhängeschloss ist aufgebrochen, nur ich habe einen Schlüssel dafür.“ Er packte die Täterin am Arm. „Warst du das, Isabella? Bist du in meiner Hütte gewesen und hast dort geschnüffelt?“ Isabella versuchte ganz ruhig zu reagieren und ein befremdeter Anblick traf den Burschen, der wütend mit den Armen einher fuchtelte. „Moritz, mach nicht so eine Story draus“, verteidigte sich Isabella, keiner großen Schuld bewusst. Sie grinste jetzt verschmitzt. „Weißt du, ich wollte mal sehen, was ein Macho wie du, in dieser Hütte für Wertgegenstände verbirgt. Sehr interessant im Übrigen.“

„Bist du verrückt geworden!“, fauchte Moritz zornig. „Spielst dich hier als Meisterdetektivin auf. Du willst eine Anwältin sein?“, höhnte der Bursche und lachte laut. „Du hast einen Einbruch begangen, hast die Tür aufgebrochen. Ich könnte dich dafür anzeigen, du superschlaues Frauenzimmer. Was sagste dazu?“, brauste der Bursche auf und schaute sie grimmig an. Isabella befand sich jetzt in peinlicher Lage, aber sie versuchte ganz sachlich zu bleiben. Herausfordernd schaute sie den Burschen an. „Moritz, komm bleibe auf dem Teppich. Vielleicht hätte ich jetzt einen Grund, eine Anzeige bei der Polizei zu machen, wegen einigen ungewöhnlichen Schätzen in deinem Heiligtum. Willst du mit dem Benzinkanister hier alles in Brand stecken? Sehr leichtsinnig, unüberlegt.“

Moritz verschlug es nun doch die Sprache. Sein eben noch rot angelaufenes Gesicht wechselte die Farbe. Blass wurde es. Er wurde stutzig. War Isabella ihm auf die Schliche gekommen? Hatte sie am Ende Spuren seiner kriminellen Veranlagung entdeckt?

Moritz und Isabella führten weiter lautstarke Diskussionen, als mit lautem Gekläffe die Hunde Harikon und Astor angesaust kamen und an Isabella freudig hoch sprangen. „Was geht denn hier ab?“, fragte Herr von Hohenstein und begrüßte Isabella mit einer Umarmung. Er wandte sich an seinen Sohn. „Moritz, was ist hier los? Eure lauten Organe dringen über das Hofgelände. Isabella, was ist geschehen?“ Moritz ließ sofort seinen Frust ab und wehrte Astor von sich ab, der ihn an bellte. „Vater, dieses Weibsbild hat meine Gartenhütte aufgebrochen und drinnen herum geschnüffelt. Eine feine Frau haste dir da nach hier geholt. Sie ist ein arrogantes, selbstherrliches Weib und vergreift sich am fremden Eigentum“, schimpfte Moritz drauf los und ein vernichtender Blick traf die Täterin. Als nun auch der Butler Gregor noch erschien, wurde die Situation für Isabella doch äußerst unangenehm, in keinem Fall sollte Moritz Vater von ihrer Entdeckung etwas erfahren, um ihn nicht zu beunruhigen. Sie suchte nach einer entschuldigten Antwort und blickte resigniert auf Johannes von Hohenstein, der sie eindringlich musterte. „Bella, du bist mir eine Erklärung schuldig“, wiederholte er mit ernster Miene und legte die Hand auf ihre Schulter. „Was war dein Grund, Moritz` Gartenhütte aufzubrechen und zu begutachten? Du bist sehr neugierig, das ist mir bekannt. Aber, ich finde das nicht in Ordnung, liebe Bella. Nicht mal ich habe diese Hütte je betreten, weiß, wie es da ausschaut.“ Der Butler hatte ein Teil der Debatte mitbekommen und musste seinen Senf dafür nun auch abgeben. „Ja, Herr von Hohenstein, bei uns werden nun neue Sitten eingeführt. Wir

haben eine Anwältin auf dem Hof, da muss alles kontrolliert werden."
„Gregor, bitte halten Sie sich da raus", erwiderte der Hofchef energisch. „Das bespreche ich allein mit Isabella. Nehmen Sie bitte die Hunde und bringen sie ins Haus, das ständige Gebelle hier stört beim Gespräch."
„Wie sie wünschen, Herr von Hohenstein", erwiderte sein Butler doch etwas eingeschnappt. So rief er barsch nach den beiden Hunden und ging kopfschüttelnd davon. Moritz schaute Isabella mit bösem Blick an. „Das zahl ich dir heim. Das wirst du mir büßen", zischte er mit geballter Faust. „Ich kann das Luder nicht mehr sehen, ich geh in mein Zimmer", schimpfte Moritz und stürmte davon.
Isabella war mit Johannes von Hohenstein allein. Sie fühlte sich nicht wohl in ihrer Haut. „Hannes, frag mich nicht, ich kann dir keine Antwort geben. Es ist halt geschehen. Das ist doch nicht so tragisch. Ich möchte aber jetzt gern in mein kleines Reich zurück. Ich bekomme etwas Migräne. Wir haben Wetterwechsel", entschuldigte sie sich für ihr Verhalten. „Bella, wir sprechen später nochmals darüber beim Abendbrot." Isabella legte den Arm um den Mann. „Hannes, rechne später nicht mehr mit meinem Erscheinen. Ich möchte heute Abend mal für mich sein. Bitte respektiere meinen Wunsch einfach. Ja? Ich verspreche dir, morgen werde ich in aller Frische wieder anwesend sein."
Isabellas Nervosität war ihr deutlich anzumerken und ihr Gesicht war angespannt.
„Bella, du benimmst dich sonderbar", stellte der Mann verwundert fest. „So kenne ich dich gar nicht. Irgendetwas stimmt nicht." Er sah sie skeptisch an. Johannes von Hohenstein fasste nach Isabellas Hand und hauchte einen zarten Kuss darauf. „Bella, dann bis morgen Früh. Du lässt mich allein gehen, willst nicht mit mir reden." Er war sehr enttäuscht. „Ich wünsche dir eine gute Nacht, meine Liebe." Er schüttelte seine ergraute Mähne und ein letzter Blick galt der Holden. Langsamen Schrittes ging Herr von Hohenstein davon. Isabella schaute ihm nach und einen tiefen schweren Seufzer stieß sie aus. Dann suchte auch sie ihre Gemächer auf.

Kapitel 27

Johannes von Hohenstein schritt gut gelaunt durch den herrlichen Rosengarten, wo sein Hofgärtner am Wirken war. „Guten Morgen, Sebastian", rief er dem Fleißigen zu. „Ein wunderschöner Sommertag ist heute der 28. Juli, an Isabellas Geburtstag", begeisterte er sich und strahlte wie die Sonne. Sebastian blickte auf und kam seinem Brötchengeber entgegen. Mit festem Handschlag begrüßte er Herrn von Hohenstein. „Mor`n Chef", prustete er und rieb den Schweiß von der Stirn. „Viel Arbeit gibt's noch für mich, für die abendliche Party. Es bleibt so still im Rosenhaus", wunderte er sich und reckte den Kopf in die Höh. „Ob Frau Wallenberg noch schläft?" Herr von Hohenstein lachte jetzt auf. „Aber lieber Sebastian, ganz bestimmt nicht“, meinte er kopfschüttelnd und machte eine Handbewegung zu den Beeten. „Sebastian, bitte schneiden Sie mir gleich einige von den roten Rosen. Ich möchte nachher Isabella den Strauß überreichen.“ Er strahlte jetzt. „Herr von Hohenstein, meine schönen, so wohl gehüteten, Rosen wollen Sie mir wieder rauben. Aber Chef, die Blumen kommen doch hier im Garten viel mehr zu ihrer Geltung“, hatte Sebastian seine gärtnerischen Einwände. Sehr widerwillig übte er jetzt den Wunsch seines Herren aus. Herr von Hohenstein amüsierte sich. „Mein lieber Sebastian, schauen Sie mal nicht so griesgrämig drein, diese Rosen wachsen doch alle wieder nach.“ Er nahm dann die duftende gewaltige Rosenpracht zur Hand und flüsterte: „Danke! Danke! Dann werde ich jetzt mal unsere Isabella in ihrem Schlösschen rufen.“ Herr von Hohenstein hielt die Rosen in seiner Hand. Dann stand er wie ein verliebter Primaner vor dem großen Balkon und ließ seine tiefe Baritonstimme ertönen: „Isabella! Geburtstagskind, wo bist du? Ich möchte dir gern gratulieren!“ Noch regte sich nichts.

Plötzlich kam auf leisen Sohlen das Geburtstagskind aus dem Haus geschlichen und trat hinter das Haus. „Hallo! Guten Morgen, Johannes. Da bin ich schon“, flötete sie beschwingt. Isabella schlang die Arme um seinen Hals und lachte ganz verschmitzt, wie ein Schulmädchen. Herr von Hohensteins Gesicht hellte sich auf. „Meine liebe Bella“, hauchte er überrascht und ganz entzückt. Dann drückte der Blumenkavalier der Diva seine duftende Pracht in die Hand. „Herzlichen Glückwunsch, du liebes Löwenmädchen. Alles, alles Gute zum heutigen Geburtstag.“ Er küsste sie auf die Wange. „Du weißt ja, meine Liebe, groß gefeiert mit deiner Geburtstagsparty wird erst am Abend.“ Er musterte sie jetzt von allen Seiten. „Umwerfend, elegant und verführerisch schaust du in deinem pinkfarbenen Flatterrock, mit dem passenden Top dazu, aus. Die absolute Krönung ist ja dein ausgefallenes schmuckes Haarband. Sag mal, wirst du nun heute Vierzig oder am Ende erst 25 Jahre?“, scherzte er ganz verklärt und küsste sie auf die Wange. Isabella lächelte geschmeichelt über ihren charmanten Süßholzraspler, der ihr sehr viel bedeutete. „Mein lieber Hannes, ich danke dir für deinen prächtigen Blumenstrauß. Hast du mal wieder dem Sebastian die Rosen stibitzt? Wie ich deinen Gärtner kenne, war er wohl nicht ganz damit einverstanden. Hab ich nicht Recht, mein Lieber?“ Johannes von Hohenstein schmunzelte nur. Dann winkte er seinem eifrigen Gärtner zu, der jetzt im Garten einige Holztische mit Pflanzen schmückte. Isabella schnaufte jetzt mal. „Du Hannes, ich habe Kohldampf und könnte ein gutes Frühstück vertragen. Schließlich habe ich mir am Morgen nur einen schwarzen Kaffee gegönnt. Hörst du, wie mein Magen knurrt, fast schon so, wie unsere Hunde Harikon und Astor. Gehen wir rüber zum Herrenhaus, oder was gedenkste du mit mir anzustellen?“

„Sorry! Meine liebe Bella, wir gehen sofort in unseren Blauen Salon“, betonte der Mann und bot seiner Diva galant den Arm. „Du, das Frühstücksbüfett ist dort feierlich gedeckt und die weiteren Gratulanten erwarten dich", verkündete der Mann geheimnisvoll. Mit Isabella am Arm stolzierte Johannes von Hohenstein den Weg entlang, zum Herrenhaus.

Als Isabella mit ihrem Begleiter im Blauen Salon erschien, wurde sie sofort mit Gesang begrüßt

„Happy Birthday to you ...", ertönte es von dem kleinen so ungleichen Chor. „Oh! Das ist aber lieb von euch allen", begeisterte sich Isabella und trat beschwingt in den Raum. „Sorry! Ich habe euch beim Liedchen gestört", entschuldigte sie sich. Isabella machte jetzt eine Art Hofknicks. „Gracias, für das Ständchen. Schön habt ihr gesungen", war ihre ehrliche Meinung.

Gregor im schwarzen Gewand, Dörthe im blauen Rock, Bluse und weißer Schürze, sowie Tierpfleger Tillmann, standen um die festliche Tafel und gratulierten dann Isabella. „Ich habe doch wieder eine Sachertorte für Sie gebacken", säuselte die Küchenfee Dörthe und umarmte Isabella herzlich. „Dieses Mal ist meine Torte nicht versalzen, da habe ich höllisch aufgepasst", sagte Dörthe resolut und nickte dabei energisch mit dem Kopf. „Alles Liebe für Sie." Isabella schmunzelte gerührt und nahm die ältere Wirtschafterin fest in den Arm. „Dörthe, Sie Gute. Ich freue mich natürlich darüber. Herzlichen Dank." Auf dem Beistelltisch leuchteten inmitten der Blumenpracht, unzählige kleine rote Kerzen. Johannes von Hohenstein trat zu Isabella. „Dein großes Lichtermeer hier, musst du aber allein auspusten und dir dabei etwas Schönes wünschen. Unser Gregor hat genau 40 Kerzen angezündet. Nicht wahr, Gregor?" Isabella lachte hell auf. Dann holte sie tief Luft und blies die Kerzen mit zwei Atemzügen aus. Tillmann überreichte Isabella ein bemaltes Hufeisen. „Ich gratuliere zum Geburtstag. Das Hufeisen ist von Evita, ich habe es selbst gestaltet", verkündete der junge Bursche sehr stolz und strahlte sie an. Tillmann schwärmte für Isabella.

Isabella war überrascht und entzückt und drückte ihm die Hand. „Tillmann, das ist ein sehr originelles Geschenk. Ich weiß das sehr zu schätzen, und ich bedanke mich herzlich dafür. Das Hufeisen bekommt ein ganz besonderes Plätzchen an einer Zimmerwand und wird mir sicher auch Glück bringen."

Herr von Hohenstein räusperte sich mal. Dann öffnete er eine Flasche Sekt. „Gregor, mein Guter, bitte füllen Sie einige Gläser. Wir wollen alle auf das Geburtstagskind anstoßen." Jeder hielt sein Glas in der Hand. „Liebe Isabella, wir wünschen dir viel Glück und alles Liebe", sagte Johannes von Hohenstein feierlich. „Dann mal Prost, meine Lieben! Das Frühstücksbüfett ist eröffnet. Halten wir jetzt unseren feierlichen Brunch am Vormittag." Er wandte sich seinem Butler zu. „Gregor, wo steckt mein Sohn?", flüsterte er ihm zu und machte ein nachdenkliches Gesicht dabei.

„Herr von Hohenstein, ich hab keine Ahnung. Ich find es auch merkwürdig, dass er nicht anwesend ist. Ich habe Moritz seit gestern nicht mehr gesehen. Der taucht schon bald wieder auf. Wollen wir uns die gute Stimmung nicht verübeln lassen."

Die Tür zum Blauen Salon wurde mit lautem Geräusch aufgerissen und Moritz, total benebelt, platzte hinein. „Sieh mal an, da ist schon die gesamte Belegschaft versammelt“, frotzelte er und schwankte zum Büfett, um die Köstlichkeiten kritisch zu begutachten. „Was ist denn hier los? Alles so piekfein?“, wunderte er sich und sah skeptisch zu den Hofbewohnern hin. Herr von Hohenstein erhob sich und trat auf seinen Sohn zu. „Moritz, ich glaub`s nicht! In was für einem schäbigen Aufzug erscheinst du hier. Isabella hat Geburtstag. Deshalb sind alle zum Frühstück anwesend. Nur du fällst mal wieder aus der Rolle. Wie immer, mein lieber Herr Sohn. Gratuliere Isabella mal, wie wir das alle getan haben. Aber du kennst ja keine Sitte und Anstand.“ Der Vater rümpfte die Nase. „Du riechst nach Alkohol und das am hellen Vormittag.“

„Jeder Mensch hat jedes Jahr Geburtstag, bei mir wurde nicht so ein Heckmeck veranstaltet“, höhnte Moritz und ein böser Blick galt der im Mittelpunkt Stehenden. „Wozu soll ich gratulieren? Isabella setzt sich doch wie du in ein gemachtes Nest. So ist es doch, Vater. Ich bin Erbe von Gut Hohenstein und das weißt du ganz genau.“ Gregor riss jetzt doch der Geduldsfaden über den nörgelnden Festverderber. “Moritz, ich glaube, es reicht. Benimm dich mal wie ein Mann und nicht wie ein ungezogener Flegel. Frau Wallenberg, ich meine Isabella, hat Geburtstag, wir wollen in Ruhe das Frühstück einnehmen. Hol dir gefälligst deine Speisen am Büfett und halt einfach mal deine vorlaute Goschn. Es wird langsam peinlich. Übrigens, der Kaffee steht auf dem Tisch.“

Johannes von Hohenstein legte den Arm um Isabella. „Ich entschuldige mich für meinen rüpelhaften Sohn.“ Isabella lächelte etwas. „Hannes, diese Auftritte sind wir doch bereits gewohnt. Es gibt halt charmante, liebenswürdige Kavaliere. Einer davon bist zum Beispiel, du. Dann versuchen sogenannte Machos sich durch flegelhaftes Verhalten in den Vordergrund zu stellen. Da sind sie bei mir an der falschen Adresse. Es lässt mich kalt.“ Sie wandte sich nun an Moritz. „Das gilt auch für dich. Kehre du mal vor deiner eigenen Tür, das ist bitter notwendig, lieber Moritz“, wies sie den Burschen in seine Schranken zurück. „Ha! Ha! Ha! Sehr witzig, meine Gouvernante hat gesprochen“, musste Moritz sofort sein Kontra geben. Er amüsierte sich. Johannes von Hohenstein klopfte mit dem Löffel gegen sein Sektglas und machte ein geheimnisvolles Gesicht. Er stand sogar auf und ein warmer herrlicher Blick galt der Frau an seiner Seite. Er öffnete ein kleines rotes Etui mit Goldumrandung, entnahm daraus einen Ring. „Meine Lieben hier“, begann er mit feierlicher Miene und wandte sich dem Geburtstagskind zu. „Liebste Isabella, ich habe extra gewartet, bis alle anwesend sind. Ja, auch mein Herr Sohn“, fügte er hinzu und sah ihn eindringlich an. „Ich habe lange nachgedacht und einen Entschluss gefasst. Ihr sollt es nun als die Ersten erfahren.“ Er küsste jetzt Isabella und steckte ihr einen Ring zu. „Isabella, ich liebe dich schon lange. Du bist eine umwerfende, charmante Diva. Ich möchte dich heiraten. Willst du meine Frau werden, die Herrin vom Johannishof?“ Es war nun geheimnisvoll im Blauen Salon. Allen stockte der Atem, am meisten Moritz, der fassungslos aufblickte. Isabella war überrascht und sprachlos. „Ich habe zwar heute meinen Geburtstag, ich altes Mädchen von nun Vierzig. Damit habe ich nicht gerechnet. Was soll ich dazu sagen?“ Sie schaute Johannes treuherzig an. Hast du dir das auch genau überlegt, mein Lieber? Du weißt ja, ich bin nicht so einfach“, lachte sie verschmitzt und gab ihm einen Kuss auf den Mund. „Eine bessere Frau wie dich, kann ich mir nicht vorstellen, liebste Bella. Ich werde am 18. November Siebzig. Das soll unser Hochzeitstag werden, habe ich mir überlegt. Darf ich dir nun vor aller Augen den Ring anstecken, liebe Isabella?“ Gregor fand zuerst die Sprache wieder. „Ja, Herr von Hohenstein, wir sind alle überrascht. Dann wäre das jetzt wohl eine Verlobung hier. Oder?“ Er grinste vor sich hin, sah auf Dörthe hin, die ungläubig nur den Kopf schüttelte. Herr von Hohenstein füllte nochmals die Gläser mit Sekt. „Liebe Isabella, feiern wir nicht nur deinen Geburtstag, sondern auch die Verlobung. Du sollst meine neue Gattin werden“. Er küsste Isabella jetzt ungeniert auf den Mund. „Du wirst die neue Herrin sein. Ich werde dich als Erbin einsetzen. Ihr habt es alle vernommen. Es ist mein voller Ernst.“ Johannes von Hohenstein war so verliebt in diese Frau, er konnte und wollte nicht mehr anders handeln. Isabella fühlte sich doch etwas überrumpelt. In trauter Zweisamkeit mit Johannes wäre ihr diese Zeremonie doch sympathischer gewesen. „Dann mal Glückwunsch zur Verlobung, Herr von Hohenstein“, äußerte sich sein Butler und es klang nicht gerade erfreut. Moritz hatte bis jetzt geschwiegen. Er ballte die Faust. Sein Gesicht lief feuerrot an.

Er stand ruckartig von seinem Platz auf, sodass sein Stuhl polternd umfiel. „Vater, ich fasse es nicht! Hast du Mutter vergessen? Einen Schwur hast du nach ihrem Tod ausgesprochen, keine weitere Frau käme mehr für dich in Frage. Du wirst Siebzig. Isabella ist gerade mal Vierzig“, sagte er fassungslos und lief aufgebracht im Raum hin und her. „Niemals kann dieses Frauenzimmer den Hohensteiner Titel übernehmen. Isabella kann sich ja zukünftig Breitenauer nennen. Das ist doch dein Name, Vater“, erinnerte der Sohn wutentbrannt. „Nur ich bin der Erbe, Vater. So steht es im Testament, was du mir ja immer unterschlagen hast. Hier wird nicht gebaut werden. Und auf deine sogenannte neue Herrin, kann ich verzichten.“ Es war eine peinliche Situation jetzt, die harmonische Atmosphäre war erst mal gebrochen, durch Moritz Äußerungen. Dörthe war ganz blass geworden, sah Moritz vorwurfsvoll an. „Moritz, dein Verhalten ist sehr taktlos“, kritisierte Dörthe den Burschen energisch. „Isabella hat Geburtstag und soll ihre Freude haben, keinen Ärger mit dir.“ Doch der Lümmel ließ nicht locker mit seinen spitzen Bemerkungen, die sich jetzt an seinen Vater richteten. „Vater, ich sage es dir und auch deiner geliebten Isabella, du wirst hier auf unserem Hofgelände keine baulichen Veränderungen vornehmen. Ansonsten regle ich das gerichtlich“, drohte der Sohn. „Damit das für dich klar wird. Großvaters Erbe, wie er es immer wollte, wird nicht verunstaltet mit deinem verflixten ausgefallenen Planungen.“ Moritz war in Rage und ließ seinen Frust ab. „Ihr könnt hier nicht alles zu betonieren, wie es am Berliner Platz geschieht. Dort kann man sich demnächst wohl kaum normal fortbewegen. Und erst mal unsere schöne so beliebte Kerb dort, heh, die fällt wohl dann ganz ins Wasser. Vater, ihr könnt nicht alle ökologischen Freiflächen im Ort beanspruchen. Es muss auch mit dem Flair der Stadt harmonieren“, bedachte Moritz zum Wohl seines Geburtsortes, den er so liebte und schätzte. Herr von Hohenstein machte ein nachdenkliches und erzürntes Gesicht. „Mein lieber Sohn, wir feiern eben Isabellas Geburtstag, da möchte ich nicht mit dir über Bauaktivitäten diskutieren. Außerdem mein Sohn, verstehst du von der Architektur sowieso überhaupt nichts“, brauste der Vater auf. Moritz grinste höhnisch. „Ja Vater, ich weiß, dein missratener Sohn ist ja auch so blöd und nicht so intelligent wie du es bist. Du bist hier der Boss. Dein Wille geschehe. Oh Gott!“ Herr von Hohenstein legte jetzt sehr energisch seine Stoffserviette ab und montierte seinen Sohn heftig in Schranken. „Moritz, es reicht!“, brüllte er aufgebracht

„Verdirb uns nicht die gute Stimmung am Morgen mit deiner Meuterei.“ Isabella erheiterte sich über die Story zwischen Vater und Sohn. Sie lachte jetzt schallend und legte den Arm um Johannes Schulter. „Hannes, lass Moritz sein. Dein Macho denkt halt unmodern und lebt noch ein wenig hinter dem Mond. Plan` und baue du nur wie du es denkst. Ich befürworte es und unterstütze dich nur wo es geht. Ich bin ja auch noch Anwältin“, betonte Isabella ausdrücklich und reckte den Kopf stolz empor. Moritz Stirn legte sich in Falten und ein vernichtender Blick galt dieser gehassten Frau. „Sei du ganz still, du eingebildete Besserwisserin. Was weißt du schon über unser Kronberg. Nicht mal ein Jahr bist du hier und willst alles ändern. Ach, mir wird das hier zu belämmert. Ich geh!“. Moritz nahm sein Teller mit dem angeknabberten Schinkenbrot und stürmte zur Tür. „Adios, die feinen Herrschaften“, feixte er höhnisch und fing an zu lachen. Mit kräftigem Türschlag verließ Moritz den Blauen Salon.

Auf dem Hofgelände beim Herrenhaus, ging es an diesem Sommerabend sehr lebhaft zu. Dreißig Festgäste hatten sich zur Geburtstagsfete von Isabella und Johannes von Hohenstein eingefunden, schwoften, plauderten und amüsierten sich jetzt. Die Hauptperson, Isabella, erschien aus einer Tür, charmant, umwerfend. „Grüß euch Gott, alle miteinander...“ schmetterte sie mit kräftigem Sopran, um ihre Gäste gebührend zu empfangen. Die Diva lächelte, winkte und warf Kusshände zu.

„Ich kanns nicht glauben, Herr von Hohenstein“, begeisterte sich Clemens Faltenbach und schaute nur faszinierend auf diese Diva, in seinem Geburtstagsgeschenk. „Da präsentiert sich wahrhaftig unsere „Madame Pompadour“. Als Isabella jetzt singend auf Johannes zu trat, ihn ganz verführerisch ansah und liebevoll seine Wange tätschelte, klatschte er beeindruckt in die Hand. „Donnerwetter! Bella, in so einer imposanten Aufmachung habe ich dich noch nicht gesehen. Dieses rote barocke Kostüm mit seinen Spitzen und Schärpen, ist ja wie für dich maßgeschneidert. Dann dazu der ausgefallene buschige Kopfschmuck. Du, ich kenn dich nicht wieder“, begeisterte er sich über ihr Outfit und war sehr stolz auf sie. Isabella kicherte und küsste ihn ungeniert auf den Mund. „Hannes, die Madame Pompadour, wird meine Paraderolle werden“, verkündete sie siegessicher und mit Stolz. Isabella wandte sich ihrem neuen Chefexperten, dem Musikdirektor Faltenbach, zu, der sie ganz schön umgarnte. „Clemens“, nannte sie ihn auch beim Vornamen, „ein wertvolleres Mitbringsel hätten Sie mir gar nicht überreichen können“, frohlockte die Lady und klimperte mit ihren dunklen Augen ganz entzückt. Clemens Faltenbach grinste vor sich hin. „Isabella, das habe ich schon vermutet“, lautete seine ehrliche Antwort. „Deshalb hatte ich auch diesen originellen Einfall, das Kostümgewand mitzubringen“, hauchte er schwärmerisch und ließ keinen Blick von seiner umwerfenden Entdeckung. Ach, er war ja selbst so verliebt in die schöne anmutige Isabella. Er musste sich schon jetzt hier in Gewalt haben, besonders, wo sie Johannes von Hohenstein heiraten wollte. „Meine Herrschaften, es gibt Erdbeerbowle! Von Dörthe unserer Küchenfee und mir zubereitet“, verkündete jetzt der Butler und lief emsig hin und her zu allen Tischen. „Für die Autofahrer bieten wir das keusche Kronthaler Quellwässerchen an“, scherzte er und gesellte sich unter die Anwesenden. „Das Büfett auf der Rasenfläche ist auch damit eröffnet“, fügte er mit einer Handbewegung hinzu. Gregor amüsierte sich nun. Zwei schneidige junge Rathausbedienstete traten auf Isabella zu und übermittelten Glückwünsche. „Frau Wallenberg, als Neu Kronbergerin dieser Stadt, grüßen wir herzlich von unserem Bürgermeister, der leider verhindert ist. In seinem Namen möchten wir diesen Präsentkorb überreichen und alles Gute zum Geburtstag wünschen.“

„Oh! Ich bin überrascht, meine Herren“, gestand Isabella überschwänglich vor Freude und begutachtete sofort die leckeren Köstlichkeiten. „Die gesunden Früchte sind gut für meine Linie“, scherzte sie schmunzelnd knickste dazu. „Gracias! Bedienen Sie sich bitte am Büfett. Dörthes Kartoffelsalat und die anderen Speisen dürfen alle verschlingt werden.“ Sie wandte sich dem Butler zu. „Gregor, bitte für die beiden netten Kavaliere vom Rathaus, zwei Gläser mit Bowle“, kommandierte sie und griff jetzt auch zu einem gefüllten Glas. Eine Band von drei jungen, feschen Burschen, sorgte jetzt für flotte Musikberieselung, am Keyboard und Schlagzeug. So ertönte jetzt ein lauter Tusch und anschließend Herrn von Hohensteins tiefe Bassstimme. „Liebe Freunde und Gäste, auf unserem festlich geschmückten Hofgelände“, begann er seine Rede, „die liebe Isabella hat heute Geburtstag.“ Er schmunzelte nun vor sich hin. „Allerdings verwandelte sich die Lady in „Madame Pompadour“. Ich darf verraten, Isabella wird diese Rolle in der Leo Fall

Operette, demnächst in Wiesbaden, übernehmen." Er räusperte sich geheimnisvoll. „Ich habe mich heute mit Frau Wallenberg, Isabella, verlobt. Wir werden heiraten." Johannes von Hohenstein machte eine Atempause. „Isabella, ich liebe dich!", verkündete er lautstark mit strahlendem Gesicht. Dann griff er nach seinem Glas. „Trinken wir alle auf Isabella, die zukünftige Hofherrin", fügte er mit stolzer Stimme hinzu. Gemurmel unter den Besuchern wurde hörbar. „Herr von Hohenstein nimmt sich eine neue Gemahlin", sagte Herr Schumachers Frau verwundert. „Der heiratet tatsächlich nochmals in seinem Alter", flüsterte ein anderer Gast seinem Tischherrn zu. Isabella wurde nun umringt, bejubelt und beglückwünscht. Die Diva stand mal wieder im absoluten Mittelpunkt. Die Musikband ließ jetzt einen Walzer erklingen. Johannes von Hohenstein kam zu Isabella. Er nahm sie in den Arm und lächelte verschmitzt. „Darf ich die gnädige Dame zu einem Tänzchen bitten?" Isabella lächelte. „Du willst mit mir hier auf dem holprigen Gesteinboden einen Tanz machen?", erheiterte sie sich. „Und ob, meine Liebe. Das kann ich noch immer. Schließlich lernte ich dich mal beim Wiener Opernball kennen."

„Ach ja, stimmt tatsächlich", witzelte die Lady gut gelaunt. Isabella ließ sich jetzt zu Walzerklängen von Johannes dahin schweben. Nur ihr langes Gewand störte etwas bei der Schrittfolge und sie kam aus dem Takt. Es störte die Diva nicht. Es wurde jetzt geklatscht, geschunkelt, alle waren heiterer gelöster Stimmung und feierten Geburtstag, gleichzeitig die Verlobung von Herrn von Hohenstein und Isabella. Dörthe und der Butler waren im ständigen Einsatz, alle zu bedienen, hielten mit manchem Gast ein Schwätzchen. Mit Tellern und Gläsern in den Händen, wandelten die Besucher in ihrer eleganten Kleidung über das hell erleuchtete Gutgelände und amüsierten sich einfach in vertrauter Runde. Clemens Faltenbach wich nicht von Isabellas Seite. Mit seinem pechschwarzen gelockten Haar und der großen Ausstrahlung war er mit seinen 42 Jahren ein flotter, cooler Typ. Soeben kniete er mit einer roten Rose in der Hand, vor der Frau seiner Träume und schmetterte mit kräftiger Tenorstimme „Dein ist mein ganzes Herz ..." Dann flüsterte er „Isabella!"

Johannes von Hohenstein drohte ihm schmunzelnd mit dem Finger. „O nein! Da wäre ich nicht ganz einverstanden, Herr Faltenbach. Isabellas Herz gehört mir", stellte er den Sachverhalt klar. So stand er jetzt schützend neben seiner geliebten Diva. Isabella erheiterte sich und legte die Hand auf seine Schulter. „Ja Hannes, bist du etwa eifersüchtig?", amüsierte sie sich. „So ein harmloser Flirt ist doch nicht tragisch. Nimms mit Humor, Hannes. Clemens hat eine fantastische Tenorstimme", schwärmte die Lady ganz beeindruckt. Der Butler ging auf seinen Chef zu und flüsterte ihm zu: „Dieser Faltenbach ist ein Schleimer und richtiger Casanova. Passen Sie nur gut auf Isabella auf. Der Typ macht ihr die ganze Zeit schon den Hof."

„Lieber Gregor, ich habe es auch bemerkt", erwiderte Herr von Hohenstein resigniert. „Gregor, der Nachteil ist, meiner Bella gefällt es wohl. Sehen Sie nur, wie beide sich verklärt ansehen. Schon bedenklich, Gregor. Finden Sie nicht auch?“ Isabella und Clemens Faltenbach waren jetzt umringt von allen Personen. Sie schauten sich an bei einem gemeinsamen gesanglichen Duett: „Niemand liebt dich so wie ich...“

„Isabella und dieser Clemens Faltenbach geben schon ein super gleiches Paar ab“, flüsterte Bauunternehmer Schumacher seiner Frau zu. Er machte ein bedenkliches Gesicht, denn Johannes von Hohenstein war sein Kollege und auch eine Art von Freund. „Isabella ist schon eine außergewöhnliche und attraktive Person“, meinte Karin Schumacher etwas neidisch darüber.

„Aber, ich finde Isabella doch etwas stolz, überheblich und auch arrogant. Mal sehen, wie das Techtelmechtel mit ihr und Johannes weiter geht.“

„Pst, Karin. Johannes kommt“, sagte Herr Schumacher mahnend und widmete sich weiter seiner Frau. „Na, Herr von Hohenstein, ihre liebe Verlobte wird etwas untreu mit diesem Faltenbach“, frotzelte ein Kollege erstaunt. „Die Hauptsache ist doch, Isabella hat ihren Spaß dabei. Es ist schließlich ihr Geburtstag“, versuchte Johannes von Hohenstein seine Erklärung abzugeben. „Ja, schon! Aber Sie haben sich doch auch mit Frau Wallenberg verlobt“, bohrte der Kollege bedenklich weiter und grinste mal. Johannes von Hohenstein zuckte nur mit der Schulter und zog es vor, jetzt doch zu schweigen. Seine wahren Gefühle wollte er nicht ganz zur Schau stellen.

Isabella war schon etwas berauscht von der Bowle, die sie reichlich genossen hatte. So sang sie Arien, versuchte in dem langen Kostüm zu tanzen und lieferte ihre Storys.

„Ihr, ihr, lie... lieben Freunde“, stotterte sie angeheitert und fuchtelte mit den Armen herum.

„Seht euch mal hinter diesen Gebäuden hier die freie große Fläche an. Da müsste Johannes einen coolen Vergnügungspark, mit tollen Häusern, ja auch einem Riesenrad, gestalten. Dann könnt ihr euch alle hier amüsieren“, frohlockte die Lady verheißungsvoll.

„Isabella, bleiben Sie mal auf der Erde!“, rief der Butler ihr kopfschüttelnd und fassungslos zu.

„Hick! Hick!“ kam es von Isabella. „Oh! Ich glaube, das war eben Gregors Stimme“, säuselte die ausgeflippte Diva. „Clemens, der Gregor ist mit sicher böse“, meinte sie verwundert. Clemens Faltenberg umarmte spontan seine Madame Pompadour und gab ihr vor aller Augen sogar einen Kuss. „Isabella, Sie sind für mich die aufregendste und tollste Frau, die mir je begegnet ist“, schwärmte er überschwänglich. Die beiden Turteltauben wurden nun umkreist von den staunenden Gästen, die das nicht passend fanden und flüsterten. Moritz von Hohenstein hatte das Treiben und Isabellas Auftritt aus nächster Nähe beobachtet. „Das ist ja nicht mehr zu ertragen“, schimpfte er leise vor sich hin. „Dieses Affentheater hier um das Weib.“

Keiner der Personen bemerkte, dass sich nun eine Gestalt heran schlich, in Isabellas Getränk und in einige andere Gläser ein weißes Pulver einrieseln ließ. Moritz lachte höhnisch auf. Er rieb sich schadenfroh die Hände über seine Tat. „Das Singen und Lachen wir euch bald vergehen", zischte er vor sich hin, um sich dann wieder unauffällig zu entfernen. „Clemens, ich kann nicht mehr!", stöhnte Isabella prustend und sank in seine geöffneten Arme. Johannes von Hohenstein machte ein ernstes Gesicht. „Isabella, Bella", sagte er betont. „Hier ist mein Arm. Wir haben uns verlobt", erinnerte er sehr unwirsch und ein grimmiger Blick traf Clemens Faltenbach. „Hannes, dich hab ich total vergessen. Sorry!", säuselte Isabella doch etwas schuldbewusst. „Ja! Das habe ich bemerkt, Isabella. Dieser Faltenbach ist ja auch jünger und interessanter als ich alter Knabe von bald Siebzig. Nicht wahr, meine Liebe?"

„Verzeih` Hannes! Halb so tragisch. Du bist und bleibst der Beste", schwörte die Lady und machte mit der Zunge die Lippen feucht. „Irgendwie brauche ich jetzt was Flüssiges. Meine Kehle ist vom Singen wie ausgetrocknet", japste sie. Isabella fasste nach Johannes Hand und ließ Clemens Faltenbach stehen. Sie stolzierte zu ihrem Platz. „Hannes, da steht ja mein Gläschen noch", echote sie etwas heiser und leerte es in einem Zug. „Schmeckt irgendwie seltsam, Hannes. Na, was solls." Sie dachte nicht groß darüber nach. „Herrschaften, es gibt noch Erdbeerbowle", verkündete sie mit belegter Stimme und fügte dann schmunzelnd hinzu, „Wasser ist auch da." Isabella blinzelte mit den Augen, ihr wurde seltsam zumute. Die jungen Musiker kamen auch wieder zum Zug und sorgten mit flotten Oldies für neue Stimmung, die aber plötzlich nicht mehr aufkommen wollte. Schläfrigkeit machte sich bei einigen Personen breit. Isabella gähnte mehrmals, sie konnte kaum die Augen offen halten. Da fiel ihr das Glas aus der zittrigen Hand. „Hannes, was ist mit mir? Ich werde auf einmal so müde. Ganz komisch ist mir im Kopf." Isabella taumelte hin und her. „Johannes, mir wird schwindlig. Du bist ein Zwilling, ich sehe dich doppelt", lallte sie schlaftrunken. Johannes von Hohenstein stützte sie jetzt und war besorgt. „Bella, um Himmels Willen, was ist los mit dir? Komm, ich führ dich zur Bank. Setz dich da mal hin." Er fasste sie am Arm und stützte Isabella, die ihre Augen fast geschlossen hatte. Clemens Faltenbach schwankte auch bedenklich und kam hinzu. „Geht es Isabella nicht gut?", fragte er besorgt und zwinkerte mit den Augen erheblich vor Schläfrigkeit. „Sie hat sich wohl total verausgabt, so wie sie drauf war. Soll ich mich um Isabella kümmern? Sie haben ja noch Gäste hier", meinte er gütig. „Nein, Herr Faltenbach, ich möchte Ihnen nicht zu nahe treten und Sie kränken, aber das ist wohl jetzt meine Angelegenheit. Frau Wallenberg wohnt hier auf meinem Anwesen und ist seit heute auch meine Verlobte", betonte Herr von Hohenstein mit fester Stimme doch etwas verärgert über den Casanova.

Clemens Faltenberg hatte kapiert. War er mit seiner Verehrung an Isabella doch zu weit gegangen? Er war Junggeselle. Sexy. „Herr von Hohenstein, bitte bestellen Sie mir ein Taxi, damit ich zurück fahren kann. Im Hotel Victoria habe ich bis morgen meine Unterkunft", sagte Herr Faltenbach kühl und knapp. Isabella war auf der Bank tatsächlich eingenickt. Herr von Hohenstein verabschiedete einige seiner Gäste und wandte sich an seinen Butler: „Gregor, bitte bestellen Sie ein Taxi für Herrn Faltenbach. Er möchte gerne gehen."

Gregor hatte am Tonfall seines Chefs den wahren Sachverhalt des plötzlichen Aufbruches erkannt. „Jawohl, Herr von Hohenstein", kam es deshalb wie aus der Pistole geschossen. „Unser Fest endet ein wenig merkwürdig. Chef, man könnte fast glauben, jemand hätte ein Schlafmittel verabreicht. Sehen Sie nur mal, Isabella hält ihren Dornröschenschlaf auf ihrem Thron", scherzte Gregor sehr nachdenklich werdend. Jetzt griff er zum Handy und bestellte Faltenbachs Taxi.

Die Stimmung unter den noch Anwesenden war gestört, Taxen fuhren vor und weitere Personen verabschiedeten sich. Moritz von Hohenstein stand am geöffneten Fenster und grinste nur vor sich hin. Nur er wusste, weshalb Isabella jetzt fest auf der Bank schlief, das Fest plötzlich zum Abbruch kam. Er war schließlich der Boss von Gut Hohenstein. Das wollte Moritz allen mit seiner Heldentat beweisen.

Kapitel 28

Isabella schaute amüsiert dem Gärtner zu, wie er mit seiner schweren Gerätschaft über die Rasenfläche kutschierte. „Sebastian, Sie sind ja heute so eifrig am Werk", lobte sie den Hofgärtner. „Unsere Pferde brauchen gutes frisches Heu", bemerkte sie nebenbei und nickte mit dem Kopf. Isabella klatschte jetzt fest in die Hände. „Harikon"! Astor! Ihr kommt mal zu mir", befahl sie energisch. Die beiden Hunde kläfften lautstark und rangelten sich mit einem kleinen Plastikbeutel herum, den sie sich gegenseitig fortzerrten. „Sebastian, was hat Harikon da in seinem Maul?", fragte Isabella erschrocken und ahnte nichts Gutes.

„Ich weiß es nicht, Frau Wallenberg. Das ist eine weiße so seltsame Tüte." Der Mann kratzte sich am Hinterkopf. Isabella trat näher. „Harikon, gib mir sofort die Tüte", bat sie mit strengem Tonfall. Dann entriss sie dem bellenden Tier ruckartig sein eigenartiges Spielzeug. „Sebastian, da ist ein weißes Pulver drinnen", stellte sie ungläubig fest.

„Was ist das denn?" Sie befeuchtete einen Finger, nahm eine Brise und leckte daran. Isabella verzog das Gesicht und spukte. „Igitt! Sebastian, wissen Sie was das ist? Um Himmels Willen! Das Pulver ist Heroin", erahnte sie ganz fassungslos. „Wie kommt das auf diese Wiese? Mein Gott, Sebastian, wenn nun die Hunde von dem Pulver gefressen hätten. Nicht aus zudenken." Die Tierfreundin rang nach Luft, so schockiert war sie jetzt.

„Sebastian, wem gehört das wohl?“, flüsterte Isabella und überlegte. Dann erinnerte sie sich. „Tillmann war doch bei den Pferden zum Füttern. Moritz hat sich aber auch bei seiner Hütte aufgehalten“, fiel Isabella noch ein. „Seltsam! Sehr seltsam!“

„Frau Wallenberg, müssen wir das nicht der Polizei melden?“ überlegte der Gärtner besorgt. Er wirkte sehr nachdenklich. „Unser Chef, Herr von Hohenstein, muss das doch auch wissen.“ Isabella war entsetzt. „Sebastian! Nein!“, rief sie aus und schüttelte energisch den Kopf dabei. „Ich werde mich selber um diese Angelegenheit kümmern, sonst gibt's noch hier einen Skandal. Das wollen wir doch verhüten. Sebastian, lassen Sie bitte kein Sterbenswörtchen von unserem Fund verlauten. Ist das klar, Sebastian?“ Diesen heiklen Fall wollte Isabella allein klären, wandelte sie doch zu gerne nur auf Sherlock Holmes Spuren. Der Hofgärtner schaute sie skeptisch an. „Frau Wallenberg, Sie sind jetzt auch unsere Anwältin hier auf dem Hof. Sie müssen es verantworten. Wie Sie wollen.“

„Sebastian, bitte kein Drama machen“, entgegnete Isabella sehr dominant. Sie rief jetzt nach den Hunden. Diese geheimnisvolle Tüte nahm sie auf sich. Isabella fasste Harikon am Halsband, da er sich sträubte und knurrend an ihr hoch sprang. „Harikon! Astor! Ab mit euch beiden Schlawinern zum Haus“, befahl Isabella energisch und musste über die Widerspenstigen doch mal schmunzeln. Die Vierbeiner stürmten davon und ihre Herrin folgte ihnen nach.

Da Isabella aus Moritz Zimmer Rockmusik vernahm, klopfte sie an seine Tür. „Moritz, mach die Tür auf, ich möchte mit dir sprechen. Es ist dringend“, fügte sie hinzu und wartete ungeduldig.

„Ich will aber nicht mit dir reden“, ertönte jetzt seine brummelige Stimme von Innen zu ihr. Isabella ließ nicht locker und schlug mehrmals mit der Handfläche dagegen. Moritz erschien jetzt, bekleidet in Slip und graufarbenem Hemd und fauchte Isabella wie ein Tiger sogleich an: „Was willst du? Bist du balla balla, so gegen meine Tür zu hämmern.“

„Moritz, du hast ja wieder eine Fahne“, stellte Isabella sogleich fest und verschaffte sich unaufgefordert Zutritt in sein Zimmer. Sie schaute sich kopfschüttelnd um und rümpfte die Nase. „Hier sieht es ja aus, wie bei den Hotten-Totten“, protestierte sie über die Unordnung im Raum. „Stinken tut es bei dir, wie in der Bierkneipe, Igitt! In was für einem Mief lebst du denn?“ Moritz schaute sie grimmig an.

„Biste fertig, mit deinem Kommentar?“, zischte Moritz sehr barsch und streifte sich schnell eine verknitterte Jeanshose über. „O nein! Ich bin noch lang nicht fertig, mein Lieber“, verkündete Isabella grinsend und ließ sich auf dem alten Ledersessel nieder. Aus ihrer größeren Handtasche entnahm sie nun die Tüte mit dem geheimnisvollen weißen Pulver. „Du, stell dir mal vor, die lag vorhin unten auf der Wiese. Beinahe hätten unsere Hunde davon gefressen. Merkwürdig! Nicht wahr, Moritz?

Das ist Heroin, mein Freund. Wem gehört das wohl? Wer nimmt und braucht solche Drogen?“ Isabella schaute ihn herausfordernd an. Moritz wurde unruhig und seine Augen funkelten gefährlich. Er griff nach der Tüte, um sie Isabella abzunehmen. „Wo hast du das her, du Luder? Du schnüffelst überall herum, was dich nichts angeht“, schimpfte der Bursche mit roten Gesicht und giftete den Eindringling in seinem Reich bitterböse an. „Also doch. Ich habe es schon fast vermutet“, sagte Isabella fassungslos. „Moritz, du nimmst Drogen. Bist du etwa davon abhängig? Woher hast du das Zeug? Du verkorkst dir doch nur dein Leben damit. Es schadet deiner Gesundheit.“ Isabella versuchte nun ruhig und sachlich zu bleiben. „Moritz, ich möchte jetzt mal ganz vernünftig mit dir über deine Drogen und Alkoholprobleme reden. Du brauchst eine Therapie. Vielleicht kann ich dir dabei helfen. Führ endlich ein normales Leben.“ Moritz befand sich zwar eben in der Klemme, aber er lachte nun doch höhnisch auf. „Was geht dich mein Leben an! Ich habe nicht gebeten, dass du nach hier kommst und aber auch alles durcheinander bringst. Gib mir sofort die Tüte zurück, du Weibsbild“, zischte er wutentbrannt und wurde handgreiflich. Isabella lachte auf. Dann ließ sie die Droge in ihrem Blusenausschnitt verschwinden. Sie war stark, stolz und mächtig. „Na Moritz, da wirst du dich wohl nicht wagen, mich anzufassen. Oder bist du kein Gentleman?“, frotzelte sie schmunzelnd. Der Bursche machte ein finsteres Gesicht und stürmte auf die Tür zu. Doch Isabella versperrte ihm den Weg. Sie drehte den Schlüssel herum, zog ihn lachend ab und steckte ihn erst einmal in ihre Handtasche. „So, mein Lieber. Jetzt reden wir offen Klartext.“ Moritz sah sich von Isabella in die Enge getrieben. „Bist du jetzt total bescheuert? Öffne die Tür! Gib mir meinen Zimmerschlüssel und dann verschwinde endlich aus meiner Bude“, brauste der Bursche wütend auf und packte sie am Arm. Isabella amüsierte sich und trieb ihr Spielchen mit ihm. „Moritz, willst du dich vergreifen? Aber nicht doch. Setz dich auf dein zerwühltes Bett. Ich habe noch weitere sehr interessante Neuigkeiten und sogar einen Schatz für dich“, tat sie nun sehr geheimnisvoll und lächelte spitzbübisch dabei. Die Anwältin hielt Moritz jetzt die schwarze Fackel vor die Nase.

„Kennst du das?“ Du, die haben ich in deiner Goldhütte, in einer Truhe, entdeckt. Übrigens, da liegen noch mehr solcher Exemplare drinnen. Moritz, damit kann man doch Feuer legen“, bohrte Isabella und ließ keinen Blick von dem nervös werdenden Burschen. „Bei Herrn Eigner im Haus, fanden die Kripobeamten zwei solcher Fackeln. Eigenartig! Auch im Schulpark kam des damit zur Brandstiftung. Wer war denn dieser Feuerteufel? Mein Lieber, was sagste denn jetzt dazu? Der arme Macho wird plötzlich so blass um die Nase und die Hände zittern sogar“, witzelte Isabella, obwohl die Lage ernst war. „Moritz, was ist denn mit dir? Schwimmen dir jetzt deine Felle weg? Nimm dich nur in Acht, ich bin eine halbe Detektivin“, lachte sie auf. „Das hör ich mir nicht länger an!“, brüllte Moritz lautstark. „Du stellst Behauptungen auf.

Hast du Beweise dafür? Du bist einfach bescheuert. Geh zurück nach Wien. Hier bist du fehl am Platz und machst alle verrückt", fauchte der Bursche wild. Isabella stand auf. Sie legte die Hand auf Moritz Schulter. „Deinen Vater kannst du vielleicht für dumm verkaufen, aber keine Anwältin, Isabella Wallenberg", feixte sie selbstbewusst und stolz. „Dein Vater hat keine Ahnung, was sein Sohn in Wirklichkeit treibt und auf dem Kerbholz hat. Moritz, leugne nicht länger uns steh endlich zu deinen Taten", mahnte die Anwältin eindringlich. „Ich wette und spür es, du hast mit diesen Fackeln die Brände gelegt." Isabella wurde jetzt nachdenklich und meinte leise ergriffen: „Herr Eigner kam beim Feuerausbruch ums Leben, wie dir bekannt sein wird. Das grenzt schon fast an Mordanschlag, mein Lieber. Der Täter wird immer noch gesucht." Isabella ging im Zimmer auf und ab und behielt ihren Macho gut im Auge. „Ich will dir noch was sagen. Diese Bombendrohung beim Richtfest, ist doch auch deine Heldentat. Bei der Bandaufzeichnung von der Kripo, erkannte ich doch deine verstellte brummelige Stimme. Moritz, ich bin auch Anwältin und lebe nun hier bei euch auf dem Hof. Bis jetzt schwieg ich dazu", äußerte sich Isabella sehr ernst, aber so geht es nicht weiter mit deiner Veranlagung und Drogensucht." Moritz höhnte und fuchtelte mit den Armen herum. „Du hast zu viel Fantasie, Isabella. Du liebst zu viel Krimis", wehrte Moritz die Anschuldigungen von sich ab. „Was unterstellst du mir alles, du raffiniertes Luder", grölte Moritz erbost. Isabella blieb seelenruhig. „Du weißt genau, dass ich Recht habe, lieber Moritz." Sie schaute ihn mit scharfem Blick an. „Moritz, ich gebe dir drei Wochen", sagte Isabella ernst. „Du wirst zum Amtsgericht gehen und eine Aussage machen. Herr Köhler ist verständnisvoll und ein hervorragender Kripobeamte. Mit ihm kannst du Klartext sprechen. Als Anwältin werde ich dir zur Seite stehen. Moritz, steh zu deinen Taten und leugne nicht länger. Bei mir stößt du damit auf Granit, mein Lieber." Moritz taumelte wütend in seinem Zimmer umher. „Willst du mich erpressen, Isabella? Ich habe keinen Bammel, mit den Bullen zu blöken. Kapier das mal. Und jetzt hau endlich ab!" zischte er. Isabella versuchte mit größtem Einfühlungsvermögen, dem Burschen in sein geschundenes Gewissen zu reden. „Moritz, der Alkohol und die Drogen haben deine Persönlichkeit gestört. Deine vorhandene Gewaltbereitschaft wurde dadurch noch erheblich erhöht", resümiert die Anwältin bedenklich. Isabella drückte Moritz den Schlüssel in die Hand. „Gleich bist du mich los", frotzelte sie uns schaute Moritz kampfesfreudig, mit stolzem, erhobenem Kopf, jetzt an. „Stell dich der Polizei und mach eine ehrliche Aussage. Ansonsten werde ich Anzeige erstatten", drohte Isabella mit eiserner Miene. Sie ging auf die Tür zu. „Schließ auf und lass mich raus", kommandierte sie knapp und kühl. „Dein Drogenkonsum hier und diese Fackel bewahre ich bei mir", fügte sie verschmitzt hinzu. Als Moritz Isabella wortlos und schwankend die Tür öffnete, verabschiedete sich die Frau eiskalt. „Adios, mein lieber Moritz!" Dann rauschte sie auflachend davon.

Moritz knallte hinter ihr die Tür zu und trat mit dem Fuß dagegen. „Mist! So ein Horror. Dieses verflixte Luder“, machte er sich schimpfend Luft. Moritz begann jetzt zu begreifen, er war entlarvt. Isabella konnte ihm schaden. Das durfte niemals geschehen. Teuflische Gedanken stiegen in dem Burschen hoch. Er ballte die Fäuste. Dann ließ Moritz sich schnaufend auf sein Bett sinken. „Dieses raffinierte Frauenzimmer muss fort“, sagte er immer wieder zornig vor sich hin und trommelte mit den Fäusten gegen das Kopfkissen, um sich abzureagieren.

Kapitel 29

Isabella führte mit dem Butler eine lebhafte Debatte und deutete auf das Formular mit der Gehaltsabrechnung. „Gregor, es ist mir etwas unangenehm, Ihnen sagen zu müssen, Sie haben die Steuererklärung für das Finanzamt nicht korrekt gemacht. Einige Ihrer bisherigen Einnahmen, so einen Betrag von 50.000 Euro haben Sie nicht vermerkt und dem Finanzamt gemeldet. Da könnten Sie Schwierigkeiten bekommen, Gregor. Ich mache Sie darauf aufmerksam.“

Der Butler machte ein finsteres Gesicht. „Was unterstellen Sie mir, Frau Wallenberg? Stempeln Sie mich als Steuerhinterzieher ab“, brauste er auf. „Meine Geldangelegenheiten gehen Sie fürwahr überhaupt nichts an. Ich machte eine kleinere Erbschaft, was hat das Finanzamt damit zu tun. Bis jetzt gab es nie eine Beanstandung mit unseren Gehältern hier und Einnahmen. Ich finde, Ihre Einmischung geht langsam zu weit, Frau Wallenberg.“ Der langjährige Butler des Hofes, ansonsten sehr gewissenhaft, war so verärgert, dass er es vermied, Isabella mit Vornamen anzusprechen, auch weiter zu duzen. „Aber lieber Gregor, ich will Ihnen doch nicht schaden“, verteidigte sich die Anwältin. „Sehen Sie, ich machte nur freundlich aufmerksam, dass jede Geldeinnahme versteuert werden muss. Herr von Hohenstein hat mich gebeten, die finanziellen Angelegenheiten in Zukunft zu regeln und dem hiesigen Finanzamt, Mitteilung zu machen. Was ist daran so tragisch? Ich bin schließlich Anwältin.“ Sie schob die Brille zurecht, die immer verrutschte und sah den Butler verschmitzt an. „Lieber Gregor, warum sind Sie so entsetzt und sträuben sich.“ Isabella drohte ihm schmunzelnd mit dem Finger. Ganz vertraut legte sie die Hand auf seine Schulter. „Aber bester Gregor, haben Sie denn etwas zu verbergen?“, amüsierte sich die Frau über des Butlers Reaktion. „Machen Sie doch einfach einen kleinen Nachtrag bei dem Formular und alles ist in Ordnung. Mehr wollte ich nicht, lieber Gregor und das Finanzamt ist auch zufrieden. Wenn Sie noch Weiteres zu beanstanden haben, wenden Sie sich bitte an Herrn von Hohenstein“, sagte die Anwältin. „Es war seine Idee, dass ich mich um das Wirtschaftliche und die Abrechnungen kümmere. Es soll eine Entlastung sein. Das werden Sie doch berücksichtigen, lieber Gregor?“

Der Butler war gerade so in Rage, als Moritz erschien. „Gregor, was geht denn hier wieder ab? Gibt's Zoff mit der großen Herrscherin", frotzelte der Bursche und blickte skeptisch auf Isabella. „Gregor, was ist dir also für eine Laus über die Leber gelaufen? Du machst ein Gesicht. Hat dieses Weibsen dich genervt? Unsere so superschlaue Anwältin vom Hof." Isabella brauste auf. „Moritz, halt dich da gefälligst raus. Kümmere dich um deine Schandtaten und was ich dir geraten habe, mein Lieber", wies ihn die Frau in die Schranken. Moritz lachte höhnisch auf. „Ich denke nicht daran! Von dir lasse ich mir keine Vorschriften machen. Ist das klaro? Gregor, was wollte Isabella von dir?"

„Frau Wallenberg hat meine Steuerabrechnung beanstandet. Ich habe den Geldbetrag deines Großvaters nicht angegeben", gab der Butler Auskunft und machte ein verdrießliches Gesicht.

„Wie bitte! Ich hör wohl nicht recht", entfuhr es Moritz und er fauchte Isabella an. „Kennst du keine Diskretion? Was gehen dich Gregors Geldangelegenheiten an? Das ist doch das Allerletzte", schimpfte Moritz und machte eine finstere Miene. „Wende dich an deinen Vater, der will es so und motze mich nicht so an. Das verbiete ich mir", sagte Isabella energisch, auch ihr riss langsam der Geduldsfaden, bei den ständigen Protesten ihrer Handlung. Moritz stand mit funkelnden Augen angriffsfreudig vor der Frau. „Ich will dir jetzt mal was sagen: du bist eine arrogante, besitzergreifende Streberin und schikanierst uns alle mit deiner Hinterfotzigkeit", brüllte Moritz sie an. Isabella stockte der Atem. Ihre Eitelkeit war verletzt und so konnte sie sich nicht mehr in Gewalt halten. Ein fester Schlag traf Moritz linke Wange. „Das ist meine Antwort", sagte sie barsch. Moritz hielt die Hand gegen seine Wange. „Du hast mich geschlagen!", grölte er wutentbrannt. „Das ist Körperverletzung, du verdammtes Frauenzimmer."

„Pardon, mein Lieber", verteidigte sich Isabella. „Das musste jetzt sein. So springst du mit mir nicht herum, Moritz." Gregor stand da und schaute Isabella entfremdet an. „Sie wenden Gewalt an, Frau Wallenberg", äußerte sich der Butler unter Kopfschütteln. „Ich staune nur und bin entsetzt. Das hat es bei uns noch nicht gegeben. Wir lebten immer in Harmonie miteinander. Ich möchte jetzt gehen und meine Arbeit verrichten", sagte der Butler kühl und bemerkte hinzu „meine finanziellen Angelegenheiten regle ich weiter allein, ohne Sie. Servus!"

„Gregor, ich komm mit", wandte sich Moritz dem Butler zu „ich kann dieses Weibsbild nicht mehr ertragen." Moritz ballte die Faust und erhob die Hand zu Isabella. „Du hast mir nicht umsonst eine Ohrfeige verpasst. Das zahl ich dir heim, das schwöre ich dir." Ein vernichtender Blick traf Isabella, die jetzt ein ernstes und nachdenkliches Gesicht machte. Moritz polterte mit Gregor davon und schimpfte vor sich hin.

Isabella stand am geöffneten Fenster vom Roten Salon, dem sogenannte Musikzimmer im Herrenhaus. Sie reckte sich und machte Atemübungen, wobei sich der üppige Busen im geblümten Oberteil wölbte. Immer wieder musste sie an die Debatte mit Gregor denken, der ihren Rat und Hilfe nicht annehmen wollte. Dann tauchte im Geiste Moritz auf, dem sie eine kriminelle Veranlagung zuordnete. „Mi, Mi, Mi“, versuchte sich Isabella auf ihren Gesang der Madame Pompadour vorzubereiten. Sie war sehr stolz, diese Hauptrolle in Leo Falls Operette zu spielen. Sie nahm schnell einen Schluck Mineralwasser, um die Kehle geschmeidig zu machen. Sie klappte den Flügel auf, spielte einige Töne an. Isabella ging auf und ab und schmetterte dann die Arie der Marquise de Pompadour: „Joseph, ach Joseph, was bist du so keusch ...?!“ Dabei verdrehte sie die Augen, machte Handbewegungen, als ob sie einen Gesangspartner anschmachtete. Die Diva versuchte sich voll und ganz zu konzentrieren, aber die hohen Töne wollten nicht so recht gelingen. Isabella ärgerte sich darüber, es musste doch immer bei ihr alles perfekt sein. Ihre Stimme schwankte, als ob sie heiser wäre. Plötzlich überkam Isabella eine leichte Melancholie, die sie sich nicht erklären konnte. Auch die Freude auf ihre berauschende Paraderolle der Pompadour wich dahin. Sie musste an ihren Bruder Tassilo denken, ihr langjähriges Engagement an der Wiener Oper. Isabellas Augen wurden feucht. Sie erschrak darüber und stampfte energisch mit dem Fuß auf. „Nein! Was soll diese Wehmut. Isabella, konzentriere dich, du bist schließlich die Pompadour und keine Heulsuse!“, befahl sie sich selber. Sie holte tief Luft und wiederholte ihr „Joseph“ Hit, als die Tür sich öffnete und Herr von Hohenstein lachend und mit einem Rosenstrauß in den Raum trat und sie mit einem Kuss begrüßte. „Meine Bella jubiliert wieder in den höchsten Oktaven“, stellte er unter einem Schmunzeln fest. „Diese Rosen sind nicht aus unserem Garten stibitzt sondern von der Frankfurter Markthalle, da komm ich eben her.“

„Du, ich dank dir herzlich für die liebe Blumenpracht. Die Rosen verbreiten einen Duft im Raum. Donnerlittchen!“ Isabella stand jetzt vor ihrem verliebten Prinzen, breitete die Arme aus und säuselte melodisch: „Johannes, ach Hannes, was bist du so keusch ...“ Sie hatte den Text auf seine Person verändert und versuchte zu schmunzeln. „Meine Liebe, so keusch und brav bin ich aber nicht“, gab Herr von Hohenstein zu und nahm seine Angebetete fest in den Arm. „Ich liebe dich! Und ich will dich bald heiraten. Du sollst endlich meine Frau werden, die neue Herrin vom Johannishof.“ Er schaute sie ganz verklärt an und wirkte wie ein verliebter Primaner. Trotz seiner grauen Haaren, paar Falten im Gesicht, Johannes von Hohenstein war noch topfit, die fast Siebzig merkte man ihm nicht an. Noch hatte er große Pläne, auch auf diesem Hofgelände, das wollte er mit Isabella alles verwirklichen. Er setzte sich aufs alte so vertraute Kanapee, wo er einst mit seiner Gemahlin Anna Maria Musestunden verbrachte. Aber Isabella hatte ihm den Kopf verdreht, das bereits seit zehn Jahren. Er wollte sie besitzen, mit aller Macht.

Lass mal weiter deine Stimme erschallen“, forderte er sie jetzt auf, „Ich möchte wissen, was meine Madame Pompadour bei diesem Clemens Faltenbach, im Wiesbadener Musiktheater singt und treibt. Eure Premiere der Operette, rückt näher. Ich kanns kaum erwarten, dich wieder auf der Bühne so glanzvoll und mächtig zu erleben. Primadonna, singe!", wiederholte er seinen Wunsch und lehnte den Kopf zurück aufs Sofa. Isabella nahm erneut einen Schluck Wasser und setzte sich auch neben Johannes. Sie sah ihn verschmitzt an, graulte seine Wange und sang hingebungsvoll: „Heut` könnt` einer sein Glück bei mir machen ..." Sie schluckte. Schon wieder versagte ihre Stimme beim Gesang. Ihr Gesicht wurde ernst und nachdenklich. Johannes von Hohenstein bemerkte sofort Isabellas Wandlung. Er griff nach ihrer Hand. „Bella, was ist mit dir? Du wirkst verstört. Sonst erklingt deine Sopranstimme astrein und in den höchsten tönen. Wirst du mir krank?"

Isabella schaute den Mann an ihrer Seite entfremdet an. „Ich weiß selbst nicht, was plötzlich mit mir los ist. Ich bin so unruhig innerlich. Das kenne ich nicht. Vielleicht ist meine Auseinandersetzung mit Gregor schuld." Herr von Hohenstein nahm seine Diva in die Arme. „Was ist vorgefallen mit unserem Butler? Ihr habt doch so ein gutes Verhältnis zueinander gehabt. Das versteh ich nicht, Bella."

„Ach Hannes", seufzte die Lady. Weißt du, ich habe mir am Vormittag mal nach deinem Wunsch hin, die Gehaltsabrechnungen und Steuererklärungen angesehen. Mir fiel da auf, dein Butler hat einen Geldbetrag von 50.000 Euro nicht vermerkt. Als ich Gregor aufmerksam machte, kam es zur Auseinandersetzung. Er reagierte sehr ungehalten, lehnte meine Hilfe, besser gesagt, Einmischung, total ab. Moritz erschien auch noch und gab seine gewohnten patzigen Kommentare ab. Entschuldige Hannes, er ist dein Sohn, ja, ich gab ihm eine Ohrfeige. Ich war genervt, versteh` das bitte", entschuldigte sich Isabella bedrückt. Herr von Hohenstein machte ein ernstes Gesicht, stand auf und nahm sich ein Glas Sprudel. „Das sind keine erfreulichen Mitteilungen, die du mir machst, Bella. Zu meinem Butler, muss ich dir wohl erklären: Nach Friedrich von Hohensteins Tod bekam Gregor für seine langen Dienste bei den Hohensteins eine Geldschenkung von 50.000 Euro. Das ist mir bekannt. Gregor kaufte sich sofort ein Auto bei den Rüsselsheimer Opelwerken. Diesen Geldbetrag hütet er auf seinem Sparkonto wie ein Augapfel. Er ist halt sehr empfindlich, meine Liebe."

„Aber der Betrag muss doch angegeben und versteuert werden, so ist es ordnungsmäßig, Hannes", erinnerte die Anwältin und schüttelte verständnislos den Kopf. „Isabella, lass mal gut sein, ich kümmere mich darum und spreche mit meinem Butler. Wahrscheinlich bist du dem guten Gregor mit deiner Äußerung auf den Schlips getreten. Ich will es deutlicher ausdrücken", schmunzelte Herr von Hohenstein und nahm wieder neben der Frau seinen Platz ein.

„Du hast einfach Gregors Privatsphäre verletzt, bist in seine Persönlichkeit eingedrungen. Versteh das richtig, es soll kein Vorwurf gegen dich sein. Ich hatte dich ja gebeten, einen Augenschein auf die finanziellen Geschäfte zu richten. Vielleicht wars ein Fehler von mir. Warum wird aus alles nur ein Drama?“ Isabella wirkte wieder nachdenklich, die Melancholie kam wieder in ihr hoch, als sie sich jetzt äußerte und Johannes skeptisch anschaute. „Ich verbreite hier nur Unruhe. Das belastet mich sehr, Johannes. Mit meiner Anwesenheit bei euch, ist man nicht ganz einverstanden. Dein Herr Sohn zum Beispiel hasst mich doch über alles. Hannes, ich möchte dich nicht verletzen“, brach es jetzt aus Isabella heraus. „Ich habe nachgedacht. Vielleicht wäre es besser, ich ginge nach meinen Aufführungen der Operette, zurück nach Grinzing, dann herrscht hier wieder Ruhe und Frieden, wie es wohl mal war.“ Johannes von Hohenstein stand ruckartig auf. Er war entsetzt und schaute Isabella fassungslos an. „Niemals! Was sagst du da, liebe Bella? Du, ich erinnere dich: Wir zwei sind verlobt und ich will dich...“ Er machte eine Atempause und kniete sich sogar vor Isabella hin. „Ich liebe dich! Du sollst meine Frau werden. Ich kann und möchte nicht ohne dich leben. Ich schaffe dir hier auf dem freien Gelände ein Paradies, wie in Wien“, versprach Herr von Hohenstein. Es war fast ein Schwur. Isabella legte den Arm um seine Schulter. „Hannes, bitte, bitte, dräng mich nicht. Feiere du erst mal deinen 70sten Geburtstag. Heiraten können wir immer noch später.“ Isabella wusste selber nicht, warum sie so abweisend reagierte. Johannes bedeutete ihr sehr viel.

Johannes von Hohenstein saß schweigend auf seinem Kanapee. „Du gibst mir einen Korb, Isabella“, sagte er nur betroffen. „Jetzt bin ich aber gekränkt. Genau wie Gregor“, fügte er hinzu und versuchte zu schmunzeln, was ihm nicht gelang. Beide diskutierten, schwiegen wieder, saßen nebeneinander auf dem Sofa.

Die Tür vom Roten Salon wurde stürmisch aufgeschlagen und Moritz rauschte sturzbetrunken in den Raum. „Ei, sieh mal einer an“, lallte er vor sich hin. „Wer sitzt denn da auf dem Kanapee? Isabella und mein Vater, beim zärtlichen Tete-a-Tete. Ach, wie amüsant, dieser Anblick“, höhnte er lachend und lachte lauthals. Dann ließ er sich schnaufend in den nächsten Sessel plumpsen.

„Moritz!“, brauste der Vater auf. „Was ist das für ein Benehmen? Du stinkst nach Alkohol. Es ist untragbar mit dir. Isabella beklagte sich auch wieder über deine Respektlosigkeit. Nimm dich zusammen und arbeite vernünftig, wie es normale Bürger tun. Akzeptiere endlich, Isabella gehört zu uns. Zu mir“, fügte er hinzu und nahm sie sogleich in den Arm. „Verschwinde in dein Zimmer, wasch dich mal und zieh vernünftige Klamotten an. Was habe ich da nur für eine Brut großgezogen“, klagte der Vater kopfschüttelnd. „Alkoholsauferei und Faulenzen, große Klappe haben, das ist sein Ebenbild“, schimpfte Herr von Hohenstein und fasste den Sohn jetzt energisch am Handgelenk.

„Die Arme tätowiert, das Hemd offen und verschmutzt, die Jeanshose zerfetzt. Von deiner miserablen Frisur ganz zu schweigen. Moritz, ich fass es nicht! Wenn deine Mutter dich so sehen würde.“ Moritz stand auf und ein vernichtender Blick traf seinen Vater. „Sei bloß still“, fauchte er verständnislos. „Mutter, die ja mal deine Frau gewesen ist, hast du doch schon lange vergessen.

Du turtelst mit Isabella, dass man es nicht ertragen kann. Lächerlich, in deinem Alter.“ Moritz grinste und schaute böse auf Isabella, die er am liebsten in die Wüste schicken würde. Moritz schaute den Vater herausfordernd an. „Ich frage mich, hast du Mutter überhaupt je geliebt? Du bist doch Schuld an ihrem Tod“, erinnerte der Sohn und ballte jetzt die Faust. Mit funkelnden Augen wandte er sich nun an Isabella: „Du hast hier nichts zu sagen. Rein überhaupt nichts. Ich bin ein echter Hohensteiner, mein Vater nicht. Ich bin der Erbe“, grölte Moritz lautstark und schlug sich dabei an die Brust. Er taumelte zur Tür und machte eine Handbewegung. Moritz lachte höhnisch auf und deutete mit dem Finger auf die Frau an Vaters Seite. „Isabella, du große Herrscherin, dich wird es bald hier nicht mehr geben!“. Er rieb sich die Hände, drohte mit der Faust zum Kanapee hin, wo sein Vater versuchte, die fassungslose Isabella zu beschützen. Mit lautem Türenschlag verließ der Bursche den Raum. Moritz polterte die Treppenstufen empor, trat gegen das Geländer und rauschte in seine Bude.

Kapitel 30

Gregor saß mit Dörthe bei einem Tässchen Kaffee und klagte der alten Wirtschafterin sein Leid: „Dörthe, nun bin ich bald fünfzig Jahre im Dienst der Hohensteiner Familie, da muss ich mich von dieser Isabella als Steuersünder abstempeln lassen. Ich frage dich, was hat das Finanzamt mit meinen 50.000 Euro zu tun? Das Geld ist von Friedrich, es gehört mir allein. Unser Chef hat plötzlich Wandlungen und Ansichten, das hat es früher bei der gnädigen Frau, ich meine, Anna Maria, nicht gegeben“. Der Butler schlürfte seinen Kaffee, ganz schwarz und mit Zucker, so war er es gewohnt.

Dörthe machte ein nachdenkliches Gesicht, nippte an ihrem Getränk und stellte die Tasse ab. Sie schaute aus dem Fenster. „Gregor, da unten auf der Weide ist Isabella. Sie beschäftigt sich gerade mit den Pferden. Ich weiß auch nicht, Gregor, ob es so gut von Herrn Hohenstein war, diese Frau nach hier zu holen. Ich habe ein so unruhiges Gefühl“, äußerte sich die Wirtschafterin skeptisch. „Irgend etwas Schlimmes wird passieren“, ahnte sie nachdenklich. „Unser Moritz ist so verändert. Ich kenne den Jungen nicht mehr wieder. Ich habe Angst“, gab sie zu und ließ sich schnaufend auf dem Küchenstuhl nieder. Sie schaute zum Wandkalender und stand erschreckt auf. „Gregor, heute ist Freitag, der 13te. Und wir haben Vollmond. Das ist nicht gut“, meinte sie ganz aufgeregt und die Tasse fiel ihr sogleich aus der Hand. „Siehst du, Gregor, ich habs doch gewusst“, meinte sie unter einem leichten Schluchzen. Das Unglück beginnt schon.“ Der Butler schmunzelte und kehrte die

Scherben auf. „Aber liebe Dörthe, wer ist denn so abergläubisch?", versuchte er die ältere Dame zu trösten. „Es geht doch mal was kaputt, das ist nicht tragisch. Beruhige dich mal, lass uns plaudern."

Isabella schritt den Weg entlang und ließ immer wider ihre Blicke über die große Weidefläche, Richtung Taunushügel, schweifen. Sie pflückte ein farbiges Blatt vom alten Kastanienbaum und schaute versonnen vor sich hin, als ob sie von etwas Abschied nehmen wollte. Für diesen Oktober tag war es noch sehr ungewöhnlich mild. Isabella streifte die langen Haare zurück und ging zum Pferdestall. Sie vernahm ein lautes Wiehern und musste schmunzeln. Sie betrat den Stall und rümpfte sofort die Nase. Es roch etwas nach Qualm, was sofort in ihrer Kehle ein Hustenreiz aus löste. Eine leichte Rauchfahne stieg auf. „Moritz!", rief sie entsetzt, als sie den Burschen in der hintersten Ecke beim Fenster kauernd entdeckte. Aus einem Heuballen qualmte es verdächtig und zwei Stuten bäumten sich mit kräftigem Wiehern auf. Isabella stürmte auf Moritz zu und riss ihm die Zigarette aus dem Mund, die aber ihrer Hand entglitt und auf den Boden mit Strohbelag fiel. Sofort zischte eine Flamme hoch. „Bist du verrückt, hier zu rauchen! Die Tiere bringst du in Gefahr." Eine Flamme entfachte sich und bräunlicher beißender Rauch stieg auf und verbreitete sich im Stall. „Raus hier! Schnell!", kommandierte Isabella hysterisch und öffnete sofort die Boxen. Moritz lachte nur und griff auch noch zu einer Bierflasche. „Bring die Pferde ins Freie, die ersticken an dem Qualm" befahl die Frau und hetzte in ihrem langen Rock durch das Stallgebäude. Isabella schüttete den Grog mit Wasser auf den qualmenden Heuballen. „Windsor, Mozart, seid ganz ruhig, ich bring euch aus dem Stall", sagte Isabella und trieb alle acht Pferde ins Freie. „Steh nicht so grinsend da, hilf mal lieber und stell den Wasserschlauch an, damit ich im Stall spritzen kann. Wenn ich nicht gekommen wäre, würde alles in Flammen stehen und die Tiere hätten qualvoll ersticken können", brauste Isabella schockiert auf. Ein vernichtender und anklagender Blick traf den Übeltäter. „Du bist natürlich wieder mit deinem Alkohol vollgelaufen", klagte sie den Burschen verständnislos an. „Du merkst nicht einmal, was du für Schaden anrichtest. Heute ist zwar Vollmond, aber das entschuldigt nicht deine Leichtsinnigkeit. Im Stall, bei den Boxen, darf niemals geraucht werden. Es ist auch auf den Hinweisschildern groß vermerkt. Ich denke, du hast Lesen gelernt. Willst du nicht mal helfen?" Isabella griff nun selbst zum langen Gummischlauch, drehte den Wasserhahn auf und eine große Fontäne rieselte in das Stallinnere herab. Moritz dachte nicht daran, auch nur die geringste Handreichung auszuüben. Mit seiner Pulle in der Hand, stand der Bursche vor der Stallungstür und amüsierte sich köstlich. „Isabella, die große Heldin, die den bösen Moritz beim Rauchen und Feuermachen, erwischt hat", höhnte er unter schadenfrohem Gelächter. Seelenruhig schaute der Bursche Isabella zu und dann pfiff er einen Song vor sich hin. Isabella wischte sich über die feuchte Stirn. Sie griff zu einer Heugabel und beförderte das nasse und unbrauchbare Heu auf einen Schubkarren. Sie öffnete flink die Seitenfenster, um für Frischluft zu sorgen. Isabella versuchte allein alle Spuren zu beseitigen. Sie schnaufte und ihre Kehle brannte.

Isabella kam ermattet aus dem Stall und beruhigte die umher trabenden Pferde, als Tillmann mit einem Leiterwagen vorfuhr. Der Tierpfleger blickte erstaunt auf die sich vor dem Stall tummelnden Pferde und schaute verdutzt zu Isabella und Moritz, die sehr lebhaft debattierten. „Frau Wallenberg, warum sind alle Pferde vor dem Stallungsgebäude und nicht in ihren Boxen?“, fragte der Tierpfleger skeptisch und schaute grimmig zu Moritz hin. „Tillmann, das Stallungsgebäude ist im Moment leider unbenutzbar.“ Sie machte eine Handbewegung zu Moritz hin. „Es gab da ein kleines Malheur. Zum Glück traf ich rechtzeitig ein und es entstand kein größerer Schaden.“ Der Tierbetreuer wurde hellhörig und betrat sofort den Stall. „Wie sieht es denn hier aus?“, äußerte er sich fassungslos. „Ich hatte erst die Boxen mit Heu aufgefüllt. Das ist ja alles hier triefend nass und ein brenzliger Geruch ist im Stall. Er griff nach Isabellas Hand und schaute sie entsetzt an. „Frau Wallenberg, ich bin hier für alles verantwortlich“, stöhnte er ganz verstört. „Was ist denn hier geschehen? Hat es gebrannt? Es riecht auch danach. Um Himmels Willen!“

„Tillmann, beruhigen Sie sich“, sagte Isabella sanftmütig. „Ich konnte zum Glück Schlimmeres verhindern. Bringen wir die Pferde gemeinsam zur Koppel hinter das Haus. Es ist sehr mild heute“, bemerkte die Tierfreundin und fing sogleich die etwas verstörte Stute, Cleopatra, ein. Sie tätschelte ihre Mähne und flüsterte ihr etwas zu. Tillmann stürzte sich auf Moritz. „Hast du im Stall geraucht, obwohl es streng verboten ist? Ich bekomme von deinem Vater Schelte, mein Lohn wird gekürzt, wenn mit den Tieren nicht alles in Ordnung ist. Moritz, du stinkst nach Bier“, meinte Tillmann die Nase rümpfend und sah ihn bitterböse an. Moritz lachte schallend. „Macht ihr ein Affenzirkus. So ein kleines Feuerchen wars nur. Das Weibsbild übertreibt doch. Was wollt ihr denn, der Stall steht doch noch. Die Viecher hier sind putzmunter“, meinte Moritz nur gedankenlos und grinste vor sich hin. „Das sage ich deinem Vater, Moritz. Da kannste Gift drauf nehmen“, feindete ihn der Tierpfleger mit bösem Blick an. Isabella legte kameradschaftlich den Arm um den Pfleger. „Tillmann, wir werden Herrn von Hohenstein keine Mitteilung von dem Vorfall machen. Er regt sich nur auf und Ihnen könnte es auch schaden. Bringen Sie jetzt die Pferde zur Weide.“ Tillmann machte ein finsteres Gesicht und drohte Moritz mit der Faust. „Du bist ein schäbiger Idiot“, feixte er ihm zu und trieb jetzt die Pferde vorwärts zur Koppel. Isabella trat auf Moritz zu, der sich auf einer Bank nieder gelassen hatte. Er griff erneut zum Glimmstängel. Isabella entriss ihm die Zigarettenschachtel und schleuderte sie in hohen Bogen über das Gemäuer. „Weg damit! Jetzt reden wir beide Klartext, mein Lieber“, fauchte sie ihn an. „Bist du meschugge! Was soll das, du Weib. Meine Zigaretten“, protestierte der Bursche und

Moritz wollte aufstehen, um davon zu eilen. Isabella drückte ihn energisch auf die Bank nieder und nahm neben ihm Platz. Obwohl sie innerlich kochte, versuchte sie nun ruhig mit dem Burschen zu sprechen. „Moritz, du hast dich sehr leichtsinnig im Stallungsgebäude verhalten. Wie schnell hätte sich ein großes Feuer entfachen können, die Pferde wären in Gefahr gekommen." Moritz versuchte Isabellas festem Griff zu entkommen. „Spiel dich nicht so als Heldin auf", stieß er ablehnend hervor. „Das ist ja zum Kotzen." Er stand ruckartig auf und wollte davon stürmen.

„Moritz, ich warne dich zum letzten Mal", drohte Isabella und ihr Geduldsfaden mit diesem Burschen riss entzwei. „Ich geh am Montag mit dir zum Polizeipräsidium, da wirst du eine gründliche Aussage bei Herrn Köhler machen. Du bist geistig gestört und brauchst dringend eine psychologische und auch medizinische Therapie. In Köppern ist eine solche Anstalt, da kann dir geholfen werden mit deinen Problemen. Du bringst in dieser Situation alle in Gefahr. Kapierst du das nicht, in deinem Schädel?", prasselte Isabella unentwegt auf ihn ein. „Du nervst!", zischte Moritz mit funkelnden Augen und sah sie jetzt vernichtend an. „Hältst du mich für einen Idioten? Das hast du nicht umsonst gesagt", fauchte der Bursche böse und fuchtelte gefährlich mit den Armen. „Geh allein zu den Bullen", höhnte er angriffslustig und ließ seine Aggressionen gegen die gehasste Frau aus.

Moritz sah sich immer mehr in die Enge getrieben. So hinterfotzig, wie er tat, war er im Moment nicht. Moritz hatte schon Schiss in der Hose. Er wusste nur genau, dieses clevere und raffinierte Frauenzimmer konnte ihn der Polizei ausliefern. Böse Gedanken bildeten sich hinter seiner gerunzelten Stirn. „Ich hau jetzt ab, sonst wird's mir noch speiübel. Du bist so eingebildet, so überheblich", schimpfte Moritz vor sich hin. „Du bist noch schlimmer als Vater."

„Moritz, treib es nicht zu weit, das Maß ist endgültig voll. Ich schleppe dich eigenhändig am Montag zur Polizeistation", fügte sie mit drohender Hand hinzu. Isabella wurde es zu dumm mit dem Burschen. Sie ließ ihn stehen und mit erhobenem Haupt schritt sie über das Hofgelände. Moritz lachte lautstark auf und rieb sich die Hände. „Bald hat dein letztes Stündlein geschlagen, Isabella. Dann kann ich hier treiben, was ich will, ohne deine Kommentare." Moritz trat mit dem Fuß gegen den Baum. Wutentbrannt schleuderte er einen Stein von dannen. Die Fäuste geballt, mit grimmigem Gesicht, trottete er über das Hofgelände.

Isabella befreite sich der Lockenwickler im Haar und bürstete über ihre lange pechschwarze Mähne. Nun folgte eine ausgiebige Maniküre ihrer langen und gepflegten Hände. Isabella, in bester Stimmung, trällerte vor sich hin. Ihre Rolle als Pompadour, verfolgte sie den ganzen Tag, so schmetterte sie jetzt aus vollster Kehle: „Joseph, ach Joseph, was bist du so keusch ..." Sie schmunzelte zwischendurch und dachte an Clemens, der zwar auch nun ihr neuer Chef beim Musiktheater war aber auch gleichzeitig ein glühender

Verehrer. Er hatte seine Diva für den Abend eingeladen.

Isabella stülpte sich nun das elegante orangefarbene Kleid über. Sie nickte zufrieden mit dem Kopf und flitzte in froher Erwartung, zwischen Bad und den anderen Räumlichkeiten vom Rosenhaus, hin und her. „Bella! Bella, wo hat sich denn meine Holde versteckt?“, ließ Johannes von Hohenstein seine Stimme durchs Haus ertönen. Er stieg die Treppe empor, als seine Lady ihm lachend entgegen kam. „Hallöchen, da bin ich ja“, jauchzte die Frau und begrüßte ihn mit einer Umarmung.

„Na, wie seh ich aus, Hannes? Aber ganz ehrlich“, fügte sie schelmisch hinzu und lehnte sich an den Mann, mit dem sie zwar jetzt verlobt war, aber vorerst noch nicht heiraten wollte. Herr von Hohenstein musterte seine Lady und machte doch ein nachdenkliches Gesicht. „Bella, du siehst schick, glanzvoll, wie immer aus“, bemerkte er anerkennend. „Dieses Kleid haben wir beide in Bad Homburg, für dich ausgesucht. Nur hast du es bisher leider noch nicht bei unserem Ausgang getragen. Das muss nun ausgerechnet heute sein, beim Treffen mit diesem Clemens Faltenbach? Wenn ich ehrlich bin, mir passt das überhaupt nicht, dass ihr am Abend ein Treffen habt.

Reicht es nicht, wenn ihr euch bei den Proben seht, liebe Bella?“ Die Diva tätschelte jetzt seine Wange und schmunzelte. „Hannes, du bist schon wieder eifersüchtig. Aber nicht doch. Es ist so harmlos und wird auch so bleiben“, meinte Isabella und ging mit Johannes in ihre gemütliche Wohnstube. Sie füllte sich ein Glas mit Sprudel und trank sogleich davon. Herr von Hohenstein schaute seine Angebetete skeptisch an. „Ich mach dich nur aufmerksam, dass dieser Faltenbach in dich verliebt ist. Das könnte ausarten.“ Isabella lachte amüsiert auf. „Lieber bester Hannes, was meinst du wohl, wie viel Mannsbilder sich im Laufe meiner Operntätigkeit in mich verliebten, mich anschmachteten. Da bin ich erhaben und stehe drüber. Wenn ich heirate, dann wirst du es wohl sein“, versprach die Primadonna und drückte dem Mann einen Kuss auf die Wange. Johannes von Hohenstein war nicht ganz entzückt und machte weiter ein verdrießliches Gesicht. Auch er gönnte sich ein Glas Sprudel und versuchte weiter seine Lady vom Treff doch noch abzuhalten. Isabella thronte auf dem Stuhl und bearbeitete ihr Gesicht mit Rouge. Nebenbei versuchte sie Johannes zu beruhigen. „Sieh mal, ich bin mit Clemens um 20 Uhr im Bürgelstollen verabredet. Im Restaurant gibt es heute Wildschweinbraten, Klöße und Rotkraut. Dazu hat mich Clemens eingeladen. Das soll hier ein Traditionsessen, im Herbst, sein“, sagte mir Clemens. Hannes mach nicht so ein Schmollgesicht.“ Isabella lachte schalkhaft. „Ihr Männer habt doch heute Abend euren Fußballspaß. Was soll ich da? Ich störe nur“, meinte sie verschmitzt und kitzelte ihn am Kinn. „Komm, lach mal wieder, Hannes. Ich versprech dir, spätestens um 23 Uhr hast du mich wieder. Dann trinken wir beide nach dem Fußballspiel noch ein Gläschen Wein bei dir. Ist das okay?“ Isabella küsste den Mann zart auf den Mund. „Vertrau mir einfach, Hannes“, sagte sie ernst.

Moritz lief unruhig in seinem Zimmer auf und ab. Sein Kopf dröhnte und er hatte wieder seine aggressiven Anfälle bei dem bevorstehenden Vollmond. Sein Vater hatte ihm auch noch eine Stand pauke gehalten, wegen seiner Rauchaktion im Stall. Tillmann konnte natürlich den Schnabel nicht halten und auch Isabella hatte doch ihren Kommentar dazu abgegeben über ihre Heldentat, den leichten Brand zu löschen. Moritz ballte die Faust und trat gegen den Schrank. Am Montag wollte diese Isabella mit ihm zum Homburger Polizeipräsidium. Der Bursche, sonst so cool und waghalsig, jetzt saß ihm doch die Angst im Nacken. Isabella war für Moritz ein Schreckgespenst. Nervös griff er zur kleinen roten Packung und entnahm die letzten beiden Pillen. Diese Droge brauchte er jetzt. Moritz taumelte zu seinem Bett, ließ sich darauf nieder und vertiefte sich in seinem Plan. Er nahm den letzten Schluck aus der Bierpulle. Dann rieb er sich die Hände und stimmte ein teuflisches Gelächter an. „Isabella, bald ist deine Macht vorbei", säuselte er vor sich hin und Speichel lief aus seinem Mund.

Dörthe, die Wirtschafterin, wuselte im Blauen Salon hin und her. Sie stellte einen großen Teller ab, mit Schnittchen und Getränken. Die Männer wollten ihren Fußballabend genießen. Herr von Hohenstein kam mit dem Butler in den Raum. „Unsere Dörthe ist wieder eifrig, damit wir uns gleich amüsieren können, Gregor", meinte der Chef und griff zu einer Salzstange. „Sie leisten uns doch Gesellschaft, liebe Dörthe?"

„Ich, ich wollte eigentlich zum Skatabend in der Hainklause gehen", verkündete die Wirtschafterin und machte ein nachdenkliches Gesicht. „Will Isabella sich denn mit diesem Herrn Faltenbach nach her treffen? Ich bin so unruhig heute. Isabella sollte lieber hier bleiben bei Ihnen. Ich habe Angst." Herr von Hohenstein nahm jetzt seine treue Wirtschafterin mal herzlich in den Arm. „Aber liebe Dörthe, was ist denn heute nur los? Alle drehen irgendwie durch", meinte der Hofchef verwundert. „Ja! Heute ist wieder Vollmondtag. Dazu haben wir noch Freitag, den 13. Oktober." Er holte mal tief Luft. „O Gott! Seid ihr am Ende alle abergläubisch? Dörthe, hat euch etwa das Vollmondfieber gepackt?", witzelte der Mann kopfschüttelnd und lächelte mal. Herr von Hohenstein wollte nicht zugeben, dass auch er eine unbekannte innere Unruhe verspürte. Und das bezog sich aber nicht auf den heutigen Vollmond. Im Gegensatz zu seinem Sohn, hatte er damit überhaupt keine Probleme. Gregor druckste herum und schaute seinen Chef unsicher an. „Herr von Hohenstein, ich möchte mich doch für später abmelden." Er wandte sich nun der Wirtschafterin zu und sah sie fast flehentlich an. „Liebe Dörthe, du hast dir wieder Mühe mit deinen Schmankerln für uns Männer gemacht. Sei mir nicht böse. Herr von Hohenstein, ich möchte am Abend doch lieber zu meinem Freund, Felix Rüger, gehen. Das Fußballspiel, Deutschland Russland, kann ich auch bei ihm an schauen", bemerkte der Butler. „Außerdem kann mir Felix nebenbei von seiner Afrika Tour, berichten. Er kam erst vorgestern zurück."

„Aber Gregor, muss der Besuch ausgerechnet heute stattfinden?" meinte Herr von Hohenstein doch etwas verwundert. „Ihr lasst mich also allein hier sitzen", schmollte der Hofchef und wirkte etwas gekränkt. So tätschelte er nun Dörthes rote Wange. „Dörthchen, Isabella geht leider auch am Abend fort. Bleib du doch wenigstens bei mir", schmeichelte er ihr herzzerreißend. „Du, wir gönnen uns auch einen guten Tropfen Wein. Na, ist das kein Angebot? Tillmann und Sebastian wollten doch auch später erscheinen. Gregor, sind die Beiden etwa auch verplant?" Er hatte nun Bedenken.

„Chef, ich weiß es nicht", entgegnete der Butler etwas gereizt. Plötzlich hatte er es sehr eilig.

„Herr von Hohenstein, darf ich mich für heute zurückziehen? Bitte!" Er schaute Dörthe an und streichelte über ihre Wange. „Servus! Und noch viel Spaß". Der Butler verließ ruckartig den Blauen Salon. Dörthe schaute belämmert drein und führte sich ein Häppchen mit Schinken zu Gemüte.

„Herr von Hohenstein, was soll das alles", stammelte sie etwas verwirrt und ihre Stimme zitterte.

„Es wird ein Unglück geben", vermutete sie mit ihrem sechsten Sinn. „Ich habe Angst", gab sie zu. „Irgendetwas Schlimmes geschieht, ich weiß es. Ich spüre es", wiederholte sie ernst und sehr nachdenklich. Dann verließ sie erst einmal den Raum.

Isabella war umringt von Johannes von Hohenstein, dem Butler und Dörthe, sogar die beiden Hunde umkreisten sie mit Gekläffe. Herr von Hohenstein hielt Isabella im Arm und schaute sie lange an. „Du lässt mich also tatsächlich allein und fährst zu diesem Faltenbach", meinte er enttäuscht und wandte sich dem Butler zu. „Gregor, Sie könnten doch auch mit Isabella mitfahren.

Sie haben doch ungefähr den gleichen Weg." Der Butler zuckte mit der Achsel und deutete auf seinen Wagen vor der Toreinfahrt. „Chef, ich will unabhängig sein und nehm lieber meinen Audi."

Harikon sprang an Isabella hoch und bellte sie an, er zerrte an ihrem Rock, als ob er sie von etwas abhalten wollte. Isabella gab ihm einen liebevollen Klaps. „Harikon. Lass das sein! Mein gutes Kleid geht ja kaputt. Was hat das Tier nur?", fragte Isabella verwundert und löste sich aus Johannes Arm, denn eine Taxe fuhr jetzt ein, die sie benutzen wollte. Der Butler wollte soeben in seinen Wagen steigen, als Isabella auf ihn zu trat und ihm die Hand gab. „Gregor, leben Sie wohl! Ich wünsche Ihnen alles Gute." Sie schaute den Butler ganz seltsam an, der sich jetzt wunderte. „Was soll das?" Er schüttelte den Kopf, stieg dann in seinen Wagen. „Chef, bis später dann", sagte er kurz und winkte nochmals aus dem Seitenfenster, bis er davonbrauste. Isabella wechselte paar Worte mit dem Taxifahrer, der nun geduldig in seinem Fahrzeug wartete, sich in eine Zeitung vertiefte.

Dörthe war ganz verstört und blass. „Isabella, bleiben Sie hier. Sie sollen sich nicht mit diesem Mann treffen. Ich habe ein so merkwürdiges Gefühl." Dörthe schluchzte fast, so sehr sorgte sie sich um Isabella. Harikon lag jetzt vor dem Taxi und machte ein jämmerliches Gejaule. Der Schäferhund Astor schnappte nach Isabellas Handtasche und kläffte sie an. Herr von Hohenstein wurde energisch. „Astor! Jetzt ist Schluss. Ja, was ist denn nur heute hier los? Macht der Vollmond euch alle verrückt?“

„Herr, Herr von Hohen... von Hohenstein“, stammelte Dörthe ganz verstört und wischte sich eine Träne aus dem Auge. „Die Hunde haben einen feinen Instinkt und spüren auch, wenn ein Unheil naht. Ich merke es auch“, stammelte die Wirtschafterin und griff nach Isabellas Hand. „Bitte, bleiben Sie bei uns. Schicken das Taxi fort. Herr von Hohenstein, sprechen Sie doch ein Machtwort. Sie sind doch verlobt.“ Es war eine seltsame Atmosphäre, die sich keiner erklären konnte. Etwas Unheimliches lag in der Luft, bahnte sich an. Isabella lächelte jetzt. Sie ging auf Johannes zu und umarmte ihn ganz fest, als ob sie ihn nie mehr loslassen wollte. Dann schaute sie ihm mit nachdenklichem Blick in die Augen. „Ich danke dir lieber Hannes, für alles, was du für mich getan hast. Schön war es hier bei euch.“

„Bella, was redest du denn?“, meinte Herr von Hohenstein ganz verwundert. „Du kommst doch wieder.“ Er küsste sie auf die Wange und schubste sie liebevoll in Richtung Taxi. „Jetzt steig mal ein. Dein Clemens Faltenbach wartet doch auf dich.“ Sein etwas ironischer Unterton war nicht zu über hören. Isabella umarmte Dörthe und tätschelte ihre Wange. „Sie sind eine liebe und tüchtige Frau.“ Die Diva wollte den Fuß in den Wagen setzen, als Harikon zwischen ihre Beine sprang, sich erneut an ihrem Rock verbiss. Das Tier kläffte und jaulte. Herr von Hohenstein schnappte energisch nach dem Hund und Isabella saß auf der Rückseite der Taxe. Sie hob den Arm und winkte.

„Lebt alle wohl“, waren ihre letzten Worte und sie warf Kusshände zu. Dann fuhr das Taxi mit der Lady davon. Johannes von Hohenstein stand wie angewurzelt vor dem Tor, wo Harikon nun jaulend kauerte. Astor sprang am großen Tor empor und bellte. Dörthe packte Herrn von Hohenstein am Arm. „Warum haben Sie Isabella fahren lassen? Warum?“ Herr von Hohenstein stand immer noch an gleicher Stelle. Er dachte an Isabella, wollte sich ihr schönes Antlitz, ihre Gestalt, vorstellen. Aber es gelang ihm nicht. Ein unheimlicher dunkler Schatten stieg auf.

Das kleine rustikale Waldrestaurant Bürgelstollen lag eingebettet von herrlichen Tannen oberhalb des Kronberger Schwimmbades. Es war ein beliebter Anziehungspunkt für Touristen und Einheimische, mit seinen oft ausgefallenen Schmankerln, wie heute auch mal wieder. Es dämmerte bereits und der Mond stieg auf. Es war 19 Uhr 45, als ein Taxi vor dem Waldlokal anhielt.

„Das ist ja zauberhaft hier und das Lokal mit den farbigen Lichterkette wirkt so einladend“, schwärmte Isabella entzückt und sie drückte dem jungen freundlichen Taxifahrer einen Geldschein in die Hand. „Ich habe ja ihr Kärtchen“, meinte sie lachend, „Sie dürfen mich später hier wieder abholen. Ich rufe an.“

Der Taxifahrer schaute seine charmante Dame skeptisch an. „Passen Sie gut auf sich auf“, meinte er noch besorgt.
Isabella holte tief Luft und öffnete mit Schwung die Eingangstür vom Lokal.
„Oh! Was kommt denn da für eine Schönheit“, ertönte es von einem Männertisch. Der Geruch von Gebratenem machte sich breit. Isabella schaute sich suchend um, alle Tische waren besetzt, mit speisenden, plaudernden und fröhlichen Menschen.
„Meine Dame, wen suchen Sie denn?“, wandte sich der Wirt an die elegante Lady, im orange farbenem Zweiteiler, mit dunkelblauer Jacke. Er sah sie teils verwundert, dann verschmitzt an.
„Wir sind heut ausgebucht, denn es gibt Wildschweinebraten, Klöße und Rotkraut. Da kommen die Leute und sitzen wie die Heringe beieinander.“ Isabella machte eine Handbewegung. „Ich suche meinen Herren. Er hat doch zwei Plätze reserviert. Clemens Faltenbach ist sein Name“. Isabella fühlte sich nun doch etwas unwohl, denn einige Gäste tuschelten jetzt und grinsten. „Mein Name ist Wallenberg, Isabella Wallenberg“, stellte sich die Diva vor und ihr Mienenspiel zeigte Frust.
Der Wirt machte ein nachdenkliches Gesicht. „Aber Frau Wallenberg, Herr Faltenbach hat doch am Vormittag telefonisch die beiden bestellten Plätze abgesagt. Er hatte wohl einen dringenden Termin außerhalb. Hat er Sie nicht in Kenntnis gesetzt? Was machen wir denn jetzt mit Ihnen? Das tut mir leid.“ Die ansonsten so selbstbewusste und stolze Isabella, stand nun auch mal wie belämmert im Raum. Ungewollt sorgte sie nun für Aufsehen, was ihr sehr peinlich war. „Das verstehe ich einfach nicht. Kein Wörtchen hat man mir gesagt. Für 20 Uhr war ich mit Herrn Faltenbach zum Abendessen, verabredet.“ Ein junger Bursche am Nebentisch amüsierte sich köstlich und grinste über beide Ohren. Er duzte Isabella ganz cool. „Na, hat dich dein Boy versetzt? Wie kann man das einer so sexy und geilen Lady nur antun“, witzelte er grinsend und rückte auf der Holzbank zur Seite. „Setz dich halt zu uns, wir sind coole Kronberger Kegelbrüder und tun dir nichts.“ Isabella versuchte zu schmunzeln. Sie war verärgert. Nervös kramte sie in ihrer Umhängetasche und suchte nach dem Handy. „Es geht aber auch alles schief“, murmelte sie und musste an Dörthes Äußerungen denken. Es war ja Freitag, der 13. Oktober. Traf das Unglück nun auch bei ihr ein? Sie war doch nicht abergläubisch. Isabella wandte sich an den Wirt. „Dürfte ich bitte ihr Telefon benutzen? Mein Handy habe ich leider vergessen.“ Sie machte ein verdrießliches Gesicht und griff zum Telefonhörer, um Clemens Nummer zu wählen. Aber Isabella erreichte den Mann nicht. Isabella verspürte ein Durstgefühl, so bestellte sie sich eine Weinschorle und blieb am Tresen stehen. Die Anmacherei der Mannstypen ödete sie jetzt in ihrem großen Frust an. Isabella schwirrte der Kopf. Was sollte sie nun machen? Es war ein milder Oktoberabend. Vollmond.

Isabella leerte das Glas. Sie schielte zu einem Tisch, wo auf dem Teller die Klöße noch dampften und Bratgeruch eines ehemaligen Wildschweines ihr in die Nase stieg. Sie schnaufte mal tief. Es hätte ein so netter Abend mit Clemens werden sollen. Aber der Mann hatte sie versetzt. Sehr resigniert zahlte sie ihr Getränk bei dem Wirt, der kein Verständnis für ihre augenblickliche Lage hatte. „Frau Wallenberg, nehmen Sie es mit Humor, Ärger schadet nur Ihrer Schönheit“, meinte der Wirt verschmitzt und füllte ein Glas mit braunem Gerstensaft. „Das nächste Mal klappts mit dem Treffen und Abendessen bei uns. So ist halt das Leben“, fügte er hinzu und grinste. Isabella schüttelte den Kopf. „Na, Sie haben vielleicht einen sonnigen Humor. Meinen Sie, es ist schön, so einfach versetzt zu werden? Das ist ärgerlich.“ Isabella griff energisch zur Jacke und Tasche, was sie sich über die Schulter stülpte. Um sich höflich und damenhaft zu verabschieden, hob sie die Hand und winkte den Gästen zu. „Servus, zusammen!“ Isabella verließ die Räumlichkeit des Lokals. Sie stand jetzt vor dem Waldgasthof und ihr Blick fiel auf eine Telefonzelle. Sie verzog das Gesicht und überlegte. Eigentlich war es viel zu früh, um mit dem Taxi zurück zu fahren, denn die Uhr zeigte 21 Uhr. Isabella schaute zum Abendhimmel auf, mit seiner großen Sternenpracht. Über einer mächtigen Tanne lugte der Vollmond hervor, der sich ihr heute besonders gewaltig präsentierte. So beschloss die Lady, wie sie es von Grinzing gewohnt war, doch noch einen nächtlichen Waldbummel zu machen.

In der Nähe des Waldlokales, parkte ein heller Wagen. Drinnen kauerte eine Person, die Isabella auflauerte und aus dem runter gekurbelten Seitenfenster beobachtete. Isabella warf allen Frust über Clemens Faltenbach über Bord. So schlenderte sie auf hohen Stöckelschuhen, gemächlich den breiten Waldweg entlang. In ihrem Blickfeld präsentierte sich immer der leuchtende Himmelskörper Mond. Isabella zog die würzige Tannenluft in sich ein. Sie summte jetzt ein Abendlied.

Isabella vernahm hinter sich ein Geräusch, kümmerte sich aber nicht weiter darum. Das Auto, welches eben noch am Gasthof parkte, fuhr nun langsam hinter ihr her und verfolgte ihren Weg. Isabella war in Gedanken versunken und entfernte sich immer weiter von der Gaststätte Bürgelstollen. Mal blieb sie stehen, sah interessiert zum Sternenhimmel, mit seinem übergroßen Vollmond, dann lauschte sie auf des Waldes Rauschen und seinen Tierstimmen. Isabella musste gerade an Johannes denken, der sich jetzt seinem Fußballspiel widmete. Sie lächelte vor sich hin und setzte ihren Fußweg fort. Bei einer Lichtung entdeckte Isabella einen alten offenen Pavillon, mit einer Ruhebank. Sie steuerte darauf zu. Nicht weit davon, erspähte sie eine Landstraße, auf der Isabella die Scheinwerfer der vorbeifahrenden Autos erkennen konnte. Sie setzte sich auf die alte Holzbank, die mit etlichen Namen und Figuren bekritzelt war. Isabella kramte jetzt in ihrer Tasche, holte eine Funzel heraus, die sie anknipste und auf der Bank ablegte.

Sie nahm das letzte Stück der Bitterschokolade, um das Schmankerl auf der Zunge zergehen zu lassen. Es rauschte geheimnisvoll im dunklen Wald. Ein Auto quietschte irgendwo, und die Spaziergängerin vernahm den krächzenden Ruf eines Nachtvogels.

Durch das dichte Gestrüpp der Bäume, tastete sich eine Gestalt, im dunkelbraunen Kapuzenmantel und hohen Stiefeln. Die Person keuchte vor sich hin, stolperte über das Geäst auf dem Waldboden. Jetzt entnahm die unbekannte Person aus der Manteltasche eine kleine Schachtel und steckte sich lüstern weiße Pillen in den Schlund. Die Gestalt erblickte nun die Frau im Pavillon und stürmte direkt auf sie zu. Isabella war zu ihrem großen Entsetzen tatsächlich etwas eingenickt. Sie warf einen Blick auf das leuchtende Ziffernblatt ihrer goldenen Armbanduhr. Sie wollte gerade aufstehen und den Rückweg antreten, als sie ein Rascheln, dann Schritte, vernahm. Plötzlich stand eine unheimliche Gestalt, im langen Mantel, das Gesicht durch Kapuze und schwarze Maske verhüllt. Isabella, sonst so clever und mutig, erschrak sehr. „Was wollen Sie? Hau`n Sie ab!“

Der Kapuzenmensch gab jetzt ein höhnisches Gelächter von sich und wirkte wie der Teufel persönlich. Isabella fuchtelte aufgeregt und wild mit den Armen, dann trat sie dieser Person gegen den Leib. „Hilfe! Hilfe!“, schrie sie laut und wollte fortlaufen, da hatte sie dieses Monster bereits ein geholt. Eine Ladung Pfefferspray berieselte Isabellas Gesicht. Sie konnte nichts mehr sehen, ihre Augen brannten wie Feuer. Isabella schwankte hin und her, schlug mit den Armen verzweifelt um sich. Die Gequälte bekam einen Hustenanfall und wehrte sich mit letzter Kraft gegen ihren Peiniger. Da drückten zwei große Hände, in Lederhandschuhe eingehüllt, ihr die Kehle zu. Isabella taumelte und stürzte zu Boden. Ihr Hinterkopf schlug dabei gegen einen höheren spitzen Gesteinsbrocken. Isabella rührte sich nicht mehr.

Dieser Verbrecher beugte sich über Isabellas Körper und berührte ihren Kopf. Der helle Schein des Vollmondes drang durch die Tannen, direkt auf die Tatortstelle. Der Schurke entdeckte jetzt Blut auf seinen Handschuhen, die er hastig abstreifte und im hohen Bogen fort schleuderte. Vor ihm, im Mondschein, lag der leblose Körper dieser Frau. Er hatte sie getötet. Ein greller Aufschrei drang durch den finsteren Wald, aus der Kehle des brutalen Killers. Der Mörder wischte sich den Schweiß von der Stirn, die glühte und brannte, als ob er Vierzig Fieber hätte. Der Unbekannte kramte jetzt in Isabellas Handtasche, um das Bargeld an sich zu nehmen. Unter höhnischem Gelächter ließ er noch ein kleines Beutelchen in dieser Tasche verschwinden. Er hechelte vor sich hin. In Rage suchte der Unmensch nach Reisigzweigen, um die Leiche damit zu verbergen. Seine Hände waren blutverschmiert, auch das lange Gewand wies etliche Spuren vor. Als der Unbekannte ein Autogeräusch vernahm, schreckte er zusammen und wurde nervös. Ruckartig riss er sich den Mantel vom Leib, ließ einige Utensilien in seinen Hosentaschen verschwinden. Den Mantel samt Maske ließ der Killer anschließend, gedankenlos und ganz verwirrt, in einem entfernten Müllbehälter verschwinden. Mit grimmigem Blick, geballten Fäusten, stürmte der unbekannte Mörder Isabellas vom Tatort fort.

Kapitel 31

Moritz schwankte johlend über das Hofgelände. Mit grölendem „Yeah! Yeah!“, klatschte er dabei in die Hände, als sein Vater mit Gregor auf ihn zu kam. „Moritz! Was soll dein Gekreische am Sonntagmorgen“, protestierte der Vater entrüstet und packte den Sohn energisch am Arm. „Wo kommst du her? Wie siehst du überhaupt aus, Moritz?“ Er musterte den Sohn kopfschüttelnd. „Was sind das für komische Flecken auf deiner Jacke? So läuft mein Sohn am heiligen Sonntag herum“. Der Butler grinste mal. „Also, gesoffen hat er nicht, Chef“, war sein Kommentar und er musterte ihn skeptisch. „Chef, Moritz wirkt so seltsam, direkt unheimlich“, stellte der Butler verwundert fest und machte eine nachdenkliche Miene. Er berührte Moritz Kopf und seine Haare. „Schweißgebadet. Mhm!“

„Lasst mich mal durch, ich will in meine Bude und pennen“, lallte der Bursche und wirkte total verstört und wie im Rausch. Herr von Hohenstein machte ein ernstes und bedrücktes Gesicht und sah seinen Sohn durchdringend an. „Moritz, weißt du, wo Isabella ist? Sie ist seit Freitag wie vom Erdboden verschwunden und wir sind alle in großer Sorge. Keiner hat Isabella gesehen.“

Jetzt fing der Bursche laut an, zu lachen. „Was? Ist dieses Weib abgehauen? Freut euch doch, da gibt’s hier endlich Ruhe“, war Moritz abweisender Kommentar und er schwankte in Richtung Hauseingang. Sein Vater folgte ihm hinterher und fasste den Sohn an der Schulter. „Bist du gestört, so über Isabella zu sprechen“, brauste Herr von Hohenstein verständnislos auf. „Du, wir machen uns Gedanken über ihr Fernbleiben. Aber das kriegst du nicht in deinen Schädel rein“, wetterte er drauf los. Der Vater stützte nun den Sohn, der beinah die Treppenstufen herunter gefallen wäre.

Moritz fuchtelte mit den Armen herum und lachte wieder schadenfroh. „Vater, deine Geliebte ist sicher bei diesem Clemens Faltenbach und beide halten ein süßes Schäferstündchen“, witzelte der Bursche. „Vater, kapier es doch, dieser Faltenbach ist Isabellas neuer Lover. Was will die sexy Lady mit so einem alten Knaben, wie du es bist“, höhnte der Sohn und amüsierte sich. Herr von Hohenstein war entsetzt und ein scharfer Blick traf seinen Sohn. „Moritz, werde nicht geschmacklos! Das ist wohl das Letzte. Was erlaubst du dir überhaupt?“ Nun kam es zu einem heftigen Wortgefecht zwischen Vater und Sohn und beide kamen in Rage. Der Butler funkte jetzt dazwischen. „Herr von Hohenstein, versuchen Sie doch nochmals Herrn Faltenbach anzurufen“, schlug er vor, obwohl Isabellas Abwesenheit ihn nicht sonderlich berührte, lag der Butler doch mit Isabella seit kurzem im Clinch.

Die Wirtschafterin stürzte jetzt aus ihrer Küche, als sie im Korridor laute Stimmen vernahm, auch das laute Gekläffe von Harikon drang in ihre Ohren. „Herr von Hohenstein, Gregor, ist Isabella eingetroffen? So gebt halt Antwort“, stammelte Dörthe ganz verstört und aufgeregt. Sie blickte kopfschüttelnd Moritz nach, der wirres Gefasel von sich gab, ohne Beachtung an ihr vorbei eilte und in sein Zimmer stürmte. Herr von Hohenstein wirkte sehr erregt und betrat mit seinem Butler und Dörthe den Blauen Salon. Dörthe rauschte unruhig im Zimmer auf und ab. Sie schlug jetzt die Hände vors Gesicht und stammelte unter Schluchzen: „Da ist etwas passiert! Ich spüre es. O mein Gott!” Dörthe setzte sich schnaufend auf einen Sessel. Nun lauschte sie aufmerksam dem Telefonat, das Herr von Hohenstein soeben mit der Kripo führte. Herr von Hohenstein wirkte sehr ernst und nachdenklich. „Gregor, Dörthe, Inspektor Lorenzen will sofort zum Waldgasthof Bürgelstollen und dort mit dem Wirt sprechen. Auch eine Suchaktion im Waldgelände wird schon veranlasst. Herr Lorenzen will später hier erscheinen, wenn er Näheres erfahren hat.“ Herr von Hohenstein wählte erneut eine Nummer und wartete nervös auf einen Kontakt. „Seltsam! Diesen Faltenbach kann ich einfach nirgends erreichen. Ich habe nochmals eine Nachricht hinterlassen.“ Dörthe sackte in ihrem Sessel zusammen. „Es ist furchtbar, wir müssen jetzt abwarten, bis Isabella sich meldet.“ Herr von Hohenstein war sehr resigniert und in allergrößter Sorge um die geliebte Frau, die er heiraten wollte. Er nahm sich einen Schnaps. „Den brauche ich jetzt mal“, meinte er stöhnend und lies sich ermattet auf dem Sofa nieder. Er wandte sich seinem Butler zu und sah ihn hilfesuchend an. „Gregor! Gregor, sagen Sie mir, wo ist unsere Isabella nur?“ Der Butler wirkte jetzt auch nervös und schwieg. Hastig nahm er sich einen Likör und leerte das Glas in einem Zug. Es war eine bedrückte und unheimliche Situation. Herr von Hohenstein führte mit seinen Angestellten lebhafte Debatten. Fast zwei Tage vermisste man Isabella und die Aufregung spitzte sich zu.

„Herr von Hohenstein, da fahren zwei Polizeiwagen vor“, bemerkte Sebastian, der Hofgärtner und wurde auch nervös.

Herr von Hohenstein verließ den Raum vom Blauen Salon und eilte den Polizisten, die nun die Treppe hoch kamen, entgegen. Ihr ernstes Mienenspiel fiel ihm sofort auf. „Herr Lorenzen, Sie sind gekommen. Guten Tag! Konnten Sie etwas erfahren“, wollte Herr von Hohenstein sofort wissen. „Bitte kommen Sie mit in den Blauen Salon, da sind auch meine Angestellten.“ Der eine Kripobeamte drückte Herrn Hohensteins Hand und sah ihn nachdenklich an. „Ich bin Inspektor Arendt. Mein Kollege Mauerer, ist auch mitgekommen.“ Herr von Hohenstein betrat jetzt mit den drei Polizisten den Blauen Salon. „Wo ist Isabella?“ fragte Dörthe sofort und schaute den einen Beamten skeptisch an. Erst war eine bedrückende Stille. Inspektor Lorenzen ging nun auf Herrn von Hohenstein zu. Er hielt seine Hand und schaute ihn betroffen an. „Herr von Hohenstein, nach Ihrem Anruf haben wir sofort eine Suchaktion gestartet." Er machte jetzt eine kleine Atempause, denn es fiel ihm sichtlich schwer, sich jetzt zu äußern. „Herr von Hohenstein, wir haben Frau Wallenberg in Nähe von Bürgelstollen, beim Pavillon, im dortigen Waldgelände gefunden. Frau Wallenberg ist tot", sagte er leise mit belegter Stimme und legte die Hand auf seine Schulter. Ein gellender Schrei drang nun durch den großen Raum vom Blauen Salon. „Nein! Nein! Bitte, sagen Sie, dass es nicht wahr ist", stammelte Herr von Hohenstein und ließ sich schwer auf dem Sofa nieder. „Wieso ist sie tot? Hatte Isabella einen Unfall?" Sein Gesicht war nun kreidebleich, seine Augen waren getrübt von herab fließenden Tränen.

Dörthe schluchzte erbarmungslos auf. „Ich habs doch geahnt! Ich habs gewusst, dass was passieren wird", stammelte sie schockiert und wischte sich über die feuchten Augen. Der Butler schwieg und wollte zur Tür, um sich zu entfernen. Aber Inspektor Arendt versperrte ihm den Weg. „Niemand von Ihnen verlässt jetzt den Raum", befahl er ernst und wandte sich Herrn von Hohenstein zu.

„Wir haben die Leiche identifiziert und zur Obduktion befördert Das Ergebnis wird folgen. Frau Wallenberg hatte schwere Kopfverletzungen. Auf einem dortigen Grenzstein waren große Blutspur en. Sie könnte mit dem Kopf aufgeschlagen sein. Jetzt aber das Mysteriöse, Herr von Hohenstein. Frau Wallenberg hatte starke Würgemale am Hals. Es könnte ein Verbrechen vorliegen. Das Sondereinsatzkommando ist noch vor Ort, um Spuren zu sichern. Was auch seltsam erscheint, Frau Wallenberg hatte in der Handtasche, die neben ihr lag, einen Plastikbeutel mit Drogen.

Es ist zweifellos Heroin. Hat sie es eingenommen? Ist sie dadurch ohnmächtig geworden? Ein heikler Fall. War es ein Verbrechen? Wer ist denn dann der Täter? Mörder?", fügte er nachdenklich zu. Er wandte sich nun mit skeptischem Blick an Gregor, der schweigend neben der Tür stand und vor sich hin starrte, die Hände krampfhaft geballt hatte. „Sagen Sie mal, Sie sind doch der langjährige Butler hier, Gregor Heidenbach? Haben Sie nicht am Freitag etwas Verdächtiges im Waldrestaurant Bürgelstollen bemerkt? Sie waren doch fast bis Mitternacht dort, so bekamen wir es vom Wirt und einem Servierer berichtet." Obwohl Herr von Hohenstein geschockt war, wurde er nun hellhörig und schaute den Inspektor kopfschüttelnd an. „Aber, mein Butler war doch an diesem Abend bei einem Freund, das sagte er uns doch hinterher." Er wandte sich verstört seinem Butler zu, der nun sehr nervös wurde. „Meine Güte, muss ich denn genau Rechenschaft ablegen, Chef", brauste der Butler auf. Es war ihm äußerst peinlich. „Ja, ich bin noch zum Bürgelstollen gefahren, weil ich meinen Freund nicht antraf", gab er nun zu. „Ich traf einige Kegelkollegen dort, wir quatschten und ich habe noch einen Wildschweinebraten gegessen. Was ist da so tragisch?"

„Gregor, dann müssen Sie doch Isabella dort angetroffen haben mit

Faltenbach", meinte Herr von Hohenstein und sah ihn sehr skeptisch an. „Nein, habe ich nicht", erwiderte der Butler barsch.

„Als ich nach 21 Uhr dort ankam, war keine Frau Wallenberg mit einem Lover dort. Ich bin nach Mitternacht mit meinem Wagen zurückgefahren. Damit habe ich nichts zu tun", fauchte er wütend.

Kripobeamte Lorenzen ging im Raum auf und ab. Er musterte die drei männlichen Angestellten vom Johannishof. „Meine Herren, ich finde es sonderbar, da ist ein Fußballabend, den Herr von Hohenstein mit Ihnen verbringen möchte. Die Haushälterin Dörthe Heininger bereitet sogar noch ein Essen vor. Frau Wallenberg ist eingeladen, außer Haus im Bürgelstollen. Sie meine Herren, suchen dann auch das Weite statt Fußball zu schauen. Der Butler hält sich sogar im gleichen Restaurant auf.

Weshalb?" Gregor machte ein finsteres Gesicht und brauste sofort los „Herr Lorenzen, wollen Sie uns verdächtigen? Unterstellen Sie mir gar ein Verbrechen? Etwa Mord an Frau Wallenberg", protestierte der Butler sehr erregt und wandte sich an den Chef. „Herr von Hohenstein, ich stehe bald fünfzig Jahre hier im Dienst. Muss ich mir von Inspektor Lorenzen so etwas auftischen lassen. Wenn das nun der Dank für meine treue Arbeit ist, kündige ich sofort. Das lass ich mir nicht bieten!"

Schweigende Stille im Raum. Alle waren jetzt entsetzt.

Kripobeamter Arendt räusperte sich und trat auf den Butler zu. „Herr Heidenbach, es ist auffallend, wie barsch und nervös Sie bei unserem Gespräch reagieren. Sie waren nun mal im gleichen Lokal, wie Frau Wallenberg, die wohl unerklärlich einem Verbrechen, wohl Mord, zum Opfer fiel. Wir von der Kripo, wollen es aufklären. Verdächtigt haben Sie sich schon gemacht, Sie waren bis Mitternacht in nächster Nähe vom Tatort. Es ist nun mal so, mein Herr. Vielleicht hätten Sie doch Fußball anschauen sollen. Das gilt auch für Herrn Winkler als Gärtner, sowie den Tierpfleger Tillmann Poch."

„Ich, ich war doch nur mit meinem Freund Uwe im Kino, weil es so einen geilen Film mit Verona Feldbusch gab", verteidigte sich Tillmann betroffen und machte ein resigniertes Gesicht. „Niemals würde ich einen Menschen töten. Diese Frau Wallenberg habe ich verehrt", gab er offen zu und errötete jetzt doch dabei.

Herr von Hohenstein kauerte in sich zusammen gesunken auf dem Sofa. „Ich wollte Isabella heiraten", stammelte er. „Was geschah im Bürgelstollen und später im Wald? Isabella nimmt doch keine Drogen", meinte er entsetzt. „Sie war auch Anwältin. Dieser Faltenbach hat sich doch mit ihr verabredet! Wo steckt denn der Kerl? Ist da was vorgefallen? Isabella! Bella!", schluchzte er fassungslos auf und presste die Hände vor sein Gesicht vor Kummer und Leid um seine Verlobte.

Inspektor Lorenzen, auch sehr bestürzt, versuchte mühsam mit dem Trauernden zu sprechen.

„Herr von Hohenstein, ich habe eingehend mit dem Wirt vom Lokal gesprochen. Frau Wallenberg war bis nach 21 Uhr dort und nahm nur ein Getränk zu sich. Dieser Herr Faltenbach hatte am Freitagvormittag telefonisch das Abendessen mit Frau Wallenberg abgesagt. Er musste dringend nach Baden-Baden fahren. Frau Wallenberg hat später ohne Begleitung dieses Lokal verlassen. So war die Aussage vom Gasthofbesitzer."

„Aber Herr Lorenzen, da stimmt doch etwas nicht", protestierte Herr von Hohenstein entsetzt. Er schüttelte seinen Kopf. „Von einer Absage Herrn Faltenbachs wusste keiner etwas. Isabella fuhr doch pünktlich gegen 19 Uhr 30 mit dem Taxi zum Waldgasthof Bürgelstollen. Sie hatte überhaupt keine Ahnung davon. So ist es doch." Dörthe schluchzte hemmungslos vor sich hin. Ihr Körper zuckte. „Unsere Isabella wird nie mehr bei uns sein. Sie ist tot. Herr von Hohenstein, Isabella ist tot." Die Augen des Tierpflegers Tillmann schimmerten auch feucht. Er war sehr bewegt über das tragische Ereignis. Der Gärtner Sebastian stand betroffen vor dem Balkonfenster und wirkte geschockt. Nur der Butler Gregor machte ein grimmiges Gesicht. Wurde er doch von Inspektor Lorenzen verdächtigt. Er konnte keine Anteilnahme an diesem plötzlichen großen Leid äußern.

Stillschweigen, Trauer und Entsetzen, breiteten sich jetzt im Blauen Salon aus, in dem vor einigen Tagen noch Fröhlichkeit herrschte. Jeder dachte an Isabella, vertiefte sich in seinem Schmerz.

Kapitel 32

Tassilo Wallenberg, Isabellas Bruder, war aus Grinzing eingetroffen. Er führte soeben eine bewegte Debatte mit Johannes von Hohenstein. Auch Clemens Faltenbach war zugegen. „Was ist mit Isabella geschehen? Mensch Johannes, ich habe dir meine Schwester anvertraut, sie war für mich das Liebste, was ich noch hatte nach den Tod unserer Eltern", klagte er schmerzbewegt. Er rieb sich über die brennenden Augen, denn sein Schlaf war kurz, durch die lange nächtliche Auto fahrt. Herrn von Hohensteins Gesicht wirkte kreidebleich, tiefe dunkle Ränder lagen unter seinen Augen. Unruhig ging er im Raum vom Blauen Salon auf und ab. Jetzt packte er Clemens Faltenbach an der Schulter und ein vernichtender Blick traf diesen Mann. „Sie allein sind schuld an Isabellas Tod. Warum müssen Sie auch im ihr ein Abendessen vereinbaren, dann noch zur späten Stunde, so abseits im Wald gelegen", wetterte er seinen Frust von sich. „In unserer Innenstadt gibt es genügend Lokalmöglichkeiten. Sie haben aber Isabella einfach sitzen lassen und sind nicht im Lokal erschienen."

Clemens Faltenbach war über Isabellas Tod auch sehr geschockt und betroffen, aber die Vorwürfe Herrn von Hohensteins wies er doch energisch zurück. Es verletzte ihn sehr. „Ich kann Ihr Leid verstehen, Herr von Hohenstein“, sagte er mit betontem Wortlaut, „aber ich musste wegen einem Gastspiel der Operette „Madame Pompadour“ nach Baden-Baden fahren. Ich habe im Lokal angerufen, unsere beiden Plätze abbestellt. Dann sprach ich später mit Ihrem Sohn Moritz am Telefon. Der Bursche benahm sich sonderbar, lachte und witzelte nur. Er sollte Isabella meinen Anruf und die Absage für unser Treffen ausrichten. Genau so war es, Herr von Hohenstein. Wo ist denn ihr Sohn? Ich möchte das schon jetzt geklärt haben“, betonte er bissig. „Johannes, so traurig wie es ist, aber wir wollen keinen Streit anfangen, sondern versuchen, sachlich Isabellas tragischen Tod auf zuklären. Herr Faltenbach hatte es doch gut gemeint mit seiner Einladung zu einem Abend schmaus“, meinte Tassilo nachdenklich. „Es passte mir aber nicht, Tassilo, Isabella war mit mir verlobt. Wir wollten heiraten, mein Lieber. Ich liebe und verehre deine Schwester. Jetzt ist sie tot.

Sie wurde umgebracht von so einem Mörder. Ganz brutal. Wer ist der Täter?

Den suchen wir und auch die Kripo. Dieser brutale Schurke soll mir nur vor die Augen treten, aus dem mach ich Hackfleisch, das schwöre ich.“ Tassilo versuchte mühsam zu lächeln, aber es fiel ihm schwer. „Johannes, überlass es den Kripobeamten, den Mörder meiner Schwester zu finden. Ich bleibe vorerst hier im Ort, bis alles aufgeklärt ist.“

Herr von Hohenstein legte die Hand auf Tassilos Schulter und schaute ihn mit verschleiertem Blick an. „Du kannst natürlich im Rosenhaus wohnen, es war ja Isabellas Reich.“ Er atmete schwer, füllte sich ein Glas mit Sprudel und sackte in den nächsten Sessel. Clemens Faltenbach saß schweigend auf dem Stuhl. Sein Kopf dröhnte. Er gab sich schon jetzt etwas Schuld an Isabellas Tod. Warum musste sie sterben? „Am 1. Dezember sollte die Premiere der Operette sein. Isabella hatte als Pompadour eine glänzende Hauptrolle. Ich hatte noch so tolle Pläne mit ihr. Alle von unserem Team liebten Isabella und waren von ihrer Sopranstimme beeindruckt. Was soll nun werden?“

„Herr Faltenbach, sind Sie still!“, fauchte Herr von Hohenstein verständnislos. „Das ist doch unwichtig. Sie ist tot. Bitte gehen Sie jetzt und verlassen mein Haus! Ich möchte nie mehr von Ihnen hören. Sie haben Leid über und verbreitet.“ Herr von Hohenstein war so sehr betroffen, er wusste nicht mehr, was er sagte und tat. Er war im Schockzustand.

Clemens Faltenbach stand ruckartig auf. Er schaute Herrn von Hohenstein entfremdet an und wollte ihm die Hand geben, die ihm aber verwehrt blieb. Er schüttelte den Kopf. Tief ergriffen ging er zur Tür. „Leben Sie wohl. Alles Gute.“ Tassilo drückte stumm seine Hand. „Bitte verstehen Sie Johannes. Auf Wiedersehen!“ Er nickte ihm freundlich zu. Clemens Faltenbach verließ den Raum.

Tassilo Wallenberg schritt bedrückt und nachdenklich über die Weideflächen vom Gutsgelände. In der Hand hielt er das Tagebuch seiner

Schwester, was sehr interessante und bedenkliche Hinweise über ihr Seelenleben beinhaltete. Ihr tragischer Tod schmerzte ihn unendlich. War die Schwester hier im neuen Wohnort mit den fremden Menschen wirklich glücklich gewesen?

Johannes hatte sie geliebt und wollte die Schwester heiraten. Sein Blick fiel auf die von hohen Sträuchern und Büschen umgebene Gartenhütte, Moritz Heiligtum. Isabella hatte über die Fackel Entdeckung Notizen hinterlassen. Was hatte es mit diesem Burschen auf sich? Trug er Schuld an seiner Schwester Tod? Er hasste sie doch, so war es im Tagebuch vermerkt. Tassilo, in Gedanken versunken, schreckte nun von einem grölenden Gekreische zusammen und schaute kopfschüttelnd auf den herannahenden und hin und her schwankenden Moritz.

„Hasta la Vista – ole!“, drang es Tassilo ohrenbetäubend entgegen und Moritz kam grinsend auf ihn zu. Ein vorwurfsvoller Blick traf diesen lärmenden Burschen, der ihn herausfordernd und frech an schaute. „Moritz, hast du überhaupt keine Sitte und Anstand im Leib? Kennst du keine Pietät, mein Lieber? Isabella ist tot“, sagte Tassilo energisch und packte ihn am Handgelenk. „Hast du getrunken, oder nimmst du Drogen? So kommst du mir vor.“ Moritz pfiff hinterlistig und machte eine unwirsche Handbewegung. „Weil dieses Goldweib von Isabella tot ist, lass ich mir nicht die Schnauze verbieten. Das merke dir mal.“ Er fuchtelte vor Tassilos Gesicht herum und grölte weiter, ohne eine Rücksicht zu nehmen. Moritz griff in die Hosentasche und steckte sich eine Zigarette zwischen die dicken schwulstigen Lippen. Er prustete absichtlich den Qualm Tassilo ins Gesicht.

„Mein Lieber, ich sage dir, fordere mich nicht heraus. Mit mir treibst du solche Spiele nicht. Ich habe mit Herrn Faltenbach gesprochen. Er führte mit dir ein Telefonat. Du solltest Isabella seinen Anruf und die Absage für das Essen ausrichten. Warum hast du das nicht getan, Moritz?“ Tassilo packte ihn an der Schulter und sah ihn scharf an. „Rede schon! Ich höre.“ Moritz versuchte sich von Tassilos Griff zu befreien und wich zurück. „Dieser Kerl lügt und will mir was unterstellen“, brauste er auf und sein Gesicht wurde glutrot dabei. „Dieser Faltenbach war doch in deine Schwester verknallt. Sicher wollte er mit diesem sexy Weibsbild pennen. Dann hat er ihr die Gurgel zerdeppert“, feixte Moritz und grinste höhnisch. „So redest du nicht über meine Schwester“, verbat sich Tassilo energisch und ein eisiger Blick traf diesen Rüpel.

Ein lautes Motorengeräusch war zu hören, dann Martinshorn. Moritz zuckte zusammen. Er wurde nervös und schielte um die Ecke vom Haus. „Da sind die Bullen ja schon wider da“, war seine entsetzte Reaktion und er stürmte davon, in Richtung Hofgelände, wo er sogleich vom Kriminalinspektor Lorenzen aufgehalten wurde, der ihn am Arm packte und scharf musterte. „Na, mein Freund, wohin so eilig? Sie kommen mal mit zu Ihrem Vater. Wir haben ein ernstes Wort miteinander zu reden, lieber Moritz. Auf, vorwärts!

Gehen Sie schon." Er schubste ihn voran. „Was soll das?", protestierte der Bursche barsch. „Ich will zu meinem Suzuki. Ich habe einen Termin wegen Arbeit", gab Moritz von sich und krallte die Faust in sich zusammen, dass es fast schmerzte.

„Nix da, mein Bursche", erwiderte Herr Lorenzen ungnädig. „Ihre Ausreden sind mir bekannt. Also, los zu Ihrem Herrn Vater, der wird sich noch über seinen Sohn wundern." Er packte ihn so stürmisch an der Weste, dass aus der Tasche eine kleine rötliche Schachtel heraus fiel, die Inspektor Lorenzen sofort aufhob, als Moritz sich danach bücken wollte. „Sieh mal einer an", entfuhr es ihm fassungslos. „Der Bursche nimmt sogar Drogen. Cannabis. Das wird ja immer schöner. Mein Lieber, ich glaube, Ihr Stündlein hat langsam geschlagen." Tassilo kam jetzt auf Herrn Lorenzen zu und begrüßte ihn. Skeptisch sah er Moritz an, der ein finsteres Gesicht machte. „Herr Inspektor Lorenzen, gibt es etwas Neues über den Tod meiner Schwester Isabella", wollte er sofort wissen.

„Herr Wallenberg, gehen wir doch bitte mit Moritz ins Haus. Ich möchte zu Herrn von Hohenstein. Moritz habe ich eben gerade Cannabis abgenommen. Drogenprobleme, Alkohol. Es wird langsam spannend und kriminell mit dem Burschen.

Tassilo öffnete die Tür vom Herrenhaus. Er schubste Moritz gewaltsam die Treppenstufen empor. „Schwirr schon los. Dein Vater ist im Arbeitszimmer", sagte er scharf und klopfte an. Herr von Hohenstein, jetzt in schwarzer Bekleidung trat heraus. „Inspektor Lorenzen, Sie sind es. Guten Tag! Sie erscheinen mit Tassilo und meinem Sohn. Kommen Sie bitte in mein Arbeitszimmer und nehmen Platz. Ich erledigte einige Formalitäten für Isabellas Beisetzung. Ach, es ist so furchtbar!", er stöhnte und wischte sich eine Träne fort. Inspektor Lorenzen entnahm aus seiner Mappe einen Plastikbeutel, holte einen braunen Lodenmantel und Kapuze heraus, dann eine schwarze durch löcherte Wollmütze. Moritz sah diese Kleidungsstücke und wurde sehr erregt. Er drückte auf die Türklinke und wollte abhauen. Inspektor Lorenzen bemerkte es sofort. „Was ist denn los, mein Lieber? Warum plötzlich so nervös?" Er stellte sich vor die Tür. „Sie bleiben hier!", befahl er mit scharfem Tonfall. Herr von Hohenstein begutachtete diesen Mantel. „Da ist doch das Monogramm Friedrich von Hohenstein eingenäht. Herr Lorenzen, dieser Lodenmantel gehörte Moritz Großvater, er hatte den Mantel seinem Enkelsohn geschenkt. Moritz hat den Mantel oft im Winter getragen.

Wie kommen Sie an dieses Kleidungsteil, Herr Lorenzen? Da sind ja rötliche Flecken drauf." „Herr von Hohenstein, unsere Waldarbeiter haben am Vormittag bei ihrer Reinigung der Müllcontainer, den Mantel darinnen entdeckt, auf dem Erdreich in nächster Nähe, lag diese Wollmütze, die wohl die Maske des Täters war. Wir haben die beiden Kleidungsteile untersucht, es sind Blutspuren vorhanden, die auch mit Frau Wallenberg genau übereinstimmen. Dieser unbekannte Täter hat sich davon sehr gedankenlos befreit. Für uns sind es aber wichtige Hinweise und Spuren, Herr von Hohenstein", äußerte sich Inspektor Lorenzen mit ernstem Gesicht und schaute Moritz fragend an. „Ist das Ihr Mantel? Wie kommt er denn zum Tatort? Sehr seltsam. Nicht wahr?"

Moritz biss die Zähne zusammen und versuchte cool zu bleiben. „Isabella wird diesen Mantel an sich genommen haben. Vielleicht hat sie ihn getragen. Das Luder hat doch immer überall herum geschnüffelt. Sie ist ja auch in meine Gartenhütte eingebrochen, die schlaue Superdetektivin", höhnte er unwirsch und schielte immer wider zur Tür, um abzuhauen. Tassilo riss der Geduldsfaden. Er griff an Moritz Schulter. „Du hast den Anruf von Herrn Faltenbach absichtlich nicht ausgerichtet. Hast du meiner Schwester was zu Leide getan? Du hast meine Schwester gehasst. Ich weiß es, aus ihrem Tagebuch." Herr von Hohenstein trat auf seinen Sohn zu und sah ihn mit eiserner Miene an. „Schau mir in die Augen, Moritz", fauchte er grimmig. „Hast du diesen Mantel am 13.Oktober getragen, um Isabella zu töten? Hast du sie umgebracht?"

Inspektor Lorenzen versuchte die beiden wütenden Männer in ihrem Frust und Verzweiflung zu besänftigen. „Bitte, die beiden Herren, überlassen Sie es mir, den Mord aufzuklären. Moritz, haben sie Frau Wallenberg getötet? Ich verlange eine Antwort!"

Es herrschte eine gefährliche Stimmung im Raum. Moritz sah sich immer mehr in die Enge getrieben. Angst und Verzweiflung stiegen in ihm hoch. Er wirkte wie ein Teufel nun. Seine Augen funkelten böse. „Ihr könnte mir gar nicht beweisen!", schrie er vor Wut und es gelang ihm, aus dem Zimmer zu stürmen.

Inspektor Lorenzen eilte hinter ihm her, als der Bursche die Treppe herunter flitzte, über das Hofgelände zu seinem Wagen, den er ruckartig öffnete. Aus dem kleinen Fach entnahm er jetzt eine Pistole heraus, als Inspektor Lorenzen vor seinem Suzuki stand und die seitliche Wagentür aufmachen wollte. „Kommen Sie aus Ihrem Auto, Moritz. Fortfahren können Sie doch nicht, das große Eingangstor ist verriegelt."

Ein weiteres Polizeiauto fuhr vor, zwei Kripobeamte entstiegen und schafften sich nun Zutritt zum Hofgelände. „Unser Ganove hat sich in seinem Suzuki verschanzt, Herr Arendt, und ist bewaffnet mit einer Pistole. Also, Vorsicht!", mahnte Inspektor Lorenzen und rüttelte heftig an der Wagentür. Der eine Kripobeamte stand nun vor dem Wagen. Moritz blickte mit düsterem Gesicht auf die drei Polizisten, die sein Fahrzeug umzingelten. Dann ertönte ein lauter Schuss durch den Wagen und zerbrach von hinten die Windschutzscheibe. „Ich habe doch gesagt, ich schieße. Gehen Sie in Deckung", brüllte Moritz von Innen. Mit der Pistole in der Hand, kam er nun doch aus seinem Wagen heraus. Breitbeinig stand er da. „Hauen Sie ab und lassen mich in Ruh", feixte er wütend. Herr von Hohenstein und Tassilo kamen aus dem Haus und sahen die drei Polizisten.

„Bleiben Sie beim Haus!“ rief Herr Lorenzen ihnen zu, „Moritz hat eine geladene Pistole.“

„Der ist ja total durchgeknallt“, meinte Herr von Hohenstein zu Tassilo, der entsetzt die Szenerie beobachtete. „Ich mach euch alle tot!“ schrie Moritz in seinem großen Wahn und Angstgefühl. Er ballerte wieder in die Luft und rannte mit der Pistole über das Gelände. Eine wilde Verfolgungsjagd begann zwischen Moritz und den drei Kripobeamten. Moritz wollte über einen Zaun klettern.

Er blieb mit dem Fuß hängen und stürzte zu Boden. Da stand Herr Lorenzen mit seinem Kollegen Arendt neben ihm. Er spürte einen festen Handgriff und Handschellen wurden dem Burschen angelegt. Es gab für ihn kein Entfliehen mehr. „Moritz von Hohenstein, Sie sind festgenommen wegen Mordverdacht an Isabella Wallenberg und Drogenbesitz“, vernahm er die polternde und feste Stimme von Inspektor Lorenzen, der ihn mit Hilfe des Kollegen Arendt zum Polizeiwagen abführte. „So, mein Lieber, jetzt haben Sie genügend Zeit, mal über all ihre Schandtaten gründlich nachzudenken. Ab mit dem Burschen, zum Polizeirevier“, kommandierte Inspektor Lorenzen mit scharfen Tonfall und schubste ihn vorwärts.

Moritz wehrte sich und trat gegen Lorenzens Schienbein. Er fing an zu spucken und üble Schimpfwörter prasselten auf die Kripobeamten herab. Die waren aber solche Szenen gewohnt.

„Scheiße! Freiheitsberaubung! Verdammte Bullen!“, hallte es lautstark über das Hofgelände, wo Herr von Hohenstein mit Tassilo fassungslos standen und die Szene mit ansahen.

„Ich habe einen Mörder als Sohn“, stammelte Herr von Hohenstein und sein Gesicht wurde eisern, wie eine Maske. Der Vater musste mit ansehen, wie die Kripobeamten den Sohn davon fuhren.

„Tassilo, Moritz nimmt auch Drogen und er ist ein Mörder. Der Schurke hat Isabella getötet. Tassilo, er hat deine Schwester einfach so umgebracht.“ Das Gesicht Herrn von Hohenstein wurde kreidebleich und er wirkte jetzt um Jahre gealtert. Spontan schlang er nun seine Arme um Tassilos Hals und ließ seinen Tränen freien Lauf. Plötzlich verspürte er einen stechenden Schmerz in seiner linken Brust. Schweiß bildete sich auf seiner Stirn. Herr von Hohenstein zuckte zusammen. Er stöhnte. Dann stürzte der Mann ohnmächtig zu Boden.

Kapitel 33

Unzählige Gegenstände lagen vor Moritz alter Gartenhütte, die jetzt unter Kriminalinspektor Lorenzen Anweisung kontrolliert wurde. „Herr Wallenberg, schauen Sie sich mal diese unzähligen Fackeln hier an. Kaum zu glauben“, meinte der Polizist nachdenklich. „Mit so einem brennenden Wurfgeschoss wurde bei dem Bauherren Eigner ein Brand gelegt. Der Mann kam bei dem Feuerausbruch ums Leben. Diesen Feuerteufel suchen wir noch jetzt. Ich habe Moritz mächtig in die Zange genommen. Er widerspricht sich ständig, Herr Wallenberg.“

„Herr Lorenzen, vermuten Sie denn, dass Moritz das Feuer bei Eigner entfacht hat?“ fragte Tassilo stutzig geworden und hielt nun ein langes braunes Gewehr in seiner Hand. “Schauen Sie sich das mal an, Herr Lorenzen. Es war in Decken verhüllt.“

„Herr Wallenberg, auf diesem Gewehr ist wieder das Monogramm von Friedrich von Hohenstein“, stellte der Inspektor die Sachlage klar. „Wenn ich mich erinnere, war der alte Herr im hiesigen Jagd verein und hatte einen Schein über den Waffenbesitz.“ Tassilo schüttelte den Kopf. „Was hat Moritz damit im Sinn? Er hat die Waffe an sich genommen, Herr Lorenzen. Gefährlich, irgendwie“, über legte Tassilo und widmete sich einigen Autoschildern, die er sortierte.

„Diese Waffe nehme ich mit aufs Revier“, äußerte sich Herr Lorenzen besorgt, „wissen Sie, Herr Wallenberg, dann bin ich sicher, niemand kann damit Unfug anrichten.“

„Ja, da haben Sie Recht, Herr Lorenzen. Was will Moritz mit den seltsamen Frauenkleidern? Sogar Perücken sind in der Kiste, sehen Sie doch mal, Herr Lorenzen. Ein seltenes Objekt, diese rote Maske“, meinte Tassilo und hielt das Teil vors Gesicht. „Wer weiß, was unser krimineller Bursche Moritz damit anstellte und im Sinn hatte? “, meinte dazu Herr Lorenzen skeptisch. Beide Männer machten eine Pause und ließen sich auf der Gartenbank nieder. „Moritz ist vorerst in Untersuchungshaft“, sagte jetzt Herr Lorenzen nachdenklich. „Der Haftrichter wird dann nach der Verurteilung eine Gefängnisstrafe verkünden. Man muss abwarten.“

Der Butler stützte seinen Chef am Arm, da Herr von Hohenstein durch all die große Aufregung einen leichten Schlaganfall bekam und dadurch Gehprobleme hatte.

„Gregor, gehen wir hinters Haus, zum Reitgelände. Herr Lorenzen wollte mit Tassilo diese Gartenhütte meines missratenen Sohnes unter die Lupe nehmen. Hm! Da bin ich selber mal neugierig, was dieser Lümmel da so verbirgt“. Er nahm einen Krückstock zur Hilfe und humpelte in Gregors Begleitung in Richtung Reitgelände, mit seinen prächtigen grünen Weideflächen.

„Herr Wallenberg, da kommt ja Herr von Hohenstein mit dem Butler. Schön langsam gehen, Herr von Hohenstein, damit Sie nicht noch stolpern“, mahnte Inspektor Lorenzen und drückte seine Hand herzlich. „Ja du meine Güte, wie sieht es denn hier aus? Was sind das für unzählige Fackeln da auf dem Boden?“, wunderte sich Herr von Hohenstein und stocherte mit seinem Stock in den vielen Gegenständen herum. „Johannes, dein Sohn bewahrt sehr sonderbare Schätze in seiner Hütte“, verkündete Tassilo und deutete auf einige Autoschilder, sogar zwei ausländische Kennzeichen waren dabei. Inspektor Lorenzen schaute Herrn von Hohenstein nachdenklich an. „Für Sie als Vater, ist es nun eine schreckliche Gewissheit geworden. Der Sohn ist kriminell und hat einen Mord verübt. Herr von Hohenstein, Sie sehen diese unzähligen Fackeln hier, die waren in einer Kiste versteckt. Es ist für Sie hart, aber ich vermute ganz fest, Moritz hat damit den Brand bei Herrn Eigner gelegt. Vielleicht auch im Schulgarten. Der hat noch so einiges auf dem Kerbholz, wo wir noch keine Ahnung haben. Aber ich bekomme das raus, so wahr ich Kriminalexperte Lorenzen bin“, meinte er siegessicher und resolut.

Feste Schritte auf dem Kiesboden waren zu hören und ein weiterer Kripobeamter traf noch ein. „Hallo, meine Herren“, grüßte der Polizist Arend und wandte sich sogleich an seinen Kollegen Lorenzen. „Also, dieser Moritz, Ihr Sohn, Herr von Hohenstein, ist ja ein raffinierter und ausgekochter Schurke. Ich kann es leider nicht anders formulieren. Mein lieber Scholli.“ Herr von Hohenstein schlug mit dem Stock auf den Boden drein, sein Gesicht verfinsterte sich und er polterte lautstark los: „Herr Arendt, schaffen Sie mir dieses Monster von Sohn vom Hals! Hier ist kein Platz mehr für so einen Schurken. Ich habe keinen Sohn mehr“, sagte er verbittert. „Moritz ist für mich gestorben. Tot. Er hat Isabella auf dem Gewissen. Sie ist tot. Ich wollte diese Frau heiraten, da ich sie liebe. Tassilo, Herr Lorenzen, ich liebte Isabella. Frau Wallenberg“, betonte Herr von Hohenstein verzweifelt und sackte auf der Bank nieder. „Chef, bitte, Sie dürfen sich nicht wieder so aufregen“, mahnte der Butler und schaute hilfesuchend Herrn Lorenzen an. Einen Moment herrschte schweigende Stille, nur ein Vogelgezwitscher war zu hören, dann wieherte ein Pferd, ein Hund machte auf sich aufmerksam.

„In zwei Wochen ist die Gerichtsverhandlung“, äußerte sich nun Herr Arendt und beförderte die vielen nachdenklichen Utensilien von Moritz in einen großen Plastiksack. „Das kommt mit aufs Revier“, meinte er zu Herrn Lorenzen. „Das ist wichtiges Beweismaterial für und die Kollegen der Kommission.“

Herr von Hohenstein schnaufte. Er atmete schwer. „Sperren Sie meinen Sohn lebenslänglich fort. Er soll mir nie mehr unter die Augen treten. Ich hasse ihn!“ stieß der Vater schmerzerfüllt hervor und krallte die Finger ineinander.

Der Butler hatte bis jetzt geschwiegen und nur seinen Dienst verrichtet. Er war zwar über Moritz Tat zutiefst schockiert, aber er schmollte noch immer, da er erst verdächtigt wurde. Herr Lorenzen hatte den Butler aufmerksam beobachtet, seine Schweigsamkeit richtig gedeutet. Er trat auf ihn zu und legte die Hand auf seine Schulter. „Ich möchte mich in aller Form bei Ihnen entschuldigen, verstehen Sie bitte richtig. Wir von der Kripo haben nur unsere Pflicht ausgeübt, ein Verbrechen an Frau Wallenberg aufzuklären. Sie waren halt leider in nächster Nähe vom Tatort. Ich hoffe, Sie zürnen uns nicht weiter, Herr Heidenbach, so war doch Ihr Name, nicht wahr?"

Der Butler verzog zwar noch das Gesicht süßsauer, dann setzte er doch ein leichtes Lächeln auf. „Ja, ist gut", meinte er knapp und wandte sich seinem Herren zu. „Möchten Sie wieder ins Haus, Herr von Hohenstein?"

Tassilo streifte die Handschuhe ab und sah die vier Männer an. „Herr Lorenzen, Herr Arendt, wenn Sie ein wenig Zeit haben, kommen Sie doch mit ins Haus. Ich sehe gerade auf meiner Uhr, es ist mal wieder Kaffeezeit. Johannes, Gregor, führen wir unser Gespräch doch im Blauen Salon weiter. Unsere gute Dörthe hat sicher den Mocca aufgebrüht. Streuselkuchen, von ihr gebacken, gibt's gratis dazu. Also, meine Herren, dann gehen wir mal."

Herr Lorenzen schnappte sich den großen, jetzt so schweren, Plastiksack. „Herr Arendt, ich bring das Zeug mal schnell zum Wagen, dann komm ich für ein halbes Stündlein nach. Ich kenn mich ja hier inzwischen bestens aus", meinte er grinsend und eilte davon. Tassilo hackte Johannes unter und so wechselten die Männer den Platz und schritten langsam auf das Herrenhaus zu.

Der große längliche Tisch im Blauen Salon war gedeckt. In der Ecke stand ein Rosenstrauß mit der Fotografie Isabellas. Eine Kerze flackerte auf dem Tisch, die mit einer schwarzen Seidenschleife versehen war. Dörthe in dunkler Trauerkleidung und schwarzfarbenen Sandaletten schlürfte schweren Schrittes mit ihrer Kaffeekanne durch den Raum. „Wem der Herren darf ich vom meinem Mocca einschütten? Herr von Hohenstein bekommt seinen Pfefferminztee, das hat der Arzt ausdrücklich gesagt", fügte die Wirtschafterin hinzu. Sie füllte die Tassen und bot ihren schmackhaften Streuselkuchen an. „Bitte! Greifen Sie doch zu." Sie setzte sich auch. Wieder schweigende Stille im Raum, nur das Schlürfen vom Kaffeegenuss drang durch den Blauen Salon.

Dörthe fing nun an zu schluchzen. „Es ist so schrecklich! Ich kann es nicht glauben. Isabella ist tot. Was hat Moritz nur getan? Ich habe den Bub doch mit groß gezogen. Er war auch mein Junge. Es war doch Vollmond", erinnerte sie und suchte doch etwas Erbarmen mit Moritz. „Der weiß doch gar nicht, was er tut", stammelte die Wirtschafterin erregt und ihre Hand zitterte mit der gefüllten Kaffeetasse. Kriminalinspektor Lorenzen, der neben ihr saß, legte behutsam den Arm um ihre Schulter.

„Liebe Frau Heininger, Sie kennen Moritz schon als Baby, waren auch für ihn stets da. Aber ich muss Ihnen sagen, es gibt keine Entschuldigung dafür. Da zählt keine Vollmondnacht. Moritz nahm auch Drogen. Aber der Bursche hat sich seine Tat genau überlegt und dann kaltschnäuzig und brutal gehandelt. Das muss und wird bestraft und zwar mit Gefängnis, so hart wie es sich für Sie nun anhört, liebe Frau Heininger. So ist es nun mal mit Kriminellen."

„Ich bleibe hier wohnen und werde mich um die Verwaltung des Hofes kümmern", äußerte sich Tassilo mit ernstem Gesicht. „Ich möchte mich nützlich machen, das wäre auch im Sinne meiner geliebten Schwester Isabella gewesen. Herr von Hohenstein braucht jetzt Hilfe und Beistand." Tassilo wandte sich an die beiden Kripobeamten. „Herr Lorenzen, Herr Arendt, zu Moritz Gerichtsverhandlung werde ich natürlich zugegen sein", versprach Tassilo mit ernstem Gesicht. „Ich manage das schon, wenn es mich auch unendlich schmerzt, meine Schwester so tragisch verloren zu haben", meinte Tassilo sehr resigniert. Er nickte bejahend mit dem Kopf und wischte sich über die schmerzende Schläfe.

Herr von Hohenstein starrte verwirrt vor sich hin, bis er sich schließlich zaghaft äußerte: „Ich habe wohl Einiges falsch gemacht", gestand er sich ein. „Nun muss ich bitter dafür büßen. Schon einmal verlor ich zwei geliebte Menschen". Er schluckte schwer und fügte hinzu, „meine Frau Anna Maria. Meine liebe Tochter Katharina, Moritz Zwillingsschwester." Er rieb sich über die feuchten Augen. „Ja! Ich steuerte damals unseren Wagen. Kurz vor Eschborn kam es dann zu diesem schrecklichen Unfall, wo beide starben", schluchzte er auf. Herr von Hohenstein sah nun fast beschwörend auf Tassilo. „Ich wollte wieder eine Frau an meiner Seite haben. Tassilo, es sollte Isabella, deine liebe Schwester sein. Verflixt! Wir wollten bald heiraten!", schrie er verzweifelt auf. „Nun ist sie tot. Heimtückisch umgebracht vom eigenen Sohn." Er wandte sich an seine beiden Angestellten. „Mein lieber treuer Gregor, liebe fleißige Dörthe", sagte er mit fester Stimme und schaute sie an, „Tassilo soll der neue Verwalter von Gut Hohenstein werden. Das ist mein ausdrücklicher Wunsch." Er machte eine Pause, bevor er weiter sprach. „Ich hoffe, es ist auch in eurem Sinn? Mein Werk ist vollbracht.

Ich bin nicht mehr als Architekt einsatzbereit, jetzt sollen sich andere Personen darum kümmern", meinte er kurz entschlossen und nachdenklich. „Tassilo ist dafür geeignet."

Johannes von Hohenstein stützte jetzt Ellenbogen und Kopf auf den Tisch, um sein verhärmtes Gesicht zu verbergen. Jetzt schlug er mit der Hand auf die Tischkante. „Verdammt! Sagt mir warum ... warum musste Isabella sterben?

Warum?"

Name: Ingrid Melzer

Wohnort: Kronberg / Taunus

Jahrgang: 1940

Berufsausbildung zur Kinderpflegerin

Autorin

Fernstudium in „Belletristik“
Axel-Andersson-Akademie, Hamburg
Schule für Schriftsteller

Schreiben von Gedichten, Erzählungen, Geschichten, Lieder/Schlagertexten, Romanen

7 Buchveröffentlichungen (Romane, Kinder/Jugendbücher)

Im Buchhandel erhältlich:

Eine Lady auf Sylt
1999, Battert Verlag Baden-Baden
ISBN: 3-87989-279-2

Margritta
Ein Kind der Berge
Jugendroman
2003, Battert Verlag Baden-Baden
ISBN: 3-87989-381-0